Reinhard Jirgl

Nichts von euch auf Erden

Roman

Carl Hanser Verlag

1 2 3 4 5   17 16 15 14 13

ISBN 978-3-446-24127-5
© Carl Hanser Verlag München 2012
Satz: Satz für Satz. Barbara Reischmann, Leutkirch
Druck und Bindung: Friedrich Pustet, Regensburg
Printed in Germany

MIX
Papier aus verantwor-
tungsvollen Quellen
FSC® C014889

Prolog

DAMIT WIR NICHT VERGESSEN DAS LAND *das in den Abend gehend Dienacht betrat, u: in diesem Land wuchs, schneller als des Menschen Geist, des Menschen=Gier..... Trieb in andere Länder mit Glaube=Waffen= Geld. Es streckten aus die sengenden Arme Landreißer Menschzermalmer. Und sobald die Gestade des-Verlangens erreicht, alle=Erdteile des-Begehrens okkupiert unterworfen & vermessen alles Fremde im=Zwang des eigenen Lot-Rechts ab=gerichtet bekehrt analysiert & in leicht Hand zu habende Formeln gepreßt, alles zu Verstehende als verstanden erklärt, alles Unverständliche u: alle Perversionen in Toleranzbereichen in=Hege gehalten nivelliert katalogisiert & prosperierend zu günstigen Konditionen lieferbar (wunschgemäß auch in bequemen Raten) – im steten=Hunger-nach-Mehr im noch größeren Dürsten nach Außer-sich-Sein..... Extasen Revolutionen nie dagewesene Hekatomben Mensch – : Da schoß hinauf & stärker als je zuvor in diesem Nacht=Land* DIEANGST.....

Mensch aber wäre nicht-Mensch wüßt er sich nicht immer zu trösten.

Kinder Alte auf-Jagd nach Demvergnügen mal mehr mal weniger Spiel Suff Drogen Rausch Kino Musick Hoch hinaus Climax Orgasmus Hipp&high kitzelsüchtige Glücke für Dauer 1 Nadel 1iger Handvoll Tabletten Und nach Paarschritten immer=schon zu Ende mit Latein die Großfressen schlau Meier packt Trübsal Depression Zusammenbruch Siechtum rheumatisch schon mit 40 Krämpfe Verstopfung Schlaflosigkeit Kreb's Geschwüre wie Rosenkränze durch die Eingeweide gezogen Wärme suchend ertastend fürs lustkranke Fleisch die Kühle her den Schatten Da sägen sie sich wie an Edelnutten ans Höherewesen ran Daswesen das sie erschaffen haben soll !Weihrauchschwaden im Jammertal Gezetere Ach&weh – : Aber Gott=Der-Schuft der euch schuf : Er existiert !nicht. VERZWEIFLUNG..... *vor dem All=nächtigen* NICHTS..... VERZWEIFLUNG..... ?!*Was soll weiter sein. Mehr als* NICHTS..... *ist nicht. Fleisch wird zu Erde Erde tut sich auf –*

Mensch aber wäre nicht-Mensch wüßt er sich nicht immer zu trösten.

Im Karst der Metropolen steht des-Fortschritt's Räderwerk. Sausend stahlaufblitzend Maschinen im sattfetten Ölgeruch des Versprechens auf glattsinnigen Ablauf. Kindäugig=Groß beschauend mit Stiel-Stabreim-Augen: das-Mensch=Maschinen=Mögliche, im Blendwurf aller Träume die zu-Protest gingen, nach Außen gekehrt − nun schlürfend saufend dünnluftigen Tat=Sachen=Be-Trieb !Holdseeliges Unbesinnen..... Niemand's Stimmen Diesestimmen !All=Stimmen in die Räume fallend mit Geister-Lärm jeden Raum zu Resonanz erschütternd die Hirne zerstrahlt Diesestimmen bomben Krater in die pockennarbige 1falt wie Asteroiden in Weltalls eisige Planetenkörper Die Stille Jetzt nicht länger Hundkehlen die Stunden bekläffend Jahrhunderte durchbellender Schall im Blechklang der-Zeiten Aus=rufend nach Blut & milchweißem Fleisch Menschen Herzen aus Gelee sanft punktiert mit elektronischem Flötenlied Menschen die immer Zuvieles fühlen & übereilt wie Feuilleton Die soßwarmen Einflüstrer beworbener Leben's Clips machen jetzt Denton..... Denn wo Nichts mehr zu sagen ist fluten Worte kindisch & süß..... Bilder bunt & leer..... überfluten die Leerheit Dasgerede Diestille. Worte Bilder Taten, Stiefelabdrücke von Heerscharen hochgerüsteten Hoffens & wieder jagen sich Menschen, Anhängsel des Lebens in den Masken Hab=Gier durch eisenrote Staubstürme Strahlenfeuer in den Wüsten durchglühter Jahrmillionen, durch Gefilde stacheldrahtgespickt & Spanische-Reiter, mit jedem Schritt jedem Sprung Fetzen reißend aus Menschen Fleisch & Menschen Schuld. Hinterrücks packen die-Toten die Lebenden, werfen sie nieder. Dann wird jeder wissen, !wieviel er schuldig ist. −

Kriege zur Wende vom 21. zum 22. Jahrhundert weil die Erdschätze fast geplündert, der Hunger=weltweit groß, doch größer & von Macht-vollerer Klicken verspürt als von verwahrlost=Hungrigen Derhunger nach Energie, die am billigsten scheinende das Sonnenlicht: die Sonne = die letzte Kraft, die den-Menschen noch Weitermachen=wie=Bisher verheißen will. Die Wüsten, die einstigen: Sahara Gobi Kalahari, & die künstlich geschlagenen: abgeholzte Wälder planierte Feldschaften, auf denen früher Getreide & Mais für Nahrung wuchsen, jetzt mit Länderausmaßen Windanlagen zischend propellern Landschaften der Solarkollektoren sperren wie Mäuler weit, fangen ein was an Licht auf sie niederbrennt. Stürme tragen die fruchtlose unbebaute Erde der Feldschaften davon − wen scherts: Sonnenlicht ist pures Geld. Wers haben will muß zahlen. Mehr zahlen und immer mehr. Denn kein Fußbreit Erde ohne Besitzer: !die wollen für=sich behalten was Alle haben müssen. Und die haben wollen, was ihnen nicht gehört, rufen !Zu-den-Waffen : Längst vergessen geglaubte Kriege=um-Territorien flammen wieder auf, barbarisch Diehärte, ohne Gnade Zum-Letzten-Gefecht – Die-Hungrigen nach Solarenergie : die-Hungrigen nach Brot – Geld & Strom kann niemand fressen. Was aber lebt, muß sich ernähren. ?Wovon, wenn die Felder verödet, die Wälder gerodet sind. ?Strom statt ?Brot. Steckt euch eure Stecker in den !Hintern. ?Sind wir ?Roh-Botter. – So brüllen die-Brothungrigen. Massen rotten sich zusammen, fällen die stählernen Windkraftmasten wie tote Bäume, stürmen die Solaranlagen, zerschlagen Kollektoren & Absorber.

Über zerbrochne Rotorblätter über mattschwarze Scherbenhalden zertretner Solarkraftkollektoren stampfen knirschend im=Gleichschritt Polizei & Heer. Richten Energiestrahler gegen die-Massen, schlagen die Aufstände nieder. Ausgerissenes Fleisch, strahlenverschmoktes Gewebe, flatternd Häute Lumpen Fahnen aller eilfertigen Triumfe..... Diewege in die Weiten: kartografiert, parzelliert, versperrt. Reizloser Tourismus aller Krieg's Heere. Keinglück. Keinesiege, kein Oben u: kein Unten, nur noch die-Mittellage von Interesse – unmöglich sogar aus dem Fenster zu springen in ein endliches Aus. Nichtmal Spott dem Untergang der Alten Formen, dem Aus=Gelebten kein Mausoleum. In den Regier-Gebäuden & Parlamenten verwesen Politiker wie alte Sufflöre im Theater, Mumienzeugenschaft für Alles was zu-Grunde gehen muß. Und ?Wege ins Innen: ungangbar verschüttet zugesteint von Religion Drogen Esoterik Ab-Glaube. Türen Fenster öffnen sich zwar, wollen Aus-Wege bieten, doch sämtliche Öffnungen versperrt von Gemäuer. Das heißt Rückkehr in die Vorräume zu Allerangst.....

!Tretet Allemauern Allebarrieren !nieder. – !Ja, rasch noch sagen & wagen Das, was noch Niemals von Keinem gesagt & von Niemandem gewagt: Das-Äußerste. Doch ?was ist das-Äußerste : 1 zugespitzte Landzunge aus einer öden Meeresbucht – ?Was findet sich im-Äußersten : im Flachwasser angeschwemmt Unrat Müll Kotbatzen Auswürfe der Immergleichen. Haldenhoch ausgestreut Schallscherben über die Ufer die getrümmerten Schreie – All=ungehört – ?Wohin wagt sich die Atridenschwemme mit verrosteten Schwertern, Bell Kantoh der Säkulum-Yahoos mit troglodytem Blök & Gemaule, Religion Jogging Nordick Wall-King die Geh-Hilfen fürs ramponierte Hirn, milde Kräutertees & Stullenpapier beschmiert mit Schamanenfett Yogakringel in Butterkrem die Gemüteratzung & Schmalzbrote im Gepäck für den Seelenwandertag : Zum Ex-Oriente-Horizont – Ab-Zucht Gehirnphimose, bedrängt & gehetzt von Notwendigkeiten »Sale. Alles muß raus« – die Heut&hier leben: hartgesotten=verweichlicht.....

Mensch aber wäre nicht-Mensch wüßt er sich nicht immer zu trösten.

Mitunter schien es, Einsicht Vernunft Wille-zum-Frieden könnten obsiegen; – doch Herren in dunklen Anzügen Damen in dezenten Kostümen, feierlich & korrupt, die Mienen gestrafft zu Masken der-Sorge, konferieren das Ungeschick der Staaten. Auf diplomatischem Parkett hinter Blumenbuketts an glänzenden Festtafeln beharrend mit pomadig verhüllten stählernen Worten, die immergleichen, banal wie industriell gefertigte Zahnrädchen, Eigen= Interessen durchfechtend bis zum-Äußersten, & sobald die Zahnradwörter in1andergreifen plötzlich in=Funktion setzen gewaltige Maschinerien / machine-rien für Vertragbruch & Verrat, neigen die akkreditierten Häupter sich stets zur gewaltsamsten Lösung, dabei zu allen Zugeständnissen bereit solange sie mit=Obenauf sein&bleiben können beim Wiederneuverteilen-der-Märkte. Verrat Raub=schafft Kalkulationen auf Ruin & Tod von Vielmillionen heißen fortan Erhalt-des-Friedens Bewältigung-der-Wirtschaftkrisen – Lebensicherheit mit scharfen Jupiterlampen in die Gehirne 1gebrannt, während jene die Störung sind für den öligen Frieden's Schluß, wollen sie nicht umkommen, gezwungen werden in die Exile, – ausgeliefert diesen im Weltstaatenverbund weiter und weiter schrumpfenden Inseln der Zuflucht wo 1 Paß (falsch od echt), paar cm^2 Papier & 1 Foto, befristet Über-Leben bedeuten; – doch jederzeit zerreißbar von den Pfoten herrisch Bediensteter, Lemuren der-Mächte..... Diesewelt ein Sammellager, Milliarden harrend in Geisel=Haft. Und wieder & wieder All=umschlingend Tentakeln vom URWESEN ANGST.....

Mensch aber wäre nicht-Mensch wüßt er sich nicht immer zu trösten.

!Her mit den Turngeräten zum seelischen Felg-Aufschwung zum technoiden Fieberstart Denn !Anlauf heißts & !Hipp&hopp !Auf-1-Neues=Altes !Hinweg über ausgebrannte frühe Träume !Ran=jezz an die ausgezerrten Sensorien Dermassen !Feuer noch einmal geworfen in die fast erloschnen Seelen Angeblasen den verglühten Glauben an die Eigenmacht !Heraus mit Gelüsten pleistozän dem Ammonitentrieb Saurier&mammutknochen in den Himmel rauf : Banken Unternehmen schleudern GELD Politiker REDEN Journalisten & Pfaffen geben dazu SENF & SEGEN, – Chemiker Physiker Ingenieure

Techniker, Mittelstandkreaturen mit ethischem Horizont vom Radius Null, bereiten SCHICKSAL *in Laboratorien Orbitalen Raumstationen !Aufgemerkt Vollkommen !neue Treib-Sätze Photonenantrieb Laserlichtsäulen morfische Felder !Ungeahnte Reichweiten im Flug durchs All – !Enorme Bruttoregistertonnen der Raumtransporter !Neu=artige Speicher&rechneranlagen: bio=logisch carnomorf der Datenfluß : Wir haben Es geplant Wir können Es Wir machen Es*

!JETZT

Die !Anderewelt – : !Dorthin wieder mit Aller sehn=Sucht Be-Gier – Lavaströme aus den Vulkanen für Glück..... zogen welten=weit fieberglühende Adern. Alles was dem-Mensch zum Un-Mensch gereicht brennen heraus Diefeuer – Meerschäume ein Speichelsud – Erdaufklaff aus gärigem Leichnam mäulersperrend ein Schindanger der Kriege – die Wasser Flüsse Meere blasenaufschlagend in Wallungsglut, die Lüfte funkendurchprasselt scharf & gelb die giftigen Strahlenfelder – –

Mensch aber wäre nicht-Mensch wüßt er sich nicht immer zu trösten : Zu !Densternen !Auf Zu-den-Sternen Zu den !Sternen=!hinauf

!JETZT

Und blieben von den Gestalten fleisch-Los die spröden Knochen nur, und von den Knochen wie vom Gestein Zermalmstaub – Knochen Steine, kein Unterschied für Panzerketten –, sie hetzten sich weiter im Aschenhauch: Aus dem Land der Abend-Welten Raketentrümmer Flugzeugwracks – !fort: in Die !Anderenwelten zu anderen Sonnen, noch glutvoller Die in tosenden Feuerstürmen noch Eises starrender in unbeträumten zerstaubenden Frosten Im Herzen nicht zähmbar : Eine Neuewelt aus dem Welt=All graben

!JETZT

Die Neuewelt für die-Vielzuvielen aus der Altenwelt, für die-Hoffnungfrohen & die-Mißratenen, für die-Kränklichschwachen & für die-Lebenübergesunden – ein Ganzerplanet aus eisenroter Zukunft

!MARS

Getrieben Gejagt zu den Horizonten ihrer Einsamkeit – denn des-Menschen Stein-Zeit ging nicht zu-Ende weil es keine Steine mehr gab. Eines der größten Übel für das Fluchttier Mensch in Diesernatur, gehalten Auferden, heißt Ausweglosigkeit.....

So stark sind Sie in ihrer=Natur, daß Sie Den Kampf aufnehmen wollen ein weiteres Mal mit & gegen Die Die Allem Feind ist : Allbeherrschend

!NATUR

Friedlich klangen die-Parolen zum=Besetzen Derneuenwelt, ohne Schwert & Bibel, bewaffnet mit ihrem Wissen benagt von ihrer Einsamkeit. Mut haben Sie stets von den-Toten bekommen, von den-Lebenden Nichts..... Die-Völker, freien Geistes & befreiten Leibes, werden mit andern Freien frei auf Neuem Grunde stehn Der Glanz von den gemeinsamen Leistungen wird sie ver!einen

!JETZT

Aus breitmäulig fauchendem Himmel Fluten Hitze fegend stampfend Turbinengetöse Staublawinen Sonnengrelle Lüfte zerflirrt zu schlierigen Schwaden zitterig tanzen Tornados schleifen Saugrüssel städteschlürfend Überland mahlend fauchend Maschinenwüstensturm Triebwerkradau im Raketenhimmel Allwärts gestoßen auf Feuersäulen, qualmumrissen traumesschlank die metallhell glänzenden Projektile Satellitenschwärme Funkfeuer Signalgeflimmer – !Solch An=Blick schöner als Die-Venus-von-Milo schwingt auf zu Höchstentaten.

(Menschen brauchten Planeten für Gerechtigkeit statt Landeplätze irrdischer Arroganz für technisierte Primaten.)

Altes Mahnen ausgelöscht wie Kreidekrakel auf Schülertafeln Aus Turbinenkelchen fährt in den Himmel eine Frühlingglut Wetter&flammeleuchten Blitzeschlagendes Wolkengestein Feuerrachen Abende=Nächte=Tage vollerbrannt die Horizonte Zündschnüre für Mu-Tanten=Triebe : Tränen & Kerosin, – Sie nehmen aus sich Diefurcht & nehmen mit auf ihrem Flug ins All 1ige Feuerzeichen etwas Menetekelgeflunker rußbissig verflammend die Sfäre, toxisch noch die Glut. Und hochhin schallend geworfen was Gewalt=Herrschaft u was Trost gewesen auf Erden – verrollend Diefeuerwoge –, in der Brandung schlägt Das um. Und ist vorüber. Abgewälzt der letzte Stein.

Wachstum sollte bis in-den-Himmel schnellen & weiter als alle Himmel reichen. Nachdem die-Tat=Menschen fort neigte sich Wachstum – ward erd=haft & breitete sich hin wie Kronen gefällter Bäume ihr=Ästewerk über den Boden legen, wie reißende Wassermassen 1 Stroms Ihrekraft im Delta verrinnen lassen – und Himmel ward wieder Himmel für Theologen & andere Vögel – –

DAMIT WIR NICHT VERGESSEN WAS UM=UNS IST VON EWIGKEIT KOSMOSSCHWER ZU EWIGKEIT DIENACHT

Buch der Kommentare
Teil 1

Für Mars-Bewohner
aufgeschrieben und zusammengestellt
von *Io 2034*
Ordentliche Beauftragte der Marsdelegation E.S.R.A. I

Inhalt:

Einführung

1. Heimkehr und Staatsbau

Einführung

Wer aus der Ewigkeit kosmosschwerer Nacht zur heutigen Zeit, Mitte des 25. Erdzeitjahrhunderts, dem Planeten Erde vom interstellaren Raum sich nähert, so weit, dass er die festen Kontinente von den Wassern unterscheiden kann, der wird gegenüber den von Alters her bekannten Ansichten dieses Planeten zunächst kaum nennenswerte Veränderungen bemerken. Obschon auch aus diesen Höhen die fleckigen und spiraligen Blauweißeinfärbungen des Ellipsoiden, witterungs- und klimazonenbedingt, nun ein verändertes Bild ergeben. Ein insgesamt milchiger Dunst oder Schleier, stabil und von keinerlei Konvektion beeinflussbar, scheint den Planeten Erde zu umhüllen. Und die Annäherung bis in die Stratosphärenschichten lässt dann gegenüber älteren Abbildungen die Veränderungen deutlich erkennen.

Zwar heben sich die Massive der Kontinente, der beiden Pole sowie die Ozeane in ihren Konturen nach altbekannten Abbildern auch heute noch hervor – insbesondere die äußeren, zerklüfteten Kontinentbegrenzungen in geradezu überdeutlicher Manier wie mit breiten, hellen Farbstrichen penibel nachgezogen –, wohingegen der Anblick der Kontinente selbst etliche gazeähnliche Membrangebilde sehen lässt. Die zeigen sich über das gesamte Festland ausgespannt und erinnern an große helle, in den Lüften schwebende Inseln.

Diese Membrangebilde – die so genannten *Imagosphären* – bestehen aus feinem, extrem widerstandsfähigem, elektrisch leitfähigem Glasfaserflechtwerk. Es überwölbt in Halbkugelform, unterteilt zu gleichmäßigen Sechsecksegmenten, die Stadtschaften sowie deren nähere Umgebung. Getragen wird dieses Flechtwerk von unzähligen über die Lande nach statischen Gesichtspunkten verteilten Stützpfeilern, die die Imagosphären einige hundert Meter über dem Boden halten. Sie dienen auch zur Abschirmung gegen unerwünschte Satellitensignale; die elektronische Detektion der Kontinente ist somit weitgehend ausgeschlossen. Wälder, Gewässer (Seen und Flüsse) sowie landwirtschaftlich genutzte Flächen sind ebenfalls von dieser Imagosphäre überwölbt; so erhalten sich unterhalb dieser Membran stabile, von äußeren Klimaten weitgehend unabhängige Witterungsverhältnisse.

Einige schmale, mit Lichtsignalen und Funkfeuern markierte »Schleusentore« bieten zu Land, zu Wasser und aus der Luft sowie den vom All herkommenden Flugkörpern Gelegenheit, unter die Imagosphären zu gelangen. Diese Schleusen sind zu jeder Zeit fest verschließbar.

Das Portal zum europäischen Kontinent befindet sich über dem nördlichen Atlantik, über dem Eis des Nordpols; der Landeanflug in etwa 45 Grad zum Nullmeridian erfolgt zunächst über die britischen Inseln, dann über Nordostfrankreich hin zum europäischen Kernland, denn in diesen Teilen Europas finden sich besonders viele *Imagosphären* verstreut. – Die Einlassschleusen für Nordamerika befinden sich ebenfalls über dem Nordpol, der Landeanflug führt sodann über die Nordregionen Kanadas hinweg auf das nordamerikanische Festland (Hauptlande- und Startplatz seit jeher in Florida). Mittelamerika weist seinen Zugang von den Bahamas her, Südamerika von der Antarktischen Halbinsel des Erdsüdpols über Feuerland. Asien hat seinen Zugang vom Indischen Ozean über Sri Lanka, während Afrika, ebenfalls über den Erdsüdpol, vom Königin-Maud-Land erreichbar ist, hingegen Australien und Neuseeland ihre Einflugschleusen über Victorialand offen halten. Andere Zugänge oder transkontinentale Verbindungen existieren keine mehr.

Beim Anflug auf den europäischen Kontinent bemerkt man die größte Zahl der zu kuppel- oder traubenförmigen Gebilden ausgestalteten Imagosphären. Diese semipermeablen Gebilde erschaffen gegenüber den planetenbedingten Verhältnissen bei der unter ihnen lebenden Bevölkerungsmasse zweierlei grundlegende Veränderungen: Zum einen, und ebenso wie auf dem Land, die von klimatischen und witterungsbedingten Beeinflussungen relative Unabhängigkeit des Lebens in den Stadtschaften – wie eine Scheidewand schiebt sich die Imagosphäre zwischen Klimate und organisches Leben –; zum anderen, und infolge dieser weitgehenden Trennung von allen meteorologischen Bedingtheiten, unter den kuppelförmigen Schleiern mittels elektronischer Detektionssysteme die Verwirklichung all jener halluzinogenen, psychorealen Lebenseffekte, die den Erdbewohnern unter vielem Anderen auch die lokal abhängige Lebensbeleuchtung gestattet: Tag, Nacht, Jahreszeitenwechsel, Himmel, Wolkenformationen, Klima-Empfindungen etc. entstehen nunmehr aus den kollektiven Bewusstseinszuständen der unter den jeweiligen Kuppelsegmenten lebenden Bevölkerung. Im europäischen Teil überwiegt als Standard eine orangerote Abendstimmung.

Aus den Witterungserscheinungen sowohl außerhalb als auch aus den abgesonderten Wärmemengen und Gasen unterhalb der Imagosphären beziehen diese voneinander abgeschotteten Lebenswelten einen nicht unbeträchtlichen Teil ihrer Versorgungsenergien.

Den Hauptteil für die Energieversorgung der Stadtschaften in Europa bestreitet hingegen das Aufgreifen der durch Abschmelzvorgänge von Gletschern Grönlands, des Nordpolareises und des Eises auf den höchsten Gebirgen – der Alpen und Karpaten – entstehenden kinetischen sowie thermischen Energien. Geophysis und Meteorologie im Zusammenwirken erzeugen »geologische Nervositäten«, die sich umwandeln lassen in elektrische Energie. Die Eis- und Gesteinsmassen dieser Regionen wurden zu diesem Zweck vollständig, d. h. über Hunderttausende von Quadratkilometern, mit Partikeln aus hochgradig ferromagnetischem Marsstaub kontaminiert, den man seit etwa zwei Jahrhunderten durch rückkehrende Mars-Missionen in größeren Mengen zur Verfügung hat. Außerhalb, und insbesondere unterhalb der Gletschermassen erfuhren die dort vorkommenden, in relativer Ruhe befindlichen Erd- und Felsgründe dieselbe Kontaminierung. Zwischen beweglichen und relativ festen Landmassen entstanden daraufhin elektrisch entgegengesetzte Polaritäten, sodass abgleitende Gletscher und Gesteinsbrocken wie das Rotorteil in einem Dynamo funktionieren. Diese Möglichkeit zur Energiegewinnung erfolgte im großen Maßstab in so genannten Friktions-Kraftwerken.

In gleicher Weise macht man sich die starken Schwankungen unterliegenden klimatischen Verhältnisse (Erwärmung – Abkühlung, partiell sowie in größeren Landesbereichen) langfristig ebenfalls zur Gewinnung von elektrischer Energie zu Nutze. Mittels komplexer Maschineneinheiten, bestehend aus großflächig angelegten, bürstenartigen Sondenbatterien und Temperaturfühlern, Supraleitungen und Speicherbatterien, vermochte man bereits zur Mitte des 21. Jahrhunderts die tektonische Unruhe der Gletscher in den europäischen Hochgebirgen sowie die durch den Wechsel von Abschmelzen und Wiedergefrieren des Permeises in Sibirien und den Polarregionen gewonnenen thermischen Energien in speicherfähige Elektroenergie umzuwandeln. Losgebrochen aus Jahrmillionen währendem festen Verbund trieben glasig stumpfweiße Eisberge, abbrechende Eispacken in den langsam sich erwärmenden Meeresströmungen, kollidierten, türmten sich übereinander, schoben sich knischend zusammen, strebten zu vielstöckigen Eisesbauten auf, drehten sich, kippten, zerschellten; aus dämmerigen Meereswassern stiegen wie Köpfe greisfarbener Urwesen neu gebildete Eisberge empor – wälzten sich im Meeresstrudeln, schimmernd in eisigen Nächten – trieben im sirupzähen Dickwasser, ebenfalls ferromagnetisch kontaminiert mit Marsstaub, aus getautem Salz- und Süßwassereis – Eis aus Salzwasser taut bei Minus 2 Grad Celsius, Eis aus Süßwasser erst bei Plus 4 Grad Celsius: aus diesem Unterschied der Taupunkte zog man immensen Energiegewinn –, zusammengeströmt zu kaltbreiigen Massen, die sich und in sich das unsichtbare, zu mikroskopisch winzigen Partikeln zerstäubte Eisen bis in den Golfstrom trugen. Als borstenförmige Schwimmer ragten die Bojen zur Energieabnahme in den zähflüssigen Strom.

Und alles ist Bewegung; jede kleinste noch wahrnehmbare Drift bedeutet Energiegewinn! Lauernd wie die Blicke des Jägers auf das heraufziehende Wild, so stechen die millionenfach eingebrachten Sonden in Eis und Gestein, nehmen aus dem Stürzen, Brechen, talwärts Rutschen, aus den zermalmenden, niederwälzenden Kräften abgleitender Eisestrümmer, felsiger Geröllmassen den kostbaren elektrischen Strom! Forschungen, Milliardensummen Investitionen für hochspezialisierte Technologien, industrielle Fertigungsprozesse schufen gegen Ende des 22. und zu Beginn des 23. Erdzeitjahrhunderts die Maschinenstationen, die weltweit als ein Netz aus Fabriken zur Bereitstellung des elektrischen Strombedarfs ganzer Erdteile ausreichend war. – Und dann die Änderung! Nicht plötzlich, nicht katastrophisch hereinbrechend, sondern schleichend, kaum wahrgenommen im Anfang, und kam dennoch einem Umsturz gleich.

Das Detumeszenz-Gen-Umgestaltungsprogramm

Während des 23. Erdzeitjahrhunderts erfolgte in planmäßig umfassender Weise die Besiedelung des Erdmonds und in dessen Folge die des Planeten Mars. Ähnlich der Kolonisation des australischen Kontinents im 17. und 18. Erdzeitjahrhundert durch Sträflinge, die vor allem aus dem damaligen britischen Königreich dorthin verschafft wurden, geschah die Kolonisation einiger Mondgebiete durch vom Planeten Erde evakuierte Menschengruppen, deren sowohl sozialer als auch psychomentaler Status in problematischen Bereichen rangierte. Auch weniger kriminell veranlagte Subjekte als solche, deren Lebensführung insgesamt gegen die Gebote der Hygiene, der Gesunderhaltung von Leib und Seele, wie auch gegen das Reglement des zivilen Gehorsams verstieß; die allgemein zu spontan aggressiven Willensausbrüchen in Rede und/oder in Taten neigenden Personengruppen erfuhren auf dem Mond im Rahmen von sozial-medizinischen Korrekturprogrammen eine besondere, intensive Behandlung. Nachdem die klassischen sozialen Therapieformen, die Arbeits- und Gruppentherapie, innerhalb dieser Personengruppen allein schon wegen der hohen Patientenzahlen im Wesentlichen versagt hatten, wandten sich führende Neurowissenschaftler anderen Methoden zur psycho-sozialen Korrektur, speziell zur Repazifizierung dieser betreffenden Klientel, zu.

Längst hatten diesbezüglich ausgerichtete Forschungsergebnisse in die Lage versetzt, einzelne menschliche Gene zu isolieren und den jeweiligen Erfordernissen gemäß zu formieren und daraufhin dem Erbstammgut der betreffenden Exemplare zu reimplantieren. Was anfangs noch mit großen Unsicherheitsfaktoren belastet blieb – die identische Erbfolge der so formierten Genome –, das führte schließlich unter Laborverhältnissen gemäß den speziellen Bedingungen auf dem Erdmond (außerordentlich hohe Belastungen der Organismen durch UV- und Gammastrahlen sowie abrupte Temperaturwechsel) dennoch zu eindrucksvollen Ergebnissen. In einem weiteren Schritt sollten sich nun die Experimente auf Homo-sapiens-Probanden außerhalb der speziellen Laboratoriums- und innerhalb ihrer gewöhnlichen Lebensbedingungen auf dem Erdmond erstrecken.

Insbesondere der Formung bestimmter menschlicher Gene, die für die Steuerung des Grundwillens verantwortlich sind, galt die Aufmerksamkeit. Ziel dieser Forschung war, die betreffenden Gene, hauptsächlich die Gene der Amygdala, die für Angst- und Stressverarbeitung sowie für Erinnerungen und Erfahrungsspeicherung verantwortlich sind, dergestalt umzuprogrammieren, dass im Stammgutträger die Ausrichtung sämtlicher willensgesteuerten Funktionen eine umgekehrte Orientierung erfuhren: eine Abwärts-Orientierung; die Verwandlung des forciven Aggressionstriebs in einen Detumszenz-Trieb unter Ausschaltung von Angst- und Stressreaktionen. Der solchermaßen umprogrammierte Gen-Bereich erhielt die Kurzbezeichnung: *Detumeszenz-* oder kurz *D-Gen*.

So beschaffene Gene wurden einigen derjenigen männlichen und weiblichen, geschlechtsreifen Probanden eingebracht, deren bisherige

Verhaltensweisen entweder besonders aggressiven oder aber auffällig angstpsychotischen Mustern folgten. Ziel war, das Wachstum eigens formierter organischer Veränderungen an den betreffenden Nervenzellen zu erzeugen (Bildung neuer Synapsen für den Funktionskreis zwischen Amygdala und Hippocampus), um damit entsprechend günstige Erinnerungen neu zu bilden unter gleichzeitiger Ausblendung störender Emotionalität und Erfahrungen.

Zweierlei Problemen galt fortan im Rahmen der *D-Gen-Testserien* die gesonderte Beachtung: Einmal die Wirkeffizienz des *D-Gens* im dafür vorgesehenen Organismus und in Folge dessen das Verhalten der Versuchspersonen selbst, als auch die ideale Vererbung des Genoms mitsamt seiner identischen Verhaltensweisen bei den leiblichen Nachkommen der Probanden. Insbesondere den durch Gen-Mutation entstehenden Allelen und deren dem Forschungsauftrag zu Grunde liegenden Ergebniszielvorgaben galten die größten Erwartungen, wiewohl die Unsicherheitsfaktoren besonders hoch anzusetzen waren.

Zu erst genanntem Problem ließen sich bei sämtlichen Probanden bereits binnen Kurzem positive Verhaltensänderungen feststellen; die Ergebnisse übertrafen jede optimistische Prognose. Schwieriger dagegen gestaltete sich die zweite Phase dieser Versuchsreihe. Einmal wegen des zeitlichen Problems: Zeugung – Schwangerschaft – Geburt und Observation der erhaltenen Exemplare. Vor allem die erforderlichen Geburtenzahlen, um aussagefähige Resultate zu erzielen, blieben zunächst weit hinter den Erfordernissen zurück. Zwar lebten die Probanden in den Erdmond-Siedlungen innerhalb von heterosexuellen Lebensgemeinschaften gemäß den zu früheren Jahrhunderten üblichen Familienverhältnissen, doch führten die mitunter extremen Lebens- und Arbeitsbedingungen auf dem Erdmond zu einem bereits stark abgeschwächten sexuellen Verlangen (was sowohl die Quantität als auch die Genauigkeit der Versuchsergebnisse beeinträchtigte). Man schritt daraufhin zur massenhaften künstlichen Befruchtung, was die gesamte Lebensweise dieser Klientel stark veränderte. Auch die Versuchsreihen selbst sahen sich vor einem speziellen Sicherheitsproblem: Einerseits galten die Versuche einer möglichst breiten Bevölkerungsschicht, andererseits, um gesicherte Ergebnisse zu erzielen, war eine hundertprozentige Abschottung der geformten Erbträger von den übrigen herzustellen, was unter den spezifischen internierungsähnlichen

Gesamtlebensverhältnissen auf dem Erdmond als äußerst schwierig sich erweisen sollte. – Die Versuchsreihe wurde unter nunmehr Lebens-Echtverhältnissen außerhalb der Laboratorien begonnen.

Fragen: Würden die veränderten Gen-Zustände den Erwartungen gemäß sich entwickeln und ein abschwächendes Verhalten bei den Probanden bewirken können? Welche Folgen zeitigte die Veränderung dieser Gene auf die Genome? Und vor allem: Wird der einmal erzeugte rezessive Gen-Zustand die Fähigkeit besitzen, in der erforderlichen Weise bei den Nachkommen zu proliferieren? – Mit diesen Versuchen waren seinerzeit die größten Unsicherheiten verbunden. Es fehlte auch im Korps der Neurowissenschaftler nicht an besorgten, mahnenden Stimmen, die Katastrophenszenarien auf Grund fehlgeschlagener Mutationen entwarfen. – Doch traten die echten Schwierigkeiten an ganz anderen Stellen als an den erwarteten zu Tage.

Um die Resultate dieser *Detumeszenz-Gen-Umgestaltungs-Testserien* vorwegzunehmen: Die künstliche Befruchtung mit den präparierten Amygdala-Genen sowie die ideale Vererbung des gestalteten Gen-Materials führte zu einem vollen Erfolg! Für die Gen-Forschung und -Entwicklung der damaligen Zeit bedeuteten diese Ergebnisse in der Neurobiologie eine grandiose Bestätigung. Hingegen das Einhalten der strengen Sicherheitsgebote zur Hege der mit präpariertem Material ausgestatteten Genome erhebliche Störungen erlitt, kurz gesagt: Das D-Gen »brach aus« – die Eindämmung misslang, das gestaltete Erbgut breitete sich unkontrolliert aus und drang in Bevölkerungskreise ein, die für diese Versuchsreihe nicht vorgesehen waren. Die Ausbreitung geschah in einem Umfang und mit einer Schnelligkeit wie bei einer spezifischen Pandemie, auf die niemand vorbereitet war!

Im Anfang, als der »Ausbruch« offenkundig ward, suchte man eilends nach dem Fall 1, dem ersten Genträger-Exemplar außerhalb der Laborschaften, weil man noch auf Eindämmung und Kontrolle hoffen wollte. Vergebens! Wie zumeist, so auch hier, blieb die Suche ergebnislos, der Fall entglitt jeglicher Kontrolle. Gewiss handelte es sich um labortechnische Mitarbeiter, die entweder durch ordnungswidrigen Geschlechtsverkehr mit Kindsfolge oder durch geplante Attentate die rasante Verbreitung des manipulierten Erbmaterials betrieben. Doch verstreuten sich die Verdachtsfälle: Techniker, Ärzte, Wissenschaftler, weibliche wie männliche – praktisch jeder kam in Frage, das gestaltete Gen-Material von einem der Probanden empfangen und seinerseits weitergegeben zu haben. Auf diese Weise gelangten die D-Gen-Träger unkontrolliert bis auf die Erde.

Binnen zweier Generationen ließen sich bei der Erdbevölkerung bereits deutliche Veränderungen im Individual- sowie im Gruppenverhalten registrieren; das *Detumeszenz-Gen* entfaltete seine Wirkung im globalen Ausmaß und führte schließlich zu den uns heute bekannten Erscheinungen, die, darf gesagt werden, vielleicht die erste wirklich gelungene Menschheitsrevolution herbeiführten: Bestimmte, den jeweiligen Erdteilen zugehörende und von allen übrigen vollkommen abgetrennte Menschenansammlungen schlossen sich zu friedlichen und freundschaftlich gestimmten Gemeinschaften zusammen. Deren ziviles Leben erscheint in unzähligen Regularien, Sitten, Gebräuchen und Ritualen festgebunden, die sämtlich überliefert werden und so fein lamelliert und bis in die kleinsten privaten Regungen verzweigt, mithin so kontiguitiv beschaffen sind, dass keinerlei Riss zum Eindringen feindschaftlicher Regungen übrig zu bleiben scheint. Unter solch gesellschaftsweit kodifizierter Maske in Folge des Einflusses Genbedingter Detumeszenz streben die Menschen kollektiv offenkundig einem sehr alten, dem Sokratischen Ideal nach, indem jeder Einzelne ausschließlich um sein Selbst sich bemüht und dadurch der Allgemeinheit zu Nutzen zu sein strebt und somit allen den größten Dienst erweist. Ein neuer »Aggregatzustand« für Gesellschaftlichkeit vermochte sich hieraus zu etablieren. Einem sarkastischen Ausspruch des damaligen schärfsten Widersachers der Gen-Versuchsreihen zufolge ähneln diese ungeplanten Errungenschaften dem »Mephistopheles«-Effekt: »Der stets das Böse will und stets das Gute schafft«! – Jetzt begannen die Zeiten der großen Separationen.

Bestrebungen zur strikten Separation gingen zuerst vom europäischen Zentralgebiet aus. Einst war dieses Europa der Ausgangspunkt für Unterwerfung, Inbesitznahme und Kolonisation großer Teile der übrigen Welt; zum Ende des 18. und mit Beginn des 19. Erdzeitjahrhunderts stellte Europa in technisch-wirtschaftlicher Hinsicht eine Supernova dar: die europäische Expansionsmacht erreichte ihr höchstes Ausmaß. Und schon exportierten die Landnehmer nicht mehr Glasperlen, Bibeln und Maschinen, im Ersten Weltkrieg exportierten sie auch die größten innereuropäischen Krisen und Konflikte in die übrige Welt – wie ein Mahlstrom zog der kriegerische Schlund Europas nahezu die gesamte übrige Welt an den Rand des Absturzes. Schließlich im Zweiten Weltkrieg schlugen die einst aus Europa exportierten Konflikte und Krisen nunmehr auf Europa zurück; wie eine vor Jahrhunderten von Europa her aufbrausende Riesenwoge der Gewaltsamkeit brach diese Woge nun über Europa herein. Die einstige Weltmacht Europa stürzte zusammen, daraufhin erfolgte bereits damals ein langsames Erlöschen alter, einst bedeutender europäischer Mächte. Hinfort bestimmten außereuropäische Kräfte über das Schicksal dieses Kontinents; Europa wurde mehr und mehr zur Beute fremder Völker und deren Machenschaften – bis zu jener Zeit im 23. Erdzeitjahrhundert, als der große Umschwung aus dem Zentrum Europas seinen Anfang nahm. Und nach etlichen Jahrhunderten des Verlusts an aktivem Einfluss auf das Weltgeschehen geriet Europa erneut an die Spitze einer planetaren Entwicklung, nunmehr nicht expansiv, sondern introspektiv.

Doch hatte auch dieser Erfolg in den Jahrhunderten davor seinen Preis gefordert: Dem »Desinteresse« der Völkerschaften an den jeweils Anderen und die Segregationen hin zur strikten Separation zu Erdteilblöcken waren enorme Völkerumschichtungen, Umsiedelungen, Vertreibungen vorausgegangen! Alle »blockfremden« Einwohner waren zu unerwünschten Personen erklärt und ausgewiesen worden; wer nicht freiwillig gehen wollte, wurde mit staatlicher Gewalt gezwungen. Keineswegs konfliktlos also fanden diese Umgestaltungen statt; große, fast die gesamte bewohnte Erde erschütternde Kriege erlebten die zurückgebliebenen und zurückbleibenden Erdbevölkerungen zur Wende vom 21. ins 22. Jahrhundert. Nachdem die fossilen Bodenschätze (Kohle, Erdöl) weltweit nahezu erschöpft waren und die Sonneneinstrahlung auf den Planeten insgesamt an Intensität zugenommen hatte, erhielten vor allem solare Energiegewinnungsformen große Bedeutung. Dem immensen Energie-Bedarf konnte nur durch Errichtung großflächiger Anlagen mit Solarkollektoren halbwegs nachgekommen werden; große Waldgebiete wurden abgeholzt, Feldschaften, auf denen früher Getreide und Mais für Nahrung wuchsen, planiert, und lichtempfindliche Anlagen zur Absorption von Sonnenenergie wurden hier installiert, hunderte Quadratkilometer groß. Stürme trugen die fruchtlose Erde davon – niemand kümmerte sich um die verwahrlosten Gebiete: Sonnenlicht war pures Geld. Wer das haben wollte, musste zahlen. Und die Preise stiegen. An den Börsen und auf den internationalen Energiehandelsmärkten verteuerten sich die Abgabezölle für Sonnenenergie. Denn kein Fußbreit Erde ohne Besitzer, und die wollten, was alle haben mussten, so teuer wie möglich verkaufen. Zu teuer schon nach kurzer Zeit. Viele einst wohllebende Gebiete auf Erden verarmten, verkamen. Völkerwanderungen nie zuvor gesehenen Ausmaßes in die noch halbwegs gut versorgten Regionen, Raubzüge, Plünderungen, Ausmordungen – atavistische Erscheinungen, uralte Kämpfe um den puren Besitz von Territorien erlangten jetzt neuerliche Verschärfung. Insbesondere den großen, sonnenintensiven Regionen in Afrika (Sahara) und Asien (Wüste Gobi) galten die Begehrlichkeiten, während die dort ansässigen Territorialeigner ihre Hegemonie bis aufs Äußerste zu verteidigen suchten.

Die letzten Weltkriege – die »Sonnen-Kriege« – kamen zum Ausbruch, als mit den Erdteil-Separationen auch der US-Dollar als planetare Leitwährung abgeschafft und unter Wiederaufnahme der uralten Parole vom »Brechen der Zinsknechtschaft« für die außeramerikanische Welt außer Kurs gebracht werden sollte. Der Weltkrieg bildete daher eine Mischform aus Wirtschafts- und politischem Territorialkrieg, und wie alle Kriege dieser Kategorien wurde er demzufolge mit barbarischer Härte und Unerbittlichkeit geschlagen. Zwar einte die meisten Völker die Feindschaft gegen Nordamerika, doch darüber hinaus waren sie weltweit durch Pakte und Bündnisse vernetzt, und nichts vermochte die Rivalitäten zu befrieden. Praktisch jede Lebensäußerung ward sofort von den Kriegsfeuern erfasst und in den sengenden Mahlstrom kriegerischer Totalvernichtung hineingezogen. Die Welt, ein Lazarett aus Krüppeln und Irren, ein Massengrab für den Rest. – Auch dieser »Sonnen«-Weltkrieg fand ein Ende, zu jenen Zeiten, als die Besiedelungsmaßnahmen von Erdmond und Mars auf weltweite Akzeptanz trafen und somit ihren ersten Höhepunkt erlebten. Viele wanderten aus, einige blieben. Sämtliche Netzwerke aber wurden zerrissen.

Um ganze Landesteile schuf man daraufhin, wie zu früheren Jahrhunderten bei Seuchen, hermetische Kordons, und jeder der hinauswollte wurde gnadenlos niedergemacht. Die Kordons galten dem »Ausblutenlassen« dort herrschender Konflikte; keine kriegerische Handlung sollte jemals wieder andere Landesteile anstecken.

Dann, gegen Ende des 23. Erdzeitjahrhunderts, waren die »Umschichtungs- und Segregationsaktionen« zum größten Teil abgeschlossen, die Feindschaften erloschen Dank befriedeter kultureller und sozial-mentaler Differenzen; die Erde sog das vergossene Blut in sich wie seit Jahrtausenden, verdaute die Kadaver, die Völker kamen zur Ruhe; die Gen-Umwandlungen zeitigten nunmehr im planetaren Ausmaß ihre Wirkung. Fortan blieben die Völkerschaften in den einzelnen Erdteilblöcken unter sich, getrennt und allein.

Infolgedessen blieben die Einwirkungen auf andere Lebensbereiche von einschneidender Prägnanz, sodass praktisch die gesamte zivilisatorische Entwicklung vollkommen unvorhergesehenen Bahnen folgte und die linear verlaufenden Prognosen verwarfen, die stets an einigen peripetischen Wirklichkeitspunkten in ihrer Jetzt-Zeit ansetzten, um an Hand dessen in die Zukunft zu extrapolieren. Einmal mehr bestätigten sich die Auffassungen, dass bei allen gravierenden Entwicklungsoptionen, sozusagen am Kreuzweg der Entscheidung, dasjenige Moment, das aus Zufallswendepunkten hervorkommende Verläufe entwirft, das Ausschlag gebende Moment sei. Oftmals besitzt unter dem zugespitztesten Entscheidungszwang das dem Unwahrscheinlichsten nächste Moment die größte Wahrscheinlichkeit im Vorkommen und verweist all jene, die anders prognostizierten, zu Propheten mit flachen Hinterköpfen. Unter dem Zwang »Recht haben und stimmen zu müssen«, zielen Voraussagen immer auf das zeitlinear Wahrscheinliche, die Wunschvernunft-Erwartung als Norm; das Unwahrscheinliche hat darin keinen Platz, bis es sich diesen Platz durch die Wirklichkeit erkämpft. Denn keine Zukunft ist kopfgerecht! Einem bekannten Ausspruch zufolge ist für die Theologie das Wunder, was für die Politik den Ausnahmezustand bedeutet. Dann übernimmt für das Leben in und mit menschlicher Gesellschaft *das Unwahrscheinliche* diese Ausnahmefunktion, ohne das kein Weiterleben möglich wäre.

Was geschah wirklich? Sämtliche Forschungen, technischen Entwicklungen, Rationalisierungen, dazu gehörte auch die weitere Maximierung der Energieausbeute, wurden im Verlauf des 23. Erdzeitjahrhunderts zunächst drastisch herabgesetzt, bevor sie gegen Ende dieses Jahrhunderts vollkommen eingestellt wurden. Keine Entwicklung weiter. Einhalt statt dessen, Stillstand und Fürsorge so lange und so weit die angesammelten Vorräte reichten. Das geschah zu jener Zeit, nachdem die Terraforming-Programme auf dem Planeten Mars in ihre erste extensive Phase eintraten, als der Erdmond zur Raumstation sowohl als Zwischenlandeplatz für die galaktischen Transporter als auch zur

Rohstoffgewinnung aus den Mondbergwerken nutzbar gemacht werden konnte. Sämtliches für diese ehrdurstigen Projekte in Frage kommendes Personal – aus Forschung, Wirtschafts- und Finanzwesen, Produktion, Militär – ward seinerzeit von der Erde abgezogen und diesen Neuen Welten zugeteilt.

Und diese auf Erden zurückbleibenden Menschen, ihrer angestammten Obrigkeiten ledig, veränderten daraufhin vollkommen ihre Denk- und Lebensweisen. Es schien, als hätten diese Völkerschaften einer uralten Erkenntnis zu neuer Wirksamkeit verholfen: Der Mensch (hatte man vor etlichen Jahrtausenden bereits erkannt) arbeitet nur grad so viel und so lange, wie er sich unmittelbar vom Tode bedroht sieht! Darüber hinaus erlischt sein Tatenwille. Diese Menschen, diese Völker – nachdem wir von der Erde fort waren – gaben nach, sie erschlafften. Das Ideal für ihr Dasein bietet seither für sämtliche Lebenssphären die allgemein sich verbreitende Detumeszenz: das Abschwellen, ein sanftes Ermatten und Abklingen jeglicher vitalen Steigerungs- und Bemächtigungstriebe. Alles expansive Verhalten erlischt. Dies auch hinsichtlich der Geschlechtsregungen im Erwachsenenalter – der Eintritt findet nunmehr nach Vollendung des 25. Erdenjahres als dem Reifepunkt des *D-Gens* statt, und damit gleichzeitig der Stillstand im Fortpflanzungswillen. Als hätten während des Dahingehens der Zeiten auf Erden allmählich sie alle vergessen wollen, wer sie sind ...

Imagosphären erschaffen den auf den einzelnen, voneinander strikt separierten Kontinenten den dort angesiedelten Bevölkerungen eine Lebensweise der *dritten Natur*. War des Menschen *erste Natur* von der gedachten Einsheit mit seinen Gottheiten inmitten von beseelt empfundenen Mensch-Natur-Verhältnissen geprägt (Animismus), entsprach die *zweite Natur* der so benannten »Vergegenständlichung sich selbst verfremdeter menschlicher Verhältnisse«. Daraus folgernd ließ sich für die nachindustrielle Phase des Menschen *dritte Natur* formulieren als die Virtualisierung verfremdeter menschlicher Verhältnisse in Form von deren Erlebens-Zuspitzung auf die Freiheitsgrade durch hochspezifizierte Technik/Technologie. – So findet sich in den Umgangssprachgebräuchen die Lebensweise dieser *dritten Natur* unterhalb der *Imagosphären* auch bezeichnet als »Leben unter der Glückshaube«. –

Derartige Lebensverhältnisse wären unmöglich zu erhalten, hätte man vor einigen Jahrhunderten nicht international wirksame Maßnahmen eingeleitet, die der Schaffung jener *Imagosphären* vorausgingen, nämlich die bereits erwähnte politische Entscheidung zur strikten Separation aller existierenden Kontinente samt der dort lebenden Bevölkerungen!

Seinerzeit fanden in den heute längst verschwundenen Parlamenten über diese Problematik der Separation erregte Debatten statt. Stellvertretend für die Vielzahl dieser Polemiken sei diese eine ungefähr auf den Beginn des 23. Erdzeitjahrhunderts datierbare Rede aus dem »Europäischen Haus« erwähnt, deren Wortlaut allerdings nur noch unvollständig in den Geschichtspaneelen zur Verfügung steht. Ein heute nicht mehr identifizierbarer so genannter *Politiker* fasste zur damaligen Zeit die Argumente für die kontinentalen Segregations- und Separationspläne zusammen:

—Glauben Sie !nicht, verehrte Abgeordnete, daß ich die fremden Völker mit ihren in meinen Augen zwar oft groben Sitten u seltsamen Bräuchen, mit ihrem — sagen wir — eigen=willigen Be=Griff von Besitztum, ihren verschrobenen Ehrvorstellungen & dergleichen religiösen Praktiken, mit ihrer abstoßenden Fertilität, den großen Gebärden voll tölpeligen Stolzes, ja daß ich ihre gesamte seelische Dramaturgie: Brutalität & Unterwürfigkeit, Grausamkeit & Weinerlichkeit, & dies in unvorhersehbarem Wexel od Alldaszusammen&auf-1-Mal, achten od gar lieben kann. Glauben Sie das !ja !nicht. Ich selbst bin mit einer [unverständliches Wort] verheiratet & !weiß wovon ich rede. Diese Frau entstammt einem !diabolischen Volk. [Lautes Gelächter im Auditorium.] Und diabolisch sind sie=alle, die sich uns u unseren mitteleuropäischen Sitten gegenüber fremd stellen. !Ausnahmslos. Unsere Geschichtsbücher sind voll mit Berichten aus Zeiten der Rückbesinnung einiger Völker auf ihre sogenannten religiösen Wurzeln, nachdem die Attraktivität des-Maschinen=Fortschritts versagt & zu=Bankrott gegangen war. Die-Ältesten-unter=uns dürften sich erinnern an Erzählungen von grausamen & hinterhältigen Scharmützeln im=Land & in den großen Städten, auch von Kriegen die begonnen aber !niemals gewonnen werden konnten. Darauf das Versagen alles zivilen Lebens & das Aufbrausen der-Grausamkeit, die wie Ozeanwogen über=uns hereinbrach. [Zwischenruf: Zur !Sache.] — —?!Was, & diese-Völker besinnen sich Heut auf ihre noch !weiter zurückliegenden Traditionen. !Dann, vorzügliche Abgeordnete, !dann wer-

28 Einführung

den wir=endgültig den Fluten tradierter Begeisterung erliegen: Dann haben wir=Europäer unseren Platz sicher : Neben gesundem Gemüse im !Suppentopf – [hörbar aufbrausender Tumult im Saal] *– –!Mögen Sie toben, Herrschaften, mögen Sie mich !Racist nennen – doch mögen Sie sich auch !besinnen darauf, !worin die-Kraft Dieservölker liegt: in Hoden & Uteri. Unter Samen&fötenflut aus den-Lenden Dieserfremdenvölker werden !wir=Europäer untergehn. Bäume & Höhlen, aus denen Das einst zur Menschheitsfrühe gekrochen kam, das werden die-Orte=der-Zukunft sein: für !uns, wenn –* [noch größere langanhaltende Tumulte] *– –*
[fehlende und vielfach schadhafte Redeteile. Dann wieder hörbar:]
–!Was !ich, geschätzte Abgeordnete, !was !ich Heut&hier !sagen will: Ich halte es immer mit der Gerechtigkeit. Und aus diesemGrund erstrebe ich !nicht, wie so oft in der Vergangenheit geschehen, die Beseitigung alles Diabolischen; wir leben schließlich nicht mehr unter den schandbaren, kindischen Maßgaben des Manichäertums einer monotheistischen Religion, die uns mit ihren jahrtausendealten Wahnideen die Instinkte für Zwietracht, Krieg, Unversöhnlichkeit & Genozid eingeimpft & so über Jahrtausende-hinweg für Unfrieden & Massenmord auf-Erden die Mentalitäten erschuf. Aber weil ich für Gerechtigkeit bin, verehrte Damen u Herren, will ich all-diese-anderen=trotzigen Völker !nicht dadurch demütigen, daß ich sie unter Ägide dieser=unserer Einen=Nation zu stellen trachte. Weder will ich unsere Intimität denen, noch deren Intimität uns aufnötigen – !nein, verehrte Abgeordnete: Jedes Volk auf Erden soll seiner= eigenen=inneren Gestalt gemäß sich entwickeln od, wenn deren Substanz verbraucht, untergehen dürfen, unabhängig von äußeren Herrscherbestrebungen, wie gerechtfertigt sie dem einen od anderen auch erscheinen mögen. Wir wollen nicht, daß die per-Dekret od per-Militärmacht Unterworfenen & mediatisierten Völker in unseren Parlamenten jegliche Beschlüsse durch ihr Votum zu-Fall bringen können, allein aus dem Ressentiment ihrer Unterworfenheit heraus. ?Was würden wir uns auf diese Weise heranziehen & heraufbeschwören: Nein-Sager=aus-Prinzip, die alles Entwicklungsfähige verhindern & Ja-Sager zu allem, was Streitigkeiten am Brennen erhält. Aus solchen Zuständen würde nie & nimmer !wirklicher Friede auf dem Planeten Erde erwachsen können, von praktikabler Politik zu schweigen, sondern nurmehr neuerlicher Haß auf all den alten Haß aus den zurückliegenden Jahrhunderten gegossen werden. Wir

sind vor kurzem in ein neues Jahrhundert eingezogen, meine Damen u Herren Abgeordneten, nutzen wir dieses noch unverbrauchte Jahrhundert zu einer neuen Entwicklung: !Schließen wir uns ab. !Zertrennen wir die-Netzwerke, die bislang trügerisch Verbindung hießen. !Überlassen wir uns unserem Weg u: die übrigen Völker dem ihren. [Zwischenrufe: –?!Was heißt das –] –?Was das heißt; ?fragen Sie mich !das ?Imernst. ?Haben Sie, die mich !soetwas fragen, ?keine Häuslichkeit. Dann hören Sie jetzt etwas Elementares: Ein Gast stellt sich ein bei Ihnen, Sie haben ihn eingeladen, er ist zu Ihnen gekommen. Sie haben miteinander ein Fest und einige Schönestunden verbracht. Das Fest ist dann irgendmal zu Ende. Doch der Gast, er !bleibt u: geht !nicht. Und besteht er zudem weiterhin auf seinem Gast-Recht, dann ist er weder Gast noch Familien-Zugehöriger, dann ist er Nichtsanderes als ein unrechtmäßiger !Eindringling. !Den-unter=Ihnen, verehrte Abgeordnete die mich jetzt&hier niederschreien, !den möchte ich bei=sich=Zuhause sehen, der nicht Aufderstelle bemüht ist, diesen Eindringling wieder !loszuwerden, & das mit !Allen ihm zu-Gebote stehenden Mitteln. (Ich hoffe jedenfalls, daß es Ihnen nicht an diesem Gran gesunden Menschenverstands gebricht.) [Zwischenruf, weniger laut: –Und ?was folgt daraus.] –Daraus, vorzüglichste Abgeordnete, kann nur Eines folgen: Betrachten wir diese Welt als Fänomen, das-Existieren darin & dessen Fänomene als gleichgültig. Mit 1 Wort gesagt: Seien wir – apathisch. Erst wenn wir ein ander so gleich= gültig geworden sein werden, so unbekannt u so bescheiden, als würde keiner von uns für den Anderen existieren – wir die Toten –, !erst !dann wird sich jedes einzelne Volk darauf besinnen können, !was es ist u: !was der Anderen Volk ist. In der Entscheidung zum !bewußten Aufhören= Wollen mit althergebrachten Lebens&verhaltensweisen – erst !darin bekundet sich wahrhaft Der Freie Wille. Nicht das-Wissen um Die-Letzten-Dinge, wir wollen das Wissen um die wieder=!Ersten-Dinge. Die Zeiten sind reif geworden für diesen Schritt. Die alten Dinge & Worte haben ihre Glorie verloren; lassen Sie uns Neue Geschichte !beginnen. Meine Damen u Herren : Lassen Sie uns !mehr !Souveränität wagen. – –

[Folgend Rauschen und andere akustische Störungen bis zum Ende]

Das Erstaunlichste in dieser Hinsicht geschah: Solcherart Reden verfingen, wurden in die Tat umgesetzt und bewirkten entsprechende Folgen! So begannen einst die kontinentalen Separationen.

Aus dieser Entscheidung zu kontinentalen Abgrenzungen, zunächst auf einen »Probezeitraum« beschränkt, erwuchsen schließlich dauerhafte Zustände, die, wie eingangs erwähnt, bereits vom Anflug aus dem Orbit her sichtbare Formung erhielten, indem die Erdteilkonturen wie mit dicken hellen Farbstrichen markiert erscheinen. Diese hellen Konturen erweisen sich aus der Nähe betrachtet als kontinentale Barrieren: Auf etlichen Kilometern Breite, von jeglicher Vegetation und menschlichen Ansiedlungen bereinigte Schutzzonen, wie sie in der Geschichte der Menschen bisweilen angerichtet wurden, die sich ihrerseits als Vorbildner berufen können einmal auf die Große Chinesische Mauer »Wan li Changcheng« aus den Jahren −220 bis −209 IZR[1], sodann auf den im Jahr +117 IZR von römischen Legionären im Norden Britanniens gegen dort ansässige Barbarenvölker angelegten »Hadrianswall« als auch auf die »Berliner Mauer« aus dem Jahr +1960 IZR – um nur einige dieser Wallkonstrukte zu erwähnen. Sämtliche dieser Bauwerke dienten stets einem Doppeleffekt: Ausschließung und Abwehr sowie Zulassung und Schutz jeweils nach beiden Seiten!

Die aktuellen Barrieren bestehen aus senkrecht und lückenlos aufgestellten Betonsegmenten, jedes Segment von durchschnittlich vier Metern Höhe. So folgen sie den Tausenden Kilometern entlang der Küstenlinien – grandiose, überwältigende Bauwerke sind diese seit Menschengedenken größten, umfassendsten Sperranlagen, mit denen die natürlich entstandenen Kontinente in ihren äußeren Gestaltungen sich umgrenzt finden! Zu beiden Seiten dieser Mauern sind zusätzliche Hindernisse errichtet worden: parallel zum Mauerverlauf und längs der Küstenlinien abwechselnd Erdwälle und tiefe Furchungen, jeweils auf einer Breite von mehreren hundert Metern angelegt, genannt das »Kalmland«. Sorgsam von jeglichem Bewuchs freigehalten, den blanken Boden (Sand, Erde, Gestein) entblößend, bieten sie den bereits aus

---

[1] IZR: Irdische Zeitrechnung. Die in früheren Jahrhunderten üblichen Zeitangaben »vor« bzw. »nach Christus« wurden längst aufgegeben, weil mit einer als fiktiv erwiesenen Gestalt namens »Christus« das Konkretum einer Zeitbestimmung nicht länger vereinbar erschien. Die auf dem Strahl für ganze rationale Zahlen begründete IZR gestattete erstmals die Einführung des Jahrhunderts Null. Daher verschieben sich alle historischen Datierungen um 1 Einheit dem Nullpunkt entgegen; das 19. Jahrhundert beispielsweise umfasst die Jahre 1900 bis 1999, das 23. Jahrhundert bedeutet die Jahre 2300 bis 2399. Eine solchermaßen beschaffene Zeitrechnung kommt der unmittelbaren Anschaulichkeit weit mehr entgegen als die frühere Zählweise.

vielen Kilometern Höhe erkennbaren Anblick der seltsam hell erscheinenden Kontinentalumrisse. – Auf der einen Seite der Schutzwallanlagen folgt immer das Meer, einer der Ozeane; auf der anderen Seite, dem Innern der Kontinente zugewandt – gleichgültig ob Wildnis oder Zivilisation – alles, was niemanden von außen Kommenden je mehr interessiert. Entstanden ist eine besondere Form von Niemandsländern für jeweils die Anderen, die nicht dort ansässig sind; die Welt besteht nurmehr aus Resten von Welt.

Im Gegensatz zu all seinen historischen Vorgängern sind diese Kontinente umspannenden Absperranlagen heutzutage vollkommen unbewaffnet; weder Grenzposten, Stacheldraht, Panzersperren, Selbstschussanlagen oder Minen bilden Hindernisse für eventuelle Immigranten. Man hatte bereits vor Jahrhunderten letztlich die Unwirksamkeit solcherart bewaffneter Demarkationslinien erkannt. Auch bilden diese Kontinentalwälle zugleich die Endstellen für sämtliche Verkehrsverbindungen, Nachrichten- und sonstigen Kanäle, die einstmals die Kontinente, wie man vom heutigen Standpunkt her untertreibend sagen darf, zu wenig Glück bringenden Netzwerken mit groben, hierarchisch flachen Abhängigkeiten verflochten. Sämtliche Nervenbahnen dieses Wesens namens Welt sind durchtrennt und gekappt worden; jedes auch hinsichtlich der Kommunikation separierte Teil muss fortan, ohne Verbindung zu den anderen Teilen, sein Dasein selbst entwickeln. Aus dem falschen Einen wurden Viele.

Diese Barriere-Anlagen haben nunmehr ausschließlich symbolischen Wert, umso deutlicher, je weniger Migranten (leibliche oder auf elektronische Weise) die Sperranlagen zu überwinden trachten. Zum Erhalt dieser Monumentalbauwerke[2] waren, wie schon zu frühe-

---

[2] Berichte aus früheren Epochen wissen von Bevölkerungsmassen, die unter Anwendung von Zwangsverordnungen zur Arbeit an den Kontinentalwällen verpflichtet wurden. Ähnlich den Millionen von Arbeitskräften beim Bau der ägyptischen Pyramiden wurden nun entsprechend der *Biologie der Machtausübung* in den jeweiligen Erdteilen verschiedenartige Zwangsmaßnahmen vollstreckt: In den europäischen und nordamerikanischen Teilen erfassten die Zwangsverpflichtungen die verarmten Bevölkerungsmassen, die unter Androhung von Entzug jeglicher finanzieller Unterstützung von Staates Seite zu diesen Leistungen gepresst wurden, während im südamerikanischen, zentralasiatischen, vor allem auf dem afrikanischen Kontinent auf Grund tatsächlicher Versklavung der mittellosen Bevölkerungsmassen für die Bau- und Instandhaltungsmaßnahmen an den Wallanlagen die benötigten Arbeitskräfte vorhanden waren. – Späterhin, nach umfassender Elektronifizierung der Lebensprozesse, ließen sich diese archaischen Verhält-

ren Zeiten, martialische ökonomische Aufwendungen und immense menschliche Arbeitsleistungen vonnöten, allein schon der ständig notwendigen Entfernung jeglicher Vegetation in den Sperrzonen wegen, bevor im 23. Erdzeitjahrhundert das geophysische Formungs-Verfahren entwickelt wurde und zur Anwendung kam: Mittels unterirdisch installierter, rechnergesteuerter Grabe- und Erdaufwurfmaschinen, so genannter *Maulwürfe*, die gezielten Verwerfungen an und im Erdreich vorzunehmen, sodass die charakteristische Oberflächengestaltung bei gleichzeitigem Verhindern jeglicher pflanzlichen Keimentwicklung erzielt werden konnte; trotz also dieser grandiosen Investitionen in Arbeitskraft und wissenschaftlich-technische Intelligenz haben diese gigantischen, Welten teilenden Barriereanlagen ausschließlich symbolischen Wert, und das schon seit der Stunde ihrer Errichtung. – Arbeit als Symbol! Je schwerer, aufwendiger, Kräfte zehrender die symbolische Arbeit, desto überzeugender für die Arbeitenden in der Wirklichkeit! Welch grandioser Paradigmenwechsel! Welch kollektiver, wahrhaft Völker verbindender Motivations- und Mentalitätsumbau in Form von Erkenntnis zur Notwendigkeit gegenseitiger Separation!

Diese Erkenntnis scheint in allen Völkerschaften nunmehr tief eingewurzelt; das Symbolische dieser Wallanlagen übertrifft die einstige Abschreckung, mit der vergleichbare Bauwerke in der Historie operierten, an Stärke um ein Vielfaches, und Stärke – gleich welcher Art – besitzt bei den Massen alle Mal die größte Überzeugungskraft.

Man hatte, kurz gesagt, anhand Jahrhunderte langer Konflikte erkannt, dass unter den Bedingungen der bis dahin international entwickelten Lebens- und Arbeitsprozesse die Maßgaben zur weiteren Annäherung, gar zur zwangsintegrativen Verschmelzung von Völkerschaften sowie die fortschreitende Vernetzung von Leben und Arbeit auf einer Reihe folgenschwerer Irrtümer beruhte: Denn Annäherung, Integration, schrankenlose Kommunikation sind keine Werte an sich; Annäherung unter spezifisch hoch entwickelten Lebensweisen evoziert vor allem Bedrohung; allen verfügbare Vernetzung erbringt letztlich katastrophische Zustände für Arbeit und Leben der gesamten

nisse zwar abschaffen, nicht jedoch die Armut in den größten Teilen der Bevölkerung. Im Gegenteil, diese stieg an zu schmerzhaften, bedrohlichen Größenordnungen, – bis zu jenem Punkt, der weltweit mit Beginn des 23. Erdzeitjahrhunderts die kolossalen Umorientierungsprozesse einleitete.

Menschheit, weil die umfassende Gleichheitsschwelle die Aggressionen nicht lindert, sondern erhöht! Allein die strikte Separation, hatte man erkannt, bietet Chancen für eigenständiges, souveränes Leben. Und diese Chancen, so der Anschein, hat man auf dem gesamten Planeten Erde nunmehr zum Status quo erhärtet, mit den jeweils kulturell-tradierten Besonderheiten: im abendländischen Dasein der Tendenz folgend zum langsamen, friedlichen Erlöschen sämtlichen menschlichen Lebens. –

Im Verlauf von beinahe einhundert Erdjahren ist der Gesellschaftskörper in den Erdteilen in unzählige exzentrische Kreise zerfallen – sie besitzen allsamt ihren Mittelpunkt, doch keinen gemeinsamen. Autoritäten gelten nur in ihren Kreisen, außerhalb dieser kennt sie niemand, und sie verfügen daher über keinerlei internationalen politischen Einfluss. Die Macht der Medien, einst die letzte Zentralgewalt, ist seit langem zerstreut in die Vielheiten von Informationskanälen, darunter die bedeutendsten die der Holovisionsapparate (s. hierzu in den »Anmerkungen, Teil 1«, S. 482-484). Auch haben sich die hierfür einst gültigen Hierarchien umgekehrt: Die Allmacht der Medien ist verloren gegangen. Zwar blieb ihr Einfluss erhalten, doch kehrten sich die Vorzeichen um, und ihre Macht stand im umgekehrten Verhältnis zu der Abhängigkeit, der die Medien sich unterwerfen mussten. Die Abnehmer der Nachrichten bestimmen seit langem, was sie abnehmen wollen: Sie haben keine Gedanken, sondern Erinnerungen – wenn sie sprechen, sprechen sie bereits Gesprochenes; wenn sie die Medien nach Informationen absuchen, assimilieren sie das Gefundene ungesondert – Rosen und Dreck, Blut und Schokolade, Folter und haute cuisine. Und Morgen alles wieder vergessen, weil ihre Sensorien keine Tiefenwirkungen kennen. Sie herrschen ohne das Wort zu kennen, aber sie herrschen durch die Medien, deren sie sich bedienen, und weil sie das tun, beherrschen sie diese Medien. Dabei ist keine Bevölkerung in summa gesehen ungebildet, im Gegenteil, sie weisen die typischen Charakteristika von gebildeten Nationen auf, jenen alles umfassenden Trieb zum Musealen und zum Artenschutz; dem Aufbewahren und Stillstellen von allem, was vergehen will – die angehaltene Zeit. Statt Einflussnahme und Dirigenz, gilt unter solchen Bedingungen für die Nachrichtenfabrikanten nun das Gehorchen; Bedingungen, die sie sich selbst geschaffen haben durch striktes Selbst-Unterwerfen dem Kundenverlangen. – Infolge einer solch umfassenden politischen und wirtschaftlichen Dezentralisierung und Konversion aller Kräfte lassen sich im öffentlichen Leben zwar diktatorische Erscheinungen vermeiden (wenn man die *Diktatur der Sanftheit* als Oxymoron ausschließt), das Leben insgesamt mag weniger Härten aufweisen, die Ansichten der Menschen über ihre Zeit besitzen mehr Nuancen als früher, doch bleiben sämtliche Kräfte zur Tat in dieser zartfühlenden Nachgiebigkeit stecken wie in einem warmen Morast.

Immer wieder zu Zeiten vor zwei, drei Jahrhunderten brach in den Menschen eine bestimmte Sehnsucht auf, ein tiefer Drang, der Gehetztheit und dem Gejagtwerden durch alle Lebensprozesse zu entsagen! Denn so empfand man inzwischen das Leben. Gleichmaß, Lebenssicherheit, Einebnung aller Abgründe von Unglück und Glück – dem galt diese weit um sich greifende Sehnsucht. Überaus gern zitierte man seinerzeit einen heute längst vergessenen, antiken Tragödiendichter mit den Worten: »*Nicht* geboren sein – *schönster* Wunsch! / Führte aber der Weg ins Licht, / Dann aufs schnellste den Weg *zurück*, / das ist das Beste *danach*, bei weitem.« Somit ist festzustellen, dass in den breiten Bevölkerungsmassen gegen das verordnete Stillstellen keine ernsthafte oder nennenswerte Gegenwehr zu verzeichnen gewesen wäre.

Man hat sich durch die *Imagosphären* einen eigenen Himmel erschaffen, ohne Gott und höhere Wesen, die Erde ward irdisch, Tag und Nacht, Sonne und Mond rühren einzig aus dem Seelenleben der Menschen; die Macht der Tat ist klein geworden, fast gebrochen und neutralisiert, die Macht der Seelenkräfte dagegen aufgestiegen zum einzigen Wahrheitskriterium. Doch haben diese Menschen darüber die wirkliche Sonne, den wirklichen Himmel mit seinen Wettern und die Nacht mit ihrer tötenden Finsternis ebenso vergessen wie die Lust und Freude an Arbeit und Leistung. Die Regierungsmacht der Erdteileinheiten liegt seither in mindestens ebenso vielen Händen, dass niemand mehr zu sagen weiß, wer im eigentlichen Sinn die Regierungsmacht inne hat und diese auch anwendet.

Allein der Name der europäischen Regierungsinstanz – »Haus der Sorge« – umschreibt schon den gesamten Übelstand: eine erdteilweite »Komplexannahmestelle«, bestimmt und geleitet von einer Bürokratie der Langsamkeit, dient einzig und letztlich der Verwaltung des sanften Verschwindens. – Aus dem Verfassung gebenden Text für diese »Regierung« seien die folgenden Passagen, die dem Inhalt dieses Grundlagentextes entsprechen, zitiert:

Die Völker des Europäischen Blocks haben durch ihr Votum bekannt: Wir wünschen weder Herren noch Herrscher. Wir wollen jedoch nicht ohne Obrigkeit sein. Diese=unsere Obrigkeit ist eine !weltliche Obrigkeit.

In allen vergangenen Jahrhunderten haben sich Staat's Oberhäupter, sei es per Selbst=Ermächtigung od per Amt's Eid, auf eines Gotte's Gnade & Hilfe berufen – von IHm wolle man seinen Platz-auf-Erden bestimmt bekommen haben; IHm, den es nicht gibt, verpflichtete man sich zur-Wahrheit. So schmuggelte sich selbst in die weltlichen Regierungen auf hinterhältige Weise in den Staatsgedanken die-Theologie..... Aus Regierungsoberhäuptern wurden versteckte Ober-Priester..... die sich in allen entscheidenden Situationen plötzlich auf Die-Vorsehung beriefen & somit ihre Amt's Gewalt wie ihre eigene Person vermittelst der Aura spiritueller Gewalt unangreifbar zu machen suchten. Doch vergaßen diese Gotte's Berufenen beiläufig, daß sie, selbst die windige Autorität 1 Gottes vorausgesetzt, dann erst recht nicht diese Gottes Autorität auszuführen hatten. Selbst in diesem theologischen Sinn hatten sie sich der-Amtsanmaßung !schuldig gemacht.

Die Obrigkeit, die uns=in-Europa regieren soll, wird sich=selbst zur Staatsmännischen Autorität erziehen; Sie soll sich fernhalten von allen außerstaatlichen Interessen. Die Obrigkeit soll keine Geschäfte treiben, soll keine Vertreter der Geschäft's Welt in Ihrer Nähe dulden, noch gar von denen Die Gesetze, Verordnungen & Maßnahmen sich diktieren lassen.

Die Obrigkeit muß Gerechtigkeit walten lassen, nicht Grausamkeit od Willkür, die zumeist fremden Interessen zugute kämen, die mit der fraglichen Sache nichts zu tun haben.

Gerechtigkeit: Das heißt von seiten der Obrigkeit an einer beliebigen Person deren Freiheitssfäre zu respektieren, was sowohl dieser Person als auch der Allgemeinheit wiederum zu=Gute kommt, indem sie=ihrerseits das Verhältnis zu den Grundwerten ausgestalten kann. – Gerechtigkeit von seiten der Regierten heißt innerhalb einer gesellschaftlichen Gegebenheit die Möglichkeit bieten für die Zustimmung zu eben=diesen Gegebenheiten, ohne daß damit irgendwelche persönlichen Interessen verbunden sind. Gerechtigkeit stellt somit auch Heute die Summe aller Tugenden dar, von denen eine Gesellschaft als Gemeinwesen bestimmt ist.

Die Obrigkeit muß Nachsicht üben können, ohne schlaff zu sein; Ohnetadel, aber nicht heuchlerisch. Die Obrigkeit muß vor=Allem Mut beweisen können; Sie darf der Massenmeinung nicht unterliegen, darf nicht wankelmütig dem Zuspruch der-Menge sich beugen – Obrigkeit

muß sich=Selbst gegenüber Standfestigkeit beweisen & aushalten, wenn die Lage das erfordert. Macht, benutzt, nutzt sich ab & schneller, je häufiger Macht sich verfügen muß. Macht heißt Status, Aura, Regularien; wer sie kennt & versteht, fügt sich ein.
Die Obrigkeit besitzt Das-Recht-auf-Begnadigung. Dieser Akt=der-Souveränität hat sich auf die der Gnade Würdigen zu beziehen; andernfalls würde aus Gnade Unrecht entstehen.
Die Obrigkeit soll sich als obersten Hüter des-Staatsgedankens erkennen, nicht als Oberhaupt irgend-1 Gruppierung od 1 Standes : Die Obrigkeit hat mit den-Regierten ein Vertragsverhältnis zu erfüllen: Sicherheit von der Obrigkeit für die-Regierten, dafür von seiten der-Regierten Gehorsam gegenüber der Obrigkeit. Diese Sicherheitsgarantie hat sich sowohl auf territorialen als auch auf ökonomischen Schutz zu erstrecken. Dieser Schutz betrifft die-Schutzbedürftigen, nicht weil sie per se irgend Schutzes bedürftig sind, sondern weil sie als Schutzbedürftige in eine Zwang's Lage & in die Unfreiheit geraten können. Hingegen die persönliche Freiheit den Grundstock bildet für ein gesellschaftliches Zusammen=Leben, das Gewalt & Kriege zu verhindern bereit & auch !fähig ist. Von-jeher bildete Das Problem=der-Ausweglosigkeit..... infolge der Inmassen immer stärker gegen:ein:ander aufrückenden Erdbevölkerung den-Stachel für eskalierende Gewaltausbrüche jeglicher Art – ein kollektiver Treibhaus-Effekt erstickte sämtliches zivilisatorisches Miteinander. Erst die Möglichkeit zum Ausweichen auf andere Planeten & dortige Ansiedelung von bestimmten Menschen=Gruppen ließ bei den Zurückbleibenden in den sich separierenden Kontinenten Dasleben als »Friede= Auferden« geraten.

Schon diese kurzen Auszüge aus der Präambel zur Europäischen Verfassung vom Ende des 23. Erdzeitjahrhunderts lassen das Ausmaß der Misere für das gesamte zivile Leben ermessen! Zwar variierte der Wortlaut dieses Verfassung gebenden Textes im Lauf der Jahrzehnte, in Abhängigkeit vom progressiven Ausbreitungsgrad der D-Gen-Erbträger, doch änderte das nichts am Gesamtinhalt, deutlich werdend schon an den zahlreichen Umbenennungen der Regierungsinstanz: vom »Kabinett der Europäischen Verantwortung« schließlich zum »Haus der Sorge«. Letztlich bestimmen Richtlinien wie diese zitierten seit nunmehr fast zweihundert Jahren die Normen und Regeln für das gesellschaftliche Leben auf diesem Erdteil.

1. Heimkehr und Staatsbau

All diesen, genannten und ungenannten, per Gesetz eingeführten Übelständen ist durch den Vollzug der E.S.R.A.-I-Mission ein für alle Mal abzuhelfen! Zu diesem Zweck wird zunächst in jedem der Erdteile eine Leitbild gebende Konferenz einberufen; die einzelnen Ergebnisse sind daraufhin abzustimmen auf die lokalen Erfordernisse. Letztlich besitzen ausschließlich die Ordentlichen Mitglieder des Komitees die Legitimation zum Fassen von Beschlüssen samt deren Durchführung.

Hieraus erwächst die aktuelle, nicht allein auf den Europäischen Block und dessen Zentralgebiet bezogene, sondern vielmehr die weltweite Bedeutsamkeit unserer Mission E.S.R.A. I.

Verzeichnis der Heimkehrer vom Planeten Mars:
Die gesamte E.S.R.A.-I-Expedition umfasst 1.525 Personen, deren Herkunft zweifelsfrei aus Marsgeborenen besteht. Dieses Personal gehört somit ausnahmslos zum »*Senat der Fünf*«, wie es aus den zugehörigen Berufsgruppen sich zusammensetzt:

Eins — Künstler, Wissenschaftler aller Sparten
Zwei — Arbeiter, Bauern, Techniker aller Berufszweige
Drei — Angestellte, (Elite-)Soldaten
Vier — politische Amtsinhaber, Verwaltungsbeamte
Fünf — Unternehmerschaft, Bankiers

Sämtliche Bevölkerungsteile außerhalb dieser fünf Kategorien, zudem insbesondere jene, die aus Mischehen nach dem Abschluss der Terraforming- sowie der *D-Gen-Umgestaltungsprogramme* geschlossen wurden, und aus denen Nachwuchs in den Stadtschaften der Mars-Regionen entstanden ist, kommen sämtlich für die Rückkehr zum Planeten Erde nicht in Betracht bzw. sind, sofern diese Exemplare bereits auf den Planeten Erde sich einschleusen konnten, ausfindig zu machen und an der von allen gegenwärtigen und künftigen Berufsentwicklungen im Rahmen *nachfolgender E.S.R.A.-Vorhaben* auszuschließen.

Im Vollzug einer bislang einmaligen Aktion werden die vor acht Generationen aus dem Bestand der gesamten Erdbevölkerung ausgesonderten und seinerzeit auf den Mars verbrachten Exemplare infolge der positiv verlaufenen Rückzucht-Versuchsreihen nunmehr der Erdbevölkerung als »reparierte« Gen-Träger wieder zugeführt. In den nur auf dem Mars vorhandenen Laborschaften wurde im Rahmen des so genannten *Kontrektations-Gen-Umgestaltungsprogramms* für die Stammzellentwicklung wiederum an den Genen der Amygdala das retrograde Wachstum hinsichtlich Forcierung des umfassenden Annäherungsverhaltens eingeleitet; die erstellten Laborergebnisse bestimmen den geeigneten Zeitpunkt für diese Rückführaktion auf die Jetzt-Zeit. Exemplare, die einst infolge einer Sicherheitspanne in den Marslaboratorien in »wilder« Form über Mars und Erde sich ausbreiten konnten – die mit dem *Detumeszenz-(D-)Gen* präparierten Exemplare –, werden nun erfasst und mit dem *Kontrektations-(K-)Gen* in kontrollierter Form gezielt und erdweit umgestaltet.

Für die Rückkehr zum Planeten Erde als geeignet gelten somit ausschließlich entweder die aus dem *K-Gen-Umgestaltungsprogramm* hervorgekommenen Exemplare oder jene, die von jeglichem Gen-Programm ab ovo ausgeschlossen geblieben waren (die »Naturalisten«). Alle außerhalb dieser Kategorien geführten Exemplare verbleiben, wo sie sind: auf dem Planeten Mars bzw. auf dem Erdmond als Arbeitskräfte je nach Fähigkeiten und Bedarf.

Es wird darüber hinaus zu entscheiden sein, wie in den Fällen von Widersetzlichkeit mit den betreffenden Exemplaren zu verfahren sei. Des Weiteren ist zu klären, was nach dem Ableben dieser so kategorisierten Exemplare zum einen mit deren Eigentum, zum anderen mit deren Nachkommen künftig geschehen soll.

Zur Entscheidungsfindung insbesondere über die hieraus entstehende Frage nach dem Umgang mit Gen-Mischlingen 1. Grades sowie der weiteren Unterteilung in den Mischgraden werden die Beschlüsse der Ersten Marskonferenz in Utopia planitia vom 20. Januar des Marsjahres 0042 als verbindlich erklärt und im Rahmen des so genannten *Kontrektations-Gen-Umgestaltungsprogramms* für die Erdbevölkerung als Richtvorgaben empfohlen.

Aus diesem Anlass wird nach erfolgter Rückkehr auf den Planeten Erde eine für sämtliche Erd-Teile zuständige Konferenz im Zentralgebiet des Europäischen Blocks einberufen werden. Mit der Organisation betraut ist ein hierfür noch zu bestimmendes Komitee aus Vertretern des »*Senats der Fünf*«. Dieses Komitee, zunächst in Zusammenarbeit mit den hierfür in Frage kommenden Erd-Behörden, insbesondere mit jener Behörde, der die Energiebereitstellung untersteht, setzt die Konferenzbeschlüsse im vollen Umfang durch.

Das Geld-Wesen muss wieder eingeführt werden; andere Äquivalente und Tauschmittel als komplementäre Währungen, so die personenbezogenen Energieeinheiten im Europäischen Block, sind abzuschaffen. Sobald Wille, Wünsche und Vorstellungen in den Menschen wieder die Oberhand erhalten werden, wird auch *Geld* seine Gewinn bringenden Kräfte aufs Neu entfalten. Denn wo Begehren seinen Sog entwickelt, strebt *Geld* herzu und entwirft neue Wünsche, neue Vorstellungen und neues Begehren – die Brücken und Fenster für Zukunft.

Im Vollzug dieser Maßnahmen hat daraufhin die schrittweise Eliminierung der Erd-Behörden zu erfolgen. Insbesondere die Auflösung des »Hauses der Sorge« hat schnellst möglich zu erfolgen, um an dessen Stelle einen funktionsfähigen Regierungsapparat mit umfassenden politischen, wirtschaftlichen und militärischen Kompetenzen zu installieren. Das Modell hierzu bietet das politische und Verwaltungsstrukturschema der Marsstadtschaft Cydonia I.

Vom Gesamtpersonal aus dem *»Senat der Fünf«* sind 258 Personen mit der Zuständigkeit für den Europäischen Block delegiert (zusätzlich der Hauptteile aus der Arktis-Region). Das übrige Personal verteilt sich anteilsmäßig auf die übrigen Welt-Einheiten: die Asiatische Einheit (samt Ozeaniens), die Panamerikanische Union (inklusive Grönland); die Arabische Konföderation sowie die Afrikanische Sezession (zugehörig die Antarktisregionen). Innerhalb dieser einzelnen Welt-Einheiten haben sich die entsprechenden Verwaltungseinrichtungen zum Sichern der Durchführung unserer Mission in der gleichen Form zu etablieren, um daraufhin und nach Abstimmung der Einzelergebnisse, sodann die interplanetaren Aufgaben im Verbund zu lösen.

Seit dem Einsatz jegliche Materie durchdringenden Energiestrahlen, genutzt seit einigen Jahrhunderten, sind Intimsphäre und Privatleben, separiert in opaken Gehäusen, eine Illusion. Vielmehr liegt es im Interesse der Menschheit, eben diesen Massen einen Lebenszustand zu schaffen, der einerseits Lebenssicherheit auf Dauer verspricht, andererseits niemanden überfordert: Die Überschätzung des Privaten, der Irrglaube vom Glück des Einzelwesens ebenso wie die Fantasien vom Ausleben individueller Gelüste gehören zu diesen falschen Bemühungen, aus denen letzten Endes das vernunftlose Auf und Ab der Weltgeschichte seine Peripetien hernahm. Nicht die Existenz zu vieler sinistrer Menschen bedeutet das allgemeine Unglück und den Niedergang von einst blühenden Zivilisationen, sondern vielmehr die Dominanz zu vieler guter Menschen mit zu guten Absichten, die jedoch mit unzureichenden Fähigkeiten Einzelner und schädlicher Konkurrenz der Unfähigen im Gesellschaftsverbund in eins gehen, war und ist die wahre Ursache für Unglücke im Menschheitsstreben. Neigung und Fähigkeiten widersprechen einander oft – das Hauptübel aller Dilettanten, auch der Dilettanten für Leben und Politik.

Aufbauend auf den Neuzuchtmaßnahmen und der erdweiten Proliferierung der *K-Gen* präparierten Exemplare zum Erhalt dermaßen geformter, stabiler Populationen liegt eines der geopolitischen Hauptziele nachfolgender E.S.R.A.-Missionen. Im politischen, wirtschaftlichen, militärischen Wiederzusammenführen aller bislang streng separierten Welt-Teile mit dem Ziel, diese wieder gegründeten, funktionsfähigen Einzelstaaten mit einem hohen Mischungsgrad der unterschiedlichsten Völkerschaften daraufhin zu integrieren zu einem Weltstaaten-Bund unter einer einzigen, zentralisierten Regierung, deren Sitz mit dem Namen »Staat des Friedens« im Orbit auf geostatischer Umlaufbahn sich befinden wird, besteht das anzustrebende Endresultat. – Allen Folgemissionen unter dem Namen E.S.R.A. gelten daher die Sicherung und das Wiederinstandsetzen des planetaren zivilen Lebens unter Ägide Gen-positiver Menschheit, wie es dieser Gattung von jeher unabänderlich als arttypisch eingeprägt ist – ob auf Erden oder auf irgend anderen Planeten im All, sobald diese von Menschen in Besitz genommen werden.

Die Völker auf Erden hatten sich gegeneinander abgeschlossen mit einer Entschiedenheit, wie zu früheren Zeiten vor einer Pestepidemie. Und in der Tat, als eine Pest erwies sich vor mehr als drei Jahrhunderten die voreilige Verflechtung der Welt und der Beziehungen der Menschen untereinander in all ihren Lebensäußerungen – die räuberischen Netzwerke. Sie ließen den irrigen Glauben an die Allgleichheit der Menschen untereinander aufkommen, denn oft wurde aus der Möglichkeit zu Etwas sofort auf die Richtigkeit dieses Etwas geschlossen; alles was möglich ist, bedeutet Sinn, und alles was sinnvoll ist, das müsse auch richtig sein. Wo alle mit allen gleichermaßen kommunizieren konnten, so der Irrglaube, konnten alle mit allen gemeinsam frei sein. Immer weiter zunehmende Freizügigkeiten schufen den Eindruck von Freiheit. Daraus begründete sich eine neue Art der Verwilderung, der kalkulierten Raserei und des unbedenklichen

Bemächtigungsstrebens; die entsetzliche Seite der Freiheit. Mit der Verwilderung aller kam Feindschaft auf gegen alles, was nicht Gegenwärtiges hieß. Der gewaltsame Tod war bei weitem nicht aus der vernetzten Welt verschwunden, er hatte nur bisweilen sein Äußeres verändert. Jede Zeit hat ihren Tod, und diese Tode unterscheiden sich zuerst im *Geruch*. Und dieser Tod in der damals vernetzten Welt duftete verführerisch nach teuren Parfumes und trug sich im Geruch des Geldes, ließ die Menschen in eine komfortable Betäubung versinken.

Dann plötzlich, unvorhergesehen, zerbissen Schwaden Chlor und Formalin den wohltemperierten Lebensodem, rissen die vom eigenen Freisein überzeugten Menschen in erschreckendes Wachsein: der neue Krieg, der elektronische Krieg! Der verursachte ebenso Tote wie alle anderen Kriege davor, an Zahlen sogar noch weitaus mehr als der letzte Weltkrieg konventioneller Art. Denn dieser elektronische Krieg konnte sich ungehindert in den Netzwerken verbreiten wie ein tödliches Virus im Blutkreislauf eines von ihm befallenen, wehrlosen Lebewesens. Zum leiblichen Tod trat der soziale Tod hinzu, das Massensterben geschah auf doppelte Weise: zuerst in den Datenspeichern, danach in den Elendsasylen. Kein Gegenmittel konnte Rettung bringen, nichts und niemand dem Wüten dieses Kriegsvirus die Barriere entgegenstellen. Und wieder füllte sich die Welt mit Toten. Doch dieses Mal begegnete man zuhauf ungestorbenen Leichnamen; Menschen, die von jeglicher Lebensbeziehung abgeschnitten waren, nichts anderes mehr als ihre leibliche Existenz besaßen, doch war diese buchstäblich nichts wert, weil das Leben allein als vernetztes, elektronisches Leben Gültigkeit besaß, alles Organische dagegen lediglich als Verwesungsmaterie betrachtet wurde. Das war die neue Seuche! Und diese Seuche musste in sich ausgebrannt werden so lange bis keine Substanz zur Vernichtung mehr übrig war. – Dem sollte der große Frieden im ewigen Abendlicht einer wärmelosen Sonne folgen, einer Sonne zum Ausheilen der Spuren dieser Pest in Denken und Tun der übrig gebliebenen Menschen. Doch was einst beim Entstehen ein Heil gewesen, das kehrte sich durch Ableben aus sich selbst zum Unheil. Was folgte, ist bekannt.

Heute ist wieder eine andere Zeit. Lasst uns in einem neuen Anfang wieder neu beginnen. Auf dass der ewige Abend ende und die wirkliche Sonne und die Sonne der Wirklichkeit auf Erden wieder scheine!

Nachtrag

Im Anhang zu den »*Anmerkungen, Teil 1*«, S. 502 ist dargestellt das nunmehr auch für den Zentral-Europäischen Block (Z.E.B.) allgemein gültige politische und Verwaltungsstrukturschema, das in dieser Form vom Marsstaat Cydonia I übernommen werden wird. Die sämtliche Entscheidungen zentral steuernde Rechnereinheit E.V.E. (rechentechnische Entscheidungs- und Verfügungszentral-Einheit) stellt somit auch auf Erden künftig den Souverän dar.

Sämtliche Institutionen sind untereinander vernetzt und somit gegeneinander rechenschaftspflichtig. Desgleichen kann jede Institution Entscheidungen von Außen durch andere Institutionen, die Bevölkerung etc. einfordern, gemäß dem plebiszitären Modus darüber abstimmen lassen, oder aber auf umgekehrtem Weg Weisungen erteilen. Jegliche Institution ist über den »Senat der Fünf« als der obersten Regierungsbehörde mit der rechentechnischen Entscheidungs- und Verfügungszentral-Einheit (E.V.E.) verbunden. Deren Entscheidungen sind unanfechtbar; ihnen untersteht auch der »Senat der Fünf«.

Erstes Buch. Die Toten

Die mit * gekennzeichneten Textstellen finden in den *Anmerkungen, Teil 1* sowie *Teil 2* am Schluß des Buches nähere Erläuterungen.

Esra, **7**. 25, 26:
> DU ABER, ESRA, SETZE NACH DER WEIS-
> HEIT DEINES GOTTES, DIE IN DEINER HAND IST,
> RICHTER UND RECHTSPFLEGER EIN, DIE ALLEM
> VOLK RECHT SPRECHEN, DAS JENSEITS DES
> EUPHRAT WOHNT, NÄMLICH ALLEN, DIE DAS
> GESETZ DEINES GOTTES KENNEN; UND WER ES
> NICHT KENNT, DEN SOLLT IHR ES LEHREN.
>
> ABER JEDER, DER NICHT SORGFÄLTIG DAS
> GESETZ DEINES GOTTES UND DAS GESETZ DES
> KÖNIGS HÄLT, DER SOLL SEIN URTEIL EMP-
> FANGEN, ES SEI TOD ODER ACHT ODER BUSSE AN
> HAB UND GUT ODER GEFÄNGNIS.

DIE !SENSATION=HEUTE wie einst, als die ersten Expeditionen-vom-Mars zurückkehrten mit den Nachrichten von Erfolg & Glück-ihrer-Mission. Und, wie man erzählt, schon Damals kamen die-Menschen=zusammen, hörten von der Neuenwelt die-Botschaften, die sie=alle hinwegbringen sollten aus Elend & Allemleiden DER-SONNENKRIEGE die vor Wenigzeit erst zuende gegangen warn. Rotglühend wie Unsere=Sonne über dem von-uns dauerhaft erwünschten Abendhorizont leuchteten einst vor Zweihundertjahren im 1. Frieden's Licht die Wangen der-Hoffenden –.

DIE !SENSATION=HEUTE : !SIE KOMMT !HIERHER in die Hauptstadt Mitteleuropas : Die Hohe Delegation vom Planeten Mars.

Daher lassen wir Die Stunde fließen in ihr kraftvolles Mittaglicht. Dem Frühsommer öffnen wir die Türen – feinen Dunst geben wir dem Sonnentag zum kreidighellen Schimmern. – Aus versunkenen Freuden Erinnerungen, als Welt & Mensch noch jünger waren, Freuden bisweilen unvermischt, das von Alten ererbte Wissen um Überschwang jetzt noch einmal aufleuchten lassend – so mochten die Vieltausend, mit ihren Sinnen abstimmend★ gewählt haben die Sonnenfluten auf des straffgespannten blauen Himmels Licht u Helle für Diesestunde : Sie=Alle u ich. 1ige Wolken★ zieht ein hoher Sommerwind durch die Lüfte. Aus einem langgestreckten Streifen rundet sich die Wolkenbank zum dünnen Spiralschleier – zuerst langsam u mählich –, bald schon als sauge 1 punktförmiges Zentrum das Wolkenweiß wie einen Mahlstrom schneller und schneller in=sich ein★ – streckt sich der Nebel alsbald zur faden Spur – dünner werdend und lichter, – schließlich verwehend –, läßt er nur 1 nebelhellen Fleck zurück. Und keine nostalgische Wehmut, eher versonnene Freude der Erwartung zeichnet die Gesichter der Menschen; Freude darüber aus dem lichtharten Blau die Ankunft der Weltraumgleiter zu sehen.

Einen weithin in die Stadt ausflutenden ovalen Platz, glänzend im Licht – umkränzt die Stätte von niedrigem Steingeländer u kleinen stämmigen Säulen – :!das zu sehen wäre jetzt schön. (Empfinde ich.) *Die Menschen=hier, bequem gelagert auf Gartenstühlen – die Sinne in Erwartung gespannt – könnten*

sie auf diesem großen Platz Die-Ankömmlinge der Marsdelegation begrüßen —.
Noch während ich den Blick von der langsam davonziehenden Wolkenspirale wieder zur Erde senke, entrollt sich vor meinen Augen wie eine rasch über flachen Strand hingleitende Meerwoge der Anblick einer Esplanade – : Hell aufglänzend in ruhiger Unverbindlichkeit die weißen Granitplatten, so betritt in der ebenen weitausholenden Ellipse der umhergehende Blick diesen Ort. Die niedrige Steinbalustrade zeigt sich im Regelmaß durchsetzt mit einigen Dutzend zypressenartigen Ziergewächsen, ihr schlankwüchsiges Schwarzgrün ins flachhelle Steinbild vor dem flutenden Himmelblau wie Ausrufzeichen gesetzt. Die meisten mochten diese Pflanzen gerne gestutzt sehen für den feierlichen Anlaß des heutigen Tags, – der leicht u still über den Platz hinstreichende Windzug verströmt das bonbonsüße Arom der frisch geschnittenen Thuja. – Nun, als seien sie wie ein Wunsch dem flimmernden Licht über den strahlendweißen Granitplatten entstiegen, sehe ich das weite Oval besiedelt mit Menschen –; Männer Frauen in pastellfarbenen luftigen Kleidern haben unbekümmert Platz genommen auf zierlichen Gartenstühlen, Sonnenschirme entwerfen runde Schatteninseln, manch 1 Tischchen überdunkelnd, Getränke sind darauf abgestellt, die Gläserwandungen perlend mit Tau beschlagen. Und der gleißende Sonnenlichtstaub bescheint auch all die übrigen Versammelten hier.

Seit-langem bin ich Solchermenge in ihrer wirklichen Gestalt nicht mehr begegnet*, zuletzt erinnere ich eine derartige Zusammenkunft zum alljährlichen *Fest der Abendsonne** – auch dabei sitzen wir=beisammen, still u durch das ruhende Sonnen-Auge gleichsam blicken wir=Menschen Dieschöpfung an. – Dies habe ich schon einige Male miterlebt. Und dabei ist mir ein Wandel in=mir=selbst bewußt geworden: Zu Kindjahren verlangte mein=Wille von Allenmenschen mehr als 1 Mensch zu geben hatte: Dauerhaftigkeit Beständigkeit in allen Regungen die mir angenehm erschienen & die meiner Eitelkeit schmeichelten – Zuwendung, Freundschaft, Liebe, die Sorge-um-mich. Späterhin, in meinen Jahren nach der-Kindheit bis Jetzt, möchte ich von Anderen eher weniger als sie geben können verlangen; ihre Zuwendungen, ihre Freundschaft & die zuvorkommenden Umgangformen mit denen Man auch mir begegnet, u die ich meinerseits den Anderen zurückgebe, bezeigen mir das Großewunder, das alles menschliche Mit=ein=ander zu geben weiß, sofern u solange niemand Es jemals 1zufordern begehrt.

Heut aber, zu dieser außergewöhnlichen Gelegenheit unter einem vollkommen anderen Himmel, ruft der Anblick Diesermenge in=mir beinahe die Verwunderung eines 1.maligen Ereignisses hervor: Den Umgangformen entsprechend sehe ich aller Gesichter stark mit Schminke geweißt*, Lippen Augenbrauen Wangen, die Köpfe sämtlich ohne Haar, so daß diese Erscheinungen als helle Statuen, als sinn=bildliche Abstraktionen für Ebenmaß u Gelassenheit diese weite Esplanade bevölkern, – still glänzend in wundersamer Ruhe. – An einer Randseite der Esplanade die Materie-Stelle*, ich greife in die gläsern verdickte von hellem Licht durchschienene Luft –, & schon spüre auch ich in den Fingern der rechten Hand das dünne Rohr 1 Gartenstuhls. Schließlich, nach vollendeter Materialisation, setze ich mich nieder an einem der Längsbogen des Ovals – nun mitsamt der Menge die Ankunft der-E.S.R.A.-Kommission=vom-Mars* zu erwarten –

Über den Sinn des Unternehmens E.S.R.A. treten seit einigerzeit in-der-Öffentlichkeit Erscheinungen hervor, die ich bislang niemals gesehen, von denen ich nur gehört hatte wie von Sagen aus Uralterzeit die man längst verschwunden glaubte: Gerüchte..... Meinungen..... ja !Ängste..... brodeln auf, erfassen Mehrundmehrmenschen, treiben sie=zusammen, zerteilen sie im:Streit, sogar zwischen Freunden, und die-Umgangsformen verfallen seither. – Vorherrschend hält sich in diesen Meinunggefilden die Auffassung, das Unternehmen E.S.R.A. – bestehend aus einer Expertendelegation, vorrangig jener, die nunmehr in 8. Generation Marsgeborene (mittlerweile ohne nennwerte familiäre Erdbindungen) die Erde wie Eine Fremdewelt betrachten & dementsprechend behandeln würden – diene somit lediglich der Auswahl aller Geeigneten für den Exodus von Erdmenschen zum Mars, um dort einen Erdmenschen-Park zu erstellen. Darüber besteht bei den-Disputanten im=Wesentlichen 1igkeit. – Über Zweck & mögliche Gründe für solch Auswahl zur Bildung einer Neumenschenschaft auf dem Mars aber gehen die Meinungen erdseits weit aus ein ander..... Einige Stimmen wollen von der Letztmaligkeit solcher Auswahl wissen & auch von fragwürdigen Kriterien, die zur Auswahl-der-Geeigneten bestünden; nach Dieser Letzten Mission werde Man von Seiten der Marsregierung dann gegenüber dem Planeten Erde sämtliche Unterstützungen 1stellen und fortan die Erde sich selbst überlassen für=immer.....

?Was verstehen diese-Ängstlichen=heut unter solcher für vage Zukunft ausgemachten Gefahr-des-Sichselbst=Überlassens : Besteht ein Sichselbstüberlassen doch schon seit=Langem, seit fast !Zweihundertjahren auch hier, im Zentralgebiet vom Europäischen Block, seit auch letzte Sachen-Täter von der Erde fort zum Mars aufbrachen. Von Den-Sachen-Tätern zu Den-Tat-Sachen : *Die Erde hat sie aus sich rausgewürgt & ins-All gekotzt, und !siehe: Die Erde wurde davon !gesund –* (:Dies hatte ich einst bei einem älteren Bekannten, dem als Erwachsenen der Zugriff auf die Datenspeicher erlaubt ist, beim ersten Ansehen der Holovisionen★ von den damaligen Vorgängen als Kommentarton gehört). Und hat dieser Zustand doch wirklich die !Bestenfolgen für !unser= Leben erbracht; wir, nicht allein der Europäische Block sondern sämtliche Erd-Teile, haben von Der Separation während dieser Zweijahrhunderte schließlich Heil-&-Nutzen erfahren. – Daher widersprechen Anderestimmen den Auffassungen dieser-Ängstlichen u: behaupten etwas das sie als die Kehrseite dieser Möglichkeit begreifen: Die Wiederinbesitznahme des Planeten Erde von seiten der-Marsbevölkerung, *denn* (so raunen die Vertreter dieser Meinung) *seit-Einigerzeit durchleben Die=Aufdemmars wie vor Vielenjahrhunderten wir=Auferden Schlimmezeiten.....* – Dessen ungeachtet streben Viele der Meinungträger sämtlicher Parteiungen, eifer=süchtig nach öffentlich=leiblicher Präsenz gierend – man zeigt sich wieder als Person im festlichen Aufputz, gradso als schauten die elektronischen Augen des Himmels auf die Erde herab –, in den Focus derer zu geraten, die vom Mars zur Erde kommen werden um ihre Selektion zu treffen. Von der-1.-Stunde=an suchen diese Meinungträger die-Augen=der-Fremden auf niemandanderes=als=auf=!sich zu lenken. – Als wäre ein Meteorit eingeschlagen in ein warmes, ruhendes Meer, – so breiten plötzlich Wellen der Lüge Mißgunst Niedertracht & Eitelkeit sich aus, branden hoch an einstmals festen Gestaden-der-Fried=Fertigkeit & überschwemmen wie brennendes Öl die Sinne; Menschen richten sich zusehends gegen:ein:ander, hektisches Aktionieren (denn niemand auf-Erden vermag zu sagen !woran die-Kommissionäre die Tauglichkeit-Kriterien ermessen würden), Lebenunruh Schlaflosigkeit Sorge & schon längst vergessen gewesnes öffentlich=ausgestelltes Ringen-um-Bedeutsamkeit=für-die-Eigeneperson gegen Alleandern, erfassen Vielermenschen Lebenstunden=Tage&nächte. Schon lassen sich bei vielen Menschen merklich Zerrüttungen bemerken; aus den Wohneinheiten befördert man (heimlich) Abfall & Müll, Schmutz schichtet sich an den öffentlichen Wegen auf. Das Gebot zur Kommunikation & somit der-Energierückgewinn findet sich bereits stark unterlaufen. Die blanken feinen Gewebe der Behausungwände & die Anzeigmonitore erstauben, blinden trüb sich ein, so-manches Blicke verstumpfen. Scheint, als alterten die-Menschen unter den unsichtbaren Händen einer grassierenden Krankheit, ihre Gesichthaut, oftmals ungeschminkt hergezeigt, rauht sich schuppig auf. Auch im Innern dieser-Menschen scheinen sich Unrat & Zersetzung auszubreiten, denn ihre Kleider wirken faserig, abgetragen, stumpf. Nur widerwillig scheint man sich des-Abends niederzulegen, überlassen 1 flackerigen Schlaf, als seien Ruhe&traum schon die Niederlage zur selbst herbeigeführten Ausmusterung; eiligst suchen die-Dispu-Tanten anderntags den rauhen Faden ihrer Unruh neuerlich zu ergreifen –.

Ich habe mich von-Anbeginn aller Debatten enthalten. Ob Pro od Contra – oft=genug erweist sich schon die Teilnahme an öffentlichen Diskussionen als Fehler..... Denn Alles öffentlich Ausgetragne ist von Übel; wo Das aufrückt, will ich mich entfernen; will Derenworte ausschlagen & ihre hinterhältigen An-Gebote..... Auf Wörtersand stellen Debattierer ihre wackeligen Atemschlösser, gaukeln Festeswerk vor wo Nichts ist als Streit-Speichel & Heißeluft..... !?Haben die Menschen der letzten beiden Jahrhunderte ?nicht all ihre Kräfte darauf verwandt, solches Rattenwerk zu !?beseitigen. !?Warum sollte ?ich diesen Taten so ?gram sein, um Dieseswerk heute zu vernichten durch den Rückfall ins Fieber aus Alten=Streitsümpfen..... ?!Warum ?ich. ?!Warum ?wir. ?!Sollten wir die-Katastrofen früherer Jahrhunderte gar ?zurückwünschen. / Was Holovisionen aus vergangnen Epochen uns zeigen : Auf den-Straßen Menschen=Massen, aufgebracht in=Wut geschlagen, schreiend, jeder:gegen:jeden u jeder:gegen:Sichselbst marschierend, stürmend als wüteten *sie* gegen Einebank die ihren=Zorn deponierte & *sie* an ihre ersparte Wut nun nicht heranließe & *sie* damit um *ihr* 1ziges Vermögen worüber *sie* verfügen könnten betrügen wolle. Trillerpfiffe, dann Fäuste Knüppel Polizei Wasser&laserwerfer Gasgranaten Nationalgarde Panzerwagen : die-1.-Schüsse..... Zerdroschne Schädel Knochen, auf Asfalt hingestreckt Vieletote in Blut&morast. Auf den Bildschirmen in=Sicherheit die-Machtvollen: Regierung-Scheffs hier : Oppositzjonelle dort, die einen sind Oben & wollen Oben=bleiben, die andern wollen Nach=Oben; allesamt die elenden kleinenmenschen, Zäsarenhirne mit Troglodytengelüsten & der Gesittung von Aasfressern beim Klang der *Weihnachtmann-Oratorien* fürs Vollk – – / Derlei hatt ich einst in Holovisionen aus Früherenzeiten gehört u gesehn. Alsbald verzitterten die Altenbilder, das Material ist schadhaft geworden während vieler Jahrhunderte Vergangenheit..... : !?Wie kann auch nur 1 Mensch !Sowas zurückwünschen. ?Macht Glück so unglücklich, daß Menschen sich lieber ins Unglück ?zurückschwatzen, als ihr=Glück glücklich zu erhalten. –

Erschrocken innehaltend, meine flache Hand wie 1 Spiegel vor Augen, starre ich lange auf die von dünner weißer Schminkschicht betonten Linien in der Haut, die Daktyloskopie meines unbekannten Werdens. – Hochdroben windsig der Nebelfleck im brennenden Blau Deshimmels –.

In 6 Monaten vollende ich mein 25. Erdenjahr, der Eintritt ins Erwachsenenalter : !Diezeit, sämtliche persönlichen Bindungen, die für=mich aus den Jahren Kindheit&jugend bis Dahin bestanden, aufzulösen – und fortan zu werden was ich bin. Dann bin ich !glücklicherweise so=alt, um !endlich mich mit mir=selbst zu befassen, mein Selbst zu umsorgen, wie Das jedem in seinem Erwachsenenalter zukommt. Denn !das gehört auch zum Redevorrat meines Vaters: *Der Mensch ist nicht zuerst für die-Gesellschaft da; der Mensch ist vor=Allem seiner=Selbst willen da. Und dieses dein=Selbst mußt du bilden.* – Und so werde ich in 6 Monaten mit Der Frau, *Der=Einen = Den=Bund* schließen können. Von diesem Altenbrauch werde ich mich nicht abbringen lassen, sollten auch im-Leben=allumher Sitten Normen Bräuche verkommen & die-gemein-Heit Oberhand gewinnen. –

–Auch ich habe es vorgezogen, Heut=An!diesemtag, !selbst zu erscheinen. – Höre ich neben mir 1 leise, freundschaftliche Stimme. Den Kopf zur Seite wendend beggne ich dem Anblick eines Gefährten aus Jugendzeiten, ich habe ihn Langezeit nicht aufgerufen, wie auch er direkte Begegnungen mit mir über ebenso Langezeit unterlassen hat. Unsrer Freundschaft hat dies keinen Schaden zugefügt, wohl im Gegenteil: Was von=Bestand ist, benötigt keine Vergegenwärtigung. Bei seinem Anblick=jetzt spüre ich das Gefühl aus tiefer Vertrautheit wie vor einem alten schönen Gemälde.

–Ja. – Antworte ich ihm froh. –Ich denke, es könnte wertvoll sein, meine Holo-Wissen-Speicher hinsichtlich des Zusammentreffens-mit-Massen aufzufrischen. –

–Wie gewiß Vieleandere=hier. – Erwidert er lächelnd und wartet höflich, bis ich ihn neben mir Platz zu nehmen auffordere. –
–E.S.R.A. : Da kann derlei Wissen nicht schaden. – Er läßt sich gemächlich an meiner Seite nieder. Ich meine, 1 spöttischen Unterton in seiner Stimme gehört zu haben, doch schweigt er nun u erklärt sich nicht weiter. Also frage ich ihn nicht nach dieser Seltsamkeit.

–Bis zur Ankunft der Delegation dürfte noch etwas Zeit vergehn. – Macht sich mein Freund wiederum mit dezenter Stimme bemerkbar. –Ich möchte, wenn=er geneigt ist*, eine Bemerkung machen hinsichtlich des Sinns dieser Wolken. – Und deutet mit spielerisch langsamer Geste hinauf ins Blau, wo vor-kurzem die Wolkenspirale zum punktförmigen Zentrum zusammenlief. –Er=darf sagen, ob=er mich hören will.

–Er=weiß, daß mir seine=Worte nicht nur stets angenehm zu hören sind – (antworte ich sogleich) – –sondern ihm=zuzuhören ist auch eines Freundes Pflicht.

Er quittiert meine Antwort mit leichter Verbeugung in meine Richtung. Darauf beginnt er zu sprechen. –Anläßlich des heutigen Tags habe ich im Geschichtpaneel mir einen *Exodos* von der Erde zum Mars darstellen lassen. Seltsam: Niemals zuvor habe ich das Bedürfnis verspürt, derlei Informationen im kommunalen Speicher aufzurufen. – Seine Stimme nun im unvermittelt 1dringlichen Klang, voll der Sicherheit aus seinem Alter mit 26 Jahren nunmehr seit 1 Jahr offiziell der Holovisionspeicher sich bedienen zu dürfen. –Diese Holovisionen – (mein Bekannter zögert, ist seiner Erinnerung unsicher) –müßten herrühren noch aus Zeiten des sogenannten 21. Jahrhunderts. – –Des *Jahrhunderts-der-Sonnenkriege.* – –Ja. – (Bestätigt mein Bekannter.) –So hat Man später Diesesjahrhundert voller Kriege&schlachten=um-Energie genannt. Eigentlich aber ging Es damals um Vieles=mehr. Wie auch immer – (rückt mein Bekannter seine Stimme zurecht) –die Speicherdaten sind überaus alt, gewiß seit-Langem nicht mehr regeneriert. Vieles ist somit beinahe unkenntlich geworden, Manches erwies sich als inkompatibel zu neuesten Programmen, etlich Altes mochte seinerzeit aus den Speicherdaten erst gar nicht in unsere=neuen übertragen worden sein, – er=wird sehen: die Lücken & Störstellen sind sehr bedeutend, so daß mancherlei Information auch nach längerem Forschen & nach etlichen Regenerierversuchen dennoch nicht mehr verfügbar ist. – Er schweigt 1 Moment, als müsse er sich in diese Enttäuschung erneut dreinfügen.

–Dennoch – (höre ich ihn dann weitersprechen) –als ich die Sensoren des Paneels an meinen Kopf angeschlossen hatte, geschahen mir Bilder wie die in einem Traum, der schon während des Träumens erblassende Szenen aufweist, an denen bereits das-Vergessen arbeitet. Doch er=weiß: Wirklichkeit beginnt, wo die Träume sprechen. –
(Insgeheim verwundert mich sein freimütiges Bekenntnis zum Träumen – gelten doch seit-Langerzeit derlei Zustände als grobe Oberflächlichkeit. Doch sein Freimut läßt mich diesen Hinweis, der zudem unschicklich wäre, vergessen.) Inzwischen hat mein Freund weitergesprochen, einiges von seiner Rede ist mir durch meine Unaufmerksamkeit entgangen; er hat mich wohl aufgefordert, diese von ihm erwähnte Bilderschau jetzt&hier gemeinsam mit=ihm noch einmal aus dem Geschichtpaneel heraufzurufen. –So läßt sich wenigstens dies Folgende, eine Geschichte=jahrhundertealt, übermitteln. – Und schon greift er in die ihn umgebende Luft.

Durchsichtig u sanft wie Libellenflügel schweben um=uns auch Hier die Bedienfelder, weich schaukelnd im warmen Luftzug –, greifbar jedem der über sie verfügen möchte. Er nimmt sich 1 & reicht auch mir 1 dieser durchsichtigen zerbrechlich wirkenden Bedienfelder. (Eigentlich dürfte ich, noch keine 25 Erdenjahre alt = ein Unerwachsener, diesen Zugriff nicht wagen, aber ich will mir keine Blöße geben, greife unbedenklich zu & lege mit betont sicheren Gesten, als hätt ich darin Routine, die Sensoren an die Stirn.) –

Vibrieren sogleich in den Fingerspitzen, als ich die nötigen Tasten berühre – warmes Kribbeln unter der Stirnhaut wie unter schwachem Stromfluß – / – Die ersten Bilder: – an den Rändern ausgefranst & die Gestalten zu fantastischen Schöpfungen verzerrend (allsamt Zeichen für Hohesalter der gespeicherten Daten) schreiben sich mir die folgenden Bilder wie Spiegelungen in die klaren Lüfte, füllen das Blickefeld im Augenrund – stumm diese Bilder=alle, kein Laut. Was einst zu sprechen war, das, wie vor Vielenjahrhunderten zum-Beginn der-Stummfilmzeiten, wurde gewiß später in kleinen Texttafeln in die Bildfolgen einmontiert in einer ebenfalls altertümelnden Sprechweise (hin und wieder auch höre ich meines Freundes erklärende Stimme). – –

– – Schon strebt der Sommer seiner Augusthöhe entgegen, jener eigenen=Jahreszeit wo im Ende Laubesfülle & fruchtreife Üppigkeit inmitten sonnenwarmer Stunden ruhn. Ein Mann, eine Frau – beide ebenfalls wie das Jahr im Hochsommer ihres Lebens angelangt – sie sind verheiratet, doch nicht miteinander, also leben sie in=Heimlichkeit – haben gemeinsam beschlossen *Eine Große Reise* anzutreten (sie tarnen dieses Vorhaben, bereiten sich unauffällig vor) : Sie haben all ihr Erspartes drangesetzt, um die benötigten Permissionen zu kaufen für Die-Reise-zum-Mars; 1 der ersten Reisen für gewöhnliche Menschen. Man brauche, heißt es, Dort=Oben nunmehr auch *normale Bevölkerung*, um neben all dem wissenschaftlichen Personal auch *Das-Alltagsleben einer Gesellschaft aus freien Bürgern* entstehn zu lassen. Derandrang ist groß, die Meistenmenschen glauben mit Ortveränderungen auch Dielösung all=ihrer Sorgen&nöte verbunden. Diese beiden glauben das nicht; sie wollen nur den Heimlichkeiten im Erdenleben, allem Sichverbergenmüssen, entkommen. Und was auf-Erden unmöglich, Genau=das müßte Dort Inderferne=Im-All zu finden sein –.– Und sie, der Mann die Frau, hatten Glück: Erstaunlich !leicht erhielten sie die Genehmigungen als auch sämtliche übrigen Atteste für Die-Ausreise-zum-Mars : in der-Sprache-der-Bürokratie wurden sie & Ihresgleichen genannt *Die Transferisten*. – Neues Jahr, ein fahriges ein gäriges Jahr voll wexelnden Geschehnissen, unguten zumeist, sowohl für diese Beiden als auch für die allermeisten Menschen in vielen Teilen der Welt: wirtschaftliche Rezession Arbeitslosigkeit Preisanstiege Inflation (wer jetzt noch keine Permission für Die-Ausreise-zum-Mars besitzt, der kann sie nun kaum noch bezahlen; für die-Genehmigung verschärfen jetzt Die-Behörden die Bestimmungen). Besonders kritisch gerät die Energieversorgung für Ganzeerdteile, – im=Politischen rührt sich ?Was; 1ige Wenige, die an den Bestimmorten für wirtschaftliche & politische Krisen sitzen, erspekulieren für=sich Großereichtümer durch Großeverbrechen –: die ärmeren Teile der Weltbevölkerung kommen derweil in-Bewegung : zuerst Plünderungen von Einkaufzentren Banken, Brandschatzungen in Armen-Ghettos von Weltgroßstädten Feuer&schmok in den Flammenvulkanen fahren auf die Funkengesichte aus Altem-Rom, Engnis des zu Blöcken Stadt&behausungen gegossnen menschlichen Lebens; Menschen fallen über Menschen her, und wieder Brand & Überfall, dann Pogrome Vertreibungen, aus diesen Regionen ein Wetterleuchten auf den sonst beruhigten Bildschirmen der Widerhall begonnener Kriege & weht der Wind aus tiefen Lungen dann zerrt er Gestank von Waffenfeuer scharfbrandigen Kwalm aus Panzermotoren & von detonierten Sprengsätzen herbei. – Hier aber, in Diesemland=dem-Hüter-Desschlafes, steht des Sommers Gebäude noch fest, die Lüfte im glashellen Klingen, Windes Rauschen durch grünschattende Parks u Hohewälder. Und nähert man sich den Startrampen in den hermetisch abgeschlossnen Militärbezirken; – breiten sich Steppen weithin –, hinter Stacheldraht=bewehrten Zäunen von Manöver-Geschossen zerfetztes aufgerissenes Land, von Niemand's Stätten ragen auf die Ruinenreste, kahle schroffe Hügel, in verbrannter Erde stecken zerstörte Panzerwagen Flugzeugwrax vernarbt von Rost&zeit, – Gräserborsten scharf & spitts versengtes Gesträuch der drahtige Ödlandbewux, menschlos grell & seltsam starrstehend das Licht als seis ein Widerhall aus Explosionen u die Luft von zahllosen Geschoßdetonationen gepreßt geschlagen zu hauchdünner metallischer Härte, Luft in stählernem Glanz –: So das Panorama des abgeschirmten Militär=Ödlands mit in dunstigen Fernen aufragenden Startrampen; – dann weisen dort die schlanken Marsraketen, zu Galerien gefrorner Feuersäulen bei Tag & Nacht wie Speere leuchtend, als Wegweiser durch die Wolkenhöhen gerade in den Himmel hinauf – in den kosmosschwarzen Mittelpunkt eines unverrückbaren dunklen Ver-Sprechens. –

Am vereinbarten Tag finden der Mann u die Frau zur Abreise sich zusammen. Der Abschied aus ihrem Daheim ist rasch, seit-Langem schon sind ihre Wege dem Sichtkreis des einst Vertrauten entlaufen. Der Mann die Frau, sie treffen zur kühlhellen Morgenstunde auf einem der größten Bahnhöfe der Stadt ein, mit dem Zug müssen sie zunächst fahren, hin zum Startplatz der Raketen im abgeschirmten Gelände. Pässe & behördliche-Genehmigungen, vorzuweisen an etlichen Kontrollpunkten den behelmten waffenumhangnen Militärposten, hinter verspiegelten Brillen mit unsichtbaren Augen die-Ausreise= Willigen, *die-Transferisten*, musternd, nach unbekannten Kriterien stumm=herrisch das Weitergehen bis zum nächsten Posten od die Zurückweisung verfügend. Derzug, auf die-Abfahrt wartend, schon Vollermenschen, die gleich dem Mann der Frau allsamt die-Kontrollposten passierten, in Abteilen u Gängen dichtbeidicht gepreßt Menschen Gepäck, oft Lärmen & Gezänk, dann Abfahrt. Und wieder überzieht die dahinreisende Menge angespanntes Erwarten wie 1 straffe Mem-

bran. Draußen vor den Zugfenstern vorübereilend flache vorherbstische Feldeinsamkeiten, Wälderstreifen wischen dahin und bisweilen rotweiß aufleuchtende Dorfschaften –. Dann, im Vorland zu einem Mittelgebirge, im Bahnhof 1 kleinen Stadt hält der Zug.
 –*Die Fahrt !endet hier. Bitte alle aussteigen.*
Die Zugdurchsagen, bedämpft höfliche Männerstimmen, verwundern die Passagiere. Auch heißt es, man müsse, um Diereise fortzusetzen, zu einem Bahnhof am andern Ende des Ortes zu=Fuß-gehen, – behäbig, in ungeordnetem Marsch setzt sich Diemenge in=Bewegung : über Straßen über Plätze Diemenschenflut (der Ort scheint größer, der bezeichnete Weg zum Bahnhof länger als vermutet) – aller Gesichter glühend vor-Freude Augen blitzen seelenhell Tränen in schmalen Schnüren erhitzte Wangen nässend, Vieler Münder Vollergesang –:
 !Wir sind Die !Auserwählten, die fortziehn geraden=Wegs
 In den Himmel, in den Himmel und weiter
  als in alle Himmel:
  In die Zukunft hinauf –
– Da ist Winken wie Wogenschlag, Blüten vergießen Düfte, Zuströmen schwellend brodelnd schnaubend Dielüfte erzitternd – so wogen hoffende=Menschenmengen in die kleine die unvorbereitete Stadt, ein weitaufgerissener Mund ist Diesemenge, atmend noch Geruch wie nach langem Schlaf Atem Dermassen Diestimmen Derstaub aus Erde dem Stein Asfalt Diehitze aus Leibern dichtandicht sehnend erglüht DAS IST DER AUSWEG IST FREIHEIT=OHNE-TOD. Durch:ein:ander, hetzende, trampelnde Menschen, weiter & weiter durch enge sanft sich neigende & mit glattrunden Steinen bepflasterte Straßen Gassen vorüber an stummen Fachwerkhäusern (die Fenster dunkel, von neu=gierigen unsichtbaren Händen manch Gardine bewegt wie Augenlider eines Träumenden) Diemenschenwellen mit abgehetzten Freude=brennenden Gesichtern, – vorüber. Aus Altemleben sind wie Stoffetzen die Leiber rausgerissen – sie taumeln; Es geht wohl nicht schnell genug : Jetzt sieht man bisweilen unbekannte Fäuste, die drängen schieben Diemassen zu dem neuen Bahnhof hin, das-Zupacken ist roh, manch Schrei, vor Schreck noch nicht vor Schmerz (der Mann die Frau halten sich an=Händen=fest) manch 1 hat den andern verloren im gewaltsam gelenkten Strom. Auf den 1zigen Bahnsteig kwellen Diemassen zum Grauenpulk, 1 Personenzug aus altertümlichen dunkelgrünen Eisenwaggons, zuwenige & viel zu-

klein für !Solchemengen; Menschen kwätschen schieben stoßen sich zu den Waggons, kaum vermögen die schmalen Türen Abteile Gänge Diemassen aufzunehmen die Gehetzten die fluchend schreiend jammernd Getretnen an=Koffertaschenrucksäcke sich klammernd, brutal Ihreleiber ins enge Wagenblech stemmend. / So werden der Mann, die Frau, roh getrennt /

– ? Wo bist du ? Wo –

So rufen sie beide & hastblickend schauen sie sich um – –

– ? ? –

– – !Da: Weit zurück in der wogenden Menge erblickt er schließlich das Gesicht der Geliebten=Frau. So !bleich, so überaus !blendend u !weiß, wie eine von Scheinwerfern angeleuchtete Maske das Gesicht dieser Frau in Dermenge, – ihr Anblick ihm entgegengeworfen wie 1 Ruf. Der Mann wird ruhig. / Dann sind auch diese Beiden in 1 der Wagen inmitten erregter Atem&leiberdünste untergebracht, sie suchen sich mit Blicken aneinander=festzuhalten, das gelingt immer schwerer je drängender die ungeduldige Menge sich ineinanderwirft. Etliche Fensterscheiben zu den Abteilen zerbrechen, wo Ellbogen Schultern Rücken nach Draußen drücken – splitternd zerkracht Glas, u: hilft nicht viel, doch wenigstens etwas mehr !Luft dringt her-1 in die stopfengen Abteile; Arme Köpfe ragen aus den Fenstern & Gliedmaßen starr wie von Puppen, die Leiber kwellen durch die viereckigen Fensteröffnungen, von spittsen Glasscherben bespickt, blutige Risse in den Leibern. 1iges Rucken, Klirren, Gestalten werden nochenger an1andergekwätscht, – Diefahrt geht weiter. Nicht lange. Erneut: Unterbrechung, Stillstand, Warten. Warten. Hitze Gestank Zorn der Zusammgepreßten. 1iges Rucken, – weiter geht die-Fahrt :

– ? Wo bist du ? ? Wo –

Dann wieder Aus&umsteigen, Warten auf Anschlußzüge, & mit Immerweiteren=Immergrößerenmassen in andere Waggons; längst schon ist Mittag überschritten, schon gleiten die Schatten weit in sattgelbes Licht –; der-Zielort, das Raketenstart-Gelände, scheint je länger man unterwegs umso weiter zu entrücken –. In Denmassen zunehmend Tumulte Rempeleien Fausthiebe Schläge, schon treten Uniformierte dazwischen mit umgehängten Gewehren & Schlagstökken, rohes Befehl-Gebrüll & herrische Lautsprecherstimmen blechscheppernd in überkreischten Ansagen, in die renitente Masse fallen Hiebe, Dunkeluniformierte dreschen Diemenge zurecht – : Jetzt ste-

hen für Alle nur Viehwaggons bereit, schorfrote Holzkästen, mit eisernen Riegeln verschließbare Schiebetürn, vor den Fensterluken Geranke aus Stacheldraht. !Solch Stundenschlag erkennen auch der Mann die Frau. Voller Angst u Sorge rasen beider Blicke umher durch vordrängende Massen, eskortiert von wahllos dreinschlagenden bellenden Uniformierten,
  – ?Wo bist du ??Wo –
Familien Kinder Frauen Männer, von Knüppelgardisten aus 1 ander geschlagen & zu neuen Menschenblöcken getrieben: Männer getrennt von Frauen, in Höchsternot Dieschreie Namen Namen, Allernamen zertreten Imtumult
  – ?Wo bist du ??Wo –
und Tränen Bittrufe um Erbarmen. !Vergebens, sie alle werden getrennt von 1 ander – schutzlos den Viehwaggons zugetrieben.
  Wenn Die sogar Familien zerreißen: ?!Wie könnte dann ich, der ich mit dieser Frau nicht verheiratet bin, auf das Zusammenbleiben-mit=ihr einen ?Anspruch haben.
Erst jetzt, in Derengnis, besieht er sich genauer diese Gesellschaft zu der Man auch ihn u seine Geliebte hin1gepfercht hat : Das scheinen sämtlich problematische Figuren – Kriminelle, Kindermacher, Sittenlose, Bereicherer, Draufgänger, Fanatiker, Asoziale –, auch Gestalten in exotisch anmutender Bekleidung (in fremden Sprachen murmeln sie immerdieselben Worte, wohl Gebete zu ihren=Gottheiten); – kurzum: der-Neuen=Erdgesellschaft moralisch, sozial, hygienisch Mißliebige; alljenes=Volk das dem-Neuenleben=Auferden zuwidersteht. Und jetzt wird dem Mann klar, !weshalb er u seine Geliebte so problemlos die Pemissionpapiere ausgestellt bekamen :
  Leute=wie-uns=Transferisten will Man loswerden, sich unser entledigen. (Mochten zwar den Ehepartnern des andern unsere=heimliche=Liebe entgangen sein, vor den Elektronischen Augen-des-Staats konnten wir unser Tun nicht lange verbergen.) Ewiger-Friede=Auferden : Zeit zu sterben, und alle-Toten müssen !fort. – ?Gedachte Man aus Exemplaren wie uns, den-Fortgeräumten, daraufhin ?!tatsächlich auf dem Mars eine neue Gesellschaft zu ?er-richten od wollte Man auf=Diesemweg uns=die-Prekären lediglich ?hin-,
– stolpernd, beinah wäre der Mann auf dem gliddschigen Boden niedergestürzt, treibt ihn Diemenge davon & auf 1 der Viehwaggons zu. Aus den Baal=weitaufgerissenen Viereckmäulern, aus gärig verkoteten

durchschleimten Strohschütten aufstechend Gestank dortdrin bereits
1gepfercht gewesnen Menschen=Viehs-auf-Transport..... Abscheuliche Schwaden heraufgezognen Unheils.
   —Mit !Mühe=zu-den-Schtärnen.
Hämebrüllend die Knüppelmäuler der Wachtposten, niederdreschend auf Diemenschenwogen, geschlagen ins viehische Waggonholz hin-1.
   —Mit !Mühen. Nur mit !Mühen zu-den-Schtärnen. Da: Jezz geht euch Licht an in den Köppen. Jezz !seht ihr Schtärne : die 1zigen Sterne die ihr jemals sehen werdet. !Transferistenpack.
Klatschend Schlagstöcke Kanthölzer Oxenziemer auf Schädelbein. 1 messerscharfer Schmerz : Der Mann spürt Blutrinnsel warm den Nacken den Hals auf die Schulter hinab – doch bleibt er bei=Sinnen, stumm; seine Blicke durchhasten weithin Diemenge ringsum – :
   — ?Wo bist du Ich sehe dich nicht mehr ??Wo bist du —
: — Weit — weit zurück, viel weiter als vordem im wogenden Menschenpulk, erblickt der Mann nun das grellhelle Weiß des geliebten Gesichts. In Großerentfernung winzig u klein, doch, als holte ein Fernglas Dieferne herbei, erkennt der Mann deutlich jeden 1zelnen Zug in ihrer Miene. Die Frau blickt ernst traurig zu=ihm=hin, unverwandt, unbehelligt von Schlägen Rämpeln Getrete. Das einst weiche Gesicht, die runden Wangen u das Kinn, — ihr Anblick jetzt als seien die Züge dieser Frau innerhalb 1 Stunde um Vielejahre gealtert —, in= sich verkrochen, spitz, kantig; von Sorge verkümmert, vom Schrecken erbrannt ihre großen Augen zu dunklen Höhlen aus Nichts. Und ihre Blicke, so fern, sie scheinen ihm dennoch aus Nächsternähe gesandt. —
   Der Pulk gerät Insstocken. Die Blicke suchen Orientierung : Hinter den schweren Menschenscharen und über sie hinweg u hinauf hebt sich der Horizont sanft zu Bergeswällen. Glasiger Dunst aus Nachmittagstunde hält dort Daslaub der bunten Wälder umschleiert. Die Mauern eines Schlosses leuchten vor einer Bergwand, schwarzblau bewaldet, herüber, ohne Türme ein gerader Bau – als ziere ein pompöser Orden eine dunkle Uniformbrust. Einst wohl erbaut in früher Gotik, späterhin verfallen und schließlich wiedererbaut dies Palais im romantischen Sinn, & nun offenbar vor nicht langer Zeit restauriert; in frischen Sandfarben schimmern die Fassaden, Rot die Ziegel auf den Dächern. In der breiten Vorderfront, nachgestaltet dem klassizistischen Maßwerk, erglänzen hell & blank die Glasscheiben in den Fenstern. Soviele Fenster wie Tage hat ein Jahr. In allen Räumen des Schlosses

scheint zur-Stunde frohes Leben Einzug gehalten: hell erstrahlend Lichterglanz hinter jedem Fenster –. Doch bereits in Minutenschnelle sinkt der Lichtschein im Glas als würd Wasser ausfließen, das Leuchten verglimmt, denn nur der Spiegel des untergehenden Sonnenlichts hat dort=Oben für 1ige Momente die Fenster täuschend mit Licht erfüllt. Menschlos, leer die Räume das Schloß; nur die Fassade ist stabil, im=Innern des Gebäudes werkt aus Unbewohntheit langer Verfall. Und in die blanken Scheiben sinken aus dem Himmel ein die Wolkenbilder schwergeballt. Wetterlicht düster, scharfgolden brennen an den Wolkenrändern letzte Sonnenstrahlen. Aus den Menschwogen=unten, mittlerweile noch weiter von dem Mann entfernt, jetzt im Gewitterschein umso heller leuchtend: grellweiß *ihr* Gesicht –.

Sollen SIE auch trennen Leib von Leib; du bist Die=Einzige. Die mit der ich heimlich Den=Bund habe. !Der besteht u !Der hält zusammen Dich=u=mich, und stärker je weiter alles Trennende klafft. Und solange mir Dein Gesicht leuchtet, solange wird mir Nichts geschehn. Über alle kommenden Fernen hinweg so hell so weiß: !Leuchte, Gesicht.

Von der tumultierenden Menge & den-Uniformierten bereits vor einen der Viehwaggons getrieben, erkennt der Mann das Eine bestimmt:

– *Nichts wird mir geschehen.*

Nichts kann mir geschehen. –

Kurz bevor er, von Dermenge & Denschlägen=unerbittlich getrieben, im stickigen Dunkel eines Waggons verschwindet, streicht 1 Bö Sommerwind über den zusammgeballten dunstflimmernden Menschenhauf – bis hin zu ihm, und berührt im Letztenmoment vor dem Stolpersturz ins Dunkel des Viehwaggons sein Gesicht.

– *Nichts geschehen* –

Dann Nurgestank um ihn, Nurstöhnenwimmerngreinen die Kantigkeiten fremder Leiber gepreßt gegen seinen Leib. Die Waggontür von-Draußen | !Zu. Gestank u Finsternis

– *Nichts* –

– –

– – Und es lösen die Bilder sich vor meinen Augen – wie vordem die Wolkenspirale – zergehend als Nebelgespinst im hellflutenden Sonnenglanz dieser Stunde zu einer Anderenzeit.

–Mit dieser Geschichte – (merkt nun mein Freund mit stolzer Stimme an) –habe ich nicht allein den ursprünglichen Sinn *Des=Bundes*, sondern zusätzlich auch die andere Herkunft für das-Weißschminken unsrer Haut, insbesondere des Gesichts, erfahren. Immer dachte ich, die Mode des Weißschminkens unsrer Haut beruhe 1zig auf dem Grund, daß die-Marsianer wegen der Sonnenferne eine sehr bleiche Hautfarbe aufweisen müßten; der-Mars aber uns=Erdbewohnern von=jeher als Zukunft's Vision für unser weiteres Über-Leben gepriesen wurde. So ward für=uns=Erdenmenschen das Weißschminken populär, die geweißte Haut gilt seither als weltall-läufig. Und was einst das Rettende aus Höchsternot gewesen – die Aus-Flucht aus Erdenenge –, das übernahm daraufhin die-Mode – zunächst, weiß=er, für 1 Jugend-Szene, – späterhin, als derlei Aufmachung *schick* geworden, setzt es bis=Heute den-Maßstab für Konvention, Sitte & Anstand. – Nun aber habe ich noch etwas! Ganzanderes mit dem-Weiß=verbunden entdeckt. Habe gesehen, daß unsere=Mode – !unfreiwillig gewiß – auch diese schreckliche Geschichte der unbekannten Frau-mit-dem-weißen-Gesicht bewahrt und über-Diezeiten weiterträgt.

–Jedemode ist auch Maske für bestimmte Schrecken. Im-Anfang=stets waren Trümmerfelder Schindanger Gefilde der Zerfetzten, die Blutigen Zeitalter : !Diese Zeitalter waren vor uns, nicht die Goldenen; und ?werweiß, ob das Weißschminken unsrer Gesichthaut nicht noch !andere Gründe hatte, als nur=diese. – Doch aus aller Elend Dreck u Leiden erhoben sich Diewelten zu Schönheit u Gleichklang – zu dem Subtilen Leben, das wir=Heutigen so schätzen. – Höre ich mich sagen und spüre über diesen Erörterungen sogleich auch Müdigkeit aufsteigen.

–Und – ?glaubt=er daß – (die Stimme meines Freundes setzt aus, dann tastet sie sich vorsichtig weiter:) –?glaubt=er daß es mit dem *Langen-Faden** auch so ?gewesen ist: ?Herkunft aus Demschrecken.....

Und während ich ihm erwidere mit Worten wie aus Jugend=Altklugheit (allerdings höre ich mir selbst nicht so recht zu), verwundere ich mich über diesen Mann: Derselbe, dessen Frage nun auf mir lastet wie seine forschenden Blicke, hätte noch vor-kurzem nicht !solche Unhöflichkeit begangen, Fragen=Dieserart an mich od an irgendwen zu richten. Meine Verwunderung hierüber dürfte mich zu den folgenden Worten gebracht haben: –In Frühenzeiten, als Maß=gebend Todes-Furcht der-Menschen Denken Fühlen Tun durchzogen – uns=Heutigen !unvorstellbar –, als man gar Dentod zu überwinden suchte: erst mittels poetischer Bücher, dann mittels Biologie & Medizin man

Leben ins Nimmeraufhören zu strecken suchte – uns=Heutigen !Eingräuel –; trieb soviel Versprechen auf noch ungelebtes Leben diese-Menschen dahin – (und trotz meiner allmählich mich lähmenden Müdigkeit merke ich wohl, daß ich ihm keine Antwort auf seine Frage gebe; – vielleicht kann ich ihn auf diese Weise daran erinnern, daß Fragenstellen unziemlich sei, gerade gegenüber einem Freund). Also antworte ich ihm im Gefühl, nunmehr selbst 1 zitternd verschwebende Luftspiegelung aus dem Geschichtpaneel zu sein, & rede so wie in beginnendem Schlaf manch Sätze kurios sich winden.

–Eher Nein als Ja★: Irrelichternd gleißend schmutzig verschmiert wie alle Versprechungen & Profezeiungen –, so trieb Das diese-Menschen=einst dahin u: jagte sie dennoch stets in dieselbe=Furcht vor Demtod. Doch, so würden wir=Heutigen einreden – sollten wir=uns noch jemals 1lassen auf diese=Altengedanken, können nur die Leben's Gläubigen, die am=Leben=sich=anklammern mit Allerkraft, Dentod fürchten – grundlos, denn solange sie fürchten können, spüren sie sich im=Leben. Dertod ist das Ende des-Schmerzes u das Ende alles Fürchtens vor Demende. Also – würden wir=Heutigen sagen, ließen wir= uns noch 1 x ein auf Diesethemen – gibts keinen Grund vor Demtod sich zu fürchten, desgleichen nicht vor dem Nicht-mehr-Sein, denn Letzteres fürchteten die-Menschen=einst noch mehr als Dentod : Diese Furcht aber wäre nur sinnvoll, wenn es dieselbe=Furcht vor dem Noch-nicht-Sein=vor-der-Geburt ebenso geben könnte. Diefurcht vor dem Noch-nicht aber gab es !nie. ?Warum also dann Diefurcht vor dem Nicht-mehr. Dieser Widerspruch – (u ich unterdrücke Gähnen) –ist den-Furchtsamen=zu-Früherenzeiten offenbar niemals aufgefallen. Sonst wären deren Taten=einst, von Todesfühlen durchgiftet, niemals so voller Leben's Zweifel..... gewesen. Der *Lange-Faden* bedeutet auch den Verzicht darauf, Fleisch mit Fleisch zu füttern, die Angst vor dem Hungertod des-Gefühls zu überwinden u das Angebot zum Verschwinden im=Leib eines Andern auszuschlagen. So haben Die=vor-uns waren auch Dieliebe mit den Malen des Todes gebrandmarkt.

–Die=vor-uns waren – (höre ich mich das Thema noch einmal aufnehmen) –Die müssen zu ihren=Zeiten allsamt sehr !gelitten haben, wenn Diekraft unserer Wünsche=Heut so groß ist, daß Wünsche zur Wirklichkeit werden können. Denn Leid ist Schatten der Wünsche, untrennbar Beides. Für Heute ist Allesleid vorweggelitten, Heut haben wir Nichthoffnung mehr noch Leides Schatten. Übrig bleiben unsere Wünsche hell u leuchtend als unsere=Wirklichkeit. – Nun schaue ich, der Höflichkeit trotzend, ins Gesicht meines Freundes. Doch wie üblich, kehren wir dabei ein ander die Augen zu, nicht jedoch die Blicke. Jeden bewahrt so die eigene Augen-Wand. (Denn beinahe beschwörend müssen meine Worte geklungen haben, so als hätt ich mir=selbst mein Dasein im=Heute erklären müssen.)

Mein Freund mochte während meiner Rede mich unverwandt angeschaut haben, denn er kehrt den Blick nun von mir ab wie von etwas, das man anfangs mit Faszination & Wißbegierde betrachtete, von dem man letztlich aber enttäuscht wurde. Also schweigt er.

Auch ich fühle mich enttäuscht. Wer sie gewesen sind: dieser Mann diese Frau mit dem weißen Gesicht u: die Macht=voll Anderen, die beide von ein ander trennten, das haben weder mein Freund noch diese Bilder aus dem Geschichtpaneel mir sagen können. Auch nicht, ob Alldiemassen schließlich ihr=Ziel, den Mars, erreicht haben. Od ob sie von-Anfang=an irrgeleitet wurden u: den fernen Planeten niemals betreten sollten, sondern 1fach zum=Verschwinden bestimmt gewesen waren. (Wohl eher Ja als Nein.) Mein Freund verrät es mir ebensowenig wie die Altenbilder.

Ich löse die Hände von dem Paneel, – schiebe es von mir fort zu den anderen im Wind schwebenden glashellen Tastenfeldern – entferne die Sensoren von der Stirn, und überlasse alles dem leicht dahinziehenden Luftstrom –.– So ist Nichts geblieben, was noch zu sagen wäre, also sagen wir nichts. Und damit ist diese Geschichte abgetan.

Neue Menschen kommen nun leichten Schrittes u in verstreuten Scharen von Allenseiten auf die Esplanade zu – und nehmen sich aus der Materie-Stelle dünngliedrige Stühle und placieren sich froh auf dem weiten Oval. Trotz dieser hier zusammengekommenen großen Menge & des mit Spannung erwarteten Ereignisses bewahren die Neuankömmlinge ihre normale=gelassene Ruhe – Stimmen u Wind von unsichtbar warmer Hand hingestrichen über alle Versammelten –, so daß schließlich auch in=mich wieder gewohnte-Ruhe Einkehr hält. Für jeden Neuerscheinenden erheben sich zum Gruß dessen Nachbarn mit leichter Verbeugung* gegen ihn von ihren Stühlen & bekunden somit ihre Freude über diese Begegnung. Beim Niedersetzen seufzen sie dann leis, wie Menschen dies tun nach dem Erfüllen einer freudsamen Pflicht. – Überhaupt erscheinen mir, meinem Willen gemäß, nach-und-nach sämtliche auch in der weiteren Umgebung anwesenden Personen als Bekannte, denen ich seit-Langerzeit nicht in ihrer wirklichen Gestalt begegnet bin. Die meisten, fällt mir auf, gehören wie ich der K.E.R.-Behörde* an.

Auch die Neuankömmlinge scheinen vom Anblick der Wolkenspirale im makellos erwünschten Himmelblau verwundert, und wieder ist es mein Freund aus Frühenjahren (er erstaunt mich immer mehr), der als 1. das Wort in Diesersache ergreift. – Doch sein Gebaren verstört mich offenbar als 1zigen. Kaum erkannt und gegenseitig sich begrüßt, ist man sogleich ins=Gespräch gegangen, anstatt, wie das den-Umgangformen geziemt, zunächst das-Plaudern* zu beginnen. Verstört – und verärgert zudem über den überaus befremdlichen Eifererton, den mein Freund sogleich anschlägt, habe ich wenig Interesse, den Erörterungen zu folgen; bin vielmehr gespannt, welche Arten von Grobheit man sich noch leisten würde. !Wie kann der Besuch 1 Abordnung vom Mars bei Menschen=heutzutage noch solch kindisches Gebaren auslösen. (?Zeigt sich hieran gar ein Aufglühn ins=geheimer Hoffnungen auf irgend=Abwechslungen, auf Neuheiten=im-Erleben bei uns=den-Verlöschenden, wie ich das bereits vorhin in der Rede meines Freundes ?wahrzunehmen meinte. Eher Ja als Nein.) – Über diesen Spekulationen habe ich den Beginn seiner Ansprache überhört, denn nun befinde ich mich bereits mitten=in seinem Redefluß. Die Stimme, fast klingt sie aufgeregt, wendet sich von der näheren auch an seine weitere Umgebung. (Ich erkenne diesen Mann nicht wieder; ?kann ich ihn noch als ?meinen ?Freund bezeichnen.)

–Die Wolkenzüge – ihr=habt sie gesehn – gehören dann zu unseren Bedenken, zu meinen u zu euren.

–Die Wolken, ich sehe sie seit geraumer Weile verschwunden. Nur 1 heller Fleck ist geblieben. – Mein Einwand bleibt ohne Zustimmung.

–Auch ich will nicht leugnen: Ich sah sie & war auch an ihrem Zustandekommen beteiligt. – Bekennt ein Anderer.

Und ein Dritter bemerkt leise: –Es heißt, auf dem Mars stehts nicht gut. Schlechter, als die-Pläne dies wollten.

–Ich hörs von ihm. – Sage ich laut in des Sprechers Richtung. Das ist meinem Freund Daszeichen, seine Vermutungen, die er aus allem Gehörten der-Letztenzeit zusammenfügte, mit besorgter Stimme, auch mich vereinnahmend, in der gesamten Runde zu verbreiten. (Ungutes ahnend blicke ich derweil zum Himmel auf, halte widerwillig noch seine düstere Erzählung um die-Deportierten, die er aus dem Geschichtpaneel aufrief, in der Erinnerung fest, u befürchte erneut das Erscheinen der drehenden Wolkenspirale, Dieserstunde sowie Dieserangelegenheit unpassend.) Doch Nichts geschieht – blendend rein das Hoheblau, leuchtend & freudenvoll nehmen die ferner Versammelten die Helligkeit u die Farben der Sonne an – schwebendes Gleißen über den Köpfen im mittäglichen Licht. – Und doch erhebt nun mein Freund seine Stimme (ich nenne ihn noch *meinen Freund*).

–Wir=alle kennen sie: Diese Holovisionen von den Mars-Ansiedlungen – spektakulär aus der 1. Generation vom *Terra forming*. – (Mein Freund, 1 Jahr älter als ich, setzt also stillschweigend bei mir voraus, daß ich das-Gebot, nur Erwachsenen steht der Zugriff auf Holovisionen zu, längst umgangen habe.) – –Wir erinnern=uns, als Die Euforie über das Gelungene am Lodern war. Hell brannten Diefeuer des-Fortschritts. – –Fort Schritt. – Raunend u langsam wiederholen einige in der Nachbarschaft diesen Begriff, als sei ihnen ein sehraltes, längst verklungenes Wort soeben wiedererstanden, zu dessen ungewohnten Lautefolgen die Zungen sich erst fügen müssen. Währenddessen mein Freund seine Ansprache fortsetzt.

–Im=Anfang, zu frühern Jahrhunderten, auf dem Aus=Weg=zum-Mars, stand groß Die Enttäuschung: Denn was zuerst die Fernrohrblicke betrachtet & was man Dort, der Erde ähnlich, voller Lebewesen – !menschähnlich gar sollten sie sein – & Landschaften mit Wäldern & Ozeanen ersehnte; – da fanden die ersten Marssonden nach ihrer Landung=dort 1 Planeten ohne Wasser, kalt u: kochendheiß, trocken, Ohneleben, für irdische Vorstellungen & Wünsche unfruchtbar abweisend ausgebrannt zerstaubt von harten Strahlungen, seit-Hunderten-von-Jahrmillionen Allesleben von sich stoßend: abiotisch..... – –Die Oberflächentemperaturen fand man schwankend – (wirft ein Anderer ein, der sich offenbar mit diesem Thema genauer beschäftigte) – –zwischen plus 20 Grad und minus 140 Grad Celsius; tägliche Differenzen in der Oberflächentemperatur um rund 100 Grad Celsius sind Dort keine Seltenheit. Der Atmosfärendruck dieses Planeten liegt weit unterhalb des Triplepunkts von Wasser, beträgt nichtmal 1 % des irdischen Drucks, die Atmosfäre des Mars war zu-Beginn seiner Besitz=Ergreifung sehr dünn, Wasser & andere Flüssigkeiten konnten sich Damals nicht bilden, Alles verfestigte sich, gefror. Hauptsächlich Kohlendioxid – an den Polkappen gefroren –, dann etliche Edelgase, Kohlenmonoxid u Spuren nur von Sauerstoff. Zu bestimmten Jahreszeiten !Enormestürme – Staubmassen, ganze Gebirge aus Staub, werden hinaufgerissen bis in die Atmosfäre, den gesamten Planeten überdeckend und für Wochen&monate verfinsternd. Das=Alles hat man Dort vorgefunden, und Nochmehr um kopfnüchtern werden zu müssen. Kurz gesagt: – –Kurz gesagt: Für Menschen eine rote Toteninsel im All. – (Vermeldet lakonisch jemand aus der Nachbarschaft.) –Ein für=Menschen toter Planet im=All. Menschen-töten: ?wofür auf=Erden – –!Was für Kriege waren Hier derweil. – Ruft die Stimme meines Freundes dazwischen. – –!Was für Mordschwemmen übergossen die Länder: jeder Bombeneinschlag riß alte vergiftete Erde auf, schlug die Viren-der-Todeswut gebirgehoch, als Lawinen aus Leid stürzten sie herab, Diestürme der Rach-Sucht tobten & verfinsterten wie der Todesstaub auf dem Mars hier=Auferden das Lebenlicht. Niedertracht RaffGier hieben schlugen zerspalteten die Menschheit u: kein Ausgang aus eigen=erschaffener Not nirgends ein Weg aus blutpresserischen Zwängnissen, alles Erfinden galt stets den-Maschinen=Zumkrieg, kein 1ziger wollte je Friedenmaschinen ersinnen, Arbeit & Zwang die beiden eisernen Klammern preßten würgten Mensch&tier zutod, die-Erde=unsere-Erde ein überhitzter Kessel für die-Vielzuvielen u: die-Vielzulanglebenden, glücklich war wer !früh verstarb od: bereits im Mutterleib sein Leben aufgab u garnicht zu-Erden kam. So blieb auch Glück ungeboren, – nur die noch schauen wollten blickten auf: wie seit Uraltenzeiten zum=!Himmel. Doch jetzt mit Teleskopen durchdrangen sie kompakten Stickdunst erdischer Wolkenwandung – und sahen wieder: den roten Planeten verheißungsvoll. !Jetzt hatten sie Das Ziel erkannt: Vom Tod=Auferden zog Es sie zum Leben auf dem Mars. Und daraufhin Diekriege=Auferden noch unbedenklicher entfacht, noch grausamer geschlagen, denn man kannte jetzt Den-!Ausweg : ?Wozu also noch sich kümmern um Friede=Auferden –.

Darauf muß mein Bekannter erschöpft Atem holen, er schweigt in Erregung. Offenbar hat er seit-Längerem die Mengen uralter Holovisionen bemüht, weitaus mehr & umfassender, als nur die 1 mit der Geschichte von der Frau mit dem weißen Gesicht.

(Er, der ?Freund: Eher Nein als Ja: Ich kann ihn nicht mehr als *meinen Freund* betrachten; die Person, die mit=mir die-Jugendzeit erlebte, verkam; aus einem Freund ist 1 Bekannter geworden. Beschließe ich ins=geheim. Was ohnehin geschehen wäre in wenig Wochen – mit dem Erreichen meines 25. Erdenjahrs all=Das was herrührt aus Kindheit & Jugend, von sich abzustreifen und zu verlassen, das hat nun=in-den-Momenten gegenüber diesem Mann schon heute stattgefunden.)

Während er, nichtahnend meine Trennung von ihm, Atem holend schweigt, nimmt ein Anderer mit ruhigerer Stimme die Rede auf: –Da suchten also Menschen die Umkehr dieser einst Großen Enttäuschung, fanden aus irdischer Ausweglosigkeit Den-Weg=hinaus. Denn was einst=vor-Jahrhunderten Irrtum war – der Mars sei Vollerleben –, das sollte nicht länger Irrtum bleiben, sondern Wirklichkeit=sein Jahrhunderte=später. Aus Irrtum ward Realität. –

Mein Bekannter spricht nun ebenfalls ruhig u besonnen weiter: –Und wir sehen Heute die uralten Filme, schon arg schwankend diese Bilder wie bejahrte Menschen taumelnd, doch hallen sie deutlich wider von der-Menschen Triumfe bei der Besiedelung des roten Planeten.

–Auch ich habe, bevor ich heut hierhergekommen bin, einige dieser alten Holovisionen aus dem-Speicher geholt. – Meldet sich ein Vierter. –Und ich hörte darin etliche Stimmen der Hoffnung reden von Wasservorräten=Dort, tief unter dem seit-Jahrmillionen gefrornen Planetenboden; in Kratern & Senken sollte weitaus mehr Wasser=Dort sein als vor ebenso Vielenjahren hier=Auferden. ?!Denn !woher sonst (hieß es) wenn nicht von reißenden Wasserströmen entstammten die tief & schroff in den gesamten Planetengrund gezogenen Täler Schneisen Kanäle. Ein mildwarmes Klima gar sollte Dort=einst geherrscht haben, angenehmer als das Klima=Damals auf der Erde; – man sprach vom Garten-Eden & von erstem Leben=Dort, früher als Auferden. – Ich höre zustimmendes Summen aus der versammelten Runde.

Darauf!Einestimme, direkt=hinter mir, fremd, laut & schroff dreinfahrend in die lauwarme 1igkeit dieser Runde: –Doch !Leben. Läßt sich nicht aufwecken. Wie im Märchen das Dornröschen aus hundertjährigem Schlaf. – Scharf spottend fährt die Unbekannte Stimme fort: –Und Leben=Auferden. Kein ehernes Gesetz. Mit der Hefe *Focht Schritt* – (1 Speichelspritzer fliegt von des Unbekannten Mund an mir vorbei) –dennoch nicht beliebig wiederholbar. Nach Altem Rezept. Wie Kuchenbacken, hä. – Diestimme erklirrt zum rauhen Gelächter, als stürzten Messer & Gabeln auf Stein. Und findet sogleich zurück in ihr fremdartig=stakkatohaftes Grollen. –Aus fürchterlicher Klemme.

Hergerichtetes Dilemma. Jahrtausende=eng auf=Erden. Wo jeder Schritt jeder Tritt. In menschliches Weiterleben. Mit schärferer Rüstung zur Technik. Weiterführte. Zu menschlichem Nichtleben. Ward im Wort Unheil. Das Heil erkannt : Leben=Auferden ist 1malig. Der-Mensch darin Die Ausnahme. Sein da-Sein. Entwicklungsgeschichtlich. Nicht wiederholbar. !Nirgends. Blauäugig & voll Übereilung auch die Maßnahmen=einst. Das *Terra Forming*. – (Noch 1mal 1 Speichelspritzer.) –Die-Schöpfung auf dem Mars. Im Anfang war Derdreck. Noch 1 x Erde. Jetzt aber wollte Titanisches als Rettung erscheinen: Künstliches Tauwetter über den Mars-Polen. *Hütet gut Diewärme ihr / Daß die-Menschen Allersterne / Froh & glücklich sind wie= wir*. – (Diestimme krächzend vor Hohn. Dann weiter im Stechschritt ihrer Silben:) –Auf dem Mars. Wie unter riesigem Glassturz. Fest. Gigantische Industrieen dort. Feuern. Dampfen. Qualmen ein. Zur Hülle eines Planeten. Jahrejahrzehntelang. Schornsteingebläse die Posaunen. Voller Giftstoffe blasend den Schöpfungsakt. Bis aus der dicken Atmosfäre. Der 1. natürliche Regen fällt. So wars im=Groben. – (Diestimme räuspert zufrieden.) –Die 2. Genesis: Im Schwefelwasserstoffdunst alles Menschenwerx. Vom 3. Tag mit Schwung in den 5. Tag. Und alle Primzahlen zu 1 Woche. Der Rest ist Swinegel: Immer schon !da. –

!Was für Worte, vorgetragen mit Fremderstimme, so daß der Unbekannte=selbst aus Fremderzeit hierher gekommen scheint. Doch hat er weder seinen Namen noch seine Herkunft uns genannt, also fragt ihn keiner in der längst im=Erschrecken verstummten Runde. Nicht !was Derfremde sagt, ist !unerhört – alldas ist so ammoniten=alt daß es schon wieder=neu sein könnte –; sondern !wie & auf !welche Art Derfremde spricht – nein: deklamiert: Stakkati bellend, schnarrend, laut, penetrant, voll galligem Hohn. ?Vielleicht hat er gar keine Rede halten wolln; ?vielleicht sind dies gar nicht seine eigenen Worte gewesen, hier&jetzt entstanden, sondern er deklamierte 1 Trauerspiel aus Altenzeiten, – u: nun bin ich (u all-die-Andern=hier) peinlicherweise Ohrenzeuge einer intimen Selbst=Ansprache geworden. Eher Ja als Nein. Die Sitten hätten verlangt, sich sogleich zu entfernen, um nicht ein Wissen über einen Andern zu erwerben, das keinem Fremden zukommt. Doch dafür ists lange zuspät, zu unvermittelt & fesselnd ist der Einsatz der Fremdenstimme gewesen.

Auch schaue ich mich nicht nach Demfremden um; ich würde ihm vermutlich direkt=ins=Gesicht sehen, u meine Blicke dürften meine

Schande entblößen, – was ich Demfremden nicht zumuten darf. So haben gewiß auch Alleübrigen=hier empfunden; keiner richtet die Rede an ihn, alles schweigt als bewahrte man seinen Atem für Langezeit des Ausdauerns Unterwasser, bis Derfremde zu sprechen aufhören würde –.

1 kratziges Geräusch an meinem Ohr, die Stimme Desfremden läßt sich erneut vernehmen, sie versucht nochmal 1 Lachen auf diese für= uns längst vergessene Art: Lachen des Spottes aus bitterstem Hohn. – (?Muß Dieserfremde ?!niemals Atem holen –; wir senken unsere Köpfe, der Höflichkeit ergeben Diesemschwall aus Litanein, vorgetragen im Stech-Schritt wie von 1 militanten Mönch.) – Seit !Wielangerzeit dominiert des Unbekannten Stimme=allein das Gespräch. Hohngeschärft, unerbittlich, als hätten seine Augen soeben erst Diesenblick in des-Schreckens Abgrund getan, & kalt wie Glas jedes 1zelne seiner Worte. (Frösteln zieht über meine Haut –.) Nie zuvor habe ich, u vermutlich ebensowenig meine Bekannten, jemanden !Derartiges laut von sich geben hören – außerhalb von (heimlich betrachteten) Holovisionen aus früheren Jahrhunderten, als man noch stritt gegen:ein:ander mit Worten voll Säure & Gift. – (Grad vernehme ich die Stimme eines meiner Nachbarn, raunend: –Die Erde existiert schon seit-Äonen. Wäre sie unendlich, Dieserede hörte !niemals auf. Erde & Rede, beider Dauer aber ist nur=endlich. –) Also bin ich mit meinem Unmut nicht all-1. Nur, scheints, auch zur Endlichkeit ist noch ein Langerweg, – denn der Fremde ist noch nicht beim 6.-Tag.....

Insbesondere die Rede-!Lautstärke Desfremden gällt in den Ohren, ist doch das Sprechen in unseren Städten dem Flüstern näher als dem Schreien – denn Lärm entfacht Diefeuer der Promiskuität. Direkt hinter meinem Rücken !Diesestimme eines Unbekannten, ich wage auch jetzt nicht mich umzuwenden, Demsprecher ins=Gesicht zu schaun. Unhöflich wärs, auch hält mich Furcht zurück, als könnten Desfremden Worte mein Gesicht zerschneiden.

Also hören ich u wir=alle Ihn weiter: –Der 6. Tag ist der 1. Tag: Von Erden schleuderte man Satelliten. Zum Mars. Geschosse Bomben. Gefüllt nicht mit Sprengstoffen. Gefüllt mit !Bakterien. Zum provozierten Reanimieren dort vermuteten einstigen Lebens. Erwecken sollten irrdische=Bakterien Bakterien=Dort aus Jahrmillionen Todesschlaf. Am 6. Tag als dem 2. Tag: Roboter, dann Menschen. Invasion von der Erde. Die Neuen Konquistadoren: die-Immergleichen: krakehlende Draufgänger. Söldner-Viehguren. Partysahnen des-Neuanfangs. Multi Mülljonäre. Professionals-im-Reisen. Rohmantisch=fanatische Ideenträger. Sinnsucher. Latente Selbst=Mörder, ihr=Aus suchend von technisierter Hand. Schließlich: die-Altenfürze: stinkreiche Feierabendgemüther. Verlebte Tatterichs, runzelich wie alte Äpfel. Von Lebensschimmel Befallne. Das-Vermögen zusammgekratzt. Wollen nicht länger auf Kreuzfahrtschiffen. Durchs Mittelmeer tschuckeln. Nacksos. Krähta. Rohm. Nicht länger Zürcher See. Wollen jetzt Nektar aus Marsblüten zutzeln. Ihre Kipferln tunken in Marskaffee. So wie's in den-Prospeckten hochglänzend steht. Je-olla-je-dollar: noch Was !erlehm vor ihrer Hadesstunde. Jetzt. Streben ins Herz der Abendsonne. Der-Freizeit-&-der-Reisepöbel: Diepest..... Und Terra-Forming: Konquista & Raubzeug. Diesmal ohne Bibel & Indios. Keine Störung kein Blut kein Gemetzel an störrischen 1geborenen. Keinerlei fremde Kulturen auszulöschen. Kein holo caustos vonnöten. Im Herzen aller Schatzkammern & Tresore: das reine das hygienische Nurausbeuten. Pures Sichbereichern. Raffen. Ohne Widersacher (außer den eignen=den-Mit-Konquies, versteht sich). Weltraumfahrt: !endlich Wirklichkeit geworden. Der Hohetraum aller niederen Verbrechernaturen. ?Fragen Sie sich. Die-Grundfrage des-Menschen: ?Warum. ?Warum die fähigsten Astro-Funkzionäre immer aus Der-Schule-für-Diktaturen kommen. !Das ist die Antwort: Die !Gängster an !Diemacht. Die Gängster gingen in die Garde-Robe. Und legten ihre Skafander an. –

Neben meinem Stuhl sehe ich die Schuhe Diesesfremden; er hat die Beine übereinander geschlagen, zum Sprechen wippt er mit dem rechten Fuß den Takt. Dem knöchelhohen spitz zulaufenden Schuh scheinen auf dem Oberleder Dutzende grünlich schillernder Perlen aufgeprägt, blitzend in der rhythmischen Fußbewegung. (Heimlich schiele ich ganauer hinab : Das Schuhleder ist aus der Haut eines Reptils, eines Warans, genäht; was mir Perlen schienen, sind winzige wie Pailletten glänzende Schuppen.) Jetzt auch sehe ich den Saum seines Hosenbeins an 1 Stelle umgeschlagen, der Stoff dort ist faserig, Bröckchen rötlich grauer Erdkruste beschmutzen die Falte (und energisch muß ich mir das Hingreifen, den Saum zu ordnen, verbieten –); – derlei lenkt mich ab von den Ausführungen Desfremden.

Unab=lässig das taktgebende Wippen des schimmernden Reptilleders, als schnellte das schuppige Tier Attacken; scharf der Trompeten-

ton !Dieserstimme, sie reißt mich wieder an=sich, und ich muß Demfremden wieder zuhören. Doch Der ist bereits beim Resümee tief im 6. Tag:
—Kurzum. Soviele Zu-Fälle um die-Zeugung irrdischen Lebens. Sind zuviele Zu-Fälle. Um sie jemals wiederholen zu können. Man hat !zugut gerechnet. Mit dem-Leben-auf-dem-Mars. Also. Hat man sich verrechnet. Sie wollten den Mars. Nicht wie er einst gewesen. Sie wollten Die-Erde=noch-einmal. Auf dem Mars. Und. Sie haben Dieerde bekommen. Auf dem Mars. Wie Erde einst gewesen. Die Fahnenstange irrdischer Arroganz. Aber. Nach 8 Generationen Ende der Fahnenstange. Schluß. Ganz offensichtlich gescheitert. Das Terra-Forming. Von der Expedition zur Ex-Pedition. Tot ist tot. Nun kommen SIE wieder. Die Toten. Wollen die Erde wiederhaben. Wie Erde einst gewesen. Bevor SIE auszogen den Mars zu plündern. Die Erde jetzt der 2. Mars. Denn was=immer aus-dem-All zur=Erde kommt. Das kommt von der Erde. Damit eine Welt entsteht. Ist. Allesmögliche vonnöten. Doch. Mehr als Allesmögliche. Ist nötig im 1zelnen Menschen. Außerhalb des-Menschen. Ist. Kein Geheimnis. Terra-Forming Mars-Besiedelung : Vom alten Geheimnis zum Geh-ins-Altenheim. !Ausdertraum.

Die Sonne der Überlegenheit, metallisch hart & scharrf, brennt die Gestalten um Denfremden, scheints, zum 1verständnis, nimmt auch dem Letzten den Unmut, – u: beläßt mich im Taumel der Ausgestoßenheit, stummgeschwiegen, die Augen verkniffn vorm Blendglanz der wissend Hohenworte Desandern.....

Und noch 1 Mal scharf=1dringlich die Trompetenstimme: —Lange vor Allemleben. Und. Vor Allemtod. Jahrmillionen vordem. Was. Die Wüsten die Gebirge aufreißt. Zu Abgründen u zu Klüften. Er war. Und. Er wird wiederkommen : Dersturm.....

Abrupt setzt die Trompetenstimme aus. Das Wippen des Schuhs hört auf, als sei Derfremde in meinem Rücken plötzlich erstarrt.

!Was für Worte, vorgetragen mit solch befremdender Stimme, daß der Unbekannte=selbst aus Fremderzeit hierhergekommen scheint. Weder seinen Namen noch seine Herkunft hat er genannt, also hat ihn keiner danach gefragt. Und eine mir bislang ungekannte Regung habe ich während dieser Stakkato-Rede Desfremden verspürt, – ein Empfinden zwischen Verlust und Leere so, als habe man aus meinen Eingeweiden etwas herausgeschnitten, das, zum Weiterleben zwar entbehrlich, dennoch durch sein Fehlen einen stumpf drückenden Schmerz hinterläßt, den Schmerz der Leere, des Ausgeweideten –.

–Das also ist die Geschichte vom-Exodus-zum-Mars & von der Rückkehr-der-Emigranten. – Sage ich, um etwas zu sagen, ermüdet. – –1 Geschichte von vielen. Man sollte nicht alles tragisch nehmen.

Ungewollt bin ich im-Diskurieren Der-tote-Punkt geworden, an:mir bricht sich der Redefluß. ?Ob jemand meiner Bekannten= ringsumher noch etwas hätte ?sagen mögen; Denfremden mit dem wippenden Waranschuh ins ?Gespräch nehmen; ?vielleicht ?er (den ich nun nicht mehr länger *meinen Freund* nenne) u: ?jener vordem, alle Manieren vergessend, der in so befremdlicher Weise sich ?ereiferte. ?Wollte jetzt noch Irgendwer ?sprechen. Eher Nein als Ja. – Auch dürfte der Redezorn Desfremden nicht sonderlich tief in die Gemüter der Hörenden eingedrungen sein; unverändert strahlt das Himmelblau, bis auf 1 hellen Wolkenpunkt als die letzte Spur der sich zerlösenden Nebelspirale. !Blau – das hoffenden Stirnen Dermassen entsprungene Himmelleuchten –. Das !Hohelichteblau – auf dem Augengrund alles Wünschens u noch vor den Namen ein weithin ausgespanntes Sehnen im hell Morgendlichen –.– Eine starke Kraft ist für jeden einzelnen das Selbst=Zulassen seiner Apathie u Müdigkeit.

Als ich, nun doch bereit die Gebote-der-Höflichkeit beseite zu lassen, Demfremden diese Beobachtung mitteilen will und mich entschlossen umwende nach ihm – : Fällt mein Blick auf 1 leeren Platz. Derfremde, ohne 1 weiteres Wort, scheint still & heimlich fortgegangen. Seltsam nur, daß die helle Sitzfläche des Stuhls 1 Film Staubes bedeckt so, als habe seit-langem niemand dort gesessen u als sei dieser Stuhl *real*. – : Seine Erscheinung & die schneidend gestanzten Worte – ?vielleicht nur eine ?Holovision. Eher Ja als Nein. – Auffällig, daß mit dem Verschwinden Desfremden zugleich auch die allerletzte Spur der Wolkenspirale, der 1 nebelweiße Punkt, verschwunden ist, – wie ausradiert beide Erscheinungen, auf der hellen Himmeltafel u im blendendweißen Taglicht, hier auf der großen Esplanade der Stadt. – E.S.R.A. – der Stein, der noch !vor seinem Einschlag im Meer-der-Stille=unseres-Lebens Hohewellen wirft – –

Im kreidigen Licht weithingestreckt die Esplanade u Allemenschen die sich hier eingefunden haben – als atmete Dieserort aus einer einzigen großen Lunge, die mit Einemzug die Lüfte einsaugt – so erhebt sich nun in der Versammeltenschar ein=Atmen – und darauf ein langhin anhaltendes Seufzen und das feine Sonnenflimmern scheint noch heller auf als die weißgeschminkte Menge sich in die eine Richtung wendet als schaute man dort Ein Wunder : Mondschattengroß, von straff=dünnen prasselnden Feuersäulen getragen, sinkt in mattsilbernem Schimmern der diskusförmige Raumgleiter aus dem Himmel zur Erde herab – fauchend zischend bohren sich die dünnscharfen Feuerstrahlen aus Bremsgetrieben in die Landeplattform ein, glühen das Plateau zur karminroten Scheibe auf, und hitzeflirrend verdampft die Luft. Die Sonne, verfinstert, der schon blass aufgezogene Mond wie in Blut getaucht. Aus den Höhen fallen im glutigen Sprühregen Vögel herab wie Blätter aus herbstlichen Bäumen. Wohl kaum jemand hätte darauf geachtet, wären die Vögel im-Himmel geblieben; jetzt, wo sie glühend ihr Leben verlöschen, nehmen wir=Alle jeden 1zelnen wahr. Und die Himmelhelle entweicht unter dem metallischen Schatten des Raumgleiters wie eine alte Schriftenrolle, fortgezogen von unsichtbarer Hand, – die Bauten der Menschen & ihre Leiber erzittern als schwanke der Grund unter großem Beben unter detonierenden Bomben in einem Krieg, – Pfützen schraffiert von überschauernden Wellen, in den Lüften Dröhnen wie ein Ewiges-Echo, – dann liegt der mondschattengroße Ellipsoid aus mattgrauem Metall in seinen Verankerungen=am-Boden=fest. Noch eine Weile, und die Ausstiegklappe öffnet sich sorgsam, – heraus treten, 1-nach-dem-andern, die Männer & Frauen vom Unternehmen E.S.R.A.: die Marsdelegation. – :So zeigt sich uns=Versammelten jetzt diese nur wenige Stunden alte Holovision von der Landung der E.S.R.A.-Abgeordneten, – und wie in einer Filmüberblendung treten dieselben nun in ihrer= wahren=Gestalt auf das freie Plateau der Esplanade vor uns hin. Männer Frauen, gehüllt in blendend weiße Hosenanzüge; die Abordnung präsentiert sich der versammelten Menge allein u stumm, wohl wissend daß ihre leibliche Präsenz=jetzt&hier dazu dient, von allen versammelten Erdbewohnern in dieser Stadt in ihre=Speicher zur Holovision aufgenommen zu werden, um daraufhin, als Gruppe od 1zeln, beliebig oft Vergegenwärtigungen erfahren zu können.

 Angehaltnen Atems die-Menge u ich, so zählen wir insgesamt 22 Personen, die sich uns hier in der Hauptstadt Europas in ihrer vollen Gestalt präsentieren. Vielleicht durch den Kontrast zu den grellweißen Anzügen noch verstärkt, erscheinen die freiliegenden Hautpartien an Gesicht & Händen tief bronzefarben (Folge Not=gedrungener künstlicher Bräune auf der wegen großer Sonnenferne des Planeten Mars sonst überaus bleichen, fast durchscheinenden Haut aller Mars-Bewohner; denn auf dem Mars zeigt man !entblößte Haut !ohne Schminke – :An !solche Anblicke werden wir=Erdmenschen uns erst gewöhnen müssen). – Manch optische Vergrößerung, die wir an 1 und der anderen Erscheinung vornehmen, zeigt uns die typisch hochgezogenen Stirnen u die großen Augen aller seit-Generationen auf dem Mars Gebornen; dies & ihr wenig einnehmender, teigig watschelnder Gang, mit dem sie gegen die ungewohnt große Schwerkraft-auf-Erden (Hier wiegt Alles fast dreimal schwerer als Dort) ihre sehr hochwüchsigen Körper tragen müssen. Obwohl sie bereits auf dem Mars und dann während ihrer Transition zur Erde im langandauernden Umgewöhntraining auf die irdischen Verhältnisse allmählich eingestellt worden sind, scheinen nun die tatsächlichen Verhältnisse=Hier doch reichlich anders beschaffen, als in der Simulation.

Eher dem Zufall folgend, weil der Fokus meines elektronischen Fernrohrs gradeben=dorthin gerichtet ist, springt mir der Anblick 1 Frauengestalt vor Augen: Mittelgroß, an Jahren vielleicht Anfang der 40, doch viel jünger aussehend u von jenem Wuchs, der Graziles mit Zähigkeit vereint; sehr gerade ihre Schultern (wenn der Anzugschnitt nicht täuscht). [Größer den Fokus, näher heran –:] Über der für Marsgeborene typischen Stirn begrenzt der scharfgeschnittene Haaransatz das ovale, von jeder Alterungfalte freie Gesicht. 1 Scheitel auf der rechten Kopfseite läßt die kurzen, dem Schädel enganliegenden dunkelblonden Haare weich wie ein Fell erscheinen. Die vordersten Haarsträhnen legen sich vom Scheitelansatz in eine leichte Welle, mildern so die Strenge ihres Gesichts. Die Züge ernst & stolz, etwas stark betont die Wangenknochen, die Nase gerade u scharf geschnitten, das Kinn zur entschlossenen Spitze wie zu einer kleinen Faust geformt. Blassrot die Lippen zum festen Mund, der wie 1 Summationstrich aus den Posten der stark gezogenen Brauen über den großen metallgrauen Augen, die Pupillen nadeldünn, die schmale Unterpartie ihres Gesichts beschließt. [Noch größer den Fokus, noch näher heran –:] Mag derselbe Zufall bewirkt haben, daß diese Frau, als ich sie betrachtet habe, ihrerseits die Augen in meine Richtung hielt – : Also schauen wir ein=ander an : Der Anblick dieses Gesichts in seiner ungeschützten Blöße ist mir von faszinierendem Erschrecken, eines=jener-Art wie das bei der plötzlichen Wiederkehr von Langezeit Verschollnem geschieht (:unwillkürlich erinnere ich die vorhin angeschaute Holovision von der Frau mit dem weißen Gesicht). Nackt die Gesichthaut der Fremden; unverwandt ihre Blicke zu mir, als sendeten sie in=mich kleine elektrische Ströme, lassen mich erspüren ein vibrierendes Fließen die Hautoberfläche entlang –. Nun !kein Zweifel mehr: Die Blicke der Fremden gelten wahr=haftig !mir : Fest, als formten sich aus unseren Augen Hände zum unsichtbaren Griff, so strecken sich unsere Blicke ein=ander entgegen. Noch niemals zuvor habe ich einen der Marsgebornen so-lange=so-intensiv angesehn. Und wenn der Fremden Mienenzüge Spiegel meiner eigenen sind, dann verzerrt kein nochso kleines Lächeln den tief=erschauten Ernst; dann ist die Mienenschrift der Fremden, ohne schrill zerfahrne Launen, von klarer sicherer Hand. Ein Gesicht das wartet auf immer=neue starke Worte, nur !sie dürfen darauf sich fügen zu einem ganzen Buch. – –

!Wie lange halten wir Denblick, halten Stand zu=zweit, – !wie summt Derstrom in meinem Kopf, sprühend Funken voller Farben grell vor Augen, im=Ohr Dasdröhnen als sinke ich hinab in Tiefeswasser – –: :Jäh, so bricht, was !solange verband, ent 2, – ihre Blicke, fort. (Hinter meiner Stirn 1 Laut als risse dünne straffgespannte Seide.) Die Fremde, die-Frau-vom-Mars, hat sich mit ihren Begleitern nunmehr abgewandt; stumm geblieben sie=alle, nicht 1 frohes Winken od 1 freundschaftlicher Gruß von Denen, denkt Man gewiß, nun sei es !genug der Präsentation vor den elektronischen & den leiblichen Augen der Erdbewohner. – Erst jetzt kann ich=erschrocken staunen darüber, wie !rasch auch ich eines der Hauptgebote unserer Gepflogenheiten: Das Gebot, keinen Anderen mit Blicken zu messen, vollkommen vergessen habe. Mit dem Erscheinen der-Fremden sowie dem zufallgeführten Anschauen dieser Frau ist das Höflichkeit's Gebot zerstoben wie Staub in unverhoffter Bö. Und fühle mich hernach entblößt; spüre überall auf dem Leib Zonen der Kälte so, als sei der Stoff meiner Kleidung dort zerrissen, der ungeschützt andrängende Luftzug ließe mich frösteln –.– In früheren Jugendjahren hat !diesem Frauentyp meine Faszination gegolten : Die Augen u die Begierde konnte ich nie abwenden Davon; es zog mich zu diesen Frauen wie den Eisenspan zum Magneten. Aber ich hatte Keinglück, niemals konnte ich eine=dieser-Frauen für=mich gewinnen. Daher begannen die magnetischen Feldlinien-der-Begierde zu glühen & mit jeder Zurückweisung schnitten sie schmerzhafter in mein inneres Fleisch. Diesefrauen, sie haben wohl über mich gelacht, sobald Sie meine ungelenken Versuche, mich Ihnen zu nähern, bemerkten: schroff & eisesscharf Ihrlachen, als wollten Sie mich peitschen –.– Und ich ahnte daraufhin Großes Unglück für=mich, ausgehend von Diesem-Typ=Frau, hätt ich aus der Verzweiflung meiner unerfüllten Wünsche ihnen dennoch voller Trotz & Uneinsicht nachgehangen. – Später begegnete ich *Der=Einen*, jener Liebe=vollen Frau, mit der ich demnächst *Den=Bund* schließen werde.

Jeweils auf der linken Reversseite ihrer blendendweißen Anzüge tragen die-Delegierten in schlanker römischer Majuskeltype aufgedruckt Name und Code. Die Fremde bezeichnet der Code mit 2034. Bei diesem Anblick erinnere ich die einst in der Schule gelernte Bedeutung dieses 4stelligen Zifferncodes, der einemjeden Personennamen für Marsbewohner folgt, & der die gesellschaftliche Klassifizierung jeder Person innerhalb der dortigen Staatform chiffriert.

Hiernach bezeichnet, von links gelesen, die 1. Ziffer das Geschlecht: 1 für männlich, 2 für weiblich. Die 2. und 3. Ziffer im Zahlencode geben an, zu welcher der Generationen, die einst auf dem Mars sich 1.malig etablierten, ihre Familie gehört. (:In der 3. Generation dort= Aufdemmars also gründet ihre Familie.) Die letzte, die 4. Ziffer, verkündet die eigentliche gesellschaftliche Zugehörigkeit zu einer der Klassements innerhalb des »Senats der Fünf«. Wobei diese »Familienzugehörigkeit« nicht auf Basis von Blutverwandtschaft, sondern aufgrund von Berufgruppen besteht: Die »1« erfaßt Künstler & Wissenschaftler; die »2«: Industrie-Arbeiter, Bauern, Handwerker; die »3«: Angestellte aller Berufe, Dienstleister sämtlicher Arten, ebenso die Elite-Soldaten; die »4« steht für politische Funktionäre, Beamte an Verwaltungbehörden etc., auch diplomatische Dienste; schließlich die letzte der Ziffern, die »5«, bezeichnet Unternehmerschaft & Bankiers, allgemein die in der Wirtschaft-&-Finanzbranche Tätigen.

Jetzt gratuliere ich mir insgeheim, einst während meiner Schulzeit ein Guterschüler gewesen zu sein, denn so habe ich anhand des hellrot leuchtenden Schriftzugs auf ihrem Revers Name & berufliche Zugehörigkeit dieser Fremden dechiffrieren können : Diese Frau Io 2034 lebt also in 3. Generation auf dem Mars & gehört dem-Beamtenkorps der Marsregierung an, vermutlich dem diplomatischen Dienst.

Durch dieselbe Türöffnung, wie vordem beim Ausstieg, entfernen sich nun die 22 Delegierten, u ebenso, als seis neuerlich eine szenische

Filmüberblendung, geschieht dies als Holovision. Die 22 kehren höchstwahrscheinlich zu den 258 Abgeordneten, zuständig für den Europäischen Block, in die Raumfähre zurück. Die schattet wie eine Wolkenbank aus grauem Metall über der Stadt. Man wird daraufhin die orbitale Raumstation aufsuchen und die Gesamtzahl von 1525 der Mars-Rückkehrer, die sich über die gesamten Erd-Lande verteilen, wiederherstellen. Von=Dort aus der geostationären Zentrale sollten die folgenden Zeiten ihren Anfang nehmen (soviel ist wohl allen=hier bekannt). Und als die Holovision von der Abreise der Delegierten verlöscht, ruht über dem weithin ausgebreiteten Platz wieder das hellblau kreidige Licht dieses Sommertags. –

Weil meine ganze Aufmerksamkeit 1zig der fremden Marsianerin, jener Io 2034, gegolten hat, habe ich Keinenblick für die übrigen Delegierten gehabt. Daher bin ich erfreut aus der Runde meiner Bekannten Stimmen zu vernehmen, die genau darüber sich auszutauschen beginnen. Man lehnt sich in den Stühlen wie in breiten bequemen Polstersesseln zurück, wendet die weißen Gesichter ein-ander zu, und wie das den-Gebräuchen entspricht, beginnt man zunächst mit dem-Plaudern über häusliche & nachbarliche Belange, Kuriosa über Jugendtage bei denen, die, gleich mir, demnächst das 25. Erdenjahr erreichen & demzufolge *Den=Bund* schließen werden. Mit leichten Gebärden nimmt man das Glas auf, trinkt, redet weiter mit tropfigen Worten. Man tauscht des-Langen&breiten die üblichen Komplimente über die Äußere Erscheinung der jeweils Anderen, stellt Betrachtungen an über Diedauer des Schminkens & des Kleiderordnens. Immer wieder komplimentiert man der-Anderen überaus artige Manier, an !Diesemtag = zu !Diesemereignis die leib=haftige Anwesenheit jener via Holovision vorgezogen zu haben. !Welch Luxus doch, den Luxus der eigenen Müdigkeit noch zu !unterlaufen.

  –Einst galt Neugier der-Menschen um ein Großes Ereignis den in diesen Vorgängen immer vermuteten, verborgenen Kammern, in denen Schätze ungehobenen Wissens lägen. – (Höre ich jemanden in meiner Nähe sagen. Ein Anderer setzt das fort:) –Das Mißtrauen gegen das eigene Wissen stiftete diese Vermutungen, denn die Angst vor Beschämung war All=umfassend.

  Manche der Versammelten haben sich sehr auffällig geschminkt, feierlicher als zu sonstigen öffentlichen Zusammenkünften. Manches

Haar ist zu kapriziösen Formen gelegt; Pyramiden, Kuben, gewindeförmige Zöpfe, Ellipsoiden (?vielleicht als Zeichen der freundschaftlichen Verbundenheit mit den Marsdelegierten aus ihrem ellipsoiden Raumgleiter). Auch haben sie, entsprechend der Form ihrer Haartrachten, die Lider & Aughöhlen dunkel geschminkt; ihre Worte, überkorrekt ausgesprochen & wie für allfällig Fremdehörer akzentuiert, drapieren sie mit ausgewählt zierdevollen Gebärden. Die Seidengewänder akkurat in kunstvoll theatralische Plisséefalten nach der Manier Fortuny's* gelegt so, als wollten sie die-Blicke Außenstehender auf=sich ziehen, sich=selbst gleichsam als Objekte einer Ausstellung den Fremden Betrachtern anbieten & empfehlen. Die Reden, die von ihnen zu mir dringen, wollen mir wie Anspielungen & Variationen zu dieser Ahnung erscheinen. – –Man braucht, um seinen Schatten loszuwerden, nur in Den Schatten zu treten. – Höre ich den mit der ellipsoiden Frisur soeben bemerken. –In früheren Jahrhunderten haben Menschen, die sich=selbst zu entkommen suchten, deswegen sich zu= Tode-gelaufen, u: haben dennoch den-eigenen-Schatten nicht verlieren können. Denn Schatten bleiben immer was sie sind. – –Und sieht Mann 1 Frau, die zufällig des Wegs entgegenkommt, in die Augen –, muß sie ihr Gesicht nicht mehr unwillig verziehen – & den Blick nicht mehr erfrieren lassen, um damit zu sagen: !Laß mich in=Ruh. Denn mein Blick hat ihr dies bereits zuvor bedeutet. So können wir auch weiterhin zu Jedem freundlich sein. – Die Stimme des Sprechers mit dem Pyramidenhaar hat für mich bei den letzten beiden Sätzen an Lautstärke zugenommen, weil er seine Worte in meine Richtung gesprochen hat. – –Leben ist Heute so leicht geworden. – Nehme ich betont arglos die Rede auf. –Und es braucht ebensowenig Mut, Hier= zu-bleiben. Die Holovisionen ersparen uns die Mühen körperlichen Nachstellens – wir sind !Keinejäger mehr –, wir können unsere Landschaften besuchen, sooft wir das wollen; sie sind in=uns. – (Sage ich im kraftvollen Ton aus der Vor-Freude, alsbald selbst den offiziellen Zugriff auf sämtliche Holovisionen haben zu dürfen.) –So können wir unsere Zukunft u unser Leben – erspielen. – Und schaue bei diesen Worten blinzelnd in das helle, nun makellose Wolkenblau hinauf – in diese glückhafte Färbung für Träume. Dann kehrt mein Blick erneut in die Runde ein.

 –Sie haben !energische Gesichter. – Höre ich, weiter entfernt, jemanden sagen. Gewiß meint er den Anblick der 22 Mars-Delegierten.

–Energische Züge aus jener Art von Gleichgültigkeit, die den-Tatmenschen bezeichnet. – –Die-Strenge überspannt ihre Mienen wie 1 metallische Schicht. – Ergänzt ein Weiterer. – –Frauen u Männer zeigen die gleichen Mienen, u sähe man nur diese Mienen: niemand vermöchte zu sagen Frau od Mann. – –Zudem ihre herrisch auf|Kante-&scheitel geschnittenen Frisuren die optische Unterscheidung erschweren. – (Wirft ein Anderer ein.) – –Doppelte Welten – Unsere= Welt u: diese andere, in der sie geboren sind – schreiben doppeltes Erfahren: passives aus Erbe, aktives aus Leben=Dort auf dem Mars. Getrennte Welten macht sie zu Doppelgängern von sich selbst. Sie haben zwei Gesichter. – –Und vielleicht nach ihrer Ankunft=Auferden nun sogar ein ?drittes. – Bemerkt ein Anderer. – –Sie sind Menschen mit Perspektiven, die ihnen mehr zeigen können als Menschen, mehr als wir=Auferden dies vermögen. – –Aber ihre Instinkte sind menschlich, das ist ihr Anker. – –Sie sind gesprenkelte Menschen. – Höre ich lachend den mit der Kubusfrisur sagen. – –Und in ihren Gesichtern, in diesen metallisiert erscheinenden Zügen, sehe ich das Große Ja zum Über-Leben. –

Gespräche mit & über Menschen düften von-jeher nach dengleichen Mustern verlaufen: Man lockt mit Worten die-Anderen, sucht aus dem Unsichtbaren, das die-Anderen in=sich bergen, das Sichtbare hervorzubringen – nicht allein mit Worten, sondern mit Gesten & Gebärden, mit der Lautheit der Stimme, mit den leisen wie gehauchten Silben. Man sucht das, was der-Andere hergeben will, und immer noch etwas mehr –.– In Sorge, durch zu lässige Sitzhaltung den Erzählenden zu kränken, korrigieren die Versammelten fortwährend ihre Haltung. Dadurch bewegen sich deren Oberkörper fast unaufhörlich (u was mir sonst daran geläufig & normal gewesen, das befremdet mich plötzlich, als sähe ich derlei zum 1. Mal : Sie sind menschliches Wiesenschaumkraut im Wind –).

Ich habe geschwiegen, mich nicht noch einmal an den Einwürfen beteiligt. Nun aber drängt es mich zu 1 Satz: –Um diese Menschen zu verstehen, muß man ihnen ähnlich werden: Mit dem 1 Fuß auf=Erden, mit dem andern Fuß – jenseits der Erde. – Während ich meinen Worten nachlausche, höre ich keines Anderen Stimme; niemand scheint meine Worte aufgenommen. Als hätte ich die Schlußfigur für eine Unterhaltung gesetzt, bleiben nunmehr alle stumm. Ein Schweigen der fast pikierten Art so, als wäre Etwas nicht laut zu hören Erwünschtes dennoch ausgesprochen worden; im angehaltnen Atem erlischt jedes Sprechen.

Etliche der vordem hier versammelten Menschen sind bereits aufgebrochen, die Stühle stehn verlassen, bald werden sie sich wieder dematerialisieren, der große Platz lichtet sich. Meinem Bekannten, mir zunächst sitzend, sind meine Verstörung u mein Befremden ihm gegen:über nicht entgangen. Die Höflichkeit verbietet aber jegliches Fragen, allein die-stumme-Gesellschaft als letztes Bekunden für Toleranz ist denkbar in solchen Momenten. Also verbleiben wir noch eine Weile am Platz. Erst später werden wir uns von den Plätzen erheben wie die Anderen, die bereits fortgegangen sind, ebenfalls schweigend.

Währenddessen, als hätt ich sie mit der Deutlichkeit einer Holovision aufgerufen, tritt nunmehr bereits aus meiner Erinnerung das Bildnis *Der=Einen* hervor. Eine !Erinnerung, statt einer Holovision, !das Zeichen fürs Erwachsen-Sein. Mein 25. Erdenjahr –:– Die Wendemarke. Begierden, die mich während meiner Kindheit-und-Jugendzeit voran zur Befriedigung trieben, werde ich fortan, nach meinem 25. Jahr, nicht mehr erfüllen können. Hieße das doch, ich würde verbleiben hinter diesen kind=haften Horizonten, die mir genau=diese Befriedigung-einst ermöglichten u: die-Jahre=danach befreiten mich von diesen Trieben, brennten sie aus zur Sprödheit von ausgeglühtem Eisen. Befreiung aber hieße Einelast=verlieren – doch sind mir meine Begierden niemals zur Last geworden. Auch die Jahre Kindheit-und-Jugend waren mir, rückschauend, Freude u Lust. Und haben Fremder Schatten über 1igen Stunden auf mir gelegen, so entschwanden diese schwerelos. Und der 1zige Schatten der mir verblieb, das ist der Schatten meiner eigenen Gestalt. (So trug sich Abend in=mich ein.) Doch dieser Schritt über die Schwelle zum 25. Jahr wird mich verändern – und ich will neue Lust erwarten: Verlangen u Sehn=Sucht, ohne Be-Gier.

Neu auch wird die Liebe von *Der=Einen* sein – und was ich verliere aus meinen-Jahren=davor wird auch *Sie* nicht länger mehr bekümmern. Zunächst ihre Alltagerscheinung: Die Züge ihres Gesichts, sinnlich=üppig doch fein ausgebildet u pikant, schimmernd die Augen in Dunkelbraun (manchmal darin ein sinnierender Zug). Dann ihr Haar zu dünnen straff u tiefschwarz glänzenden Schnüren geflochten, die ebenfalls weiß geschminkte Kopfhaut bedeckend; die Brauen geweißt & rasiert – kein Querstrich soll verherben, was freier Blick besagt –. Und betrachte ich zudem das Bild, das mir diese Frau ungeschminkt vor-Augen führt, dann erblicke ich die eher kleine Gestalt mit schönen fraulichen Brüsten, runden Oberarmen. Ihr Wesen eigensinnig dabei gut=mütig, – so kann sie innere Gemütbewegungen nur schlecht verbergen: alles schreibt sich direkt in ihre offene Miene ein wie in eine Tafel aus Wachs. Die Lippen schön u voll geformt. Und mit !dieser Frau – wir kennen ein=ander seit Kindheit & haben in Jugendjahren die weinschäumigen Gelüste durchlebt, wie sie in ihrer erstmaligen Frische diesen von den-Tinkturen der Bitterkeit noch unvermischten Jahren zukommen –, auch !sie bilden Teil des notwendigen Entkindlichens der-Kinder – wir=Beide sind nunmehr an der Grenze zum erwachsen-Sein angelangt (ich mit 2 Monaten im-Voraus); – mit !dieser Frau werde ich demnächst *Den=Bund* schließen.

Doch ist es die unvermittelt hereinbrechende Erinnerung, die mir jetzt das Diptychon vor-Augen stellt : Hier *Die=Eine* | Dort die-Fremde-vom-Mars (die ich 1.mals hier&heute erblickte), augenscheinlich um etliche Jahre älter als ich. – Und vom dringenden Verlangen gepackt, als hätt ich vom Extrakt des *Langen-Fadens* genommen, !beide Frauen in tierischem Jetzt=zugleich wiederzusehen, bleibe ich, tief erschüttert ratlos, nunmehr mit diesen beiden Erinner-Bildern all-1.

Da weist mir der bislang stillwartende Bekannte an meiner Seite einige Stuhlreihen voraus 1 Anblick: –!Sieh=er. Dort vorn. – :Eine Frau: – Sieh=er doch: !Diese Gebärde. – :Das Rückgrat im Sitzen durchgebogen, Kopf u Gesicht sind dadurch leicht erhoben, öffnet die Frau soeben langsam ohne Laut den Mund (wir erblicken sie im Profil) – nun greifen beide Hände den Unterkiefer & zerren ihn herab, als wollte sie die Kinnlade ausreißen – :Stumm verharrt sie, abgewandt allen Übrigen, die, sofern sie leib=haftig hier anwesend u: nicht als Holovision, noch nicht davongegangen sind. 1sam, vor der hohen blauen Himmelwand, all-1 zu=sich gekehrt, wie 1 Standbild erstarrt, so verbleibt diese Frau, die Hände an der Kinnlade, den Mund ohne Stimme aufgerissen zum Schrei : Selten hergezeigt ist diese Gebärde höchsten Entsetzens..... Und erst jetzt erkenne ich diese Frau : Es ist *!Die=Eine*, die Frau mit der ich in wenig Wochen *Den=Bund* schließen werde. So !befremdend ist dieser=ihr Anblick, so !ungewöhnlich für sie, daß ich sie !nicht erkannt habe. –

!Gut, daß sie durch Stuhlreihen & noch etliche Andere getrennt, in einiger Entfernung von mir, sich aufhält. Wäre sie neben-mir, sie hätte ihre=Angst verbergen wolln. Trauer Furcht u Leid müssen ausgetragen werden wie Erkältungen. Doch ebenso wie bei Erkrankungen hält man sich fern vom Erkrankten – wie Krankheitviren sind Trauer Furcht u Leid !ansteckend, und riefen dann beim Infizierten kaum mehr als Hilflosigkeit hervor & eigens Gram-darüber nicht helfen zu können. Wenn Trauer Leid uns das Gesicht verzerren machen od gar Tränen hervorpressen, dann verhüllen wir das Angesicht, damit Niemand mitansehen muß unsre Grimassen des-Schmerzes; damit der-Schrecken nicht ausfahre, sondern in der Hege unseres Leibs verbleibe. Das-Seinige trage jeder stumm für=sich=allein. Denn jeder Trost ist unverschämt wie schlechte Lügen. – Doch jetzt sehe ich an dieser Frau, die sich unbeobachtet glaubt, die-Natur=Ihrerängste ungehindert zum Ausbruch kommen. ?Was mag *Sie* ?beschweren, ?was *Sie* derunmaßen ?ängstigen – –

Schon löst sich die Frau aus der verbliebenen Menge und strebt in eine Richtung davon, fort von mir. Wolkenweiß Geballtes hoch über unseren Köpfen mischt sich sogleich ins strahlend metallhelle Blauen, – *tonfarbene Wolkenklumpen, unsichtbare Hände modellieren in Töpfereile spielerisch sich balgende Kätzchen – dann Löwenjunge die sich zankend beißen – schließlich drachenähnliche Gewalttiere, aufgesperrte Mäuler mit rötlichbraun schimmernden Zahnpfeilern, hämisch gezackt & zwischen den Lücken flatternde Fetzen, als hätten sie grad Fleisch gerissen, nun in=Beutegier sich gegen:seitig zermalmend, das braune Wolkenblut zerfließt, und grausam aufgedunsene Nebelgesichte glubschäugig zapfennäsig mit fliehenden Stirnen schreiben sich als dämonische Kalibanmasken mit Mördervisagen dem versiegenden Himmel ein.* Und Diewolken brodeln höher auf und kwellen, um den wahren Himmel zu zeigen. – Aus einem der spitzzahnigen Behemotmäuler lösen sich Scharen dunkler Punkte, ?vielleicht große schwarze Vogelschwärme, die, schnell an optischer Größe zunehmend, Kurs-nehmen auf diesen Platz, in die aufsteigenden Wärmeschwaden aus diesen hier noch versammelten Menschen. Aus Fernen am Himmel eilend herüberschwebend diese Formationen – sie drehen sich wie Schleier im Windstrom – schwärmen aus in die Breite – darauf schwenken sie wie 1 Rauchfaden vor den restlichen Stücken Blau des Himmels im direkten Anflug auf dies Stückchen Erde ein –. Jetzt erkenne ich sie – keine Vögel, sondern: Die F.E.K. (einst feik genannt), die Fliegenden Engelkinder.

Immer habe ich das scharenweise Erscheinen dieser lebengroßen

Maschinenkinder, umhüllt vom Kokon auf&abschwellenden Singens ihrer Antriebaggregate – durch Einsaugen & Verdichten Derluft nutzen sie den daraufhin ausgestoßenen Windstrom zum eigenen Voranflug –, einem melodiösen Kor-Summen schwermütig & ernst, als höchst eindruckvoll & theatralisch empfunden. Ihre aus dünnem Messingblech geprägten, gelbschimmernden Gesichtzüge mit den fixiert=sorgenvoll=großen in rätselhaftem Zorn starrblickenden Augen gelten als Eine Mahnung aus uralter Zeit. Aus Messing auch die gesamten zartgeformten Schädel; die ziselierten Haarlöckchen darauf schimmern blond. – Und was an diesen Maschinenwesen einst Bedrohung aller Unkonformen gewesen sein mag (man erzählt, wem einst ein Fliegendes Engelkind erschien, der war des-Todes), es hat sich gewandelt zur Mahnung, die mit geprägten Masken-der-Sorge & des-Zürnens an öffentlichen Versammelorten erscheinen, unvorhergesehen, um die-Anwesenden gegebenen Falls an äußere u innere Mäßigung zu erinnern. Doch niemals zuvor habe ich 1 F.E.K. aus nächster=Nähe erblickt; – nun schwebt unter monotonem Fauchen seines Düsenmunds (die Austrittöffnungen für die eingesaugte Luft, sehe ich, sind winzige Perforationen in der ziselierten Lockenpracht auf dem Hinterkopf) 1 solches Maschinenwesen auf meinen Bekannten zu.

Das Wesen verbleibt für einige Momente, in der Luft zitternd in-Schwebe, aus dem Summen wird zischendes Heulen; direkt=vor seinem Gesicht das zornstarre Antlitz der Maschine (ich verspüre Wind aus den warmen Düsenstrahlen), – bevor Es wechselt –: her=zu=!mir.

Die faustgroße Mundöffnung, umrandet von dünnen Kerben, fährt direkt=Vormeingesicht – und ich blicke hinein in einen hohlen schwarzen Raum, starre in den fauchendheißen Abgrund des Zorns Iminnern=des-Engels – –. Da wendet die Maschine, ihre Augen, lebenlos in metallischem Starrglanz, kehren sich ab von mir, Brauen & Stirn von tiefer kindlich=strenger Bekümmertheit, gepreßt für All=Ewigkeit. Aus den krausen Metallocken tritt in dünnen Strahlen die komprimierte Luft aus, und in dieser Hülle beständigen monotonen Sausens schwebt auch diese Maschine=im-Verband mit den anderen dieses Schwarms zu den nächsten die noch am Platz=hier verblieben sind & denen eine solch strenge Mahnung zu gebühren scheint. Mein Bekannter u ich, wir schweigen; der fauchende Kor des Maschinenschwarms verstummt jedwedes Wort. (*?Weshalb ist der F.E.K. vor !?mir erschienen* – :Diese Frage dürfte wohl 1=jeden der Aufgesuchten beschäftigen; niemand, denn das verstieße gröblich gegen die-Sitten, spricht seine Überlegungen aus. Doch läßt mich diese Frage nicht los: *?Weshalb vor !?mir. ?Weil ich Desfremden Worte gehört habe; ?unbotmäßige Worte, einzig Ängste & Beklommenheit entfachend.*) Für diese Annahme spricht, daß die F.E.K. nur vor den Personen erschienen sind, die ebenfalls Demfremden mit den Waranlederschuhen angehört hatten, zudem mit eigenen Furchtsamkeiten gegenüber der E.S.R.A.-Mission bereits hier auf dem Festplatz erschienen waren. – Unwillkürlich wiederbegegnet mir 1 Traumfetzen aus letzter Nacht.

Aus einem Heliovolant, schrill kreisend über mir im weißhellen Taghimmel, stechen schräg von-Oben her wie dünne glühende Eisenpfeile 3 Projektile tief in mein Fleisch. Dreimal brennend Schmerz. Dann verlöschen Glut Schmerz u Leben. Ich, der Tote, stehe vor meinem Leichnam, ohne Rührung blicke auf mich hinab.

Derweil wenden sich die F.E.K. & schweben in großer Kehrschleife dem Horizont entgegen, um schließlich einzukehren ins wieder orangefarbene Schimmern unseres verlöschenden Himmels, ein Sonnenuntergang. Von Dämmerung-zu-Dämmerung als 1 lichter Bogen spannte sich vorhin des wolkenlosen Tages Blau, – nun kehrt zurück unser gewohnter Abend – die stillstehende Ewigkeit in mildem Glühn. Doch Längerezeit noch bleibend am Ort von den Engelkindern der schwere Ölgeruch maschinenerhitzter Luft. – Die Menschen haben die Esplanade seit langem verlassen. Viele Frauen viele Männer Mädchen u Jungen werden in den kommenden Stunden an Orten, die verborgen sind selbst dem orangeroten Abend, sich hingeben dem *Langen-Faden*, dem rotfarbenen Rausch im fleischenen da-Sein. –

–Ich empfinde Glück, ich-möchte-weinen. – Höre ich meinen Bekannten neben mir sagen. Er mag mit dieser üblichen Formel zum Ende einer Zusammenkunft mit Anderen, u: trotz der Vorkommnisse & Wandlungen während vergangener Stunden, zeigen wollen, daß er noch=immer festhalten mag an !unseren Sitten & Gebräuchen. Zudem dürfte er, gleich mir, an seine Identität-Holovision denken & auch, daß dafür das Segment *Emotion* 1 aktuellen Speicherung bedurfte. Und diese mochte er nun nicht durch Bitterkeiten & Ängstigung verderben.

Mir allerdings geht der Anblick *Der=Einen* nicht aus dem Sinn, die vor dem Erscheinen der F.E.K. die Gebärde-des-größten-Entsetzens herzeigte. Obzwar ihre Gebärde im Affekt das Gebotene Maß nicht überschritt, so ist zum einen der Anblick ihrer Ausführung höchst selten geworden; bei ihr habe ich dergleichen überhaupt noch nie gesehen, neigte diese Frau in ihrer ausgeglichenen Sanftheit bisher doch nicht zu solch exaltierten Reaktionen. ?Was mochte diese stille, in=sich ruhende Frau dennoch zu !solchem Angst-Ausbruch ?gebracht haben. Zum andern, trotz ritualisierter Form, war Sovieles an echtem Grauen u geheim=gehaltenen Leids, Sovieles an widerspenstigem, verstecktem Weinen u: Ohnmacht in dieser Gebärde, daß auch die Erinnerung an ihren Anblick mich noch jetzt aufrührt. Diese mir liebste Frau, – plötzlich so !fremd. Die Frau wollte keineswegs nur die-Gebärde-des-Schreiens herzeigen; es war !Schreien in=ihr, sie wollte !wirklich !schreien. Ihre=Schreie – ?wo sind sie : ?Wo bleiben Allermenschen Schreie..... (:Taumeln; – wenn Das die-Natur=Ihrerängste aus ihr herauszudrängen u wenn ich Dergleichen zu fühlen und zu denken vermag: ?Sind die Geländer, Zäune, Stützen unserer Sitten ?fort, ?brüchig schon lange – wie !dünn das-Alte inmir geworden ist u das-Vertraun darauf; unsere=Sitten nur noch ?zerwurmtes Gebälk –)

—*Weil du dich noch !niemals auf-die-Probe-stellen mußtest.* : Höre ich plötzlich eine alte=vertraute Stimme, die ich hingegen langezeit nicht vernommen hab: Vaters Stimme. Aber eine Frage lastet in=mir wie ein Schwererstein : ?Worauf hat diese Frau, *Die=Eine*, vorhin auf der Esplanade, während sie ihr größtes Entsetzen Allenanwesenden schonungslos preisgab, ihren Blick ?gerichtet. ?Was hat sie gesehen –

Allein bin ich inzwischen hier auf der Esplanade unter dem abendrot glühenden Himmel geblieben, alle sind fort. Mich umwendend bietet sich mir der Anblick meiner Stadt, der großen hellen Metropole –. Diese Stadt gleicht der Stille im Rauschen eines Sommernachtregens zum Ende heißer Jahreszeit – *Erinnerung an einen Frühsommernachmittag im Duft von abgemähtem Gras darauf Regen niederfiel, die scharfsüße Pflanzenfrische läßt den Atem stocken* – *milde tagsatte Luft u Bittergerüche Schierling aus alten brackigen Wassergräben* – : – Und von meinen Augen fort und sich zu Fernen weitend wie ein langsam ausrollendes Tuch zeigt mir der Blick die Halbkugeln der Häuserkonglomerate*, glasig dünne Trauben schillernd in Perlmutt wie Schaumblasen, mit farbig pulsierenden Glasfiberstraßen verbunden (Flüsse unsrer Wünsche, die uns enteilen hin zu den Gestaltungen wirklicher=Visionen); in den Himmel hinauf sich reckende schlanke pagodenförmige Pfeiler, im beständigen Windstrom dünn singend, die stützen & halten die Höhen unserer Himmelnetzwerke empor, in die wir einströmen lassen die Bilder&farben-Wünsche unseres Dem-Abend verschriebenen Daseins. Glasdünn schillernde Umwandungen der Wohnstätten – u gleich den Gischttrauben am Saum eines Meeres nach einem letzten Großensturm friedlich gerundet zu Ansammlungen aus Halbkugelhäusern –, traumhaft hinfließend zu weiträumigen Stadtregionen – darin Tage Jahre, gedämpft endend gesättigt durch Vergangenheiten. Und diese vor-mir ausgebreitete Häuserschaft gleicht weit geöffneten Augen, den orangemilden Blick in noch kommende Tage Monate Jahre gehalten wie in immerwiederkehrenden Traum. – Weit zum Ende der Ebene hin – Wälder. Von hier fast nur als ein dunkelblauer Farbstreifen den Horizont entlangziehend – sanft sich hebend und zu Tälern sich senkend, – doch kenne ich seine Gefilde gut, bin vor-Jahren oft dorthin gegangen. Erinnere mich. *Anfangs Wege unter hoch sich wölbenden Baumkronen – buntbelaubte Tunnel im Bitterarom des Herbstes, auf den Wegen ausgebreitet gefallenes Laub (wünschte ich mir) des Sommers Farben verwandelt zu herbstlich stillem Glühn. Sonne u Schatten wie Münzen über die Wege hingestreut, Lohn & Ansporn für Gedankensplitter. Und spüre während des Gehens auf diesen Wegen unter meinen Füßen das leichte Federn des Erdmoosbodens u das meinen gesamten Leib erfüllende Hohefühlen als sei ich während nur weniger Schritte in diesem Wald gewachsen – nahe den herbstisch bekerzten Laubkronen – und einzig Das Fliegen wäre jetzt meinen Sinnen gerecht. Dorthin auch trug ich einst die Grauenstunden erster Liebe's Not –, Liebe, so fest geglaubt, zerrann sie hier im harten Sonnenlicht zu flauen Nebeln. Und wollte dennoch nicht lassen von ihr –, besprach mich still mit Bäumen und mit Wolken.* (Heute weiß ich keine Namen mehr. Und würde ich Jetzt dorthin gehn, ich fände die Wege u das Grün der Bäume mit abgelebten Gedanken voll, vertrocknetes Laub aus frühen Jahren, als sei ich jetzt=bereits in mein anderes, in mein Erwachsenenleben hinübergetreten.) Noch viel zu wenige an Erdenjahren hatt ich Damals, um über Holovisionen zu verfügen. Die lernte ich einst auch auf!diesen Wegen durch die bürgerlichen Wälder sammeln. So daß meine Arbeit mir die Fähigkeit zu eigenem=Wünschen erbrachte. Davor mußt ich zu den Landschaften selbst & allein hingehen : Laufen – Denken – Erfahren –, Ermüden. –

Und hinter dem bürgerlichen Wald Der-Urwald – wildwogendes Pflanzenmeer..... Seit-Jahrhunderten überzieht Mitteleuropa wieder ein geschlossenes Waldgebiet, darin 1gesprengt Stadtschaften wie diese=hier, Inseln der Ordnung Schneisen der Kunst, umflutet von fremden Farben, Baumriesen Hundertejahre=alt dick mit Moosen bepelzt, Abgründe Schluchten Berge überwuchernd des Laubes Farbfluten wechseln mit den durchziehenden Jahrzeiten anrasend im zeitgebremsten Giertum ihres Auswucherns Bezwingens Erkletterns Erwürgens : Wille in den-Pflanzen; – die Urwaldwogen stürzten zusammen über denen, deren Herzen alt schlagen im noch jungen Gefängnis ihres Fleisches. !Wehe & das Maßwerk der Zeit zerbräche..... – Heute betreten wir Diewälder nicht mehr.

Und an 1 Ort am Rand dieses fernen dunklen Streifens Wald gelegen auch Die Altestadt, die verlassnen Gehäuse der Verlornen, die von-Erden gingen & hinterlassen haben graurüchiges unbesiedelbares Gemäuer, verlassen, lebenentschwunden wie Wörter aus 1 kalthämischen Sprache, Sprache mit der man einst Hunde & Menschen zusammen=Trieb, hetzte, heranpfiff, um so rücksichtlos Leben&sterben zu verfügen wie Man das konnte. An mancher Ecke erloschne Laternen als tote Augen aus den winkeligen Häuserzügen starrend, Gassen aus Dumpfheit geformt, die Mauern in ihrer Wirklichkeit aus rauhem bröckeligem Werk, darauf verblassend noch die groben Rhombus-Kritzeleien, einstige Fleische's Be=Gier-in-Kreide & bunte Plakatfetzen den Gemäuern aufgeklebt als seien vergangne Himmelstücke hier verendet, feucht=stockig der Mörtelgeruch. Bisweilen auch stechen Kirchtürme heraus, geschwärzter hohler Stein, durch zerschlagne Glockengehäuse die Windströme pfeifen –. Diese Kirchtürme scheinen auf ihren Rampen stehngelaßne Raketen, himmelwärts gerecktes Vergessen, ohne Auftrag ohne Mission während Tausenderjahre uneingelösten Versprechens, nach irgendmal abgebrochnem letzten Zählen-bis-zum-Start nun zerfressen von Rost – (:So erinnere ich einen Besuch=dort zu-Zeiten als ich fast noch Kind war, denn in solch frühen Jahren vermögen Grotesken & Ruinen zu faszinieren). Durchgänge von-1-Haus-zum-andern könnten heute nicht mehr lockend sein mit allen längst verratenen Geheimnissen der früher hier=Lebenden; in verkrauteten Hinterhöfen einzig übriggelassen die Zutritte in die Gefilde der-Gutmeinenden-Künste : verrottete Enklaven voller Staub, Walstatt für einst Gefeierte, nunmehr verlotterte Gespenster, die hier 1genistet hausen auf ihrem Rummel-Platz mit Parolen-Riesenrad & Ideen-Geisterbahn, aus den Lautsprechern ihrer Tombolabuden bällfern sie, opulent wie vergreiste Tenöre, Seidenshawls geschlungen um die zadderigen Hälse, thronend in versfeckten faden-scheinigen Polstersesseln & mit geröteten Krokodilaugen die-Welt bestarrend, von Bosheitgiften übersäuert lauernd auf Dentod, der sie über-sehen hat. Die wackeligen Häupter selberbekränzt mit bunten Lorbeer-Lämpchen (1,5 Volt je Blinklichtlein), in Abhängigkeit von der-politischen-Saison waren einst die Lämpchenfarben, mal rot mal weiß mal kunterbunt : für Fauna&flora alles Verwelkten die Aff-fang-Gardisten. – Hier ist auch die Nekropole – unter Gräserunkraut wildem Bewux harrend die-Toten=von-einst. Der spezifische Umfang unserer Toten Heute, einige Terabyte Speicherinhalt, der Rest ist Asche. Sie können ihren zweiten Tod sterben, wenn wir sie in unsern Holovisionen *vergessen*.

Einst kamen hier=in-der-Altenstadt *gewisse-Szenen* zusammen in Zeiten als die Substanz für den *Langen-Faden* noch illegal war. Weil diese gespenstigen Gut=meinenden Moralin-Tenöre, aus Heute nicht mehr bekannten Gründen mit jener Substanz Handel trieben, verschafften sie sich für 1 Zeit die-Beachtung von Jugendlichen. Zu rituellen Feierstunden liefen Jungmänner&frauen zu den Treffpunkten & mußten dann aus welken Händen, mit Greisenspucke aufgeschäumt, die schar-lachrote Substanz aufschlürfen, während zitterige Finger die unreifen Leiber betatschten, von Jungen=Frauen die schlaffen Leiber bepeitschen ließen, sich 1ige wässerige Samentropfen abzuzwängen. Späterhin, als das Mittel zum *Langen-Faden* legalisiert worden war, verloren diese Greise beiderlei Geschlächz noch diese letzte Bedeutsamkeit. – Auch ich hatte sie einst aufgesucht, hatte den Umgang mit Toten gehabt, deren geheime Seltsamkeiten erfahren & mir angehört die speckigen Stimmen ihrer nicht enden wollenden An-Sprachen schwankend in Alter Suff & Gram, näselnd knisternde Tonaufnahmen, Filme mit griesigen Bildfolgen, an Rednertribünen zwischen Blumentöpfen die dröhnend=bombastischen Auf-Tritte; – dann, vor-Jahren, habe ich mich u für=immer abgewandt von den Reichen=Toten in ihrem Toten=Reich der Altenstadt..... Dort nun, umschlossen von zerbröckelndem Gemäuer, vege-tieren sie gewiß noch=immer, wie das zukommt allen Gespenstern – unerlöst, vergessen, unter=sich immerdieselben Alten=Gefechte schlagend – noch als Skelette dreschen sie auf:1:ander ein.

Bald schon werde ich zu den-Erwachsenen gehören, ein langes wunderbares Dahinfließen des Lebens erwartet mich mit Holovisionen für eine Zukunft, wie ich sie mir selbst spielend erschaffen kann –.

Mit den Blicken gleite ich nun die Glasfiberstraßen zurück aus Fernen hierher, in diese Weiße Stadt mit ihren klaren Strukturen u offenen Worten, kein Winkelzug kein steiles Mauerwerk kein Glauben's Turm in dieser Stadt wirft Schatten des Argwohns der Lügen Ängste od Glockenschall falscher=Profezeiungen. Ich sehe in den Glasadern die farbigen Pulsfolgen zirkulieren hin zu diesen hellen Kugelhaufen, reifsilbern die umspannende Membran, dünne hautähnliche Hüllen die uns bergen, sich um=uns u unsere lichten Wünsche schließen. Sie erscheinen atmend – dehnen sich aus, kontrahieren, – Hauch lebendiger Wärme entströmt u etliche der Oberflächen schimmern in farbigen Lichtreflexen, die sanften Polarlichtschleier aus Holovisionen. Auch flammt so manche der Halbkugelwände plötzlich auf, stille hochfahrende Feuer, niemand u nichts verbrennend außer Schlaf u Traum. Auch schimmern pastellblau und rosafarben die Häuser, und wie in schweren Folianten die gefärbten Seiten werden behutsam umgeblättert von unsichtbarer Hand die Stunden – : – Jeder Mensch in !seinem Traum. – Und dort wo die hellen Stadtschaften versiegen im ebenen Land – wo die Häuser klein wie Schaumbälle auf Sommers stillen Gewässern stehn u wo Landflächen sich erheben und hinstrecken Jahrhunderteweit – dort sind uns Gründe für eine glückhafte Wahl in Zeiten u Räume einzukehren. !Welch ein Leben-im-Luxus, sovielen Menschen !nicht begegnen zu müssen.

Daher ist Alles ruhig Hier, Alles in seiner=Ordnung-auf-Erden – so kann ich sagen in der besten aller denkbaren Welten. Und darüber ausgebreitet und bis in Stratosfärehöhen hinauf unsere=Himmelwölbung, die Imagosfäre, leer u makellos im stillestehenden Abendglühn.

Hier bin ich zuhaus.

Esra, **9.** 1, 2:
ALS DAS ALLES AUSGERICHTET WAR, TRATEN
DIE OBEREN ZU MIR UND SPRACHEN: DAS
VOLK ISRAEL UND DIE PRIESTER UND LEVITEN
HABEN SICH ABGESONDERT VON DEN
VÖLKERN DES LANDES MIT IHREN GREUELN,
NÄMLICH VON DEN KANAANITERN, HETHITERN,
PERISITERN, JEBUSITERN, AMMONITERN, MOA-
BITERN, ÄGYPTERN UND AMORITERN;

DENN SIE HABEN DEREN TÖCHTER GENOM-
MEN FÜR SICH UND IHRE SÖHNE, UND DAS
HEILIGE VOLK HAT SICH VERMISCHT MIT DEN
VÖLKERN DES LANDES. UND DIE OBEREN UND
RATSHERREN WAREN DIE ERSTEN BEI DIESEM
TREUBRUCH.

–UNSER WEITERES LEBEN ab dem 25. Jahr ist wie das Leben des-Seemanns während seiner Fahrt : Der Frau im Hafen, der ewig Abwesenden, gilt sein Denken – dadurch ist sie=ihm=beständig=nah, u näher als stünde sie neben ihm. Und der Frau ist der Mann auf den fernen Meeren der Adressat ihrer Berichte von Daheim. Dieses Daheim ist die Vergangenheit, die nicht vergangen ist u niemals vorüber sein wird, sondern die sich fortsetzt in Allenzeiten danach. Jeder Mensch der seine Geburt überlebte, lebt fortan aus Vergangenem. Deswegen auch alles Morgige, sobald es in die-Gegenwart eintritt, uns erscheint als das Schon-Bekannte.

Vater hält 1 Moment inne, – dann weiter: –So ist das mit der Liebe-auf-den-Erstenblick : Um von Liebe überfallen werden zu können, muß man !zuvor bereits Liebe-haben. Er sieht, auch bei-der-Liebe zählt nur das-Vergangene. Und was wir=Heute leben, das ist Leben der-Vorigen, gestern.

Mit Vaters Erscheinen habe ich seit Längererzeit gerechnet; seit ich vorhin auf der Esplanade seine Stimme vernahm, bin ich auf diese Begegnung gefaßt. Jetzt bin ich ihm zutiefst dankbar, daß er genau=zu-Dieserstunde hierher zu mir gekommen ist. Auf dem Weg zurück von der Esplanade hatte ich eine bislang ungekannte Trauer verspürt, und beim Gedanken an die Rückkehr in meine fast leeren Räume empfand ich plötzlich jene Verlassenheit, die nach dem Tod eines geliebten Menschen wie ein Gas im=Innern des im-Leben forthin Verbliebenen sich ausbreiten kann, sobald die Tat-Sache dieses Verlusts mit aller Macht als unabwendbare Wirklichkeit vor das Bewußtsein tritt. Meine Räume – belebt all-1 von vernunftwesentlichen Gegenständen des Mobiliars – Stuhl, Sessel, Tisch, Bettstatt, das Paneel für Holovisionen –, kein Buch, kein Gewächs od Tier. Wohltuende gleichmäßig bedämpfte Helligkeit. Keine Schatten für zwielichtige Träumereien. Nichts in diesen Räumen (aber das bemerkte ich erst jetzt mit den verfremdeten Augen des Rückkehrers), das nach Eigen=Namen verlangte, außer den gegebenen Ano-nymen der Gegenständlichkeit. Die Wohn-Räume eines Beliebigen, wie die Variablen in einer algebraischen Gleichung, besetzbar von Jedem. – Das hatte mich bisher stets erfreut, jetzt, aus unbekannten Gründen, fürchte ich mich Davor. ?Vielleicht, weil ich Darin plötzlich Etwas wie die unermeßliche Weite des bloßen=Nichts eines Erwachsenenlebens zu ahnen beginne. Trauer wie ein dunkles Gewölbe so groß, – unbekannt unbenannt –. (?Vielleicht ist dieses mir bisher ungekannte Fühlen die 1. Erscheinung des Wissens, *älter* geworden zu sein.)

Nun aber ist Vater=hier. Auch besuchte er mich bereits in zurückliegenden Zeiten desöftern, sei es um mich wieder zu sehen, sei es um sich nach meinem Befinden & meinen Notwendigkeiten zu erkundigen. – Nach meiner Rückkehr von Draußen, traf ich auf Vaters Erscheinung inmitten meiner Wohnung. Als er meine Anwesenheit bemerkte, hat er, wie auch zu früheren Malen, ohne Umschweife mit Reden begonnen (1 Gewohnheit's Überbleibsel seiner Zeit auf dem Mars). Gehorsam warte ich seine 1. Redepause ab, um darauf, dem-Brauch zufolge, vor ihn hinzutreten & mich zu zeigen, indem ich zur Begrüßung & dem-Willkommen mich leicht vor ihm verbeuge. Daraufhin nehme ich an seiner Seite Platz*. Was ihm=seinerseits Anlaß gibt, mit seiner Ansprache fortzufahren. Seine Worte, obzwar allgemein & förmlich, bleiben nicht ohne persönlich ansprechenden Ton. Was er mir zu sagen hat, das gilt erwartgemäß meinem bevorstehenden Eintritt ins 25. Erdenjahr. Zu diesem Zweck entspricht es den-Gepflogenheiten, bei männlichen Erwachsenen dem eigenen Vater, bei weiblichen der Mutter zu begegnen.

Vaters äußere Erscheinung entspricht dem-Brauch bei solcherart Treffen: Zum feinen hellgrauen Seidengewand, nach üblicher Fortuny-Manier plissiert, trägt er passend jene Schuhart, die wir die-Privaten nennen – jene Mischform aus dunklem Abendschuh & bequemen häuslichen Schuhen. Sein Haupt bedeckt die alterübliche Kappe aus silbern glänzendem Perkal, das Gesicht & die übrigen freiliegenden Körperpartien überzieht 1 feine weiße Schminkeschicht. Seine Lippen sah ich eben bei der Begrüßung im sanftlila Fliederton gefärbt. – Seltsam, zum 1. Mal bei einem=solchen Zusammentreffen mit dem Vater beschäftigt mich die Frage, ob er leib=haftig od als Holovision erschienen sei –. Zu lösen wäre diese Frage nur durch eine direkt=körperliche Berührung mit dem Wesen, das nun mitten im Raum in einem Sessel sitzt & zu mir spricht – :!das aber ist eine vollkommen !unmögliche Handlung. So !unvorstellbar ist 1=jede körperliche Berührung mit

Blutverwandten, daß all-1 der Schatten dieses 1falls mich schon zutiefst beschämt.

Für-lange bleib ich allerdings nicht im Unklaren über diese Erscheinung. Schon während seiner ersten Worte bemerkte ich Seltsames: Als bestünde von seiner Gestalt eine $\frac{1}{2}$ durchsichtige Hüllform, in deren Innern Vater=selbst gefangen säße, & in deren schmalem Spiel er etliche ruckhafte Bewegungen ausführte (ich schrieb das vorhin 1 Sinnetäuschung zu), – doch jetzt, während ich wieder seinen Worten folge: –Wir=hier leben, wie die Koalabären vom Eukalyptus, von unseren Holovisionen u vom *Langen-Faden* – (:verliert Vaters Leib plötzlich den rechten Arm. Dann geraten ihm Partien des Gesichts zunächst verzerrt, flatternd flimmernd, schließlich verlöschen Teile der linken Wange u der Stirn, während sein rechter Arm zuckend wiederkehrt.) Vaters Stimme: –Im=Anfang war der-Rausch; dadraus die-Welt=der-Täter – (:flieht in einen entfernten Teil des Raums, flüsternd zunächst, dann sofort hochschnellend schrill, verzerrt zum piepsigen Krähen dann rauh & verschnarrt als seien die Stimmbänder aus rostigem Draht. Darauf kehrt Vaters Stimme zurück, und fällt in krustig versengten Säuferdiskant:) –Jahrtausend-für-Jahrtausend. Und Heute=im-Ende: – (:nochmals blechern verzerrt ohne Intonation wie 1 Automatenstimme:) –Was von allen Wirklichkeiten bleibt, ist Halluzination. – Hierauf Schweigen u 1 leise summendes Rauschen.

Als ich es wage zu ihm hinzublicken, lösen sich Teile seiner rechten Schulter zu rechteckförmigen Segmenten auf, wie eine Schublade schnellt die Kinnpartie aus dem Schädel mir entgegen –. Zwei unsichtbare elektronische Fäuste packen daraufhin Vaters Schädel & preßknülln ihn zusammen zu winzigen grellen Splittern, sein gesamter Kopf ein farbenprasselndes Geknäuel, – schrumpfend zu 1 zitterigen Punkt verschmurgelnd als hätte wer über seinen Kopf starke Säure gegossen, – dann stieben diese Farbsplitter davon wie in einer Wolke aus glänzendem Glasstaub – um sofort zurückzukehren & in zitteriger Hast das Puzzle zu Vaters Kopf wieder zusammenzusetzen auf sein normales Maß. Der Spuk aber geht weiter: Vaters gesamte Hirnschale !abgesägt. Aber kein Blut, natürlich nicht : Hinter dem fehlenden Kopfteil schimmert hell u rein die Halbkugelwandung meines Zimmers. – Die Erscheinung ist von all den furchtbaren Malheurs die ihr in den letzten Momenten widerfahren sind offenbar vollkommen unbeirrt (ich wußte nicht, daß meine Laserelektronik für die Holovisionen schadhaft ist; werde im *Haus der Sorge* 1 Reparaturantrag stellen müssen –); gelassen sitzt meines Vaters Erscheinung auf seinem Platz, so wie vorhin als ich den Raum betrat. – Jetzt nimmt seine Stimme ruhig & besonnen die Ansprache wieder auf. (*!Wenn doch des Vaters Erscheinung !stabil bliebe. Das bißchen Konturen-Zittern wäre hinnehmbar, – nur !nicht immerfort diese grausigen Verstümmlungen.*) Also schau ich zu Vaters Erscheinung nicht mehr hinüber, denn es geziemt sich nicht, eine Respektperson in solch mißlichen Zuständen zu erblicken, gradso als hätt er=Imrausch sich entblößt..... Denn wichtig vor-Allem ist die Erziehung der Augen. –

–Ich habe mein=Leben gelebt, was mir bleibt, ist der lebende Tod. – Höre ich ihn weitersprechen. –Ich : der Nichtlebende = der Nichttote. Im Gleichheitzeichen ist Die Zeit versteint. Was gewesen ist wird kommen, was kommen wird ist gewesen. Ich weiß, zu Früherenzeiten– (:Vaters Worten widerfahren erneut verschiedenste Störungen: seine Stimme nun, als würde Zellofanpapier zerknüllt –:) –zu Früherenzeiten stimmten solche Überlegungen die-Sensorien auf Moll. Inzwischen sehen wir das anders, wir haben unsere sensorischen Instrumente umgestimmt. !Was auch an der Wiederkehr des-Gewesenen sollte ?schrecklich sein. !Was für 1gebildete, hochfahrende Zeiten müssen das=einst gewesen sein. Denn bloßer Hochmut verwirft das-Gewesene u: meint, aus-sich=selbst heraus Immerneues gar !Besseres schöpfen zu können. Doch diese Eil=fertigen Hände greifen ins Leere, & sie bringen von-dorther das Nichts u Dieangst vor dem Nichts. Deshalb stieß man Damals alle-Naslang mit der Lügennase an Mauern der Ausweglosigkeit. In den-Stadtschaften Müll Verbrechen Krankheiten Tod. Deshalb war der Gedanke an Wiederkehr mit Furcht verseucht, aus Schrecken ward Schrecken, die schwarzen Aus=Geburten des-Fortschritz. – (Ich höre krächzendes Lachhüsteln.)

Insgeheim mache ich mich bereit für eine von Vaters weitläufigen Erörterungen, doch unvermittelt ändert er Tonart & Thema. –Er=wird seinen Namen alsbald zurückgeben – besser, ich nenn=ihn schon heute nicht mehr. Ja, er=wird seinen Namen verlieren, aber er=wird mit dem Eintritt in sein 25. Erdenjahr eine Menge zu seinem=Gewinn erhalten: Aus Allemmenschlichen zu formen den Menschen=der= er=!ist.

Hier stockt Vaters Stimme. Schon fürchte ich eine erneute Störung im Holovisiongerät, – doch überraschend klar & fest setzt Vaters Stimme wieder ein.

–Seinen !Größtengewinn wird=er zunächst als Gewinn kaum wahrnehmen – denn auch mir sind Zeiten-der-Kriege mit Ausmordungen ganzer Völkerschaften, mit Verwüstungen weiter Landstriche & Auslöschen von vielerlei Leben aus eigenem Anschauen zwar unbekannt : Doch haben mein Vater und dessen Vater Darüber erzählt; auch sie nicht aus eigener Erfahrung. Wie !weit müßten wir zurückgehen in Derzeit, um alljenes Menschengeschlachte vor-Augen zu holen, worüber uns=Heutigen einzig die-Holovisionen berichten. Einst hießen krieglose Zeiten FRIEDEN – Heut ist FRIEDEN so umfassend auf=Erden daß der Begriff längst überflüssig geworden ist. Denn ein=solcher Begriff hätte nur Sinn, wäre der Kontrast zum Frieden noch anschaulich. Doch Wir=alle=Auferden : Wir haben vor Jahrhunderten so bedeutende Förderung erfahren, haben Den-Kern-der-Zwie=Tracht verloren, weil wir einen Großteil jener kriegerischen Menschen von Erden auswandern sahen. All-diese Kriegerischen bedeuteten für Das Leben wie bei einer Frucht die-Fäulnis von=innenher; schon ward das Kerngehäuse angegriffen – da setzten Dersturm des-Furors & der-Technik Diemesser an & schnitten aus sich selbst heraus, was das Fleisch der Erde verdorben hätte. Denn Gier wux wie ein Krebsgeschwür so weiter und weiter, daß zur Befriedigung die Erde Jenenmenschen zuklein geworden war, & die-Raubgründe auf-Erden waren längst ausgeplündert. Zum Mond die-Ersten, dann später zum Mars Alleübrigen. – Wir=Auferden verloren diesen Großteil Mensch, und !Das ward zu unserem Größten Gewinn, an dem nun auch er bald seinen Anteil nimmt. – (1 Räuspern kurz, dann höre ich Vaters Stimme weiter:) –Freilich verblieben seinerzeit genügend Spötter, Tat=Menschen, die der Anderen Friedlichkeit verhöhnten. Sie bildeten sich Vieles ein auf ihre=Künste, suchten die Erde zu erdrücken & erneut hinabzuzwingen mit Derbürde ihrer Technik & Erfindungen, suchten der Erde Reichtümer u Schönheit, die ihr verblieben war, auszuschlemmen; – doch zeigte schon Dersturm seine Anderenkräfte, Diekräfte die die Erde noch in=sich barg, und !Die waren beiweitem von !Größererkraft, als die Muskelspiele der-leicht=Fertigen & der-Nichts-Nutzigen aller Sinn&gott-Sucher..... Beschämt im Scheitern, u wie restliches Eiter aus einer schon heilenden Wunde, tröpfelten schließlich auch diese Letzten aus, den wahn=wilden Ab=Gründen ihrer ehrdurstigen Ziele entgegen. – Kurz fühle ich tatsächlich seine prüfenden Blicke auf mir ruhen. Als ich darauf nicht reagiere, spricht Vaters Stimme fort.

–!Wer hätte in All-jenen früheren Jahrhunderten voll Feuerhaß-lärm&wüten, während der Eisen&waffen-starrenden Rüstzeiten, auch nur zu ?denken vermocht, was Heute längst zu Wirklichkeit geworden ist. Denn Was die-Menschen=damals außerstande waren sich vorzustellen (geschweige Danach zu verlangen) – wahrer Gewinn kommt aus Verlust –, !Das ist uns=Heutigen unser All=Täglichleben. Wie !einfach erschaut sich Heute !Solchentwicklung, – in der Perspektive der-Zeiten zum schlichten Erfolg ineins geschoben – Eiserne Maschinen Jahrtausende=lang aufgerüstet für kaltsinnige Raff=Gier, die-Welt=als-Geisel – :Alldas aus der Sicht von Heute zu Einemgrauen aus Immerkrieg verschmolzen – schließlich wie Alteisen zerbrochen, zerfressen. Von uns gegangen. Seither ist die alte Erde neu. – (In Vaters Stimme kehrt sonnenvoller Klang ein.) –Denn der-Mensch prägt seine Umgebung, !nicht umgekehrt. Einst dachte MAN darüber anders, deshalb konnten SIE nicht existieren, weil SIE weniger waren als ihre Umgebung. SIE hatten zum-Schluß nur versengte Träume..... Dieseträume, Fleisch geworden, gebaren Monstren. Und durch jede feil=gebotene Hoffnung..... schimmerte wie durch die Membran am Schlangen-Ei immer=sofort der-Betrug; alles Wohlgemeinte kehrte sich hämisch zum Fluch. Denn Einewelt aus Träumen gehoben ist keine; Träume fressen den Träumer. Das ist !vorbei. Nur Schatten aus Diesenzeiten begegnen uns, wenn wir die Holovisionen=von-Einst aufrufen. Kein Fetisch, keine Langeweile mehr an der Reue, kein Überdruß am Lob, kein Faulatem aus nervig zerbrannten Nächten. Mit unseren Holovisionen leben wir in der Imagosfäre, so sind wir= mit=Unsererwelt ein=Gleiches. Einewelt ohne Tod. !Das wird er nun alsbald als Den Gewinn erkennen. Dann werde ich ihm Keinwort weiter zu sagen brauchen.

Vaters Stimme schweigt. So fasse ich Mut und schaue zu ihm hinüber. Still u versonnen unter der feinen Perkalkappe, gefärbt wie Lebennovember, vor sich hin zu Boden blickend unter dünner Schminkeschicht, ruht sein altes Gesicht. Und hat dennoch bewahren können seinen wesengebenden Ausdruck, das was bei Menschen=mit-Charakter ausprägt ihren *Physiognomischen Punkt*. Als schriebe jedes einzelne Jahr einen Text auf Pergament, als Palimpsest die darunterliegenden

Schriften zwar überdeckend, doch schimmert das-Ursprüngliche stets hindurch, schaut man nur langegenug auf diese Schichtungen aus geschriebener Zeit –. Denn niemals ruht die Wandlung, der Kampf des Alters gegen das-Altern; jenes Alter, das einst sein Wesen=haftes festlegte – ob mit 16 od mit 60 Jahren, einerlei (auch Kommendes wirft sein-Bild voraus, und so gibt es den Anblick vieler altgeborener Kinder), und der weitere Lebengang, der mit Runzeln Fältchen Falten Kerben u mit Greisenflecken seinen Tribut 1holt, auch er vermag nichts Wesentliches zu ändern an dieser 1 Mal statt=gefundenen Prägung. Jedes wahr=hafte Gesicht trägt Denfluß alles Zeitlichen in=sich u bleibt darüber Was=es=ist. Und Dieserfluß, als sollte er Exemplar um Exemplar aus den Lebemöglichkeiten herbeirufen, das Ursprüngliche an Wandlungen den Gesichtzügen aufhäufen, sie scheinbar erdrücken unter den Lasten ZEIT, – trägt in-Wahrheit einzig bei zur Vervollkommnung dieses Einen=immerwährenden=Gesichts.

So nun auch das Gesicht meines Vaters, dessen markante Züge die dünne weiße Schicht eher hervorheben als verbergen. Und als hätt er meine Betrachtungen erraten, beginnt er aufs neu zu mir zu sprechen, seine Stimme – von Störungen frei – hat einen frischen unverbrauchten Klang; überscharf die Konturen seiner Erscheinung, sie brennen in den Augen, so daß ich wieder abwenden muß den Blick.

–Er ist in wenigen Wochen mündig, er hat dann das Recht *Den=Bund* zu schließen. – Höre ich ihn sagen. –Ich habe ihn=als=meinen-Sohn über dieses Vierteljahrhundert kennengelernt, ich werde ihm raten zu tun, was er tun will: *Die=Eine*, die er vor-Jahren sich erwählte, nun in *Den=Bund* zu nehmen. Was ich ihm sagen werde, das gehört zu den letzten Reden dieser Art; denn er, wie er weiß, gehört bereits zu der Generation von Erdbewohnern, die auf Nachkommen nicht allein nur verzichten, sondern denen zum ersten Mal der jetzige u damit der künftige Lebenzustand erlaubt, den Nutzen-Zweck-Kreislauf, wie er der tierhaften=Natur von-jeher eigen ist, !abzubrechen, und !herauszutreten aus den-Zwängen-der-Gene – sich der-Fortpflanzung aus Freiemwillen zu !entheben. Er wird ungebunden leben, wird keine Kinder zeugen, weder für sich noch gegen mich; Kinder, die, wenn Dielaune-ihrer-Natur od die-Gier sie zwingen, über dich od mich herfallen um uns zu beseitigen. Er wird das-Tierische im Zeugen von Nachkommenschaft !überwunden haben : Mensch=Sein, außerhalb des Kreislaufes Geburt – Fressen – Gefressenwerden – Verdauung –

Tod. Erst !Jetzt heißt Mensch=Sein Nichtmehr-Tierseinmüssen : Nahrung & Ausscheidungen aller Arten sind ihm u Seinesgleichen nicht Dasziel für weiteres Leben, denn Leben erfüllt sich ihm im eigenen Aufheben. – Ich, zu Meinerzeit, stand noch mit 1 Bein im tierischen Leben, kannte noch etwas, das Verlangen-nach-eigenen-Kindern hieß – ein Drang, der ihm u Seinergeneration unbekannt geworden ist – u: auch mir, wenn ich jetzt zu ihm darüber spreche, erscheint solch einstiges Verlangen wie ein Ding aus einer anderen, einer beschämenden Welt. Denn nur=!dies ist das wirklich=Andere=Fremde: Alles was wir in=uns !überwunden haben. Es gibt kein Geheimnis außerhalb des-Menschen u keinen Schrecken, der größer wäre als der-Mensch..... Und weil ich seiner-Zeit dieses Verlangen noch spürte, habe ich vor-Jahren als 1 der letzten Gene-Rationen getan, daß er in Diewelt kam.

Vaters Stimme setzt aus, ich blicke auf und zu=ihm hinüber (1 neue Störung befürchtend). Doch redet er mit einem Tonfall, die jenem ritualisierten Dialog aus Rede-&-Antwort entspricht, den zu halten Diese Gelegenheit erfordert.

–Er glaubt, er sei Hier=Auferden geboren.

–Ich habe ihn, Vater, niemals danach gefragt.

–Weshalb hat er mich niemals nach seiner Herkunft befragt.

–Er, Vater, hat mir nichts darüber erzählt; also vermutete ich, daß er diese Geschichte zu erzählen nicht für nötig hielt, u weil ich die-Sitte kenne nichts zu erfragen was nicht freiwillig ausgesprochen wird, habe ich auf mein Fragen verzichtet.

–Ich habe ihm so=lange nichts davon erzählt, weil ich ihn noch nicht für reif gehalten habe. Ich wollte warten, bis der-Zeitpunkt heran wäre, daß er das Folgende wird erfassen können. Seine Mutter, die er niemals kennenlernte, war eine Marsianerin. ?Vielleicht hat er in der Vergangenheit bisweilen versucht, eine Holovision seiner Mutter zu sehen.

–Ich habe es nicht versucht, schon weil ich an Jahren noch zu jung war für Holovisionen. Und weil meine Mutter sich Keinmal mir vorstellte, so habe ich nach ihr nicht suchen wollen.

–Hat seine Mutter ihm gefehlt.

–Nein. Und weil ich sie nicht verloren hatte (denn ich habe meine Mutter ja nicht gekannt), so konnte sie mir auch nicht fehlen.

–Weil ich vor-Vielenjahren zur Besatzung einer der frühen Mars-Expeditionen gehörte, die die Versorgeschiffe von der Erde für die ersten Siedler=Aufdemmars begleiteten, habe ich auf 1 der Stützpunkte eine Frau kennengelernt, eine sehrjunge Frau.

–So hat er, Vater, zu denen gehört, von denen er vorhin gesprochen hat u von denen, wie er sagte, späterhin nur Weniges noch zu hören war.

–Möcht er hören, was Damals geschah.

–Es ist mir nicht allein Einefreude, ihn, Vater, erzählen zu hören, es ist auch eines Sohnes Pflicht.

Damit war dem ritualisierten Dialog Genüge=getan. Jetzt färbt sich Vaters Stimme zum privaten Klang.

–Diese Frau – sie ist beinahe Zehnjahre jünger als ich, doch weilten ihre Vorfahren schon seit 2 Generationen auf der Marsstation, so daß sie also 1 Marsgeborene in der 3. Generation ist – & ich, wir wurden derselben Forschergruppe zugeteilt, die junge Frau noch als Auszubildende. Unsere Forscherprogramme kannten Damals nur 1 Ziel: Suche-nach-organischen-Lebenformen=Aufdemmars. Unterschiedliche Forschergruppen nahmen Diesuche auf, nach einiger Zeit erbrachten sie=alle dasselbe Ergebnis: Alles organische Leben Aufdemmars ist bereits vor Jahrmillionen !erloschen. Was uns zuvor wie ein träumender Planet erschienen war, der in seinem=Innern Dasleben wie unter einem Bann verschlossen hält & der nur darauf warte, daß !wir kämen um wie in absonderlichen Altenmärchen den-Zauberspruch zu tun – wissenschaftliche Formeln & Maschinengerätschaften einzusetzen: die-Terraforming-Programme –, & schon würde Allesleben erblühen wie wir es auf=Erden kannten, nun auch hier=Aufdemmars aufs Neu –: 1 Kindertraum. Unsere geschützte Lebewelt=dort unter der Kruste des Planeten war geradezu erfüllt von Formeln wie von Weihrauch eine Kirche. Doch die Resultate blieben unerbittlich: Der gesamte Planet ist seit-Jahrmillionen !abiotisch.

–Desweiteren fanden wir heraus, daß auch zuvor Dort !niemals andere Lebeformen als Mikroben, Bakterien, Amöben gelebt hatten – man hatte 1ige Funde, in Gesteinen 1geschlossen, gemacht –, doch was zunächst als Sensation erschien, sollte alsbald zur Enttäuschung werden: Denn diese niederen organischen Lebeformen hatten sich niemals weiterentwickelt. ?Weshalb nicht. !Diese Frage, aus der Großenenttäuschung heraus gestellt, beschäftigte uns über-Langezeit. Währenddessen galt für Viele die-Katastrofen-Hypothese: Irgendetwas habe diese Lebeformen nicht allein am Weiterentwickeln gehindert, sondern habe Vorlangerzeit sogar ihre !Ausrottung herbeigeführt. Und weil andere Gründe ausfielen, stand für=viele die 1fachste Lösung parat: Deus-ex-machina = Der-Asteroid=Ausdemall..... So hatte man begonnen, Er-Findungen zu verwexeln mit Entdeckungen. Doch selbst die-Anhänger dieser Theo-rie fanden an ihren selbst=erfundnen Gründen nicht hinreichend Befriedigung, denn vor-allem fehlte auf der Oberfläche des Mars Der-Großekrater, den der-Asteroid hätte hinterlassen müssen & auf dessen Einschlag hin Alleleben verschwunden sein sollten –.– Erst als neurobiologische Forschergruppen an den gefundnen Mikroben genauere Untersuchungen angestellt hatten – insbesondre die aufgefundenen Protozoen vom Typus Nummuliten, die gesteinbildend wirken –, gelangte man zu einem anderen Resultat: Alleleben=Aufdemmars waren einst erloschen nicht infolge einer Katastrofe, weder Asteroideneinschläge noch Vulkanausbrüche, auch keine starken Schwankungen in der Umlaufbahn=um-die-Sonne hatten !solche Umgestaltungen erwirken können. Dasleben=Aufdemmars war erloschen !nicht etwa infolge Mangels an kopulierbaren & damit auf die-Gesamtheit regenerativ wirkenden Zellenbeständen; daran gab es hier sogar enormen !Überfluß : Sondern Dasleben war erloschen weil die Vorgänge in den Zellen nicht nur in den vorgefundenen, sondern vermutlich in sämtlichen mikrobiologischen Lebenformen auf »Verlöschen nach« dem Vollenden der amöbischen Form« 1gestellt waren, und nachdem dieses Stadium einst erreicht war, schuf sich die-Schöpfung !selber !ab. Und mehr noch: Diese programmierte Selbstauslöschung beruhte keineswegs auf mutativer Entartung – wir fanden heraus, daß Dieserweg der für alles organische Leben der eigentlich vorgesehene gewesen ist. !Über=All im=All, also auch auf=Erden. Bis hier vor rund 600 Millionenjahren schwere Impaktionen, ein Planetoid soll dabei gewesen sein, Allesleben=auf-Erden !per-vertieren ließen : Artenvielfalt, Wachstumunflat..... Und was manche Philosophen bereits vor Jahrtausenden erdachten, !Das=genau lieferten uns nun die Untersuchungen: Das-Leben hat nur 1 Ziel, den Tod. Allesleben stirbt in=sich=selbst; das-Lebendige will zurückkehren ins-Nichtlebendige, & die-menschliche-Zivilisation ist nur der längste Umweg in den-Tod, den das-Leben sich ersinnen konnte. Denn lange vor dem Leben war das Leblose. Leben, nur 1 Episode in Äonen=Weiten Alles=Leblosen. Als wäre sämtliche Schöpfung konzipiert gewesen nur für 1 Saison, und danach !Schluß, Ende der Epi-Sode. Geplante-Obsoleszenz in der-Evolution. : !Dies war das Ergebnis nicht von Spekulationen, schon gar nicht der Ausdruck melankolisch=nekrofiler Befindlichkeit von Schwermütigen, sondern 1.mals das-Resultat naturwissenschaftlicher Untersuchungen. Und dieses Ergebnis..... erschütterte Allewelt in ihren Grundfesten wie eine gigantische unterirdische Explosion. Alle Fundamente des-Weltverstehens schienen mit Einem Mal zerstürzt, hinfällig, Null&nichtig : ?Sollte das-primum-vivere gar das älteste ??Mißverständnis sein, ?nicht fundamentale Wahrheit sondern ?Ableger nur 1 kindischen über Sovielejahrtausende-hinweg festgebrannten Vorwärts=Mentalität..... Die nur deshalb als unbedingte=Wahrheit genommen wurde, weil sie eben Solange hat aushärten können, bis dieser 1fall nicht mehr aus der Welt zu schaffen war. In=Wahrheit: !Nichts hinter dieser Wahrheit. !Garnix. Allesleben = ?Irrtum : ?kein Gott, ?keine intelligente Weltenschöpfung, ?kein Goldenes-Zeitalter, ?nichtmal Arten-Entwicklung, ?keine Gesetzmäßigkeiten im Werden, ?keine Erlösung – Alles was jetzt&hier ist, Alles was je kommen wird : Erscheinungen von Ungehorsam & Renitenz der-Natur gegenüber sich selbst, – :od auch das ist Nichts als 1 anderlautender ?Irrtum. Tiefe tiefste Ratlosigkeit..... Man sprach bereits über die Allemleben innewohnende & Grund=legende *Detumeszenz*. In ihrer Wirkweise nicht als entwicklungmäßig späte, dekadente Stufe, sondern *Detumeszenz* als zugehörig dem Urprinzip Alleslebens=zum-Tod, wenn nicht gar als dessen eigentliches Merkmal. Tod u Nichtsein, – der Rückkehrwille zur anorganischen Todes=Ruhe als der ursprünglichste An-Trieb zum Leben..... – :Aber auch diesen Begriff der Detumeszenz verschleuderte man nur der Verlegenheit-$\frac{1}{2}$er (man hatte plötzlich Keinebegriffe mehr). – Vater wischt sich mit einem Tuch Schweiß von der Stirn, als hätt er Diese Entdeckung soeben noch ein Mal getan.

  –Etwas pragmatischer beschaffene Geister zogen indes einige für die Damaligezeit aktuelle Schlußfolgerungen aus diesen Ent-Deckungen : Die auf=Erden eingetretnen Entwickelfortführungen hin zu den-organischen-Lebeformen bilden den absoluten !Sonderfall, die !1malige !Ausnahme; Ent-Artung als Folgen der bekannten irdischen Katastrofen, wie Meteor- & Asteroidenaufschlag, Kollision mit einem anderen Planeten vor Jahrmillionen, daraus fremdprovoziertes Leben, das !so in dieser Form anderen-Falls – u nur Dieserfall ist auch der natürliche – !niemals entstanden wäre. – Vater leierte diese Fakten herunter wie ein ausgebrannter Rechenlehrer das kleine 1 x 1.

–Nicht also das-Verlöschen alles organischen Lebens Aufdemmars war die-Katastrofe, sondern die-Fortführung..... des-Lebens !Auferden. – Mit Diesem Facit all-1-gelassen, standen wir jetzt schön da. Wir: Die-vom-Niederen-zum-Höheren=Troglodyten, die-Ent-Wikkel=Kinder mit dem Dauerschnuller ihrer Wissenschafftlichkeit, die sich an Wahn=Ideen beräucherten wie Gas=Desglaubens die-Gehirne verätzt – von 1 Wahn in den nächsten im Gestöber menschlicher Zirkus=Vor-Stellungen. Immer sind es der-Menschen Ideen von der-Welt, die sie Welt sehen & be=greifen lassen, um daraufhin Ideen-von-der-Welt zu drehen wie der Mistkäfer seine Pillen. Und weil es soviele Ideen gibt wie Menschen, kann kaum 1 Idee-von-der-Welt mit 1 anderen über1stimmen, & so gibt es !zuviele Ideen u !zuviele Menschen-mit-Ideen..... Denn jeder gleicht dem-Geist, den er !begreift, nicht Dem Geist der Welt. Und was im=Bösen gilt, Sohn, das gilt auch im=Guten. – Sagt Vaters Stimme.

–Vielleicht hat er 1 Ahnung davon, !wie groß Dieverstörung einst gewesen war, als Diese Gedanken zum 1. Mal aufkamen. Und !welche Schlüsse daraus gezogen wurden. – Setzt er nach 1 Moment Stille seine Erzählung fort. –Denn !Das ist Seinerzeit wirklich geschehen, das-Schluß=Folgern aus erkannter 1samkeit, und Was uns=Heute durch die Perspek-Tiefe der Zeiten verkürzt erscheinen will als seien Das Geschehnisse aus weit zurückliegender Dämmerung, das hat in-Wahrheit Sehrlangezeit bestanden. Mehrere Gene-Rationen mußten ihr=Anteil abbekommen & vorübergehen, bevor das-Leben=Auferden hatte das Leben werden können so wie wir Leben=Heute kennen: Leben als Verlöschen von menschlichem Leben; allerdings kein Ende in irgend Apokalypse, sondern ein Ende in Sanftheit –. !Das sollten wir=uns zugestehen – denn !das hätten wir verdient und seis nur, weil wir=als-Gattung solange !durchgehalten haben.

–?Was, Vater, ist ihm während Seinerzeit geschehen. ?Welche Schlußfolgerungen hat !er daraus ableiten können.

–Die größten Unglückfälle sind mir stets widerfahren, sobald ich Anderermenschen-wegen von Meinem=Weg, den ich als solchen erkannt hatte, mich dennoch entweder abbringen ließ od mich abbringen lassen mußte. Es gleicht einer Amputation, einer schweren Verletzung wie nach Schweremsturz, verbiegt man seine=Kräfte=u=Fähigkeiten den Un-Sinnen fremder Gewalten..... Und weil dies anderen Menschen gleichermaßen geschah, und zudem diese anderen

Menschen einsahen, daß nicht länger der-Mensch den Menschen behindern noch belästigen solle auf Jedes Wahl für den Weg zu !seinem vorzüglichsten Dasein, reifte schließlich die Uralte Einsicht aufs Neu heran, daß die-Sorge=um-das-eigene=Selbst zugleich die !beste-Sorge-um=Alle sei. Im übrigen ließen wir den-Willen-zum=Zugriff auf die Welt erlöschen – !das war gewiß die Größte !Errungenschaft –, ließen die übrigen Völkerschaften auf-Erden allein=unter-sich bleiben, wie Diese uns bei=uns=bleiben ließen. Abkehr schafft Frieden, der Verzicht den Reichtum, aus Altemleben erwuchs das Freie Selbst=Sein.

–Als ich heut Vormittag auf der großen Esplanade zusammen mit Dermenge die Ankunft der Mars-Delegation erwartet habe, zeigte ein Freund mir 1 Holovision. Sie war sehr alt, oft schadhaft & auch unvollständig, denn die Bilder stammten aus Zeiten, als auf-Erden Krieg war, als Menschen mit dem Versprechen auf Neuesleben=auf-dem-Mars angelockt, in Wahrheit in die Deportation geschickt wurden. Insbesondre von 2 Menschen handelten diese alten fehlerhaften Bilder: von 1 Mann & von 1 Frau mit weißem Gesicht. Mein Freund sprach mit soviel Sorge in der Stimme, wie ich derlei noch von Keinem vernommen habe. Er sprach von Staaten, Politik, Exodos – und von Wiederkehr. ?Was könnte er Damit meinen, Vater.

–Diese Holovision, die er gesehen hat, gehört zu den-Raritäten, sie gelten Heute als kaum-noch-verfügbar, und sind über-Alldiejahre niemals regeneriert worden. Auch wurden die-meisten von früheren Behörden 1gezogen, die Speicherzugriffe auf sie blockiert. So gerieten sie allmählich ins-Vergessen –. Und heute, wie gesagt, kaum noch verfügbar. Das meiste das ich über Vorkommnisse=aus-Früherenzeiten weiß, das habe ich aus Büchern bezogen. Ich liebe die unsichtbaren Menschen – die in den-Büchern leben. Doch Bücher sind selbst=verliebt, ziehen Staub an & brennen zu leicht. Bücher können Ihresprachen nicht umstimmen; sie vermögen zu !befehlen, nicht aber zu teilen. Auch mir sind Diese Geschichten von Kriegen & Deportationen wie Stücke aus dunklen Träumen, geträumt von denen die vor mir waren auf dieser Welt, die nicht Diese Welt war, u deren Erde Blut & Leiden aufgesogen hat und darüber uralt geworden ist, so daß soviel an Blut & Leiden ihr Heute schon nicht mehr zugetraut wird. Einzig in diesen Träumen, weil sie wiederkehren..... – Vaters Stimme erhält seltsamen Klang, als würde er nun tatsächlich träumen: –Die Frau mit dem weißen Gesicht – (höre ich ihn in=sich-gekehrt) – –es existieren also noch

Bilder von *Ihr* – er hat *Sie* also gesehen –. Doch sollte man nicht alles tragisch nehmen. –
Ich erkenne meinen Satz wieder, mit dem ich am Vormittag meines Bekannten Skepsis erwiderte, um aus Überdruß an derlei Themen das-Disputieren darüber abzubrechen. Also hat nun auch mein Vater von der Erinnerung an jene *Frau mit dem weißen Gesicht*, die nichts als vage Furcht hervorbringen kann, genug. Und tatsächlich, ich höre ihn mit gewohnter Stimme zum-Thema zurückkehren.

–Ja – Staaten, Länder, Politik – alles Alte war nur noch dem-Namen-nach existent. Als wären durch die Kontinente & die Tektonik Risse gefurcht; Aufbrüche, Erd-Teile lösten sich ab, zogen sich in=sich ein, hatten Bestand einzig für=sich. Das Kauder-Welsch, politisch sprachlich rassisch, hörte auf – verging; die Erd-Teile, jeder vom andern in=Allem getrennt, erschufen sich neue=eigene Charaktere, vermorschten die vorigen – bis kaum noch lebbare Erinnerung bestand an Diealtenzeiten..... Von Damals-her existierten noch die-Technik, der-Maschinenpark mit allen Gerätschaften & Technologien zur gewaltsamen Schaffung von Reichtum. Jetzt, im Niederbruch sämtlicher alten Wirrtschafft- & Pro=ducktionverhältnisse, lagen sie wie beutelose Kraken umher, verfielen, wurden unbrauchbar, denn was ihnen einst aus anderen Erdteilen zufiel, das mußte nun aus=sich=Selbst geschaffen werden. Dazu war ENERGIE von-Nöten, bedeutend=!mehr als zu Früherenzeiten, den-Zeiten=der-Vergeudung..... ENERGIE – die alte=neue !Priorität. An diese Anfang=Zeiten erinnert noch unsere heutige K.E.R.-Behörde, in die auch er, Sohn, seine Arbeit teilt. Ziel=gerichtet sollte fort=an ENERGIE Verwendung finden. So hatte Man auch erkannt Diekräfte die in den abtauenden Gletschern der-Gebirge ruhn. Er weiß es längst: Man kontaminierte die Eisplatten Gletscherbarren mit molekularem Eisenstaub – brachte Elektroden ein zwischen Eismassen & Grundfelsgestein, – die Eisplatten gingen, glitten ab – :So zapfte Man aus Vergehendem ENERGIE, zur Strom= Gewinnung. Prasseln Knistern von Tausenden Funkenentladungen schweben seither um die Berghänge der höchsten Gebirge wie Grillenzirpen, und Nächtens in der Dunkelheit schimmern die elektrisch aufgeladenen Berge ein bläuliches Leuchten –, als glimmten Elmfeuer um die Bergegipfel. – Und: Die-Maschinen benutzten die neu=gewonnene ENERGIE, sie !bildeten-sich=um –: Maschinen erschufen Maschinen, Erfindungen außerhalb der-Menschen, der Charakter der-Arbeit erhielt neue Bestimmgrößen, – ein neuer starker Wind im Fort=Entwickeln gab die Richtung vor, & die-Menschen fügten sich Demstrom, suchten Berechnung, Aufsicht, Kontrolle dieser Neuen Verhältnisse so, wie vor Jahrmilliarden unter der Riesenwelt der-Saurier die kleinen winzigen Säugetierchen ihre Nischen & Hohlräume zum Überstehen suchten & fanden : Eine pomphafte Bürokratie stemmte sich auf, übernahm das-Reglement. Das Primat !der-Maschine, denn Maschinen wissen nichts von *Zeit*, daher haben Maschinen Keinenwillen, der sich voller Ehrdurst immerweiter zu steigern sucht. Maschinen wiederholen das-Ihre auf immerdieselbe Weise solange, bis sie ent-2 brechen. Dann ersetzen sie sich=selbst. Herrschaft's Gelüste aber sind immer !Menschen=Gelüste, Maschinen wissen nichts von Lust..... Also galts nicht Denfehler aus vergangenen Jahrhunderten fortzusetzen, sondern das Neue zu verwirklichen: Laßt die-Maschine walten außermenschlich – der-Mensch als Minderheit & Parasit der-Maschinen=Welt. Aber als Minderheit & Parasit lebt es sich !vortrefflich, zumal das-Majoritäre von allem Parasitären nicht behelligt wird. !Das schließlich hatten die-Menschen erkannt. Fort=an galt: !Erst die-Maschine, der-Mensch nebenher – der-Mensch ist Nebenprodukt & Versorgegröße der-Maschinen. – Zuströme=Mensch ziehen alsbald schneller reißender wirbelnder in den Mahlstrom-für-Arbeit; Arbeit als Schein, Arbeit als Ornament. Daraus – !erstaunlich – erwuchsen !echte Reichtümer & !wirklicher Gewinn. Das ist wie das-Rechnen mit imaginären Zahlen : Sie sind dem sinnenhaften Empfinden verschlossen, aber man kann mit ihnen wirkliche Brücken baun die tragen, wirkliche Raketen & mit ihnen fliegen ins=All –.

– Wenn die von Menschen=der-Vergangenheit angerichteten Desaster alles Menschen-Maß überschritten & noch die letzten Bollwerke gegen Das Entsetzen durchbrachen –, dann: trat manches Mal die-Wende=zum-Guten ein. Sofern das-Gute das Gegenteil vom Desaster ist. Oft wahrgenommen als Lethargie als Erschlaffung & gezierte Lebenruhe. Leben, – abgewandt von allen Andern, u wie beim Sterben jeder für=sich-all-1. Erholung der-Erde von den-Tat=Menschen. Daraufhin entstanden zunächst Sekten, mysti-zierende Bünde, besucht von Frauen & effeminierten Männern, niedergedrückt vom Uterus-Neid & rück-gebildet zu devot Unterworfnen durch verbitterte=Herr-Schweiber. Alte Gottheiten=neu-aufgelegt, gefühlte Verbundenheit mit den-Sternen, der-Natur, den-Ahnen, den-Müttern. Hochempfindsames da-Sein, Hinwendung zu teurer Modekleidung, Chinoiserien, Schöne-Seelen – Spiritismus & milde Gesundheittränke. Zutiefst verpönt der breitmäulig spektakelnde Rausch gemieden Extase & Schweiß über Fleischesklaff geifernder Lust. So eng sind für Menschen Entsetzen u: Freude mit=ein=ander verwachsen. – In Hohenwogen strömten derweil aus den Maschinenfabriken Die waren=für=Menschen an, mehrten, wildwuchernd, den-Reichtum den-Gewinn. !Märchenhafte Schwemmen, glückflut=artige Regengüsse Geld-&-Waren. Die-Bürokratie mußte, wie bei Überschwemmungen & Sturmfluten, Gräben Deiche Dämme gegen Den Anschwall schaffen : Regulierung & Zu-Teilung von Geld & Waren; sonst hätten die Reichtumfluten Denabgrund zur Inflation..... aufgerissen. Und selbst dafür existierten alsbald Maschinen : automatisch lief der Goldstrom die bürokratischen Kanäle entlang. Sorgen-&-Nöte=der-Menschen, diese Jahrtausende= alte Geißel erschlaffte; – und die-Menschen im=Überschwang fühlten !Wer sie waren & !Was sie hatten. Nun zog die Zeit herauf zu suchen, !Was Menschen !wollten, & jeder 1zelne mußte erkennen die Natur seiner Wünsche.

–Als ich ins Alter der Bewußtheit kam – ich werde mich stets Daran erinnern, Sohn – u Dieser Leberweise hier=Auferden teilhaftig werden konnte, durchströmte mich ein Gefühl als atmete ich Wind u Pflanzenfrische nach einem Langenregen –. !Wie müssen Dies einst die-Ersten empfunden haben, wenn noch das Jahrhundertealte Echo aus Diesem Neuen Leben !solch Be=Geisterung zu entfachen versteht. Und ich forschte in=mir, durchstreifte die-Gefilde des-Wünschens, u: ließ mich daraufhin finden Was zu=!mir gehörte u Was !ich=brauchte. Und so haben wir uns kennengelernt: die Frau = die zu seiner Mutter ward, &, ich, zu seinem Vater.

–Ich war Mitte der Zwanzig, damals, so alt wie Heute er; ich erschrak, als ich das Alter dieser Frau erfuhr: !14 Jahre. : ?Wie konnte das sein. ?Wie kam 1 Kind Hierher=Aufdenmars, als Assistentin gar auf eine !Forscherstation. Diese Frau sah wie eine Erwachsene aus; doch ?sollte das eine Täuschung sein, ?vielleicht in-Folge der ungewohnten Leberweise ausschließlich in unterirdischen Behausungen, fern von jeglichem natürlichen Sonnenlicht – : Tief war mein !Schrecken, Groß !Dieangst, an 1 Minderjährigen mich zu vergehen..... Keineruh fand ich damals, Keinenschlaf – ich grübelte, ?wie !herauskommen aus dieser Phalle.....

–Anfangs, in der 1. Zeit auf dem Mars, hatte ich Schwierigkeiten mit der dortigen Zeitrechnung : Zwar hatte man die Dauer 1 Jahrs ebenfalls festgelegt auf die siderische Umlaufdauer des Mars um die Sonne, ebenso das Jahr unterteilt zu 12 Monaten, 1 Tag wiederum dauerte 24 Stunden – das hat man von der Erde beibehalten. Aber 1 Monat beträgt dort im-Schnitt 60 Tage. Somit entspricht 1 Mars-Jahr insgesamt 687 Erden-Tagen, der Umrechenfaktor Erdenjahr zu Marsjahr beträgt 1 zu 1 Komma 89. : Die Frau, von der ich spreche, mit ihren 14 Mars-Jahren hatte demzufolge das Alter von 26 Erd-Jahren. (Wer sich datummäßig verjüngen & zur Erde zurückkehren wollte, der ließ sich seine Personaldokumente & den Geburtschein auf den Mars umschreiben : die nominelle Verjüngung, ohne Skalpell & Operation. Denn Alles was man behaupten kann, kann man auch begründen. Jetzt erst begriff ich den-Ansturm sovieler ! Frauen auf Dokumentestellen in den Marsbehörden.) – Vater lächelt still.

–Was er, Vater, sagte, und wenn ich Großes dem-kleinen vergleiche, bedeutet somit für die Kleinheit menschlichen Lebens, daß der-Zufall der 2 Menschen zusammenführte & aus deren Verbindung 1 Drittes hervorkommen kann, nicht der Anstoß-gebende Zufall wäre, aus dem sich Allesfolgende dann nach-Gesetzmäßigkeiten entwickele, sondern »Gesetz-Mäßigkeiten« seien in-Wahrheit Zufälle auf anderer Ebene; Ent-Artungen, die !niemals hätten stattfinden sollen. Also bin auch ich = nicht : Ich denke, aber ich bin nicht.

–So bleibt das-Gewesene für alles=Kommende. Ja, er hat recht. Leben, das ist wie der-Sternenhimmel in All-seiner Lichterpracht für den, der plötzlich aufwacht aus seinem Schlaf und sehen kann, was ansonsten der-Schlaf ihm vorenthält u die wolkigen Nächte. Stell er sich einen Würfel vor mit unendlich=vielen Flächen – & dann rollt dieser Würfel –; irgendwann bleibt er mit 1 der unendlich=vielen Flächen nach-oben weisend für 1 Moment liegen. Und auf dieser Fläche erscheint die Ziffer, die ihn bezeichnet: Das, Sohn, heißt da-Sein.

–Auch ich habe darüber zu-Zeiten nachgedacht, als solches Nach-Denken meinen Jungen-Jahren entsprach. Doch ist mir die Grenze zwischen Sein u: Nicht-Sein noch niemals zuvor so unscheinbar u nichtig gewesen, wie jetzt nach seinen Worten. – ?Darf ich ihn, Vater, nun fragen, ?wie er mit dieser Frau, die meine Mutter ist, bekannt wurde. ?Wie hat man Damals=Aufdemmars getan, was, wie ich schon hörte, als Das-Höchsteglück=Auferden hieß – –

Statt einer Ant-Wort erscheint vor meinen Augen eine Holovision (sehr alt vermutlich sind auch diese Bildfolgen, die Farben einerseits blass anderseits von gräller Tönung wie überzuckertes Konfekt) – –

– – Eine Gegend im Valles Marineris, dem Großen Graben, eine bis zum Horizont weithin sich ausbreitende Talsenke inmitten eines versteinten Flußlaufes: Xanthe Terra, ein stillruhender Meerarm in Smaragdgrün eingefärbten Nebels aus Kohlendioxid. Eine Stimme flüsternd wie im=Traum: –*!Welch schönes=weh-mütiges Erinnern an Tage, die wir zubrachten an sonnigen Stränden irdischer Meere, die nun so unerreichbar fern von Hier in den Unendlichkeiten alles Erinnerns versunken sind.* Die Küstenlinie im Abendlicht ragt auf zu bizarren Formungen, Sturm&wetter Säureregen=zernagte Felsen roter u gelber Tönungen, hochgeworfen und erstarrt wie zu Stein gewordne Flammen, Jahrmillionen=alt. –*Ein Feuer Land.* Sagt eines Mannes frohe Stimme in die hochhallende Stille am Ufer des Nebelmeeres. –*Alles dem Menschen Todfeindliche: wie !schön für Menschen ist !dessen Anblick.* – Es ist Vaters Stimme aus Jugendzeit, hell im Klang. Ihm antwortet 1 gleichfalls junge Frauenstimme (doch skeptisch wohl im Mißtrauen vor soviel Schönheit): –*Ja. Aber ob Mann denn hier auch ?kann.* – –

– – –?Sieht er sie laufen – (höre ich jetzt Vaters Stimme in diesem Raum zu Diesernacht) – –laufen, im schützend sie bergenden Skafander, durch knöcheltiefes Regolith das sein rötliches Schimmern zum Leuchtschimmern über ihre Gestalt aufwirft, auf gleicher Höhe mit mir u in jenem Abstand, der uns Nähe war. ?Sieht er, in der glasklaren Helmkugel des Raumanzugs ihren Kopf geborgen wie in einer fragilen Luftblase. Die Wangen überzieht ein Schimmern, als röteten Unaussprechbarkeiten eigener=Fantasieen ihre Haut – (:ich wollte ihr von Meinenbegierden sprechen, nur um dies rote Schimmern ihrer Wangen noch für eine Weile zu erhalten; – aber Worte hätten vertrieben, was ihre=Fantasieen einfingen –). Das Haar beidseitig um ihren Kopf unter der durchsichtigen Helmkugel wie 2 kleine Flügel schwebend – eifrig die Schritte mit denen sie den Sand durchmißt, heiß vor Anstrengung u Freude ihr Gesicht – :Es war !Dieseranblick der Meineliebe zu dieser Frau zutiefst=inmich senkte – und nun Jetzt&hier aus den Weiten der Vergangenheit als seis aus dem Totenreich kehrt !ihr=Bild hierher zurück – ?sieht er – (doch hier stockt Vaters Stimme, sein Gesicht verbirgt er hinter einem Schal, denn Trauer offen zu zeigen gilt wie Entblößung als obszön). Also warte ich schweigend, bis er seine Fassung zurückgewonnen hat. Das Holovisionbild, im=Ablauf angehalten, verharrt leicht zitternd im Raum. –

–!Dieser=Moment einst – (sagt Vater dann u verbirgt nicht länger sein Gesicht, die Augen in Nachtränen glänzend) –war mir !der Funken Liebe, glühend seither und in=mir brennend Zeit=Lebens. – –

– – *Über das mit feinem rötlichen Sand&staub bedeckte Ufer rennen mit langen Sprüngen in Zeitlupe zwei Chow-Chows auf ein ander zu. Die großen weichen Pfoten wirbeln den feinen Staub hoch, ihre Spuren prägen sich dem windglatten Sand als winzige Krater ein. Im Zusammentreffen richten die beiden Tiere sich aneinander auf, umfassen sich wie liebende Menschen, wobei ihr dichtes sattbraunes Fell sacht jeder ihrer Bewegungen nachgibt und sich fügt als kämmten Windzüge über-sie-hin –. Die beiden Pelzleiber, nun ganz ein=ander umschlingend, überflirrt 1 Luftaura so als strömten die beiden Tiere aus ihrer Umarmung eine große Wärme in die eisige Atmosfäre. Das Licht senkt sich tiefrot u golden, der Marsmond Phobos ist als schwacher Schemen tief über dem Horizont zu sehen, und von Ferne über die glatte Nebelsee zieht eine dunkelgrüne Wolkenbank herauf – –*

– – In meinem Zimmer, auf dem weichen Polsterstuhl auf dem ich sitze, spüre ich dichtneben-mir sanft u leise die Pfoten zweier Chow-Chow im Vorübergehen langsam u tief in den Stoff einsinken –.– Ich blicke neben-mich, – nichts –; und begegne dem versonnen lächelnden Gesicht meines Vaters. –*Die Frau-im-Skafander am Ufer des Xanthe Terra: Das ist seine Mutter.* – Höre ich ihn leise sagen. –Ja, Vater. Ich habe verstanden. – Dann erlischt diese Holovision eines Traums – unruhiges verrauschendes Flackern der Farben. – Wieder allein, mein Vater ich, in unsrer=Gegenwart in diesem Raum. –

–In Vielem unfertig war seinerzeit während der Terraforming-Programme das Leben für die Bewohner in den unterirdischen Stadtschaften auf dem Mars. Und was uns fehlte in der-Wirklichkeit, das mußten wir ersetzen durch Hoffnung=auf-Morgen. – Vaters Stimme, deutlich u metallisch klar, hat seine Erzählung wieder aufgenommen. –Doch die Antwort auf die-eine=die-einzige-Frage: *?Was !wollt ihr Hier,* – !die vermochte niemand niemals zu geben. Und noch zerrissener als auf dem Mars, umso mehr als Dort die-erhofften-Erfolge ausblieben, war das-Leben=Auferden geworden. Das war zu-Jenerzeit, als die-Gen-Experimente begannen: *Genetische Umorientierung prekärer Bevölkerungsschichten* genannt. Etliche mißliebige Gruppen wurden aus der-Gesamtbevölkerung aussortiert & zum Mond, zunächst 1ige=wenige auch schon zum Mars, deportiert, & als die-Ergebnisse innerhalb der Versuchreihen=in-geheimen-Laboratorien den-Absichten offenbar zur Vollenzufriedenheit gereichten, wurde Damit begonnen, auch im Europäischen Block dieses Gen-Umformierprogramm auf die gesamte Bevölkerung auszuweiten. − Kaum wahrnehmbar weil schleichend über-Längerezeiten-hinweg geschehend, suchten Einige Wenige die-Herrschaft über den Neuen Reichtum an=sich zu bringen, u: was auf-Erden rasch in Vergessenheit geraten war, die Tat=Sache daß die gesamte Erde, zwar separiert, doch auf andere Weise untereinander gleich, längst in-Abhängigkeit von Äußerenkräften geraten war: von den-Marsianern..... Jene einst von Erden Ausgewanderten, die auf den fernen, unwirtlichen Planeten gezogen waren, ihn *erdhaft* zu formen & Dort zu schaffen, was auf-Erden ihnen versagt geblieben. !Unvorstellbare Macht dürfte in den Mars=Stadtsiedlungen & Fabrikanlagen kulminiert sein (vermuteten wir damals); Fabriken, die einzig zur Produktion von Giften&gasen angelegt waren, dem Planeten Mars Das wiederzugeben, eine erdähnliche Atmosfäre, die seinerzeit auf-Erden von Giften&gasen beinahe zerstört worden war. Und die-Erdbewohner wähnten sich nach dem-Exodus=der-Forcierten, mitsamt ihrem Strengenglauben an die 1zig wahre Kraft-des-Fortschritt, nunmehr als souverän, eigen=angehörig. So bemerkte kaum jemand den-Wandel..... : Als den-Erdbewohnern in allen separierten Teilen Macht & Herrschaft über Ihr=Selbst − langsam schleichend als träufelte Gift in klares Brunnenwasser − zunichte gemacht werden sollte. Daher gab es nirgends Aufstände, keine Revolten − & die Waffen&geld-Starrenden, mit allen militärischen & bürokratischen Gewaltmitteln ausgestatteten Marsianer bereiteten ihre-Rückkehr..... auf die Erde vor − wie gesagt: nicht Überfall-artig sondern langsam Schritt-auf-Schritt & über Jahrzehnte sich erstreckend. Derweilen & allenthalben wurden zur Beruhigung hin&wieder aufflackernder Sorgen Parolen verbreitet: man möge das-Sichtbare nicht als gewaltsame Eingriffe in die-Belange Europas mißverstehen; Alles geschähe der-Sicherheit-halber, dienend den-Interessen der Gesamt=Bevölkerung. Und niemand vermochte zu widersprechen, denn Allen sicht&fühlbar waren Ernst-&-Beistand,

mit denen die-Maßnamen durchgeführt wurden. Europas Regierende im »Haus der Sorge« pflichteten den-Marsianern bei, suchten Sie zu unterstützen wo sie das vermochten – ?was werden Diefolgen sein.

–Vater: ?Hat er das-Alles selbst ?erlebt.

–In gewisser Weise: Ja. Desgleichen er, denn auch er, Sohn, lebt unter dem Schirm marsianischer Bestrebungen. Doch habe ich dazumal als Das begonnen hat, genau wie die Übergroßemenge, mich ins=Familiäre zurückgezogen, hoffend Dieser Raum-des-Schutzes würde auch als Schutz-Raum vor Allem-Draußen sich bewahren lassen. Auch vertraute ich, wie Soviele, der Tatsache, daß Unser=Friede nicht all-1 der formierten Gene zu verdanken sei; etwas Entscheidend=!Anderes das in=uns=verborgen-läge müsse hinzugetreten sein, ein Wille-zur-fried=Fertigkeit der uns so leben lassen wollte, wie wir zu leben begonnen hatten: *Nicht mehr stirb u: nicht mehr werde* – Nun, er kennt diesen Satz.

–Und dem zu folgen hat er, Vater, mich aufwachsen lassen & erzogen. Also !muß in dieser Welt auch Das Gelingen möglich sein. Der Beweis=dafür, Vater, bin ich=selbst. –

–?Weiß er, daß ich eine Schwester hatte. – Vaters Frage trifft mich unversehens.

Aber ich fasse mich schnell: –Nein, Vater. Er hat mir nur selten über seine Familie erzählt. Eigentlich nie.

–Und hat ihm deshalb etwas ?gefehlt.

Noch einmal befremdet mich seine Frage. Denn dies ist kein ritueller Dialog, sondern echtes Fragen; noch einmal nehme ich=mich=zusammen & antworte mit fester Stimme: –Auch hierzu, Vater, sage ich Nein. Es ziemt sich nicht für einen Sohn, die Eltern zu fragen nach deren Ahnen. In all=diesem Auskundschaften von Verwandtschaften steckte doch das-Verlangen nach Verbundenheit: biologisch, seelisch, ökonomisch – ein !unerträgliches Gebräu. :So zu empfinden habe ich nicht allein von ihm, Vater, gelernt; so zu empfinden entspricht auch meinem Inneren=Wesen. Er, Vater, gehört ja zur letzten Generation, die noch leibliche Nachkommen schuf; – wie !froh bin ich, nicht den geringsten Wunsch danach zu verspüren, meinerseits diese-Strecke fortzusetzen. Das, Vater, verdanke ich ihm & seiner Erziehung.

–Und auch dies zählt, wie mir seine Antwort beweist, zu den Gegenständen, die zu erörtern längst=erloschenen Interessen gehören.

Nur heut&hier möchte ich zu ihm Darüber sprechen, weil ihm der-Eintritt ins Erwachsenenalter bevorsteht, was heißt, sich endlich & für=immer lösen zu können von Allem was Familien=Bindung & Freundschaften-aus-Frühernjahren heißt. Denn solange die-Kindheit währt, ist familiärer-Schutz=für-die-Kinder vonnöten; haben diese Kinder aber das 25. Erdenjahr, das Ende ihrer Kindheit, erreicht & hielte man an Dieserbindung=fest, dann kehrte sich das-Familiäre vom Nutzen zum Schaden, wie Allesalte, das letztlich nur sich selbst=erhalten will. ?Möchte er mich weiter anhören.

—Ich höre, Vater, seiner Erzählung sehr gerne zu. Er hat also eine Schwester.

—Ich sagte hatte. Sie war zu der Zeit, von der ich ihm erzählen werde, im Alter von 4 od 5 Erdenjahren, ich selbst war im 12. Erdenjahr. Unser Altersunterschied war auffällig, vermutlich sollte meine Schwester *nicht-sein*. — Ich erinnere einen Wochenendausflug in die märkische Landschaft zusammen mit Vater u meiner Schwester. Unsere Mutter sei bereits vorausgefahren, sagte Vater, sie wolle dort=in-der-Natur, am vereinbarten Ort, das Picknick vorbereiten — wenn wir ankämen, sollte *Alles=fertig sein*. (:!Hätte sie geahnt, wie ihre harmlose Bemerkung einer furchtbaren Wahrheit..... entsprach.) Zu-dritt fuhren wir mit unserem alten Auto Dorthin. ?Erinnert er sich der »Autos«.

—Ja. Ich hab früher über dieses Fortbewegevehikel gelesen, hab es in manchen=alten Holovisionen gesehn. Glaubte es zu Fernenzeiten bereits abgeschafft; nun verwundert mich, daß er=selbst, Vater, noch in solch-1 Vehikel gefahren ist.

—Wir waren damals beiweitem nicht die 1zigen, die-Letzten schon gar nicht, die 1=solches Fahrzeug besaßen. Erst vielspäter, erst als die-Holovisionen uns den leibhaftigen Ortewechsel ersetzen konnten, gerieten auch diese Fahr-Zeuge allmählich in-Vergessenheit —.— Aber er wird noch hören & sehen, welche Rolle Autos haben spielen müssen.

— — Bei der Ankunft am vereinbarten Ort=Imgrünen ist von unserer Mutter nichts zu sehen: ?Haben wir uns mißverstanden, ist sie irrtümlich ?anderwohin gefahren od haben !wir uns ?geirrt. Wir halten Umschau. Da entdeckt meine Schwester im Gras 1 Haarspange, die Mutter gehörte. Also ist sie !doch hiergewesen. Aber: ?Wo ist sie jetzt. Rufe, Umhersuchen nach weiteren Spuren, — nichts. Sie könnte allerdings nicht weitfort sein, denn nicht langezeit nach ihr dürften auch wir hier=angekommen sein. ?Wo also ist Mutter geblieben –.– In einem breiten Wasserlauf schwimmt eine Schar Enten mit ihren Jungen, laut schnatternd, vorüber. Sämtliche Köpfe der Enten sind währenddessen uns zugewandt. Gegen das schrille (mir will scheinen hämisch-lachende) Geschnatter ansprechend, gibt Vater mir u meiner Schwester Erklärungen über das Leben dieser Schwimm-Tiere, genannt Anatínae, sowie der Tauch-Enten namens Nyrocínae – desweiteren über sämtliche zugehörigen Unterarten. Fast jeden seiner Sätze beschließen diese Enten mit impertinentem Geschnatter, das wie Hohnlachen klingt u stets dann einzusetzen beginnt, wenn Vater eine Erklärung beendet hat. Auch, fällt mir auf, hat Vater, gewiß ungewollt, den Duktus des-Entenschnatterns in seine=Rede übernommen. Sobald man diese Tierlaute auf=sich zu beziehen beginnt, schafft dies üble Laune & Zorn. Schließlich unterläßt Vater (voll heimlichem Groll) seine Ansprache. Und Diezeit vergeht schleppend unter mittaghoher Sonne. Noch einmal nach unserer Mutter Ausschau haltend gehen die Blicke über eine leicht hügelige Ebene – Wiesengräser windgekämmt. Und Wind läuft querlandein – Hochdroben aus dem Krähenschwarm 1ige Rufe, das goldblaue Himmelsglas ritzend –. Fernab den Horizontgrat entlang sich reihend etliche Obstbäume, die Zweige von reifenden Äpfeln und Birnen schwer u die Schatten der Bäume schraffieren die weite Ebene –. Wir warten. Mutter jedoch ist nirgends zu sehen. Vater scheint seine Unruhe vor uns=verbergen zu wollen & nimmt seine langatmigen Erklärungen zu den Enten-Arten wieder auf, erklärt ihre Lebengewohnheiten & das Brut-Verhalten. (Verstohlen gähnend höre ich Vater kaum noch zu.) Schließlich unterbreche ich seinen Redefluß & schlage vor, in dem Wasserlauf zu angeln, wie wir das ursprünglich vorgehabt haben, inzwischen würde Mutter gewiß hier 1treffen. Als wir das Angelzeug auspacken, nähert sich querlandein in rascher, hüpfender Fahrt ein Krankentransportauto, grell & wuchtig leuchtet das Rotekreuz auf dem hellen Lack, schrill der auf&ab schwellende Sirenenschrei, das kreiselnde Blaulicht auf dem Wagendach. Das Auto hält direkt=auf-uns-zu, bremst vor uns, der Sirenenschrei erfriert. Die Tür zur Fahrerkabine aufreißend springt 1 jüngerer Arzt im weißen Anzug heraus, tritt vor uns hin, nennt fragend unseren Namen, dann fordert er uns auf, !sofort 1zusteigen & mit=ihm in eine Klinik zu fahren (er nennt seinen eigenen als auch den Namen dieser Klinik, aber die hastig gesprochnen Worte fliegen an mir vorbei –).

Prompt Vaters Frage, ob unsrer Mutter ?Etwas=Schlimmes geschehen sei −: Der Arzt beantwortet die Frage nicht, wiederholt stattdessen mit Nachdruck seine Forderung ihm in=Allem=strikt zu !folgen. Voller Unbehagen u schweigend steigen wir in den Krankenwagen, setzen uns hinter den Fahrer auf die Sitzbank neben1ander. Die Tür wird von draußen zugeschlagen, − Abfahrt. Meine kleine Schwester, eigensinnig von-Geburt, zieht ein bockiges Gesicht. Zwischen Haarsträhnen ihr blasser Mund, trotzig wie zum Weinen verzogen, ratlos zupft sie an 1 Schleife ihres Kleidchens. Doch wagt sie, genau wie Vater u ich, gegen Diebestimmtheit=des-Fremden kein Aufbegehren. Diefurcht, unserer Mutter könnte Schlimmes widerfahren sein, hält uns nieder, still haben wir uns gefügt. Während der holperigen Fahrt querlandein fällt kein Wort. Über Hügel und durch Mulden das Auf&ab der rücksichtlos rasenden Fahrt, in die weite Landschaft wirft die-Sirene das schrille Geheul der Angst.....

Die Klinik − durch eine Talsenke sich erstreckend − besteht aus langen flachen, fensterlosen Gebäudetrakten aus hellgrauem Beton. Die Wände gleichförmig=glatt, monoton wie ein langanhaltender Schrei −. Auf einen geräumigen Parkplatz, nur wenige Personenautos sind dort abgestellt, rast der Krankenwagen zu − vollführt mit kwietschenden Reifen eine Kehrschleife − hält dann vor einem großen viereckigen Portal. Noch bevor der Fahrer die-Sirene abgeschaltet & ausgestiegen ist, stürzen aus dem Innern der Klinik durch das breite Portal einige Leute-vom-Personal (kräftige Männer in blaugrauer Kluft) auf uns=zu; sie scheinen unsere Ankunft bereits erwartet zu haben. Die Wagentür wird aufgerissen, starke Hände packen uns, zerren mich= zuerst, dann Vater und meine Schwester aus dem Krankenwagen heraus. Auch jetzt Keinwort. Hastig meine Blicke in die Umgebung −: Längs 1 schmalen Kieswegs, wie 1 heller Niemand's Erdstreifen den langen Betonmauerfluchten des-Gebäudekomplexes folgend, pflanzen in regelmäßigen Abständen dünnstämmige Palmbäume ihre üppigen Gefiederkronen auf. Hoch aus den Lüften 1 trockenes Zischeln, scharfzüngig als würden unablässig Messerklingen gewetzt − der Wind in den langfingrigen Palmblättern, zerschnitten, heiß, ruhelos −. Durch die exotischen Pflanzen verstärkt sich der Eindruck, dieser weit ausgestreckte Beton-Komplex habe hier von der märkischen Urstromlandschaft Besitz=ergriffen..... − Dort wo Palmen wachsen, Junge, dort beginnt unser Unglück. −

Eilig drängen uns die starken Arme durch das Eingangportal ins-Innere des Klinikbaus. Sofort geht es 1 Betontreppe ins Kellergeschoß hinab, wortlos & unsanft wird uns der-Weg gewiesen. – Schon auf der Treppe=hinab schallen unheimliche Töne uns entgegen : Heulen blasiges Schnauben Greinen schwankes Jaulen, als ahmten 1same verwilderte Hunde menschliche Klagerufe nach. – Schließlich gelangen wir auf 1 weißerleuchtete Korridorflucht – so lang daß deren Ende in der Ferne zusammenschrumpft zu 1 Punkt. Lumineszenzflächen an den Wänden werfen weiße schattenlose Helligkeit, die Sauberkeit an Boden u Decke ist so makellos daß sie blendet u kein Geruch, nicht das geringste Molekül in der unfühlbar warm gefilterten Luft scheint irgend Duft zu tragen – u was zu dieser makellosen Atmosfäre bürohafter Nonchalance nicht passen will: Diesen Korridor entlang treiben die-Leute= vom-Personal uns mit groben Stößen voran – (:?Woher!Alldiesschreckliches schreien das wie eine dichte Atmosfäre in dem Korridor steckt –)

Darüber sogleich Aufklärung: Jeder Stoß mit derben Fäusten in den Rücken bringt uns vor käfigähnliche, enge Kammern, die statt 1 Tür ein Gittergeflecht, mitunter zusätzlich 1 Glasscheibe, vom Korridor abtrennt. Offene Einschauten : In den Käfigen vege-tieren verkommen fremdartige Grauen=haft entstellte Wesen, – :wir starren in die Höhlen vergeßner Alpträume –: immer grauenvoller Dasschreien=von-Dort heraus, schrecklicher die Anblicke dieser Geschöpfe : in Haare= u=Fleisch verklumptes Geschlinge, aus schlaffer Bauchhaut, über den Boden wie eine faltiggraue Plane hingebreitet, Mäulerklaff : Organe Gliedmaßen Körperpartien verschoben, an ungehörigen Stellen wuchernd | Ein fleischrosiger Mannesrücken, von etlichen spreizfingrigen Händen wie beklebt, als sei Dieserleib aus Umarmungen herausgeschnitten | Eines anderen Mannes Schulter scheint zwei Meter breit, sein grober Schädel steckt am äußeren rechten Ende dieses Schulterbalkens, bedrohlich wackelnd auf dürrem Halsstengel – mit dicken Pratzen reißt Dieseswesen mal-auf-mal Stücke weichen gallertigen Fleisches aus dem eigenen Leib, stopft sie behäbig ins breite schweinzahnige Maul, derweil beginnt die Rißstelle sich zu schließen zu rosenfarbig neuem Gewebe | Aus 1 Gesicht ohne Alter u ohne Geschlecht sehe ich in Hautfarben lange, dünne Gliedmaßen – Form & Länge wie Trinkröhrchen – langsam & geradlinig herauswachsen – | :Sichwinden Schnellen Spasmen – Häute in der Färbung von frisch abgeschälten Bäumen, glänzend die glatten Partien im dünnschichtigen Film aus harzigem Schleim – aufquellend wie Teig, blauschwarz abgestorbnes Gewebe an noch lebendigen Leibern zottelnd patzend dahergeschleift – Gehirne wie Traubenbündel aus offenen Schädeln wuchernd – verknöchernd der 1 Leib, gallertig zerfließend ein andrer – aus röhrenförmig aufgestülpten Drüsen kwillt sickernd Sämiges Milchiges – das Herz in wildem Zucken unter durchscheinender Hautmembran, dazu stoßweises Blöken aus dem gesamten orgiastisch zuckenden Leib | Ein zimmergroßes Gesicht, eine Kopf-Skulptur, voller Grind in der Färbung von verwittertem Sandstein, Dasmaul= weitauf gerissen, die gewaltigen Zahnpflöcke geflätscht & wie von Efeugeranke bewachsen, rechts-unten im Gebiß fehlt ein Zahn, durch die Öffnung ins-Innere Desmaules sehend: wo einst die Zunge war, jetzt ein schwarzrot teigiger Morast – | Etwas ohne Augen ohne Mund, ein offenbar trotzdem lebender Brocken Fleisch&geborste, mit Krakenarmen Saugnäpfen über die Bodenkacheln seines Käfigs speichelnd lutschend, die einzige Körperöffnung Mund=u=After-in=eins, aus gewaltigen Ohren, von Haargestrüppe versteckt, treten Luftströme aus: hohlkehlige Klagelaute wie Nebelhörner (:von Dorther dies unaufhörliche Schreien Klagen Jammern –) –

Lang war der Korridor, länger während Derschrecken aus all-diesen fürchterlichen Kerkern zu beiden Seiten des Kellergangs u immerfort schluckiges Lach-Schrillen des Entsetzens vor dem Irresein (als kämes aus dem eigenen Schädel) – nur mit Mühe hör ich Vaters Stimme, als spräche er aus Weitenfernen, – –

Auch dieses Mal hält Vater die Holovision an: –?Will er ?hören, ?will er ?Weiteres sehen, was Damals ich=der-12jährige hören=sehen=mußte ohne zu verstehen, doch habe ich Alles, wie er nun heute sehen kann, aufbewahrt in dieser Holovision. ?Will er.

–Es ist 1 Sohnes Pflicht, den Vater anzuhören. – (Doch die Worte sind mir leise, kraftlos geraten, ich vermag meine Stimme nicht zu kontrollieren.)

Vater kann Das nicht entgangen sein; doch schonunglos gebietet er schließlich: –Also höre=u=seh er weiter: – –

– – Derschrecken der die Augen packt & herausschlägt ins hellweiße Kunstlicht die finstersten Brocken Furcht die schon=immer in meinem=Innern, u viellänger als Jahre hatte das 12jährige Kind, schweigend u Ohnegesicht auf-der-Lauer-gelegen hatten – Diefracht von den-Alten die vor-mir waren, aus deren Un-Taten die Horizonte für meine Träume: | :Gegen Ende des Korridors diese Zelle: Ein Auge, riesengroß, das gesamte Gesicht eines Wesens ausfüllend, dicht hinter den Gitterstäben schaut Es mich an: | :Und im tiefen Schwarzblau, von der Augenlinse gekrümmt, spiegeln sich Dortdrin meine eigene Gestalt, die meines Vaters, meiner Schwester, mitsamt den-Wärtern, die uns gepackt=halten; ich sehe uns=allsamt zu Grimassen verzerrt, meine Erscheinung in Winzigkeit: !das bin ich noch einmal, aber um ebendiese Winzigkeit !anders..... Und in den zierlichen Augen der Spiegelbilder immerso=weiter bis ins-Unsichtbare hinein –. So winden sich, kleiner und kleiner werdend ins-∞=kleine, vielfache Gestalten in=mir, die mir fremder und fremder sind, bis ich nicht mehr fragen mag ?*Wer ist das:* um nicht immerdiegleiche Antwort hören zu müssen: !*Das* !*bist* !*du*. – Ewig unerreichbar bin ich meinem Selbst. Und Das zu wissen, war Schrecken=einst, und heute !Höchstes Glück – –

(Wiederum verhält der Holovisionfilm.) Vater spricht, wie aus einem Hallraum heraus, mit seltsam fernklingender Stimme: –Ich habe mir !diesen An-Blick bewahrt, den ich als 12jähriger nicht verstand; später dann, in-der-Erinnerung gesehn, konnte ich Diesen Blick lesen: Der Blick des Menschen der Zuvieles vom Leid der Tiere erkannte u mit dem Blick des Tiers das zulange den-Menschen zusah. Und aus Diesem Auge – Heute, wie gesagt, kenne ich Diesen Blick – schaut in Tiefschwarz der Abgrund des einzigen Kummers der zählt: Deskummers am-Leben..... zu sein. Denn der Lebendige, der nur für 1 Moment innehält im-Leben, der wird in den strahlenden draufgängerischen pausbäckigen Gesichtern-des-Lebenerfolges die wirkliche Qual, das unermeßliche Leid alles Lebendigen erkennen. Such er in seiner Erinnerung nach einem Lachen – was er findet sind nur Gelächter, & mit den schrillen Stimmen wächst Diefurcht.....

– – Plötzlich schnellt dieses Auge-Wesen in die hinterste Käfigecke, das borstige Haar um sein winziges Gesicht & den kleinen Leib hochgesträubt, 1 spitzbezahntes Maul im Fauchen aufgerissen – und Einschrei prallt gegen die Käfigwände gegen die Gitter, Einwuchtschrei langanhaltend voll kreischendem Entsetzen.....

Die-Leute=vom-Personal, die uns mit Festemgriff halten, führen

uns langsam genüßlich & scheinbar Vollerstolz auf ihre Ex-Ponate diesen nicht enden wollenden Korridor mit beidseitigen Schreckenkammern entlang. Jetzt, den gällenden Schrei in den Ohren, reißen sie uns grobeilig davon.
—Die Holzwege. Zum Zweck der neurobiologischen Trieb- & Wachstumsteuerung jeden Falls der-Ausschuß. – Bemerkt lakonisch Dermann, der Vaters Arm=gepackt hält, plötzlich mitteilsam & in betontem Gleichmut. Die 1. Worte überhaupt Hier=drinnen, die Mann an uns gerichtet hat. —Entweder Früchtchen ungezügelter Leidenschaft mit erbkrankem Material od frühere mißratene Versuche : Die-Prototypen für Geilheit-Furcht-&-Elend. !Heute sind Wir !vielweiter. Und Wir haben noch !Vieles vor. – Noch einmal schwingt Derstolz des-Dieners auf seinen Herrn in der Stimme, & bevor sein Kumpan ihm den Mund verbietet, noch: —Diese=allehier lassen Wir verkommen. Es ist kein Schaden. Aber Es dauert schon vielzulange. – Und treibt uns wieder mit rohen Stößen voran.

Mal-auf-Mal den Korridor-entlang das grausige Jammern Schreien derer die nicht wissen wann endlich sie !sterben können. Tränen verwässern meinen Blick –, gradnoch erkenne ich vor mir eine Bunkertür, die den Korridor teilt. Doch hier wartet noch die=eine-Erscheinung, die letzte in der Galerie-des-Entsetzens, die Schrecklichste. Niemals hat !Dieser Anblick mich verlassen, zu allen möglichen Situationen später ist !Dieses Bild immer=wieder aufs-neu aus der Erinnerung über=mich hergefallen : In unmittelbarer Nähe zur Bunkertür am Schluß dieses Flures, saß, wie ein Pförtner in seine Loge gepfercht, eine ungeheure Masse an Fleisch die ein Gesicht hatte u nur einen kurzen Arm mit einer schweren prankenförmigen Hand, die wie eine tote wachsfarbene Last auf dem wurstförmigen Oberschenkel abgelegt war. Diemasse Fleisch, wie zum=Hohn in einen noblen schwarzen Frack gehüllt, mit Halsbinde, blütenweißem Chemisette & schwarzglänzender Fliege, saß plump u vollkommen reglos seitlich dem Gang zugekehrt. Die unheimliche Reglosigkeit Diesermasse menschähnlichen Fleisches unter der vornehmen Bekleidung, die sich Daswesen unmöglich selbst hatte anziehen können, erinnerte mich daher an eine Leiche, von fremden Händen für die Aufbahrung ausstaffiert, gewaschen & zurechtgemacht. Auch das flachssteife, geordnete Haar auf dem massig=unförmigen Schädel erinnerte an Totenhaar od an Kunsthaar auf Puppenköpfen. –

Lange konnte ich damals vor Diesem Anblick nicht gestanden haben, denn die Wärter drängten uns weiter, doch der Blitzschlag des Schreckens bannte mir !Diesesbild wie eine zeitenbeständige Fotografie ins Gehirn. Unser kurzes Verweilen für 1 2 Augen-Blicke, dazu mein im=Entsetzen starrer Kindblick, mußten bereits ausreichend gewesen sein, in die massige Erscheinung in seinem gläsernen Käfig 1 Bewegung zu bringen. Und hatte ich bislang nur die eine Hälfte des in den eigenen Fleischmassen eingesunkenen Gesichts angesehn – ein Stück leeres, nachwinterlich ausgebleichtes Gesicht ohne jeden lebendigen Zug, das was darin ein Auge sein sollte, ein von Fleischwülsten verquollner überwucherter Schlitz –, so kehrte sich mir nun auch die andere Hälfte Diesesgesichtes zu – und !Das ists was ich niemals habe vergessen können – diese Andere Gesichthälfte : von allen Grausamkeiten des-Lebens abgenutzt zermeißelt ausgezehrt, u das offene wasserhelle Auge wußte von den Tiefen aller menschlichen Trauer darüber !zulange am-Leben sein zu müssen und trotzdem nicht sterben zu dürfen. – ?Habe ich gesagt, daß Diese Erscheinung im ?Rollstuhl saß. Nun, ich bemerkte erst-jetzt, daß die ungeheuren Fleischmassen über die Sitzfläche und zum Großteil über die Räder des Gefährts hinwegkwollen, zudem Teile des opulenten schwarzen Fracks die Räder überdeckten als hätte Man diesen lebenden Toten bereits auf seinen mit schwarzem Tuch verkleideten Leichenwagen gehievt. – Jedes Mal in späteren Jahren, wenn ich durch Türen hindurchgehen mußte in Räume, darin Beschlüsse gefaßt, Entscheidungen getroffen wurden, die in mein od anderer weiteres Dasein 1schnitten & es zu neuerlichem Stückewerk fügten, mußte ich Diese Erscheinung des Gelähmten erinnern. In welche Worte ich=als-Kind einst Diesenschrecken faßte, weiß ich nicht, Heut sage ich zu Dieser Erscheinung: !Das !bin !Ich. Mein Gegen:Ich..... das mir stets-&-überall im:Wege ist. Und irgendwann, weiß ich, wird Es mich zerreißen. – Für einige Momente bleibt Vater still.

—Aber schon vielzulange hat Man uns hier=vor diesem letzten Käfig stehnlassen. Jetzt stößt Man die Bunkertür auf, treibt uns hindurch |:| Abgeschnitten Dasheulen Schreien Klagen der Mißformungen aus unmäßiger Wissen-schafft, die Anblicke der Verlorenheit derer, die ausharren müssen, weil sie=alle nicht einmal die Möglichkeit haben, sich zu töten; Menschen, verzerrt zu Menschen-Ähnlichkeit. – –

– – Knistern Heu-Schreckenfressen Flimmern wie von Wolken schwirrender Insektenflügel jetzt im bilderleeren Raum – Vaters Stimme ist fort. Ich stiere ins graukörnige Gestöber aus elektronischem Hagel, wage nichts zu sagen. – Nachlangerzeit dann wieder Vaters Gegenwart & Stimme, aufs Neu seine Bilder, die Holovision – –

–Nachdem hinter uns die Bunkerstahltür zugeschlagen & verschlossen ward, als ich die Tränen aus den Augen wischen will, merke ich, daß Man mir Handschellen angelegt hat, ich kann die auf den Rücken gebogenen Arme nicht mehr vors Gesicht heben – !erschrocken schau ich zu Vater hin : Auch ihm hat Man die Arme auf den Rücken gefesselt, sogar meiner kleinen Schwester, sie schaut sich hilflos mit Tränen in den Augen nach uns um. Keiner=von-uns bringt 1 Laut heraus. – (!?Was hat Das..... zu ?!bedeuten. !Beängstigend auch, daß Vater nicht zu protestieren wagt; schweigend ergeben läßt er sich von den-Leuten=vom-Personal weiterführen.) – Mit Festemgriff am Oberarm gepackt führt Man uns hinter-1-ander den weiteren Korridor hinab – erneut vorüber an offenen Türen, doch jetzt hinter jeder Tür ein Laboratorium: separierte niedrige Räume mit gelblichen Fliesenwänden & auf langen schmalen Tischen Unmengen abgestellter Reagenzgläser & anderer Laborgefäße. Zwar von ein ander getrennt, scheinen die einzelnen Laborräume dennoch mit-1-ander verbunden durch 1 Taktstraße – ich erkenne durch die Wände gehende Fließbänder –, an deren Ende irgend Fertigprodukt Dieseklinik verlassen dürfte. (:Vater od: gar Einen=vom-Personal Danach zu fragen, wage ich nicht; scheint mir doch bereits der Hinweis darauf, daß ich Etwas in den Labors gesehen habe, gefährlich –). (Stumme Beklemmung, als ich von-der-Seite-her Vaters sorgenvolles Gesicht sehe, über die Wangen meiner kleinen Schwester rinnen noch immer still die Tränen unbändiger Furcht.)

Die uns am Arm gepackt halten, lösen uns die Handschellen & stoßen uns durch 1 der Türen in einen Raum, hoch & schmal; mit dem dumpffeuchten Menschengeruch erinnert er an Umkleidekabinen in einem Massenbad od einer Turnhalle. Hier zerrt Man uns schamlos=brutal die Kleider vom Leib, so rasch & routiniert, daß wir uns nicht mal dagegen zur-Wehr setzen können. Vater protestiert lautstark, empört mit feuerrotem Kopf, – niemand hört. Denn sogleich hat Man uns Anstaltskleidung übergeworfen: bis zu den Knieen hinabreichende grauweiße Leinenhemden mit Knopfleiste den Rücken-hinab. Daraufhin werden wir von ein ander getrennt : Vater u meine Schwester zerrt Man fort & stößt sie grob in einen angrenzenden Raum, so schnell daß Vater nicht 1 Wort mir zurufen kann, – während ich all-1 in der dumpfrüchigen Zelle zurückbleiben muß. Neugierig suche ich in den Raum, in den Man Vater u meine Schwester hineingetrieben hat, 1 Blick zu werfen –: Bevor die Tür zugeschlagen wird, sehe ich noch, wie Männer in schneeweißen Kitteln, Mundschutz vorm Gesicht, Vater ergreifen, auf 1 Pritsche werfen, festschnallen, & sogleich setzt einer der Vermummten an Vaters Schädel die Schneide eines riesigen Meißels an. Dann schlägt Man die Tür zu, das Türeisen wirft meinen Schrei zurück in mein Gesicht. | Derschrecken ist so groß, daß ich nicht wage, gegen die Tür zu schlagen. All-1 stehe ich wie 1 Pflock in dem engen Raum (die Tür, hinter der Vater verschwinden mußte, ist ohne Klinke) – leise summend die Lumineszenzflächen an der Zellendecke. Als entströmten von dorther Eiswinde, spüre ich lähmenden Frost in=mich dringen, – erstarrt, das Weinen u die Stimme erfrorn, sogar unfähig zum Zittern steh ich hier u: kann nicht fort. Auf dem Boden meine Kleider, zusammengekrümmt wie ein Wesen, das sich vor erwarteten Schlägen zu schützen sucht. – 1 andere Tür zu dieser Zelle, von-Draußen aufgerissen, bringt weißbekittelte Männer herein, wortlos werde ich gepackt & durch einige Laborräume bugsiert. Dieluft durchschneidet scharfer essigsaurer Geruch –. In regelmäßigen Abständen schmale Operationtische, darauf Mal-um-Mal hellhäutige Gebilde, vielleicht jeweils einen halben Meter lang, sämtliche von ovaler Gestalt. Man bleibt mit mir stehn, will mir offenbar Zeit geben zu erkennen: Das 1 Ende dieser Gebilde hat die Form von einem übergroßen Hühner-Ei, dessen weiße Schale durchziehen Netzwerke winziger blutpulsierender Äderchen; das andere Ende dagegen hat menschliche Gestalt, doch verkleinert zu puppenhafter Winzigkeit : So habe ich auf der 1 Pritsche Vater, auf der benachbarten meine Schwester wiedergesehen –. Keinlaut aus mir, zutief Derschrecken. Willenlos steh ich am Fleck u starre auf die beiden binnen=kurzem und wohl für=immer veränderten Gestalten, die einst Mein=Vater u Meine=Schwester waren. Im Unterschied zum stilliegenden Vater bewegt sich der verwandelte Unterleib meiner Schwester: Die Äderchen unter der Eischale schwellen an & konvulsivisch zuckend werden winzige Eier, nicht größer als Froschlaich, aus einer fischmaulähnlichen

Öffnung herausgestoßen, mit Emailleschüsseln fängt Man die Eier auf. – Man scheint zu meinen, nun habe ich genug gesehen, – unsanft schiebt Man mich fort & in 1 angrenzenden Raum, die Tür hinter mir schließt sich leise. *Und mein Vater ist nicht mehr da.* Vor Schrecken u Trauer kalt geworden u starr: DIE *haben Vater u meine Schwester zu 1 = der-Ihren gemacht.* !*Niemals werde ich sie wiedersehen: Vater, meine Schwester, Mutter – :? Was ist mit ihr geschehen: Gewiß das-Gleiche......* – Diese Eingebung ist zugroß zum Begreifen, 1zig schwere kalte Trauer sinkt lähmend in=mich=ein. Angstvoll hilflos schaue ich unterdessen in diesem Raum umher : Hier nun sind in Vielzahl große helle Ei-Gestalten, jeweils in oben offene Kisten separiert, auf einem Tisch beieinander, rötlicher Schein aus Brutlampen liegt ihnen wärmend auf, während durch 1 oben unter der Raumdecke geöffnete Fensterklappe (die 1. Fensteröffnung, die ich in Diesembauwerk sehe) von-Draußenher lautes Geschnatter von Entenscharen hereindringt. Aus 1 Raumecke löst sich die Gestalt eines Weißgekleideten, vom Bruttisch nimmt er ein großes Ei zur Hand und kommt damit auf mich zu, während aus 1 anderen Ecke ein Weiterer mit Hammer & Meißel sich nähert – : !Dieser Anblick löst meine Starre, ich renne auf den Mann mit dem Ei in Händen zu, prall gegen ihn, seine Finger verlieren das Ei, schleudern es in mein Gesicht. Ich schrei auf, das herausspritzende Dotter verklebt mir für Momente die Augen, so daß ich nur zwei kräftige Hände spüre, die meinen Leib packen, mich niederwerfen (wohl auf 1 der Pritschen), Hände pressen meinen Kopf an den Schläfen fest, arretieren ihn, dann etwas Kaltmetallisches, Scharfschnittiges an meiner Stirn: die !Meißelschneide, – !Schreien, meinen Kopf hat Man kurz losgelassen, ich werfe mich herum, der Meißelschlag trifft insLeere –, ich reiß mich los, wische klebriges Eigelb aus den Augen – stürze zur Tür und hinaus, gerate auf 1 langen Flur. Die-Leute=vom-Personal hatten wohl mit solch massiver Gegenwehr des 12jährigen Kindes nicht gerechnet, Niemand der mir nachsetzen würde, Niemand der meinen Fluchtweg verstellt. Schwarzen Richtungpfeilen an den Wänden folgend erreiche ich atemlos hastend derweil den Ausgang. !Erstaunlich: die Glastür öffnet sich automatisch – ich renne weiter, nach-Draußen – hin auf den sonneglänzenden Parkplatz vor dem Klinikbau. Dort begegnen mir zwei weißbekittelte Männer, verwundert starren sie mir entgegen, und im Vorüberhasten höre ich den Einen sagen: –!*Unverantwortlich, solch jungen Ärzten, die noch gar-*

keine Praxis haben, die-Arbeit in unsrer Klinik zu gestatten. Da braucht man sich nicht zu wundern, wenn – :ich haste davon. Wegen meines weißen Leinenkittels haben Die mich offenbar für 1 ihrer Kollegen gehalten. Bald werden sie ihren Irrtum bemerken, schon grällen Alarmsirenen auf – :!Loslos !rasch hinüber zu den parkenden Autos. Fieberhaft rüttele ich an den Türklinken, renne von 1 Auto zum andern, – :!da: 1 blauer 3rädriger Kleinlieferwagen, so alt & klapperig, daß niemand mehr an Diebstahl geglaubt hat, mein !Glück. Die Tür zur Fahrerkabine läßt sich öffnen: ich hinein, reiße das Zündkabel unterm Armaturenbrett heraus (danke im Stillen meinem Vater, der mir vor-kurzem erst die Beschaffenheit von Autos erklärte) & starte den Motor. Doch bin ich mit meinen 12 Jahren noch recht klein, ich reiche kaum an Lenkrad, an Gas- & Kupplungpedale heran –: Von der Klinik her unter dem auf&ab schwellenden Alarmgeheule eilen derweil massenweise Männer in weißen Kitteln heraus – SIE haben mich entdeckt, – rennen herzu. Immernäher die Verfolgerschar, noch bleibt der Motor still, – näher & näher Diemasse, ihr Schrittegetrommel laut & derbschlagend, – der Motor jault auf, !endlich, den 1. Gang einlegen, mühsam übers Lenkrad sehend fahre ich ruckend & stotternd von graublauer Abgaswolke umnebelt vom Parkplatz fort in Richtung auf eine nahegelegene Fernstraße zu. Leider habe ich keine Ahnung, wo in der Schaltung die höheren Gänge liegen, in-Furcht den Motor abzuwürgen bleibe ich im 1. Gang; – die Geschwindigkeit indes ist nicht ausreichend die-Verfolger loszuwerden, Einer kommt näher und näher, bald wird er mich einholen. Ich betätige verzweifelt die Gangschaltung, – :der 2. Gang, knirschend schrapend rastet er ein, – der Motor ruckt, blafft aber geht nicht aus, – dann schneller die Fahrt. Doch mein Verfolger ahnt meine Absicht zur Fernverkehrstraße zu gelangen; quer über ein ungepflügtes Feld rennend, wie eine Fahne wehen Kittel u Haar, versucht er, meinen Weg abzuschneiden & mich zu stellen. Schon springt er seitlich auf die Wagentür zu, den Arm ausgestreckt will er die Klinke packen, – mit aufheulendem Motor biege ich in scharfer Kurve auf die Fernverkehrstraße ein & lasse den Verfolger ins-Leere laufen –. Auf der Straße herrscht reger Autoverkehr, ich reihe mich ein, sehe im Rückspiegel meinen Verfolger ebenfalls auf die Straße eilen –, ein Fernlasttransporter, mit aufheulender Hupe, erfaßt den Mann, schleudert ihn hoch in die Luft, und von den schweren Hinterrädern erfaßt, bleibt er zermalmt auf dem Asfalt zurück. – Erleichtert, unendlich froh fahre ich mit dem gestohlenen Wagen davon. Während ich nunmehr auch die höheren Gänge finde, suche ich mit der freien Hand die zähgewordnen Reste Eigelb vom Gesicht zu wischen. Vergebens. Hart wie 1 Kalkschicht bleibt Diemasse an=mir haften.

Stunden-später. Nachdem ich, abseits der Fernverkehrstraße, in 1 Wäldchen angehalten hab, spüre ich mein Gesicht sowie Teile meines Kopfes sich unter schmerzhaftem Druck verändern, die kalkartige Schicht ist zum Panzer ausgehärtet, ich vermag kaum noch zu sehen, aus meinem Mund nur dumpfgurgelnde Laute, als hindere mich eine mächtige Hand am Sprechen. Das Weiterfahren ist unmöglich geworden. Als ich es dennoch, unter unsäglichen Mühen u auch bohrenden Schmerzen=Imkopf versuche, lenke ich versehentlich das Auto in einen Straßengraben. Ein Krankenwagen erscheint bald darauf, hält, nimmt mich auf & schafft mich vor einen grauen langgezogenen Klinikbau, auf 1 schmalen Kiesstreifen in regelmäßigen Abständen dünnstämmige Palmbäume..... Es ist !der Klinikbau, dem ich entflohen bin. Das ist das-letzte, was ich erkennen kann. Bald schon völlig erblindet, nurmehr fähig zu hören & zu fühlen, spüre ich wieder derbe Hände, die mich packen & auf 1 Pritsche werfen. Die wieselnden Räderchen an der Rollpritsche dröhnen im-Innern des Baus einen Flur-entlang, Man schafft mich in irgend-1 Raum (ich erkenne dumpffeuchten Kleidergeruch), gleich darauf schafft Man mich in einen anderen Raum, noch einmal werde ich auf einen Operationtisch gelegt, dann spüre ich mich auf einem gynäkologischen Stuhl, meine Beine werden auseinander gebogen & an Stützen mit Fußfesseln arretiert; – darauf verliere ich das Bewußtsein.

Wiedererwachen mit schwerer Übelkeit u einem seltsam pressenddehnenden Gefühl im Unterleib. Noch immer kann ich nichts sehen (*soll ich denn ?für=immer blind sein müssen*). Vom Unterleib her schmatzende Geräusche, spüre Schleim an den Oberschenkeln & mal-ummal murmelgroße Gebilde aus einer Öffnung im Unterleib entschlüpfen. Diese Empfindung ist so fremdartig, daß ich nicht glauben kann, es ist mein=eigener Leib dem Soetwas geschieht. !Was bloß ist ?passiert mit mir, mit meinem Körper. Ich erinnere den Anblick meiner Schwester (*?wo mag sie jetzt sein u ?wo der Vater*), sehe sie eiförmige Gebilde aus ihrem Unterleib herauspressen; – offenbar hat Man auch mich zum eiproduzierenden, weiblichen Etwas umoperiert. Für den-Rest meines da-Seins werde ich also in dieser Klinik bleiben müssen,

erblindet, verstummt, ohne identisches Gefühl, um als biologische Maschine zu unbekannten Zwecken unablässig in-Schüben Mengen dieser eiförmigen Gebilde zu legen –
   !?Was ist aus mir geworden. ?Wie könnte ich jemals von-Hier ?entkommen. ?Wem nützen all=diese Aus-Bruten. Du !mußt !aufstehn. (Schreit es in= mir. Doch bin ich sicher, nach-Draußen dringt Keinlaut.) *Du mußt diese Klinik mitsamt Derbrut !vernichten.* (Dann die Einsicht:) *Du bist blind. ?Wie als Blinder mich ?bewegen, die Brutstätten ?finden & tun, was ich tun !will.* Einzig die Tatsache, daß ich !solche Überlegungen anzustellen vermag, überzeugt mich, daß Man den Versuch, meinen Schädel aufzumeißeln, nicht ausgeführt hat. Offenbar hat Man mich zu anderen Zwecken vorgesehen. –
   Langezeit, Sehrlangezeit habe ich gebraucht, bis ich erkannt habe: Die Gedanken=Kraft ist die Einzige Kraft, die mir das Entkommen aus dieser schaurigen Klinik, in der sämtliche Menschen zu Gebärmaschinen umkonstruiert werden, ermöglichen kann. Das Entkommen u die Gesundung, wieder sehen & wieder sprechen zu können, werde ich allein durch Die Kraft=meiner=Gedanken erringen. – Und allein !Kraft=der=Gedanken konnte ich mich tatsächlich lösen, – so erhielt ich meine Gesundheit zurück. – Vaters Stimme klingt im Nacherleben der einst wiedergewonnenen Freiheit voll jugendlicher Frische. –Ja, ich konnte !entkommen, weil ich entkommen !wollte. Aus Tiefstemwillen. Der Preis für mein Entkommen : Ich habe innerhalb weniger Stunden Mutter Vater Schwester verloren. Und schließlich mich selbst. Aber das konnte ich Damals nicht wissen.
   –Noch erinnere ich meinen Gedanken-Weg=fort von der Klinik. Was sich auf diesem Weg durchs Land meinen wiedergewonnenen Augen bot, waren mir jedoch Betrübnis u grausige Komik : Überall=im-Land stieß ich auf Nester, Brutstätten, gemütlich eingerichtete warmbeleuchtete Gehege, familiäre Legebatterien, aus denen watschelnde Enten=Familien ins-Land hinauszogen, gradso als wollten sie ins-Grüne zum Pick-Nick an einem spätsommerlichen Tag. Ich mußte Acht-geben, daß ich keines der Brutgehege zertrat (so dicht bei1ander lagen sie), denn ich=der-Gedankenflüchtling aus den-Brutstätten, wollte nicht erneut Aufmerksamkeit auf=mich ziehen. Denn wo Familien sind, sind auch die-Wächter des-Familiären..... Doch immer schwieriger ward das Ausweichen, immerenger, wie Reihenhäuser in 1 Vorstadt lagen die gemütl. Nester & Gehege. Ungeniert watschel-

ten Entenhorden zwischen meinen Füßen umher, frech mit unverschämter Anmaßung mir alle Wege abschneidend. Ich erinnere noch eine Ente, ein besonders dickes Tier, dessen kurze Beine mühsam durch hohes dichtes Gras den fetten Leib zu schleppen suchten, sie lief mit eiligen Trippelschrittchen vor mir her, schien meinen Weg vorauszuwissen, sie wich keinen Fußbreit davon ab, mit dem kleinen fleischigen Pürzel wackelnd wie ein kokettes Weib mit dem Arsch. –

Und während Vater erzählt, manifestiert sich auch dieser Teil seiner Erzählung in der Holovision als Raum-Bild – : – Und nun sehe auch ich vor meinen Füßen im unscheinbaren schmutzweißen Gefieder dieses dicke watschelnde Tier, das sich zuweilen geziert nach mir umblickt, sich zu vergewissern, daß ich ihr weiterhin folge, daraufhin mit dem horngelben Schnabel fettige zufrieden glucksende Laute schnattert & mit dem Pürzel wackelnd vor mir herwatschelt – Gedanke: *Ich erkenne meine-Zeit am Gang : Zeit geglückter Befreiung der-Frau vom Uterus = Rückkehr zum Eierlegen, Hohezeit für Brutanstalten. Vor mir herwatschelnde Ausbrut-dieser-Zeit & ihre Ente Lechie.*

–Später wurde mir klar, !weshalb Man mich = den-Flüchtigen, nicht weiter verfolgt hatte u nicht einmal nach meinem Verbleib zu fahnden schien. – Höre ich Vaters Stimme. –Die »Klinik«, der ich entkommen bin, war der Geburt's Ort für 1 Idee – die Initiativmaßnahme für Ewige Nachkommenschaft, deren 1ziger Wunsch darin besteht, weiter-&-weiter Nachfahren zu schaffen, die allsamt sind & die allsamt sein werden genau=wie=sie..... Und !diese Idee hat inzwischen offenbar (?wie lange war ich 1gesperrt in der Klinik) All=gemeine Verbreitung erfahren, ist von 1 Idee zu Einem Ideal ausgewachsen. Vermutlich hat Man diese »Klinik« bereits geschlossen od Man würde dies binnen-kurzem vollkommen beruhigt tun können : Denn längst, längst schon überziehen lauthin schnatternde Entenschwärme das Gesamte=Land – –

Vaters Stimme verstummt, für 1 Weile noch flimmert Widerschein aus letzten Bildern im Raum. – In meinem Mund Faulgeschmack wie in Nachtstunden aus zerrüttetem Schlaf. –?Wie heißt diese uralte Holovision. ?Wohin gehören diese Bilder, Abgründe die mich anschauen aus Altenzeiten mit Augen des blinden Teiresias, schlauer Bettler mit dem scharfen Blick fürs Geld..... Und dann die andere Geschichte:

–?Was ist aus !ihr ?geworden, der Frau die er liebt bis=Heute u die meine Mutter ist. – Wage ich den Vater zu fragen.

Vater antwortet mit heller Stimme: –Bedingungslose Familisation Zulande, Zuwasser & Inderluft od Platon's Verlorene Eier. Und die andere Geschichte: Seine Mutter

– !: – – –

Schriller Ton wie 1 !Pfiff –,–,– Blitze schnellen durch diesen Raum durch die gesamte Behausung wie Peitschenschläge, dünne elektrische Rutenbündel – Geräusche als würd straff=gespannte Seide zerreißen – Vater ist verschwunden, die Holovision erlischt, sein Platz nun leer, im Raum Dieluft schwer & bissig von Ozon. – !?Was ist geschehn. ?Wo ist Vater. ?Seine Worte. !Soviel Ungesagtes. Grad wollt er mir erzählen von meiner Mutter; – jetzt von 1-Sekunde-zur-andern: Alles fort..... Und Vater ist nicht mehr da.

Möglicherweise ein ?Fehler im persönlichen Datenspeicher. Muß nachsehn. – Die Kellerräume im ruhigen schattenlosen Licht, die Luft=hierunten elektronisch warm. Ich sehe sofort anhand der dunklen Signallampen: Der Anlage fehlen sowohl die Strom- als auch die Datenzufuhr von Draußen, alle Detektoren zeigen auf Null : Havarie offenbar an der kommunalen Großrechner-Anlage in den unterirdischen Hallen unter der Esplanade. !Soetwas ist meines Erinnerns nach bisher noch !niemals vorgekommen. Möglich, u mit den Störungen zu Beginn von Vaters Erscheinen hat sich Dieser Totalausfall bereits angekündigt. – Mit dem beklemmenden Gefühl der Hilflosigkeit & des Ausgeliefertseins kehre ich in meine Wohnung zurück. ?Was ?tun –

Seltsames kaltes Licht schmutzigfahl u ausgelaugt empfängt mich in dem Raum, wo bis vor-kurzem Vater saß, die Paneele zur Bedienung der Holovisionapparatur, sonst frei & leicht schwebend wie Libellenflügel, – jetzt finster zerbrochen angesengt wie altes Spielzeug über den Boden verstreut. Von unguten Ahnungen getrieben, eile ich, wie bei Feueralarm, nach Draußen – in die Stadt in Dienacht – –

Esra, 9. 10 – 12:
UND NUN, UNSER GOTT, WAS SOLLEN WIR NACH ALLEDEM SAGEN? WIR HABEN DEINE GEBOTE VERLASSEN,
DIE DU DURCH DEINE KNECHTE, DIE PROPHETEN GEGEBEN HAST, ALS SIE SAGTEN: DAS LAND, IN DAS IHR KOMMT, UM ES IN BESITZ ZU NEHMEN, IST EIN UNREINES LAND DURCH DIE UNREINHEIT DER VÖLKER DES LANDES MIT IHREN GREUELN, MIT DENEN SIE ES VON EINEM ENDE BIS ZUM ANDERN ENDE MIT IHRER UNREINHEIT ANGEFÜLLT HABEN.

SO SOLLT IHR NUN EURE TÖCHTER NICHT IHREN SÖHNEN GEBEN, UND IHRE TÖCHTER SOLLT IHR NICHT FÜR EURE SÖHNE NEHMEN. UND LASST SIE NICHT ZU FRIEDEN UND WOHLSTAND KOMMEN EWIGLICH, DAMIT IHR MÄCHTIG WERDET UND DAS GUT DES LANDES ESST UND ES EUREN KINDERN VERERBT AUF EWIGE ZEITEN. –

Draußen : Dienacht geronnen zu Blei. Alle Lichter erloschen. Fahles entseeltes Schimmern ohne erkennbare Herkunft. Als sei das die Stunde zur tiefsten Sonnenfinsternis. 1 seltsam zugiger Windstrom flutet dort entlang wo noch bis vor-kurzem die farbigen Pulsfolgen wie lebendiges Blut aus Lichtern die Stadtadern durchströmten, erbleicht u stumm harren die halbkugelförmigen Häuser. – !?*Wessen Wünsche haben !Solchenzustand entstehen lassen.* !*Nicht meine* –

Unwillkürlich folge ich dem Windstrom, Dieluft im Geschmack von Metall – Schritt-um-Schritt, in die bleiche Höhlung dieser Finsternis hinein. – Obwohl vorsichtig die Füße setzend, plötzlich unter einem Schuh 1 knack-Splittern, als zerbrächen winzige Knöchelchen in 1 kleinen Lebewesen. !*Schaudern*. In Furcht noch Anderes in dieser lichterlosen Nacht zu zertreten, setze ich, noch vorsichtiger balancierend, die weiteren Schritte –, –. Aus großer Ferne wehen zerbrochne Klänge heran, immer dieselbe Phrase, dieselbe mattschwarze Scherbe aus Tonfolgen, als suchte jemand in eigen=sinniger Trauer durch fortwährende Wiederholung das 1 Bruchstück wieder zum einstigen= Ganzenwerk zu zwingen. Und je stärker angestrengt ich Dasdunkel um meine Füße zu durchdringen suche, umso häufiger muß ich unter meinen Sohlen dies fürchterliche knackend-knöcherige Bersten hörn. Schließlich kann ich nicht widerstehen, nach erneutem Knackgeräusch bücke ich mich nach dem Zertretnen. Meine Fingerspitzen erspüren mehlartig weiches flockiges Gewebe, lebenlose erloschene Stofflichkeit, – !Asche – u drin winzige krustige Klumpen Verbranntes: von Hitze verschmorte Insekten Fledermäuse junge Vögel. 1 kleines helles Fundstück dicht vor-Augen haltend zeigt mir einen mit Staubflaum beklebten menschlichen Backenzahn. :! Erschrecken Kälte Ekel, kraftlosen Fingern entfällt der Fund. – Anprallend durch die Finsternisstätte wie in leerstehenden Häusern hellhallend Fenster&türen-Schlagen im Wind –. Zunehmend Staub Asche u klumpig Verbranntes um die Schuhe, als durchstreifte ich verwehten schmutzigen Schnee –, auch die helle Außenhaut unserer Behausungen teerig mit käfergroßen Brocken übersät, wie Male einer unbekannten Seuche, mit Flecken &

mit Klumpen. – So gerate ich auf die große Esplanade, auf der ich im Lichtentag unter hohem Himmelblau gemeinsam mit Dermenge die-Ankunft der-Marsdelegation erwartet habe.

!Welch gewandeltes Bild, !welch Anblick : Auch jetzt füllt den Platz Einegroßemenge Menschen, vermutlich auch sie auf Suche nach Demfehler im kommunalen Großrechner, unterhalb dieser Esplanade stationiert. ?Weshalb aber harren sie hier=?oben aus. Die meisten offenbar aus ihrem Schlaf gerissen, ungeschminkt nachlässig die Leiber mit Irgendkleidungstücken dürftig verhüllt, drängen sie dichtandicht zu1ander, – schweigend kein Laut (:!das ist im Moment das Schlimmste) – und der Meisten Köpfe gehoben, dorthin wo in Hundertemetern über uns bis vor-Kurzem noch die Imagosfäre ausgespannt schwebte.

–?Warum ist Unser=Himmel ?erloschen. – Frage ich, ohne jemand Bestimmtes anzusehn, kindlich & laut. Statt einer Antwort weisen 1ige der Umstehenden mit den Armen hinauf in Dienacht – : Brennende Klümpchen unbekannter Herkunft – mehrere glühende Schütten hellroter Körner – ein langsam durch Diefinsternis herabfallender Funkenregen –; die Menschen wenden ihre Gesichter ab, stäuben heftig erschreckt die feurig sengenden Partikel von ihren Kleidern. Aber kein Schaden : kaum berühren die Funken Leiber u Boden, erlöschen sie zu grauen krustigen Körnchen. In Derluft verbleibt ein klebrig schmokiger Gestank.

–!Dort : Schon !wieder –

Der Ausruf 1 der Umstehenden, & sein ausgestreckter Arm in den Himmel hinauf lenkt die Blicke der Anderen ebenfalls nach-Oben – : Im-Himmel=der-Imagosfäre flammenumzüngelte Inseln rasch sich ausbreitend – vor dem hohen Dunkelgewölbe Dernacht, Hundertemeter über unseren Köpfen, ein Archipel aus Feuer. Die Imagosfäre !brennt. In rasch sich ausbreitenden Ringen fressen Dieflammen in das Glasfaser-Himmelgewebe sich hinein, Fetzen verascht zu schwarzem Schnee fallen zur Erde = zu-uns herab – od werden in der Höhe von pfeifenden Windströmen durcheinander gewirbelt. Entsetzen bei uns, den Menschen, ringsum : die herabgefallnen Ascheflocken legen sich über Gesichter Hände den gesamten Körper. –

Als ein silbrig aufschimmernder Nebel zuerst, sogleich als leuchtende Nebelwand, die Köpfe der versammelten Menschenscharen zu Scherenschnitten zeichnend, heben sich der Horizont herauf grelle Scheinwerferlichter, über Diemassen hinstreichend, konzentrieren die

Strahlen auf 1 Ort: die Tribüne an der einen Längsseite zur Esplanade, dort, wo uns vor Stunden in Mittaghelle der Anblick der Marsdelegierten geboten ward. Jetzt sind es Heliovolants, die »Fledermäuse«, in geringer Höhe über unseren Köpfen kurvig gleitend in strenger Formation. Schon seit den ersten Rückkehrten der Einwohner des Mars brachten sie diese Luftfahrzeuge her, sie sollten die F.E.K. ersetzen. Jetzt erscheinen sie in Staffeln, diese »Fledermäuse«, & richten ihre Scheinwerfer aus auf diesen 1 leeren Ort.

In der konzentrierten Lichtscheibe erscheint kein Mensch, sondern aus den grellen Lichtstrahlbündeln ertönt weithin hallend & verstärkt durch scharfklingende Echos, eine Lautsprecherstimme:

ACHTUNG ACHTUNG ACHTUNG! BEIM VOLLZUG DES DATENTRANSFERS VOM ZENTRALDATENSPEICHER DER MARSDELEGATION E.S.R.A. EINS AUF DEN INTERKOMMUNALEN DATENSPEICHER DES EUROPÄISCHEN BLOCKS IST EIN STÖRFALL AUFGETRETEN. VON DER STÖRUNG BETROFFEN SIND NEBEN DER KOMMUNALEN DATENSPEICHERANLAGE AUCH SÄMTLICHE PERIPHEREN ANSCHLUSSEINHEITEN SOWIE IN ERHEBLICHEM AUSMASS DAS INTERKOMMUNALE PERFORMANZMEDIUM IN SEINER ELEKTROMECHANISCHEN BESCHAFFENHEIT.

– Aus der Imagosfäre lösen sich, wie zur Bekräftigung dieser Ansage, weitere verglühende Fetzen, lautlos sinken sie zur Erde herab –

DER GESAMTE DURCH DEN STÖRFALL VERURSACHTE SCHADENUMFANG WIRD DERZEIT NOCH ERMITTELT. ES IST ABER DAVON AUSZUGEHEN, DASS ERHEBLICHE DATENMENGEN IN SÄMTLICHEN EUROPÄISCHEN SPEICHERMODULN VERLOREN GINGEN. ZUR AUFRECHTERHALTUNG DER KOMMUNIKATION SOWIE ZUR GEWÄHRLEISTUNG DER GRUNDVERSORGUNG WERDEN BINNEN KÜRZESTER ZEIT NOTAGGREGATE IN BETRIEB GENOMMEN WERDEN. IM »HAUS DER SORGE« WERDEN HIERFÜR DER ÖFFENTLICHKEIT ZUGÄNGLICHE DATENABRUFSTELLEN EINGERICHTET. ZUGANG UND ABRUF ALLER DORT VORRÄTIGEN SPEICHERINHALTE STEHEN JEDERMANN ZU JEDERZEIT FREI.

– Für 1 Moment widerhallt in Dernacht das letzte Wort FREI, das diese metallisch klingende, geschlechtslose Stimme verkündet hat. Dann wird Die-Ansage fortgesetzt:
ACHTUNG ACHTUNG ACHTUNG! AUF DIESEM WEGE RUFT DIE KOMMISSION E.S.R.A. EINS EINE AUSSERORDENTLICHE KONFERENZ ALLER LEITBEHÖRDEN FÜR DAS EUROPÄISCHE ZENTRALGEBIET EIN! ZUR VOLLZÄHLIGEN TEILNAHME AN DIESER KONFERENZ SIND INSBESONDERE SÄMTLICHE MITARBEITER DER K.E.R.-BEHÖRDEN AUFGEFORDERT. ABWESENHEIT BEDARF EINES ATTESTES. DIE KONFERENZ FINDET STATT IM KONGRESSSAAL DES »HAUSES DER SORGE« AM DRITTEN TAG NACH BEKANNTGABE DIESER MELDUNG UM 10 UHR MORGENS ORTS-ERDZEIT. WIR FORDERN DIE BEVÖLKERUNG AUF RUHE UND ORDNUNG ZU BEWAHREN! BIS ZUR WIEDERINBETRIEBNAHME DER KOMMUNIKATIONSMEDIEN FINDEN WEITERE BEKANNTMACHUNGEN AUF DIESEM WEG ALLNÄCHTLICH FÜR DEN JEWEILIGEN FOLGETAG ZU DIESER STUNDE STATT. BEWAHREN SIE DISZIPLIN UND KEHREN SIE NUN UNVERZÜGLICH IN IHRE WOHNUNGEN ZURÜCK! ENDE DER DURCHSAGE.
Noch im Widerhall der metallischen Stimme lösen sich die Lichtstrahlbündel vom Ort, zerstreuen sich über der versammelten Menge, – und eine letzte Kehrschleife über den Köpfen der Menschen ziehend entfernen sich die »Fledermaus«-Heliovolants hinterm Horizont in Dernacht. Zurückbleibend in dem fahl schummrigen Schein eine Großemenge dichtgedrängter Gestalten. Noch niemals zuvor habe ich Solchemenge Menschen so stumm erlebt. Bekannte sehe ich nirgends, wie gleichfalls ich niemandem=hier bekannt zu sein scheine. Als sei ich in eine nächtliche Zusammenkunft von Toten gekommen; Verstorbene, hauslos, die als Flüchtlinge in diese Stadt gezerrt, nun ratlos als Fremdlinge=auf-Erden, hier umherstehen u einen abbrennenden Himmel verständnislos anstarren. ?Od ich = der Tote bin unter die Lebendigen getreten; mein Erscheinen ein Affront, den man gradso stillschweigend hinnehmen mag wie andere Schamlosigkeiten. Also kommen die u: ich nicht zusammen. – Das Lichtschummern, das aller Gesichtszüge nur undeutlich erkennen läßt, dringt durch die

Senglöcher in der Imagosfäre von DRAUSSEN herein, aus der wirklichen NACHT. Durch ein Brandloch im Glasfasergewebe der Imagosfäre, das mich in seiner Formung an den vor Angst u Schrecken zum stummen Schrei aufgezerrten Mund *Der=Einen* an unserem vergangenen Mittag erinnert, ist im mitternächtlichen wolkenlosen HIMMEL=DRAUSSEN der Planet Mars in seiner 2jährig wiederkehrenden Opposition zur Erde zu sehen : Im Nachtmeer des Himmels eine hellglühende Perle.

Keine glüht wie diese –

Esra, **10.** 3:
SO LASST UNS NUN MIT UNSERM GOTT
EINEN BUND SCHLIESSEN, DASS WIR ALLE FREM-
DEN FRAUEN UND KINDER, DIE VON IHNEN
GEBOREN SIND, HINAUSTUN NACH DEM RAT
MEINES HERRN UND DERER, DIE DIE GEBOTE
UNSERES GOTTES FÜRCHTEN, DASS MAN TUE
NACH DEM GESETZ.

LANGSAM U STUMM kommt Bewegung in die-Menschenmasse, man geht schweigend aus ein ander als würde eine dunkle Flüssigkeit in Rinnsalen im Erdereich versiegen, 1=jeder strebt seiner Behausung zu. Vergebens halte ich Ausschau nach *Der=Einen*; mein Blick begegnet Unmengen bleicher Gesichter, geschminkte ungeschminkte, überall ermattetes Schimmern aus Scharen fahlweißer Anblicke; nirgend *Sie*. Doch fühle ich aus Dernacht heraus Blicke auf=mir ruhen, einige-Momente-lang (im Augwinkel wahrgenommen), – ich wende mich um, doch Es ist verschwunden. – Aber die Erinnerung an *Sie* ist zu stark: Ich werde zu=*Ihr* gehen. Sofort. – Zuvor noch einmal in meine Wohnung, ?vielleicht sind nicht alle Rechnermodule zerstört & ich kann *Sie* auf diese Weise ?besser erreichen, als käme ich=leibhaftig zu *Ihr*.

1samkeits Boulevards. Trassen der Finsternis, ohne die farbigen Lichtpulsfolgen erloschen u grau als seien sie Asfalt. In Derluft wie unter Starkstromleitungen ein Summton, unbekannter Herkunft, allgegenwärtig scheinbar & gleichbleibend sein enervierendes Netz ausbreitend –. Im Straßenspalier wie bleiche Pilzhauben die Halbkugelformen der Häuser aufgesprossen in die aschfahle Nacht, fremd sogar der Anblick der eigenen Tür. Doch vor dem Zugang, als sei es Schatten, liegt, auf die Seite gekrümmt, ein Mensch. Reglos, – erst als er mich herankommen sieht, bewegt sich die Gestalt wie 1 dürres vom Baum gefallenes Blatt. Mit den Armen tastend nach 2 Krücken, die neben dem Gestürzten liegen. Ich eile hinzu: will dem Mann, einem älteren Mann, er kann sich aus eigener Kraft nicht erheben, aufhelfen. Blut im Gesicht u über den Augen, in dünnen Striemen das eingefallene Gesicht schraffierend. Um-ihn-her der schwere Ölgeruch maschinenerhitzter Luft. Die Straße ist leer, nirgends Spuren anderer Menschen. –?Hatte Er einen ?Unfall. – Besorgt versuche ich den Mann, der auf seinen Beinen unsicher nach=Halt tastet, zu stützen. Vielleicht muß er noch nicht lange an Krücken gehn, er wirkt ungeübt, beim Versuch 1iger Schritte verstolpert er, läßt 1 Krücke wieder fallen. Als ich mich bücke sie aufzuheben, fällt mein Blick auf des

Fremden Schuhe: matt schillernd das Leder aus Waranhaut. : ?!Sollte
?dies Der-resolute-Fremde vom letzten Mittag auf der Esplanade sein.
—So helf Er mir doch. — Zetert die greisig brüchige Stimme, als hätt
er meine Hilfe bislang nicht bemerkt. (!Niemals könnte dieser weinerliche Alte, der unsicher in seinen Krücken hängt, jener energisch do-
zierende Fremde sein, der noch vor Stunden bissig & grollend Vergangenheit Gegenwart Zukunft gleichermaßen zur Nichts=Würdigkeit
zusammenwarf, – wenn nicht !diese Schuhe wären, von denen es
kaum noch ein weiteres Paar geben dürfte. ?Dieselben Schuhe = ?der-
selbe Mann. Eher Ja als Nein.) Doch wie !verändert jetzt. : Mit mor-
scher Stimme, offenbar noch unter Schock vom jähen Sturz, nuschelnd
u in altertümlicher Manier beginnt der Mann zu sprechen. Er habe
Jemanden besuchen wollen, der hier Zuhause sein solle (und nennt
den Namen des Gesuchten: der Name ist mein eigener). – (Zögern.
Will mich nicht zu erkennen geben.) Statt dessen, auf seine Blutstrie-
men deutend, entgegne ich: —Er braucht einen !Arzt. Keine Sorge, ich
werde Ihm, – & schaue mich suchend um nach 1 Paneel für den Not-
ruf –, doch auch sie, wie all die übrigen einst für die-Allgemeinheit
freischwebenden Bedienfelder, liegen, vom Stromausfall unbrauchbar
gemacht, zu Boden.
 —!Keinen Arzt. – Erschrocken fährt des Mannes Stimme dazwischen. Und ruhiger: —Keinen Arzt. Bitte. Es darf nicht bekanntwer-
den, was mit mir passiert ist. Ebensowenig, daß ich mit Ihm gesprochen habe. Denn obwohl Er mir Seinen Namen nicht genannt hat,
weiß ich, Er ist es, den ich suche. – Er muß meinen schiefen Blick
bemerkt haben. (:Denn von-jeher verabscheue ich jegliches Raunen,
die vagen Andeutungen & die-Geheimnis=Krämerei.)
 —Die haben mich !über!fallen. – Schreit er plötzlich auf. —Noch
!nie zuvor haben Die !Soetwas getan. Immer sind Sie erschienen zur
Mahnung, haben die-Vernunft wachzurufen gesucht bei dem sie 1ge-
schlafen schien. Ab=heute !schlagen !Die !zu. – Weinerlich zeternd die
Stimme; er deutet wie zum Beweis seiner Worte auf sein blutver-
striemtes Gesicht. In der windlosen Nacht steht um den Mann auch
jetzt noch der schwere Ölgeruch maschinenerhitzter Luft. Ich weiß, er
spricht von den F.E.K.
 —Jedes Mal bei ihrem Anblick wurde mir deren Herkunft lebendig
in-Erinnerung gerufen – (beginnt der Fremde erneut zu sprechen, nun
mit beruhigter Stimme:) —Abkömmlinge der *fanciulli*, der einst mit

Spitzel- & Polizeidiensten betrauten Knabentruppe des Savonarola, die zur Spätrenaissance durch Florenz patrouillierten, wehrhaft gegen Gewinn=Sucht & Sittenverphall. – (Neuerlich ereifert sich die Stimme des Fremden:) –Kind=hafte Spürhunde, umherstreunende Inquisitoren im hochkristlichen=Rowdytum, ausgestattet mit dem Riecher für alles was Den-Geboten=Ihres-Herrn zuwiderstrebte; Gebote, ausgeworfen im Bitterspeichel von Geiz Re-Sentiment Rach=Sucht & Recht=Haberei, hin=gerichtet auf klirrende Eisenfesseln, durchbeizt vom Scheiterhaufenqualm & Gestank vergossenen Bluts, der Gestank strengen Kristentums. Aber immer die !falsche Strenge : das-Faseln um Sünden, um Er-Lösung, Reinigung-der-Seelen, Vergebung-im=Himmel (& meint immer das Autodafé); – statt der einzigen Wahrheit : Gotts=Idee ist 1 Menschenidee. Und weil die-menschlichen-Schöpfungen oft schöner & wertvoller sind als die-Menschen=selbst, geht die-Idee von Menschenschöpfung durch einen Gott weit an den-Menschen vorbei. Aber wenn Dem so ist (sagten sich die-Menschen vor-Langerzeit), wenn Gott !nicht !für=uns da=ist: ?!Wozu dann überhaupt festhalten an ?Irgend-Idee v. Gott. – Nachdem der Fremde eine Weile zwischen seinen Krücken aufrechtstehend zugebracht, spricht er, wenn auch nicht im Stakkato wie auf der Esplanade, so doch wieder energisch & mit Kraft.

–Glaub Er !nicht, das sei purer Unfall gewesen, was Heutenacht geschah: der Totalausfall eurer Kommunikationsanlagen. Glaub Er bloß !nicht an Unfall. Was Heute geschah, das war !lange vorbereitet.

(Mich wundert die Besitzzuweisung: *eurer* Kommunikationsanlagen – :?Ist der Fremde ?keiner von=uns. Wohl eher Nein als Ja.) Er könnte mit einer der früheren Erdexpeditionen vom Mars hierhergekommen sein & kennt deshalb so=genau Absichten & Pläne der Rückkehrer. Für diese Annahme spricht die Art seiner Redeweise. Obwohl bemüht um unseren Duktus, klingt darin etwas Uneuropäisches: die Wendungen wirken !zu alt, die Intonation bisweilen affektiert & !zu stark prononciert, und dazu noch das unübliche Binde-s gesprochen; ihm fehlt der Verschliff aus Gewohnheit, der Sprachen im Umgang lebendig erhält. So daß des Fremden Rede für mein Empfinden entweder zu forsch (wie am vergangnen Mittag auf der Esplanade) od zu korrekt wie jetzt erscheint. – Und besinne mich darauf, !was ich während meiner Schulzeit über *Eingeschleuste* erfahren hatte: Als *Diversanten* seien *sie* hergesandt, mittels verstreuter Gerüchte & Legenden die

Einheit=unserer-Gemeinschaft zu zersetzen...... *Deren* Ziel sei die Vorbereitung zur Machtübernahme durch wilde Horden, sogenannte *Mars-Guerillas*. – Seinerzeit kursierten derlei Ansichten allenthalben in sämtlichen Kreisen hiesiger Bevölkerung; Niemand trat diesen Nachrichten entgegen u Niemand der sie bestätigen wollte. Sie hielten sich solange, bis sie durch Ausbleiben der profezeiten Ereignisse in-sich-selbst verblassten. Doch vermochte bislang niemand zu sagen, ob dies 1 gutes od 1 schlechtes Zeichen wäre. Sollte es *Diversanten* !dieser Art aus der Liga-der-Besserwissenden wirklich gegeben haben, so wäre ihr Vorhaben bis-ins-Lineament !gescheitert. Keine Spaltung, kein Sinnen-Wandel in der Bevölkerung, weder Auf=Begehren Streiks Unruhen noch Aufstände; – das orangefarbene Abendlicht durchsonnte beständig unser=Sein. Bis Heute=Nacht.....

Nun ist Unser=Himmel erloschen. Aufschauend sehe ich durch die Senglöcher in der Imagosfäre kaltschimmernd die Sternnägel im wirklichen Himmelschwarz. – (?Sollte ich den Ausführungen dieses Fremden von-jetzt=ab ?vertrauen. Eher Nein als Ja.) Doch selbstverständlich stelle ich ihm keine Fragen, sondern höre ihm zu mit jenem Maß an Aufmerksamkeit, wie das die-Höflichkeit gebietet. (Dabei in-Sorge um die Verletzungen, deren Spuren sein Gesicht blutig zeichnen. Allerdings bemerke ich nur die Blutspuren aber keinerlei Wunden, so daß ich glauben muß, das Blut in des Fremden Gesicht sei gar nicht sein eigenes Blut); er hält sich inzwischen erstaunlich gut & sicher zwischen seinen Krücken. Hörbar an Energie gewonnen hat derweil auch seine Stimme: –Die-Marsianer haben schon seit-Geraumerzeit Holovisionen=aus=eigener-Produktion in eure Kommunikationsanlagen eingespeist. Was ihnen bisher mißlang, das war die Umgestaltung eurer eigenen Speicherdaten. So geschah Heutnacht bei dieser »Havarie« was seit-Langerzeit bereits geschehen sollte: Ihr werdet *euch vergessen*..... !Bleib Er noch 1 Moment & hör Er mich weiter. Besonderen Wert hat Man beim Einspeisen von Informationen auf 1 Serie gelegt: *Die Geschichte der Frau mit dem weißen Gesicht*. Auf der Esplanade, weiß ich, hat Er 1 Teil=davon gesehen, ich saß direkt hinter Ihm & hörte, worüber Sein Nachbar zu Ihm sprach. Was Er zu hören bekam war Das, was ich !gut kenne; ich=selbst habe daran mitgeschrieben. Die-Gegenwärtigen sollen auf=sich laden Dieschuldenlast der Un-Taten aus vergangnen Zeiten, damit durch Vergangenheit die Zukunft der-Schuldiger gerichtet werde auf=Ewigkeit. So verschwinden die Schuldigen in Derschuld, die daraufhin Ohnenamen ist. Und aus den Gräbern der Toten erwächst Die-Schuld-Industrie..... Sie produziert, was ihr für eure Erfahrung halten sollt: Angst vor euch=Selbst & Zerknirschung für Alles was verbrochen ward !vor euch. Damit auch !ihr auf=Ewig zahlen werdet für Etwas, das euch Eure=Schuld=aus=Dervergangenheit genannt wird, die niemals die eure war und niemals die eure ist, aber euch lähmen soll für=immer.

Für 1 Moment schweigt der Fremde, stochert mit seinen Krücken auf der Straße herum. Schon fürchte ich, er könne erneut niederstürzen, doch will er nur 1 Schritt=näher an mich treten. Dicht vor mir stehend raunt er mir zu: –Die-Marsianer bringen !gefährliche Frauen mit. !Hüte Er sich vor ihnen. Frauen sind voller Gifte wie Venus & Tücke. Sie wollen DEN-STAAT wiedererrichten, & damit kehrt DIE-FAMILIE zurück : Anmaßung & Grauen der-Fortpflanzung. Um jeglichen Frieden ists geschehn.

Ohne Gruß wendet der Fremde sich schroff ab von mir & zum Gehen. Alle Schranken der Höflichkeit mißachtend, rufe ich ihm nach: –Und ?was sollen wir !Dagegen ?tun.

Ob er mich nicht gehört hat od: nicht länger mit mir sprechen mag, hart setzt er die Krücken auf, geht ohne Antwort davon und ins-Dunkel hinein, – länger als ich seine Gestalt erblicken kann in Dernacht höre ich den spitzen rhythmisch harten Aufschlag seiner Krücken auf der Straße –.

Während ich der Gestalt des Fremden nachblicke, rollt aus der dunklen Ferne eine Welle aus Licht heran – die Straßenbeleuchtung kehrt zurück, die farbigen Pulsfolgen in den Straßen flackern auf, die Halbkugeln der Stadthäuser schimmern wieder hell als weiße Pilzhauben. Ein muschelfarbenes Aufglimmen ist die Nacht, 1 dünner Nebel aus Licht schwebt wieder ein in die Stadt. – !Rasch ins Haus –:– Drinnen Tisch, Sessel, Bettstatt, unter dem Halbkugeldach fahles 1samkeitlicht schattenlos. Auch die Rechnerpaneele lassen sich wieder bedienen. Hastig suche ich die Verbindung zu meinem Vater – : – Und finde 1 elektronisches Echo seiner Erscheinung, beinahe durchsichtig & nur für 1ige Augen-Blicke bleibend, seine Lippen bewegen sich im raschen Sprechen, aber ich kann nicht hören was er sagt – dann zerstiebt seine Erscheinung zu silbrig flirrenden Punkten im Raum –, Aus. Das Bild ist fort, der Speicher leer. Nichts, was ihn zurückholen könnte. Angesichts kind=haften Vertrauens auf den lebenlangen Bestand meiner Umgebung, lastet plötzlich mit Allerschwere das Blei der Befremdnis mit der Ahnung: Nun ist es mit allem=Vertrauten !vorbei. Weitaus mehr wird verschwinden als alles, wovon ich mich trennen würde nach meinem 25. Lebenjahr. Innerhalb weniger Stunden eines Tags hatte mein Vater seine Eltern u Schwester verloren einst, Heute im Bruchteil 1 Sekunde habe ich Vater *vergessenmüssen*..... Weil Das in meinen Räumen=hier geschah, ists gradso als hätt ich meinen Vater ermordet. Ein Anfang.

Auch die Verbindung zu *Ihr*, *Der=Einen*, mißlingt. Nichts, Nichts über *Sie* ist mir in den Speicheranlagen geblieben; nun werde ich zu=*Ihr* gehen. Sofort – –

Wieder Draußen. Die Nacht steht auffallend still. Nirgends Menschen, die über die behobene Havarie mit Freuden zusammenkämen, weder in den Straßen noch auf der Esplanade. Die Nacht=selbst, vom eigenen hohen Dunkel umfangen, scheint zu lauschen. Bisweilen 1 Bö, aus entfernten Parkbäumen bringt der Wind das Rauschen des Laubes mit, leise verlockend wie das Rascheln eines Frauenkleids. In=mir ein schwindelmachendes Empfinden, die Ge-Schwindigkeit der Erinnerung u des Verlangens nach *Ihr* – un-heimliche=Heimat furchtsam erregend. *Sei Du mir !nicht verloren.* – Und eile davon – in Richtung *Ihres* Hauses. Über mein Gesicht läuft wie Luftwellen ein Zucken, die Blicke verschleiern sich, etwas Kühles rinnt über die Wangen hinab –. (Doch weil ich all-1 bin mit Dernacht, schäme ich mich der Tränen allein vor mir=selbst.)

AUS DER HOHEN NACHT, aus zerfetztem Himmel stechen die Sterne ihr kaltspittses Licht durchs Dunkel –, dringen aus Höhen& fernen hallend Arbeitgeräusche – Scharren Klirren Rumoren – zu mir herab. Das müssen Arbeiter sein, die in Stürme-zerrasten Himmelhöhen die zerstörten Teile an der Imagosfäre reparieren. Huschige Lichtstrahlen Dort=Oben Hundertemeter=über-dem-Boden, wie Sternschnuppen dünnhell Dasdunkel ritzend –. Ich erblicke diese Arbeitspuren wie Zeilen in einem beim Altern eingedunkelten Buch, das ich seit Vielenjahren nicht mehr in Händen hielt. Aber ich gebe die kryptischen Zeilen dieses Dunkelheitenbuchs dem jenseitigen Himmel zurück, lasse es ungelesen und gehe weiter Hier auf dieser Seite des Himmels. – Währenddessen bin ich vor *ihrem* Haus angelangt.

–Ich hab=ihn Heutenacht gesehen, Indermenge, als er=wie-alle ins Dunkel hinaufstarrte, und als er ausrief: *Warum ist Unser=Himmel ?erloschen*. Ich hab=ihn in dieser schrecklichen Finsternis angesehen u: nicht gewagt, zu ihm hinzugehn.

Es ist *ihre* Stimme die mich aus Demdunkel erreicht, noch bevor ich *sie* sehen kann; ein erkerähnlicher Vorsprung am Haus verbirgt *ihre* Gestalt. Aus einer anderen Richtung als sonst bin ich zu *ihrem* Haus gegangen, auch nie zuvor um solch tiefe Stunde, – nun wirkt Das so verblüffend fremdartig, wie bisweilen der Anblick des Gesichts von einem zwar seit-Langerzeit bekannten Menschen, den man aber gewöhnlich aus 1=anderen Perspektive angesehen hat.

–Ich habe gespürt, daß Jemandes Blicke auf mich gerichtet waren, dort auf der nächtlichen Esplanade. Und hab Ausschau gehalten nach= *ihr* – ich konnte *sie* in Derdunkelheit nirgend entdecken. Und so habe ich bislang nicht gewagt, *sie* aufzusuchen, weil ich dachte, *sie* müsse vermuten, ich wollte *sie* in *ihrem* Kummer betrachten. Denn ich habe= *sie* bereits am Mittag, nach der Präsentation der Mars-Delegierten, in=Mitten Dermenge entdeckt; sah sie die Gebärde-des-Schreckens ausführen. Da habe ich noch nicht verstanden, !weshalb *sie* Das getan hat. Jetzt weiß ich Es wie Es alle wissen. Der-Schrecken hat uns wieder gleichgemacht.....

–Ja, und deshalb wollte ich jetzt zu=ihm gehen, denn seine Holovision ist aus meiner Anlage verschwunden.
–Dasselbe ist mir mit *ihrer* geschehn. Aus dem gleichen Grund bin ich nun hierhergekommen. Derschaden, den diese – Havarie angerichtet hat, ist immens. Wir dürfen uns !nicht vergessen..... Geliebte. Wir müssen uns neu=finden. – Mit diesen Worten biege ich um den Erker, wir stehen vor einander, *ihre* Augen blicken noch dunkler als Dienacht. Ich erblicke *ihre* Gestalt in einem dunkelgrünen seidig glänzenden Kleid der Gestaltung »Delphos« entsprechend, die kunstvollen Fortuny-Plissées schmiegen sich wie eine zweite Haut, *ihren* Leib umhüllend, an. – *Sie* hat mein kurzes Zögern vor dem Aussprechen des Wortes Havarie bemerkt; also erzähle ich *ihr* von meiner Begegnung mit dem Fremden-in-Waranlederschuhen. Und davon, !was mit Vater geschehen ist, als die sogenannte Havarie..... die Imagosfäre zerstörte.

Nachdem ich geendet habe, blickt *sie* betrübt zu Boden und beginnt *ihrerseits* zögernd mit Sprechen. –Ich weiß, es entspricht nicht denGepflogenheiten, doch glaube ich, der Zeitpunkt ist nun der Richtige: Ich möchte ihm Das Geschenk* überreichen. – Mit diesen Worten bietet *sie* mir auf offenen Händen die Datenspeichereinheit dar.

Überrascht schaue ich auf, und begegne *ihrem* gespannten u: traurigen Blick. –Was auch kommen mag, wir sollten bereits Jetzt mit unserem=Erinnern beginnen.

–Dasselbe denke ich auch. Und zu diesem Zweck, Geliebte, habe ich ihr ebenfalls Dies=hier mitgebracht. – Und überreiche *ihr* nun meinerseits die Speichereinheit für die Holovision. Mehr an Worten brauchen wir=Beide Darüber nicht zu sagen, denn wir stimmen durch solch unverabredete Geste auch in !diesen Ansichten überein. *Sie* betrachtet aufmerksam u still die kleine, flache Speichereinheit aus hellgrauem Kunststoff in *ihren* Händen, beschaut sie derart, als vermöchte *sie* mit *ihren* Blicken sich=selbst in diese bislang noch von niemandem gesehnen Bildszenen einzutragen, auf daß wir=Beide noch ein zusätzliches Mal untrennbar=vereint bleiben können. –Ich werde ihr Geschenk betrachten, wenn Die-Stunde=Dafür gekommen ist. – Sage ich. – –Und ich desgleichen. – Erwidert *sie* mir. –Hoffen wir, daß Diese-Stunde dann – im=Leben wie im=Sterben – eine Stunde des Festes sein wird. – Und so erscheint mir die rituelle Wortfolge, mit der ein=jeder der Beschenkten die Gabe des Anderen entgegennimmt,

als vollkommen u so als wäre sie allein=für=uns=Beide für !Diesenaugenblick bereits vor-Langerzeit vorgesprochen worden: *—Wie mein Leben.* — Sagen flüstern wir=zugleich — u Dienachtluft ist voll unbestimmter Geräusche, als raunten aus Weitenfernen Tausende von Stimmen — die-Vergangenen eilen uns aus Demdunkel entgegen. —
—Auch Das-Andere habe ich mitgebracht. — Sage ich dann und weise das Fläschchen vor mit der Substanz für den Langen-Faden. —Ich habe ebenphalls Daran gedacht. — Erwidert *sie* & deutet auf das winzige dunkelbraune Glasgefäß in *ihrer* Hand. —Wir können Dafür nicht in die Altestadt gehen. — Gebe ich zu bedenken. —Der Weg Dorthin ist für Diesenacht zu weit. Und noch längeres Warten zu Gefahren=voll; wir könnten dadurch versäumen, was wir niemals würden nachholen können. — —Ja. — Erwidert *sie.* —Er=hat recht. Bleiben wir Dafür hier. Gehen wir um das Haus in meinen=Garten. —
Als ich zuletzt *ihren*=Garten betreten habe, erglänzten Daslaub u die Pflanzenrispen in dauerhaft tiefgoldenen Abendtönen; Bernstein u alte Bronze. Jetzt, in entseelter Nacht, schimmern alle Pflanzen aus ihrem Innern ein zauberisches bläuliches Scheinen, vom Dunkel=umher zu einem Einzigenleib geformt, Herz Gehirn Lungen Knochenarchitektur als StammZweigeÄstewerk aufleuchtend & scharf wie mit dem Silberstift auf schwarzem Velours gezogen die Anatomie des Einen Pflanzenleibs. Und noch die winzigsten Blattäderchen spreiten sich aus zu dünnen fragilen Mustern als zarte Finger an unzähligen seidig durchscheinenden Händen, — Pflanzen aus hiesigen Regionen wiewohl aus den Zuchtplantagen der Marsstädte einst hierher nach Europa gebracht & miteinander angepflanzt; haben daraufhin sich gepaart und sind herausgewachsen zu seltsamen Schöpfungen. Zwar lassen sich, trotz der lichtarmen Nacht, die auffälligsten Gewächse ihrer Herkunft nach irdischen Tropenregionen zuweisen — vor allem die in irisierendem Blau hochdroben wie Schaumwogen schwebenden Blütenwolken des Trompetenbaums, seine silbergraue Rinde um Stamm u Äste hebt jene scharfgezogenen Pflanzenkonturen aus Dernacht heraus; der Philo-Dendron mit seinem dichten zu unzähligen Herzformen ausgestalteten Blätterbestand; Ananasgewächse strecken lanzettartig & spiralig geformtes haariges Blattwerk heraus; als leuchtete sie aus ihrem=Innern: die große scharlachrote Flamingoblume; aber auch die fahlhell schimmernden Kelchblüten von Orchidéen — sie=alle noch kenntlich, doch in ungewohnte Dimensionen u Farbenspiele verscho-

ben, Farnbäume breiten sich schirmend über den Boden – Fächer aus schwebend zartrippigem Grün –, jede 1zelne der feinen Plisséefalten *ihres* Kleides schwingt sich dem Farngefieder ein –; auch in der nächsten Nähe noch wirkt die nächtliche Düsternis alldiese Blüten&blätter zu einem einzigen dem-Auge unentwirrbaren Flechtewerk ineinander. Aus dem kompakten Gebilde, dicht u fest wie ein dunkler Nebel, schimmern violette samtrote gelbliche Farbinseln heraus, helläugig blickende Blütenstände sehen ruhigen Auges aus der Pflanzennacht wie Reisende die nun endlich am Ziel anlangten, umrauscht von zartgefärbten Fliederdolden, Einemenge schauender Augwesen in=sich von den Säften zweier Welten durchströmt – kein Zeitenwechsel aus Blühen Reife Verfall, hier herrscht die beständige Blüte die zeitenlose Pracht des Höchsten Augenblicks im Dasein all=dieser Pflanzen. !Das ist aus dem Vermischen erdhafter mit marsentsprossenen Arten hervorgegangen: Vergessen auf Alles was zeitlich heißt, in einem=Jeglichen der empfindsamste Moment, hin zum immer=währenden Jetzt. – Nirgend Vögel od anderes Getier in diesem Garten=Urwald, kein flatteriges Zwitschergewirre aus belagerten Baumkronen, kein Lauteschlagen Kollern Tiri Lieri Flöterieren keine Kolloraturen silberhellen Kullerns Schnalzens kein straffgeschnellter Pfiff, nicht mal 1 Kukkuck, – keiner dieser Schreie Rufe an die Dämmerung an die Nächte an die Tage an den Hunger & den Schmerz – Nichts davon (man könnte 1 Knospe aufspringen hören in dieser Urwaldstille –). Offenbar auch keine Insekten, mit ihrem gespenstigen Summen Blüten Beeren umhüllend & das Blut aus Tier&menschen saugend, u gewiß auch im Erdreich kein 1ziger Wurm od Käfer – : –Er=sieht Das Schimmern noch der kleinsten Pflanzenverästelung, jede Krume des Bodens glüht wie 1 Kohlefünkchen. Es ist etwas Seltsames in alldiesen Pflanzen u der Erde, elektrische Felder sehr hoher Frequenzen – :das stößt alles Getier von sich ab wie ein Nadelgewitter aus kleinen spittsen Stromschlägen. – Erklärt *sie* mit kaum merklichem Lächeln. –Und die Pflanzen bedürfen der Arbeit von Insekten & Mikroben auch gar nicht – kein Befruchten, keine Anreicherung-des-Bodens-mit-Nährstoffen – kein Stirb u auch kein Werde; Alles=hier ruht in=sich=selbst Ohnezeitlichkeit in der angehaltnen Endlosigkeit ihres=Blühens. !Das haben die Züchtungen auf dem Mars erbracht. –

–Im=Boden verlaufen künstlich angelegte Wasseradern. – Erklärt *sie* weiter. –Sie versorgen alle Pflanzen. Die brauchen auch keine zusätzliche, von Jahreszeiten abhängige Nährstoffzufuhr; sie bekommen alle=stets das Gleiche, um sein u bleiben zu können was sie sind: Pflanzen in ewiger Blüte. – (Und *die Frau* holt tief Atem) – –Diese Pflanzen, sie sind nicht Natur, sie sind, wovon achsoviele Gartenschöpfer in vergangnen Jahrhunderten träumten, Es aber nie erreicht haben: !Kunst. – *Sie* schweigt 1 Moment, und erklärt dann: –Früher setzte Man auch hierbei Geist gegen Natur, wollte Natur ab=Richten & vernunften – so fielen Gleichschritt, Fesseln, Winkel-Eisen her überalles & in die-Gärten Dürre Wurmfraß & Verderben, formten Welt u Natur nach Trillerpfeife & Marschbefehl. Hier in Diesemgarten, den meine Vorfahren mir hinterlassen haben in=Mitten unsrer Großenstadt, ist in die-Natur Geist hineingewachsen. So trat Beständigkeit ins unstete Leben. – Staunend bleib ich vor diesem gewaltigen nächtlich-stummen Pflanzenbauwerk stehn. (Noch niemals zuvor habe ich mich sonderlich um die-Ergebnisse der Pflanzenzucht auf dem Mars gekümmert.) Immer, wenn ich *ihren*=Garten besucht habe, glaubte ich zufällig den Zeitpunkt-der-Blüte zu sehen; – jetzt weiß ich Das=Alles besser.

    Zögern vor dem 1. Schritt in einen Traum=haften Urwald hinein. !Wie schwer u dunkel Dienacht jetzt auf den Bäumen liegt. *Die Frau*, in Atemweite hinter mir, rührt sich ebenfalls nicht, läßt mir die Zeit mich zurechtzufinden. – Erst jetzt bemerke ich noch eine große Seltsamkeit : !Kein Blütenduft, obwohl doch unter den erkennbaren Tropenpflanzen etliche stark aber nicht immer wohlriechende Blüten vorkommen: Orchidéen Araceen u Flamingoblumen Aronstab u Schlangenwurz, ich kenne sie als schwere süßlich duftende od faul nach Verwesung stinkende grelle u samtfarbene Blüten, – nicht die leiseste Spur betörender Tropendüfte, wie sie andernorts zu atemraubenden Wolken sich ballen; nichts auch von herber Pflanzenfrische, wie sie in großen Parkanlagen od in Wäldern die Lüfte würzt – | Hinter !Glas. Hinter dünnen, einige Stockwerke hoch hingestellten Glaswänden, umfaßt von feinen Rahmenkonstruktionen u nach-Obenhin offen, dahinter findet sich geborgen alldieses ausschweifende Grün. In Gesichthöhe lehnt eine große weißschimmernde Oleanderblüte=von-Drinnen gegen die Scheibe. Als sei sie im Bann eines Traums, so schaut ihr rundes Blütengesicht von der anderen Seite des Glases mich an. | –Obwohl ich meinen=Garten täglich besuche – (höre ich *ihre* Stimme flüsternd neben mir) – –jetzt wo ich mit=ihm hier bin, erstaunt mich !dieser Anblick genauso als sähe ich Alles zum ersten Mal. – *Ihre* Hände betasten sorgsam das Glas vor dieser Anderenwelt. –Und weil alldiese Pflanzen nicht den Keim-der-Vergängnis in=sich tragen, – denn auch Pflanzen besaßen früher ein Wissen vom Tod –, haben nur die friedlichsten Eigenschaften in den Pflanzen aus beiden Welten sich weiterentwickelt und zusammengetan. Alles Grauen & jegliche Gewalt gründen auch bei den-Pflanzen in der-Zeitlichkeit. Diese=hier aber können Immer=Sein. !Sieh=er –:– Meine Augen haben sich inzwischen an die schwere Dunkelheit in diesem Garten gewöhnt, ich entziffere darin 1zelheiten, und sehe : nichts Räuberhaftes, Würgerisches im Kämpfen um Licht & Wasser; diese so üppig wie filigran still schimmernden Pflanzenbildwerke schäumen jede=einzelne für=sich. Ein Garten wie ein Mensch, so unirdisch Friedenvoll u ohne Wehr dem-Dasein hier=auf-Erden hinzugefügt aus einem Traum, scheints, von Anderenwelten ohne Zeit. Noch niemals zuvor habe ich *ihren*=Garten mit diesen Augen angesehn. –

–Laß uns hineingehen. – Sagt *sie*, tritt nach vorn an 1 der hohen Glassegmente & öffnet die Tür, den Zugang für Den Urwaldgarten.

Sofort umfängt uns schwerwarmer Brodem Vanille Rosmarin Nelken Moschus Aas stechen hinein Aromen Düfte Gerüche Gestank aus immerwährend Leben=vollem Blühen, ein dicker den Mund verschließender Pfropfen aus erdiglehmiger Wasserluft, weich doch unnachgiebig. Im Vorübergehen streichen *ihre* Finger über einen Lärchenzweig, sacht u bei-läufig schließt sich ihre Hand um das weiche Grün. – Das Glas in unsrer Nähe beschlägt, 1 Vorhang feinster Tauperlen, die Sicht nach-Draußen verschleiernd. Der große dunkelschimmernde Pflanzenleib=seinerseits mag unsere Gegenwart erspüren – sogleich streckt er fleischige Blatthände nach uns aus, bestreicht unsere feucht atmenden Gesichter u die Leiber mit fadendünnen lang&luftig sich hinwindenden Tentakeln, läßt uns weich federnd anlaufen gegen grünliche Büschel, die aus Astwerken hervorwallen wie filzige Tangstauden auf dem Meeresgrund. Diese Büschel, aus Unmengen zierlichsten Blättern bestehend u wie flaumige Moossprossen über Wiesen hier in den brutwarmen Luftblock sich hinstreckend so daß Dieluft=selbst nun zu grünlichen Tönen eingefärbt erscheint, still dampfend im Bann ihres ewigen=Blühens, diese grazilen Sprossen überziehen mit jedem unserer tastenden Schritte in diesen Urwald hinein unsere Gliedmaßen desgleichen mit unserem Fortbewegen sämtliche Sträucher, fädeln sich in die schuppig berindeten Palmbäume ein, verästeln sich mit Zweigen und bilden aus=sich=selbst heraus pelzige Stauden, an deren Ausläufern bündelweis olivgrüne Beeren sprießen, die schließlich mit harter öliggrün glänzender Haut groß wie Menschenköpfe ausgewachsen sich hinlagern auf dem humusschwarzen lockeren Boden. Obwohl deren Oberfläche vollkommen glatt, ohne Zeichnungen, erscheinen allein durch ihre ovale Formung diese Pflanzengesichte so friedenvoll u schauen mit naiver Freundlichkeit aus der Erde heraus (ich denke das Wort *unschuldig*) wie Menschen in guten Träumen. Und aus allen Pflanzen allen Blüten u Früchten in Diesemgarten scheint mir *ihr* Gesicht ruhig u voll fraulicher Milde entgegenzublicken – auf daß ich, was auch geschehen möge, *sie* niemals werde vergessen..... müssen. (Und klammere die Hände fester um Das Geschenk.) – Weitergehend treffen wir auf 1 besonders hochgewachsenen Trompetenbaum. Um ihn herum formen sich Efeu mit anderen Schlinggewächsen auf natürliche Art zu einer Grotte, aus deren Mitte aufstrebend der schlanke glatte Stamm, wie eine Statue aus schneesilbernem Marmor, sich erhebt. Hier treten wir ein. –

In das mitgebrachte Fläschchen mit der Tinktur tauche ich die kleine am Schraubverschluß befestigte Pipette und betropfe *ihre* dargebotene Zunge –, sofort färbt sich die grellrot ein, als wolle sie glühen. Die Frau kehrt sich rasch zu=mir, ich knie vor *ihr* nieder, öffne den Mund & biete *ihr* meine ausgestreckte Zunge. Ich forme sie breit und in der Mitte ein wenig vertieft. *Sie* beugt sich über mich, spitzt die Lippen. Kühl & dünn trifft der grellrote siruparitge Speichelfaden aus *ihrem* Mund auf meine Zunge. Rinnt als 1 kalter Feuerstrom die Kehle hinab. Nun wechseln wir die Positionen : *Sie* kniet vor mir, *ihre* Zunge bietend, ich beuge mich über *sie*. Als mein Speichelfaden *sie* berührt, wandeln sich *ihre* Gesichtzüge; während ein kühler Schauer durch meine Adern fährt – Blütenfrühe in allem Rot – steigt das große Pflanzengerüst des Urwalds auf, erhebt sich als Einleib, aus seinem Innern wie aus dichtem Fell ein Hauch, es ist Hauch aus *ihrem* Leib. !Wie verströmt *ihre* Gestalt, – die Hüften fallen weich – der üppige Mund feiert die laue Regenluft, atmet die Pflanzen an, – die recken Blätterzungen, büschelweis geschmeidig belecken diese polstergroß angeschwollnen Zungen unsre Gesichter Schultern Arme Lenden, schwarzgrünes feuchtes Betasten, – lilafarben feuchten die Lippen

Doldenklaff in Frucht Fleisches Karmesin – jedes Berühren ein Erschauern wie unter heißen Regentropfen –, aus unsrer Haut sprießen winzige Härchen, dann schießen diese Härchen auf zum feinsten faserigen Gewebe. Spinnfädiges (doch nirgends Spinnen) filzt sich inlander, härtet aus zu Röhren Stengeln – und sachte behutsam recken sich diese herangesprossenen Rispen aus der Bauchhaut, wurzelnd im Körperfleisch – keine Angst = kein Schmerz – nur leichtes Druckgefühl das sich ausbreitet über den gesamten Leib – unter der Haut enlanggleitend – sich verfestigt als würden Muskeln Sehnen angespannt, in Schauern elektrisierendes Prickeln den Rücken die Hüfte über Schenkel die Beine hinab –, dann spüre ich schwer *ihren* Leib in meinem, das fremde Blut ist weiß u der Geschmack ist Tamariske – aus 1 Sproß erblühen 2 – ich lebe unter *ihren* Kleidern, Lianenfall im Urwaldstrom, seimfädig schwollenpral ein Weben Schaukeln Brandungschlagen in lauer Meeresbucht, – schwer gießt Meinleib in *ihren* – streckt sich aus bis ins kleinste Haar –, ist jetzt bei=*ihr*. Das Hirntier schläft den Schlaf der Vernunft Die Lust. Haut erblüht derweil aus ihren Poren, hauchdünn strecken sich gläsern glitzige Nadeln hervor, entrollen an ihren Spitzen weiche Blütenkapseln, der Leib rollt sich ein wie ein Igel, nichts in sichtbarer Umgebung scheint unberührt geblieben von diesem Sprießen Zukwellen Verweben – selbst Stein Glas Kunststoff wird ergriffen von diesem Wachsen, beult sich zu Wülsten rollt sich zu Kugeln, wirft samten behaarte Blütenblätter auf –. Ein Zittern überschüttert die Haut, still tropfen sich Wolken aus –,– !Einregen. –Aber er !glüht ja. – –Still. Es sind nur die Blätter, dünn jetzt wie Schlangenzungen, !schau: u die glasgrünen Stiele besetzt von Blütensternen. Vom Grund des Meeres aufgestiegen die langen geschmeidigen Schlangenleiber der Algen. – –Wir wollen sie um=uns schlingen, uns reiben am schartigen Blätterrand. – Schon streichen die schlanken Algenarme behutsam die Formungen unsrer Körper entlang – handsam jede Höhlung betastend. Dämmernd u mit dunkler Wonne behangen, nicht beruhigt nicht ermüdet, verlangen wir nach mehr und mehr – nach dem Ganzenwald –. Und triefend aus Fluten erheben sich unsere Leiber, Menschenrückkehr, im Abperlen Abströmen die Wasser aus unserem Pflanzenleib, fühlen körnigen Sand unter nackten Sohlen. Lichtumschleiert – weißlich milchiges Licht, die Färbung wie der treibende Saft in manchen Pflanzenstengeln. Wonnigliches Durchströmen in Wellen wie beim weit u hoch ausholenden Schwingen auf einer

Luftschaukel – u das weißliche Licht durchpulst von Wolkenadern, rosafarbenes Zucken Pumpen Sprudeln Schwellen im Zickzack faseriger Blitzespuren –, 1frierend gerinnend dickflüssiges Harz zu Bernstein erstarrt, Derhimmel ein Rosenquarz. – Dann verschwimmt das Licht ins Dottergelbe, löwengezahnte Nebelbänke, sich aufschwemmend blasenhaft anschwellend die gesamte Himmelhöhlung ein Aufbläh –, dünn gespannt u transparent die Lichtmembran, die uns bislang umhüllt gehalten, – und die Augen erblicken das ausrollende weit sich hinbreitende Grasmeer – im raschen und immer rascheren Schritteflug durch schilfig fächelnde Halme – so wie im Dunkel der sterneübersäte Himmel schäumen jetzt im sonnigen Wiesengrün weiße Blütenwolken –, über pelzene Moosweiden darin einsinkend die nackten im=Flug eilenden Füße – sich entrollend Knospen Grasrispen vorausschnellend Farne –, in den eigenen Adern erspürend das Vibrieren Einfließen, die Wirbelsäule hinab den Brustkorb dehnend unter dem Schädeldach ein knisterndes Strecken Recken – aus Gesichtern sich hebende Lippen, flaschenhalsförmig hervor sich stülpende Münder senken sich tiersam selbvergessen in offen dargebotenen Blütenstand. Lotosfelder. Der Hunderthändewald – ein süßes Schmecken aus dem Speichelfluß, Honigseim im Tausendmund, mit spitzen Lippen direkt aus sattgelben Dolden eingesogen – Es gleitet hinter unsern Stirnen –, ich kehre fort auf langen Wegen, in Goldschatten ein Nachmittaglicht auf tagheißem Sand – noch 1 Mal tief in den Nacken gesenkt 1 Sonnenstrahl, verflammend – zerlöst mit aller Atem wie Sonnenflut Dennebel, und dann Versinken in Talschaften ausholenden Atmens – tief u erdengrund –. – –

Stumm u hoch aus unseren Sinnen gelöst stellt der schimmernde Urwaldbau sein Pflanzengerüst zurück. Vor einander stehend betrachten wir uns still, die Finger ineinander verschlungen, die ein=ander zugetanen Hände; so bleiben wir. Und wer uns von-Draußen-her sähe, der dürfte meinen, wir=Beide seien selbst in den großen dunklen Tropenleib eingetreten – *Philo-botane*, Verwandte der Pflanzen mit ihren still=geborgenen Räuschen. – Von *ihren* Lippen, sie bleiben stumm, lese ich dennoch die Worte, die auch ich zu=ihr in-meinem= Innern spreche: *Nicht zu lieben, wenn Andere unter meiner=Liebe leiden müssen.*★ –

Nach längerem Zögern beginnt *ihre* Stimme: –Alles was Menschen in der-Natur finden, muß erst vom Menschen geschaffen werden. Die

Quelle zum Finden liegt nicht außerhalb von uns, im=Innern besteht die Form. – In *ihrer* Stimme noch verblieben die Tonart des Träumens in eigener=Lust. –Über neben unter uns, auf der Erde, in den Lüften, in den Wolken unsrer Himmel u im Abendlicht sind diese Schönheiten der Dauer, weil wir=Menschen uns solches Dauern erwünschen können. Damit haben wir dem-Schmerz aus dem Verfall & dem Reifegang-zum-Nichts, die Rebellion unseres Lebenwunsches entgegengesetzt. Und wir rebellieren !unausgesetzt gegen die-Vernunft, gegen Alteswissen um Vergänglichkeit, gegen Resignation & Unterwerfung. Wir haben dies von=klein-auf so selb=verständlich erfahren, daß die-Meisten=von-uns schon nicht mehr bemerken konnten, daß allein unser=Leben bereits !Diese=Revolte bedeutet. Ich habe in den letzten Jahren meiner Jugend, seit ich hier=bei-meinem-Garten lebe, fern von den Eltern, Vieles gelesen, noch mehr aber habe ich gesehen vom Da-Sein dieser Pflanzen-Welt, von der Einsamkeit ihrer Natur – und so habe ich zu begreifen begonnen, !womit mein=Fühlen in beständiger Beziehung steht. Und ich konnte Hier jene *geheimnisvolle-Gegenwart* erspüren, die in weitausgedehnten Gärten u in Denwäldern sich findet, die-Natur die sich=selbst liebt u mit=ihr alle Ihresgleichen sind. Wir haben soeben einige Metamorfosen unsrer Leiber erfahren – (fügt *sie* noch an) –so haben wir einige unserer=Quellen wiedergesehn. – – Und ?die-Tiere : Den-Tieren=in-uns sind wir nicht begegnet. – –Die-Tiere=in-uns, – antwortet *sie* nach einigem Überlegen, –sie sind uns gewiß schon !zufern, um uns als Quellen noch zuträglich zu sein. Im Fundament der Menschen-Lust: die-Pflanze. Weiß ist deren Blut, der Färbung des-Menschensamens gleich. *In unserem=Leben lebt Natur=allein.* Las ich einst diese Zeilen in einer uralten Ode Coleridge's, und auch: *Nichts bringt die Form von außen, was seine Quelle innen=hat –* :Da verstand ich, daß der prachtvolle Anblick dieses ewig=stillgestellten Blühens allein abhängt von=mir u meinem=Anschauen: Ob die-Natur voller Kraft u hell erblühend mir erscheint od: verlassen, verarmt, dürr & vergehend unter leichen=haftem Frost & Nachtgewölke – ist Außernatürlich, ist einzig=in=!mir. Mensch bin ich im=Leben, im-Lieben Pflanze. Mit den-Pflanzen, – fügt *sie* noch an und in *ihrer* Stimme schwingt schon Traurigkeit, –mit den-Pflanzen werden wir gehen und vergehen. !Das wollte ich ihm Heut=zu-Dieserstunde zeigen. Deshalb habe ich ihn geliebt aus Allerlust die ich=in=mir von den-Pflanzen habe.

—Alles was sie zu mir gesagt hat ist so als hätt ich es selbst=empfunden und in-Worte fassen wollen, – doch hat !sie das=Alles bereits vor mir u besser gesagt. Dadurch ist mein-Empfinden doppelt=mein. Und deshalb liebe ich sie, die mich Dieselust hat emp-finden lassen, jetzt und solange wie ich sein werde. – Erwidere ich *ihr*. –Menschen, sagt 1 Sprichwort, suchen immer !besseres Brot als das aus Weizen gebakkene. Und was wir in unseren Kinder&jugendtagen aus allem Tierischen unter Wonnen od in tiefer Traurigkeit anströmen lassen mußten, noch unfrei in unserm Wünschen&wollen, Alldas konnten wir in den Jahren unsrer Nachjugend und bis=Heute ausformen zu klar gezeichneten Vorstellungen. Denn !nicht das Erfahrenmüssen von Elend & Leiden formt aus dem tierischen Dasein des-Menschen den Mensch, sondern das wirkliche Erleben!können seiner tiefsten Wünsche. Daß uns !Diesezeit gegeben war, !das betrachte ich als den größten Vorzug meines Lebens=zu=!Dieserzeit. Und möchte weiterleben in keiner anderen Zeit. –

Auf ein fleischig dargebotenes Blatt vor meinen Augen fatscht in diesem Moment ein dicker Wassertropfen, – federnd zersprüht er zu glashellem Splittern. Und gleich darauf als würden schwere Schritte das Laub durchrauschen: !Regen. Senkrecht von Oben her in den Urwald fallend. Aus den noch nicht ausgebesserten Stellen in der Imagosfäre dringen wie durch offene Schleusen Dieschauer zur Erde herab –; der Unterstand aus dem Laubwerk des Trompetenbaums bietet uns vor Demregen noch Schutz.

—Dieserregen ist der erste seit Jahrzehnten, der unerwünscht..... hier=bei=uns niedergeht. – Sagt *sie* u *ihre* Stimme klingt tonlos. –Er wird das alte Klima zurückbringen, von dem wir gehört haben, daß es Pflanzen & Menschen schutzlos machte. Diese Regenströme, sie fallen in die Glasgehäuse meines Gartens ein, und meine=Pflanzen werden eingehen, werden vernichtet werden, weil sie in andere Klimazonen gehören u nur=Hier sein konnten, weil !wir es so wollten. – *Sie* lauscht auf das Regenrauschen. –Meine !Pflanzen –, sagt *sie* in die steile Regenflut, –wie sie mit tiefen Zügen !trinken !schlürfen Denregen das-Neue=Fremde = ihr Verderben. In jedem 1zelnen Regentropfen sind Tausende Bakterien Mikroben, die fallen in die Jetzt ungeschützten friedlichen Pflanzungen ein wie fremde kriegerische Horden – (:*sie* hält 1 Moment inne, wollte einen=bestimmten Vergleich nicht aussprechen.) –Langsam & quälerisch werden all=meine=Pflanzen dahinsiechen, nachdem sie von Diesemregen überschwemmt wurden. – (Wiederum läßt Trauer *ihre* Stimme schweigen. Dann hat *sie* offenbar einen Entschluß gefaßt:) –Jetzt will ich dafür sorgen, daß mein=Garten rasch verlöschen kann. Es soll von !meiner Hand geschehn u: nicht von den grausamen Unbilden einer aufgezwungenen Natur..... – Als hätten die Pflanzen ihre entschlossenen Worte verstanden, hebt sich aus dem diffusen Schimmern des Urwaldmassivs ein prächtiges, jede 1zelne Pflanzenform klar umreißendes Scheinen hervor. Jede Verästelung, jede Blattrispe, jedes noch so winzige Rhizom leuchtet silberhell & präzise in der eigenen Form, als sei in deren Innern ein Gewitterlicht entbrannt. Noch niemals habe ich solches !Leuchten eines Ganzenwaldes gesehn. – Stumm bleiben wir in=mitten von Diesemglanz.

Dann wenden wir uns ab, treten durch die Pforte in der gläsernen Wand, – hinaus. Draußen kehre ich mich noch ein Mal nach dem in all seinen silberigen Aderwerken erstrahlenden Urwald um. (Bald werden alldiese Pflanzen nicht mehr sein.) – –?Was soll jetzt aus uns werden. – Voller Sorge höre ich *ihre* Stimme neben mir; *sie* spricht zu Boden.

–Von-nun=an werden wir umkehren. – Antworte ich. –Mit all unseren Sinnen den Weg unserer=Liebe zurückgehen. Wollen noch ein Mal und dann immer=wieder, bis in die Stunde unseres Aufhörens, alljene Momente aufsuchen, die uns einst zuein=ander brachten, die Marksteine die unser=beider Weg säumen. Und wir wollen sehen, ob jedes dieser Momente noch ungeschliffene Steine auffinden läßt, die unter ihrer manchmal unscheinbaren Hülle !Kristalle noch ungesehenen Glückes bergen. – Ich weise ihr den kleinen grauen Datenspeicher vor, den *sie=selbst* mir vorhin überreicht hat. –Denn jede Erinnerung u jeder Traum vom Leben ist anspruchvoller als das-Leben=selbst. So können wir=Beide uns wieder und immerwieder=neu beginnen.

–Unser=Glück, Es soll !nicht mit Allem-Anderen im spurlosen Dunkel des-Vergessens..... enden. – Sagt *sie* mit Bestimmtheit u deutet auf die Geräusche Desregens..... – –Unser=Glück wird nicht enden, – nehme ich *ihren* Satz auf, –Unser=Glück wird nur seine Gestalt verändern. – Damit lösen wir die Hände von ein ander. (Doch bleibt mir das unbestimmte Empfinden, in Diesernacht etwas Alt=Vertrautes zum letzten Mal getan zu haben.)

–Zwar werde ich erst in einem halben Jahr 25, doch laß uns Diesentag=Heute zum Tag Des=Bundes machen. – –Ja. – Doch *ihre* Stimme noch in Trauer. – –Vieles scheint anders..... zu werden. Wir können nicht mehr darauf vertrauen, daß wir in einem halben Jahr noch tun dürfen, was wir tun möchten. – Also legen wir unsere Geschenke auf den Boden nieder, strecken uns die Hände entgegen, die Fingerspitzen berühren 1=ander, – so bleiben wir für Einigezeit. Im dichten Laubwerk jenseits des Glases ergeht sich derweil schwer Derregen – –

Dann wieder *ihre* Stimme: –Er=hat mir vorhin gesagt, sein Vater sei wegen der Datenhavarie nun auf=immer vergessen..... Dann werden auch meine Eltern auf=immer vergessen..... sein. Wir haben niemanden mehr, dem wir Den=Bund, den wir=Beide soeben geschlossen haben, mitteilen können.★ Auch hierin sind wir nunmehr allein. ?Wohin wird er nun gehen.★ – –Ich weiß es noch nicht. – Entgegne ich *ihr*. –Alles ist so schnell gekommen. Auch muß ich Den Kongreß abwarten, den die E.S.R.A.-Delegation einberufen ließ. In 2 Tagen soll er beginnen. Danach werde ich sicher besser Bescheid wissen, was tun. – –Bevor er für=immer fortgeht: ?Werden wir=uns noch ein Mal ?sehen, ?so wie wir=uns jetzt sehen. – Ja. – Verspreche ich *ihr*. –Das werden wir. –

Noch eine Weile bleiben wir nun stumm vor dem Anblick des Urwalds. Im andauernden Regen ist das zauberische Schimmern erloschen; dunkel u schwer strecken sich die wassertriefenden Blattwerke herab. – Schließlich, nach 1igem silbern klingenden Tröpfeln, ist auch Derregen vorbei; kühlfeucht atmet erdhafte Nachtluft aus den Pflanzen herüber. Wir schauen zum Himmel hinauf, erblicken dort=Oben die zerrissenen Flecken in der Imagosfäre, und dahinter lagern schwerbauchige Wolken. Ungeheure nachtblaue Massen wie zu=Dunst geschmolzene Berge aus Metall. Die bereits ausgebesserten Stellen in der Imagosfäre erscheinen als blinde Stellen: weißliche gummiartig elastische Schleier, aber offenbar ohne optoelektrische Leitfähigkeit, also werden an diesen Stellen Holovisionen künftig nicht mehr möglich sein. Überall aus dem Himmel diese toten nichtsehenden Augen, Flekken geblendeten farbtauben Starrens. –Ja, Vieles wird anders..... werden. – Nehme ich *ihre* vorige Bemerkung auf. – –Keiner wird diesem Anderenleben entgehen. Aber Diewelt wird nicht stürzen, bloß weil wir unsre Schultern einziehen. Wir werden fort=an Diewelt schärfer beobachten können. Nur wenn wir glauben zu den-Toten zu gehören, werden wir Dietoten sein. – Gemeinsam u still gehen wir davon. Wir gehen neben ein ander, wir sehen uns nicht. Aber darin ist nichts Beängstigendes; in der Gewißheit unserer=Liebe gibt es Eins-Sein.

Die Hohenacht ist derweil gesunken, aus dem porösen Himmel sikkert 1 flaues Licht, weißlichgrauer dünnblasser Dunst –, den Himmel verschlierend: Schimmern eines Tags, den nicht mehr wir erdachten.

In meinem halbkugelförmigen Zuhause angekommen, zutiefst erschöpft, lege ich mich sofort nieder. Doch werde ich sogleich Zeuge eines seltsamen Geschehens –:– Von Draußen, gegen die lichtdurchlässigen milchfarbenen Wände meines Zimmers & schwach erhellt von ruhigem Licht, werfen sich Schatten menschlicher Gestalten wie auf 1 Leinwand; zu Klumpen geballt in grotesken Verzerrungen ihrer Formen hocken sie beieinander. Mit den Gesichtern pressen sich diese Schatten alsbald schon dicht an die dünne Wandung meines Hauses, als wollten sie mit den-Köpfen=voran hier her1dringen – die Zimmerwandung dehnt sich aus & spannt wie eine Gummischicht – so daß sich auch die feineren Züge des einen od andern Gesichts in die Membran einprägen. Allsamt jedoch scheinen alldiese Gesichter auf seltsame Weise ein=ander gleich. Das erste Gesicht, das ich wahrgenommen hab, ein längliches altes trauriges Manngesicht, erinnert an einen Habicht. Während einiger Momente verbleibt die Prägung dieses Gesichts in der dünnen Zimmerwandung –; dann plötzlich fallen andere Schatten über diesen & über die anderen hockenden Gestalten her – manchmal ersticktes Röcheln der Überfallnen, und Körper werden aus Demdunkel grob gegen die Membran meines Zimmers geschleudert. Dadurch prägt sich 1 Gesicht, noch deutlicher als die übrigen, scharf u fragil in die Zimmerwandung hin-1: 1 Gesicht, ängstlich vergrämt faltenverzerrt –. Alsbald werden diese Körper=Draußen erneut von unsichtbaren Fäusten gepackt & rasch zurück=ins-Dunkel fortgezogen. Daraufhin wird die Tür zu meinem Zimmer von-Draußen weitaufgerissen : Niemand tritt ein. Vor der Türöffnung steht stumm u schwarz Dienacht..... Mit einem regenfeuchten Luftzug weht der Duft von gartenfrischen Erdbeeren herein, süßwarmes Fruchtfleischarom –. Ich gehe nicht hinaus, bleib liegen, ausgestreckt u reglos. Und weil Nichts weiter geschieht, versinke ich alsbald in Schlaf, erstmals von Träumen beschattet –.– Am nächsten Morgen beim Erwachen das beunruhigende Empfinden, ich bin hier=drinnen nicht allein. Ich öffne die Augen : niemand. Also stehe ich auf, und als ich vor einen Spiegel trete, schaut mir aus dem silbrigen Glas nicht mein Gesicht entgegen : Dort ist das längliche Gesicht 1 Fremden, ängstlich vergrämt faltenverzerrt, die Haut bloßliegend & hellrosa fast durchsichtig, die alten traurigen Züge erinnern an einen Habicht. – (In meinen Händen=fest Das Geschenk.)

Furchtbar der Traum von Allem jetzt noch zu lebenden Leben –

Esra 10. 9:
DA VERSAMMELTEN SICH ALLE MÄNNER
VON JUDA UND BENJAMIN IN JERUSALEM AUF
DEN DRITTEN TAG, DEN ZWANZIGSTEN IM
NEUNTEN MONAT. UND ALLES VOLK SASS AUF
DEM PLATZ VOR DEM HAUSE GOTTES, ZITTERND
WEGEN DER SACHE UND DES STRÖMENDEN REGENS.

DAS »HAUS DER SORGE« ist ein wuchtiges Gebäuderelikt aus Sandstein, erbaut im späten 19. Erdzeitjahrhundert, somit Heute über sechshundert Jahre alt, unverrückbar, unerfindbar, unvergeßbar in seiner steinhaften Beharrlichkeit. Langezeit habe ich dieses Gebäude nicht mehr so eingehend betrachtet; Heute gibt es hierfür Grund. – Im Zentrum dieser Stadt erscheint dies Bauwerk augenfällig wie ein monu-mentales Ausstellungstück in einem Freilichtmuseum. In seiner Kegelstumpfformung erinnernd an eine=jener allerersten Ideen für Weltraumflugkörper, mit dem die-Menschen=Früher auf dem Mond zu landen gedachten, und das nun Hier abgestellt stehnblieb, seltsam anmutend in seinen kapriziösen Ausgestaltungen & komplizierten Detailausführungen, womit sich jegliches Erstmalige an Erfindungen auszeichnet, weil es zum einen Neu, zum andern noch die Schatten des-Alten & deren Träume in-sich birgt. Deshalb sahen die ersten Automobile den Pferdedroschken ähnlich, die ersten Flugzeuge dem antiken Ikarus. Weil zunächst an den-Menschen gedacht wurde: !er sollte fahren, fliegen, tauchen können – späterhin war der-Mensch vergessen, & die-!Maschine=allein sollte fahren, fliegen, tauchen in die tiefsten Meeresabgründe, tiefer noch als in den Marianengraben zum-Mittelpunkt-der-Erde –. Seither gerieten den-Menschen die Formgebungen für ihre Gefährte *un*-menschlich.

Auch die-Formung Des Rechts kannte solche Entwicklung : Zuerst stellten Menschen sich vor Dem Gesetz ein, mit ihren An-Sprüchen Kümmernissen & Zwistigkeiten, mit ihrer Schuld beladen angesichts törichter Bosheit; – späterhin stellten sich Gesetze mit ihren Programmen vor Das Gesetz, der-Mensch blieb Draußen, er kam in diesem Gebäude nicht mehr vor. Derlei Veränderungen verändern auch die Archi-Tektur. Der Bau des »Hauses der Sorge« gründet noch in Zeiten, als Menschen hier ein&aus gehen mußten. Daher wollte die-Archi-Tektur Menschen beeindrucken, 1schüchtern od: im Bewußtsein ihrer=Macht-Gewalten hochfahrend & eitel stimmen. In diesem Gebäude, darin Heute das »Haus der Sorge« untergebracht ist, residierte einst Das Oberste Gericht von Zentraleuropa.

Den Boden im Foyer, ein großflächiges Oval, prägen rhombenförmige Mosaikfliesen aus schwarz-weißem Marmor wie ein rundes Schachfeld; von dessen Umrandung aufstrebend etliche Stockwerke, getragen von dorischen Säulen, zu Galerien die sich zu Bögen werfen und untereinander verbinden. Diese Konstellation findet Wiederholung auf allen Etagen, doch der als Kegelstumpf ausgeführten & nach Oben-hin sich verjüngenden Gebäudeform gemäß erscheint jede der Säulengalerieen enger und niedriger als die darunterliegende u nach vorn über das Foyer stärker sich neigend. Der Blick-hinauf in die Spitze des Baus trifft auf ein Oberlicht, das jedes Tages Helle im blaugrauen Schimmern festhält – als blickte ein altes Auge von Hochdroben wachsam aber interesselos auf die winzigen Menschen im Foyer herab. (Es soll Menschen geben, die unter solchem Augen-Blick sich gern&lange aufhalten, ja eigentlich ihr Lebenlang; die Das-Vaterauge in all Seiner Strenge auf=sich=fühlen müssen, nur so & mittels Dieser Autorität vermögen sie zu überstehn.) – In den Rückwänden hinter den Säulengalerien auf allen Etagen jeweils gleichartige im Dämmerlicht gehaltene Umgänge, wobei mit derselben Regelmäßigkeit wie die Säulen, dunkle schwere Holztüren in die Umwandungen eingelassen sind. Oben stets mit einem Rundbogen abgeschlossen, auf dem tief eingedunkelten Türholz schimmern handtellergroße Emailleschildchen, numeriert mit fortlaufenden schwarzen Ziffern (niemals habe ich während meiner Aufenthalte=hier 1 dieser Türen sich öffnen, Menschen heraus- od hineingehen sehn), erinnern diese ein-ander vollkommen gleichartigen, altertümlichen Türen an die Tafeln in südländischen Grabgemäuern. Ebenfalls aus dunklem Holz gefertigt & von gedrechselten Pfeilern getragen stehen die halbhohen Geländer, die auf jeder Etage die Umgänge begrenzen.

Zwischen den schweren dunklen Holzportalen in die Rückwandung in ebenfalls regelmäßigen Abständen eingelassen lige Apsiden, in denen einst jeweils 1 menschengroße Marmor-Statue postiert war. In sich wiederholender Abfolge gaben sie die Sinnbilder für Nachdenklichkeit, Gerechtigkeit, Keuschheit, Verschwiegenheit (mit dem Zeige-Finger an der rechten Hand die Marmorlippen überkreuzend), dann noch am zentralen Platz 2 Statuen: Sinnbilder für Treue & Fürsorge, Verkörperung der Leit-Idee von Zentraleuropa. – Im-Lauf-der-Jahre allerdings, im Halbschatten ihrer Apsiden, sind auf rätselhafte Weise an den Statuen verschiedene Teile zerbrochen, als hätt der Marmorstein sein geheimes Leben & Altern weitergeführt. Zumeist brachen die Nasen ab, von der Statue der Verschwiegenheit ausgerechnet der Stummheit gebietende Finger vor den Lippen, die Statue der Fürsorge büßte eine der beiden zum Darreichen von Gaben geöffneten Hände ein, so daß man diese Figuren, der unfreiwilligen Komik wegen, schließlich entfernte & in einem Lapidarium in der Altenstadt deponierte. Dort stehen liegen lehnen sie wohl heute noch, jeglicher Aura bar, zusammen mit anderem Stein- & Denkmalbruch wahllos bei-1-ander, u führen so ihr eigen-Leben in-so=fern weiter, als daß sie langsam unter dem Zugriff von Flechten Moosen in der Stille ihrer Belanglosigkeit weiter und weiter zerbröseln –. Ähnlich erging es allen Schaudenkmälern in dieser Stadtschaft. –

Doch heute, schon beim Eintritt ins Foyer zum »Haus der Sorge«, entdecken die Blicke der Ankömmlinge in den vordem leeren Apsiden neue Kopfskulpturen. Sie mochten erst vor-kurzem hierhergebracht worden sein; Köpfe hier unbekannter Männer, neugeschaffen doch nach antik römischer Manier gefertigt: hart blickend die Marmoraugen, Herrschaft-erheischend, den vollen Besitz von Staat's Macht & Amtes Würden bedeutend. (?Wann & von ?wem wurden sie hier installiert.) Auf zentralem Platz im Entrée thront auf quaderförmigem hellen Marmorsockel das Kopf-Bildnis 1 mit funkelnden Augen starrblickenden Mannes, in seinen mittleren Jahren zu Stein gefügt. Die gravierte Frisur aus dünnen, schieferartigen Locken; über der Nase zwei tiefe senkrechte Falten; um die Mundwinkel, versteint, 1 eisigironischer Zug (–,). So blickt dieser überlebengroß gestaltete Kopf von der Höhe seines Sockels auf die-Besucher herab. Das Material dieser Büste ist Porphyr, aus hellem Schildpatt 1gelegt die hervorstechenden Augen. Dem Vernehmen nach stellt diese Büste den Präsidenten des »Senats der Fünf« dar: das Regierungoberhaupt für die Marsstadtschaft Cydonia I.

Dem Entrée gegenüber greift in die Empfanghalle der Aufstieg einer breiten Freitreppe herein, die in halber Höhe, von einem Altan ausgehend, sich nach beiden Seiten jeweils in eine freischwebend den Raum durchquerende Treppe teilt. Die Stufen sämtlicher Treppen sind dem menschlich angenehmen Schrittemaß nachempfunden – 12 Zentimeter hoch & 34 Zentimeter tief – & erlauben somit ein bequemes Aufsteigen, ohne den Kopf neigen od die Schultern herabhängen zu müssen. Das Schafottähnliche, wie das oftmals bei anderen

Treppenkonstruktionen in Amtgebäuden erbaut ward, hatte man beim Bau dieser Treppen tunlich vermieden. – Jede dieser Treppen führt ihrerseits in die Höhe zur nächsten Etage auf 1 kleinen, mosaikgepflasterten Altan, der aus den Säulengalerieen hervorstrebt. Von-dort-aus wiederum jeweils eine Treppe freischwebend nach beiden Seiten-hin in die Höhe führend und so weiter & so höher, wobei diese immer schmaler werdenden Treppenzüge für die Formung des gesamten Gebäudes als gigantischen Kegelstumpf gewissermaßen das innenwandige Gerüst abgeben. Und eigentlich mag man nicht glauben, daß dieses Gebäude infolge seiner architektonischen Summation der Treppenzüge nicht noch höher=Hinauf in die schwindelnden=Lüfte sich fortsetze, sondern irgendwo, in einer für den 1tretenden kaum schätzbaren Höhe, seinen Abschluß findet.

Sämtliche Innenwandungen & die Säulen stehen schmucklos, ohne Tünche; der saubere helle Natursandstein erscheint in seiner feinen Körnigkeit pelzartig, wie das Mark im Innern von Pflanzenstengeln od von Knochenröhren. Noch das kleinste Geräusch – das Scharren 1 Sohle, 1 Hüsteln, Flüstern selbst – nimmt des Saales steinernes Hohlwerk auf und schickt es in jede 1zelne Nische in jeden Umgang, und Scharren Hüsteln Flüstern werfen sich auf zum Fauchen & Dröhnen das dieses gesamte Bauwerk zu erschüttern scheint. Mit Steinesschwere drückt Dasgebäude schon beim Zutritt jede hochfahrende Stimme herab. Derlei wirkt auf Menschen wie jener Schlaf während einer Nacht, der Denzorn aus dem vorigen Tag erlöschen läßt.

Im Konferenzsaal. Aus den Apsiden des Entrées genommen, von ihren steinernen Sockeln gehoben & hier=herab in den fensterlosen von lumineszierenden Wandtafeln erhellten geräumigen Saal an den hufeisenförmigen, mit spiegelnder Tischplatte bedeckten Präsidiumtisch gesetzt – so erscheinen die marmornen Gesichtzüge in den Köpfen der 22 Marsdelegierten, die zu dieser Konferenz im »Haus der Sorge« alle bisher leitenden Behördenangestellten dieser Stadt einberufen haben. Die Gestalten sämtlicher 22 Marsgdelegierten umkleiden dunkelblutfarbene Gewänder. In die makellos blanke Tischfläche tauchen sämtlicher Köpfe ein wie aus dem Himmel zu den Tiefen der Erde hinab. Sie mochten schon seit Geraumerweile an diesem Tisch versammelt sein, stumm ohne sichtbare Bewegung wartend, bis der Letzte der 1berufenen erschienen sei –.

Dem übervoll besetzten Auditorium – Gestalten wogen um-michher in einem Meer aus Flüstern Tuscheln Füßescharren – bieten sich in steinerner Ruhe harrend die Abgeordneten den Blicken aller Versammelten dar. Das Wispern=im-Saal entspringt der An-Spannung, der Erwartung; wohl keiner ist den-Marsianern nicht gewogen, doch gebietet Deren Erscheinung allen Einberufenen im Auditorium !Respekt. (Als ich Platz nehme auf einem der breitflächigen Stühle, die ebenso wie die gesamten Inneneinrichtungen des »Hauses der Sorge« längst vergangenen Zeiten & Moden entstammen, verspüre ich 1 leichtes Kribbeln am Gesäß, als stächen winzige Körnchen Sand in die Haut od laue Stromflüsse –, nur für 1ige Momente, – darauf sinke ich in die bequeme Sitzfläche ein.) – Wir, die aus der Hauptstadt des Zentraleuropäischen Blocks zu dieser Konferenz Geladenen, wurden bei der offiziellen Einladung von den-Marsianern als »Gäste« angesprochen. Das aber bedeutet, daß die-Marsianer dieses Gebäude & alle darin arbeitenden behördlichen Einrichtungen bereits als !ihr=Eigentum begreifen; wir, die-Erdbewohner, gelten somit offenbar in unserem= eigenen=Land nunmehr als *die-Fremden*. Und sobald einer der Marsianer das Wort *Gäste* erwähnt, verziehen sich seine Lippen leicht & der Mund in 1 Spur kalt-ironisch (–,). Darin ähneln sie in ihren Mienen der Porphyrbüste im Entrée: Die Jahrtausende=alte Miene des-Herrschers, sobald er seine Untertanen erwähnt.

Das Auswahlverfahren für die Teilnehmer an dieser Konferenz verpflichtet auch mich als 1 der jüngsten Mitarbeiter der K.E.R.-Behörde zur Anwesenheit. Man hat uns, den-Abgeordneten, violett eingefärbte Kleidung bestimmt, eine Färbung, die den übrigen Bewohnern der Stadtschaft während der-Konferenzzeit zu tragen untersagt wurde. Dabei handelt es sich lediglich um einen der Toga ähnlichen Umhang, doch hat Man uns ausdrücklich angewiesen, während der Dauer dieser auf 3 Tage anberaumten Konferenz nur !dieses Kleidungstück zu tragen. Wie in einem See aus Tinte schwimmend – so erscheinen wir, die 1berufenen »Gäste«, nun enganeng im Auditorium.

Die Präsidiummitglieder dagegen tragen unterschiedlos jene blutfarbenen Togen, die mich an das Porphyr der Büste im Entrée erinnern; der Widerschein des Stoffes auf den Gesichtern breitet sich wie 1 rötlicher Gazeschleier drüberhin & macht sämtliche Gesichter einander ähnlich. Insbesondere die Ähnlichkeit des Senatpräsidenten mit der Büste im Entrée wird hierdurch noch deutlicher hervorgehoben, wie letztlich stets 1=jedes Gesicht einer Macht Dem-Gesicht-Dermacht sich angeglichen hat. Vor dem Platz des Präsidenten erscheinen, 1wenig zitternd in der unruhigen Luft, nun die Schriftzüge seines Namens: DAEMOS 1084, – untrügliches Zeichen dafür, daß Er alsbald & als Erster Das Wort ergreifen will.

Daß dieser Namenzug in der Saalluft freischwebend erscheint, bestätigt die zuvor verbreitete Meinung, die Imagosfäre sei wieder soweit hergestellt & nutzbar, daß auf die neuen Speicherinhalte frei zugegriffen werden könne (was verloren ist von unsrer einstigen Daten-Welt allerdings bleibt für=immer verloren......) Auch die alte Funktion der Imagosfäre als Tageszeit- & Wettergestalter aus den Befindlichkeiten der-Bevölkerung ist nun unmöglich geworden – fort=an soll *Real-Wetter*..... herrschen. Und wie Bakterien Sporen Viren, in uralten Gräbern eingeschlossen über-Jahrtausende, beim Öffnen dieser Grüfte plötzlich zu=Leben gelangend die-Menschen anfallen mit jener tödlichen Unbedingtheit aus Andererzeit, so nun wiederholen sich Die Alten Geschichten, die uns=Unbewehrte überfallen : Schrecken vor dem strahlgrellen Blau heißblanker Sommerhimmel; aus wasser-Grauen Wolkenballen Melancholie; Trauer erbringen vergehende Jahreszeiten, Depressionen aus dem taumelnden Luft-Druck, staubige Böen, od in endlos stagnierenden Regenstunden flüsternde Stimmen von Tod & Vergängnis –, & das Erfühlen der-Zeit, die lauten Stundenschritte, lauter & immerlauter schlagend dem, der hören muß: sein Altern = das Grauen –. So schieben sich über die kläglichen Reste unsrer Imagosfäre mit ihren blinden Flecken Allewetter=von-Draußen....., bemächtigen sich dieses kunstvollen Versuchs den Himmel uns=selbst zu erschaffen wie einer Erinnerung aus Kinderzeit, die es den-Auswärtigen zu überwinden zu verdrängen & zu entwerten gilt. Ausgeliefert fort=an den wirklichen Regen-Schaudern, Hitzegluten den freien=tiefen Atem erstickend mit sengender Hand, und wieder in Frost Nächte Tage glasscharfer Kanten, Sonnengrälle & tintschwarzes Dunkel aus einem Himmel voller Schweigen, Tiere Menschen ängstigend in=Bann zu schlagen – :Von Alldem sind wir=hier-Auferden schon einmal !frei gewesen. (Die reparierten Stellen im Glasfasergeflecht der Imagosfäre, die ich im flauen Nachtschimmern gesehen hab, die werden wie tote, für=immer an 1 Himmelimitat gebannte Wolken stehn, blind gemacht für all unser Wünschen.)

Das Erscheinen der Namenzüge all der übrigen Präsidiumzugehörigen dort=vorn am hufeisenförmigen Tisch, das ich erwartet habe, indes unterbleibt. Wahrscheinlich wird jeder einzelne Name nur dann & für solange kundgetan, wie der Benannte Das-Wort ergreift. Langsam wie die kleiner und kleiner werdenden Wellen in einer beruhigten See sinken Flüstern Tuscheln Wispern im Auditorium insich zusammen – glätten trotz der Vielenmenschen=im-Saal die noch kühle Luft – und Stille tritt ein – Zeit vergeht –.

–WIR SETZEN NEUEN ANFANG.

Die laut=entschiedene Stimme des Präsidenten rammt seine vier Worte auf den Grund der Stille. Aber dieses Mal läßt er nur 1 Moment vergehn, dann setzt er seine Rede fort.

–Wir ziehen aus krummen Hölzern gerade Reiser. Das wird Neuer Anfang sein sowohl für diese Stadtschaft, für Europa, als auch für die übrigen Erdteile. Wir, die hier im Präsidium Versammelten, stellen – ab sofort! – die Neue Regierung für Zentraleuropa.

Unverändert wuchtet der Präsident seine Stimme mit Steinklang in die ruhende Luft dieses Saals. Ungewohnt für unser=aller Ohren die Lautheit seiner Stimme, die fremdartige Redeweise des-Marsianers. Der Präsident wartet den 1=wirksamen Moment ab. Und sofort weiter: –Schon lange vor unserer Rückkehr zur Erde haben wir vom Mars her mit Sorge die Entwicklung auf Erden verfolgt: die Separation der Völker und das Erlöschenwollen alles nützlichen, tatenfreudigen Tuns. Vergebens haben wir nach politischen Strukturen Ausschau gehalten; Strukturen, die ein geregeltes, zivilisiertes Leben und Arbeiten auf Erden ermöglichen würden. So erkannten wir für unsere Rückkehr das allerdringlichste Erfordernis: auf schnellstem Weg Neuwahlen zur Bildung einer handlungsfähigen Regierung auch hier für Europa zu organisieren. Ohne politischen Hegemon ist nichts durchführbar! Aber keinerlei Vorbedingungen dafür haben wir hier gefunden. Desgleichen vergeblich war unsere Suche nach Rechtsformen. Außer recht unscharfen Formen des Gewohnheitenrechts, das im Übrigen kaum Anwendung findet, abgesehen vom »Recht auf den einen Mord«, haben wir keine positive Rechtsordnung angetroffen. Wir haben uns umgesehen, vor Zeiten bereits und intensiv seit unserer Ankunft vor drei Tagen. Das Ergebnis unserer Erkundungen ist niederschmetternd: Wir haben an politischen Strukturen nichts Brauchbares erkannt!

Wieder hält der Mann 1 Moment inne, als müsse er der schrecklichen Bedeutung seiner Aussage nun selbst erst Herr-werden.
Er fährt dann fort: –So haben wir, die hier versammelten Verteter der E.S.R.A.-Eins-Mission vom »Senat der Fünf«, vor Beginn dieser Konferenz beschlossen, die Neue Regierung für Europa einstweilen selbst zu erstellen für so lange, bis funktionsfähige politische Strukturen wieder hergestellt sein werden, um eine erste allgemeine Volkswahl überhaupt zu ermöglichen. – (Seine Stimme schwingt sich auf:) –Seit diesem heutigen Tag und seit dieser Stunde obliegen den hier versammelten Delegierten vom »Senat der Fünf« im Rahmen der Marsmission E.S.R.A.-Eins sämtliche Regierungsgeschäfte im Zentralgebiet von Europa! – (Derwiderhall=Imsaal gibt Dieserstimme marmorne Schwere.) –Die Verantwortlichen für die einzelnen Ressorts werden den Anwesenden im Anschluss an diese Konferenz jeweils auf ihrem P.D.M.* mitgeteilt werden, und wir, die Regierungsbeauftragten, erwarten von unseren *Gästen* (–,) – (:der kalt-ironische Zug in den Mundwinkeln des Sprechers) – –dass sie der übrigen Bevölkerung das ihnen während der Konferenz Mitgeteilte weiter vermitteln. Wort- und buchstabengetreu! Damit sind sie, an die meine Order ergeht, in diesem Augenblick und bis auf Widerruf mit dieser Aufgabe zu »Außenständigen Mitarbeitern der Regierung für Zentraleuropa« ernannt. Wir erwarten von ihnen gegenüber der Regierung nicht allein unbedingte Loyalität, sondern ebenso pflichtbewussten Einsatz und selbstlose, engagierte Arbeit!
Daraufhin setzt der Präsident sich nieder, ordnet die Ärmel an seiner Kleidung, & wartet. Im Saal verbreitet sich jenes besondere Schweigen, wie das immer auf ungeheure Nachrichten folgt, gegen die etwas einzuwenden niemandem zusteht. Allein für=uns-im-Saal bleibt die Gelegenheit, die übrigen fremden Gesichter am Präsidiumtisch, die also fort=an Unsere Regierung's Ober-Häupter darstellen, unter diesem neuen Aspekt 1zeln zu betrachten. (?Was hätten wir auch anderes ?tun können als betrachten & zuhören : Nichts=Garnichts hatten wir dem-Verfügten entgegenzusetzen u vor-Allem: ?Wie macht man das, jemandem etwas ?entgegensetzen.) – 1ige ratlose Blicke sehe ich durch den Raum irren – sie suchen vermutlich den Ausblick, glauben noch immer, wie zu-Früherenzeiten, die Imagosfäre finden zu können, unseren Himmel, Ratgeber u Zuversicht –. Hier=drinnen=Imsaal kein Himmel, keine Fenster; künstliches, mondkaltes Licht das sich von

den-Saalwänden-her ausbreitet wie das 1geschüchterte Schweigen über alle Versammelten, bis in die engsten Winkel und Ecken –. Auch meine Blicke, gradwie vor 3 Tagen beim öffentlichen Empfang auf der Esplanade, gleiten über die an der Präsidiumtafel Versammelten hinweg – von 1-Rotgewandeten-zum-andern –: Erst dabei bemerke ich unter den 1heitlich gekleideten Delegierten=dort auch die Frau: Io 2034. Und Dieluftimsaal staucht sich noch engerzusamm, eine durchsichtige frostige Masse, u: darin plötzlich aufwallend Hitze (?vielleicht nur in=mir) durch den Anblick Dieser Frau –. Sonderbares feines Knirschen in Derluft, zwei Kontinentalplatten reiben sich an:ein:ander –, ein Zittern durchläuft Densaal (?od: nur mich=all-1) – erneut muß ich Ihre Blicke an=mich zu ziehen suchen, – doch Ihre Augen sind ins Unbestimmte gerichtet; so entschieden, als !wollte Sie Keinemblick begegnen. Der starkrötliche Widerschein Ihrer Toga macht zudem die Gesichtzüge beinah unkenntlich.

–Phase Eins – (dringt plötzlich eine rauhflüsternde Stimme durch das Angst=erfüllte Schweigen in mein Ohr:) –SIE haben euch eine Aufgabe übertragen: Befehlsweitergabe-an-die-Bevölkerung. Damit haben SIE euch Imgriff. IHR erstes Ziel: Einführung des Hierarchie-Prinzips. Das habe ich schon einmal erlebt. So wird Es weitergehen & euer=Friede ist !hin. – Zu meiner Linken, woher Diese Stimme rührt, erkenne ich erneut den Fremden in den Waranlederschuhen. (:Ich könnt !schwören, daß vordem ein Anderer an diesem Platz gesessen hat.) Aber ich verberge mein Erstaunen über das plötzliche Erscheinen Dieses Fremden, auch über Seine Bemerkung. –Ich sehe, Er ist erfreulich rasch wiedergenesen, Er ist wohl=auf u bedarf auch keiner Krükken mehr. – Tatsächlich wirkt die Stimme des Fremden so kraftvoll wie am 1. Tag auf der Esplanade, auch erscheint er mir nun wesentlich jünger als desnachts im Schummerdüster auf der Straße.

Statt 1 Bestätigung höre ich ihn mit 1dringlicher Stimme raunen: –!Denk Er an meine Warnung, die ich Ihm neulich gegeben hab: !Hüte Er sich vor den Frauen des Mars. – Als ich Ihm entgegnen will, erschallt jedoch aufs-Neu Diestimme des Präsidenten; – und als ich mich noch einmal zu dem Fremden an meiner linken Seite hinwende, sehe ich nun tatsächlich einen Anderen auf diesem Platz.

Der Präsident erhebt sich ein weiteres Mal, um Daswort zu ergreifen.

Esra, 10. 10:
UND ESRA, DER PRIESTER, STAND AUF UND
SPRACH ZU IHNEN: IHR HABT DEM HERRN DIE
TREUE GEBROCHEN, ALS IHR EUCH FREMDE
FRAUEN GENOMMEN UND SO DIE SCHULD
ISRAELS GEMEHRT HABT.

Als 1 rot leuchtends Ausrufzeichen, so steht der Senatpräsident am Podiumtisch, während zugleich Seine Gestalt im Spiegel der Tischplatte energisch in die Tiefe sich 1zusenken scheint wie 1 blutiger Pfahl. Erst jetzt in diesem Moment hat Er zu Seiner ganzen Größe sich erhoben: 1 stattlicher Mann, das mittlere Alter bereits überschritten, doch wirkt Seine Erscheinung straff & athletisch. Die Ziffer 08 in Seinem Namen weist Ihn aus als Abkömmling der 8. von insgesamt 8 Generationen, die bislang auf dem Mars geboren wurden, dort Familien gründeten & Nachkommen schufen.

–Im Mittelpunkt unserer neu gegründeten Politik für Zentraleuropa steht das *Kontrektations-Gen-Umgestaltungsprogramm*: von uns und von nun an auch von ihnen als das *K-Gen-Programm* bezeichnet! – Ohne Umschweife ist der Senatpräsident zum Hauptanliegen der E.S.R.A.-I-Mission übergegangen, doch läßt Er Seinen forschen Ton sogleich umschlagen. –Eure Friedsamkeit, verehrte *Gäste* (–,) –die wir zu dieser Konferenz geladen haben mit Bedacht – denn Bessere, Vorzüglichere als sie hätten sich für diese Aufgabe nirgends finden lassen –, und die nun hier stellvertretend für die Bevölkerung Europas anwesend sind; eure Friedsamkeit, sagte ich, ist in ihrer Ausbildung so umfassend und tief gegründet, sie unterscheidet euch von allen Menschen, die jemals vor euch hier auf Erden unter der Bezeichnung Mensch gelebt haben, dass für euch die Bezeichnung *Menschen* (–,) –im Vergleich zu früheren Generationen nicht am selben Tag genannt werden dürfte! Bei allem, was menschliches Leben heißt, von Anbeginn der Zeiten bis heute, stehen ohne Beispiel da euere Verdienste im Erlöschenwollen. Als vor rund zweihundert Jahren in den damals neu eingerichteten Gen-Fabriken auf dem Mars das mit dem *Detumeszenz-Gen* bearbeitete Material durch Unachtsamkeit Einiger in den unkontrollierten Umlauf geriet und somit auch auf Erden sich ausbreiten konnte, mutierten ihre Vorfahren, verehrte *Gäste* (–,) –zu der vollkommensten Friedsamkeit, die jemals in den menschlichen Populationen erreicht worden ist. Welch Zartheit in den allgemeinen Umgangsformen! Welch Feinfühligkeiten! Die Hohe Schule des Asketentums! Wie gründlich die fundamentale Bösartigkeit des Menschen in Hege genommen und weggesperrt wurde in die Käfige und Kaninchenställe eurer Riten und Konventionen! So wie ein Wald den Gestank von Aas und Unrat aufsaugt und umwandelt zu Sauerstoff und Wohlgerüchen, so sind wie dieser Wald eure Sitten für alles Leben auf Erden geworden. – (Hier hält Der Redner 1 Moment inne. In dem weiten Auditorium ist das Angsterfüllte Schweigen nunmehr der gespannten Konzentration gewichen, wohl niemand hatte nach Allem zuvor Gehörten mit !diesem Fortgang gerechnet; – 1 Stoff raschelt, jemand hüstelt aufgeregt – ?wer mag wissen, wohin die-Worte dieses Regenten in Porphyrrot noch führen werden –)

Darauf nimmt Der Redner wieder Das Wort: –In meinen Betrachtungen bin ich nun weit vorangekommen, doch nicht weit genug. Desgleichen habe ich nur das Augenfälligste erwähnt, das dieses Leben hier in Zentraleuropa geprägt hat; wäre ich in die Details gegangen – vielleicht hätte ich sie, verehrte *Gäste* (–,) –nur ermüdet, weil ich Dinge hätte sagen müssen, die ihnen allen so vertraut und selbstverständlich sind wie die alltägliche Luft zum Atmen. Aber für uns, die wir erst vor einer knappen Woche wieder her zu ihnen gekommen sind – dieses Mal, darf ich sagen, mit einem intensiveren, genaueren Blick für euer Leben –, entfalten diese Dinge sich zu einem Panorama, das verdient, noch in seinen kleinsten Einzelheiten erwähnt zu werden, um sie für alle Zeiten und für alle künftigen Generationen in der lobendsten, nein: in der strahlendsten Erinnerung zu behalten! Und dort, in dieser Erinnerung, verdienen sie einen besonderen Ort, einen Schrein – der sie konserviert und abtrennt von allem, was sonst noch menschliches Erinnern heißen mag: Welten voller Angst und Qualen, voller Kümmernisse, Entbehrungen, vernichteter Hoffnungen. Nein, eine andere Art des Erinnerns ist gegenüber euch vonnöten! Aber auch nicht die Erinnerung an einzelne Gestalten, mögen sie auch größtes Interesse verdienen und mögen deren Verdienste die aller vorangegangenen Einzelmenschen weit hinter sich lassen; nicht dieses zusammenhanglose Erinnern an menschliche Monumente sei euch und eurem Leben beschieden, nicht jene kurz aufzuckenden Schatten vor der Höhle des Daseins, die, wenn ihre Lebenszeit dahin, verschwunden sind wie die Geräusche ihres Tatengeklappers im Nichts der Abstraktionen. Nein!: euch gebührt dieses andere Erinnern, das euch am besten kleidet und das einem jeden zukommt, dessen Friede nicht aus eigenem Schweiß der Anstrengung, nicht in Folge langer Kämpfe und bitteren Blutvergießens endlich errungen ward, sondern euer Friede und eure Friedsamkeit geschah in Folge eines – ich darf eine alte Wendung benutzen: in Folge eines Defekts in der Schöpfung. Denn wie das so geht beim Vererben, ob im Schlechten oder im Guten, das einmal Gegebene pflanzt sich fort, teilt und verzweigt sich zu Mischungen verschiedenster Grade und Qualitäten. Und von der Tafel der schwarzen Erinnerungen sind durch euch gelöscht worden die zitterigen Kreidewörter der Gewalt und der Überwältigungsstärke, des Raubes und der Blutgier als die dominierenden Gen-Merkmale für das, was innerhalb des organischen Lebens das Menschsein hieß. Das ist anders geworden seit euch! Und daher bietet nur dieses Erinnern das Bild des alltäglichen Daseins im feierabendlichen Nichttun und der Freude, niemals getrennt von der menschlichen Liebe zu sich selbst! – (Noch 1 Mal holt der Redner Atem, um dann mit unveränderter Stimme fortzufahren:) –Überschauen wir, die wir hierher auf Erden zurückgekommen sind, ebendiesen Planeten in seiner Gesamtheit, so darf ich ihnen, verehrte *Gäste* (–,) –die ihr euch ausschließlich um euch allein und nicht mehr um die übrigen Bewohner auf diesem Planeten bekümmert, in aller Kürze berichten, was wir vorgefunden haben und wie weit die Folgen dieser einst Gen bedingten Umgestaltungen gekommen sind. – (Er holt erneut Tiefenatem:) –Wir fanden in Nordamerika die Leichen in den Riesenstädten zu Halden aufgeworfen, viele der Körper von scharfen Metall- und Plastikstreben aufgeschlitzt, zersenst von nach Beute hungrigen jungen Völkerstämmen, die von den Mutationen unbehelligt aus den alten Populationen hervorgingen. Etliche Klingen dieser mörderischen Horden staken noch im Fleisch oder ragten aus ineinander vergitterten Skeletthaufen der niedergemachten alten, müden Bevölkerung. Jedem sein Ende: Wer schroff lebte, der wird schroff zu Grunde gehn. – (Durch die Gestalt, das rote Ausrufzeichen, geht 1 Ruck, – der Präsident wendet sich in alle Richtungen an uns=die-Versammelten:) –!Asien – (ruft Er aus) – –Das völkerwimmelnde, lärmige Asien – verödet, erschlafft, von Opium, Seuchen, Hungersnöten zu Todesstille niedergeworfen – durch Tundren und Steppen ziehen derweil wie vor Jahrtausenden genetisch fremde, kriegerische Reitervölker, belauern die ermüdeten, voller todkranker Bevölkerungsmassen verstopften Riesenstadtschaften Shanghai, Peking, Delhi, Calcutta, hungern sie aus, werfen Brände und neue Seuchen hinein; nicht lange und auch diese Stätten werden fallen. Die japanischen und indonesischen Archipele finden sich belagert von Piratenhorden, Tokyo, Djakarta geplündert, niedergebrannt. – Und Afrika?, das fruchtbare, wachstumgierige Afrika? – Mit einem Wort: verfault, bei lebendigem Leib verwesend. Die Urwälder fressen sich in die Städte, die niemand mehr erhalten will; die Keimefluten aus den Riesenslums um Nairobi, Kairo, Kapstadt, Daressalam verseuchen die letzten noch bestehenden Stätten dortiger Zivilisation, Fieber, Epidemien aus unheilbaren Krankheiten lassen Millionen Einwohner zu blasigen, schwärenden Fleischesmassen aufdunsen, giftige Insektenschwärme fallen ein und stechen Fieber in die ausgemergelten kraftlosen Leiber, Raubtiere dringen in die Städte ein, zerreißen die totkranken Leiber, Riesenschlangen erwürgen, was noch am Leben ist.

(Der Rote schweigt, atemlos. Er scheint von Seinen=eigenen Erinnerungen erschüttert. Stille. Nach dieser Pause spricht Er in vollkommen veränderter Tonart weiter. Er ist nun erneut Der-Politiker, der, in seinem Triumf, alles Bezwungene, überwunden Geglaubte kategorisch zu ordnen sucht:) –Auch ihr Europäer habt euch separiert, wolltet zu euch kommen, indem ihr alles als Nichteigenes Erkannte von euch abzuweisen suchtet, um danach unbehindert zu eurem Selbst durchzudringen. Ihr hättet die Gelegenheit dazu gehabt, es lag zum Greifen nah, und ihr hattet ausreichend Zeit. Aber die Europäer sind schwach, und mit jedem Jahrhundert immer schwächer geworden. Ihr Europäer seid eine niedergestreckte, bis ins Mark verkommene Race – was ihr finden wolltet, euer Selbst, konntet ihr nicht mehr finden. Ihr habt die einfache Wahrheit vergessen, dass mit den Menschen – auf Gedeih oder Verderb – des Menschen Tat verbunden ist! Was die den Willen abschwellenden Gene bewirkt haben, sehen wir heute. Und die einst dominierenden Völker auf dieser Erde sind erloschene, verglühte, von sich selbst weggeworfne Haufen – belauert und umzingelt von Verbrechern genfremder Volkschaften. Was im Osten, in Asien, ist, das wird in Europa sein. Ex oriente mors. Und deswegen ist all euer Leben, und damit euer Tod, sogar die Selbsttötung, ironisch geworden. Ja, die Ironie, selbst seit Langem bereits zahnlos, verfällt und löst sich auf im eigenen Säurebad des Ironischen. Das ist die Falle, in die ihr gestolpert seid schon vor Jahrhunderten! Die Besten unter euch haben das erkannt, allein auch sie waren schon zu schwach, es zu hindern. Alles was ihr anfasst, was ihr beginnt, wohin ihr auch kommt und was mit euch zu tun hat: das muss ebenfalls dieser stumpfen, vergreisten, buntscheckigen, lendenlahmen Ironie anheim fallen. Selbst Gold, in euren Händen würde es zu Glimmer: Es sieht aus wie Gold, ist aber keines. – (Der Präsident reibt Seine Hände, als reinigte Er sie über einem unsichtbaren Wasserbad. Er läßt sich Zeit damit, schaut vor sich nieder, als suche Er in einem Wasserspiegel Sein Gesicht. Dann richtet Er sich erneut Ausrufzeichen=gerade hoch, spricht mit entschiedener Stimme lauthallend in den Saal:) –Und so musste alles, insbesondere das, was ihr zu erreichen hofftet: Völkerentmischung, Separation zur Besinnung auf die Selbstheit, letztlich ins Nichts führen. Das Selbst, das einige meinten gefunden zu haben, ist in Wahrheit die Leere, die Hohlheit, und darin immer noch weiter nichts als die urmenschliche Angst vor der Leere: horror vacui als Schatten eures Selbst, der Phantomschmerz in amputierten Seelen. Das ist nichts Neues, ist hier schon seit Jahrhunderten so – die Inquisitoren aller Farben, die katholischen wie die säkularen, waren stets zu optimistisch: Sie wollten Seelen reinigen und retten, und sei's durch Feuer; – aber was retten, wenn es keine Seelen gibt?! Was verbrannt wurde, waren stets nur Hautsäcke voller Gekröse. Diesen tödlichen Widerspruch aus Jahrunderten zu kaschieren erfandet ihr euch die Unzahl kleiner und kleinster Rituale. Suchte wer nach einem Symbol für euch, hier ist eines: Der Greis im Rollstuhl, mit Schläuchen und Kanülen gespickt und allzeit gut versorgt, milden Brei für den alten Magen und zuckeriges Gerede aus dem greisen Maul für vergreiste Sinne – denn wo es nichts mehr zu sagen gibt, plappern die Worte kindisch und süß –, inmitten eines Erdteils, der umgebaut und ausstaffiert ward zum Feierabendheim, ungelüftet und überheizt. Das wird aus Menschen, denen alles gegeben ward, und man lässt sie mit diesen Gaben zweihundert Jahre allein.

Der Präsident mochte geahnt haben, daß Ihm für den gesamten Verlauf Seiner Ansprache von-unsrer-Seite Nurschweigen entgegenkäme. Er mochte desgleichen ahnen, daß unser Schweigen vor-allem aus Unverständnis dessen rühren dürfte, was Er, Diesermann=vom-Mars, eigentlich von-uns erwartete; weshalb Er uns Diesrede mit all=ihren Anwürfen gegen:uns hielt, nachdem Er zuvor scheinbares Lob für unsre Leben's Erfolge lediglich benutzte zum Schwungholen für Seine Eisengewichte zum Zerschmettern alldessen was uns einst Bedeutung war. Daher verhält Er nun nicht lange, sondern holt aus zum nächsten Rede-Schlag.

—Ihr habt in eurer Art euch zu Ende zu leben gegenüber den Anderen, die von außen her kamen, so wie wir, weder die Freundlichkeit noch die Freundschaft erwidert, etwas, und darauf bestehe ich bis heute, das allen den von außen Kommenden zusteht. Allein das Kindische eurer Wesensart bewahrt euch vor dem Vorwurf der abgefeimtesten Grausamkeit und Heuchelei. Man kann schließlich auch Kindern keinen Vorwurf daraus machen, wenn sie in ihrer Täppischkeit kostbares Porzellan zerschlagen, weil sie weder wissen, was kostbar noch was Porzellan heißt, und weil sie ihr Tun nicht zu koordinieren verstehn. Auch allgemeines Versagen in Fragen der Menschlichkeit kann man weder Kindern noch euch ankreiden. Auch gehören die »Männer« (–,) —unter euch nicht zu jenen mit effeminierten Gebaren, all diese auf sanft gestellten Vatertiere, die den Frauen den Uterus neiden. Nein, so seid ihr nicht! Zumindest nicht alle, vielleicht nur, weil das Gebären bei euch außer Kurs geriet. Eure Weichheit ist die Weichheit des Sumpfes in euren Gemütern. Euer Falschsein ist echt! Feinfühligkeiten, sensibelste Formen in den Umgangsgepflogenheiten, darauf habe ich schon hingewiesen, prägen die Manier eurer Erscheinung. Auf einem großen Gebiet jedoch muss ich das kümmerlichste, das größte Versagen bei euch erkennen. Eigentlich kein Versagen hinsichtlich eines fest ins Augen gefassten Ziels, vielmehr ist das die bewusste und absichtsvolle Abkehr, eine Geringschätzung noch des aller erbärmlichsten Gegenstands. Ich meine – (& der Rotgewandete holt Tiefenatem in Seine Brust:) —euer Versagen hinsichtlich des Lebens selbst! – (Er wartet 1 Sekunde, dann in 1dringlicher Tonart, als wolle er Seineworte diktieren, weiter:) —Aufgaben, Pflichten, Sorgen, Freuden – all jene Bestandteile des Lebens erscheinen euch als vollkommen fremd, solange sie nicht einbezogen sind in eines eurer Rituale. Wie aber zum Ritual machen, was euch nichtssagend und fremd ist?! Ihr habt niemals die riesige Landkarte des Lebens entfaltet, habt niemals die Territorien des wirklichen Lebens betreten; ihr habt, was Leben heißt, so völlig vernachlässigt, als hättet ihr es brutal niedergeschlagen. Für mich, der ich zu allen Stunden von glühender Lebensbejahung erfüllt bin, ist euer Verhalten – wofür ihr, wie zutiefst unwissende, unfertige Kinder kaum selbst verantwortlich seid – abstoßend und empörend! Ich meine das große Erbe der Menschheit in allem, was erst den Mensch zum Menschen macht – und so ist es schmerzlich für uns, mitansehen und erfahren zu müssen, wie vollkommen gleichgültig, ja abweisend euer Verhalten gegen die Erhabenheit und Schönheit des Daseins sich stellt! Prachtvolle, blühende Lebensgefilde – unzugänglich, verborgen euch. Welch Vergeudung und Verschwendung von des Menschen größter Fähigkeit: zu Neugier auf anderes Leben und zur Freude daran, sobald es entdeckt worden ist! Ihr aber seid die »Einabendmücken«, die im Glimmen einer beständigen Abendsonne sich behaglich ausstrecken und die Gemüter senken, um am schließlichen Ende eures Abenddaseins mitsamt eurer erfühlten Sonne im Schweigen unterzugehn. Wenn von euch Erdmenschen auf dem Mars die Rede geht, so nennt man euch dort stets nur: *die Toten*. Menschen, die sich wie Tote in ihren Gräbern unter Fantasieglocken namens Imagosphäre verbergen und auf ihr endgültiges Erlöschen warten, indem sie bereits den Unterschied zwischen lebendig und tot verwischt haben. Vom »Warum bin ich?« der Philosophen einst zum »Bin ich?« der lebendigen Toten hier. Erst das bedauerliche Missgeschick vor einigen Nächten mit der Imagosphäre lässt mich jetzt, überblicke ich die hier Versammelten, sicher sein, dass ich zu wahrhaft lebendigen Erscheinungen und nicht zu elektronischen Fiktionen spreche. Und daher sage ich euch mit aller Eindringlichkeit: Vergeudet, verbannt, ungenutzt und brach ist eure Welt, und in gleicher Weise verschwendet ist die Kraft und die Fähigkeit eurer Sinne zur Freude! Ihr seid in eurem Leben das Klavier, die klingenden Saiten aber sind von Rost erstickt; die Schreibmaschine, verschüttet von Kalk; die Wörter, ungeschrieben, toter als die Toten; und fiele ein Sommerregen auf euch, ihr ausgedörrten Erden, flösse der von euch ab, als sei Regen auf Asphalt niedergegangen – (der Sprecher räuspert:) –Die Verzweiflung über euren Anblick ließ mich lyrisch werden. Verzeihen Sie! Weniger mit Zorn als mit Sorge – einer Sorge, die zu weit und zu tief in die Zeiten unserer gemeinsamen Herkunft zurückreicht, um hier explizit zu werden – stellten wir nach unserer Rückkunft zum Planeten Erde gegenüber euch unser großes Verfremden fest. Darin enthalten, das bekenne ich euch freimütig, verehrte *Gäste* (–,) –ist ein zunehmendes Gefühl der Feindschaft gegenüber euch allen; Feindschaft, die bei längerem Anschauen in Hass übergehen könnte. Respekt, Hinwendung, Vertrautheit und

Liebe zu euch auf Grund unserer gemeinsamen Abstammung – welch seltsame Regung des menschlichen Empfindens! – finden wir inzwischen so weit gegenüber euch entrückt, dass wir uns zu anderen Taten als denen aus Ehrerbietung und des Dienstes in Liebe für euch zu tun verpflichtet sehen. Doch halt, nicht so! – Effektvoll hebt Der Redner, als wolle Er einem großen Unheil Einhalt gebieten, den rechten Arm empor. Ein Moment Stille, – dann, wieder in normaler Haltung, nimmt Er Seine Rede im 1 Mal gewählten Ton wieder auf.

–Euch weisen Eigenschaften aus von unbestreitbarer Integrität: Niemals, seitdem ihr seid wie ihr seid, habt ihr wohl irgendetwas getan, das gegen euer Gewissen, von strikten Klammern der Konventionen zusammengehalten, verstoßen hätte; ja, ihr hättet gar niemals zuwiderhandeln können! Ich bin zutiefst überzeugt davon, dass niemand von euch je ein Unrecht hätte begehen können, das gegen eines, und sei es das Geringste von allen, eurer Grundprinzipien verstoßen hätte. Nicht diese Fehler, ich darf sagen: diese klassisch menschlichen Fehler, sind es, die wir euch auszutreiben haben. Denn es gibt Fehler, die vor keinem Richter und vor keinem Gericht in Anschlag gebracht werden können – (und holt erneut Tiefenatem und spricht langsam & 1dringlich weiter:) –Weil ihr im dauermilden Schein eurer Abendsonne das allein auf euch selbst und auf eure Empfindsamkeiten ausgerichtete Leben, das Leben des Lebenverlöschens, lebtet, konntet ihr niemals auch nur ein Gran an Sensibilität aufbringen für die gerechten Daseinsansprüche irgend eines anderen Lebens, ob hier auf Erden gegenüber denjenigen Völkern, von denen ihr euch separiertet oder gegenüber uns, die wir von außen bereits zu früheren Zeiten wieder zu euch strebten, weil hier und nirgends sonst unsere Heimat ist – kein Mal habt ihr den Respekt aufgebracht, der einem jeden Fremden und seinen Interessen zukommt, indem er gehört, beachtet und seinen Wünschen auf subtile Weise entsprochen werden kann. Unwillig, eigensinnig, gleich verzogenen Kindern oder selbstverliebten kapriziösen Weibern (von denen ihr heute nichts mehr wisst), seid ihr eurer Wege gegangen und habt alles übrige wie zerbrochenes, wertlos gewordnes Spielzeug von euch geworfen. Um diesen Zustand in ein Beispiel zu kleiden, denke ich an einen Mann, der vor vielen Jahren, nachdem die ersten Siedler den Mars urbar zu machen suchten und dabei, ach wie oft, scheitern mussten, viele büßten dieses hochherzige Unterfangen mit ihrem Leben!, nach langen und lebensbedrohlichen

Strapazen, mit nichts als seinem puren Überleben zu euch hierher auf die Erde zurückkehrte, um ein neues Leben zu finden. Seine Verwandten, seine Freunde und einstigen Förderer – unauffindbar, tot, vernichtet in den grausamen Weltkriegen, die losbrachen, bevor die ersten Expeditionen zum Mars aufgebrochen waren. Allein stand der Mann im Schein eurer ewigen Abendsonne, verlassen und ohne Unterstützung, obwohl er die Wurzeln seiner Abstammung hier auf Erden, in diesem Erdteil und sogar in dieser Stadt, benennen konnte. Aufnahme, Hilfeleistung gegen die gröbste Not – das sind Forderungen, die ich für sehr bescheiden halte. Sie wurden dem Heimkehrer verweigert, man wies ihn ab und beförderte ihn mit einer der Raumfähren für Verbrecher und andere Hygieneverweigerer von der Erde zum Mars zurück, und als er dort wieder ankam – aber genug davon! Wer anklagt, der klagt, und das Klagen ist ein schwächlicher, dürrer Zweig in eines Mannes Rede. Doch die Stunde der Wiedergutmachung ist endgültig vorbei, und ein Akt der natürlichen Menschlichkeit, der euch so wenig gekostet, dem Fremden aber so viel geholfen hätte, ist damals ausgeblieben und heute nichts mehr wert. Dieser Mann, von dem ich hier kurz berichtet habe, war einer meiner Vorfahren. Er gehörte zu einem Volk, das von Draußen hierher wieder zurückkam; und keinem, nicht einem einzigen dieses Volkes, habt ihr in der Vergangenheit, auf dem Höhepunkt eures Strebens nach Separation, auch nur ein winziges Entgegenkommen erwiesen. In unserer Delegation sind etliche Andere, deren Vorfahren ähnliche Schicksale zuteil wurden durch eure Unmenschlichkeit. Heute sind unsere Ohren taub für eure Willkommensgrüße; ruft so viel und so laut ihr wollt, schreit, bittet, fleht, ihr werdet nicht gehört werden. Eure Rufe, Bitten, euer Flehen – sie werden nur wie Echos klingen des einstigen Rufens und Schreiens aus unserer Not, und werden verklingen in den hohlen Schluchten versteinter menschlicher Hoffnungen, die zu Gebirgen der Enttäuschung sich auftürmen; ein Widerhall aus Unbotmäßigkeit eines unverdienten Friedens, und Zeugnis für euren grandiosen Defekt! Spätere Zeiten werden diese Stunde am heutigen Tag möglicherweise als Schicksalsstunde bezeichnen: Zwei grundverschiedene Lebensweisen treffen hier und jetzt aufeinander – und das Leben selbst wird der Richter sein. Aber ich bin überzeugt, das Leben wird uns, den Abgesandten vom Mars und Heimkehrern auf Erden, den Zuschlag geben, weil wir die Kraft und den Elan besitzen, euch von eurem Defekt zu heilen! Wir werden dafür sorgen, dass die verstrüppten undurchdringlichen Wälder um eure Stadtschaften gerodet werden. Wir werden national und international wieder Verbindungswege schaffen zwischen den Stadtschaften auf diesem Erdteil und auf allen anderen von Menschen besiedelten Teilen der Erde. Mittel und technisches Gerät hierfür haben wir in ausreichender Menge zur Verfügung. Wir werden interkommunikative Infrastrukturen neu errichten sowie interkontinentale Verbindungen jeglicher Art und mit neuem Leben erfüllen. Wir werden – beginnend mit dem heutigen Tag! – eure Isolation und eure Lebensverneinung aufheben; wir werden euch befreien von der im Schatten gehaltenen ewigen Angst vor dem Rückfall in weltliche Lebenssorgen; Angst vor dem Verlust der Leitung eures Lebens durch Fürsorge von der Kindheit bis ins Grab; werden euch lehren das Aufbrechen der Ansprüche an die Existenz, die eine jede Zeit an die lebendigen Wesen stellt und der eine jede Existenz mit Aufmerksamkeit zu begegnen hat. Ich sagte vorhin, euer Friede sei unbotmäßig und unverdient, er ist noch um Vieles schlimmer: Euer Friede ist eine Befriedung nur an der Oberfläche. – (Und des Redners porphyrfarbenes Gewand weht auf bei der Großengebärde wie eine blutfarbene Flagge im Sturm & Seine Worte scheinen wie Flammen über unsere Köpfe hinwegzufauchen:) –Wer glaubt, dass sich ein Staat nur rein mechanisch durch eine bessere Konstruktion seines Wirtschaftslebens von anderen Staaten zu unterscheiden hätte, also durch einen besseren Ausgleich von Reichtum und Armut oder durch mehr Mitbestimmungsrechte breiter Schichten am Wirtschaftsprozess oder durch gerechtere Entlohnung, durch Beseitigung von zu großen Lohndifferenzen, der ist im Alleräußerlichsten stecken geblieben. All das eben Geschilderte bietet nicht die geringste Sicherheit für dauernden Bestand und noch viel weniger Anspruch auf Größe. – (Der Flammenarm des Redners sinkt herab mit Seiner Stimme:) –Kurzum, wir – die Abgeordneten der Mission E.S.R.A.-Eins – werden euch aus dem erniedrigenden Bann der Separation, der unmenschlichen Desinteressiertheit an allem Leben befreien! Wir werden euch Erdmenschen die Genialität allmenschlicher Leistungsfähigkeit im Völkerringen zurückgeben, auf dass die künftige Menschheit an euch ein Interesse nehmen kann und einen Wert darin erblickt, sich eurer voll der Verehrung zu erinnern. Ihr seid in euren Vergangenheiten noch tief vermauert, aber genau das macht euch zukunftsfähig!

Am offenkundigen Ende Seiner Rede angelangt, überblickt der in Rot gewandete Präsident uns=das-Auditorium. Langsame Blicke – –
Schweigen goß sich seit-Langem schon ins weite Oval des Versammlungsaals, Einschweigen groß wie Getöse die Halle durchdröhnend, sämtliche Moleküle der Luft stein=fest zusammpressend. Als stellte sich ein frostigen Atem verbreitender Eisblock in den Raum, überstreicht Kälte die Haut, spießt mit dünnen Nadeln das Fleisch der Körper. –
Der Redner genießt augenscheinlich die Wirkung Seiner Worte –, daraufhin läßt Er sich würdevoll & ohne 1 weiteres Wort auf Seinen Sessel nieder, das Rot Seines Gewands dabei noch einmal wie eine Flamme, die in=sich zusammensinkt doch jederzeit neues Anfachen erwartend weiterglüht –.
Jeder=hier dürfte Dieserede verstanden haben, Wort-für-Wort, denn wenn auch mitunter für unser Gehör mit seltsamer Betonung & befremdlichem Rhythmus ausgesprochen sowie unter häufiger Verwendung des Bindelautes s (:dieses Scheingenitivum falscher Besitzanzeige, bei=uns seit-Langem unüblich geworden weil es als *zischig & spuckig*, zumal für=uns als Kopulationverweigrer auch als *an-stößig* gilt), so sind das alles verständliche Wörter aus unserer Sprache gewesen. Doch ?wer hat den Ganzensinn & die !ungeheure Tragweite Dieserworte !voll ?erfaßt, ?wer hat ?begriffen, !Was nun auf=uns zukommen soll –.
Um Darüber nicht lange im-Unklaren zu bleiben, erteilt der Vorsitzende, stumm & mit präsidialer Geste, der neben ihm sitzenden Abgeordneten das-Wort. Diese erhebt sich sogleich von Ihrem Platz, als hätt Sie auf diesen Auftritt gewartet – überblickt mit metallgrau schimmernden Augen die-Versammelten, und nun höre ich zum ersten Mal die Stimme von Io 2034.
–Wir dürfen die Geschichte unserer Herkunft, die uns schließlich zur Zivilisation des Mars geführt hat, nicht aus den Augen verlieren. – So Ihre ersten Worte, entschlossen Die Stimme, mahnend & energisch. Die hellgrauen Augen blicken dabei unverwandt fest= gradaus, scheinen die Ihr gegenüberliegende Rückwand des Saals zu durchdringen – nach-Draußen zu 1 imaginären Ort. Und Bitterkeit durchzieht anfangs Ihre Stimme wie über Unrecht u Großesleid das nicht vor Zweihundertjahren und länger, sondern soeben=jetzt geschehen wär.

–Einst hatte man die Aggressiven und die sozial, hygienisch oder diätetisch Untragbaren, kurz: die Schwerstkriminellen, auf den Mars in die Kolonien verbracht. Dort unterzog man diese Elemente, wie diese Menschen einst in der hier gültigen Verwaltungssprache bezeichnet wurden, einem genetischen Umgestaltungsprogramm. Aus »den Wilden«, so nannte sie der Volksmund, sollten binnen Kurzem als *Detumeszenz-Gen-Träger* wieder zivilisationswürdige Exemplare gestaltet werden, zur Schaffung einer Mars-Zivilisation, die alles Erhaltenswerte der Erdzivilisationen übernehmen, deren Irrtümer und Fehlentwicklungen kompensieren, und daraus schließlich im Vollzug der einstigen, wie wir heute wissen überaus naiven so genannten »Terraforming-Programme« auf dem neu besiedelten Planeten eine bessere Erde zu schaffen. So die Idee dieser Pläne einst, entworfen mit den gigantischen Maßstäben einer fantastisch vorgestellten Welt-Menschheit. – Die Frau setzt 1 Pause, kurz streicht der metallhelle Blick über uns=die-Versammelten hinweg. Daraufhin färbt ihre Stimme ein dunklerer Ton.

–Je kleiner der Blicke-Maßstab, desto menschenwirklicher die Verhältnisse. – Sie spricht in der 1 Mal gewählten Weise fort, ihre Stimme gedämpft nun wie Schritte durch weichen Schnee (1 rötlich schimmernder Streifblick Des Präsidenten ist ihr gewiß entgangen).

–Zur damaligen Zeit, und als Folge des letzten verheerenden Welt-Bürgerkriegs, nahm eine erstaunlich rasch sich ausbreitende Sitte ihren Anfang, die, wie wir sehen können, bis heute hierzulande ihren Bestand hat: das Weißschminken des Gesichts und sämtlicher bloßliegenden Körperteile, unterschiedslos bei Männern und bei Frauen (Kinder habt ihr kaum noch). Auch heute pflegt ihr diese Sitte, obschon die Wenigsten deren Ursprung kennen dürften. Kurz vor unsrer Ankunftspräsentation in dieser Stadt hat man auf dem öffentlichen Forum eine uralte Holovision bemüht, um über die Herkunft dieser Sitte Informationen zu erlangen. Leider fehlte euch die Fortsetzung zu dieser Geschichte: Die Geschichte um die Frau mit dem weißen Gesicht. – (:!Zutiefst erschrocken, fühle ich mich doch von-der-Fremden persönlich angesprochen, mehr noch: !ertappt bei einem Tun = dem Anschaun jener Holovision, in der ich kein Vergehen erkennen konnte, außer meinem noch unberechtigten Zugriff auf Holovisionen, meines noch nicht Erwachsenenalters wegen. Aber offenbar steckt !weit=mehr an Verbotenem darin, als ich glaubte.)

Inzwischen ist die-Fremde in Ihrer Rede fortgefahren. Voller Bangigkeit höre ich Sie weiter an: –Der Lebensfrieden in eurer behaglichen Abendstimmung hat euch vom weiteren Forschen nach eurer Herkunft abgehalten. Der Ewige Friede ist nur zu haben durch das ewige Unwissen der Friedfertigen. Jeder Friede aber senkt seine Pfeiler, auf denen er fußt, ins Blut derer, die vordem waren ohne Frieden. – Die Frau, Io 2034, legt ihre rechte Hand auf die spiegelnde Tischplatte vor ihr, matt leuchtende Berührungfelder glimmen auf, ihr Zeigefinger auf 1 der Felder –:– Und in den geräumigen Saal, noch bis hin-1 in seine kleinsten verborgensten Winkel, stürzt herab wie Diesündflut eine Großraumholovision mit ihren Bilderwogen – überschwemmend Alles&jedes – & die winzigen elektronischen Bilderpartikel prasseln (beinah sind sie fühlbar auf Gesicht Händen Leib) als gewichtlose nadelspittse Hagelkörner auf=unsalle herab, – verfälschen den Anblick der Gesichter, zerflackern & übertoben unsere Haut, schwemmen uns zum=Einengesicht, das tieftauchen muß in Diefluten aus Vergangenem, um Jetzt&hier in elektronischen Visionschlachten seine Wiederkehr zu erfahren – –

– – Keiner der Zusammgepferchten in den Viehwaggons, an1andergekoppelt zum Großenzug, kennt Das Ziel dieser Reise..... Und ihre=Lage läßt Hoffnung auf Gutenausgang nicht zu; wohl niemand, der jetzt noch an Den-Flug-zum-Mars glauben mag. Daher suchen manche der Deportierten 1 Gelegenheit zur Flucht. – Die Längsseiten der Waggons sind sämtlich mit Aufschriften von Städtenamen versehen in der Manier wie auf den Skalen uralter Radiogeräte die Namen von Sendestationen, die oft nur in der Fantasie existierten. Es heißt, diese Aufschriften seien die Namen der Marsraketen, denen die Menschen in den Waggons später zugeteilt würden. (Aber die auffällig= häufige Erwähnung der Marsraketen erzeugt in den Hörern nurmehr Spott & Bitterkeit wie bei der Einsicht in einen großen Betrug, gegen den sich niemand mit nichts erwehren kann.) Der Waggon, darin die Frau mit dem weißen Gesicht, trägt den Stadtnamen mit 1 seltsamen Schreibfehler: *Kaunass*. –

Diefahrt dieser Großenzüge währt bereits unzählige Stunden. Schon bald sind sämtliche in den Waggons ohnehin spärlich bereitgestellten Nahrmittel von den Insassen aufgebraucht; kein Wasser kein Essen keine Medikamente. Erneuert wurden die Bestände nicht; an keinem der vielen Haltepunkte machten die-Wachmannschaften Anstalten, die Vorräte zu erneuern. Abortkübel laufen über, kippen um – sie werden niemals geleert. Alsbald bis zu den Knöcheln stehen die Leute in der Jauche – – *[etliche=im-Saal-hier reißen erschrocken die Füße hoch & halten sich die Hände vor Augen Nase Mund]* – – wer vor Entkräftung niedersinkt taucht ein in den gräulich stinkenden Schlamm –. Durch Ritzen im Holz, unter den Türen sickert die Brühe nach Draußen, Ungeziefer, Schmeißfliegen, erste Fälle von Typhus..... Flehrufe der 1gesperrten, Bitten, dann Flüche – alles bleibt ohne Antwort. Als hätten sie in den leeren Himmel geschrien. Dann beginnen einige der körperlich noch am Kräftigsten über die anderen herzufallen.....

Zuerst aus Dernot die Jauche abfließen zu lassen, suchen andere in die Bodenplanken der Waggons Lücken zu kratzen & zu treten –. Die Fingerspitzen blutig geschabt, die Nägel brechen ab, Fußsohlen & Fäuste mit Prellungen, Splitter im Fleisch. Dann 1. Risse im Holz. In den ältesten Waggons geben die Bodenplanken sogar soweit nach & lassen sich herausbrechen, daß 1ige der Menschen sich hindurch- & rauszwängen können, sobald Derzug anhält & die-Wachmannschaften mit anderem Tun abgelenkt sind, od Dunkelheit die Flüchtenden beschützt. So haben einige den Weg zum Entkommen gefunden; 1 der Fliehenden ist die Frau mit dem weißen Gesicht. An Irgendhalt-auf-der-Strecke zur Nachtstunde gelingen ihr & 1igen Andern die Flucht aus dem Waggon.

Vorsichtig gleiten die Gestalten durch den Ausriß im Wagenboden hinab und kriechen über die schütteren hart knirschenden Schottersteine auf den Bahndamm unter dem Waggon hervor –, geschickt ausweichend den blitzfuchtelnden Lampenstrahlen aus den Händen der-Wachsoldaten (die haben von den Flüchtenden nichts bemerkt; sie tun Dienst Routine=gemäß) – und hinein ins wirrdornige Gestrüppe eines Waldstyx neben dem Gleis, – Ranken fetzen Gesichter Arme Hände – – *[man wehrt im=Saal gegen vermeintlich umherpeitschende Zweige u Äste]* – – Wurzeln Steine spießen in rutschende Kniee, manch Schmerzlaut ist zu ersticken hinter blutiggerissnen Händen. Noch 1 Mal blicken sie durchs Gitterwerk dornigen Gesträuchs zurück zum Bahndamm, sehen die roten Schlußlichter des davonfahrenden Zugs. Diese=hier sind !entkommen; die Hoffnung der Frau, ihrem Mann möge aus 1 der übrigen Waggons, in den Man ihn hin1gestoßen hat, ebenfalls die Flucht geglückt sein, sie erfüllt sich nicht; vergebens durchdringen ihre suchenden Blicke Dienacht.

Kurz nach dem Entfliehn trennt sich die Gruppe, man glaubt, allein werde man unauffälliger bleiben, möge so den-Verfolgern entwischen. Fliehen – doch ?wohin. Ländergrenzen existieren auf diesem Erdteil schon Damals keine mehr; ein Erdteil = Einstaat, die Möglichkeiten zum rettenden=Exil=in-ein-Ausland sind verschwunden..... Die Entlaufnen wissen: sie müssen weit unter die Oberfläche Des-Öffentlichen-Lebens in Diesemland eintauchen – wie ?weit & für ?wielange – !das weiß zu=Dieserstunde niemand.

–?Weshalb wurden Damals diese Menschen eigentlich verfolgt & von ?wem. – Unterbreche ich die Erzählung, laut widerhallt meine Stimme in dem weiten Saal und sofort friert die optische Vision vor unsern Augen ein, das Standbild (1wenig zitternd), das auf unseren Gesichtern liegenbleibt u aller Anblick verwandelt als seien wir mit Busch&zweigewerk wie Partisanen=im-Hinterhalt getarnt, zeigt dicht zum Wall sich fügende Laubbäume eines Waldgebiets im 1. flauen Dämmerschein aufstehenden Morgens, die Spitzen aller Bäume treffen Nebel in taubengrauer Höhe. – Ungewollt ist mir der Ausruf geschehn, niemals hätt ich mir solche !Kühnheit zugetraut; meine Stimme trifft durch den Raum schallend wie 1 Pfeil auf die hohe Stirn der Frau, die Marsianerin hinter dem Podiumtisch; sofort legt sich ihre glatte Stirne zu winzigen Falten. Nachdenklich, langsam, vielleicht überrascht von der unwerwarteten Unterbrechung ihrer Vorführung einer Holovsion, sucht sie nach einer Antwort.

–Klassen- und Rassen-Kriege – diese Zeiten der benennbaren Feinde waren, genau wie das Politische im alten Sinn, damals längst vorüber.

Sie beginnt langsam zu formulieren, als suche sie die Worte 1zeln aus Demsand zutiefstvergangner Zeiten heraus.

–Der Mensch an sich war zum Feind geworden, das Dasein der Vielzuvielen, deren Leben von niemandem für Nichts gebraucht wurde. Nicht mal wie in davorliegenden Jahrhunderten als Schlachtmensch in den Kriegen, denn für Kriege gabs Maschinen mit Fernbedienung. Das machte Kriege hygienischer und ihr Auslösen geschah unbedenklicher, daher die Opferzahlen ins Gigantische wuchsen auch ohne Heere und gegeneinander kämpfende Soldaten. Denn längst war die Unterscheidung zwischen Kämpfern und Zivilisten verschwunden.

Nun fließen ihre=Worte rascher, als strömte ihr Rede-Fluß auf einen Wasserfall zu. Schneller, eiliger kommen die Worte –: –Aber noch hatten sich damals die Ideen zum Verlöschen der Erdbevölkerung bei den Menschen nicht durchgesetzt, noch waren die Wünsche nach Familienleben-mit-Kindern durchaus verbreitet; doch die Übervölkerung war der Knebel, den die Menschheit sich selbst um den Hals legte und allen Lebensraum durch wüst wucherndes neues Leben erwürgte. Der Mensch: das erste Lebewesen in der Natur, das durch Vermehrung sich auszurotten strebte. – Ihre Stimme setzt aus für 1 Kurzes, nur Atemholn. –Besser Viele als Alle – so meinten wohl einst die regierenden Führungsschichten jeweils in allen separierten Erdteilen. Und weil damals bereits die ersten Arbeits- und Wohnstätten auf dem Mars bestanden, schuf man auf Erden die Legende vom Lebensneubeginn dort auf dem andern Planeten, der Gelobten Welt, mit Arbeit, Brot, Leben in Reichtum und Glück für alle. Gleichgültig, wo du stehst in der Gesellschaft, Unten Mitte Oben, Gründe zur Unzufriedenheit mit dem eignen Leben finden sich überall, und der Wunsch, noch einmal neu zu beginnen und besser als zuvor, das ist der älteste Glaubensanker in der Welt. Die Menschen, viele, sehr viele, strömten also herbei zu den bereitstehenden Raumtransportern, in den Augen beseelter Glanz, das Schimmern neuen Morgens (meinten sie) und war nur Wasser und Feuer aus eigenem Hoffen. Denn Lebenswille ist wie ein Fieber, dagegen zu wehren sinnlos – ganz bis zu Ende ausgetragen will das Fieber sein mit seinen Irrlichtern und schwitzigen Träumen. Die Meisten jedoch kamen nie bis zu den Raketen!

Ihre Stimme nun wieder sachlich & kühl. –Andere schaffte man mit Transportraketen tatsächlich von der Erde fort, auf den Mond, die Zwischenstation für den Flug zum Mars. Und denen widerfuhr, was mit allen Übrigen bereits auf Erden geschehen war und worüber niemand laut zu sprechen wagte im gelernten Stummsein der Menschen. –

In=mir macht sich Überdruß breit, ich will den Fortgang der Geschichte nicht mehr hören, will die Holovisionen aus Diesen Früherenzeiten nicht weiter sehen müssen. – Auch die Frau will offenbar jetzt sich schweigen lassen, aber ihre Stimme findet allein zum weiteren Bericht.

–Doch mussten auf dem Mond die Deportierten vor ihrer Auslöschung noch Schwerstarbeiten verrichten: in den Bergwerken und auf Energiegewinnungsstationen, durchwühlend seit Jahrmillionen ruhenden lebenslosen Staub, von altertümlichen Skaphandern unzureichend geschützt vor den zerkochenden Sonnenfluten auf der einen, vor der kosmostiefen Eisesgewalt auf der andern Halbseite des Monds, und gar nicht geschützt vorm scharfen Dauerfeuer aus radioaktiven Strahlungen – lange vermochten unter solchen Bedingungen nur Wenige zu arbeiten: länger als sechs Wochen keiner. Das zu wissen hatte man bereits in voraufgegangenen Jahrhunderten Studien und Experimente an Menschenaffen betrieben, um herauszufinden, 1. ob überhaupt und 2. wie lange bleiben diese Tiere, in ihren Organen dem Menschen am ähnlichsten, unter der stärksten radioaktiven Bestrahlung arbeitsfähig? Die Ergebnisse zeigten den raschen Ausfall auch der stärksten Exemplare und somit den äußerst hohen Bedarf an nachrükkenden Arbeitskräften. – Und die Menschen auf Erden strömten weiter ans Tor ihrer Freiheit, meldeten sich als Freiwillige für den Flug zum Mars (wie sie noch immer glaubten; nur Wenige, die laut warnten; und diese Wenigen verschwanden bald, ungehört). Etwas Unwirkliches hielt die Menschen in Bann; sehnsüchtig hatten sie Fühlung miteinander aufgenommen, meinend, so viele Millionen Ihresgleichen könnten nicht irren!: Immer hielt man die großen, Einheit gebietenden Zahlen als das überzeugendste Kriterium für Wahrheit. So waren damals Zeit und Menschen beschaffen. –

Hier erhebt sich brüskrasch der in Rot gewandete Präsident, unterbricht !entschieden die Worte seiner Mitarbeiterin. –Ihre Rede ist gut! – So erdröhnt Seinestimme, er wendet kurz den Kopf zu der Frau neben sich. –Sie ist so lange gut, wie der Redestil zum Thema passt. Und das Thema war bislang die erzählende Handlung eines Films aus alten Zeiten, was üblicherweise eine Diktion von bescheidenen Worten und Satzbauten erfordert. Auseinandersetzungen, in denen mit Einzelheiten, mit gedanklichem, gar philosophischem Gut argumentiert werden muss, was einen literarischen, also einen kontinuierlichen Stil mit perfekter Eloquenz erforderte, darf hingegen für diese Art Vortrag weder erwartet noch angestrebt werden. – Nachdem er seinen Rüffel ausgesprochen hat, setzt der Präsident=gravitätisch sich nieder, seine große Gestalt versinkt im Rot seiner ihn umrauschenden Kleidung. Keines Blickes länger würdigt Er die Frau neben sich.

Stille hier. Alle Anwesenden haben begriffen: Zwischen diesen beiden Personen herrscht eine noch unausgetragene gegnerische Spannung (?vielleicht sogar von-Höher-her getragen). Doch wird Sie solange nicht zum Ausbruch kommen, solange die hierarchische Asymmetrie zwischen diesen Beiden besteht. Tiefes Mit=Gefühl ergreift mich für diese Frau, habe doch !ich Sie durch meinen Zwischenruf in Diesesituation gebracht. Ich möchte sie aufmuntern, ihr mein Interesse an ihrem Vortrag bekunden, indem ich=eifrig Ihren Blick suche – –

Die Marsianerin erwidert Nichts auf den Einwurf ihres Chefs. Auf ihrer hohen glatten Stirn aber treten einige Adern stark hervor. Still verbissen am verheimlichten Ärger sichtlich würgend hantiert sie daraufhin am elektronischen Bedienfeld der Holovision, den Kopf geneigt, den Blick scharf abwärts gebohrt 1zig in die Gerätschaft, müssen ihr meine Versuche mit Blicken sie zu erreichen, entgehen –.– Sie sucht offenbar nach dem geeigneten 1satzpunkt zur Weiterführung der Geschichte um die Frau mit dem weißen Gesicht. Es dauert indes lange, bis Derrechner sein Suchprogramm abschließen & die gewünschten Bilder bereitstellen kann.

Dann wieder Diesturzfluten den gesamten Saal durchflimmernder Bildfolgen die Inmassen sich auf=uns stürzen wie aus ihrem Raubtierschlaf erwachte Panther – –

– – Die Frau mit dem weißen Gesicht, sie hatte auf ihrer Flucht das Glück Unterschlupf zu finden bei einem alten Bergbauern auf entlegnem Gehöft. Die Bergschaften sind voll weithin=hallender Stille – u lichtfroh die himmelhohen Gipfel, in Weiß gehüllt als seien sie Verwandte der Wolken in=Stein.

Der Bauer, Witwer seit Jahren, nahm die Frau bei=sich auf; er fragte nichts, also mußte die Frau nichts lügen. In der abgeschiednen Gebirgregion teilten die beiden sich in die schwere Arbeit auf dem Hof, dafür bekam die Frau Essen & als Unterkunft 1 Verschlag in der Scheune. Schon nach 2 Wochen in ihrem Exil bemerkt die Frau, daß sie schwanger ist, trägt das Kind von dem Mann, der nun 1 Verschollner bleibt. Der Bauer sagt auch hierzu nichts, läßt stumm die Frau weiterhin bei=sich auf dem Hof.

Im Stall zwischen Kühen Schafen Ziegen gebiert die Frau das Kind, 1 Jungen. Doch 1 morgens liegt die Frau in der winzigen Kammer all-1, das Kind ist fort. Der Bauer hat in-Allerfrühe den Säugling zum

Markt in die nächstgelegne Stadt gebracht & dort an einen Agenten-für-Adoptionen verkauft. Reicheleute aus Allerwelt verschaffen sich auf diese Weise mittels Großersummen Geldes Kinder, die sie in ihrem Reicheleuteleben nicht haben aber sich leisten wollen. Auch der Bauer bekommt 1iges Geld, für ihn ist 1iges=viel; die Frau, die Mutter, erhält nichts. Kein Vorwurf gegen den Mann tritt über ihre Lippen; aber sie verläßt den Bauern, heimlich 1nachts; macht sich erneut zur Entflohnen zweifach: vor den-Verfolgern=von-einst, vor dem Bauern; 1zig die-Suche nach ihrem Kind bringt sie weiter. – *[Als eine Großfotografie erscheint, für 1ige Momente angehalten, das Gesicht dieser Frau hier=im-Saal und legt sich als Überblendung auf das Gesicht der Io 2034, als sei ihr Gesicht in diese fremde Form gegossen.]* Niemandem hier kann !dieser Anblick entgangen sein – leises Raunen verrieselt in den Reihen der-Versammelten.

Plötzlich überstolpern die Bilder aus den Holovisionen erneut – über die Leiber der-Versammelten u über die Wände des Saales u alles Mobiliar hinab ein Schwererregen ein Höllensturz aus Bildern – *[viele=Hier ducken den Kopf als fürchteten sie Steinschlag]* – : Menschen taumeln fallen, in zerfetzten Lumpen nackter als nackt an=1=andergeklammert die Gliedmaßen in1anderverhakt langsam hinsinkend dann sofort aufstiebend unter harscher Bö und weiterfallend stürzend im schweren Leiberschlag unhörbar Dieschreie die Münder nach-unten gekehrt auf-gerissen als wollten sie Dreck von den Straßen schlürfen Fallen Stürzen und Stürzen zu Tausenden –,– rasende Bilder, als ließen Sensationen=geile Hände ein Daumenkino abrollen & jede Seite 1 Krieg 1 Staatuntergang Hekatomben Zerschlagner, mit Fauchen aus hohen Schornsteinen, Feuerlohen Aschenschnee Mordwinter in Vernichtlagern : ein ?Fehler im System, ?Immer=Ende von allen Mensch-heiz=Programmen, – *[u jedes 1zelne dieser Höllenflutbilder stürzt über uns her & verwandelt uns dadurch selbst in abgelebtes zu-Hauf gekehrtes Totenfleisch]* – : Nein, kein Defekt, kein Fehler im System, sondern das nor-male Programm aus Allem was zu speichern war aus dem Dahinleben von Menschen : ?!Wie haben Menschen das-Leben jemals ?überleben können –.– Aber sie !wollten über-Leben & haben also überlebt, nicht immer nicht alle u: nicht immer die, die Überleben sich am innigsten erhofften. – Kein Fehler im System, nur die-Normalität : grobkörnig Diebilder ausgesehen u verwaschen ein zitternd farbiger Schlamm – so schwemmen weiter heran zur Holovision

Diescharen – *[so werden auch wir=Jetzt&hier überschwemmt aus Vergangenem, werden mit hin1gerissen Ohnehalt in Denriesigenstrom]* – quicksilbriges Flimmern von Füßen Beinen – StolpernRennenHasten – da flieht 1 1zelne, da fliehen Tausende, alle Räume ausgeweitet zu Schau-Plätzen fürs Treibvieh=Mensch, die Münder weit, das müssen !Schreie sein, !Schreie, auffetzend fahlhelle Haut, Striemen Blut rausgeschlagnes Fleisch, Knüppel Stöcke dreschen prügeln ein auf Stürzende Gestürzte, Stoff&haut zu Fetzen, Polizei & Wasserstrahlen aus Werfern, stahlharte Wasserbalken gegen Menschenwälle, hoch spritzend Schaum Fluten, vom Hartwasser aufgesprengte Gesichter –, doch in der Großraumholovision stumm bleibend auch das, kein Laut aus zitterigen Bildern wie in alten Filmen, die ersten die noch schattenflimmernd & stumm tiefes Elend des-Lebens herzeigten, Lippen in stummer Sprache, ?Was mochten sie an Worten Sätzen aus sich herausgezählt haben, die Lippen Münder speichelglänzend, schieläugig die Blicke, u niemals gehört das Schlägeprallen gegen Leiber Köpfe, niemals das Gebrüll, niemals das spitzhelle hundzähnige Mäulerflätsch der-Bluthunde, Molosser, losgekettet die Bilder durchjagend Fellgeschosse mit zupackenden reißigen Fängen. – Doch immer ist Stille, Stille in Allenbildern, atemzerfetzt – –

–?Was soll uns Das. – Wagt jemand=hier den lauten 1spruch, sein Ruf den Saal durchschallend reißt Anderer Rufe aus den Mündern: –?Wozu ist Sowas !Heute noch ?nütze.

Der Zwischenruf (er könnte auch von mir gerufen sein, denn innerlich stößt mich Der-Artiges zu sehen gründlich ab. Allein das Mit-Gefühl für diese Frau, Io 2034, hat mich stumm gelassen, ich wollte ihr nicht in-den-Rücken-fallen : Denn die öffentliche Zurechtweisung= vorhin durch den Präsidenten, ihren Vorgesetzten, erschien mir wie 1 Entblößung=vor-Alleraugen. Die!schande..... Und zu Dieserschande jetzt noch die-Verhöhnung.) Kurz sehe ich die Frau aufblicken –: *Hat die Ermahnung durch den Präsidenten dieses hier versammelte Volk mutig gemacht?; offene Gegnerschaft nun sogar von denen?* – (:mag sie erschrecken lassen) –,– so treffen meine Blicke dochnoch kurz die Ihren, – rasch wendet sie die Augen wieder ab, senkt erneut den-Blick (ihre Augenlider jedoch zucken). Ich will versuchen, ihr mit meinen=Blicken* wieder Festigkeit zu geben, will sie halten. Sie soll erkennen, daß zumindest 1=Hierdrinnen zu=ihr hält. – Aber Niemand hinter dem

Podium reagiert auf den Zwischenruf (den Präsidenten sehe ich 1ige Notizen machen), Alles bleibt still. Eine stark vibrierende Stille..... Auch ist die Holovision-Vorführung durch den Zwischenruf nicht unterbrochen worden – – und die Bilderfluten schwemmen unbehindert weiter in den Saal herein, die Sequenz ist noch lange nicht durchlaufen, – doch langsamer jetzt der Bilderstrom –

Schließlich sehen wir eine weite Ebene, in einer Landschaftsenke eine dahingestreute niedrige Stadt im Abend, Gewimmel von Lichtern unklare Neonschriften schweben versplittert, Dächer Häuserwände schwarzglänzend, Regen – dort kommt sie erneut hervor: die Frau mit dem weißen Gesicht, Flüchtling & Jägerin nach ihrem geraubten Kind. – In diese flach in eine Talmulde hingebreitete Stadt im sinkenden Licht zieht die Frau = die-Illegale ein, sofort geklemmt ins Massenvolk auf den Straßen, u weil Regen die Köpfe niederdrückt im Dumpf aus offenem Mauerbruch Mörtelfeuchte brandignass u Atemschwere Diemenschen nötigt, schaut niemand der Flüchtlingfrau ins weiße Gesicht. Beachten auch die-Abendpatrouillen scherenschnittfinstrer Polizisten die Wege der Fremden durch die Nachkriegstraßen nicht.

Seit der 1 Stunde vor 4 Jahren, als sie der-Reise=in-den-Tod entkam, in Dernacht ihrer 1. Flucht, ist ihr=über-Leben Lauschen, Atem-anhalten, beständiges Lauern für Densprung von Flucht-zu-Flucht; – denn was ihr an Beistand fehlt & an Waffen zur Verteidigung ihres=Lebens, das muß diese Frau ersetzen durch plötzliche Beweglichkeit – wie der Schatten, der den Gestalten in jedwedem Licht vorauseilen, sich spitz lang dünn zu Längen strecken, in Volten umschlagen, im Schatten anderer Schatten verschwinden kann. Und bei all=dem darauf achtend, nicht selber Nurschatten zu werden, denn sie hat Das Eine Ziel : ihr Kind, das Man ihr raubte, wiederzufinden & rückzuholen zu=sich.

An verschiedenen Orten über längere Zeitabstände hinweg, sobald die Frau in die Nähe von Bahnstrecken od von Bahnhöfen gerät, begegnen ihr bisweilen Züge, die jenem gleichen, dem sie einst entkam. Besonders 1 Waggon in einem Dieserzüge bei mehrmals wiederkehrenden Begegnungen läßt die Frau aufmerken: An der Längsseite 1 Waggons erscheint der Schriftzug mit dem markanten Schreibfehler: *Kaunass* – :?!Sollte dies gar !derselbe Waggon sein –. Und wenn dies derselbe Waggon wäre, dann –.– Anhand weiterer 1zelheiten, die der

Frau sich bei jeder dieser Begegnungen einprägen, muß sie feststellen, daß Dieser Zug Tat=sächlich !derselbe Zug ist von=einst. Also ist Dieser Zug auch jetzt noch unterwegs, & mit ihm gewiß auch all-die-Anderenzüge fahren – und fahren – weiter durch Landschaften erkalteter Kriege, Kriege die nicht zuende sind die weiter&weiter hinwüten im=Kalten im=Verborgenen – und weiter mit anderen Gesichten so unkenntlich den ersten geworden daß niemand darauf kommen kann, es seien !Dieselben –

Aber keine Reise ohne Ziel. Dasziel dieses unaufhörlichen Fahrens – Fahrens – Fahrens – indes kann demnach kein Ort sein, kein Raketenstartgelände, auch keines der gefürchteten Lager, sondern etwas Anderes..... : Weil während Derreise alle Deportierten in den Waggons den kompletten Mangel an sämtlichen Nahrmitteln (von Medikamenten zu schweigen) erleiden müssen – heißt das 1zig mögliche Ziel von Mobilität : !Die=immer=Letztereise = Die-Vernichtung aller Reisenden durch sich selbst während Derfahrt. Bis keiner mehr übrig sein wird. !Genau=solange währt Diereise.....

Während der mehr als 4 Jahre andauernden Flucht, des Sichverbergenmüssens, ist der Frau unbekannt geblieben, ob Diejenigen, die sie u ihren Mann (mit dem sie nicht Ehe, sondern Liebe verbindet) einst interniert & zur Deportation gezwungen haben u: Denen sie entkommen ist, auch jetzt noch Verfolger od durch Zeitenwandel nunmehr selbst zu Verfolgten geworden sind, mithin die in die-Züge=Gepferchten zwar andere seien, nicht aber die-Züge & der-Zweck dieser-Züge..... Doch haben die 4 Jahre Sichverbergenmüssens die Gehetzte gelehrt, daß selbst 1=solcher Wandel sie nicht unbedingt zur Nichtlänger-Verfolgten machte : Wer einst Widersätzlichkeit gegen Irgend=Obrigkeit bezeigte, der ist bei keiner Obrigkeit jemals beliebt; Obrigkeit = Obrigkeit, u: Widersätzlichkeit macht immer=verdächtig : 1 x Feind = Immerfeind, & Jedermensch 1 potentieller Denunziant. Also meidet die Frau die-Uniformierten & allzu große Nähe zu Anderenmenschen. Ebenso zu meiden sind Hotels, Bahnhöfe, öffentliche Verkehrmittel – allsamt Brenngläser für Denunzianten: Man könnte in=ihr die-Illegale erkennen. Sie drückt ihre schmale Gestalt auch jetzt, in den Straßen dieser Stadt, zu den Schatten & zur Unsichtbarkeit (oft verhüllt hält sie zudem ihr leuchtend weißes Gesicht). Zur Unauffälligkeit gehört ebenso die Sauberkeit & der Zustand ihrer Kleider. Niemand, dem sie begegnet, sollte an ihrem Äußeren sofort die-Flüchtlingfrau erkennen.

Schlimm genug daß sie Überall fremd u Frau ist: Abgerissenheit Ungepflegtheit auffällige Körpergerüche, auch in Zeiten-des-Kriegs, machen besonders verdächtig..... Seit-jeher gelten Flüchtlinge als Zieh-Gauner: dreckig heimtückisch stinkig diebisch betrügerisch & stets 1 Dolch im Ärmel; – wer Illegale Flüchtlinge der-Polizei überstellt od anderweitig beiseite-schafft, vollbringt für die gemein-Schafft eine Gutetat. Flüchtling u Frau – doppelt entmenscht: 1 Flüchtling ist Keinmensch, 1 Frau als Flüchtling ist Schatten nur von Keinmensch; Schatten u Tote haben keine Ansprüche zu stelln. Aufmerksam & besonnen nutzt die Frau mit dem (oft verhüllten) weißen Gesicht jede Gelegenheit sich zu waschen, das Haar zu schneiden, ihre Kleider in=Ordnung zu halten, mitunter vom Rot-Kreuz (wo niemand sie fragt) sucht sie Kleider zu erstehn, ärmlich doch sauber, & manches Mal 1 Schüssel warmes Essen. Nahrung holt sie auch durch Betteln od kleine Diebstähle (die niemandem auffalln, niemanden schädigen), zu selten sind die Suppenküchen der Heil's Armee, – so geht Zeit dahin von-Jahr-zu-Jahr. Ebenfalls sorgsam vermeidet die Frau die verfallene Körperhaltung, wie sie Flüchtlinge & Emigranten sehr schnell kenntlich macht: ziellos schleichend mit ermüdetem Gang, erloschen der Blick stumpf wie bei Sklaven, die in Vernichtlagern die-Leichen beiseiteschaffen müssen. Oft bleiben diese Menschen stehn, mitten in der Bewegung scheinen die Kräfte sie zu verlassen, die Gesichter schmal u Haut wie erkaltete Asche (1 trägen ausgezerrten Reflex folgen allihre Bewegungen). Die Frau verbirgt sich mit ihrem Innern, versteckt sich vor sich selbst, damit ihr äußeres Selbst sie den-Andern nicht verrate. Von den verschiednen Hilforganisationen für Emigranten & Flüchtlinge hat sie keine Hilfe od Unterstützung zu erwarten, denn sie wird von keiner Registratur geführt, besitzt auch keinerlei Dokumente, & hätt eine Patrouille sie aufgegriffen, wäre sie, schlimmer als die-Staatenlosen, 1 Verschollne..... = 1 fremder, unheimlicher Vogel. Wenn überhaupt irgend-Statistik sie erfaßt haben mochte, dann hatte Man längst diese Frau mit dem weißen Gesicht zu den-Verschwundenen-im-Krieg gerechnet, – u: wer nicht verschwunden bleiben wollte sondern wiederkehrte, der ist, wie der Auferstandne aus dem Toten=Reich, Gefahr & Bedrohung. Sie ist innerhalb dieser-Jahre=Flucht auf dem Felsgrund der Freiheit angelangt, so tief=Unten, daß kaum Jemand sie erreichen kann. Städte & Zeit schrammen gleichgültig über sie hinweg –.

Jetzt, als Derabend schwer auf die flach hingebreiteten Stadtgefilde niedersinkt, sucht die Frau mit dem weißen Gesicht noch größere Dunkelheit in Gassen & Nebenstraßen auf. Denn auf dem narbigen Asfalt der breiten, von Ruinenschutt enträumten Alleen mußte sie diese rostroten schmierigen Flecken trocknen sehn; Trillerpfeifen von Polizei & Nationalgarde schnitten wie Rasierklingen in den Luftleib, dann Schrittegetrappel, an Kopf & Armen Blutende hasteten an ihr vorüber, Hunde die großzähnig in deren Spuren sich verbissen, wie Fellgeschosse vorüberjagend (die Frau preßte sich an rauhe Mörtelwände, wartend, kaum wagte sie zu atmen) – *[auch meine Finger sehe ich straffgespreizt auf dem Pult=vor-mir, als wollten sie in die Tischplatte sich graben]* – & im=Dunkel von Gassen widerhallend das Zischen das Winseln, dünne Pfiffe um Häuserecken, Schatten & metallnes Stiefeltrampeln, und Hiebe Tritte sind auch hier zu hören, Schläge, glattes Klatschen auf Schädel dumpf gegen schlecht verhüllte Leiber, das trockne Explodieren von Schüssen, 2, 3, & wieder verhuschen Schatten, KeuchenBrüllenFluchen StimmenMotorenSirenen – anschwellend zum johlenden Gewoge, kurzheftig die schwarze dahintobende Flutwelle – *[aufsneu uns=hier=Imsaal überrennend – und nun als stünden mit Denbildern die-Delegierten vom Podium zur schwarzen Mauer Einerwoge auf, über alle Versammelten herzufallen]* –, dann abgerissen, vorüber dies Stürmen aus Verfolgten & Verfolgern, – und grausam Diestille danach, – Stummheit u fades Blutrauschen in den eignen Ohren, Echos wieder einmal verebbter Gefahren..... (Mit vollen Lungen wagt die Frau jetzt zu atmen, nimmt ihr weiß leuchtendes Gesicht bedachtsam aus dem Schatten, geht, langsam umhersuchend, weiter –) – Weiter. Ihr Weg in die Vorstadt über verdreckte Straßen. Schmutz. Lumpen. Fetzen. Kaos. Kinder mit hungerriesigen Augen aus abgezehrten Fratzen starrend, geisternd durch Ruinenbruch. Imblick alles was Beute sein kann, kein Blick für die Frau mit dem weißen Gesicht – *[deren Abbild noch einmal für 1ige Augen-Blicke sich über das Gesicht der Marsianerin projiziert]* – Der Arme erkennt als 1. den-Armen, und wendet sich ab. Gegen ein zerstürztes Hauseck geworfen stirbt offenen Mundes 1 Mann. Der schmutzige Soldatenmantel, auf dem er liegt, ist viel zu groß, der Sterbende sinkt in den Stoff ein wie in eine Grube. Weiter. Über Steingebrocke zu erkalteten Hitzeblasen aufgeschlagnen Asfalts über aufgefetzte Erde hingeschleudert zerkochte Reste Mensch&tier, schlierige Eingeweide verbacken zu Batzen unter Mörtelstaub u

Kalk, – die Füße gleiten seifig schmatzend drüber aus –, bizarre Fassaden aufgehäuft aus verwesendem Fleisch, Knochen Gerippe Wirbel Krallen Schädel ineinandergebohrt leere Aughöhlen hackende Vogelschwärme fleischiges Klatschen Flattern wogender Flügel –: Hier End=Station für Allesleben, ausgestreut auf Restefeldern=des-Todes die-Vielzuvielen. Die Frau – will sie weiter an ihr Ziel – muß den Weg nehmen über Diesehalde, diese miasmatisch starrdünstenden Felder der Toten – *[und die Holovisionbilder, plötzlich scheinen sie tatsächlich zu !riechen: Gestank zähe & süß nach Menschenbrand]* – Augen=zu, Hände vor Nase u würgenden Mund gepreßt, weiter, – sie hat, ihr 1ziges Paar zu schonen, die dunklen Halbschuhe ausgezogen, die nackten Füße sinken bis über die Knöchel ein in den breiigen Fleischmorast, Schlammiges kwillt durch die Zehen, die Frau schaudernd als balancierte sie über Dietiefen eines Abgrundes hinweg schaut nicht nach-Unten, zerrt den Kopf in den eignen Nacken, sieht: eine Krähe zerrt aus 1 Schädelöffnung dünn-sehniges Gekröse, hält den Kopf schief, beäugt die Beute als dächte sie nach über Sterblichkeit-&-Kreislauf=des-Lebens: Gebären-Fressen-Krepieren, – Himmel=wie=Erde eine Leichenhalle, – knatterndes Flügelschlagen –, Ruinenberge hingeschlachteter Wesen Aas summend wirbelnd haarigen Ungeziefer's schwarzböse Schwaden, dunkler als der Qualm aus verschmoktem Häuserstein – –

– – –?Warum haben SIE ?Städte zerstört, wenn SIE !Menschen töten wollten. – Erschallt ein weiterer Zwischenruf aus der versammelten Schar, der Bildlauf hält abrupt, die Anblicke 1gefrorn. –?Hatten SIE damals ?alte Waffen. – –Damals waren IHRE Waffen neu. – Bemerkt die Marsianerin lakonisch, & wendet sich an den Rufer im Saal: –Möchten Sie weitersehen? – Zur Antwort berühre !ich auf 1 der umherschwebenden Paneele das Abstimmfeld mit dem schwachrot glühenden JA – –

– – Großes Haus am Stadtrand. Vom Krieg unzerstört geblieben, Mauern & Fassaden im Maßwerk alter=längstvergangner Bürgerlichkeit; hohe machtvolle Staketen aus Schmiedeisen zäunen einen Park um Dashaus. Mit dem Sommer steigen die Bäume dieses Parks aus der Erde herauf u hoch ins laubdichte Grün –. Etwas sonntäglich Geruhsames umweht die Stukkaturen, den Zierat um Türen und Fenster, die im Jugendstil 1geschliffenen Pflanzenmotive in den Scheiben, die Löwenköpfe aus Messing die sich dem Anklopfenden bequem doch herrisch in die Handfläche geben. – *[In meiner rechten Handfläche das Gefühl von glattgeriebenem kühlen Metall.]* – Unter schattenden Baumkronen breitet Rasen sich hin, durchsetzt von kunstvoll gestutztem Buchsbaum & Thuja, bisweilen durchschimmert das Grün marmorhell der Anblick 1 Putte. Das Anwesen ist gelagert auf altem Bergmassiv aus Reichtum, keines Krieges Feuerfluten kein Fosforregen konnten je diesen Ararat überschwemmen. – Eines Vormittags schaut die Frau mit dem weißen Gesicht Langezeit durch die schmiedeisernen Zaunstäbe in den Park, – so lange, bis 1 Hausdiener, einen Setter angeleint führend, auf diese Frau=Draußen aufmerksam wird, aus der Hauspforte heraus & auf sie zugeht, stumm hinter dem Zaun vor ihr stehenbleibt, die Lefzen des Hundes schlapfen feucht & gierig; mit abschätzenden Blicken nimmt dieser Diener der Fremden Maß. Besonders genau fixiert er das Weiß, dieses hellstrahlende Weiß in ihrem Gesicht. – *[Und wieder legt sich dieses Gesicht in der Holovision über das Gesicht der Frau vom Mars, fügt sich nahtlos ein in die fremde Form, als sei das eine Bild das Abbild des andern – staunend darüber wir=hier-im-Saal zu einer Anderenzeit –]* – Noch bevor der Hausdiener seine Stimme findet, öffnet im ersten Stockwerk eine Frau das Fenster. – Im Splitter 1 Blick-Sekunde können Menschen im-Andern das gesamte Ausmaß von Gegnerschaft erkennen : Die Frau im Fenster erteilt mit schrillherrischer Stimme dem Lakai den Befehl, er solle gefälligst dafür sorgen daß die Fremde= Draußen verschwände.

–*!So!fort.*

Schreit die Frau kreischend & schlägt das Fenster zu. – *[?Wie oft vermag das 1 Mensch: verschwinden –.]* – Als die Frau mit dem weißen Gesicht zum Fortgehn sich wendet, schaut sie nochmals zu dem Fenster auf : Hinter der wie ein Theatervorhang niedersinkenden Gardine wischt für 1 Moment bleich der Schatten 1 Kinds vorüber –.

Anderntags geht die Frau mit festen Schritten auf das Portal zu, läutet energisch am Tor, wartet. Dann der Hausdiener in der Tür, hochmütigen Blix auf die Frau erkundigt er sich näselnd nach ihrem Begehr. Ruhig=bestimmt ihre Antwort:

–*Mein Kind. Mein Kind will ich zurück.*

Auch dieses Mal, noch vor dem Diener, erschallt aus dem Dämmer des Großenhauses die Stimme einer Frau; gleich darauf tritt ihre Gestalt, grob den Diener beiseitedrängend, in den offenen Türraum. Eine

Mittvierzigerin, die resolute Figur im eleganten taubengrauen Seidenkostüm, das dunkelblonde Haar sorgfältig zu strengen Wellen gelegt, doch die Arme wie ein zänkisches Marktweib voller Zorn in die Hüften gestemmt. So baut sie vor der Fremden mit dem weißen Gesicht sich auf. Läßt Keinwort zu. Weist sie vom Grundstück. Droht mit Hunden, Polizei. – Einstweilen geht die Frau davon.

Davon, um schon anderntags wiederzukehren. Und den Tag darauf, und den folgenden, immer&immer aufs neu. Von Mal-zu-Mal stärker bedroht von Derfrau-im-Haus, dann einigemale vom Diener gepackt, mit Ohrfeigen & Fußtritten davongejagt. Umsonst. Jeder neue Tag bringt neuen Auftritt der Frau vor Demhaus, & wie mit dem sinkenden Tageslicht der Schatten aus den Bäumen u dem weithin sich breitenden Rasen, kehrt, 1 Schatten selber, die Frau an Diesenort zurück. Ihre Hartnäckigkeit ist keine Dummheit, sofern Leben nicht Dummheit ist; ihr=Leben hat diese Frau 1zig der Suche nach ihrem Kind anheimgegeben, sie selbst ist sich längst gleichgültig geworden. Sie weiß, sie wird 1 Flüchtlingfrau bleiben ihr Leben kurz od lang, auch zusammen=mit-ihrem-Kind, das älter werden müßte im da-Sein als Ewig-Vertriebenes. Keine politischen Ziele beseelen die Frau, aus keinen welt=umspannenden Ideen vermag sie Hoffnung & Tat=Kraft zu nehmen, Leben's Kräfte derer, die *Zukunft als be-Freiung* denken können; ihre Politik das ist sie=allein auf der Suche nach dem Kind das sie=Aufderflucht u in=Heimlichkeit geboren hatte vor Jahren, & das ihr geraubt & verkauft worden war kurz darauf. Anderes hat die Frau nicht, Freunde & Hilfe nie, sich=selbst muß sie Freundin & Helferin sein. – Wieder erscheint sie vor Dertür mit ihrer alten Forderung nach ihrem=Kind; – & jetzt öffnet die Hausdame=selbst, die Herrscherin im grauseidnen Kostüm, Diepforte. Ohne Zetern ohne Gewaltandrohung stumm nimmt sie die Frau mit dem weißen Gesicht von der Straße beim Arm & führt sie hinein ins kühle Dämmern Deshauses. Einen Flur entlang zu einer Wendeltreppe, in 1 Erkertürmchen führt sie wortlos die Fremde hinauf. An einem mit bunten Glasscheiben bestückten Fenster bleibt sie stehn, öffnet einen Flügel & bedeutet (stumm) der Fremden den Blick hinab in den Garten. Dort, auf einem Rasenstück, im=Spiel das Kind der Reichen, Junge von vielleicht 7 Jahren. Ungesund grau dessen Wangen, Lippen u Mund dünn u schmal, blass, verkniffen, die Augen glanzlos eingebettet in gelblich verknitterte Höhlen wie im Gesicht 1 staubalten Greises. Grell & kreischig seine Stimme, als er ruft nach 1 anderen Kind. Die Frau am Fenster folgt mit ihren Blicken dem Ruf, darauf erscheint 1 knapp 5jähriger Junge : !Das Kind der Frau mit dem weißen Gesicht. Unfähig zu sprechen, so beobachtet sie vom Fenster-her das Geschehn unten im Garten. Der 5jährige ist lebhaft, springt wild umher, seine Wangen glühn, die kleinen Hände packen & zerren am Rasen, fetzen Stücke raus & zerreißen eins aufs andre in der Luft. Währenddessen wendet sich die Stimme des bleichen Kindes an den Jungen, & mit altkluger Stimme examiniert der 7jährige den Spielkameraden über den-Lauf-Derwelt. Der Jüngere, mit dem Zerreißen der Rasenstücke nicht innehaltend, ruft mit heller klarer Kindstimme, als habe er diese Lektion gelernt ohne die Worte zu begreifen (denn der Junge betont oft die falschen Silben), über Krieg Opfer Pflicht-zu-gehor-Sam & verant-Wortung hebt an vom Verfolgen-der-Feinde-des-Vater-Lanz vom Kampf-um-die-frei-Heit –. Und der Frau am Fenster (bleicher als sonst ihre Wangen, 1 schneeiger Schatten auf ihrem Gesicht) scheint es, als strömten aus dem begeistert aufgerissenen Kindermund heraus Stimmengebrülle Fremder – !Köre wie schwere Wasserfälle –, Ansprachen von längst verstorbnen Mächtigen in seltsamen Euforien Blut & Haß beschwörend & lorbeerumkränztes Siegen aus Nächtigem solle Es kwellen hervor Das Kreuz Das Opfer Die Flamme=empor & immerwieder Das Blut & ebenso=immer ist Diesonne die-Zukunft das-Leitbild & Erlösungvonallemübelinewigkeit – wie eine weithin gleißende Woge mit hellaufsprühenden Schäumekränzen werfen sich aus dem Kindermund die Fremdenworte auf zu Leidenschaften zum Schwärmen von Heldentum – und (wieder erscheint das der Frau am Fenster) rollen die Köre schwemmen das Stimmengebrülle aus wie Meereswogen über flachen Strand zum Ende einer Sturmflut, strömen brausend zusammen und strudeln in weitausholender Kehrschleife zurück um wieder eingesogen zu werden vom Mund 1 Kinds mit knapp 5 Jahren, das derweil mit täppischen Fingern unablässig Rasenstücke zerfetzt, das kleine Gesicht in die Fratze des-Alters verzerrt, die Wangen rosig erflammt von unverstandner Begeisterung.

Und des altklugen kränklichen Kindes Stimme kräht erneut:
—*Das hast du Alles !schön gesagt. Du hast !gut gelernt.*
!Ausge!zeichnet.
Während über diesen Worten sein Gesicht, gelblich sich verfärbend, zu tiefen schlaffen Kerben zerfällt.

—*Sein Blut ist krank. Unheilbar. Das wissen wir bereits seit seiner Geburt.*
  Er wird nicht mehr lange leben. –
Die Hausdame, hinter der Frau mit dem weißen Gesicht am Fenster stehend, spricht mit sachlicher Stimme.
—*Deshalb hat mein Mann 1 Kind zum Adoptieren gesucht. Vor fast 5*
  Jahren haben wir diesen=Jungen=dort –
sie deutet auf das Kind mit den zerfetzten Rasenstücken in=Händen:
—*für=uns gefunden. Guthaben soll er es bei=uns immer, und besonders wenn*
  unser eigenes Kind gestorben sein wird. –
Die Frau mit dem weißen Gesicht wendet sich ab vom Fenster, von der Szene im Garten. Keinwort tritt über ihre Lippen, stumm geht sie die Treppe hinunter und aus Demhaus. Niemals kehrt sie Hierher zurück. Die Stadt hat sie bald darauf verlassen, – 1 Frau, die zuoft verschwinden mußte, ist nun noch 1 Mal verschwunden. Ein Letztesmal. Ihre Gestalt – kleiner und kleiner werdend – geht tief ins Raum-Bild hinein – –

– – Dieses letzte Bild in der Holovision bleibt, zitternd, stehn. Wiederkehrendes Licht erhellt den Saal und bleicht die Holovision.
—Weiteres wäre von der Frau mit dem weißen Gesicht nicht bekannt geworden, wären nicht Journalisten und Pressefotografen. – Ergreift nun wieder mit sicherer klarer Stimme die Frau vom Mars das-Wort.
—Wie Aasfresser auf Schlachtfeldern folgen mit ihren Gerätschaften zum Einfangen dreckigsten Elends als Beute diese Jäger des verlornen Menschentums. Im gewieften Balance-Akt auf schmalem Grat zwischen Verwerten des Verwesens und Ausstellen der soiréetauglichen Entsetzens- und Schauder-Szenen beliefern diese Hyänen der Öffentlichkeit die eigens erstellten Hit-Paraden für Erniedrigung im Leben und Krepieren, und die Best(i)en Fotos, die schlagkräftigsten Reportagen werden prämiiert : Zum *Foto des Jahres* gelangte einst auch das Bild einer Frau mit einem weißen, einem unglaublich weißen Gesicht – hier sehen Sie es: So bleich, so überaus blendend und weiß, wie ein Scheinwerfer leuchtend –.
  Nächtig u fiebergroß füllen zwei Augen den gesamten Saal, blicken aus allen Ecken u Nischen, die Lippen, einst wohlgeformt, verkümmert, zertrocknet, vom brandigen Staub zerbissner immer=stumm zu haltender Klagen und Flüche. So weiß brennt das Gesicht dieser Frau

in den Raum, daß ich die Augen schließen will –. Und starre dennoch dem Bild entgegen. (Mir ist, als schaute ich zugleich ins Gesicht der Frau vom Mars, die uns nun weiter ihre Ansprache hält.)

–Doch allein dies wäre kein Grund, zur Ikone zu werden. Etwas anderes kam hinzu; etwas, das stets aus sich selbst Bildkonstellationen zu schöpfen versteht: Der Mythos und das Bedürfnis nach dem Mythos. Ob die beidseitig vom Leib ausgestreckten Arme (Der Gekreuzigte) – ob die über einen Leichnam weinend gebeugte Frau (Die Pièta) – ob die unter Folterqual entrückten, von Schmerzen halbwahnsinnigen Gesichtszüge eines Gefangnen (Der Heilige Sebastian) – stets sind es derartige Ensembles aus Mythologien, auf die eine Mode zurückgreift, weil Blut zu allen Zeiten von gleicher Drangsal zum Fließen gebracht wird. Und immer waren Bedürfnisse und Notwendigkeiten schon vor dem Schmerz geboren. Was zu früheren Zeiten Inquisitoren lenkten, lenkt heute Der Mythos. Der Mythos ist der Zensor heute.

–Und weil Kreuz-&-Pièta für=!uns=!Heutige, !ungültig geworden, in den Vergangenheiten entschwunden sind – (löse ich mich entschieden von dem Bild & rufe laut durch den geräumigen Saal zu der Marsianerin:) –Tritt die-Ikone=Des-Flüchtlings umso deutlicher hervor: Über Diemode-der-Gegenwart hinweg das letztverbliebne Symbol für All-Vergangenes..... !Wir=!Heute allerdings rühren nicht mehr Daran. – (Füge ich leiser aber bestimmt hinzu.)

Die Marsianerin (mit ihrer seltsam metallisch klingenden Stimme): –Aber auch dies ist nicht der alles erklärende Grund für das Weißschminken eurer Gesichter. – (Die Fremde schaut mich an, ich spüre Ihrenblick, wage indes nicht, zurückzuschauen.)

Sie nimmt mein Schweigen=jetzt offenbar für Interesse, also spricht sie weiter als redete sie allein=zu=mir: –Noch während des Letzten Großen Kriegs auf Erden ist von allen am Krieg beteiligten Fronten bei den Polizeidienststellen eine Kontrollapparatur zum Einsatz gekommen, die ursprünglich allein zum Aufspüren von Feinden konzipiert war: COGFAC★ – die elektronische Gesichtserkennung. Es bestand eine *Rasterkartei für gefährliche Gesichtsausdrücke*, auch auffällige Schweißbildung auf Stirnen und Wangen gehörten zu den Merkmalen, die auf *feindliche Gesinnung* schließen lassen sollten. Praktisch überall in der Öffentlichkeit trafen die Menschen auf solche Laserstrahlabtastungen, niemand konnte ihnen entgehen, weil die Orte, an denen diese Gerätschaften installiert waren, allenthalben wechselten – als würden die Menschen durch Tausende unsichtbarer Spinngewebe laufen müssen, den Platz der Spinne aber kannte niemand. Mit Absicht ungenau definiert auch waren die Merkmale, die als *feindlich* galten – so konnte sich niemand verstellen. Zunächst waren es tatsächlich Jugendliche aus gewissen Kreisen, die sich *subversiv* wähnten und also begannen, ihren Gesichtsausdruck unter dick aufgetragenen weißen Schminkeschichten zu verbergen.

–Und wir=Heutigen bergen unser-Gesicht mit Schichten aus weißer Schminke, um niemandem durch den eigenen Ausdruck wehzutun, u damit niemand sich selbst durch den Anblick des Andern, dem Spiegelausdruck des eignen, verletzt fühlen möge. – Ruft Jemand aus den hinteren Reihen im Saal mit entschiedener, gereizter Stimme über die An-Maßung einer Nichtirdischen, uns=Auferden zu interpretieren & uns zu sagen, wer wir sein sollten.

–Damals stellte man den Geschminkten nach. – (Nimmt die Fremde unbeirrt ihre Erzählung wieder auf, vermutlich, u: trotz dieses 1wurfs, wähnt sie sich durch ihren Bericht in einem langsam sich herausbildenden Gewebe-aus-1verständnis mit einigen hier=im-Saal. Die Abgeordneten & Der Präsident an ihrer Seite dagegen rühren keine Miene.) Mit fester Stimme fährt sie, an alle im Saal gewendet, fort: –Man fing sie ein, verurteilte sie kurzerhand zum Kriegs- und Zwangsarbeitsdienst. Doch mit dem Aufspüren des Feindes war der Nutzen dieser Gesichtserkennung noch lange nicht erschöpft. Alsbald diente diese Methode dem Aufspüren und Erkennen von anderweitig unliebsamen Personen, vor allem von Flüchtlingen, die sich illegal in den jeweiligen Landen aufhielten. Jetzt entfaltete diese Apparatur ihren vollen Nutzeffekt ebenso wie ihren größten Schrecken! So erhielt sich über die Zeiten hinweg das Weißschminken der bloßen Haut. Und weil ihr heute von Krieg und Flüchtlingen nichts mehr wissen könnt, kürtzt ihr aus der Gleichung der Schrecknisse auch das Wissen um Verfolgung und Flüchtlinge heraus – übrig blieb vom Feind wie vom Flüchtling: *Das Weiße Gesicht*. Und konnte dadurch zum Mythos und zur Mode werden – die Maske des Ewigen Flüchtlings – Entseeltes, ohne Geschlecht, im Geweißten aus jeder Zeit jederzeit fortgenommen.

–Aber: ?Woher wissen Sie Das=Alles. Und ?was wurde aus der Frau mit dem weißen Gesicht –. – (Wage ich den Einwand, nun schon die einmal eröffente Dialogstrecke nutzend, erstaunt über die Kenntnisse dieser Frau vom Mars. Auch wollte ich weiteren gereizten Zwischenrufern zuvorkommen.) Die Apparatur der Holovision liefert nun keine Bilder mehr (nur ein heller Lichtblock, schwirrend flimmernd blendend wie Nebel den Diesonne zerbrennt, bleibt bestehn im weitläufigen Saal); allein die Worte der Frau vom Mars tragen nun die Geschichte weiter, sie antwortet nur auf den 2. Teil meiner Frage: −Nachdem sie das Kind bei den reichen Leuten zurückgelassen hatte, verließ die Frau mit dem weißen Gesicht die Stadt. Am Stadtrand die Schienenwege, auf denen die Züge ins Land fuhren. Sie stellte sich vor einer dieser Bahnstrecken auf und wartete. Sie hatte *diesen einen Zug* schon so oft während der lange währenden Flucht wiedersehn müssen; sie wusste, dieser Zug würde auch hier vorüberkommen. Die Signalanlage stand auf Halt. Als dann *dieser eine Zug* wirklich heranfuhr und wegen des Haltesignals bremsen musste und hielt, sprang sie auf den letzten Waggon auf. Sie hatte sich nicht getäuscht: Es war *dieser Zug* und es war *derselbe Waggon*, dem sie einst bei Nacht entflohen war, mit seiner inzwischen verblassten Aufschrift *Kaunass* −. Nur, schien es ihr, war der Zugang heut leichter als das Entkommen einst, die Schiebetüren waren unverriegelt, 1ige Menschen hockten apathisch auf dreckverschmiertem Stroh, starrten der Frau, die in den Wagen hineinkletterte, mit stumpfen Blicken entgegen, keiner sagte ein Wort. Drinnen im Bretterfußboden fand sie sogar das einst geschlagene Loch, durch das sie, zusammen mit einigen anderen Deportierten, damals in einer Nacht entkommen konnte; inzwischen war der Bretterboden ausgebessert. Nun hatte sie erneut ein Ziel: den Mann, ihre heimliche Liebe von einst, wiederzufinden, von dem sie unter den Schlägen der Büttel getrennt worden war vor wie langer Zeit? Sie hatte vergessen, wieviel an Zeit inzwischen vergangen sein mochte; für sie war es derselbe Zug, derselbe Waggon, dasselbe Unglück; Zeit war zum festen Block geronnen.

−Und: ?Hat sie ihn wiedergefunden. − Frage ich, alle Regeln des Anstands verlassend, die Fremde und schaue ihr direkt in die Augen.

Mit gesenktem Kopf u niedergeschlagnen Auges, mir scheint ausweichend, antwortet die Fremde mit leiser Stimme (als seien wir, Sie u: ich, seit-Langem schon die Einzigen hier=im-weiten-Saal): −Die lebendige Frau ist durch die Jahrhunderte längst mit all den Unzählbaren hin zur Unkenntlichkeit eins geworden, und wäre nicht *Das weiße Gesicht* als Effekt zu späteren Zeiten in Mode gekommen, wäre ihr Lebens-Missglück ebenso im Namenlosen verschwunden wie sie selbst; wenn auch *Das weiße Gesicht* und die Geschichte dieser Frau zufällig im alles löschenden Weiß zusammenkommen. Denn nichts soll von solchen Menschen bleiben, nichts von den Absichten ihrer Hartnäckigkeit, Beständigkeit, ihrem Mut und ihrer List zum Überleben. Verscharrt in Dreck und Vergessen sollen sie sein so tief, dass niemand später sie vergessen kann. Mode ist zum einzigen Dominat geworden, aber Mode fördert immer nur ihr eigenes Missverständnis. –

Mit der Stimme der Marsianerin hatten vordem bereits die Holovisionen längst sich verwandelt zu silbrig verflimmerndem Lichtstaub, der wie bei einem Sandsturm mit seinen $\frac{1}{2}$durchsichtigen Staubdünen die Luft des gesamten Saals durchweht –. Doch weniger Spuren als von Sand, weniger Eindrücke als von Gespenstern in gespenstiger Kinder-Angst kehrt von Allenbildern aus gespenstiger Zeit in Diesensaal=hier zurück.

–Ich kenne den Fortgang dieser Geschichte. – (Höre ich die Marsianerin noch sagen, & weiter eilends, überhastet, als wolle sie Jetzt&hier 1=für=Allemal zuende kommen Damit, denn jetzt hat sie vermutlich die strikte=Bewegung des Präsidenten neben sich bemerken müssen und ahnt, sie würde nicht lange Das Wort behalten.) –Das Kind, ihr Kind, dieser Junge blieb und wuchs auf in jener wohlhabenden Familie. Später, in friedlicheren Zeiten, studierte er, wurde Jurist, dann Politiker, trat in den diplomatischen Dienst. Er war –

–Einer der Vielen, die einst auf Erden verschwunden sind. – Plötzlich fiel Diestimme des in Rot gewandeten Präsidenten in die Rede der Frau, schnitt sie ab. Die Frau, die offenbar mit diesem Ende ihrer Ansprache gerechnet hat, setzt sich langsam, stumm auf ihren Platz am Podium nieder. –Die Geschichte ist eure Geschichte. – (Hören wir sie noch sagen) –Sie und euch zu verändern ist ab heute unsere Aufgabe.

Der Präsident hebt seinen rechten Arm, streckt ihn aus wie 1 Zeigestock gegen einen Anderen, bislang stumm u reglos Dasitzenden an der langen Tafel. Der so Bezeichnete erhebt sich, ein für Marsianer eher kleinwüchsiger Mann von korpulenter Figur, aber mit schwer abfallenden Schultern. Das erstaunlich längliche Gesicht mit der großen, an den Flügeln leicht rötlichen Nase zeigt auf den 1. Blick gutmütige, etwas kindliche Züge, die runden wässerig hellen Augen, die durch ein Fokular* wie durch flache Kameralinsen hindurchblicken, lassen sogar häufigen Tränenfluß vermuten (entweder aus Seelenschmerz od wegen andrer Erkältungen), die Lippen weich u schön geschwungen, im Ausdruck jedoch unterschiedlos zwischen Lachen u: Weinen. Etwas unsicher blickt er tastend umher. Seine Stimme jedoch fährt aus dem fraulichweichen Gesicht mit schneidigem Ton heraus, der wie 1 Meißel die Sanftmut in seiner Miene durchkreuzt.

ESRA, 10. 11:
BEKENNT SIE NUN DEM HERRN, DEM
GOTT EURER VÄTER, UND TUT SEINEN WILLEN
UND SCHEIDET EUCH VON DEN VÖLKERN DES
LANDES UND VON DEN FREMDEN FRAUEN.

–Der Ausführung des *Kontrektations-Gen-Programms* gilt unumschränkte Priorität!

Ohne auch nur um die 1fachsten Formen der Höflichkeit sich zu scheren, packt des kleinen Mannes Rede Das Thema wie ein Panther seine Beute. Im Auditorium erschrockne Stille.

Dessen unbeirrt schneidet die Stimme des Kleinen in den Saal. –Von der Teilnahme an diesem genetischen Umgestaltungsprogramm sowie von dessen ergebnisorientierter Beendigung ist die weitere Zugehörigkeit zur Bürgerschaft des Europäischen Zentralgebiets abhängig. Ausnahmen werden keinesfalls und unter keinen Umständen zugelassen! Allein der Durchführung und erfolgreichen Beendigung dieses genetischen Umgestaltungsprogramms für die gesamte zentraleuropäische Bevölkerung gelten die folgenden Ausführungen. Im Vollzug dieses Umgestaltungsprogramms ist die gesamte Bevölkerungsmasse Zentraleuropas aufzuteilen in 3 Kategorien.

Kategorie A: genetisch unbedenkliches Material. Das heißt, es handelt sich bei den Betreffenden um Personen, die entweder das *K-Gen-Programm* bereits absolviert haben oder aber von einstigen Mutationen ausgeschlossen geblieben sind. Letzteres dürfte allerdings höchst selten anzutreffen sein. – (Der Kleine holt Atem, um seine Stimme zu verstärken:) –Kategorie B: die Misch-Gen-Träger 1. Grades. Personen, deren Erbgut zur Hälfte noch der *Detumeszenz* unterliegt. Beziehungsweise Personen, die in heterogeschlechtlichen Beziehungen leben, wobei die *D-Gen-Stämme* den jeweils anderen Beziehungspartner ausmachen. Die Institution der Ehe ist hier in Zentraleuropa nach dem Gesellschaftsmodell der Marszivilisation erst wieder einzuführen. In Anbetracht der daraufhin angestrebten Zeugung von genreinem Nachwuchs ist diese Feststellung für die Aufzucht einer neuen europäischen Bevölkerung von eminenter Bedeutung! Im Fall der genunreinen Mischbeziehungen muss auf sofortiger leiblicher Trennung bestanden werden. Und weil dies am konsequentesten auch durch entschieden räumliche Trennung vonstattengehen kann, sind die genunreinen Exemplare auszusondern und auf den Mars zu beordern; geeignete Transporte hierfür werden zusammengestellt. Auch eventuell deponierte Spermienvorräte aus diesen Mischverbindungen zur künstlich herbeigeführten Prägnation sind unverzüglich zu vaporisieren!

Über die straffen Lippen des Kleinen flutschend seine Zungenspitze. Seine Stimme ist von gleichförmig schneidender Schärfe, – viele der Versammelten-um-mich-her ducken unwillkürlich bei jeder weiteren Anordnung des Redners die Köpfe, als striche 1 gewaltige Klinge über uns hinweg, u jeder, der den Kopf zu hoch hält, werde zerspalten –.

–Aus diesen Mischbeziehungen hervorgegangene Kinder – wir haben dieser Tage die letzte Generation an Kindern beim Übergang ins Erwachsenenalter nach hiesigen Vorstellungen beobachtet –, also Mischgenträger 2. Grades sowie aller weiteren Untergrade, sind dem Kategoriensystem gemäß zu erfassen, einzuordnen und ebenfalls zu separieren.

Zuletzt die unterste Kategorie, die Kategorie C: Hierunter fallen sämtliche reinen *Detumeszenz-Gen-Träger*. Für diese Gruppe gelten unverzüglich und im vollen Umfang sämtliche Maßnahmen für das *K-Gen-Umgestaltungsprogramm*! Dazu sind im ersten Vollzug sämtliche diesbezüglichen Genträger ohne Ansehen der Person namentlich zu erfassen, zu registrieren und sofort zu isolieren, daraufhin auf schnellst möglichem Weg dem Programmablauf zuzuführen. Ausnahmen, ich wiederhole, werden nicht zugelassen! – (Als sei jedes Wort 1 neuerliche Klinge, so zerstückt Diestimme des kleinen Mannes wie die Unversöhnlichkeit-selbst !kategorisch die atemlose, erschreckliche Stille im Saal.) Noch widerhallt die letzte Silbe Dieserrede – !macht –, als der Kleine seine Ausführungen mit plötzlich veränderter Stimme fortsetzt.)

–Ihnen, verehrte *Gäste* (–,) – (zum 1. Mal wendet sich dieser Mann an uns=die-Versammelten direkt; beim Wort *Gäste* versucht er den Gesichtausdruck Des Präsidenten nachzuahmen, doch sein kleines, weiches Kindgesicht bringt nur eine weinerlich=hämische, zwergenhafte Grimasse hervor. Seine Augen hinter den dicken Fokulargläsern läßt er dabei über unsere Köpfe hinstreichen – die Augengläser fangen das Licht-im-Raum, blitzen auf wie 2 Suchscheinwerfer –:) –Ihnen, verehrte *Gäste* (–,) –die sie heute unserer »Einladung« gefolgt und hier versammelt sind, obliegt die Verantwortung zum strikten Vollzug des *Kontrektations-Gen-Umgestaltungsprogramms* in den Reihen der zentraleuropäischen Bevölkerung. Dies bedeutet im Einzelnen die Erhebung der für das Programm in Frage kommenden Bevölkerungsteile gemäß den 3 vorgegebenen Kategorien, deren Zuführung zum Vollzug sowie die ständige Überwachung der laufend einkommenden Resultate. Für den Fall der Weigerung oder gar der Sabotage dieses Programms übertragen wir ihnen die Meldepflicht der betreffenden Personen, mit denen daraufhin nach den entsprechend gültigen Gesetzesvorschriften der Marsstadtschaft Cydonia I zu verfahren ist. Die betreffenden Personen werden in Sammelstätten zusammengeführt und dort für den Abtransport in die Mondbergwerke beziehungsweise in die Planetenformungsfabriken auf den Mars vorbereitet. Sämtliches Eigentum dieser Personen, bewegliches wie unbewegliches, ist zu konfiszieren und der Staatskasse zuzuführen. Eine turnusgemäße Rapportpflicht ihrerseits wird von uns eingefordert. – (Nach allem Artikelgestelze in seiner Rede – *die Erhebung der für das* – & nach allem Hilfsverbklappern – !was für seltsame Wörter darin, manche, wie *konfiszieren – Rapportpflicht – Staatskasse*, haben wir noch nie zuvor gehört –, hält der Kleine kurz inne, hebt angesichts des verwirrten Raunens-im-Saal in zwergiger Nachahmung präsidialer Geste begütigend 1 Arm & erklärt mit hochfahrender wiewohl zur Begütigung gedachter Stimme:) –Nur zur Erinnerung sei hier angemerkt, dass dieses vorgestellte Gen-Umgestaltungsprogramm im Wesentlichen lediglich aus einigen vorzunehmenden Injektionen besteht, deren jeweiliges Resultat registriert wird und daraufhin die geeigneten Maßnahmen ergriffen werden. Im Erfolgsfall gilt die so umgestaltete Person danach als vollwertiges Mitglied der zentraleuropäischen Bevölkerung. Für dasjenige Material, das als umgestaltungsresistent sich erweisen sollte, gelten daraufhin die gleichen Festlegungen wie für den Weigerungsfall. – (Des Kleinen weicher Kindermund verrutscht erneut zur Grimasse, wobei er ursprünglich gewiß Staat's Männische=Tatkraft & Entschlossenheit aufzeigen wollte.) – –Natürlich wissen wir, dass auch unter ihnen, den hier Anwesenden, in der Mehrzahl Personen der Kategorien B und C, kaum einer der Kategorie A, vertreten sein dürften. – (Und nun zerren sich die Züge des Kleinen wiederum gehässig;verheult, seine Stimme schleicht ins Hämische:) –Während sie die Freundlichkeit hatten, auf den bereitgestellten Stühlen Platz zu nehmen – auf den von uns besonders präparierten Stühlen, möchte ich anfügen –, haben wir derweil den Gen-Test an jeder einzelnen Person durchgeführt. – (Er hebt, als eine Woge von Schrecklauten hochschlägt & einige von ihren Sitzen aufspringen, noch einmal beruhigend den Arm:) –Es ist, wie gesagt, bereits alles erledigt und wie sie sehen, sind sie alle noch am Leben. Sie dürften vorhin beim Niedersetzen lediglich ein leises Kribbeln an ihrem allerwertesten Gesäß verspürt haben. Mehr nicht, und mehr ist auch nicht geschehen. Kein Grund also für sie zur Beunruhigung! Die Testergebnisse werden in Kürze vorliegen. Ein rotes Signallicht über dem Kopf wird daraufhin bedeuten, wer in das *Kontrektations-Gen-Umgestaltungsprogramm* sich einzureihen hat. – (Noch 1 Mal reckt der Kleine Leib & Stimme:) –Ich wiederhole mit aller Deutlichkeit: Sie alle haben auf das Strengste sämtlichen Maßnahmen, die wir ihnen vorstellen werden, Folge zu leisten und deren Durchführung aktiv zu begleiten! In regelmäßiger Abfolge sind sie uns rechenschaftspflichtig! Jeder Einzelne haftet persönlich für den Erfolg des genetischen Umgestaltungsprogramms!

Ebenso schmucklos wie den Beginn setzt der Kleine nun das Ende seiner Ansprache, die nichts als Ein Ultimatum darstellt; und der Kleine setzt sich nieder in der gleichgültigen Manier von Beamten, die sich 1 Routinearbeit entledigt haben. Hinter dem Podiumtisch wirkt nun seine Gestalt wie vordem, beinahe unsichtbar. Erst=jetzt fällt mir auf, daß ich den Namenzug dieses seltsamen kleinen Mannes während der Ganzenzeit seiner Rede nicht beachtet habe –; nun sehe ich die Buchstaben&ziffern dieses Namens, gleichsam wie die zugehörige Erscheinung, innerhalb 1 Moments zu rötlich nachglimmendem Lichtstaub sich auflösen.....

Wohl keinem-der-Versammelten=hier dürfte !solcher-Art Rede eines Menschen in-Erinnerung sein. Unsere Begegnungen mit ihren Unterhaltungen verlaufen stets unverbindlich=gelöst –; Hier&jetzt hingegen sind alle Worte in=Dienst=genommen wie schwere Transportmaschinen zum Auffahren kolossaler Betonquader, aufzuwuchten zum Monument künftiger Staat's Gewalt=Taten..... –

 Schwach erinnere ich einen Brauch, demzufolge der-Älteste bei offiziellen Zusammenkünften auch der-Erste sei für die-Replik. – Umherirrende Blicke begegnen den meinen – weißgeschminkte Gesichter, stumm wie Büsten in einer Glyptothek. Und entdecke einige Sitze entfernt den Ältesten der K.E.R.-Behörde; – er dürfte sich seinerseits dieses alten Brauchs erinnert haben – alles in seiner Miene zeugt von schwerer Drangsal. Langsam, zögerlich erhebt er sich von seinem Platz. Scheint als löse er sich aus sich=selbst heraus; mit seinen beiden 1geschüchterten Händen hat er bereits die Geste-des-Erschrekkens bezeugt, doch haben dabei seine Handflächen sich zufest dem Gesicht angepreßt: – Als er nun seine Hände vom Gesicht wieder löst, löst sich auch die weiße Schminke in großen Teilen von Wangen u Stirn, so daß sein Gesicht in seinen Händen bleibt; ich sehe es wie eine Maske darin liegen, – und voller Grauen wird mir klar: Ich erblicke das Gesicht eines Menschen von-!Innen, sehe die rohen Wunden die Dasaltern..... diesem Gesicht geschlagen hat. Aber der Mann strafft sich, schickt ohne Zittern mit leiser fester Stimme seine Entgegnung zu dem Präsidiumtisch der Marsdelegierten hinüber (dabei sucht er seine Gesichtblöße hinter den Händen zu verbergen). –Wir=alle sind Ihm, Hochverehrter Herr Präsident, und Euch, den Delegierten der Mission, sehr dankbar für die Einladung zu Diesenstunden, daß wir vor Euch in Diesemraum hintreten & Euren Worten zuhören durften. Wir=alle sind gern hergekommen, um die wichtigen Instruktionen für die kommende Zeit zu empfangen. –

 –Nehmen Sie gefälligst die Hände vom Gesicht! – Vom Podiumtisch herüber Diesestimme, schallend wie eine Ohrfeige.

 Der Gemaßregelte zuckt=zusammen wie unter elektrischem Schlag, die Arme fallen kraftlos beiderseits des Körpers herab. (Ich wage nicht länger, dem Mann, der sich vor Alleraugen preisgibt, in das rohe ungeschützte Gesicht zu schauen.) Die Gestalt krümmt sich, zittert; aber er=beherrscht=sich, wiederaufrecht stehend sucht er in seiner Kehle nach festem Klang. –Seid uns nicht böse, Hochverehrte Delegierteim-Präsidium, wenn wir u ich noch befangen sind in unseren Gepflogenheiten; wenn wir die Zeichen der Neuenzeit noch nicht zu unseren eigenen gemacht haben. Wir haben durch Euch nun die Kunde erfahren vom Beginn Dieser=Neuen-Epoche. Gebt uns 1wenig Zeit.

So werden auch unsere Sitten & Gebräuche sich den Euren anwandeln. Und wir=alle wandeln uns gerne, sind erfüllt mit Zuversicht & Gutemwillen gegenüber all=Euren Anweisungen & Festlegungen. Aus Eurer Entschiedenheit-zur-Tat & zum Umgestalten einer=Ganzenwelt schöpfen auch wir fortan die Kräfte zum Mittun an diesem Großenwerk. Ich danke Euch, und ich weiß ich spreche stellvertretend für=alle=hier-Anwesenden: Wir danken Euch, ja wir sprechen Euch alle=gemeinsam unseren Dank aus & tun unsrer Freude Kund, an Eurem Großenwerk mittun zu sollen, welches dadurch, so hoffe ich sagen zu dürfen, auch zu unserem=der-Erdbewohner Werk wird werden können. Alles Leben, das uns bislang all-1 die Imagosfäre hat bieten können, werden hernach zu be-!greifende Tat=Sachen sein, mit lebendigem Blut erfüllte Wirklichkeit –, die uns seit !Solangenzeiten verloren war. !Ja, Ihr tatet Recht daran, diese Imagosfäre zu zerstören – (jetzt aufrauschend Unruhe im Saal, gleichfalls hinter dem Podiumtisch; – der Vortragende, der während seiner letzten Worte neuerlich den Körper zusammenkrümmte, hebt begütigend die Arme zum auf den Kopf gefallenen Fragezeichen:) –Ja, ich sage es frei heraus: !Recht so, wir=Hier-auf-Erden müssen !Vergessen !lernen. Wir=die-wir langes Hinsterben mit Frieden verwexelt haben, !müssen !vergessen: das-Musische in unserem Wesen, das Weiche Nachgiebige; !vergessen: die opiumsüßen Ewigkeit's Träume; !vergessen: die Rituale aller Sanftheiten; !vergessen: unsere alte Sprache mitsamt dem Immerschon-zu-!Alten-in=uns; !vergessen: den Ewigenabend in unseren Seelen. Und wir müssen !erlernen: Die-Taten zu tun; !erlernen: die-Sprache Der-Tätigen zu sprechen: !Eure Sprache; !erlernen: jung=!immerjung zu sein, um dadurch die schöne Ungeduld der-!Jugend am Seienden in=uns zurückzuholen, denn nur der-!Jugend ist der Schaden bewußt, der darin besteht, wenn Etwas !zulange dauert und Nichts mehr wird. – (Die Stimme des Alten verhält erschöpft, währenddessen irrlichtern seine Augen über-uns=die-Versammelten hinweg, als bäten sie jeden 1zelnen=von-uns um Nachsicht & Verzeihung für seine unterwürfige Rede, von der er glauben muß, es seien die 1zig angemessenen Worte zu Dieserstunde, um Denzorn der-Marsianer nicht zu reizen.)

(Unendliche Trauer, als ich den Alten reden höre; dieselbe Trauer wie einst=als-Kind bei der Schneeschmelze am Ende eines Winters, unter Dersonne & Demregen im aufgerissenen Frühjahr ging das schöne Diewelt stillmachende Weiß dahin –; dieselbe Trauer wie einst beim Zerstören des liebsten Spielzeugs, um es vor dem rohen Zugriff durch andere Kinder zu schützen, in der Imagosfäre bewahrend die Idee=Meinerliebsten – Folge der !Idee (so hieß Es) – Folge allein=der= !Idee – :So hatte ich Leben einst gelernt, und Allerohheiten lagen hinter-uns, wir glaubten, für=immer –;– u: nun soll ich ?freudigen Sinnes !Dorthin ?!zurückkehren wo der eiserne Werkschlag..... Dasleben zu 1zelnen Mühsal's Stunden zerschlägt & schrill durchhallend Sinne & Willen umschmiedet zu denselben Rohheiten & mörderischen=Gewalttaten..... wie sie uns die alten Holovisionen gezeigt haben. Unendliche Trauer.....)

Erkennbar Ungeduld derweil bei den Marsdelegierten, – doch die Stimme des Alten, erneut nach Festigkeit ringend, sucht noch einiges zu erwidern; ?vielleicht will er 1schränkungen machen, etwas zu ?retten suchen von Unsererwelt – / Der Präsident=am-Podium schnellt den rotgewandeten Arm empor, reckt Seine Statur, in Seinem Gesicht als eisenglühender Widerschein Diemacht über einen eroberten Erdteil. –Das Ergebnis des durchgeführten Gen-Tests an den hier versammelten »Gästen« liegt vor! – Seine Stimme überschallt die Unruhe im Saal. Der alte Sprecher sieht sich des-Wortes entzogen, offenbar nichtmal 1 Maßregelung würdig sind er u seine Worte gewesen; zutiefst verunsichert setzt er sich zitternd nieder auf seinen Platz.

Der Präsident geht mit keiner Silbe auf die Rede des Alten ein. Statt dessen ruft er mit Lauterstimme in den Saal: –Ich wiederhole die Verfügung: Ein aufscheinendes, rotes Signallicht über dem Kopf bedeutet demjenigen die Pflicht zur Teilnahme am *Kontrektations-Gen-Umgestaltungsprogramm*! Die Einzelheiten, Ort und Datum hierzu werden jeder in Frage kommenden Person nach Abschluss der Konferenz ins persönliche Speichermodul eingetragen werden. Hiermit ist die Konferenz beendet. Verlassen Sie diesen Saal bis auf Wiedereinberuf.

Sämtliche Anwesende im Auditorium erheben sich gleichzeitig & ähnlich zögerlich wie bei der Präsentation auf der Esplanade. Denn entfernen mag sich noch keiner. Ohne weiteres Wort bleiben sie unschlüssig an ihren Plätzen stehn. / 1 schmale Treppe hinter dem Podium an der Saalwand führt derweil die 22 Marsdelegierten = die-Senatmitglieder der Neuen Regierung für Zentraleuropa, in die inneren Bereiche des alten »Hauses der Sorge«, das nun alsbald zum »Senat-Palast« umbenannt werden soll.

— Eingeräusch schwillt in Diesemmoment auf im Raum — aus Dutzender Münder tiefes tiefes Seufzen : Die angekündeten roten Signallichter über den Köpfen der Anwesenden sind erschienen, fast keiner ist ohne Licht verblieben★. Und die roten Fünkchen stehen beharrlich über uns, als sei 1 Stück aus den unendlichen Tiefen Desraums in diesen 1 Raum herabgesunken u die Sterne seien angefacht zu leuchtender Glut. So schwebt rötliches Schimmern durch diesen Saal — breitet sich aus als sei das Licht unserer verschwundenen Abendsonne nun für ein letztes Mal noch hierher=für=jeden=1zelnen zurückgekehrt.

Während des Verlaufs dieser Konferenz habe ich heimlich jeden der Marsdelegierten 1zeln angeschaut, von einem-zum-andern meinen Blick geführt. (Und immerwieder zurückkehrend zu Ihrem Anblick: Io 2034, der Frau mit den faszinierenden Zügen —.) Und mir scheinen diese Menschen=dort hinter dem hufeisenförmigen spiegelnden Podiumtisch, der ihre starrhockenden Erscheinungen umkehrt & wie blutfarbne Stahlpfeiler in die Tiefe zu treiben scheint, befangen : Befangen, 1gekapselt im=Bann 1 strengen Traums, + die-Träumendendarin sind in=Rüstung, metallisch, galvanisiert + so festgefügt mit all ihren Zähigkeiten + geschliffen, daß die Nähe zu diesen Marsgebornen den hitzigen Geruch von Eisen trägt, das an der Schleifbank Funken sprühend scharf heruntergeschliffen wird, so daß Diesertraum die-Realität mitsamt ihren Menschen-Möglichkeiten schon längst überholte. Vor Langerzeit habe ich !solchen Geruch-der-Strenge schon einmal gerochen (— ?wo, ?wann, — vergessen.)

Ins Auditorium sickert nach dieser kalten Entlassung langsame unbestimmte Bewegung ein — verstört weiß man nicht so recht, ?was tun, ?wie sich verhalten. Der Älteste der K.E.R.-Behörde, der zuletzt selbst mit seiner unterwürfigen Ansprache, die den Neuen Machthabern schmeicheln & sie mildstimmen sollte, nicht fortfahren durfte, sondern jäh unterbrochen ward — (zu ihm blicken etliche, wie um Rat suchend aber auch Vollerunglaube hin) — hockt reglos insich zusammengekrümmt auf seinem Platz. Er schämt sich seiner Blöße (die er nun von vieler Augen entdeckt weiß), deshalb hält er sein Gesicht zum Tisch gesenkt, als läge dort auf der Fläche vor-ihm ein Text, den er ablesen müsse, was seine Lippen flüstern läßt. Ich bemühe mich Imraunen der anderen ringsum seine leisen Worte zu hören —. Es sind immer dieselben: —Sie wollen uns vernichten — Sie wollen uns vernichten — Sie wollen –.– Mit zitternden Händen zieht der Alte schließlich 1 Schleier vor sein zerstörtes, ungeschütztes Gesicht.

Und !jetzt : Jetzt geschieht etwas Unfaßbares, womit niemand gerechnet hat : Hinter der Podiumwand, wo soeben die-Marsdelegierten aus dem Saal entschwanden, tritt 1 Gestalt wieder hervor, – bewegt sich langsamen gemessenen Schrittes auf uns = die ratlos u beklommen im Raum Umherstehenden zu: !Diese Frau, Io 2034, die Marsgeborene. Lächelnd & geraden Rückens kommt Sie näher – überraschend schnell hat Ihr Gang den irdischen Schwereverhältnissen sich angepaßt – Ihre Augen schimmern jedem 1zelnen-von-uns entgegen. Und Sie tritt vor den 1. in der vordersten Reihe Stehenden, und sie geht von 1-zum-andern, bleibt stehn vor jedem, schaut jedem direkt in die Augen (die Farbe der Iris ist nun vom hellen Grau zum weichschimmernden Kirschdunkel gewandelt), & 1=jeden entbietet daraufhin Ihre rechte Hand den Gruß. Wer Ihrem Blick begegnet, der bleibt erfreut u: beschämt zurück, als hätt er sich=selbst bei ungehörigen Gedanken ertappt. Wer Ihre Hand ergreift, Mann od Frau, den scheint vibrierende Erregung zu erfüllen. Die Gesichtzüge Dieser Frau verhalten in einem stillen Ernst, kein Wort kein Laut tritt über Ihre leicht geschwungenen Lippen, doch 1 Spur traulichen Lächelns mischt sich in die Mundwinkel ein. Bereits von den ersten, die auf diese Weise von Der Fremden berührt wurden, breitet ein wollüstiges Schwingen sich aus das die Luft erschauern macht; jedem verlangt nach !Diesem=festen Händedruck, mit dem Die Frau, der-Marssitte folgend, einen Anderen begrüßt. – –

Das dauert Geraumeweile jeden 1zelnen=hier-im-Saal aufzusuchen – vor ihn hinzutreten – die-Hand zu reichen – ; doch Die Frau läßt keinen aus, verändert um keinen Deut das Maß Ihrer Schritte, die Verweildauer vor 1=jeden ist exakt die gleiche. Als Sie vor mich tritt, steigt Hitze in meine Augen, Glut atmet gegen mein Gesicht, in den Ohren Dröhnen. Doch als meine Hand von der Ihren ergriffen wird, von dieser glatten schmalen & Eisen=festen Hand, fließt Etwas in= mich ein – das Gefühl eines seltsamen Wiedererkennens – und wandelt Einbild heraus, das so vollendet ruhen muß in=mir, daß ich Es nicht wahrgenommen habe, bis zu !diesem Augen-Blick. Als wäre ich in das Haus meiner frühen Kindjahre eingetreten, nur von anderer Seite als gewöhnlich, – u: so konnte ich erst langsam erkennen was ich schonlange gewußt habe: Dieses=Ihr=Bild war in=mir zuhaus. –

Als Die Frau Ihre Hand aus meiner löst und zu meinem Nachbarn treten will, verfängt sich an meiner Kleidung 1 Stückchen Band od Schnur, das aus Ihrem Ärmel hervorschaut. Straff spannt sich für 1 Moment diese kleine Schnur, – Sie bemerkt das, – 1 Ruck Ihres Armes löst die Verbindung. (So aber hat Diese Frau für 1 Bruch-Teil Ihrerzeit !länger vor mir verweilt, als vor all den-übrigen –). – Während Derganzenzeit fällt kein 1ziges Wort, in Derweite dieses Saals kein Laut – scheint, unter Einembann in Traumesstille verhalten die Menschen hier derweil ihren Atem.

Und nachdem Die Frau auch vor den-letzten hintrat, ihn angeschaut berührt hat, daraufhin mit sicheren, ruhig=weiten Schritten durch den Saal gegangen & hinter der Podiumwand verschwunden ist, hinterläßt Sie gewiß bei-jedem der Imsaal zurückbleibenden Männer u Frauen Herzklopfen, ein seltsam kühl:warmes Empfinden rinnt prickelnd den Rücken hinab : Als sei uns=allen bereits jetzt Etwas..... geschehen.

Esra, **10.** 12:
DA ANTWORTETE DIE GANZE GEMEINDE
UND SPRACH MIT LAUTER STIMME: ES GE-
SCHEHE, WIE DU UNS GESAGT HAST!

Esra, **10.** 15:
NUR JONATHAN, DER SOHN ASAHELS, UND
JACHESEJA, DER SOHN TIKWAS, WIDERSETZTEN
SICH, UND MESCHULLAM UND SCHBATHAI, DER
LEVIT, HALFEN IHNEN.

MENSCHEN ÄNDERN SICH Städte Länder dieser Erdteil Einewelt in Unruhe geworfen zerworfen die Menschen in ihrem Fleisch – Die Tag=Süchtigen Ohneschutz auf die Derregen fällt – !Regen – als hätten die Himmelfluten Jahrejahrzehnte nachzuholen so stürzen Regengüsse auf die Erde nieder bei-Tag=bei-Nacht – von der Imagosfäre, einstiges Schutzgewölbe auch gegen Diewetter, sind in der Höhe nur Reste verblieben – große Vierecke, in den Lüften ausgespannt gehalten – blinde Fenster im Himmel, & Regen stürzt, die kaltgläsernen Fluten –

Oft schlägt das-Wetter um. Wir=alle mußten unsere Bekleidung ändern, anpassen, mußten die sensiblen Fortunyumhänge tauschen gegen enganliegende Anzüge aus wasser&windabweisendem Gewebe mit Hosen (die uns bisher als asozial & barbarisch galten). Konnten auch die Körperhaut nicht länger verborgenhalten unter weißer Schminke; schutzlos geworden Gesicht Kopf Hände, – Schwärme von Sonnenpfeilen 1stechend auf bloßliegende Haut, ungewohnt der harten Wetter, eisige Zähne Frost schlagen sich reißend in weiches Menschenfleisch – !Gräßlich sie zu sehen mit den blauverfrornen Bißwunden des Winters – Das-Frieren Das-Fiebern sägender Kopfschmerz beim Wexeln der Wetter Das-Dunsten – die-Haut=Dasgesicht mit den Malen aller Heim-Suchungen wild herausgereckt aus den Irr-Stürmen dieser Jetztheit.....

Aufgerissen auch das Gesicht der Erde, der Stadt – eingesenkt eingegraben zu Klaftertiefen die-Gruben, Fundamente für noch ungekannte Bauwerke – hohlmäulig starrend der zerkraterte Grund zum Himmel=hinauf. Grundwässer, schäumiggrau in dicken Strahlen abgeleitet, unaufhörlich pumpen die-Motoren was nachfließt aus den zerrissenen Erde-Tiefen –. Über-Monate=hinweg Tage&nächte Stoßen Stampfen Schaben Rumoren Maschinengewüste lärmbeißend – blendend in die Nächte geworfen die überirdischen Lichtfluten der-Tiefstrahler aus Immerdunst&regen in zerfetzte Lüfte, – in Wellenschüben erzittert die Erde –. Schwaden festen Steinestaubs als zähe Blöcke Derluft eingestanzt. Offenbar hat Man aus den Mondbergwerken & den Arbeitstätten des Mars wuchtigstes Baugerät (das es hier nicht gab) sowie aus anderen Erdteilen Massen an Arbeitern (nicht selten Sträflinge) zu schwersten Arbeiten gezwungen, hierher=auf-die-Erde verbracht (finster & stumm werkende Scharen Männer mit Muskeln wie Drahtseile unter schweißverkrusteter Haut), – denn niemand=von-uns hätte !Diesearbeiten auch nur ansatzweise ausführen od !Diesemaschinen bedienen können. Zu-Allenstunden Tag&nacht in den Lüften schwebend, mal von Nahe mal von Fern, ununterbrochen Köre 1tönig brüllender Stimmen, – mitunter scheinen diese Köre aus dem eigenen=Innern zu kommen ohne daß man Es hindern könnte..... 1schlafen schwierig, häufiges Erwachen aus porösem Schlaf, mit Brennen in den Auglidern als sei Flugstaub hin1gedrungen. Herz & Lunge rasend stotternd, Atemnot & kalter Schweiß, dann der-Infarkt (viele sterben) – Eigene Stimme, eigene Gedanken, die-Stille=selbst mißraten laut, schroff, kantig, Feuer durchglimmen die Eingeweide –.– Rausgezerrten Innereien gleich auch der Anblick jener der Erde unter den Straßen Plätzen Häusern entrissenen lichtleitenden Kabel, zu Knäueln Ballen weggeworfen, sich türmend straßenentlang wie das-Gewölle elektronischer Sauriervögel, & neue sehnendünne Stränge 1gezogen – unterirdische Netzwerke knüpfend, glatte gläsernhelle Leiterstränge für hochenergetisches Laserlicht.

Beim stadt=weiten Entfernen all der unterirdisch=weitverzweigten Kabelstränge geschah eines Abends etwas !Unfaßbares : Alte noch intakte Energieverteilerstationen mit angeschlossenen Feldemittoren die in-Verbindung standen auch mit den P.D.M. in jenen Häusern, die vom umfassenden Neubauen in Derstadt noch nicht erfaßt & somit stehn- & angeschlossen geblieben waren, geschah im Zusammenwirken mit der neu installierten Imagosfäre nun einer Reihe von P.D.M.-gespeicherten Dateien unkontrolliert die Performanz –: In allen Regenbogenfarben changierend hoch im=Himmel wie Nordlicht u Fata Morganen wehend durch Dienacht die Bilder der-Toten – Wiedergegenwart all der Davongegangnen mit ihren letzten Spuren, die, bevor sie end=gültig zu den-Vergessnen gehören werden, hoch über unseren Köpfen als ein=einziges großes *Memento* schwebend, noch 1 Mal für Blitz-Sekunden ihre nebelgleiche Auferstehung erfahren –. Und je länger die über Denhimmel hinhuschenden Gesichter auf&niederflatterten desto schneller & immerschneller ihr flammzuckendes lichtes Hochfahren Verlöschen und Wiederauffahren – das sich zusammenschloß verdichtete in=eins fuhr und vor dem weiten Prospekt Deshimmels erstarrte zu einer antiken Theatermaske, die Allegesichter vorstellte indem Derhimmel zusammenschoß zu Dem Einen Gesicht –, und schließlich auch Dies zum glühenden Punkt gerann und erlosch. – Dann, aus allem zerwühlten Grund, aus pfeifend hochgestelltem wirren Stahlgestänge, aus den Nebel-Visionen heraus hebt sich nach Vielenmonaten Getöse grällen Lichterfluten Gebrülle & Staubkavalkaden langsam ein-Etwas heraus: Umrisse zum Gesicht einer *Anderen Stadt*.

Unseren Häuser ward die feine lichttransparente Kuppelform genommen. Statt dessen Halbkugeln aus milchigem, opakem Kunststoff, die Unterseite flach & kreisrund, die übrige Wandung mit dichten Bündeln aus Lichtleitern gespickt, mehrere Meter lang jede=1zelne dieser Ruten, so daß diese Behausungen an traumhaft=große querhalbierte Platanenfrüchte erinnern. Zur-Nachtzeit od zu anderen Dunkelheiten glimmen die Vieltausende der Rutenspitzen wie Feuerkäfer auf, alle=Umgebung in zauberfeines Scheinen & die Windzüge ihrerseits die Rutenbündel in gespinstig=glühlichtiges Schweben versetzend – irritierend dieser Anblick der bis in Denhimmel=hinauf tanzenden wogenden in=sich kreiselnden Leuchthalbkugeln die eineganze Stadtschaft schaukelnd erhellen, Erde u Himmel unfest geworden in stetem Schwanken Schwingen Abstürzen & Wiedersteigen begriffen ~.~ Überdies sind die Umwandungen sowie sämtliche der lichtleitenden Ruten mit lumineszenten Stoffen gemengt – im=Dunkel erstrahlen diese Gebilde in kalten Farben, 1=jedes scheint aus der Sternenfülle des kosmosschweren Alls gehoben, jedes 1 glimmendes Nagelköpfchen aus den Horizonten der Einsamkeit, die Stätten in mondlichtfahles flaches Schimmern versetzend (ähnlich dem Pflanzengeflechte im=Innern *Ihres* Gartens, das einst zur=Nachtstunde ebenso zu erglühen vermochte, bevor all=*Ihre*=Pflanzen vergingen –). Auch das-Klima in dieser Region des einstigen europäischen Zentralgebiets ist plötzlich ein Anderes: in Tagen&nächten, in1andergeschoben, halten sich Dielüfte immerlau, tags das neuansichtige Himmelblau getrübt, & Wolken eisenfarben aufgedunsen steigen schwer durch milchigen Dunst, – dann immerfort Regen, nieselig und sogleich in starken Güssen niederstürzend. –

Und wiederum die-Behausungen: 1zeln auch, aber in der Mehrzahl in Gerüste über&neben1ander gehängt zu stabilen, steil aufragenden

Turmkonstruktionen in den immerpfeifenden Windstrom gestellt –. Und alle, die hier=bleiben, haben ihre alten Wohnungen & Häuser aufgegeben; mußten umziehen in diese neuen, borstenstarrenden Glasgefüge. Diese Wohnungen hängen nun wie Baumfrüchte als Gondeln in den Gerüsten, verschieden groß & verschieden auch von Turm-zu-Turm deren Zahl; es gibt Türme mit über 20 Etagen. Noch unbestückte Gerüstgestelle ragen bizarr wie gigantische Fahnenstangen in Diehöh –. Die Wohngondeln sind aus den Gerüsten leicht wieder zu entfernen, ein Wohnumzug geschieht mit der gesamten Gondel – hier aus-, am andern Ort eingehängt. Fertig. Anschlüsse für Wasser, Strom, Heizung, Abwässer laufen von-Außen in jedes Halbkugelgehäuse, sind wie Stecker 1fach zu installieren. Die Hausgerüste gleichen vertikalen Schienensträngen mit Weichen; bei Umzügen od Neubestückung gleiten die Gondeln an Stahlseilen & Motorwinden auf-Rädern die Schienen hinauf od hinab; um sie am vorgesehenen Platz im Gerüst zu verankern, & die entsprechend gestellten Schienenweichen sorgen für die Rangierarbeit. Als Längs-Mittelachse, Rückgrat dieser Türme, sind röhrenförmige Schächte für Aufzüge in Diehöhe getrieben. So manche Plätze in den Gerüsten allerdings sind leer, als seien manche Halbkugelbehausungen wie Flugsamenkapseln des-Löwenzahn von Stürmen davongeweht –.

Auch *Die=Eine* hat Ihre frühere Wohnung verloren – u Den Garten. Am Tag, als das Stadtviertel, in dem *Sie* bislang lebte, von den Abräummaschinen planiert wurde, standen wir=beide am Rand des Geschehens. Wortlos hielten wir=uns-an-Händen u sahen dem Maschinenwerk zu. Die Reste *Ihres* Gartens waren rasch zerknickt, zermalmt, niedergewalzt von Stahlketten & Maschinenschaufeln. Es dauerte nicht lang, der einst geheimnisvoll blühende Garten setzte Dem-Stahlgewerke keinen Widerstand entgegen. – Bereits damals, nachdem die Imagosfäre während einer Nacht zerstört worden & erster Regen in Den Garten eingefallen war, hatte das langsame Pflanzensterben begonnen. Verschwunden das magische Schimmern aus Blüten Zweigen u Blättern; wie *Sie* das vorhergesagt hatte: alle Pflanzen krümmten sich unterm ungewohnten Wasser, sie schienen zu brennen..... Daraufhin hatte *Sie*, wie in der damaligen Nacht schon beschlossen, an *Ihren* Garten selbst Hand-angelegt, wirkliches Feuer hineingeworfen. Tage-später, als ich *Sie* erneut besuchen kam, traf mich bereits weit vor *Ihrem* Haus scharfer Brandgeruch. Und *Sie* hatte mich schweigend dorthin geführt, wo ich vor-Nächten zum Letztenmal die Überfülle aus Blühen u Leuchten gesehen, diese schweren wonnigen Düfte u den warmen Odem aus ewigem Frühling im Nachsommer eingeatmet hatte. / Beißend Derluftblock auch jetzt. Verschmokte Strünke, Halme in Aschenfarben zerfressen wie ausgeglühtes Eisen, zusammgestürzt auch die hohen Vitrinen, unter Flammenhitze zersprungenes Glas (verrußte Scherben lagen wirr umher, ein Schindanger für Glas), aufgebrochne verglühte Erdschollen u fettigschwarz glänzendes verkohlt stinkendes Holz – diesen Anblick bot der von Feuern verwüstete Grund. Niemals werde ich aus meinem Gerucherinnern Diesenbrandgestank..... loswerden. Und !solch Anblick voller Schreck u Trauer ist mir seither als Symbol für unsere verlorne Abendsonnenzeit erschienen. Ja: die-Zeit=selber ist fort=an zerstückt, zu knickerig kleinen Münzen jede 1zelne Sekunde geizig zerzählt; Zeit ist das Zahlungsmittel für Angstkämpfe gegen Armut; & jede 1zelne, noch so kleine Sekundenmünze..... verwundet.

Obwohl aus allen Stadtgefilden her Damals schon Maschinenlärm aufbrandend aufbrauend Tage&nächte schäumend zersott, – jetzt, bei !diesem Anblick *Ihres* verwüsteten Gartens, sog Etwas=Anderes alles Lärmen in=sich ein – Stille. Die gefährlichste u die für 1 Kurzes befreiendste Art von Stille: ertaubte Lautlosigkeit. – *Sie*, die meine Hand nun losließ, hatte damals keine Tränen. In die niedergesunkene Lautlosigkeit hinein sagte *Sie*, *Sie* hätte Alletränen vorweg geweint; Zeitfür-Tränen sei lange aus. Nun sei Diezeit-für-Abschiede..... gekommen. (Unserer=Sitte gemäß fragte ich *Sie* nicht, was *Sie* mit Ihrer dunklen Andeutung meinte.) Und als ich zu *Ihr* hinblickte, sah ich die Farbe *Ihrer* bloßen Gesichthaut dennoch wie Früher in Weiß, doch nun gekehrt in wirklich leuchtendes Weiß *Ihrer* bloßen, ungeschützten Haut. – Und mir schien, in Diesemaugenblick hob Dastosen Lärmen Dröhnen aus den-Stätten-rungsum wieder an, Rasseln Hämmern Maschinenschnauben, rüdes Kolben-Gestoße, Schneidflammen klingendünn & kaltblau pfeifend wie Derschmerz....., zerzischt zerstammpft zerhämmert die Lautlosigkeit, schrill zersägt pausenlos mit hellklirrendem rhythmischen Schlagen, Herzton Metall:auf:Metall : Bei all den Aufbrüchen Aufrissen zerfetzendem Wühlen in der Erde hat Man gewiß auch Das-Herz=Derstadt freigelegt: Monate Wochen Tage Stunden Minuten Sekunden zertrümmert, die Leiber ruhelos schlafverloren, Lichter aufgebrannt –

Heut sehe ich, !wie !Recht *Sie* hatte mit Ihrem Ausspruch, die Zeit-für-Abschiede..... sei gekommen : Die Zeit in der Nichts bleiben will, Alles kommt fort, die alte Sicherheit ist verloren, Sicherheit hat sich zur Gefahr gewandelt u: Gefahr zur letzten Sicherheit, denn 1zig auf-Gefahr ist noch Verlaß..... Die Erfolge aus zwei Jahrhunderten Erd=Leben – dahin; man verachtet sie inzwischen. Die-Rede geht, wir=die-Menschen in Zentraleuropa seien verdorben am separierten Leben, unser Leben war Dilet-Tantentum, 1zig !dadrin hätten wir Meisterschaft bewiesen. Weil alle Neugebornen von den-Toten herkommen – im=Anfang war Das-Tote –, heißt Geborenwerden Auferstehen. Aber den-Gebornen verbleibt ein Teil des vorgebürtigen Wissens, das Wissen vom Tod. Also, heißt es, müssen wir=die-auf-Erden-Gebornen ganz=von-vorn beginnen, müßten von den-Toten bei den-Lebenden einkehren & neu erlernen: Leben, Lieben, Arbeiten, das tätige=Dasein im=Verbund mit Alldenanderen=Aufderwelt. Wir, die wir Erwachsene waren, müssen fort=an Kinder-sein; Anfänger=im-Leben, um endlich erwachsen zu werden. – Und seither ahne ich, daß auch ich noch Nichts vom Vergangenen bewältigt habe, daß Triebe & Einflüsse=der-Toten zwar im-Lauf-der-Jahre verloren gingen, doch Anderes nur wenig & unreif hinzugekommen ist. Also müßte ich die-Kindheit noch leisten, müßte noch ein Mal alles Aufgegebene wieder=holen, um sicher im=Heute anzukommen, und nicht zu zerbrechen Hier..... Denn Kindheit, heißt es, ist das-Fundament, auf das ich mich jederzeit werde berufen können.

Die-Neuen-Regenten=vom-Mars werden für Den=Neubeginn den Erdbewohnern *neue Namen*, 1 Code aus Buchstabenfolgen & Ziffern, geben. Aber nur denen, die das Gen-Umgestaltprogramm vollständig absolvierten. 5 Impfungen sind für-1=jeden vorgesehen; nach jeder Impfung erhält jeder 1 Buchstaben + 1 Ziffer mehr für seinen späteren Namen. Und am Namenende bleibend das »E«: zur Kennzeichnung für jene, die von der Erde stammen. –

Zueinanderströmend sich fügend zu Langenreihen Hinstrebender vor die Portale des ehemaligen »Hauses der Sorge«, dem Neuen Senatgebäude mit der Gesundheitbehörde, !dorthin ziehen Diemassen, dort vor den alfabetisch bezeichneten Portalen, den neuen Namen gemäß, reihen-sie-sich-1 & erwarten die-Injektion für das Gen-Umgestaltvorhaben; rekonstruierte Gene, die uns=Menschen sich ändern lassen. –

Mein neuer Name beginnt mit: B 18, am Ende das E; 4 Impfungen müssen noch folgen. Danach werden jeweils 8 Buchstaben & sämtliche Ziffern, gesondert hintereinander gereiht, eine sprechbare Buchstabenfolge ergeben. Den vollständigen=neuen Namen weiß ich zwar heute schon, doch tragen, auf dem Revers od der Brust unsrer Kleidung aufgeprägt (ganz wie die Menschen vom Mars, nur das E am Namenende bezeugt für=immer die Herkunft vom Planeten Erde), das darf ich erst nach der letzten absolvierten Impfung. Wir=alle erwarten voll banger Freude !diesen Tag unsrer neuen Namen.

Die Frau, für=mich *Die=Eine*, würde fortan einen Namen tragen, der mit den Buchstaben DS und der Ziffernfolge 20 beginnen soll, und das E zum Schluß. Doch hat Sie sich bisher den-Impfungen widersetzt, ist zu den anberaumten Terminen nicht erschienen. Die Fliegenden Engelkinder haben alle Säumigen zur Impf-Aktion herauszubringen – aus maschinenerhitzten Lüfte herabstoßend ihre Flüge, ordnen die F.E.K. Diemassen in Reih-&-Glied (*Sie* war niemals unter-ihnen). Die-Meisten aber, auch ich, folgen alles andere als widerwillig den Anordnungen zur Impf-Aktion; im Gegenteil: Die Menschen, die eben noch gebückt herumgegangen sind, so als seien sie in ihrem-Inneren von Allemneuen mit unsichtbaren Gewichten beschwert, verstummt, um nicht zugeben zu müssen, daß Etwas in=ihnen sei, von Dem sie nichts wüßten, Das niemand zu sehen bekäme & Das stärker wäre als alle=zusammen; – diese Menschen, auch ich, streben nun schneller & schneller, eifriger & immereifriger ins Neue Senatgebäude zu den-Impfungen, & die F.E.K.-Staffeln haben bisweilen Mühe, nicht die-Renitenten herauszubringen, sondern die-Anstürmenden zu ordnen; immer stärker in den Lüften ölerhitzter Geruch. Noch größer als Trauer über den-Verlust alles Vertraut=Gewohnten, sind Glanz & Faszination Des-Neuen, die von den Neuen Verhältnissen, den bislang ungelebt=ungekannten, ausgehen u als Einstrom bis in jede 1zelne kleine Fiber unserer Nerven 1dringt – dort wie junger Wein schäumend in=uns ein vollkommen unentdecktes Fühlen aufspürt: die noch ungeträumte Seeligkeit am Aufstehen aus den flachen Dämmerungen grauschmeckenden Vorschlafs, hin zu den Dingen wie nun Der-Tag sie uns gibt: Straßen in langhingebreitete Fernen führend – zu ihren Seiten helles Häusertürmeschimmern, mild geht der Wind hindurch – und im Ende aller Fernen schimmert Daslicht weiß wie frische Schnittstellen durch Metall –.

Anfangs meinte ich, Es sei eine heranbrausende Sturmbö, – aber für einen Sturm dauerte Es zu lange, kam nicht schnellgenug in den Straßen voran. Überhaupt die Straßen, !unsere Straßen –: Einst die mattgläsernen Verbindungen von Haus-zu-Haus, die Kanäle von farbig pulsierenden Lichtströmen durchpumpt, stets rasch verlöschend wie Lampenlicht aus alten Batterien gespeist, – Heute mit Staub&abfällen bedeckte, von Unzahlen drüberhin hastender Schuhsohlen zerkratzte verschrammte durchlöcherte Verbindungstrecken – die neuen Leitsehnen darunter strömen ihre Lichtfolgen ungesehen=unaufhörlich durch die alten Adern der Stadt. –

Was anfangs wie eine Sturmbö zwischen den Häusergerüsten tosend heranzuwogen schien, das erwies bald etwas Anderes: Zunächst zusammgeschobne verballte Luftmassen, von Ölhitze durchsetzt wie von Adern ein Marmorblock, – aber das war nicht vom maschinenheißen Atem der Fliegenden Engelkinder, waren auch keine von Tornados verwirbelten & hochgeworfenen Himmelsäulen aus Staub – was alsbald folgte, war jenes undurchdringliche Raunen Brausen das anrückenden Großenmassen aus Menschen vorausgeht, eher als ein artikuliertes Geräusch das aufsengste=zusammgepreßte Verdichten Derluftmoleküle, – und : Dann sah ich eigentlich nur Diebewegung, dies einem dunklen Drang folgende Gehen, langsam entschieden kraftvoll u: dennoch wie in-Trance –; Diebewegung von enganeng daherschreitenden Menschenmassen. Und ich sah Augen, ja eigentlich sah ich inmitten der hellschimmernden unter den eigenen Schritten schwankenden Gesichterflecken Nuraugen – gradaus gerichtet, u die Blicke wie ausgeräumte Zimmer groß u leer, doch wiederum zugleich erfüllt vom gläsern harten Schimmer der-Träumer=vom-Neuen; !unerhört Neues, dessen Name zu groß als daß er hätt ausgesprochen werden können. Aus den Mündern kein Gesang, doch jene Töne die zum Luftdruck um Ihremassen sich zusammpreßten, eine Art Summen od tönendes Atemholen das gar nicht ihren Lungen Kehlen Mündern, sondern vielmehr ihrem=Willen entsprang – als seien dies sämtlich Statisten für einen monumentalen Film über Völkerwanderungen-der-Frühzeit; Einwille wie er aus unerforschbaren Gründen, scheinbar plötzlich, ganze Völkerstämme erfassen & zum-Auf=Bruch aus ihren jahrtausendalten Lebengründen treiben konnte, alles Gewohnte, Sichere, Vertraute zurücklassend wie altes Geschirr an erloschnen Feuerstellen – & zum eigen=sinnigen Marsch-ins-Unbekannte zwingend, mit leeren

Händen, aber in den Sinnen Das Großewagnis Kämpfe aufzunehmen mit Dem-Verhängnis..... Sie kamen aus dem Kernland Europas u von den Rändern dieses Kontinents, dickschädlige Balkaner, Russen, Polen, Menschen von den griechischen Inseln, aus Gebirgschluchten Albaniens, kleinwüchsige Spanier, untersetzte Türken, hochwüchsige Skandinavier, sogar Inuits (in=Schneeruhe die undurchdringlichen Gesichter) aus Grönland u von Spitzbergen – so schwemmten die ersten Menschenwogen über die Hauptstadt des alten Zentraleuropa, so ergriff sie Alle, auch mich, unterschiedlos riß Diesewoge alles Zaudern nieder – was widerstehen wollte, verschwand spurenlos in Derflut, als hätte Einwesen sie verdaut. – Ein Mal meinte ich inmitten Derwogendenmenge 1 Frau zu entdecken – !*Die=Eine* – u das Gesicht dieser Frau sei von einem unglaublich strahlenden Weiß..... Aber !das ist gewiß Täuschung gewesen. Doch war !diese Erinnerung an *Sie=Die=Eine* so stark, daß sie mir meine Besinnung wiederbrachte; ich kehrte wie beim Aufwachen aus Schweremtraum in=mich=selbst zurück, – trat heraus aus Demstrom, stellte mich abseits. – Vielestunden schwebten damals Staub&keuchen in den Straßen u die kompackten unsichtbaren Wolkenbänke glasiger Menschgerüche wie sie ungeheueren Massen entströmen: stechend-scharfer Schweiß der-Eifrigen machte die Kleider feucht&schwer stumpffaules Gären hunderter in derbes Schuhwerk gepreßter lange nicht mehr gewaschner Füße & brennendgelber Uringestank. –

Das war Damals die Erste Welle, die, nach beendeter Impf-Aktion, zum Bezirk mit den Raketenstartplätzen hinschwemmte, weit außerhalb der Stadt. Menschen aller Altergruppen fanden sich darunter, manche kamen nur mühsam voran, wenn sie sich niedersetzten um auszuruhn, liefen sie Gefahr von Denvorandrängenden überrannt zu werden. Blicke-los, unempfindlich für jegliches Hindernis, auch für Hunger Durst andere drängende Bedürfnisse, Arme&hände eng=inIander verflochten zum menschlichen Dickicht, so zogen Diemassen dahin –. Auch sah man in Denzügen bereits wieder Schwangere, zum 1. Mal seit Jahrzehnten suchte man sich fortzupflanzen u Milchigsaures aus Mutter&kind stach hin-1 ins Massenströmen. Diese Frauen, genau wie die-Gebrechlichen, wußten natürlich, daß sie für den Transport-zum-Mars nicht mitgenommen werden konnten, allein der-Zwang aus ihrem=Innern ließ sie dennoch sich 1reihen in den-Zug aus schwer benennbarer ungarer Hoffnung=auf-!Anderesleben.

In alle Miasmen=Dermenge drangen auch übersüße schwere Sirupdüfte altreifer RosenJasminLilienblüten im Fest des Verwelkens, & zum Atem=Tausender mischte sich aus messinggelb umrahmten Kindermündern der F.E.K. immer aufneu Dasfauchen, als sei Dies Der-Einen-Stimme end=gültiger Laut, voll eines Großen Versprechens – keuchende Tage, keuchende Nächte – –

Wir hatten sämtlich das Kontrektation-Gen-Programm absolviert; mit der Zügellosigkeit als 1. Folge des genetischen Umgestaltens hatten Die-Regierenden gerechnet. Ähnlich mochte es vor mehr als zwei Jahrhunderten bei der Einführung des »Rechts auf den=einen Mord« zugegangen sein : Damals zuerst eine Periode !gewaltigen Blutrausches – die aber ging rasch vorüber & richtete Allesinallem nicht wesentlich mehr Schaden an, als sonsthin das illegale Töten. Und danach dann der Beginn unseres vollkommen !anderen Verhaltens. Ähnlich wie im=Märchen, wenn 1 armen Schlucker der Ring-mit-Zauberkraft zukommt der ihm !Einen Wunsch freiläßt. Der-Arme, ans unbedingte Aufsparnmüssen alles Wertvollen durch seine Armut gewöhnt – & für den-Armen ist Alles wertvoll außer seiner Armut –, wird diesen=einen Wunsch !niemals einlösen. Denn mit 1 Mal erscheint ihm Alles aus eigenen Kräften erreichbar – er spürt, die Zauberkraft liegt nicht im Ring sondern in ihm=selbst. Genauso sind schließlich die-Menschen mit Dem Freibrief zu 1 Mord umgegangen. Und jene harmonischen Umgangformen aus Höflichkeit Freundlichkeit u Zartgefühl zogen daraufhin in unser Allgemeinleben ein. Denn wahrhaftig ver!bessern kann die-Menschen während ihres=Lebens nur die allfällige Bedrohung durch den Tod; nur Dertod mit seinem Instrumentarium zum Töten, ob Schwert od Laserstrahl, das beständig über den Köpfen der Menschen kreist, bringt Menschen zur Menschlichkeit. Wir=alle hier=Auferden haben Das erfahren können. – Ja, eigentlich hätte niemand heute&jetzt zu sagen vermocht, !weshalb das-alte-Leben plötzlich so nichtwürdig so unlebbar geworden sei – was=!genau man sich erhoffte vom Neuen=Anderenleben –: Stets ist des-Menschen Faszination dafür am !größten, wovon er am !wenigsten weiß. (Da ist Etwas=in-den-Menschen, ein Gebräu aus Chemikalien, das nach-Bindung sucht in den langen Molekülketten der-Gene, & jede verabreichte Injektion der Gen-umgestaltenden Substanzen entfaltet unterm Hirndach den goldfarbenen Himmel, der die inneren=Augen

der-Hoffenden insich hineinschauen & Dort all die Prunkwörter erstrahlen läßt, die ihnen die Gehirne brennen & wie an Neugebornen die Schädelnähte noch einmal sich öffnen machen; diesen Riß, durch den angeblich Daslicht hereinbräche.) –
   Sowohl die F.E.K. als auch andere, neu geschaffene & eingesetzte Ordnungtruppen mit den-Heliovolants suchten Dieandrängenden zurückzuhalten, zu sondern. Aber genausowenig wie 1 Mensch inmitten eines Flusses dessen Strömung gebieten kann, ebensowenig konnten die-Ordnungkräfte den Springfluten der Massenhoffnung Herr-werden; Dieströmung tilgte alle geordnete Bewegung. Dieströmung war überall, unter & neben sich spürte man das Reißende, die grausamen Gewalten des Voran – von überall-her trieben Diemenschenströme dem Startgelände zu, drückten Barrieren & Zäune ein als wären das Hindernisse aus Stroh. Glück=haft aufgehitzt, Indünsten Wonnesucht, seelsam strotzende Gewißheit aus Unbesiegbarkeit. Aus dem Massenstampfen über Erde Steine Kies heraus hob sich grausames be=ständiges Knirschen wie von Zähnen in ausweglosen Fieberträumen von Gejagten. Dieschwärme waren sodicht daß von Diesermasse die Ordnunghüter die sich in den Weg stellen wollten verschluckt wurden – 1 dieser Männer sah ich von dem langsam stetig unbeirrbar voran sich wälzenden Massenstrom wie 1 Treibholz in die Höh gehoben, die strichdünnen in dunklen Stoff gehüllten Arme emporgereckt, den Mund weitaufgerissen als wolle er in Vollentönen singen, verhielt diese Erscheinung für Augen-Blicke in der Luft, um sodann langsam doch unerbittlich mit zerknickenden Armen wie im Schlund eines Fleischwolfes zu versinken, seine Schreie u das helle Geräusch zerbrechender Knochen mit=sich nehmend ins unergründliche Massenge-Triebe..... Viele auch der F.E.K., die mit Maschinenkräften zu ordnen & zu wehren suchten, stürzten ab, blieben grausam zertrampelt zerquetscht unter dem malmenden Füßewerk Dermassen zurück, das mahnend Zornige in den Messingzügen zu demolierten Masken des Schmerzes verbogen zerknüllt; heiße Ölpfützen versengten manches Füße, doch bewirkte das keinen Halt, Es stürmte wälzte kwetschte sich weiter. Unbeirrt starrten aus dreck&schweißbeschmierten unter Sonne & Regen aufgesprungnen Gesichtern! Dieaugen hervor voll Wille=&=Wahn. Da setzte Man gezielt=Waffen gegen SIE ein – !Laserfeuer –: Viele verreckten; Nochmehr folgten, die Toten überdeckend mit ihren drängenden stampfenden Schritten marschierten SIE nun ungehindert

auf das horizontweit sich erstreckende Raketenstart-Gelände –; erst unmittelbar an den vordersten Startplätzen sank Dieflut Dermassen plötzlich in=sich zusammen, vor Demfeuer & dem himmelschütternden Tosen; – mit einem weithin dringenden Klagelaut, langgezogen, aus Vielhundertkehlen hielten Diemassen an. Und wie Einewoge, die plötzlich angehalten ward, hoben SIE sich vom Boden & kippten nach-vorn, – und auf dem heißen steinigen Strand der Ernüchterung rollte schließlich Diewoge aus –, als seien auch SIE jetzt=plötzlich aufgewacht; Sie, die vom selben Traum gefangen waren, von einem= jener Träume die Schlaf u: Wachsein zur Unkenntlichkeit=miteinander verwischen. Diefeuer brachten Besinnung, sie=alle schlugen die traumverschlossnen Augen auf, sahen : Aus Triebwerkturbinen die Laserlichtsäulen*, Grällflammen blendend in den Grund sich bohrend & die monströs aufgeballten Staubwolken um die Startgerüste wie Schneidbrenner zerreißend, – und manchmal aus dem feuerfarbigen Gewölke traten *Gesichter* hervor, *Riesen-Köpfe* mit zerfetzten Bärten, die *Gesichtzüge* schmollend od aufgeworfen zu Macht=vollen Drohungen als schreckten *sie* zurück vor dem selbstentfesselten Inferno – & aus all=diesem Höllengebräu Gas&laserflammentoben unter anschwellenden Maschinenkören sahen sie=alle die schneehell aufglänzenden Raketengeschwader majestätisch langsam aber unaufhaltsam vom Erdboden sich heben und in Himmelhöhen auffahren. Und von jeder Rakete schnellte 1 dünnscharfer blasser Strahl wie 1 Kondensstreifen indie-Höhe, und verlor sich in der gewölbten Himmelhöhle od in den Gebirgen aus Wolkenstein. Die dünnen Strahlen, das waren ionisierte Luftmoleküle, die sichtbar gewordenen energetischen Verbindungen die bis zu den morphischen Feldern des Mars hinüberreichen –.

Jeweils in Staffeln-zu-5 erhoben sich die schlanken Projektile, in lichtgleißenden Umhüllungen erstrahlend, aus ihren Startgerüsten – wie metallische Finger an unsichtbaren Händen himmelwärts=gereckt, die beschwörend od gierig, nach Weltenhöhen greifend & im lichtblauen od wolkenverballten Himmel verschwanden – einem Himmel, den nicht mehr wir bestimmen können, weil er der Kraft unsrer Imagination entzogen ward. Nun ist Himmel wieder fern geworden, wieder fremd & unergründlich tief –.– Über-Vielestunden=danach, zunächst nur um das weite Gelände mit den Startrampen dann später über Stadtschaft&land sich hinbreitend u in-den-Lüften schwebend, gefangen in windsigen Tröpfchen (zarter u leichter als Nebel), dünnscharf der Geruch von Myriaden Laser=zerstrahlten Luftmolekülen : Nach den Raketengeschwadern die Atmosfäre des einen-nachdem-anderen in pollutiven Schüben abgeschnellten menschlichen= Triumfes.

NATÜRLICH KAMEN WIR, die Damals Voranstürmenden, für den 1. Transfer innerhalb der Mission E.S.R.A.-I, mitsamt all=unsern absurden Bestrebungen, vor-allem zu spät: In Abstimmung mit den für Raumflüge günstigen Planetenkonstellationen Erde – Mars sowie Erdmond – Mars waren vom Senat längst die-Listen für die 1. Transferberechtigten ausgearbeitet & die Betreffenden den langwährenden Vorbereitprogrammen 1gegliedert worden. Das waren Damals diejenigen, die nach vollendetem K-Gen-Umgestaltprogramm, vom-Senat als die-Ersten bestimmt wurden, die als *Einsatzkräfte* für den Mars bereitgestellt wurden. Nach welchen Erwägungen & zu welchen Zwecken im-1zelnen diese Personen ausgewählt worden waren, das allerdings ist mir u gewiß auch den-Meisten=von-uns verborgen geblieben. – Auf den neu installierten Schirmen der hoch über uns schwebenden Imagosfären laufen Tag&nacht in karminroten Lettern die Namenzüge der-Auserwählten sowie die Aufforderung, zu bestimmten Tagen & Stunden vor dem Senatgebäude zum ABTRANSPORT sich einzufinden. Wie Menetekel zitternd in den Lüften schweben diese Namenzüge allzeit sichtbar über der Stadt –.

Wir, die das K-Gen-Umgestaltprogramm absolvierten, haben inzwischen alle unsere vollständigen neuen Namen erhalten. Mein Vorname ist nunmehr BOSXRKBN 181591481184-E; vergleichbar der Transkription alter konsonantischer Sprachen mit Hilfe eingefügter Vokale gesprochen zu: Bosixerkaben. – Anhand dieses Vergabemodus konnte *Die=Eine* Ihren neuen Vornamen im=Voraus bestimmen: DSVNK 2091241-E, gesprochen: Deesvaunka.

Solcherart Namenvergaben empfanden wir als tiefe Erniedrigung : Die-Marsianer, zumindest Die zur Oberschicht Gehörenden, hatten sich Namen mit klassischen Anspielungen verliehen – aus der griechischen & römischen Antike, die ihrerseits auf Planeten & deren Trabanten verweisen; uns=Erdbewohnern hingegen Namen ohne Zeit- u Geschlechterbezug verordnet, gewissermaßen Warenartikelbezeichnungen aus dem Namen's Baukasten, die sämtlich an Bezeichnungen für Werkzeugsortimente, alte Maschinen, Indianer- u Insektenstämme, Motorenöle od an abartige Sexualpraktiken erinnern. 1 Bekannter soll hinfort heißen: Erkixce, 1 anderer: Gyvpokukixku – *Der=Einen* langjährige Freundin: Kacedebesen; 1 andere gar: Ukadebesix. Im=Anfang waren wir gespannt auf *unsere neuen Namen*; jetzt, nachdem jeder 1zelne 1 neuen Namen erhalten hat od diesen sich des Systems gemäß bereits ersinnen kann, sind wir=alle zutiefst !enttäuscht; wir empfinden uns wie Ausgestoßne, Verfluchte – :Wir=alle haben, unabhängig von 1 ander, beschlossen, diese »Namen« weder untereinander noch für uns=selbst jemals zu verwenden, sie nicht zu tragen & sie nur dort vorzuweisen wo sie herkommen: auf den-Behörden der Neuen Regierung.....*

Unsre Winterwelt durchstreifen Horden derer, die überdauert haben. Mühsam unser Weg durch meterhoch verwehten Schnee. Viele haben Wir verloren auf dem Weg durch Kälte&schnee. Nun gelangen wir, die übrig blieben, vor einen zugefrornen See. Glitzernd die Schneeschicht, glatt makellos u noch ohne Spuren. Weder Tier noch Mensch hat bislang Diesensee überquert. Wir müssen den Weg, unsern=Weg, fortsetzen. Müssen übers Eis. Schon nach wenigen Schritten brechen einige Gestalten ein, jetzt birst auch unter meinen Füßen das Eis, – kein Halten – ich tauche tief ein in das gelbbraunrübe Wasser, Kälte würgt den Atem ab. Doch gerate ich nicht unter die geschlossene Eisdecke, ich bekomme den Rand des Bruchlochs zu fassen, ziehe mich aus dem Wasser heraus. Neben u hinter mir einige Andere, ebenfalls Eingebrochne, – während die-Übrigen gleichmütigen Schritts durch den Schnee stapfen, dem gegenüberliegenden Ufer zu, als wäre Nichts geschehn. Hastig, bevor Kälte uns erstarrt, suchen wir zurück auf die feste Decke aus Schnee&eis. Doch erneut brechen die Füße ein, wieder tiefes Eintauchen in den eiseskalten See. Und wieder Herausziehen – und wieder Einbrechen. Das Ufer, das mir vorhin nur wenige Dutzend Meter entfernt schien, weicht weiter und weiter in Dieferne –. Niemanden bekümmern die-Menschen-im-Eis; niemand ruft um Hilfe. Schneeknirschen u zuweilen das harte Bersten des Eises – die 1zigen Geräusche. Wir die überdauert haben, suchten aus der alten in die neue Winterwelt einen Weg; doch erstarrt sind die Glieder, wir sind mutlos geworden. Daseis hält uns=fest. Aussichtslos unsre Versuche, rettendes Ufer zu erreichen. Es gibt kein rettendes Ufer. Wir gelten Hier nicht mehr – –

Namen ändern auch Die-Arbeit, Die nimmt andere Formen an, verfügt ihr=Regime gegen uns=die wir mit den neuen Namen auch neues Blut in=uns haben. Doch ist der Neue Leib noch wie 1 Rüstung, kalt ungefüg, mit scharfen unbegradigten Kanten, den hin1gestellten Leibern fremd; das-Fremde wird den Leib formen wie in der-Metallurgie Gußformen die Eisenschmelze. Was nicht verbrennen wird, das wird im-Weiterleben aushärten zu dienstbaren Körpern.

Eine der verhängnisvollen Neuerungen besteht in der beabsichtigten Wiedereinführung der Geldwährungen..... Unser übliches Tauschmittel, die Energieeinheiten, mußte wegen des sprunghaft ansteigenden Energiebedarfs im europäischen Zentralgebiet dem uralten Äqui-valent, Demgeld, weichen, sonst hätte die unabwendbare Gefahr explodierender Inflation..... bestanden.

Der Buchstabe E am Ende der neuen Namen weist deren Trägern andere, meistens niedere Arbeiten zu als den vom Mars gekommnen Arbeitkräften, unsre irdische=Anderheit auf=immer zu dokumentieren. Mit den K-Gen-Umgestaltungen gehen stets auch genetische Prüfprogramme einher; !die erbringen in überwiegender Zahl Ergebnisse, denen zufolge Erdbewohner gemäß den Marsianischen Kriterien für Leben's Tüchtigkeit & »intelligente Kommodifikation« noch in viel zu geringem Maß entsprechen : Der I.K.-Index* bewegt sich bei fast allen Erdgebornen in den unteren Bereichen, so daß die-E-Namenträger oftmalen lediglich zu Hilf's Arbeiten innerhalb des in all seinen Grundlagen vollkommen umgestalteten bzw. überhaupt wieder eingeführten gesellschaftlichen Arbeitprozesses als tauglich sich erweisen. Vor=erst. Das genetische Umgestaltprogramm wird in rascher Zeit seine Folgen entfalten, und, lassen euforische pro-Gnostiker verlauten, spätestens nach 2 Generationen dürften die Heute noch prekären Unterschiede zwischen Erdbewohnern u: Marsianern ausgeglichen sein. –

Alle den-Zentraleuropäern vertrauten Arbeiten haben vom Symbolischen zum Realen gewexelt, die meisten Behörden, somit auch die K.E.R.-Behörde, der ich angehörte, sind abgeschafft & durch neue, spezialisiert ausgerichtete Behörden, gemäß der politischen & Verwaltungstrukturen & ihnen entsprechenden Hierarchien in der marsianischen Stadtschaft Cydonia I*, ersetzt worden. Um den-Volk=Massen in den Stadtschaften von Zentraleuropa Verdienst&leben's Grundlagen zu erstellen, sind !sofort=umfassende Ausbild&schul-Kurse von-Nöten; die-Scharen Ausgestoßner, die keinerlei Beschäftigung erhielten & Not=gedrungen durch Raub & Diebstahl zu Geldmitteln gelangten, sind binnen=kurzem in den Gefilden der Stadtschaften hochgeschossen wie Pflanzenwuchs auf brachen Stätten –.– Mit unseren neuen Namen haben wir uns im Senatgebäude, dem früheren »Haus der Sorge«, persönlich 1zufinden & registrieren zu lassen. Daraufhin werden jedem=1zelnen die entsprechenden Ausbildmaßnahmen zugeteilt.

An 1 sonnenscharfen Vormittag begebe ich mich zur Registraturstelle, reihe mich 1 in Dieschlange-der-Wartenden, die spiralig zu mehrfachen Windungen das Entrée des alten Gebäudes füllt. Die hier= versammelten Menschenmassen dünsten Bangigkeit, kaum 1 lautes Wort, niemals Gelächter, die Lufthülle in dem zwar hohen Saal ist dennoch rasch verbraucht, stickig & grau wie Sorgen schmeckt das Gebräu während Derstunden=Langenwartens. – Zum 1. Mal sehe ich die aus schwarzem Holz geschaffenen Türen in den Galeriewänden sich öffnen, Menschen treten ein aus, die Türen fallen geräuschvoll in ihre Rahmen zurück. (Von-Drinnen aber dringt niemals 1 Laut durch das schwere Türholz zu=uns nach Draußen –: Wo um *Leben* verhandelt wird, herrscht Stille=von-jeher.) Unsere neuen Namen erscheinen als elektronischer Schriftzug, begleitet von 1 harmonischen Akkord, über 1 der Türen: der Aufruf zum Eintritt – wir müssen in dem wirren Konzert aus ununterbrochen aufklingenden Tönen achtgeben: *?Wo erscheint !mein Name.* – Nachdem auch ich nach solcher Aufforderung in 1 der Kabinette eingetreten bin, zuvor neben der Tür meinen neuen Namen in das elektronische Registrierpaneel eintrug (kein Mensch außer mir scheint im Raum anwesend), ertönt aus der Gerätkonsole 1 Folge hektischer Signaltöne –; kurz darauf betritt 1 hochgewachsener Marsianer den Raum, tritt vor die Konsole, gibt 1ige Zahlen & Buchstaben ein (der Alarmton erlischt) –: dann wendet der Fremde sich direkt an mich, die mattbraunen Augen aus dem leicht bronzenen Gesicht mustern mich aufmerksam. Erst nach geraumer Weile & wiederholter Befragung des elektronischen Apparats richtet er mit leicht schnarrender Stimme, darin 1 Ton der Verwunderung unüberhörbar, in der bei Marsianern üblichen Anrede-Form das-Wort an=mich. –Ihre I.-D.-Probe hat ergeben: Sie sind ein Marsgeborener! – (– Vaters nächtliche Erzählung=einst fährt mir in den Sinn, als er mir Damals bei unserer letzten Begegnung !Davon sprach; ich hatte diesen Umstand tatsächlich vergessen – so wie Vater in Jenernacht mit der Zerstörung unserer Imagosfäre gleichfalls ins-Vergessen..... gefallen war.) Der Behördenmann erwartet keine Entgegnung (wir=Erdbewohner haben ohnehin bei-Behörden nur nach Aufforderung zu sprechen), & erklärt: –Durch diese Herkunft wird das nachgesetzte E aus Ihrem Namen getilgt. Somit kommen Sie für diesbezügliche Ausbildungs- und Umschulungsprogramme nicht in Betracht. Lediglich das *Kontrektations-Gen-Programm* haben Sie im vollen Umfang zu absolvieren! Daraufhin liegt die Wahl für Ihren weiteren Lebens- und Arbeitsort ganz bei Ihnen. Sie können hier auf Erden bleiben oder in Ihre Heimat, auf den Mars, zurückkehren. Für welchen der beiden Orte Sie optieren werden: Sie haben nur ein Mal die Wahl, eine spätere Revidierung Ihrer getroffenen Entscheidung ist ausgeschlossen, späteres Zuwiderhandeln gilt als illegal. – Nach kurzer Pause tritt er vor mich hin & nimmt mir das bereitgehaltene P.D.M. aus der überraschten Hand. –Ihr Kontingent für Lebensmittel, Energie sowie für die Geldzuwendungen stuft sich ein auf Grund Ihrer Herkunft und ist adäquat dem mittleren Einkommen eines Beamten auf einer Marsbehörde. Im Übrigen wird von Ihnen zumindest in den offiziellen, behördlichen Bereichen hier auf Erden der Gebrauch der marsianischen Schreib- und Redeweise erwartet. Auf dem Mars ist ohnehin jede andere Form zur Verständigung als die dort übliche verboten bzw. sinnlos, weil niemand dort Sie verstehen würde, sprächen oder schrieben Sie anders als Marsianisch! – Mit diesen straffen, befehlenden Worten reicht er mir das neu programmierte P.D.M. zurück & beendet damit seine Erklärungen, wendet sich ab & verläßt raschen Schrittes durch die Seitentür den Raum.

All-1 zurückbleibend ich, im=Kopf Eindröhnen als donnerte ein Wasserfall neben mir in steinerne Tiefen herab. Nicht die Auskunft meines Geburtortes, den Mars, sondern die vorgestellte 1malige=unwiderrufliche Wahl meines für=Allezukunft zu bestimmenden Lebenortes bannt mich fest – kalt spüre ich in sämtlichen Fibern den Anhauch dessen was Zeit=für-Einganzesleben ist, das abgesteckte Maß für 1maligkeit. (Noch nie zuvor habe ich über die Stücke meiner künftigen Lebenzeit nachdenken müssen, habe in Aussicht des langsamen Leben=Verlöschens unter der Sonne unseres stillstehenden Abends nur das-Eine gesehn: ein ewiges Immer bei schönem langsamen Erdunkeln aller Lebenkonturen so wie Farben u Kontraste auf uralten

Ölgemälden allmählich dunkler werden und immer dunkeler – bis
Nichts mehr auf diesen Gemälden zu erkennen ist als das tiefe ruhige
schöne Braun alles Verschwundenen – u ich würde dann nicht mehr
sein u alle übrigen würden nicht mehr sein, schönes Güte=volles unendlich sanftes Versinken im Nicht-Mehr – –)

  –BOSIXERKABEN 181591481184: Verlassen Sie den Dienstraum
sofort! – Aus irgend-Ecke dieses Raums die metallisch klingende Lautsprecherstimme; schon zulange halte ich mich hier=drinnen auf.

  Beim Hinausgehen und dem Wiedereintritt in die schweren Dünste
aller-Versammelten im großen Entrée des Senatgebäudes steht gleichfalls wie in rotflimmernden Worten vor meinen Augen der Satz: Noch
Heute wirst du entscheiden !was tun.

Esra, **10.** 19:
UND SIE GABEN DIE HAND DARAUF, DASS
SIE IHRE FRAUEN AUSSTOSSEN UND EINEN WID-
DER FÜR IHRE SCHULD ALS SCHULDOPFER GEBEN
WOLLTEN.

FÜR=MICH STEHT NUN DIE ENTSCHEIDUNG !FEST. (Nicht
länger will ich miterleben müssen, wie mein=Heimat-Grund hier=
in-Zentraleuropa so schmerzvoll vernichtet wird – die demütigende
Namenvergabe hat meinen Entschluß bekräftigt; daran ändert auch
nichts die Weglassung des E am Schluß. Somit gehöre ich weder zu
den-Marsianern noch zu denen die mit mir hier=Auferden leben.)
Also will ich Dorthin gehen, wo mir Alles=unbekannt vielleicht sogar
feindlich sein würde & Nichts wäre Dort, was ich mit=mir verbinden
könnte. Besser Weiterleben=wollen in 1samkeit – vergessen Alles vergessen –, als Miterleben=müssen das Hinsterben alles Meinigen.

  Daher fiel meine Entscheidung, zu den-Transfer=Freiwilligen für
die-Ausreise-zum=Mars mich zu melden. Den-Antrag hatte ich beim
Senat vorzulegen, die für mich zuständige Dienststelle untersteht der
Leitung von Io 2034 (:*Und als einst am Ende der-Konferenz im »Haus der
Sorge« meine Hand von der Ihren ergriffen ward, von dieser glatten schmalen &
Eisen=festen Hand, lag in dieser Berührung jenes Fühlen, als wäre ich in das
Haus meiner frühen Kindjahre eingetreten, Wärme die den gesamten Leib*

durchströmte – :Dies gibt mir, sobald ich ihren Namen höre, Erinnerung. Erinnern das noch vor den-Bildern ist –)

Meinen Entschluß, mich zu einem der Mars-Transfers registrieren zu lassen, will ich *Der=Einen* heute sagen. Verlangt unserer=Sitte gemäß *Der=Bund* die Entfernung der-Vermählten von ein ander für Allezeit, so ist !diese Entfernung=zum-Mars für jeden Menschen der-Zeit die am weitesten mögliche Entfernung. (Ferner nur als diese ist Heimat = der Tod.) Und weil für !solche Mit-Teilung die Zusammenkunft via Holovision unhöflich wäre, werde ich mich leib=haftig auf den Weg machen zu *Der=Einen* (die nun fortan DSVNK 2091241-E heißen soll).

(Beim Gedanken an *Sie* verspüre ich plötzlich ein seltsames Verlangen nach Ihrer körperlichen Gegenwart, eine Schau=Lust wie ich sie zuletzt in Jugendzeiten empfunden habe.) (Und – besonders !seltsam – beim Gedanken, ich werde nach einem letzten Beisammen=Sein *Der=Einen* danach !niemals wiederbegegnen dürfen, zieht, statt der erwarteten & oft beschriebenen gemüt=vollen Be-Friedung, vielmehr 1 feiner tiefschneidender Schmerz durch meine Brust u verschleiert wie Eises Windzug die Augen – ?ist Erwachsen-Sein mit ?Schmerz verbunden – :Davon habe ich nie zuvor gehört –)

Ebenfalls unseren=alten-Sitten entsprechend lege ich für diesen Besuch bei *Der=Einen* meine Festtagkleidung an : Schon sehrlange habe ich !diese Gewänder (einst waren sie uns Alltagkleidung) nicht mehr getragen, zuletzt (erinnere ich ?recht) am Tag zum Empfang der E.S.R.A.-I-Delegation auf der sonnenüberstrahlten Esplanade. – Die Schlaflosigkeit der Letztentage macht meine Bewegungen nervös, die Finger zittern beim Berühren der feinen Fortuny-Stoffe –. Was einst uns=allen Hierauferden fremd geworden, die-Renitenz, !die ist mitsamt den K-Gen-Injektionen in=uns zurückgekehrt. Ich weiß sehrwohl, daß !diese Art Kleidung aus alten zentraleuropäischen Zeiten !Heute&jetzt in-der-Öffentlichkeit zu tragen einer !Provokation gleichkommt, & das Erscheinen 1 Patrouille der-F.E.K. steht zu befürchten. Desgleichen das Auftragen der weißen Schminke auf Gesicht & bloßliegender Haut, Augenbrauen, streng=geflochtene Haarzöpfe u Aughöhlen kohlschwarz gefärbt, die Lippen in Kobaltblau, in der Tasche des Obergewands das Fläschchen mit der Tinktur für den *Langen-Faden* – :Alldies gehört mittlerweile zu den alten=verpönten Moden; ich trage sie Heute zu-Ehren *Der=Einen* – : – *Dich, Liebe, kenne ich seit ich sehen u denken kann; Heut werde ich Dich noch ein Mal sehen, das-An= Dichdenken für die Restzeit meines Lebens. Wir=Beide haben während glückhafter Jahre unsere Sinne heranreifen lassen. So wollten wir, wie Das üblich ist, in unseren=Lebenfrühzeiten Dasgefühl=füreinander sammeln für die Zeit unsres Lebennovembers, der reifen Zeit, die uns von ein ander trennt u von der-Gewöhnlichkeit des alltäglichen Absterbens unseres Glückes. So dachte ich meine=Tränen vorweggeweint, damit sie Erwachsenen-Sinn nicht verschleiern, – doch neu ist mir nun dieser Preßdruck auf der Brust seit-Tagen, auch dies Brennen hinter den Augen, die, um den-Brand=Innen zu löschen, Wasser ansteigen lassen sobald ich an den nicht mehr fernen Tag denken muß, der uns trennen wird für=immer, fort=an bei=einander nur im Anschauen Des-Geschenks (und was an zerrissnen Bildern mut=williges Erinnern hergeben mag). Bis=jetzt habe ich nichts gewußt von Tränen=um=!dich. Arm u dumm komme ich mir vor; verlassen wie 1 Kind inmitten von Gefilden fremder Stadtschaft, dem sein=Heim verwüstet, das Liebste erschlagen ward. Nicht denken mag ich an !Diesentag, von dem=ab Du nicht mehr sein wirst für mich. Tränen: Mit dem neuen Blut kehrt altes Unglück in=uns zurück.*

Solch Trübergedanken=schwer ziehe ich noch ein Mal die aus früheren Zeiten mir=vertraute festliche Kleidung an:

Um die nackte ungeschützte Haut lege ich zunächst das Lendentuch aus weichem Leinen so, wie das bei=uns Sitte gewesen. Befestige es an 1 Knopf vor dem Bauch am Gürtelband aus Flanell. Danach die Strümpfe – aus den Fingern langsam entrollend bis unter die Knie den dünn wollenen Stoff, gehalten an den Waden jeweils mit 1 zu knüpfenden Senkelschnur. Neuere Modelle verwenden statt dessen elastische Bänder, die in den Strümpfestoff 1gearbeitet sind. Ich bevorzuge die ältere Mode, weil sie mir bequemer scheint. Auch vermute ich in dieser neuen Bekleidart bereits 1 Hang zu nervöser Hast, wenn

ESRA, **10.** 16:
DOCH DIE AUS DER GEFANGENSCHAFT GEKOMMEN WAREN, TATEN, WIE SIE VERSPROCHEN HATTEN. UND DER PRIESTER ESRA SONDERTE SICH MÄNNER AUS, DIE HÄUPTER IHRER SIPPEN, ALLE NAMENTLICH GENANNT, UND SIE TRATEN ZUSAMMEN AM ERSTEN TAGE DES ZEHNTEN MONATS, UM DIESE SACHE ZU UNTERSUCHEN.

nicht neu aufgekommene Fettleibigkeit diese Bekleidart diktiert, weil Dieleiber sich nicht mehr recht zu bücken vermögen; beides will ich vermeiden. – Vorsichtig, um die sorgsam gelegten Haarschnüre nicht zu wirren, streife ich nun das seidene Unterhemd über, lasse es herabfallen bis zum Ansatz der Oberschenkel. Darauffolgend das lange glattseidene Taggewand (mit inneren Taschen), das an den Schultern mit dünnen Trägern gehalten, röhrenförmig bis hinab zu den Fersen den Körper verbirgt. Zu beiden Seiten rücke ich den 1schnitt gerade, der beim-Gehen auch weites Ausschreiten gewährt. Nun das Übergewand, das mit kunstvollen Falten verzierte Fortuny-Plissée. Ich wähle für den Anlaß=heute ein Übergewand aus schwarzglänzender Seide, der Farbe für Freude, Abschied u neu zu beginnendes Leben – als ein weit ausfächernder Poncho umfließt der geschmeidige Stoff den Körper und schmiegt sich, mit den feinen Stoffalten wie in dünnen Kanneluren die Figur betonend, leichthin wallend um den gesamten Leib. Zuletzt in die Schuhe schlüpfen, in das schwarze Sämischleder, das mit weicher Sohle jeden harten Schritteschlag verschluckt*. – Nun, in meiner altgewohnten Kleidung, verfliegen Nervosität & Unruhe rasch – die Handflächen trocknen, das innere=Zittern verklingt. So trete ich (heimlich in der Tasche des Obergewandes nach dem=gewissen Fläschchen tastend –) auf-die-Straße hinaus.

ESRA, **10.** 17:
UND SIE BRACHTEN'S ZUM ABSCHLUSS BEI ALLEN MÄNNERN, DIE FREMDE FRAUEN HATTEN, BIS ZUM ERSTEN TAG DES ERSTEN MONATS.

ESRA, **10.** 18:
UND ES WURDEN GEFUNDEN UNTER DEN PRIESTERN, DIE SICH FREMDE FRAUEN GENOMMEN HATTEN: BEI DEN SÖHNEN JESCHUAS, DES SOHNES JOZADAKS, UND SEINEN BRÜDERN: MAASEJA, ELISER, JARIB UND GEDALJA.

ESRA, **10.** 19:
UND SIE GABEN DIE HAND DARAUF, DASS SIE IHRE FRAUEN AUSSTOSSEN UND EINEN WIDDER FÜR IHRE SCHULD ALS SCHULDOPFER GEBEN WOLLTEN.

Schon tief steht zu dieser Stunde die Sonne – die wirkliche Sonne – in der Färbung von glühendem Rost. Nach dem letzten Regen ziehen nun Dunstschleier über Diestadt, hüllen die obersten Etagen der Häusergerüste in hellrosa Gaze ein –. Aus unsichtbaren Höhen als seis von Fahnentüchern dringt das leise Knattern der ausgespannten Imagosfären, an dieses stete=Geräusch habe ich mich inzwischen gewöhnt. Die Lüfte schmecken kühl u nebelfeucht, tragen noch immer Spuren von Ölhitze; die Staffeln Fliegender Engelkinder sind nahezu pausenlos im-Einsatz..... Aus den Straßenkanälen quillt anhaltend Rumoren, Maschinen Menschen Fahrzeuge, die mit stechenden Lichtern plötzlich aus Demdunst auftauchen und rasch wieder versinken.

Am Portal zum Häuserturm – in einer der oberen Etagen die Wohnung *Der=Einen* – gebe ich meinen Namen – meinen !neuen Namen, der mir nur stockend aus den Fingern geht: BOSXRKBN 181591481184 – in die ebenfalls noch neu & unbenutzt scheinenden, glänzenden Knöpfe an Ihrem Anmeldepaneel ein. – 1 Moment Warten. Niemand öffnet. Sie scheint außer-Haus. ?Wo ist Sie hingegangen. Unschlüssig 1ige Momente Warten –, schon will ich fort –; da sinkt 1 der Aufzugkabinen herab, die Tür öffnet sich leise zischend : Und aus der Kabine heraus tritt er: Der Fremde mit Schuhen aus Waranleder. Wie 1 Bildsäule, als sei er für diesen=1=Moment herbestellt.

Mit 1 Schritt aus der Kabine tritt der Fremde vor mich hin. Im Gegensatz zum 1. Mal in der Nacht-der-Havarie sehe ich ihn hochgewachsen, drahtig, – unter der breiten auffallend weißen Stirne mit zurückgezogenem Haaransatz (es scheint sein natürliches, schon mit Mehltau aus Jahren bestäubtes Haar); schwarze, eng bei1ander stehende Augen, von leicht gewölbten strichdünnen Brauen betont. Läge nicht schwarzes hartes Schimmern in diesen Augen, sie könnten die Mündunglöcher zweier Pistolen sein. Die Nase sticht mit porzellanartiger Feinheit auf den Betrachter zu; das zum Kinn hinab sehr spitz zulaufende lange Gesicht dominiert der kleine, in wohlgeformten Lippenzügen ausgeprägte Mund. Feingeformt diese Lippen zwar, doch nicht geschwungen, sondern unsinnlich, gewissermaßen Lippen *buchstabengetreu*. Jeweils 2 dünne Kerben umrahmen die Mundwinkel, als hielte der Fremde all seine Worte stets in-Klammern. Sobald er spricht, öffnet er die Lippen kaum, dennoch klingen seine Worte kraft=voll, mit klarer Bestimmtheit gesprochen u: nicht heuchlerisch-verpreßt. In die Schläfen prägen sich dünne Adernmäander, als stäche desöftern

Schmerz 1, was seinem Augenschwarz, wie in Porzellan, jeweils 1 feinen Sprung 1trägt –.– Scheint, als habe er mich hier=zu-genau–!Diesemmoment erwartet. Nur durch 1 Schritt getrennt stehen wir vor ein ander, hinter ihm schließt sich die leere Aufzugkabine mit leisem Zischen, während aus tieferen Stadtgefilden neuerlich Dunst heranwolkt –. Weder irgend-Geruch noch Körperwärme strömt von dem Fremden aus. Auch er scheint mich lange & eingehend betrachtet zu haben, insbesondere meine Garderobe, die den neuen Gepflogenheiten absichtvoll zuwiderhandelt. Seine spärliche Miene schwankend zwischen Spott u: Ernst, er geht mit keinem Wort darauf ein.

Was er dann zu mir sagt, das klingt wie die Fortsetzung einer bereits über-Langezeit gehenden, vor-kurzem nur unterbrochenen Ansprache=seinerseits, wie das unter langjährigen Bekannten üblich ist. –Was vor Jahrhunderten Vielermassen menschlicher Traum=Wunsch gewesen: Wiederkindheit & Jugend haben wolln – !ihr=hier=Auferden hattet das zu euerm=!Glück längst hinter euch gelassen. – (Anders als bei früheren Begegnungen mit diesem Fremden, besonders in-Erinnerung an die aller-1. Begegnung auf der Esplanade als der Fremde im furchterregenden Stakkato sprach, anders auch als der weinerliche Ton als ich ihn in jener-Nacht, scheinbar verletzt, von der Straße las, – klingt nun seine Stimme in dezentem Moll:) –Ihr hattet euch befreit von den-Gelüsten & schnell=verlebbaren Genüssen; ihr hattet euch in-eurer=Kindheit=beständig lebend gehalten, hattet Innerenraum geschaffen für Atem=Schöpfen u freies Sein. Denn wer !so nicht frei sein kann, wird auch !niemals *sein*. –:Jetzt –, die Stimme des Fremden spricht unbeirrt: –müßt ihr=alle, ihr zur Armut=Devalvierten, dies noch-Einmal durchleben, denn eine Neuezeit beginnt immer mit dem Anblick von Imperatoren = gemeingesichtigen Visagen von Kindern..... : Zeiten der Nebelgespenster-mit-Erlkönig aus Dämmern früher Jahre, – und nach Demnebel kommt nur kümmerlich sonnig Lichtes, Dernebel bleibt, zieht aus frühem Grund das-Wasser zur dunklen Wetterwolke auf, geballt den Himmel verdüsternd –: Sieh Er selbst: (unwillkürlich blicke ich fort von seinem 1dringlichen Gesicht, schaue hinauf zu der Etage im Häusergerüst, wo ich die Wohnung *Der=Einen* weiß; – dort=Oben Himmelgewölke zu Ballen geschoben, in Blauschwarz das Abendlicht versenkt & aufgewogt zu wärmeliger Dunstfeuchte, was alsbaldig erneut Regen erwarten läßt – Regen= Immerregen, als hätte Derhimmel, der nun wieder zugelassen ward,

Jahrhunderte an Regen nachzuholen –.) –Es hat schon begonnen, !früher als selbst ich das erwartet hab – (& der ausgestreckte fahlweiße Zeigefinger deutet wie 1 Ausrufzeichen zum feuersteinfarbnen Gewölke hinauf.) – –Und in eurer wiederholten Jugend steht ihr inMitten öder Ebene, preisgegeben Blitzen Donnerschlägen & Regenstürzen eurer Leiden=schafften..... Durchnäßt, zu-Schanden gehofft geschlagen so mancher darauf. Und weit=!sehrweit von 1 Da-Heim entfernt (viele werden noch 1 Mal vergessen, was Da-Heim bedeutet) tritt plötzlich ohne letzte Sonne Derabend mit zerrissnem Himmel & kalten Schauern auf euch nieder. Dann bleibt Dienacht. !Unheil=immer bringt Wiederholung von Leben. So werdet ihr=Devalvierten eure inneren=Tragödien noch 1 x leben=müssen – nicht eine wird fehlen –, doch tätiger Verstand (der will ich sein & seis allein=für=Ihn) !bewahre euch vorm wieder-Holen All=der äußeren Tragödien. Denn Wiederholung birgt auch Güte: !nicht immer noch 1 x bloß=Alles.....

 Jetzt muß der Fremde innehalten, Atemholen aus regendicker Luft, vom ungeschminkten, dennoch überaus bleichen Gesicht den Schweiß mit einem Tuch abwischen. Mit veränderter Stimme fährt er fort: –*Sie* ist nicht hier. Wohnt nicht mehr dort=oben. *Sie* !mußte fort, weil *Sie* zu denen gehört, die der-Impfaktion sich verweigern. Einige haben !das getan. – Er sprach so rasch, daß ich erst=jetzt den-Sinn begreifend zutiefst erschrecken kann: *Die=Eine: !fort. Verfolgt von den Staffeln der-Engelkinder.....* – Und der Fremde setzt sogleich hinzu: –In die Altestadt, !dorthin haben sich die meisten der-Verweigerer geflüchtet. Diesestätte ist wie Dickicht, selbst die-Engel verwirren sich Dort, meiden zumeist Diesenort. Noch. Baldschon wird auch Das anders..... werden. Sie=Die-Engel werden vielleicht Diealtestadt verbrennen. – Der Fremde schaut mich 1dringlich an: –Ich weiß, Er hat sich 1gereiht in die-Schar der-Vielen die zum=Mars ausreisen wollen; wenn Er *Sie* noch einmal sehen will, dann in Deraltenstadt, solange Die-Engel Dort nicht einfallen. Heute&jetzt: Laß uns Dorthin gehen. – Mit den Sohlen seiner Schuhe aus Waranleder scharrt er ungeduldig auf dem borkigen Gehsteig (durch die freigescharrten Stellen zucken aus Laserkabeln die Unruhlichter –). Dann erneut seine Stimme, 1wenig lauernd: –Aber Jemand !verlangt Ihn dort=in-Deraltenstadt zu sehen, Heutabend=jetzt: Eine Hochgestellte Person von der Marsdelegation. Ihm !das aufzutragen bin ich hierher gekommen. Wir sollten also nicht länger Zeit verlieren (:Ihm ist diese Formulierung ?neu : Er wird sie

fort=an häufig hören müssen). Was diese !hochgestellte Person ausgerechnet von Ihm verlangen will, das hat Man mir nicht verraten; mein Auftrag ist, Ihn Dorthin zu begleiten, Dort *abzuliefern* (wenn ich mich so ausdrücken darf), Herr !Te-s-be-ku-v 10-9-18-7-12 ohne E. –
   Weil ich beim Hörenmüssen meines Nachnamens, den er infam betonend buchstabierte, schmerzvoll das Gesicht verzogen haben muß, fügt er mit leiser doch fast beschwörender Stimme hinzu: –Einst riet ich Ihm: !Hüte Er sich vor den-Frauen des Mars. Jetzt füge ich hinzu: Und !hüte Er sich vor den-Frauen-der-Macht. – (Mit kurzem Blick noch 1 Mal auf meine Bekleidung:) –Und noch Eines sei Ihm geraten: Wenn Er zu der Hochgestellten Person vom Mars spricht, verwende Er die Redeweise, wie sie unter=Marsianern üblich ist. ?Vermag Er so zu sprechen.
   –Ich werde mein=Mögliches tun, mir Sinn & Zunge redlich zu verbiegen. Aber: Derweg in die Altestadt ist !weit. – Wende ich, unsicher Stimme, zögerlich ein. –Auch war ich seit-Jugendtagen, über Zehnjahre also, nicht mehr Dort, ich werde mich nicht zurechtfinden in dieser Hinterwelt – und ?wo soll ich Dieser Hochgestellten Person begegnen u: ?wo Der Anderen, *Der=Einen*.
   –Wenn wir zusammmen=gehen Dorthin, werden wir Es schaffen. Im-Übrigen hat Er Keinewahl. Will Er *Die=Eine* wiedersehen, muß Er zuvor Jemand=Anderes.....: *sehen*. – –Aber – (mein letzter Versuch zum 1wand:) –?wielange wird der-Weg=Dorthin ?dauern. –
   –Nur 1 Gedankenstrich

—

ALTESTADT : DIE NEBENWELT, von-jeher Unterschlupf Asyl Schutzzone für alles Illegale, Gefilde auch für verbotene Glüx-Spiele Rituale aller Bizarrerien & Luperkalien. (Vieles hatte ich Davon..... raunen hören.) Bislang meinte ich daher, die-Leute kämen an diese= Stätte zum sich Vergeuden = zum Sterben, Heute bin ich=mittendrin. Der Fremde, mit dem ich ging & der mich Hierher wies, jener Unbekannte in Schuhen aus Waranleder, ist irgendwo unterwegs verschwunden so, wie er stets bei Allenmalen=zuvor so plötzlich & unauffällig verschwunden ist wie er erschienen war. (Seltsam, ich verspürte niemals die geringste Neigung zu erfahren, woher er kommt & wohin er geht.) Fast bin ich erleichtert, ihn wieder loszusein, schien mir doch sein genaues Wissen um mich u *Die=Eine* so irritierend wie beänstigend; – er scheint !weitaus mehr Kenntnisse zu besitzen, als er mir mitteilen will; seine Gegenwart verursacht mir das ungute Gefühl, seit-Langem unter:Beobachtung zu stehn. Doch sein Rat zuletzt klingt noch als Echo in meinem Ohr: !*Hüte Er sich vor den-Frauen-der-Macht.* – All-1 gehe ich nun des weiteren Wegs zu den unvertrauten Stätten, in dieser Altenstadt..... 1 Neuling.

Die Front Derregenwolken ist davongezogen, die Dunstschleier nach dem Wolken-Bruch hat der Wind mit stillen dunklen Händen zerstreut, aus tiefblauem ernstem Abendlicht heben sich wie Scherenschnitte die Gebäude in den Vorstadtbezirken heraus. Blank gefegt die Himmelfläche & durchsetzt mit den rhombenförmigen Flicken Imagosfäre, ruhend bilderlos ausgespannt in=Höhen gehalten, angestrahlt von der Sonne Abendleuchten – Fensterblicke in einen Himmel= Danach.....

Beidseitig der schnurgerad ins-Innere der Altenstadt führenden Zugangstraße liegen ausgestreckt wie Tatzen an der Sfinx (schlafend od lauernd) die ersten Fabrikanlagen. Krallenförmig ausgeführte, faunamorfe Gebäudetrakte aus jenen Zeiten, als man in Kämpfen:gegen:Natur verstrickt, Natur zu widerstehen strebte, indem man auch diese letzte noch ungenutzte Anpaßreserve versuchend, das-Tierische & dessen= Wesen, durch äußere Formungen nachzuahmen suchte. Längst aufgegeben, doch hatten die-Delegierten der E.S.R.A.-I-Mission auch diese Fabrikanlagen wieder in=Betrieb=setzen lassen : Die synthetischen Lebenmittel für Stadtschaften in Zentraleuropa werden seither Dort=drinnen fabriziert, in Kugel&tablettenformen die Nährstoffprodukte für Millionenmenschen.*

Mit kaum wahrnehmbarer Bewegung senken sich aus den Stirnfronten der Fabrikhallen aus 40 od: 50 Metern Höhe soeben einige der geschwungenen metallischen Krallenkonstruktionen zur=Erde herab –. Im=Innern dieser Krallen weiß ich Bohrgestänge Pumpen bündelweis dünne Rohrleitungen, die ihrerseits ausgefahren kanülenartig tief=ins=Bodenreich stechen, aus tiefer Erdennacht Nährstoffe für die-Lebensmittelherstellung & Energiegewinn (Erdwärme) zu ziehen. – Abweisend 1schüchternd in ihrer dunkelmetallisch gepanzerten Glätte, mit der diese Fabrik&lagerhallen ummantelt stehn, geben einziges Anzeichen für stringente=Betriebsamkeit die langsam fast geräuschelos in=die=Erde sich einsenkenden Krallenkonstruktionen. Sämt-

liche dieser Gebilde, wohl mehr als ein Dutzend, ausgefahren heißt:
!Höchste Produktionrate, – in den ansonsten von-Außen-her vollkommen lebenlos erscheinenden Gebäude-Trakten – :die-Fabrikpanther halten die-Erde gepackt (sie müssen tiefer und tiefer ins=Bodenreich eindringen, um zu finden !was Man be-nötigt......) – Im letzten Abendlicht metallisch funkelnd alldiese fensterlosen vollkommen still u menschenfern erscheinenden Monumentalgebäude, mit ihrer Ausformung zu riesenhaften Krallen-Konstrukten tatsächlich an die Tatzen Eineswesens erinnernd, das Die Alte Frage nach dem-Menschen immerfort aufs Neue stellt & sogleich durch die eigene Gegenwart bereits die-1zige-Antwort..... gibt. – Einigehundertmeter=lang erstrecken sich diese glatten dunkelschimmernden Tatzenhallen zu beiden Seiten des seltsam menschverlassenen Straßenzuges –, mit jedem Schritt-weiter gehe ich tiefer in Denabend hinein –. Jetzt skandieren meinen in=Dunkelheit einsinkenden Weg in regelmäßigen Abständen herabgestreute Lichtwürfe aus Teleskopmasten, je schwärzer die Stunde desto höher fahren die Masten aus, das Licht zerstäubt langsam zu gleich=mäßig aufhellendem Schimmern –. Nochimmer begleiten mich zu beiden Seiten der Straße die nunmehr nachtschwarz daliegenden Fabrik&lagerhallen – doch sehe ich bereits in einer mit Lichterstaub überstreuten Ferne einen weiten über die Straße hoch sich wölbenden Schwebebogen, der die beiderseits der Straße sich erstreckenden Gebäudetrakte wie zu Einemleib zusammenführt. Die Tatsache, dort=Inderferne nicht das-Innere eines Sfinxleibes, sondern das Konglomerat der Altenstadt zu betreten, wirft dieses Gebilde=dort zu einer magisch=erotischen Hülle auf –; Einleib, den Augen u Händen Nurluft, mit den-Sinnen aber wahrnehmbar als Leib aus Kraft&energie.

Seitdem die einstige Imagosfäre ihren hüllenden Schutz über unseren Kontinent verloren hat, scheinen Dielüfte schwer geworden u des-Nachts dunkler als je zuvor. Geräusche dringen Darin niemals weit, wie in unsichtbar zähem Brei so bleibt jeder Ton jeder Laut alsbald stecken. Während vordem die Lüfte feiner waren, nervendünn kristallin, so daß die Töne (erinnere ich) über diese Lüfte hinweg zu witschen schienen wie flache Kieselsteine über weite Flächen Eis –, fallen jetzt Geräusche wie dicke Brocken in Morast. Deshalb höre ich das Rumoren aus der Altenstadt, obwohl sie=direkt vor mir liegt, nurmehr im dumpfen ungesonderten Pumpgetön, tief gurgelnd blubbernd als tauchte ich mit jedem Schritt tiefer Unterwasser –.– Hoch über den Kopf gewuchtet der steinerne Schwebebogen, den ich schon aus Fernen sah, das-Portal zur Altenstadt. Der bepflasterten Strecke mit winkeligen Straßenverläufen folge ich – gerate schließlich ins Stadt=Innere. Nicht Ortkenntnisse (ich habe keine) nicht Hinweis- od Straßenschilder mit bekannten Namen (es gibt sie nicht) – das müssen Anderekräfte sein die meine Schritte=sich den-Weg durch die Altestadt – zur Residenz der Marsianer, wohin Man mich befohlen hat – finden lassen – –

Geräuscheströme entquellen den zernarbt=vernutzten Häuserfassaden, und aus Jugenderinnern treten nun hervor: *die Anblicke verloschner & blakender Laternen an Häuserecken – Gassen voll der Leben's dumpfen Rinnsale – Mauern aus rauhem bröckeligem Werk, darauf verblassend Kritzeleien in Kreide der-Fleische's Be=Gier & bunte Plakatfetzen längst verendeter Vergnügen, feucht=stockig der Mörtelgeruch. Dann wie aus dunklen Staubdünen herausgehobene Stelen geschwärzter hohler Kirchtürme, durch zerbrochne gotische Fenster pfeifend Windströme – schließlich all die Durchgänge von 1 Hausblock zum andern, schiefhängende Holztore wie Herzklappen einst unerwachsener Begierden, – sie führen allsamt in verkrautete Hinterhöfe, in-die Mauern als bleichzarte Schimmelgewebe 1geätzt so-manches längst erloschene Geheimnis der früher hier=Lebenden.* – :Die also bislang aus frühen Jahren hervorquollen in dumpfen Geräuscheströmen – !Die treffen plötzlich=jetzt wie Salven grällheißer Töneprojektile gegen:mich : die bländend hecktisch wabernd heranschnellenden Leuchtflächen, häusergroß, wändehoch die flachen Grällhände schlagen um die Augen farbigsteinern ihre flackerige Gelichterschrift gleich elektronischen Traumtafeln voll der-Verheißungen (denn Träume bedeuten immer= Wünsche..... in Zeitenfernen gründend Viertausendjahre=tief als der vierte Thutmosis die Sfinx aus Demsand, Sand der dies Gebilde über Eintausendjahre verborgen hielt, frei=legen ließ, & die Traumtafeln fand er, & die-Inschriften verhießen ihm bevorstehende Königwürde. So geschahs, – dann versanken Sfinx u Traumtafeln erneut unter Demsand wie ein versteinter Traum Jahrtausendeschwer –. Nurraunen verblieb, Hirngrollen Flüstern Hinausschreien darüber !was aus Profezeiungen werden könnte –) – schreiend auch boxen Heißluftleiber aus hohlmäuligen Toren, stechen fiebrigglühend Lichtnadeln gegen Stirne Augen Brust; Maschinen=Mensch=Getöse aufsperren baggerschaufel-Mäuler=weit, schon knallen Schritte sohlenhart aus Massenstampf & Trieb=Gezerr –, befetzend Arme Schultern, derber Rippenstoß von

Lilazahngesicht, – verschwunden, überstanzt von weißverstriemten Schaukelköpfen, maulweit glotz & fingerhändewirr, Hup Tröt furzen Blechschärfe krach messinggrälles Trompetengestöß (doch keines gelbgesichtigen Engels Mahnung wagt Hier 1zudringen) zerreizend die Lüfte rotblutend aufgefötzt als seien Federkissen=wolkendick zermetzelt – tatsächlich schweben Flaumfedern leicht & tänzelig durch Scheinwerferklingen, auf den Lippen Fusselfaseriges klebend, fährt in die Kehle – Husten boll den Rachenrauh Augen glühend rund aus tiefem Kopf gesprungen Kehlgewürge Stick u Atemnot – mit fahrigen Lungenhänden:!Luft!Luft!Atem!Luft aus dem Großenkübel der Nachtstadt grabschend, – teeriges schwer Öles Fettgeschmier & Patschulis Herbe aus Leibermulden heiß geklaubt – Atemschnarr & Kehlkopfschnapp, –, ins Hirn die schrilligen Klingelketten rasselnd=ruckig=reingezerrt, – riss, durch, Augenwisch – dann wieder tränen-Los der Blick in Stadtnachttiefen – von-Dort=her aus allen Straßen Gassen schneidend Preßlicht scharfgewitzter Klingenstrahl : !Massen !morden !Dienacht; Massen-strömen-hin durch schräll zerstückten spitts zerstöckelten zersohlten zermehlten Straßenstein; wer !so drängend schubhaft blockgepreßt zu Menschen=Fleisch&gier der strebt nur hin in die Altestadt an Den Einen Ort : Zu den-!Saturnalien. – –

Vom Massenstrom in den Straßen abgedrängt an Häuserwände gepreßt u wie 1 Treibholz im=Strudel am Fuß eines niedertosenden Wasserfalls festgehalten, dann von weiter&weiter nachdrängenden Menschmassen angehoben & fortgetragen (bedenkliches Zerren Rupfen heller Schmerz in den Rippen, & Rißgeräusche, !Nähte meiner Kleidung –), schließlich von Denselbenmassen gegen eine alte narbigte Hauswand gedrückt, der rissige Verputz körnt wie Sandpapier Hände&wangenfleisch – :So gerate ich vor den Eingang zur Residenz, einen banalen schmucklosen Altbau mit 2 Etagen & maulfaulem Portal, das, als ich dagegengeschoben werd, von-selbst nachgibt – schlaff öffnet sich 1 Türflügel, – und ich tauche benommen, instinktiv meinen Umhang nachzerrend, ins Hausinnere, – in 1 hohen schmalen Flur. Der atmet Fliesenkühle & steht im Dämmerlich still gleich mir, eine Stille die sich wie eine Kontrastfarbe stellt zum grällen Bajazzogeklexe buntwirrer Lärmigkeit=Draußen. Als sei ich in eine andere Welt gestolpert. Eine Welt, abgetrennt mit meterdicken Stahlbetonwänden von der

Anderen Welt. (Wer Hier lebt, lebt die-Anderen.) Atmen, – ruhig-ruhig Atmen –, Besinnen – –

Am Ende des langen steinstillen Flurs an der Stirnseite öffnet sich von-Drinnen 1 hohes Portal – : – Vor blendhellem Hintergrund erscheint 1 Gestalt, 1 Frau wie im Rahmen eines Gemäldes, die Frau= vom-Mars, Io 2034. Mit stummer Gebärde fordert Sie mich auf näherzutreten. Ich gehe die restlichen Schritte den Flur entlang –, trete ein in das hell=erstrahlende Bild.

Genau wie einst im Konferenzsaal, stehn wir im Raum ein ander gegenüber. (Sofort kehrt in meine Hände das seltsame Vibrieren zurück aus der stummen Begegnung im »Haus der Sorge«. Prickelnd dies elektrisch=kühle Erinnern – Erinnerung meiner Haut.)

–Ihre Augen. – Beginnt Sie, nach Art der-Marsianer, ohne Umschweife. – –An Ihren Augen habe ich Sie erkannt. Bei Ihnen auf Erden, hörte ich, gilt es als Vergehn, anderen Menschen direkt in die Augen zu blicken. Woher Ihr Mut, ein Gebot zu übertreten? Haben Sie nicht gewusst, dass Mann eine Frau nicht so ansehen darf?

Dicht=vor-ein;ander stehend erspüre ich Dienähe Ihres Leibes & wieder dies feine elektrische Vibrieren dicht-entlang unter der Haut. Sobald Sie Ihre Lippen öffnen, erscheinen die beiden oberen Schneidezähne leicht nach-hinten geschrägt, was Ihrer Miene, trotz Strenge, etwas bleibend Tragisches beigibt. Mit Ihrer Frage hat die Frau mich verwirrt, ich weiß nicht zu antworten, bleibe still=dumm vor Ihr stehn, den=Blick aber kann ich nicht von Ihr wenden.

Sie: Auch jetzt starren Sie mich an mit Blicken noch aus Flegelzeit. Doch verschließen Sie Ihre Augen nicht hinter Jalousien des Anstands oder was man Ihnen eingebleut hat an Regeln für Wohlverhalten. Ihre Blicke voll Jungenbegehr sind schmeichelhaft für eine Frau meines Alters. Ich nehme das sportlich, seien wir fair: Sie haben mich angesehn, jetzt sehe ich Sie an. Und sage Ihnen, was ich mit meinen Augen in Ihren Augen sehen kann: Den Fremden in Ihnen. Eines Tages werden Sie er geworden sein.

Er: ?Ein-Blick in die-Zukunft. ?Kann die-Zukunft ?sprechen. Die-Zukunft gehört den-Toten. Tote lügen nicht. Ich will von dem Fremden=in-mir, den Sie sehen können mit Ihren Augen, hören was er mir zu sagen hat aus Morgen für Heute.

Sie: Ich sehe ihn so deutlich vor mir stehn wie jetzt Sie in Ihrer augenblicklichen Gestalt, die Sie gewiss für die einzige halten. Dabei ist diese Gestalt am leichtesten zu verkennen. Gebrochen durch Schleier vielfacher Ängste hüllt sie sich in Stille, Einfachheit und Anspruchslosigkeit. Begierden bleiben verschlossen in einer inneren Welt, mit kleinen eigenen Gewächsen ein hegendes Flachlabyrinth, das schließt Sie ein. Alle Gegenstände jenseits Ihrer Haut dringen nur als Schattenwürfe in Sie ein; Sie sehen die Welt in Ihrer Erinnerung an Welt; Denken ersetzt Ihnen Empfinden. Daher können Sie Ihre eignen Ideen und Worte mit Ideen und Worten Anderer nicht zusammenschließen; – niemals brechen Witz und Humor, Wagemut und Geist, Fantasie und Verstand glühend, blitzend, knisternd durch das niedrige Buschwerk Ihrer Seele. Wenn ich mich so ausdrücken darf. Sie sind eine kleine Erde für sich, ohne Stürme, ohne versengende Sommer, ohne Winters Eis-Orkane und peitschenden Hagelschlag. Voll des Abendsonnenscheins im stillgestellten Herbst einstiger Tropen, Feuer die nichts mehr verbrennen, so ist Ihr Inneres ein glutferner Planet mit harter Schale. Ihnen fehlen die Faltengebirge der Emotionen, einstiger Vulkanismus scheint erloschen, die Meere mit Ihren Abgründen ausgetrocknet. Sie müssen etwas tun für Ihre Geologie!

Er: Sie beschämen mich, weil ich wie eine offne Hose so offensichtlich bin für die Augen einer fremden Frau. Anderseits bestätigen Sie mir, wie !passend ich war fürs Da-Sein=Auferden so wie Erde für=uns beschaffen war vor Ihnen. Ihre Worte sind mir ein Lob. Nun habe ich meine Ration an neuen Genen bekommen. Ich & Tausende=wie=ich.

Sie: Wir werden sehn, ob die Medizin angeschlagen hat.

Er: ?Weshalb bin !ich hier u: ?nicht Tausende.

Auf meine Schroffheit reagiert die Frau schweigend (in Ihrer Miene 1 Veränderung: Wasserspiegel bei aufkommendem Frost mit 1. Eismustern sich überziehend –).

Sie: Zum Hören sind Sie hier, nachdem Sie gesehen haben. Zu Anderem später. Auch wollte ich Ihre Eigenschaften nicht loben, denn diese Art des Lobes ist so schädlich wie Verleumdung: der giftige Stachel ist Glauben. Im Irrenhaus glaubt der Mensch den andern Menschen aufs Wort, er sei irre – in der Politik, er sei klug und weise. Sie müssen mir nicht antworten, ich bin an meine Monologe gewöhnt, die Kunst der Verlassnen und der Toten. Ich werde Ihnen sagen, was Blicke anrichten.

Der Raum, in dem wir stehen, ist hoch weiß u leer, bis auf 2 barocke

Stühle mit Tabourets & je 1 Tischchen davor. Um die Decke u deren Umrandung laufen flache Stukkaturen. Das gleißende Raumlicht entströmt zwei machtvollen Kronleuchtern, in mehreren Etagenringen leuchten gläserne Tulpen Weiß – wie strahlende Eiszapfen in den Raum tief herabhängend aus jeweils zwei kreidefarbenen Corollarringen an der Decke. Den Fußboden überzieht helles Parkett, die Fenster, mit Rundbögen oben, nehmen Daslicht von Draußen herein, jetzt aber steht Nachtdunkelheit vor den blanken Scheiben. Ich erinnere, daß in diesem Gebäude einst Das Gericht der Altenstadt untergebracht war, Zivil- & Strafgericht. – Mit 1 Gebärde hat Die Frau mich nun zum Sitzen aufgefordert, derweil Sie mit Reden beginnt.

Sie: Ich erzähle die Geschichte der Blicke. In meinen ersten Jahren als Laborantin, neu im Forschen nach verschwundenem Leben auf dem Mars, ereignete sich ein Vorfall mit einem Patrouillenflug zwischen Mars und Erde.* Einer dieser Flugkörper samt Piloten galt als verschollen; er habe ein unbekanntes Flugobjekt auf seinem Bildschirm gesichtet, das auf sämtliches Anfunken nicht reagierte. Er stelle dem unidentifizierten Objekt nach – so die letzte Meldung des Piloten. Dann nichts mehr. Ein zweifaches Rätsel, das zur Aufklärung zwang. Ein anderer Pilot begann die Suche nach dem Verschollnen. Die Bordkameras zeigten ihm auf seinem Bildschirm einen Fetzen Weltall, den bekannten Anblick: eine hochgestellte Mauer in Schwarzgrau, besprenkelt mit dem starren Punkteglanz der Sterne. Doch einer dieser Punkte, weit entfernt, bewegte sich! Rückte in die Mitte des Bildschirms ins Koordinatenkreuz. Weit hinaus ins All war inzwischen der Pilot geflogen, zu weit um noch anderen Patrouillen begegnen zu können, alle Verkehrsstrecken zwischen Erde und Mars hatte er längst verlassen. Aber das Flugobjekt im Koordinatenkreuz reagierte auf keinen seiner Funksprüche, auch die automatische Kennung dort schien ausgefallen. Das musste die verschwundene Patrouille sein, der Raumgleiter vielleicht defekt, der Pilot ohnmächtig oder tot. Oder war dieses dort das unbekannte Flugobjekt, das bereits der erste Pilot verfolgt hatte? Mit voller Schubkraft steuerte der Pilot darauf zu. Seltsam, er kam dem Anderen um keinen Deut näher. Verlangsamte er seinen Flug, verlangsamte auch der Andere seinen Flug; beschleunigte er, beschleunigte der Andere. So oder so, der Abstand zwischen Beiden blieb immer genau der gleiche. Schon vergaß der Jäger wo er war, was er war, achtete nicht auf seinen Treibstoffvorrat für die Rückkehr zur

Marsstation – er hatte Auge nur für den Gejagten voraus, der einen bösen Spaß mit ihm trieb oder was sonst. Aber Wissenschaft ist zu teuer für Späße, der Pilot begriff: Eine Falle! Diese Einsicht kam zu spät. Der Umkehrpunkt für seinen Rückflug war längst überschritten, jetzt musste er den Anderen einholen, der offenbar Unmengen an Treibstoffvorräten besaß! Einholen oder zu Grunde gehn. Seine letzte Meldung, die uns erreichte, war: Dort draußen ist nichts und niemand, nicht mal Gott. Einem Lichtfleck auf dem Monitor, einer Bildstörung bin ich nachgejagt! Dann brach die Verbindung zu dem Piloten ab für immer. Sonnenaktivitäten hatten zu der Zeit die Strahlungszone zwischen Mars und Erde stark verbreitert und intensiviert, das unbekannte Flugobjekt, dem zwei Piloten nachjagten in die tödliche Leere des Weltraums, war ein Fleck auf der fluoreszierenden Schicht der Monitore, eingebrannt vom Strahlungsfeld der Sonne, eine Täuschung des Blicks, ein elektronisches Gespenst. Bei allen Katastrophen gibt man dem menschlichen Leben nur kurze Zeit zum Überleben von Amts wegen; die Suche nach den beiden Piloten wurde eingestellt nach drei Tagen. Der zweite Pilot war meine erste Liebe, der ich nachgejagt bin umsonst. Mein Lichtphantom auf meinem Bildschirm. Nach ihm kamen all die zweiten Lieben, Gespenster der ersten Liebe. So wurde ich die Frau eines Wissenschaftlers und Mutter eines Kindes, meines Sohns. Beide verließen mich später, sie kehrten zur Erde zurück. Ich, Muttertier und Pilotin seither auf einer Jagd, die Geschichte meiner Familie einzuholen: die Frau mit dem weißen Gesicht und ihrem Kind. Heute ist die Jagd zuende und ich bin die Überlebende, die aufgegeben ward von der Zentrale. Leben aber dauert länger als Überlebende dem Leben an Zeit zumessen. So bin ich, die Aufgegebene, am Leben geblieben bis heute. Zeit der Wunder und der Wunden.

Einige Momente Schweigen.

Sie: Ich war auf dem Mars, als man die Pöbeltiere mit frischen Genen zu Menschentieren umschuf. War dabei, als sämtliche Terraforming-Fabriken mit Maximalkraft ihr Gift in die Marsatmosphäre pumpten. Je giftiger desto schneller kommt Leben für Morgen. Dachten wir und machten weiter. Ein roter Planet wie ein großes Herz für die Menschen von der Erde. Ein Herz, das den Takt schlagen sollte für den Neuen Menschen auf dem Mars. Ein Aufstand gegen die Fesseln der Übermacht und des falschen Stolzes im Erdendasein. Als Erdenmensch frei von der Erde! Übrig bleibt Mensch, ein Traum von Freiheit aus Giften und Blut. Die einfache Mathematik der Revolution. Jeder Aufstand ist schön nur in seinen ersten Stunden. Danach kommt die Pflicht, das Blut des Aufstands zu kanalisieren, damit es Sieger und Verlierer nicht unterschiedlos davonschwemmt im eigenen Rausch. Und das Blut des Aufstands trocknet ein zu Gesetzbüchern und Paragraphen für die Bürokratie. Die wird bleiben, und die Zeiten werden die alten Zeiten.

Er: Auf der-Konferenz hat Der Präsident Sie unterbrochen, als Sie zu-Ende-erzählen wollten die Geschichte von der sagenhaften Frau-mit-dem-weißen-Gesicht & dem Kind, das jene wiedergefunden hatte im Bodensatz Eineskriegs bei Reichenleuten. Sie durften uns, den-Hinbefohlenen, nicht erzählen

Sie: dass dieses Kind, aufgezogen von Fremden, mein Vorfahr gewesen ist, zweihundert Jahre vor mir. Von dessen wirklicher Mutter hat er sicher niemals erfahren dürfen im Gehege des Reichtums und der Politik. An die Stelle des Wissens trat die Karriere, er wurde politisch erzogen und ausgebildet zum Diplomaten. Mehr weiß ich nicht, wollte aber mehr wissen darüber, was meine Familie heißt. Frauen suchen immer nach Geschichten.

Er: ?Sind diese Filme, die wir gesehn haben auf-der-Konferenz & der andere=uralte aus der Imagosfäre: ?wahr.

Sie: So wahr, wie ein Film seine Wahrheit produzieren kann. Ein Spiel-Film, der mit Wahrheit spielt für diejenigen, die diesen Film sehen, muss warten auf die Wahrheiten der Anderen. Filme dieser Art sind Preiszettel um den Hals der Wahrheit, die sie zahlen lässt die Einen oder die Andern. *Die* Wahrheit, weil es sie nicht gibt, hat keine Bilder. Ich wollte die bilderlose Wahrheit finden, mein Fehler. Deshalb bin ich bei der E.S.R.A.-Delegation und aus dem Rennen jetzt. Sie können sich denken, solch einen Posten wie meinen gibts nicht ohne Intrigen. Wir sitzen am selben Tisch, gehören zum selben Spiel. Kein Kopf ragt aus der Masse ohne Köpfe unter seinen Sohlen. Und jetzt ist Zahltag: Pique König, der Präsident, sticht Pique Dame, mich.

Er: ?Weshalb können Frauen so selten ihre=Intrigen !erfolgreich beenden. Kurz vor dem-Ziel: verreckt.

Sie: Das Fundament ist unser Wille sowie ein Gewebe aus Eiweiß und Fett. Das Erste zu hart, das Letzte zu weich, auf Zeit gesehn kein solider Grund. Weil wir Frauen gebären können – und jede Geburt eine Geburt für den Tod – müssen wir nicht selber töten. Den Rest erledigt die Zeit. Denn Wille zerbricht, zu Konkurs gehen Brüste und Scham, dauert der Krieg zu lange. Männer wollen nur sich selber lieben und lieben den, der sie liebt aus Angst oder Gier. Ihre Liebe ist Beschwichtigung der Hölle, die sie selbst erschufen. Doch zu langes Leben ist Tod für die Liebe. Deshalb müssen Männer mit eigener Hand verkürzen die Liebe der Anderen, die sie selbst sind, die Liebeverlornen. Das ist Dialektik der Lüste, gleich zwei Worte, die aus der Mode kamen. Dieses Geschäft ist krisenfest, die Konjunktur garantiert. Ein Anderer wird kommen, den Pique König zu schlachten. Zuerst bin ich dran.

(Lärm von-Draußen, Lichtergeblitze, Rufe Geschrei Tumult auf den Straßen vor der Residenz)

Sie: Aufs Stich-Wort die Saturnalien. Ich mag nicht mehr sehen die Spiele des Pöbels, mit denen er sich aufreizt um sich zu betäuben. Langeweile. Seien Sie meine Augen, bitte, und lassen Sie mich hören, was ich nicht sehen will, aber wissen muss aus meiner letzten Pflicht.

(Er tritt folg=sam ans geschlossne Fenster, den Rücken zum Zimmer, schaut hinab aufs Treiben vor dem Haus, spricht. Während er spricht, tritt Sie dichthinter=ihn, Ihren Rücken gelehnt an seinen, den-Blick ins leere hellerleuchtete Zimmer.)

Er (laut):
Menschen sind immer=menschlich auch hier=Auferden. Unsere Engel tragen Gesichter aus Messing & ihre Sprache ist Fauchen, der Atem ihrer Mahnungen heiß von Maschinenöl. Des-Menschen !tiefste Furcht ist Diefurcht vor dem eigenen Tod. Deshalb müssen Menschen Den Tod füttern mit anderen Menschen, vielleicht, so hoffen die-Furchtsamen, vergeht Dem Tod Derhunger & Er geht vorüber an !mir. Ich kann bleiben & muß nun sehen, wovon ich zuvor nur raunen hörte : Weil das Recht-auf-den-1-Mord ein Großesgut, müssen für den

Sie (flüsternd):
Ihr auf Erden habt Trauer, wähnt euch als Verlierer im Kampf gegen uns, die Heimkehrer, die Sieger. Aber jeder Sieger muss auch besiegen der Besiegten Moral und Gesetz. Wir lassen euch eure Trauer, sie lähmt den Willen und verhüllt die eigene Stärke. Politik ist Vortäuschung von Stärke und Regieren ist Schwäche, gepanzert mit brutaler Würde. Verloren haben wir! Zu spät die Einsicht in unsern Fehler sich neu bemächtigen zu wolln der Erde und der Menschen, die zurückblieben einst und hier Frieden erfanden. Der kam aus einem Unfall, dem Ausbruch der Friedensgene aus unserm Labors. Was uns ein Unfall war, hat

Massen=Mord andere Figuren aufs Feld. Weil wir Zivilisation zur Sanftheit trieben, dürfen wir kein Verlangen spüren nach Autodafé & Exekution. Aber Mensch wäre Nichtmensch, glühte in= ihm nicht die ewige Flamme der Lust=am-Töten. So haben wir zum Erfüllen unsres schwarzen Verlangens die-Plastinate uns erfunden, die Ketzerpuppen für die-Mord=Lust der-Sanften..... Ich sehe dort=Unten Plastinate der Autoritäten-von-Heute: die Maske des Präsidenten DAEMOS 1084, & dort: den Kleinen seh ich mit seinem starken Fokular & den weibisch=grausamen Zügen – & – !o: ich mag nicht sagen, so schwer legt sich Schmerz auf meine Zunge: Auch !Sie – ja –: auch Sie ist unter den-Masken, deutlich leuchtet die Namenschrift: Io 2034. – Zusammengeworfen mit andern Berühmtheiten aus Gegenwart & Vergangenheit, zu=Halden stapelt man Sie hinauf ins Abenddunkel, schamlos angegrellt von scharfen Lichtern, sie schlagen zu derben Schatten aus. Je schroffer Licht&schatten die abgehäuteten Gestalten anspringen, desto ähnlicher die Anblicke zur Verwesung wirklichen Fleisches. Wüßt ich Sie nicht hier=im-Zimmer, spürte ich nicht Ihre lebendige Wärme & das sachte Spiel Ihrer

euch zum Segen gereicht, wie ihn kein Papst oder ein anderer Schwindler zu spenden vermag. Ihr habt die Kraft der Schwäche, die Bestialität der Weichheit von Wassertropfen, die sogar Steine höhlen. Eure Rohheit ist Feinfühligkeit, zur Anmaßung gesetzt eure Manieren. Die radikalen Sanften – die Massenmörder mit Kinderaugen. Hoffnung singt bessere Lieder als die Peitsche, und Menschen marschieren freiwillig und lachend und singend dem Baal ins Gebiss. Die besten Sieger sind die Sieger, die nichts wissen von ihrem Sieg. Deshalb sagen wirs euch nicht. Das macht euch komisch, und Komik ist Salz für unsere Spiele. Mehr als Spiele haben wir nicht zu bieten. Im Grund gibts nur das eine Spiel: Maske in Blut. Das Komische daran, wir sagen es, aber wir wissen es nicht. Das macht uns komisch. Zweimal Unwissen, Wettlauf der Clowns, und der letzte Akt ist immer die Satyre. Erst wenn wir euch eure Hauptwaffe, die kindtörichte Sanftheit, genommen haben werden, weil wir euch mit neuen Genen alte Schuld einpflanzten, wenn wir euch sagen, jetzt seid ihr wie wir (das wird eine Lüge sein, aber Lüge, die geglaubt wird, heißt nicht Lüge, sondern Wahrheit) und wir euch imponieren und ihr uns nachmachen wollt ohne es zu können, dann erst werdet ihr wirklich verloren haben. Wir werden den Europäer in den Europäern vernichten. Danach werden Europäer unsere Europäer

Muskeln an meinem Rücken, ich wähnte Sie dort=Unten..... Die von Derhalde runterstürzen in Dämmer Nebel & Geschreie, auferstehen zu schaurigem= Zweitleben mit fantastischen Zügen, 1gefrorn & erstarrt wie jahrhundertalte Mumien : mäulerweit gerissen gezerrt zum ewigstummen Lachgebrüll, zum Grinsen gaunerisch die Münderreste verstellt die Masken Hohn Tücke Bosheit Tobsinn aus nachmenschlichen Ab-Gründen längst Gestorbner – 1 dreistes Grinsen hier dort Einschrei gerissen zu ewiger Qual – wie von enormen Geschwindigkeiten verzerrte Züge, die Totenpuppen auf ihrer rasenden Jenseitfahrt – u immer=Trauer, herabgesunken in die-Substanz alles Da-Seins, u menschlicher hier als Menschenje=Imleben zu leiden vermögen am Wissen, Macht zu haben u: keine All=Macht..... Jetzt !hören Sie das-Finale: Jetzt entblößen sich Menschen, vergeht sich Diemenge an den-Plastinaten. Der Carne-val mit Höhepunkt. Sie haben für=Ihrenacht sich die Geschlechtteile mit Leuchtfarben bestrichen. Grün Blau Gelb fosfores-zierende Glieder stehn wie Wegweiser zum Pfingstfest=der-Irrdischen mit gräll markierter Scham, das All & seine Schwarzen Löcher als Himmelfahrt für

sein. *Und weil wir die Heimkehrer sind, die militärischen also die moralschen Sieger, deshalb gibts in unseren Reihen nur Lichtgestalten und keinen Abschaum.*
Euch verloren für immer
Zu uns gehörend nimmer. (laut:) Ich spreche nun mit Ihren Zungen, wie ich das gelernt hab hier in meiner Zeit auf Erden : Nicht Miß Verständnisse verbinden Mensch u: Mensch mit=ein=ander, sondern die Abgrund=Tiefe unauslotbare & von-Dortherauf hell strahlend in allen Zuckerfarben schillernde !Dummheit..... Dummheit ist Herz Motor Maschine für die Kolben-Stöße des-Schicksals. Politik ist Schicksal. Und Dieses=Schicksal trägt Handschuhe. Die schwarzen Glacéhandschuhe an den Pfoten der-Zukunft, damit sie Fingerabdrücke nicht hinterläßt wenn ihre kalten Hände die-Menschen pakken das-Lebendige & reinzerren in die-Messerzeit, damit jeder bekommen muß was er !braucht. Und keine Beweise später. Er füllt 1 leeren Platz in der-Zukunft, die, ?wie sagte Er, den-Toten gehört. Und werden durch den langen Tunnel gehn müssen als die Fremden die sie sind. Mehr gibt es nicht für Niemand. Genug. ?Sagten Sie Finale. Ich möchte niemandes Orgasmus stören. Was von Massen bleibt, weiß ich & was mit

die-Sekunden=Seeligkeit.Fleisch-&kochen#Gitter niedergerissen, die-Seelen fliegen aus, & was Umarmung heißt, ist Quätschung & Verlaub kommen wird: Heißerdampf & Knochensplitter. Ich will warten, bis Sie fertig sind.
Fraktur, der Schrift- & Seelenbruch mit elefantösem Rüssel : Rot aufglühend die Zungen & Lippen empfangend Den *Langen-Faden* – purpurleuchtende Spei-Gespinste fliegen durch Dienacht wie Spinnwebfäden, das-Pfingst=Wunder im Herbst –; & !jetzt zerschlagen die-Seeligen was sie seelig machte: die Puppen aus ihrem Spiel..... 1ige zerbrechen den Plastinaten die Schulterblätter, Knochenliebe & *Striptease*=total, aus zerbrochnen Rücken stehn Knochenplatten auf wie Engelflügel. Über den Straßen Plätzen Demtumul-Tieren, die Fata-Morgana irr=lichternd als schimmernd kompackte Wolke. Die Heutigen Menschen sind junge Menschen, aber die-Jungen=Heute sind weder renitent noch revolutionär. Sie sind bloß wild u: suchen in= Allem mit Allerkraft die-Anpassung ans Bestehende. Ihre Wildheit müssen die-Jungen für Freiheit nehmen, sie haben Nichts anderes. Die-Regierungen können ruhig sein, von den-Jungen droht IHNEN keine Gefahr. Und mit dem neuen Morgenlicht wird zurückkehren unser=altes bieder Meier.....

Fertig.

Sie: Nach einem Meier. Post coitum – Sie kennen den Rest. Habe ich mit Ihrer Zunge gut zu sprechen gelernt? (tastet nach seiner Hand)

Er: Ausgezeichnet. Ihre Zunge war von meiner=Zunge nicht zu unterscheiden. Nun haben wir=unsre Zungen wieder, Jedem die=seine.

Sie: Und haben mir mit der Ihren zu gut erzählt nach meiner Art. Beinahe wär ich aus dem Rahmen gefalln. (lehnt Ihren Kopf zurück auf seine Schulter) Sie wissen gut Bescheid mit Himmelfahrten – steht Ihnen, mit Verlaub, ein Pfingstwunder bevor?

Er: Will Sie mich – !Pardon: Wollen Sie mich ?verführen.

Sie: Das ist mein Beruf. Ob vom Mars oder von der Erde, Frau ist Frau. Und jeder Beruf braucht Übung, ich hatte schon fast vergessen das Gefühl von Wärme aus fremdem Leib, Festigkeit junger Muskeln und jungen Fleisches mit Händen zu ergreifen. Ob Tier ob Mensch: Fleisch will Fleisch, Seligkeit und Sehnsucht meiner Haut. Wir mussten zwei Planeten aneinander rücken fürs Empfinden von etwas Wärme. Ja, Wärme, ein Leib! Bleiben Sie, bevor uns Nähe wieder auseinander treibt. – Als ich vorhin versuchte, die Sprache der Zentraleuropäer nachzuahmen, meinte ich dadurch Ihnen näher zu sein. So setzen sich Kinder im Spiel die Hüte ihrer Väter auf und wähnen sich erwachsen. Kindern ist das Spielen Ernst und mir.

Er: Wir sind als=Mensch weniger Tier u mehr. 1 Schritt über die Schattenlinie, – und wir sind wo wir gewesen sind im Schoß Derangst.

Sie: Schoß. Angst. Hat man Ihnen beim Impfen der neuen Gene vergessen die Lust am Spritzen einzuspritzen?

Er: Ich habe woll' Lust nicht vergessen, also brauche ich Nichts gegen das-Vergessen. Ich bin ein Mann, jung-an-Jahren. Ihre Fantasieen verderben mir mein Alter: Folgte ich ihnen & Ihnen, ich wäre noch vor meiner=Großjährigkeit 40 Jahre=alt.

Sie: Dann wären wir im Alter gleich. Geht es bei euch auf Erden so trübe zu? Welche Kirche hat euch die Lust ausgetrieben, welches Gebet war so stark, das starke Glied zu schwächen?

Er: Weder Kirche noch Gebet. Erwachsen=Sein heißt bei=uns Hinausgewachsen-Sein über 1 Gliedes Länge. Tag-der-Leiber. Seit ich die Neuengene in=mir weiß, fühle ich mich zum 1. Mal unheimisch auf Erden, das Sonnenlicht, heller kräftiger als Früher, erscheint mir dennoch ausgebleicht u die Sonne=selbst nur ein größrer Mond, Tage aus Nachtlicht gegossen. Auf=Erden bleiben od gehn ist mir nun 1erlei. Übrigens, Ficken ist was für=Fraun.

Sie: Den Kindern, verstehe ich, ein Schrecken. Das trifft sich gut. Keine Sorge, von mir ist nichts zu befürchten, wir sind nicht im Trauerspiel. Frauen, die reden, ficken nicht. Auch ermüdet mich die alte Turnerei am Bock mit ihren Wortspreizerein aus versteckter Geilheit und die Hundzahnigkeit im Gebiss unsrer Rede, die Zähne der Weisheit sind uns gezogen. (Beinahe hätt ich aus Bock und Spreizerein was gemacht, so tief im Blut sitzt mir der Sport.) Schluss damit, wir sind keine Schauspieler oder andere Kinder! Ich habe Sie herbestellt, weil ich eine Aufgabe hab für Sie. Eigentlich zwei, wie Sie hören werden. Und weil, wie Sie sagten, es Ihnen einerlei ist, ob Sie hierbleiben oder gehn, umso besser für Sie und für mich. Kein Abschied und keine Neurosen. Sie stammen vom Mars, das wissen Sie bereits, und Sie kehren freiwillig zurück, woher Sie kamen einst unfreiwillig. Aber Sie werden auf den Mars zurückkehren an meiner Statt. Und den Posten bekommen, den ich inne hatte bis gestern. Meine Familiengeschichte war zu schwer für die Schultern eines Amtes, ich bin aus dem Rennen. Mein alter Posten mit einem neuen Menschen: Sie! Soviel an Macht ist mir geblieben, um Ihr Weiterleben zu bestimmen für Morgen. Kein Widerwort! Sie werden bald verstehen, was ich Ihnen sagte und werden einer Todgeweihten, die Ihnen verbunden war weit vor Ihnen, diesen letzten Wunsch nicht ausschlagen. Ein Beamter wird mir schon bald die Nachricht meiner Entlassung bringen. Das bedeutet erstens die Zwangsarbeit in einem der Bergwerke auf dem Mond oder dem Mars, Stätten die ich selbst eingerichtet habe für die Kriminellen, und zweitens den sicheren Tod: Verarbeitung durch Arbeit. Mein Wunsch ist übrigens kein Wunsch, sondern Politik, also Befehl. Je strenger die Regeln, desto schwerer die Strafen, befolgen Sie nicht, was Politik Ihnen befiehlt. Befehle sind die Geburtszangen für Freiheit. Und Glaube an Freiheit ist das einzige Laster, das selbst das ärmste Schwein sich leisten kann. Viele haben an Freiheit geglaubt, später haben sie dran glauben müssen. Jetzt bin ich dran.

Er: Was Sie sagten, habe ich gehört – Wort-für-Wort – u: kein Wort verstanden. Nur soviel: Sie haben mir befohlen zu tun, was ich tun will auch ohne Befehl: Auswandern auf den Mars. ?Wozu das Theater.

Sie: Freiwilligkeit hat schwache Beine auf dem harten Grund der Tatsachen. Besser die Beine kriegen Stütze. Wollen Sie zum Arbeitspöbel gepfercht sein, schuften mit den Schuften in Bergwerken und in Säurefabriken, als Namenloser verrecken nach sechs Wochen oder weniger?! Wer länger dort lebt, überlebt als Betrüger oder als ein anderer Privilegierter. Leben ist Strafe für den Pöbel, deshalb gibt man dem Abschaum die Helden-Datei: Jeder Verreckte ein Pionier für den Fortschritt der Menschheit, einige Haufen zerstrahlten Fleisches, eine Handvoll Bits in der Datenbank. Mehr bleibt nicht übrig von Helden.

Seien Sie nicht dumm, also kein Held, und folgen Sie meinem Befehl.

Er: Frauen !befehlt, wir !folgen. ?Was muß ich ?tun.

Sie: Schon besser, Sie haben schnell gelernt und schneller verstanden. Morgen gehen Sie in den Senat. Zeigen Sie das vor, damit ist alles Weitere geregelt. (Sie übergibt ihm ein Datenmodul.)

Er: Eine !neue PeDeM.

Sie: Für einen neuen Menschen. Sie sind noch ohne Geschichte bis jetzt, Ihre Unschuld heißt Natur und zu geringe Lebenszeit. Ihre Armut ist Ihr Reichtum, solange Sie arm sind an gelebter Zeit. Nutzen Sie die Stunde, bevor Sie ein Stunden-Gramm schwerer sind an Schuld, für die niemand Schulden macht. Können Sie zersprengen das Skelett der Vernunft? Zerbrechen das Knochengerüst aus Gründen und Beweisen? Der Steinwurf ins Schaufensterglas des Hoffnungswarenhauses? Schon die Fragen lassen mich zweifeln und sehen, Sie sind für alles die falsche Antwort, also der Richtige für diese Aufgabe. Man wird Ihnen sagen, was Sie zu tun haben ab Morgen. Was Sie für mich zu tun haben, sage ich Ihnen jetzt.

Er: ?!Wozu in Ihrer Hand der Dolch.

Sie: Keine Politik ohne Leichen, kein Politiker ohne Leichen im Keller oder in einem andern Depot für tote Feinde. Sie müssen die vielen Lektionen, einer von uns zu werden, im Stehn lernen. Hier Ihre Reifeprüfung. Sie sind jetzt ein Politiker, der Dolch ist Ihr Grundbesteck für und gegen Intrigen, und manchmal gegen einen Käsar oder einen andern Fälligen, den Sie fällen müssen, bevor Sie gefällt werden. Niemand in der Politik fällt, der nicht fallen soll. Wer seine Partei im Rücken hat, braucht keine Feinde mehr. Und wenn Ihre Partei geschlossen hinter Ihnen steht, sind Sie Fall-Obst. Am Dolch, der vom Rücken durch die Brust nach vorne dringt, können Sie den Hut anhängen, den Sie nehmen müssen. Das ist ein Vorfall. Ich rede von Ihrem Hut. Verzeihn Sie den Rückfall ins alte Spiel. Wer nicht genommen hat, der kann nicht geben. Also nehmen Sie den Dolch und geben Sie mir, was ich nicht verdiene, aber was zu mir gehört. Würde jeder bekommen, was er verdient, die Welt wäre ziemlich dünn besiedelt. Denn viele haben sehr viel verdient, nicht wenige den Tod. Ich werde Tod bekommen, weil Tod zu mir gehört. Aus einem bestimmten Grund ziehe ich Sie der kalten Reptilhand eines Beamten vor, der mir den Befehl zur Deportation überbringt. Seine Stimme, die mir sagt, es ist Zeit, wird unbeteiligt klingen wie ein Automat. Der Tod von langer Hand, ich ziehe den aus kürzrer vor. Ich bin eine anspruchsvolle Leiche. Gehe ich recht anzunehmen, dass Sie mehr für mich empfinden als ein Automat? (Sie legt die Finger seiner rechten Hand um den Griff des Dolches.) Das Recht auf den einen Mord, das ihr auf Erden euch verschaffet, haben wir bestehn lassen. Vom Feind das Gute übernehmen macht für den Guten aus dem Guten das Beste. Mord. Ich hab Freude an den uralten Schauerstücken im Theater. Meine letzte Freude. Die Ersten werden die Letzten sein. Sie müssen also keine Bestrafung fürchten, folgen Sie meiner Hand und Ihrem Dolch. Da, ich führe Ihnen wie die Hand der Jungfrau dem Jungmann das Glied in den Mittelpunkt seiner Welt, das Tor zu Ihrem Aufstieg und zu meinem Fall. Machen Sie Ihre Arbeit, seien Sie ein guter Brutus! (Sie ergreift energisch seine Hand mit dem Dolch & stößt ihn in Ihren Leib.) A! Schmerz, grelle Sonne im Hirn. Blut, der Fluss all unsrer Triebe und Schrecken. Der uns fallen und steigen lässt in den Stromschnellen unsres Wahns, unsres Glückes und meines Todes jetzt. (Sie stößt die Hand mit dem Dolch noch einmal in ihren Leib.) Schwarzes Blut, die Klinge hat meine Leber zerschnitten. Nehme ich die Hand von der Wunde, habe ich noch fünf Minuten. Ausreichend Zeit zum Erzählen von meinen Banalitäten. Ich, deine Mutter. Ich war die Assistentin in der Forschungsstation im Alter von 14 Marsjahren. Damit an Erdenjahren beinah so alt wie heute du. Ich begegnete dem zehn Jahr älteren Mann, dem Forschungsleiter, deinem Vater, nachdem ich verloren hatt meine Erste Liebe. Für Mann und Frau bleiben nach der Tollheit ihrer ersten Stunden die Familie. Die öde Einbahnstraße, die Sack-Gasse nach der Lust: Säuglingsschreie, Muttermilch und Kinderkacke, das käsige Biedermeier von Mittelstandstragöden.

Er: Bieder Meier: !Jetzt sind wir in der-Gegenwart.

Sie: Ich bin eine Frau, bald bin ich eine Frau gewesen. Erst Geliebte, dann Mutter. Soweit waren wir. Dann die verlassne Geliebte und Mutter mit Verlorenem Sohn. Dein Vater, mein Geliebter mit der Startnummer Zwei, hat mich sitzenlassen auf dem Mars, hat sich und das Kind, meinen Sohn, mir fortgenommen. Ich und Kind passten nicht in die Karriere des Forschungsleiters, zu seiner Ehe auf Erden schon gar nicht. Feigheit ist die Maske der Politik. Wissenschaftler nannten ihn einen guten Politiker und Politiker einen guten Wissenschaftler. Er fand die Formel zur Mumifizierung seiner Liebe im trauten Heim auf Erden, bei der Frau in ehelicher Umarmung mit den verfaulten Blumen der Leidenschaft. Dieser Geruch heißt Verzeihen. Da, ich nehme die Hand fort. Du musst keine weiteren Geschichten befürchten aus dem Theater der Frau. Ich bin, die du gesehen hast am Ufer des Xanthe Terra in der Holovision. Mann und Frau. Blut Fleisch, aus dem du bist mit deinem Blut und deinem Fleisch, jetzt kennst du deine Herkunft. Sohn. Der Dolch kam aus meiner Hand, du hast deine Mutter nicht begattet außer mit dem fremden Stahl. Das Glied, das nie erschlafft. Du darfst dein Augenlicht behalten, Ödipus bleibt dir erspart und mir das Schaukeln am Strick. Ich bin nicht schwindelfrei, mein Sterben bleibt am Grund und in der Familie. Dein Tod, Sohn, wird neue Masken tragen. Das *Projekt Uranus* – im Anfang ist immer der Große Traum. Wer im Anfang eines Traums weiß vom Ende? Wer denkt an Fluch, wenn der Beginn ein Segen ist? Oft sind Anfang und Ende einunddasselbe. Zukunft liegt in öder Dürre. Auf Erden oder in einem andern Himmel. Mir schwindet die Stimme. Das Schweigen der Frauen. Dabei soll Mann sie nicht unterbrechen. Und alle Reste dem Verfaulen. (Sie stirbt.)

Draußen, vor Der Residenz, steht kalt u schwarz Dienacht. Zerschlagne Plastinate, Gliedmaßen zerbrochen u verstreut übers Pflaster. 1zelne Gestalten, zerrissen die Kleidung verschmierte Schminke, aus den Mündern triefend noch bleichrote Speichelfäden, streunen stolpernd im-Finstern durch Trümmergefilde der-Lüste als seien sie aus unbeendeten Träumen herausgerissen, ohne Erinnerung in dumpfes Wachseinmüssen entlassen, – schwanken, taumeln, stürzen nieder, schürfen sich blutig am Bruchwerk & harten Asfalt. Ich blicke an mir herab: meine Kleidung ist tadellos, keine Spuren aus einer mörderischen=Nacht..... An den Händen kein Blut. Gestalten erheben sich bleich aus den Halden Bruch=rings-umher, – tappen grunzend fort auf Händen Knieen Bäuchen wie Reptilien – :?Eintraum – Einkaltertraum hält mich gepackt mit eisigen Krallen, dieselben die aus den-Fabrikanlagen in der Vorstadt=Draußen tief sich 1senken=Indieerde, das Mark ihr anzuzapfen. Mein Schädel scheint umschlossen von einer Wandung aus Eisen, die sich enger&enger zupreßt, in meinem Hirn rostiger Staub & warmer Ge-Triebewind. Hinter meinem Gesicht strahldünn scharfe Gluthitze wie 1 Schneidbrenners Flamme. Unter seinem Feuermesser zerfließen Wangen Stirne Nase Mund die Augen zerkochen – und wachsen beständig aus dem Geschmolzenen nach –. Und Dasschreien !NEIN !NICHTSO SO !NICHT DAS !ENDE DAS!GRAUEN – unaufhörliches Schreien, schindet sich wund am Skelett von dem was Ich gewesen bin vor ?Wielangerzeit –. Dertraum – Derkaltetraum mit seinem SCHREI – Der bleibt. Und Keinerwachen. Nie wieder Ich. Doch was in=mir SCHREIT, das ist auf meinen Lippen weniger als Flüstern – Atemzwirn, 1 Hauchen nur –. Und bleibend im=Gehör wie das Sausen der Großenstadt ein Widerhall von dem, was die Frau=Imtraum zu mir sprach kurz vor ihrem Tod: *Projekt Uranus* – : – ?Was bedeutet *Projekt Uranus*. Auch in=Träumen gibts ein Zuspät. – Allein die beiden Wörter bleiben. Geheimnis=voll glühend in ihrer Unbekanntheit, ein neues Gestirn in=mir. Die Schatten zerfasern brüchig, alles Flüstern verstummt. Und Erleichterung – Dasgewicht eines mörderischen Traums abgestreift mit dem Erwachen, – breitet sich über die Haut wie herniederflutend Sonnenwärme nach einer langen Finsternis unter einer verdunkelnden Wolkenbank. !Aus für Einenkaltentraum u alle Schrecken=darin verflogen –.– Frohen Schrittes gehe ich davon.

Gegen meine Hüfte schlägt beim Gehen in der Seitentasche der Kleidung 1 fremdes Gewicht. – , – – ; – :!: In meiner Hand 1 neues Datenmodul. Das ist !kein Traum od in seinem zweiten Buch Dertraum-?danach. Die quadratische Anzeigetafel auf dem Modul leuchtet hell & weiß, ich suche mittels der kleinen Tastaturen die gespeicherten Dateien ab. Das Register das all=meine Straftaten registriert, verzeichnet 1 Mord : 1 Mord in Einem?traum hat mir keinen leeren Tisch belassen, mein-Recht-auf-den-1-Mord habe ich wahrgenommen, früher als ich Das wissen konnte. Unter der Rubrik *Beruf* erscheinen im Anzeigefeld die Worte: *Ordentlicher Sachbearbeiter bei der Interplanetaren Wissenschaftskonferenz I.W.K.* Das ist Wahrheit u Keintraum. Das-Gesetz hat verfügt. Jetzt bin ich erwachsen.

Esra **10.** 44:
DIESE ALLE HATTEN SICH FREMDE FRAUEN GENOMMEN; UND NUN ENTLIESSEN SIE FRAUEN UND KINDER.

SCHON TIEF steht zu dieser Stunde die Sonne in der Färbung von glühendem Rost. Über Diestadt-hin ziehen Dunstschleier nach dem letzten Regen, hüllen die obersten Etagen der Häusergerüste in hellrosa Gaze ein. – Am Portal zum Häuserturm – in einer der oberen Etagen die Wohnung *Der=Einen* – gebe ich ins Anmeldepaneel meinen Namen ein: BOSXRKBN 1859148114. Dieselbe Zeichenfolge, die, zusammen mit Dutzenden Namen Anderer, seit einiger Zeit zu-Tag&nachtstunden in karminroten Buchstaben & Ziffern unablässig wiederkehrend als Nachricht aufleuchtet auf den Schirmen der-Imagosfäre: Die Aufforderung im Raumfahrzentrum sich einzufinden wegen der bevorstehenden Ausreise=zum-Mars. – 1 Moment Warten. Dann sinkt 1 der Aufzugkabinen herab, die Tür öffnet sich leise zischend : Die Kabine ist leer. Zögern, – erst kurz bevor die Aufzugtür sich wieder schließen und die Kabine, wie sie gekommen, hinaufgleiten würde in das hochragende Gerüst, – steige ich ein. (Erleichterung: keine Widerholung des Geschehens, das ich für Einentraum halten will; hier zu-einer=solchen Abendstunde hatte Das seinen Anfang genommen. ?Od ist die-Stunde-von-einst dieselbe=Stunde=?jetzt. ?Was ist geschehen mit der-Zeit –). / Der Aufzug ist angekommen, die Tür öffnet sich leis –.

–Unsere Zusammenkunft=Heute hat die Heimlichkeit der Liebenden in ihren=Erstenstunden. Nur fehlt uns zur Heimlichkeit das Heim. –
 Als wir ein=ander begrüßen*, sind Ihre Wangen wieder flammzart, die braunen Augen blicken groß (auch jetzt darin der sinnierende traurige Zug). Glänzend im weichen Faltenwurf fällt die Draperie ihres nachthimmelblauen Seidenkleides um Ihre Gestalt, während ich (als Absolvent des K-Gen-Umgestaltprogramms) die vorgeschriebene violettfarbene Kleidung trage.
 Dann hat Sie den Satz gesprochen, der mir als die Einleitung Ihrer Abschiedsrede erscheint. –Hier=an-diesem-Ort werde ich nicht lange bleiben können, die Letzte-Mahnung zur Teilnahme am K-Gen-Programm ist mir erteilt worden, meine letzte Weigerung hat Alles ent-

schieden. – –?Wielange wird=sie sich noch ?entziehen können. Und hat=sie ?keine Angst vor Maßregelung. – –Ich werde das-Gen-Programm verweigern, solange das-Verweigern möglich ist. Maßregelungen schrecken mich nicht : ?Kann man Tote noch einmal ?töten. – Ihre letzte Bemerkung bringt die verdunkelnde Wolkenbank einer langen Finsternis aus Letzternacht herbei, senkt erneut die Kaltenschauder über-mich. Ich habe den Sinn dieser Worte nicht verstanden, aber ich frage Sie natürlich=nicht danach. Mit veränderten Blicken schaut Sie mich derweil von der Seite an. –Seit-Tagen sehe ich seinen Namen hoch=Imhimmel leuchten, mitsamt dem farbigen Diagramm, das den-Erfolg bei der Gen-Umgestaltung in den-Bevölkerung's Massen belegen soll. Jedes Mal wenn die alfabetische Reihenfolge seinen Namen zeigt denke ich an ihn u an Diestunde unseres Abschieds. Ich ersehne seine Gegenwart u: ich fürchte mich davor. Er ist nun 1=von=Denen..... – –Ich gelte als *Neugener**, doch werde ich !nie zu den-Marsianern gehören, darüber belehrte mich ein Geschehen, das ich noch immer für Einentraum halten will. 25 Erdenjahre sind !zuviele Jahre u: die neuen Gene sind zu !schwach, um meine=Herkunft auszulöschen. Aber ich habe 1 Posten bekommen, der mich Denen zumindest dem-Dienstrang-nach gleichsetzt & manchem von-Denen sogar überhöht. Ja, ich habe die neuen Gene in=mir, und so spüre ich Etwas, von dem unsere-Sitten=Früher nichts wußten: Denschmerz beim Abschied-für=immer von der Geliebten, von !ihr. Derschmerz war Es, der mich !solange von ihr fern:gehalten hat. Heut begegne ich ihr zum Letztenmal. – –?Was ist mit ihm ?geschehn. – –Ich mußte Vieles lernen. Manches von dem was ich wußte, taugte nichts für Diese Neuezeit; auch Vergessenkönnen ist Lernen. Manches, & das war das-Meiste, mußte ich neu erlernen. Ich schweige von meinem derzeitigen Beruf, die-Worte um das-Geschäft in=der-Politik sind nur dem-Politiker von Gewicht, allen Außenstehenden sind sie flau & fad auf der Zunge wie eisiges Schmutzwasser. Der-Politiker außerhalb seiner-Ämter ist lächerlich, wie der-Säufer außerhalb der-Kneipe. Ich bin vom-Senat auf dem Mars betraut mit dem Zusammenstellen von Menschen-Kontingenten für Arbeitseinsätze in den-Fabriken=dort. Das gilt einem Unternehmen mit höchstem Geheim-Status: dem *Projekt Uranus*. !Was mit diesem Projekt bezweckt werden soll, weiß ich nicht. Mein Dienstrang ist für Solcheswissen nicht hoch genug. Also frage sie mich nicht weiter danach. – –Ich frage ihn nicht, weil Alles-

fragen sich verbietet. Und wenn die-Antworten bereits gegeben sind, kommen Fragen immer=zu-spät. --Großesleid lernte ich mit=Derzeit an-der-Leine zu führen. Auch mußte ich lernen, Leid gegen Leid zu tauschen: die Tötung meiner Mutter gegen den Abschied=Heute von !ihr. Das erste Leid blieb folgenlos, das zweite wird mir als Leid folgen für=immer..... Die ich getötet habe in Einernacht=dort in der Altenstadt – in die ich gegangen bin, weil ich hörte, !sie könne ich dort finden – war meine Mutter & hat ihren Tod von meinem Konto abgebucht. Ich bin um 1 Tod ärmer seither, ohne Startkapital am Rand zur Politik.....
 –Die Schuld des-Sohnes an der-Mutter. – Bemerkt Sie rasch. –Das hat er nun hinter-sich. Doch wie ich so=eben hören konnte, hat er schon die-Sprache-der-Marsianer !gut erlernt. – Fügt Sie an mit zerdrückter Stimme. –Ich habe Keinentod zu verschenken, wie er weiß, denn meine Eltern sind seit-Langem verstorben. Und seit unsere alte Imagosfäre zerstört ist, sind meine Eltern *vergessen*..... – –Wie mein Vater einst in Derselbennacht. Vieltausende haben auf 1 Schlag ihre= Herkunft eingebüßt – ein elektronisches Gewitter, ein Datenkollaps, – nackter als nackt frieren wir noch im dicksten Pelz.
 –?Wann wird er fortgehn. –Ihre Stimme so leis daß Diegräusche=von-Draußen sie fast auslöschen. Aber ich habe Sie noch gehört. –Nächsten Monat. Nach !unsrer Tagezählung. – Sage ich. –Meteorenschwärme müssen abgewartet werden – sie kreuzen demnächst die berechnete Flugbahn. Bereits ab=Morgen werde ich im abgeschirmten Gelände die Intensivkurse zur Vorbereitung auf den-Flug=zum-Mars absolvieren müssen. Inzwischen bin ich einige Male hinaus zum Startgelände, bis an die Sicherheit's Umzäunungen – die Raketen, die wie silberne Ausrufzeichen in Denhimmel aufragen aus einer überirdischen Sprache die ihre Befehlwörter auf-Erden stellt denen wir folgen müssen, sie waren aus der Entfernung nur strichdünn, vom erhitzten Luftwabern in den Konturen verzittert. 1ige probierten grad die-Antriebsstufen aus, – über das horizontweite Flachland brausten in-Wellen die Triebwerkgeräusche wie Orgeldröhnen, den Erdboden erschütternd, die Metallpfähle der Umzäunung klirrten & den Leib ergriff ein Zittern das von den Füßen herauf in die Brust zu den Zähnen und bis ins=Innerste des Schädels drang –. !Was für ein Gefühl muß !Das sein, bin ich erst *in* 1 dieser Raketen.
 –Dann laß uns den rechten Abschied nehmen Jetzt&hier. – –Aber

wir können unsere alten Stätten=von-Früher nicht mehr aufsuchen, Diestadt hat sich neu=gebaut; Was gewesen war ist verschwunden: Das-Stadtgebiet=selbst ist geschrumpft wie das-Chagrinleder nach allen Wünschen – in-Diehöhe streben jetzt die-Bauten, von-Ferne sieht das Stadtbild aus als wüchsen lange starre Gräser mit seltsamen stacheligen Kugelfrüchten unaufhörlich aus schmalem Grund –. !Das ist nicht mehr Unsere=Weiße-Stadt = die wir kannten aus Kindertagen : Die Orte unsrer ersten Spiele – :verschwunden: – die Glasfiberstraßen aus Fernen, die in Unsere=Stadt einkehrten, eine Stadt mit klaren Strukturen u offenen Worten, kein Winkelzug warf die Schatten des Argwohns der Lügen & falschen=Profezeiungen. In den Glasadern zirkulierten die farbigen Pulsfolgen hin zu den hellen Kugelhaufen unsrer Behausungen – ?weiß sie noch, ?sieht sie noch die reifsilbern umspannende Membran, die dünnen hautähnlichen Hüllen die uns bargen, sich um=uns u unsere lichten Wünsche schlossen. Sie erschienen atmend – dehnten sich aus, kontrahierten, – lebendige Wärme entströmte u etliche der Oberflächen schimmerten in farbigen Lichtreflexen, die sanften Polarlichtschleier aus Holovisionen. – –Jetzt sind Behausungen als borstige Gondeln in pfeifende Höhen gehängt – (wirft Sie ein) – –wir hatten nicht mal Zeit zum Trauern über alles= verloren Vertraute. Und selbst unseren Himmel, die große Alles überdeckende Imagosfäre u den Sonnenuntergang hat Man uns fortgenommen. Diestadt=Heute zeigt 1 neues Gesicht, ausgeräumt – –Auch – (unterbrech ich Sie rasch, denn Sie soll nicht von Trauer überwältigt werden) – –?erinnert sie sich, flammte so manche der Halbkugelwände plötzlich auf, stille hochfahrende Feuer, niemand u nichts verbrennend – : – Jeder Mensch blieb in !seinem Traum. Und dort wo die hellen Stadtschaften versiegten im ebenen Land – wo die Häuser klein wie Schaumbälle auf Sommers stillen Gewässern standen u wo Landflächen sich erhoben und hinstreckten Jahrhunderteweit – ?erinnert sie sich noch –: !Dort waren wir zuhaus; Hier&heute sind wir nur untergebracht. – –Ja – (antwortet Sie leise flüsternd) – –Ja, ich erinnere das. Aber so muß ich wenigstens meinen zerstörten Garten nicht länger sehn; nicht mehr diesen Schindanger meiner zauberischen Pflanzen. Selbst dieser Totenort ist vom Neuen überbaut, aber ich – so scheint mir das – bin Damals, als die Pflanzen in Meinem=Garten starben, mit=ihnen gegangen.

Für einige Momente schweigen wir. Dann sagt Sie in die unablässig tönende Stille: –All unsere Bekannten=von-früher, all unsere Freunde sind *Neugener* geworden; wir kennen ein:ander nicht mehr. – –Auch mir ist manchmal, als sei ich schon seit-Langem tot – begraben unter leichter Frühlingerde liege ich, die Augen immer=offen. Alle=übrigen haben !Diezeit überlebt, sie haben mich vergessen & leben=weiter, u: ich bin niemals gewesen. Als ich einmal hier=vor ihrem Haussturm vorüberging, sagte 1 Stimme in=mir: *Ja, hier habe ich mich immer mit meinem Namen angemeldet bei=Ihr, durch !diese Tür bin ich getreten um zu=!Ihr zu kommen – früher: als ich noch lebte.* – Und heute&jetzt bin ich noch ein Mal von den-Toten zurückgekehrt, um sie zu sehen.

–Aber wir haben Das=Geschenk. – Sagt Sie, & 1 listiger Zug färbt Ihre Stimme beinahe freudig. – –Das=Geschenk und *Den-Langen-Faden*. Laß es uns noch ein Mal tun. – –Dann wollen wir zum Plateau des Hauses hinauf. Dort=oben haben wir direkten Feldkontakt zur nächstgelegenen Imagosfäre. –

Nicht lange und wir treten aus der Aufzugkabine hinaus auf den höchsten Ort im Hausgerüst: auf das kleine freiliegende & nur von 1 dünnen Geländerrohr umsäumten Plateau. Obwohl Dienacht wind-still-um-uns steht, zieht als seien Nacht u Wind stets verbunden, ein beständiger stadtwarmer Windstrom, spült aus Tiefen Derstadt ein unaufhörliches Brausen herauf, – hier=Oben schon stark verdünnt, unkenntlich gemacht von der Anderen Großenströmung die Nacht-wärts alles mit=sich fortreißt direkt in den erdunkelten von kaltspittsen Sternenfunken überschütteten Himmel –. Auf anderen Plateaus über entfernteren Häusergerüsten stehn ebenfalls 1ige Menschen, reglos u (vielleicht) stumm, dunkle dünne Silhouetten in=Betrachtung Des himmels od 1fach nur um Dort=Oben zu stehn, all=die *Verlorenen-Posten*. – Der schwarze Saum Derwälder am Horizont ist in dieser Dunkelheit nicht zu sehen, doch Infernen wabernd Imdunkel=dort kurz über dem Erdboden eine grellbunte breit hingestreckte Wolkenbank, Rosa Gelb Violett Purpur Grün Orange, süßlich kristallisiertes von-Menschen gemachtes Lichtergelée, sacht & behäbig zitternd über der-Altenstadt. – –Die Saturnalien. – Sage ich ins Rauschen der Lüfte. – –Auch heute ist Es wieder=soweit. Saturnalien & Einewolke aus irisierendem Dunst. Was von-denen..... bleiben wird; – ohne mich.

Sie antwortet nichts, steht reglos, beschaut Dienacht. Und wie ich Sie, die so still über Allemsausen aus den Tiefen Dieserstadt neben= mir steht, betrachte, sehe ich noch ein Mal Ihre Schönheit, die mich in-Ihren=Bann zieht wie einst am Erstentag. \ In diesem Augen-Blick blitzen in der samtenen Schwärze des Nachthimmels 1ige Meteoriten wie silberne Nadeln auf – als wollten sie Ihr in Nachtfarben gehaltenes Gewand mit den unendlichen Tiefen Deshimmels zusammenheften. \ Und wiederum verwundere ich beim Gedanken, daß nicht 1 aus Dutzenden-von-Männern die Sie doch begehrten, Sie für=sich auch 1zunehmen vermocht hatten; sondern daß Sie bei=!mir=geblieben und !mir Die=Eine geworden ist. – Bis mir einfällt, wie ich einst von Anderen über Sie reden hörte, – u: Ihr eigen=Sinn sowie die Ihr=eigene Wesenheit, in-Gesellschaft anderer rasch sich zu langweilen, mit=sich= allein jedoch !nie, – und daß genau=!diese Weseneigenschaft bereits von=Anbeginn !uns mit=ein=ander einte, während bei den-anderen, den-Gesellschaft's Männern die fortwährend mit-1-ander mittels Imagosfäre kommunizierten & so zum 1 ihrer gesetzlichen Kommunikationpflicht nachkamen zum andern bei den-begehrten-Fraun unab= lässig sich 1stellten, Diese Frau als verschlossen & kalt gelten mußte, so daß Mann sich niemals langezeit um Sie bemühte. Aber gerade=!Dies ists gewesen, das uns=Beide zusammenhielt über alle Jahre hinweg.

Darauf wende ich mich von Dankbarkeit erfüllt an Sie, das kleine Fläschchen mit der Tinktur zum *Langen-Faden* in der Hand. Und Sie kehrt sich lächelnd zu=mir – und wir beginnen mit-Bedacht zum Letztenmal diese Prozedur : von der Pipette 1ige Tropfen auf des Anderen Zunge – erwartend die grellrote Einfärbung der Zungenhaut, den kalt=brennenden Feuerstrom in der Kehle – dann in weichen flachen Wellen den Schauder prickelnd den Rücken die Schenkel Waden hinab u noch in die feinsten Adern-Imleibe hin-1 sich ergießend –.– Und langsam wie aus bezähmten Wogen in einem elektrischen Nebelmeer, Wogen, die Erdteile u Menschen zerreißen können, lösen sich Bilder und schreiben sich auf die Tafel der klaren Nacht aus dem Stück Imagosfäre über uns kommend die Anfang's Szenen, die Das=Geschenk nur=für=uns u auf=immer bewahrt.

Die vier Lebenzeiten. Wenn ich ins Frühjahr schaue – April öffnet seine Türen weit und läßt Windzüge aus –, stehn Bäume, die einst zu Wäldern sich scharten, jetzt noch unbelaubt mit holzhohlem Blick offen wie leergeräumte Fächer in Schränken, die Gräser müd u wirr zerdrückt wie Tierfell vom Winterschlaf. In Bächen Flüssen kaltblaues Strudeln Schnüren Abschwemmen letzter Inseln aus altem Eis –. Dort wo die Erde bloßliegt ist sie schwarz & glänzend im Tau, blasse Keime treiben in=ihr, bald grünende Spitzen – ein lauchfarbenes Schimmern, schon recken sich winzigdichte Urwälder aus Halmen Blütenstengeln ein grünes Pflanzenmeer aufwogend in windfrischen Bön – und Farben platzen heraus aus dem Steingrau vergehenden Winters, gelbe rote lila blaue Explosionen unhörbar zu Blütenkelchen aufgesprengt, helläugig blinken Pfützen unter rauchigen Himmeln. Aus den Gewässern aufsteigend kühl schon der Geruch nach fernem Sommer. – In meiner Kindheit ein Frühsommernachmittag im Duft von abgemähtem Gras darauf Regen niederfiel, die scharfsüße Pflanzenfrische ließ den Atem stocken : Als Kinder sind wir 1 ander begegnet, dein helles Kleidchen wippend mit jedem deiner Sprünge. Beim Spiel am eisernen Klettergerüst verkündetest du den andern Nachbarkindern mit ernster Stimme: *Wir sind ein Liebes Paar* – & schlugst unbekümmert Rollevorwärts am Turngerät, rasch blitzeten unterm hochschlagenden Kleid die weißen Höschen (spotthartes Gelächter der Spielkameraden, meine Wangen heißrot vor Pein u: Stolz). – Gläsern weiß wölbt Hitze die Luft, mondbleich die Dünen weithin sich hebend hinauf ins Blau – scharf gezogen die Himmelnah –. Und hinter dem Horizont, entgegen dem Vorurteil, der Weltabsturz, Der-Grund in den hinab Alles fällt. Doch länger als Alles rieselt Sand=der-Beständige –, als Kinder bauten wir spiel=ernsten Sinnes Häuser Burgen draus. 1 Windbö wirft dein braunes Haar in Strähnen übers Gesicht, am Kinn beim Halsansatz unter heller Haut blassblau die 2 Äderchen, in die ich beißen möchte. Schon zieht Mittag über den Sand die Schattenschraffur, Dieluft geschmolzen zum glasigen Block, – Mücken&bremsenschwirr, & Stiche –; Stiche –; Wolkeneisen prallhart gegen:ein:ander, – Leibesschwüle, Schlick&muscheldunst, die nackte Haut noch schweißfeucht & sandbeklebt, – wir rennen uns=haltend an eilfliehenden Händen mit stiebenden Schritten über den Meeresstrand – :!*Baldwetter*; – 1. Regenpunkte, aposiopetisch=keusch, in lockeren Staub gestanzt: ... – Längst bist du mir *Die=Eine* geworden; ich habe erfahren von *Dem= Bund* den ein Mann mit *Der=Einen* zu schließen sucht an seinem 25. Erdenjahr, u: Trennung bedeutet Auf=immer von des Andern leibhafter Gegenwart. !So will es Unser Brauch. Denn was des-Menschen Sommerjahre an Glück u Rausch erfuhren, !Das soll nicht verlungern; nicht ertrinken sollen die Bukolischen Tage im Kummer der Schwerkraft Kinderzwang aufzehrende Nähe aus lustvertriebner

Alltag's Pflicht..... – Wild wachsen die Blumen in ihrer Buntheit auf, früher nannte man sie Unkraut, sie bergen die kleineren Tiere, die vor den-Messern der Ernteschnitter zu fliehn suchen. – Sommers Ende: auf 1samen Asfaltstraßen verblutende Äpfel. Auf Dämmerungweiden Schafe, ruhevoll wie herabgesunkene weiße Wolken. Und Herbstes stiller Gang eines Flusses – Nebelschiffe in langsamer Fahrt, voll der letzten weißen Flüchtlingwolken, im hochgetürmten Takelwerk die Piratenflagge mit dem Knochenschädel eines zerfasernden Monds. Die Nacht Imdunst – Straßenlampen brennen geduckten Kopfes, meine Schritte bröselten über nebelfeuchten Stein. Soweit bin ich gekommen, du gehst noch neben mir, – bis an den Rand zu diesem Jahr. Und schon: starkfeste Regenschnüre rollen herab auf den Asfalt, Häusergerüste dunkel hochgestellt in diese Neuestadt, die Straßen glänzendschwarz gefärbt wie Flüsse zur Hochwasserzeit :!?Was wäre u Derregen hörte nicht auf zu strömen – spülte den Fremdling-auf-Erden davon, schwemmte die alten Häuser zurück zum Sand, aus dem sie geformt wurden einst –.– Aber du ich = wir gehen über den uralten Grund auf den nun Diewasser niederfallen uns die Köpfe ducken, so können wir stumm=bleiben unter den hoch über uns dahingleitenden Lichtern der Anderen=Himmel, die auch wir=uns frech u: schlau schwach u: fest überspannt u: leis erträumten einst in der Sonnenzeit unseres Wünschens –. Auf sie hatte kein Fleischerblick seine Messer & Haken angesetzt, hatte kein Mißtrauen's Wort sperrangelweiten Riß in unser=Beiderfriede geschlagen, kein Gram hatte darauf Sein schweres Wort gelegt. Nichts vom geizvollen hölzernen Elstern-Gekraxe der eifer-Sucht, nichts vom weibisch hochpflurrenden Tauben-Gezeter in die Lüfte geschrillt: *!Du hast Schuld !Du !Du – :Rand einer Nacht: ?Hörst du mich.* Weil wir fort sind, schon getrennt für Nochweiterdauern, werden wir=einander immer=hören immer=sehen können – Die Holovision in dieser Neuen Landschaft setzt ihre Bilder wie hoch & weit wuchernde Pflanzen, die vom elektronischen Licht hervorgelockt, uns neu-auf-neu erglühen lassen – und wildharrende Laubschaften Herbst ziehen herbei aus den Himmeln Densturm –.– Auch wenn ich schließlich in des Lebens Winter schaue : Schwererhimmel Grau u Blau zieht über den fernen dunklen Streifen Wald hinter der Altenstadt herauf, – die Lüfte schmecken dünn u eisig flau –. Und wenn Schnee die-Städte leis behutsam friedlich macht, Denhimmel in hellen Flokken niedersinken läßt alle scharfen Kanten rundend u die schrillen

Feuer löscht, sind Münder still u Lippen fest u kalt im Atemhauch. Kein Tod starrt dann aus Hohernacht mit leeren Augen Lebenangst, keine Zuversicht ist uns zertrümmert, kein Traum beim Träumen schon zerbrochen. – –

– – Und doch sind Tränen in Dieserstunde unsres Abschiednehmens. Denn der Mond, ewige Sonne der Liebenden – wenn er nahe u groß den Himmel füllt, so wie zu=Dieserstunde, hebt er die Wasser zur Flut in die Augen –. Und zärtlicher als zur Abschied's Stunde ist Liebe nur in der-Abwesenheit, in Denzeiten des Sichselbst=Überlassenseins.

Nacht aus Himmels Abgründen tief im-Blau, – keine grellen Scheinwerferklingen die wie Leuchtturmstrahlen Dasdunkel zerschneiden & die-Stätten absuchen nach Verbotenem – kein maschinenheißes Fauchen fliegender Engelstaffeln, – nur stetes Rauschen Brausen dringt aus Stadttiefen bis=hierherauf, aus den Abzuchtgräben der Straßenfluchten aus den Wohnstätten der-Aufbewahrten, Vermischen aller Tönefarben zum graubraunen Wellentosen aus einem Nachtmeer – unaufhörlich – u ist dies lange schon Diestille=selbst.

–Auf dem höchsten Ort, den wir in Dieserstadt finden können, gleichsam bei der-Höchsten unserer einstigen Sitten angekommen, zu !dieser=Stunde, wollen wir einander Alles verzeihen, was in den-Jahren, die wir=gemeinsam verbrachten, an Gram Schuld Beschämung herangewuchert ist. So ist unser=Brauch.

–Ich habe ihm nichts zu verzeihen.

–Auch ich finde nichts, das ich ihr zu verzeihen hätte. Also können wir nichts vergeben, nichts verzeihen. Dann wollen wir, sie u ich, wie alle Menschen vom Großen Abschied freien Herzens unseren Anteil nehmen. Wir werden uns !niemals wiedersehen, werden !niemals irgend=Kontakt zu ein ander suchen, keiner wird für den Anderen jemals wieder da sein – also werden wir ein=ander=bewahren=Aufimmer. Und kein Schlag-der-Zeit soll unser Bewahrtes je verschandeln. Jetzt trennen wir uns.

–Ja. Trennen wir uns.

Nun ist jeder allein, wie er nicht einmal als Kind allein gewesen ist. Und zweier neue Lebenbauwerke können beginnen in Diesernacht. –

Von der-Seite-her schaue ich doch noch ein Mal zu Ihr : – und sehe im Profil eines Ihrer großen dunkelglänzenden Augen als Halbkugelwölbung in Ihrem nachtbleichen Gesicht. Von der nun vollkommen schwarzen, nur mit etlichen Sternenköpfen gesprenkelten Himmelwand steht Ihrem Auge 1 rötlich glimmender Punkt-am-Himmel direkt=gegen:über, kaum 1 Handbreit von ihrem Auge entfernt, Rot wie 1 Bluttropfen : Mars der Planet. – Noch vermag ich mich nicht end=gültig abzuwenden von Ihr, betrachte Sie zum Allerletztenmal –: :– Auch Sie blickt mich an. – Dann ist !dieser Augen-Blick vorüber, Sie wendet sich ab. Unhörbar für mich aus dem mit beiden Ihrer Hände offengehaltenen Mund stumm Ihr Schrei –. Länger kann ich den Anblick Ihres unverstellten Schmerzes nicht ertragen, ich presse die Augen zu.

– –

Als ich die Augen wieder öffne, ist Ihre Gestalt verschwunden. Ummich schauend entdecke ich Nichts das an Ihre Gegenwart bis vor 1 Moment erinnern könnte. Sie ist verschwunden, als sei auch Sie in=Diesernacht eine Holovision gewesen, die elektronische Wiederkehr einer Toten. Aber ich fühle auch, daß !Das nicht stimmen kann. ?Wie u Alles wäre genau ?umgekehrt: ich = der Rückkehrer in !Ihre Holovision für merk=würdige Stunden einer Nacht.

Ins dämmerige Schlafzimmer fällt aus dem angrenzenden Raum 1 Lichtstreif schräg hinein über ein zur Ruhe bereitetes Bett. 1 Unbekannter liegt dort, vermutlich schon seit Langerzeit – das Gesicht eingesunken in große Kissen, die kantigen Züge umrahmt von dünnen weißgelben Haarsträhnen. Sein Atem klingt überlaut rasselnd als würden Glassplitter geschüttelt. Das Gesicht, sterbealt, schaut stumm herauf zu mir – die großen alten Augen sind meine Augen. – Mit den Blicken einer Lebenden hast Du in meinen Augen geforscht nach dem lebendigen Fühlen 1 Toten. Wir haben uns=erblickt.

Dann bin ich aufgewacht als Toter unter Toten. ?Wann bin ich gestorben. – Seltsam, ich kann mich nicht daran erinnern.

Zweites Buch. Dersturm

EIN SCHREI
   Eises frostger Schrecken prallt Erwachen, durch Schwärzes Hülle 1
Riß : – *?Wo bin ich* – Kälteschweiß, auf nackter Haut in Punktefeuern
glüht Nesselbrand den Feuerleib, mit Faserigem 1gehüllt – *Ein Schrei
!Meinschrei ?Wo sind meine=Sachen ?Wo !Das=Geschenk ?Blut ?Bin ich
?verletzt–.* Alle Sinnes=Spürhunde durch den Leib gehetzt –: Schmerzflammen im Gesicht, doch in allen Gliedmaßen Leben. (*Eisenstarre.
?Weshalb kann ich mich nicht ?rühren.*) Kribbeln in den Fingerspitzen u
Zehen –: Stahlblock Fleisch, von Blut durchwallt. Augen schlafesver-
graben, starrend in=Nebeldunst –. Als könnten Augen riechen, *sehe*
ich Diesengestank, durchstochen von kalten Nadeln Frost – *!Injektion –
unsichtbare Gestalten –, wieder verschwunden.* Einemauer aus Keller-
dummfness voll bitter Fäulnissporen – pfeilartig sprießend aus mikro-
skopischen Kugeln, Infusorien, grünlich pelziger Schmiergestank, den
eiskalten Bunkerwänden wie Anstrich aufgeklebt, vergärende Luft. –
Den Kopf gelagert auf 1 Keil, leicht angehoben, so kann der Blick
entfliehen in dämmerige Fernen – 1 sich verjüngenden Bunkerstollen-
entlang, zwei Schultern breit, zwei Mann hoch, fensterlos – narbige
Eisenröhren verschiedenster Stärken ziehen in sturer Geradlinigkeit.
*?Woher das Zwielichtschimmern. Nirgends Lampen. Elende matte Licht-
heit –:–* WändeDeckeBoden übersät mit winzigsten gefrornen Tropfen
Licht. Kalter Fieberschweiß der Angst..... !Bücher : Zwischen die
Rohrleitungen & auf schmale Lochmetallplatten gestopft Unmengen
Bücher – den weitläufigen Bunkergang entlang. Von diesen Büchern
her das Glimmen – Bücher, Licht in Derfinsternis..... Und auch der
stockfleckige Pappmoder, der sich als schmutzige Faust bitter dem
Mund aufpreßt, – Schlafesruhe steigt aus dem-Innern auf und hüllt
sich-um=mich (*?Was is das vorhin fürne !Spritze gewesn –*) – langsam
sinken die Gesichtflammen nieder – willenfrei=wohliges Versinken im
schlafsamen Wärmeschauer – –

–HAMMJA TATSÄCHLICH NOCH EEN ÜBRICHJELASSN.
Hat Vaddan seinn oller Schpritzer nich jetroong nich. Is wolln edel
Schpritzpara wennsenn tatsächlich hier bei Vaddan jelassn hamm – –

Von-weither langsam wie eine Woge zähen Schlamms quillt diese Stimme auf=mich-zu, begleitet von schründigem Blechgescharre, – das sägt wie stumpfe Messer die Nerven=wund –, jetzt ist diese teigige Stimme direkt=neben-mir, – ich gebe Laut, will den rechten Arm heben, damit winken : der Arm stößt=sofort gegen 1 feinmaschiges festgezurrtes Metallnetz, das mich=in-kistenförmiger-Lagerstätte niederhält. Mit Blicken stochere ich in der Düsterness, diesen-Jemand zu erkennen. Will zu ihm sprechen, das Gitterwerk hellzirpt metallisch unter meinem Gerüttel –:Etwas in teerfarbnen Lumpen stockt, sogar das debile Dauergemurmel setzt aus, – 1 verwüstetes Schimpansengesicht, die Färbung wie ein in Kellermoder & Dummfness gesprossener Pilz, ruppige Brauen über verschlagen schielenden Augen schälen sich aus Derfinsterness, glotzen auf mich runter.

Meine Stimme kommt zurück zu=mir. Ich unterbrech harsch dieses *Krähteng* in der verzoteten Pollutivsprache geiler=Zausel, brüll durch mein brennendes Gesicht solautichkann: –?!Wer ist Er. ?!Was macht Er mit mir. Er hat mir=!Auskunft zu geben, ich bin Abgeordneter der E.S.R.A.-Mission & mit Sonderauftrag unterwegs nach Cydonia. ?!Wo Zumteufel bin ich hier. !?Was soll dieser=Zirkus bedeuten – laß Er mich auf=der=Stelle !raus.

Kurze Unterbrechung, das Wesen stutzt – dann setzt die Teigstimme mit ihrer faullatschigen Rede wieder ein: –Es kann reedn! Na weengstenz hamse dir de Schtimme nich zatöppat wennde ooch sonzt nich mehr so schpritzfrisch bist wie sur Konnferrmatzjon. Koomisch dette noch hierbist bei Vaddan unnich wie de andan Paras länxt sum Va-arweitn wech. – Der Kerl schweigt, scheint zu überlegen.

–Na mir solls schpritzejal sinn watze mittier vorhamm wennde mir keene Schpritzscheererein nich machn dust. – Meine Fragen haben das *Krähteng* wohl überfordert – aus seinem Mund aufgeregtes schleimiges Schmatzen, er will antworten. –Nu schpritz mannich so jewalltje Töne ab Jungchen von weeng Abjeschpritzter vonn Wattfürne Miss John. Ick sahre dir jetzma eens: Hierbeimir sinn alle schpritzejaljleich: jut jekühltet Fleiäsch sum Va-arweetn! Unt wennick du wär Jungchen und nurnoch een Aam hätt unt nurnoch een Been ham tät so wie du – : –!!!WAAAS – Kaltschrillpfiff, elektrischer Schlag=mitten=ins= Hirn, mit Allerkraft tret ich gegen das Gitternetz=übermir, schiebzerre die fasrige Decke weg –, sehe mich nackt : sehe im bleichen Dü-

ster meine=zwei=Beine ausgestreckt neben-1-ander, meine=beiden=
Arme –; hochschnellend !Wut auf diesen *Kärl*: –!Was fällt Ihm ein.
!Was kwattscht Er da – gib endlich !Auskunft *Kärl* sonst – : –Numa-
sachte mitte Jungeschpritza nää! – Schreit *Krähteng* im Falsett. –Unn-
deckdir mann schön wieda ssu Jungchen oda willzte mir deine
Schpritzsachn zeing?! Bei mia uff meene Liste steht: Ampe-tiert am
linkn Been und am rechtn Aam. Außadem – : –Aber Er !sieht doch
mein linkes Bein u meinen rechten Arm ?!oder. !Da – (& schlagtrete
beides heftig gegen das Drahgitter.) Aber das klirrende Netz läßt ihn
auffahren. –!Wiste woll uffhörn damit. Wenn die dett mitkrieg denn
haste die länxte Sseit hier jeleeng! Denn biste jleech jezz dran Jungchen! Unt mia machng se ooch n schpritz Einloof. Vadammt nochma:
liech schtille, hör au-äf!! – Ich lieg still, funkle ihn an. Wieder im=Teig-
strom seiner Sprecherei flüsterkrächzt er mir zu: –Klaa sehick deine
schpritzolln Quantn unt den Aam. Gloobste velleicht ick bin blind?!
Jenau det schteht jeschriem üba mia: Blind uff beede Oong! Awa wat-
tick sehe Jungchen is det eene. Watt jeschriem schteht is det Andre.
Unt watt jeschriem schteht det jilt! So wie ick blind bin so bist du
ampe-tiert: am linkn Been unt am rechtn Aam. –

LANGEZEIT habe ich !solch verkommnes Gespreche nicht gehört,
hatte dieserlei *Krähtengs* für ausgestorben gehalten. Auch giftet mich
das fortwährende *Jungchen* aus diesem stinkigen Maul. Aber die !unend-
liche=!Erleichterung nach Dem Schreckschlag Amputation gibt mir
so etwas wie Freundlichkeit zurück. –Hör Er zu. – (Rede ich begütigend auf ihn ein) – –Ich möchte ihm nicht – ö – zunahetreten, bitte
Ihn lediglich um – mnä – Auskunft: ?Was hat das=Alles zu bedeuten.
?Wo=Zurhölle ??bin-ich-hier.

Inzwischen aber ist der *Kärl* in stumpfer Lethargie 1 Stück weiter
den Gang hinuntergeschlurcht. Das nervzerkratzende Blechgeschrabe
rührt von einem zerbeulten Abfallkübel, den er achtlos hinter-sich-her
über den Betonboden zerrt. Mein Rufen läßt ihn noch 1mal stehn-
bleiben. Viel zu laut für die kurze Entfernung fährt den Betonflur-ent-
lang sein widerliches Phallsett, das sobald es in amtliche Höhen sich
aufzuschwingen trachtet, die Anmut eines Schweins-auf-Stelzen hat:
–Ichch haa-bee die ammtliche Be-Scheini-Gung über mei-nee Blind-
Heit! – Darauf stürzt das Stelzenschwein ab & wird zum Hohnaffen:
–Ich bin Abgeh-ord-netter – mirdoch schpritzejal watte bist, Jungchen.

Haup- (rülps) –sache du kriext ihn hoch! Und damitte Bescheid weeßt watt dit bedeuten dut: Dit bedeutet eema, dett Dieda=Ohm dir für wärtfoll haltn, sonzt hättense dir nich den schpritzvadammtn *Flejeschein* vapaßt undir hierher ssu Vaddan jeschtäckt. Und dit bedeutet ooch: Anjeschpritz von deine Vabrennungng würdick an deine Schtelle inne näxte Sseit nich in Schpiejel kieken! – Mit seinen schrumpfligen Schimpansenfingern fuchtelt er vor seinem Gesicht. –Wode hier bist? Watt fürne schpritzdumme Frahre! Inne Hölle?: Jarnich maso danehm. Im Jefänknis biste: bei de *Pannies*, de Panamerikana, uffm MARS!*

Mein Gedächtnis ist über-Langezeit weiß u leer gewesen wie 1 Kühlschrank in einem verlassenen Haus. Allmählich auftauchend aus mollusken=haftem Dämmern – ein Zustand, in den ich ?Werweißwielange 1geschlossen war, dessen Membran der Taubheit u Gedankenlosigkeit nunmehr brüchig geworden, sich aufzulösen beginnt –. Ohne mich von diesem schäbigen Lager erheben zu können – genau wie die-Bücher liege auch ich gestopft auf 1 Lochmetallpritsche, die, an der eisglitzernden Bunkerwand befestigt, mit 1 alten=verstunkenen Matratze als Bettstelle dient –, & als sei ich=selbst zu 1 dieser Bücher geworden, klebt mittlerweile auch an=mir der stockfleckige Geruch, der mich wie eine Leimschicht an der fauligen Unterlage festhält als sei ich=mit=ihr verbacken. Jeder Versuch aufzustehn, wird überdies sofort 1gefangen von dem Drahtgitternetz=über-mir. Alle Muskeln erschlaffen, halten mich zusätzlich nieder. Die Drahtsaiten zu zerreißen, scheitert ebenfalls schmerzvoll: die dünnen Stahldrähte schneiden insFleisch, das Drahtgeflecht ist fest=an=den-Pritschenwänden=vernietet; 1zig 1 Öffnung für mein Gesicht ist geblieben. Arme, Beine, Hände sind nur im kleinen Radius beweglich (grad daß ich die Hände vor den Mund bringen kann). Wie in 1 oben offenen Sarkofag liege ich, lebendig aufgebahrt, zur Anschau für Niemand. Noch lebe ich (vermutlich), ?vielleicht steht auf irgend *Pflegeschein* geschrieben: tot –.– SCHREI – !*Ruhe. Sei* !*ruhig. Ruhig.* !*Sammle=dich.* !*Ordne die hereinstürzenden 1drücke. Und all=jene unzusammen hängenden Brocken aus Bildern Worten Lärm Gerüchen suche nach-und-nach unterm steigenden Druck des Erinnern–!Wollens wie ungebundene Elektronen zu Molekülen des Gedächtnisses zu verbinden. Alle Bilder die ich habe:* !*Ordnen. Alles=DerReihe-nach.*

Schattengestalten huschen plötzlich durch den nächtigen Bunker-

gang hin zu den langen Bücherreihen – flaue Schattenhände greifen rasch 1ige Bände – entfernen sich mit den geraubten Büchern, flatternd wie Nachtfalter lautloser Spuk ?od auch das nur ?Traumgespinst – –
–?Könntich mal nen !Spiegel haben. – –Um keinn Preis! – Antwortet das *Krähteng* sofort & schraabt den Betonflur entlang seinen Blechkübel, aus dem Schwaden eisernen Stinkens wolken. –?Was is eigentlich in Seinem Kübel. – Frag ich den *Kärl* gereizt. Ungerührt mit seiner teigigen Stimme kommts zurück: –Najà Jungchen: irngtwer mussja ooch deinn Schiet wechkarrn oda! Fallses dir entjang is: Du scheißt, ick wischdir app, undenn karrick deine Kacke weck. Liech schtill & kack-in-Frieden. Dein Aaschloch übrijens – –!Aufhörn. Es !reicht. – (Höllen=Entsetzen: dieser *Kärl* fummelt mir am Hintern & zwischen den Beinen wie der-Hodensucher unterm Papst-Stuhl.) Aber das *Krähteng* hat recht: das 1zige was für mich zu tun bleibt, ist hier in 1 Sarg wie in einen Schraubstock 1gezwängt zu bleiben, zu fressen zu stinken als hätt eine Eiserne Maschine geschissen, dann hin&wieder 1 Fetzen Traum, wieder Aufwachen u das lange=langsame Verrotten in der Gegen-Wart einer irrsinnigen Ecke Desalls.....
–?!Wann läßt man mich endlich aus diesem Sarg wieder !raus. – Brüll ich dem *Kärl* hinterher. Seine Antwort gleichmütig: –Wirst dir noch nach=Hier ssericksehnen. Tja Jungchen, Leben is ehm ooch nich Allet im=Leem. – Das Blechscharren verliert sich in den düstern Fernen des Bunkergangs.

Tatsächlich findet sich nirgends in meiner Reichweite irgend spiegelnde Fläche. Des *Krähtengs* Bemerkung kürzlich, ich solle mein Gesicht besser keinem Spiegel aussetzen & seine neuerliche Weigerung= jetzt – erschrecken mich sehr, lassen mir Keineruh. Aber ?vielleicht hat dieser verschlagene *Kärl* ebenso wie mit der-Amputation ?gelogen u: mit meinem Gesicht ist Alles=in-!Ordnung. (?*Woher diese immeraufsneu hochflammende Feuerglut=auf-Wangen&stirn*).

Wiederholt & achtsam werkele ich unter dem Drahtnetzbespann mit den Händen –,– endlich gelungen: am Gesicht, – berühre mit den Fingern !*vor-sich-chch-hh-tich* Wangen und Stirne – : Die Finger-Spitzen ertasten seltsam filigrane, schrundige wie Strohblüten leblos=rauhe Reliefs, – taub wie Horn od wie narkotisiert finde ich sämtliche Partien meines Gesichts –: ?*Trage ich eine holzgeschnitzte ?Maske* – !!*Was ist mit meinem=??Gesicht* –

– SCHREIEN SCHREIEN ohne Zunge Gaumen ohne Kehle brüllfauchend aus furchtbarem Mundloch –
Sofort wieder die beiden spuckbleichen Schemen=über-mir. Und von-dorther raunend nuschelnd: –Die Verbrennung in seine Fresse sinn janzjut vaheilt. – –Supptet? – –Nee. Allet schtabiele Narbm. Ers sowieso reif dasser rauskommt. Zun andan Paras. Gib ihm nochma ne Schpritze damitter schtille is.

Alsbald der warme friedsam=prickelnde Strömeschauer kurz vorm Einschlafen hinab ins tiefe abgründige Träume-Schwarz – –

– – Und es erscheint das letzte Bild das ich vor dem Start von der Erde gesehen hab. Während des kurzen Übergangs vom Aufzug die gläsern durchsichtige Zugangröhre an-Bord des Raumschiffs, einige Dutzend Stockwerke über dem Boden, noch 1 Mal der Blick=hinaus – Dasletzte, das ich von der Erde gesehen hab : Regen. Regen sah ich, eine graue undurchsichtig rauschende Wand aus Regen, alles Lichte der Morgenstunde mit=sich fortspülend –.

Dann, schon mit dem nächsten Schritt, der 1tritt in die saubere erwärmte unfühlbare Luft der Raketen-Eingangschleuse, mattweißes Licht zum Empfang. Und sogleich wieder 1 Aufzugkabine. Von 1 technisch lächelnden, alterlos erscheinenden Empfangdame im dunkelblauen Kostüm, ihrer Dienst=Uniform, begrüßt, wies man mir den Aufzug=für-Regierungbeamte, Deck 48 : die Zielstation. –

ICH BETRAT dann 1 Raum: 1 Kapsel; fensterlos: niemand wird etwas vom Weltraum sehen während Desfluges zum Mond. – 10 konzentrisch aufgestellte Liegekabinen, im Jargon *Schneewittchen-Särge* genannt, standen wie Speichen an einem Rad mit aufgeklappten transparenten Deckschalen bereit. Hinter jeder der Liegekabinen, in die Wandung eingelassen, 1 Spind mit darin hängendem Raumanzug für den-Havarie- od andern Not-Fall, die-technische-Hülle für enthäutete Menschen. Ich war der 1. Ankömmling hier auf dem Deck 48; 1 andere technisch lächelnde & alterlos erscheinden Dame-in-Uniform wies mir 1 der *Särge* zu, ließ mich hineinlegen & ausstrecken, befestigte sodann die notwendigen Detektoren an Armen, Waden, Brust & Stirn, setzte mir die Atemmaske aufs Gesicht, danach – ?wie vermochte sie zähnentblößend zu lächeln u ihre-Formeln zu sprechen – wünschte sie mir eine-angenehme-Reise & wies mir noch den Meldeknopf=für-alle=meine-Wünsche auf dem Armaturenpaneel in der Liegekabine (*wie die-Alarmklingel=im-Sarg, wenn man lebendig begraben ward*). Festgefroren lächelnd verschloß sie die Kabine & begab sich zum Nachbarn, während aus Dentiefen des Raumschiffs langsam aufsteigend & rasch anschwellend Diemaschinen ihre=Arbeit begannen.

RAKETEN-START : Dastoben Dasrumoren direkt aus=meinem=Innern die Große Baalmaschine mit Stahlmalmzähnen, SIE tobt in der-Körpermitte : HirnLungeHerz=im-fremden-Rittmuß Eingeweide in aufwühlendes Erschüttern geworfen – unbeendbar Diese= Tortur ausweglos: *bin Demallem ausgeliefert..... kann Nichts* !*Dagegen tun* – Zerbrodeln des festgefügten Leibs Zerr-Trümmern Verwirrbeln im Mahlstrom des Bluts, die Zähne schlagen auf-1-ander werden schonbald zersplittern wie Eiszapfen beim Erdbeben, süßlich stechender Geschmack von Blut schwappend in glühender Mundhöhle, wird durchbrechen Alles überschwemmen – BLUT ANGST furchtbare letzte ANGST – jeder 1zelne Knochen zerrt an Muskeln Sehnen Bändern – in Gelenkschalen schlackern sich knöchern schüttere Schmerzen zu hellen Stichattacken auf – entblößte Nervenenden reißen – wolln wie dünne Nadeln an verrückt gewordnen Nähmaschinen von-Innen-her die Haut in hecktisch quälerischen Stichmustern punktieren.....

Noch !nie=zuvor solch vollkommen=hilfloses !Aus=Geliefertsein an eine tobende Maschinerie. Unausweichbar auf=mich zurasende Vernichtung (in der Nase brennend Dergeruch nach kochendem Blutschleim Eingeweiden & ozonscharfer Todes-Angst.....) Vor Augen grällweiß tosendes Lichtgebrüll, Blutfunken spritzen wie von Schweißbrennern glühend in die Augäpfel – gleich!gleich – werd ich !zerr rissen –, – dann – als steige ruhig-langsam-stetig etwas Zweites aus dem rasenden feuerbrodelnden Zentrum meines Körpers heraus, etwas bislang Unbekanntes, der Jemand-Andere=Ich, – löst sich Alles in gleich=mäßiges leis vibrierendes Fließen Drücken Steigen auf, in striktes=Zusammengehn=mit=mir. Wir haben die Erd=Anziehung überwunden. Meine=Sinne kehrten zurück zu=mir. Als 1 Tropfen leicht fällt der-Mensch ins Leben; verbacken wie Einfels=im-Erdreich muß Dertod den-Mensch !entreißen. Wärs !umgekehrt, die-Schwerkraft wäre besiegt. – Und diese Unbedingtheit überlegen technischer Strenge in der leise summenden Bewegung des Raketen-Körpers läßt

voll tiefer Dankbarkeit in fast rührend schläfrig machenden Gleich=
Mut hinübergleiten –

Das Empfinden Nach-dem-Start, als die körper-zerreißenden
Kräfte & ANGST mitsamt Derschwerkraft=Dererde langsam schwan-
den, erinnerte ich mich an die Reise mit einem Schiff einst in meiner
frühen Jugend: Ich stand an der Reling im aufwallenden Salz&algen-
geruch des Meeres, hoch über dem Quai, schaute hinab auf die Pfla-
stersteine u die unten stehenden Menschen, – dann, mit rumorender
Maschine, legte das Schiff ab und ich sah den Spalt zwischen Schiff-
wand u: Quai langsam größer und größer werden und im dunkel-
schäumenden Wasser schienen sämtliche Bindungen & Pflichten, alle
Verbote An-Sprüche, die auch 1 Kind schon aufgeladen sind, zu versinken & sich aufzulösen – und die-Fahrt war Ohneschwere, gelöst
von Allem was DRÜCKEN war & PEIN, schwimmend im=Auf-
Trieb des ungeheuer Tiefenwassers. So muß der-Amokläufer empfinden im schmalen Streifen Ödland zwischen ausgeführter Tat u: Rückkehr von ANGST & Tonnengewichten SCHULD – mentholkühler
Hauch der !Befreiung.

Ebensowenig wie der-Amokläufer bin ich in der Lage, die-Natur
meiner Erniedrigung, Bedrängtheiten, bedrohlich drückenden ÄNG-
STE genau zu benennen – mein bisheriges Leben war ohne größere
Konflikte in-geraden-Bahnen verlaufen (u wieder der Gedanke an
Die=Eine –), wie das-Leben=der-Meisten in den Stätten einstigen ir-
dischen Friedens. Keine Blitze auf dem Bild meiner Zukunft, kein
Hagelschlag, nicht das Brennen von Ohrfeigen auf den Wangen, – nur
einige Flammen Röte kindlicher Scham, nicht mehr fühlbar Heute.
Aber seit dem-Eintreffen der Abgesandten vom Mars, seit dem 1. Au-
gen-Blick der Begegnung mit jener merk=würdigen Io 2034, jener
Frau die sich als *meine=Mutter* zu erkennen gab, !fühle ich All=diese-
Bedrängtheiten: DIE müssen älter=vielälter sein als ich.

Und nun in den ersten Momenten schwere-Losigkeit=Imall fällt
DAS wie zertrümmertes Gestein in den Rachen der schwarzen Nie-
mand-Nacht. Alte Schlingen vom Hals geschafft (die neuen Schlingen
sind noch nicht geknüpft). !Möge solch Niemandschlund die Ausmaße
eines Weltalls behalten – Ohnemenschen = Eintraum ohne ANGST.
Denn ANGST ist die-Ausbrut Allerdinge : ANGST führt sogar zu An-
Fällen von Menschenliebe..... Und eine Wand aus grauem Regen als
letzte Erinnerung an die-Erde.

Nach 38-Stunden=künstlichen-Schlafens=im-*Sarg* erfolgte das Aufweck-Programm –: Noch etwa 3 Stunden bis zur Landung auf dem Mond; die Passagiere auf allen Decks im Raumschiff hatten sich jetzt in die Landefähre zu begeben. Nur 1 knappes Dutzend Männer & Frauen bekam ich zu-Gesicht; sämtliche Deportierten, die mit dieser Rakete ebenfalls zum-Mond=für=Zwangarbeiten hauptsächlich in den-Bergwerken transportiert wurden, mußten auf separaten Decks in eigens=hierfür 1gerichtete Gefangenen-Raumfähren umsteigen. Mir, dem-Sachbeamteten der-Regierung für Arbeiterzuteilung, sollten sie auch in meinem Büro in der Mondbasis-Hauptstation das bleiben, was sie für=mich waren: eine=bestimmte Datenkapazität im=Arbeitspeicher, die ich den einzelnen Arbeitstätten zuzuteilen hatte.

In den Vorbereitlehrgängen=auf-der-Erde hatte ich erfahren, daß der Mondbergbau im wesentlichen der Gewinnung von Helium-3-Gas sowie von Sauerstoff aus dem Mondgestein dienen soll. Im Regolith, dem Gesteinestoff, sind Partikel=gebunden, die zur Kernfusion & damit zur Stromgewinnung dienen können. Diese Form von Energie-Erzeugung per Kernfusion hat den Vorteil, daß weder schädliche Nebenprodukte noch radioaktive Brennrückstände anfallen. Das abzubauende Rohmaterial kommt vor-allem in der Nähe des Mondäquators vor; in den Kavernen Dutzendekilometer=langen bizarr gewundenen und ineinander verschlungenen Stollen & Kanälen die von gewaltigen Magmaströmen einstigen Vulkanismus=auf-dem-Mond tief unter dessen Oberfläche in den Gesteinkörper gefressen gebrannt geschwemmt worden warn, finden sich unter extremer Kälte viel H-2 & gefrornes Wasser, das vermutlich von Meteoriten stammt. Mittels eigen=konstruierten Schaufelbaggern & Abräummaschinen (bedient von den-Arbeiterschaften), die den überaus=hohen Strahlungsdosen & Temperaturschwankungen auf dem Mond standhalten müssen, erfolgt unter Nutzung der Hohentemperaturen die Lösung von H-2 aus dem-Regolith; dessen Kondensate enthalten Sauerstoff & Wasserstoff, das schließlich nach einem=speziellen Regenerierverfahren auch zur-Trinkwassergewinnung dient. So sind im-Lauf-der-Zeit die Mondbasen von aufwendigen Nährmitteltransporten von der Erde im weiten Ausmaß unabhängig geworden.

Mondbergbau verfolgt somit 2 Ziele: Einmal die-Kernfusion zur-Energiegewinnung vor allem zum Aufladen von Raketenaggregaten für den Weiterflug entweder zum Mars od zurück zur Erde, als auch der Sauerstoff- & Wasserbereitstellung für die Biosfären in den unterirdischen Mondsiedlungen. Daher befinden sich sowohl Siedlungen als auch Arbeitlager in der Nähe zu den Bergbau- & Reaktorstätten. Sowohl aus wirtschaftlichen als auch aus massenpsychologischen Erwägungen wurde unsere Mondbasis am südlichen Rand des Mendelejev-Kraters auf der !erdabgewandten Seite des Mondes errichtet.

Die Sichtfenster in der Landefähre gaben zum !Erstenmal den Anblick auf die Mondoberfläche u 1 Ausschnitt Desalls frei –. Zurzeit unserer Landung war die erdabgewandte Mondseite mit flammgrellem Sonnenlicht befeuert; auf=Erden würde man in bestimmten Regionen jetzt Neumond haben – bevor Diekosmosnacht diese Seite des Mondes wieder in steinezermalmende Kälte reißt. – Mit der langsamen Sinkgeschwindigkeit unterm Rumoren der Bremsaggregate schwebte uns entgegen die gleißendgraue Wüstenoberfläche des Mondes um den riesigen Mendelejev-Krater mit seinen weithin verteilten kleineren Kratern, die allsamt wie Aughöhlen in einem Totenschädel seitMillionenjahren in den Weltraum starren. Im-Innern des Mendelejev-Kraters erstreckt sich eine Vielhundert Quadratkilometer plane Wüstschaft, ernst öde unfruchtbar, darin all-die kleineren Krater wie Inseln aus fahlem Mondstein&staub sich erheben – umgeben vom Ringwall mehr als 300 Kilometer entfernter schroffer Felszacken – die fernsten Gebirgzüge versinken bereits hinter dem Mondhorizont –. Beeindruckend die !Überschärfe noch der entferntesten Berge u Krater – mit lichtklaren Konturen (wie sonst nur in Holovisionen od in Träumen) mit Sternensilber bestäubt aus schwarzglühender All-Nacht herausgerissen. In der Ruhe dieses weichen Ozeans aus Staub liegt das Grab für *Zeit* –

Klein, zunächst wie in Denstaub geworfne Spielzeugbausteine – doch im-Landeanflug rasch größer werdend & scheinbar uns entgegenschwebend die Anschauten der Gebäudeschaften zur Lunarstation Mendelejev-Süd am Kreuzpunkt Mondäqautor & 140. Längengrad. Übergrell im tödlichen Strahlenfeuer Dersonne die wenigen technisch=notwendigen Einrichtungen oberhalb der Mondoberfläche: Abschußrampen-für-Raketen; Gerüste zum=Verankern der-Landefähren; Schleusentore an den Zufahrten für den 1tritt in die sublunaren Stationen. – Wir=vom-Deck-48 mußten mit dem Ausstieg warten, denn aus 1 anderen Ausstieg unsrer Landefähre wurden zunächst die-

Arbeiterscharen ausgeladen, in silbern schimmernde Skafander gehüllt, auf Rücken u Brust jeweils 1 senkrechter Farbstreifen in Grellrot (dem-Zeichen für Gefangene) & mit elektronischen Sicherheitfesseln=an-Armen&beinen. Durch hochspritzenden Mondstaub fuhren lange röhrenförmige Panzerfahrzeuge auf schweren Raupenketten dicht an die Ausstiegluken heran, um die-Deportierten aufzunehmen. – Ich wußte, !was diese=Menschen hier=Aufdemmond für die letzten Wochen ihres Noch-Lebens erwartet : Strahlungen, permanent feuernd aus Sonnenglut, brennend die Fatamorgana metallschwarz mit Sternenfeuer blendenden Alls, sengen das-Fleisch, verbacken Hautmitschutzkleidung, das alte, schon brüchig-faserige Asbest ist kein echter langewährender Schutz. Und zuerst immer die-Augen: zerkochen, – noch schlagen Herzen, bald setzen sie aus. Dann platzen Leiber auf, auch innerlich=versengt zerkocht von unsichtbaren Flammen, fallen kohleschwarze Fleischbatzen von Skeletten ab – zermehlen die Knochen zu bröseligen kochheißen Schlackeklumpen, sinken ein in grellweichen Jahrmillionen Altenstaub in Wüsten des Mondes Lebenlos, als ewige Spuren bleibend von spurlos verschwundenen Leben. Sterne, Sterne, Myriaden Sterne, silbern ruhender Aschestaub über das Schwarze Schweigen u Dienacht des Alls geschüttet. Lockend mit tiefen Fernen – verheißend Neuesleben –. Mit weiteren Raketentransporten von der Erde werden die-Nachfolgenden Hierher..... gebracht, die-Ausgefallnen, als wüchsen sie aus Strahlenfeuern nach, zu ersetzen. – Als dann endlich unser=Deck für den-Ausstieg bereit war, das knappe Dutzend Männer & Frauen (meine Mit-Reisenden von diesem Deck & vermutlich Regierungabgeordnete=wie-ich) an die Ausstiegluke traten, fiel wie auch schon in-den-Stunden=davor kein 1ziges Wort. Steif&starr ohne 1 Spur der Verbindlichkeit in ihren wie versteinten Raumanzügen blieben sie vor der Schleuse in künstlicher Schwerkraft stehn, bis die Aufzugtür öffnete, wobei 1=jeder in-Abhängigkeit von den auf den Skafandern bezeichneten Diensträngen darauf bedacht war, von-niemandem düpiert zu werden. Geschliffenkalt, in metallischer Höflichkeit die-Mienen von Menschen, die fast= alle meines Alters schienen.

Die mir=zugeteilte Aufgabe während meines für 1 Jahr geplanten Mond-Aufenthalts bestand in Anforderung, Zuteilung & Regulierung von Arbeitkräften=für-den-Mondbergbau innerhalb der Region Mendelejev-Süd: Meine Probezeit für den späteren Einsatz auf dem Mars:

Dabei stellte ich fest, daß für die-Arbeitkräfte keineswegs nur Zwangarbeiter & verurteilte Sträflinge bereitstanden, sondern auch Einemenge Anderer, die, aus verschiedensten Gründen, nicht selten des-Abenteuers od des lockend=Hohenverdienstes wegen (:daß sie Davon nie etwas haben würden, schien ihnen offenbar keine Überlegung wert) bei den-Vermittlungstellen der Zentraleuropäischen Arbeitämter (Z.E.A.) oft mit gefälschten P.D.-Modulen für !diese Arbeiteinsätze sich freiwillig gemeldet hatten. Weil Hier=Aufdemmond zwischen zivilen u: Zwang-Arbeitern hinsichtlich der Arbeit's & Überleben's Bedingungen kaum Unterschiede bestanden, zumal es einen immer= hohen Bedarf an Arbeitkräften gab, stellte Man sich von-Behördenseite gegenüber den-Bewerbern mit gefälschten od fehlenden P.D.M.-Daten !mehr als nachsichtig; genommen wurde praktisch jeder gesunde Kandidat. –

Meine Position als Arbeitregulator bedeutete eine=gewisse Machtfunktion, die auszuüben mir schonbald ein Gefühl innerer Ruhe & Zufriedenheit verschaffte. Und die zu-Anfang sich aufdrängende Frage *?Wieviele derer, die ich heute der-Arbeit..... zugeteilt habe, werden morgen noch am-Leben sein* beließ mich alsbald gleich=gültig. Anhand der neuen=P.D.M., die 1=jeden der 1=Gelieferten ausgehändigt ward, ersah ich, daß die-Meisten zu *Den-Unverbesserlichen* zählten : Gen-Untaugliche, Energie-Vergeher, Diätetik- & Hygiene-Verweigerer – : !Unmöglich sie umzuerziehen. Die Unterschiede zwischen Verurteilten & Freiwilligen verschwammen. Sie dürften von der-Gesamtbevölkerung zwar nur 1 geringen Prozentsatz ausmachen, aber wie von Seuchenviren geht genau=von-!Diesenwenigen..... stets & über-All das !Größteelend aus. Daher geschieht die Verwendung solcher Stör- & Elend-Potentiale mit dem-Ziel ihrer *Verarbeitung* aus dem vorauseilenden Mit=Gefühl für alles übrige Leben. – Wer in Denhimmel sich erhebt, zumal auf neue Planeten den-Fuß aufsetzt, der ist der Schwer=Kraft irdischer Kritik entzogen. : !Das hatte MAN mir während meiner Ausbildung im=Rahmen der E.S.R.A.-Mission beigebracht, & nun erlaube ich mir auf meinem=Posten Dengenuß solcher Überheblichkeit über anderer Leben mit derselben Befriedigung wie bei einer ausgezeichneten Mahlzeit.

Meine Probezeit in der Lunarstation Mendelejev-Süd ward etliche Wochen vor Ablauf des 1 Jahrs abgebrochen; eine Order berief mich

!umgehend = schon-mit=dem-nächsten-Transferflug in 2 Erdenwochen, zum Mars, zur=Zentrale in der Marsstadtschaft Cydonia I. Die Order kam aus der I.W.K. (Interplanetare Wissenschaftkonferenz), im Jargon »Denk-Fabrik« genannt; Man berief mich Dort zum Sachbearbeiter für die Sichtung nicht näher benannter *Maßnahmenpläne*. – Mehr konnte ich Darüber nicht in-Erfahrung bringen.

ALLERDINGS FIEL MIR AUF, daß die-Kollegen in meiner Umgebung, die von Diesem Auftrag erfuhren & bei denen ich = der-1zelgänger ohnehin nicht gern gesehn wurde (ich mied die-Kantine; alle Mahlzeiten ließ ich mir in meine Wohnkabine bringen), nunmehr noch ein Stückweiter von mir abrückten.* !Neid : Denn nur wenigen *der-Neugener* ward Die-Ehre zuteil, in-den-Beamtenkorpus-von-Marsbehörden aufgenommen zu werden & dort in der Hierarchie aufzusteigen. Die speziellen hierarchischen Besonderheiten in Habitus & Ritualen, speziell in der jeweiligen Koterie-Sprache die mit denen aus anderen hierarchischen Ebenen zu verwexeln einen schweren Affront darstellte, mußten jedem *Neugener* zunächst unverständlich sowie unzugänglich bleiben.

Ich nahm das mit Gleichmut. Doch innerlich höchst beunruhigt stand ich wieder ein Mal einer unbekannten Situation gegenüber; ein !guter Ratgeber=für=1same ist seltener als ein Lottogewinn. – Äußerlich ließ ich mir auch nach dem Erhalt der Order nichts anmerken; schloß meine Arbeiten ab, bereit zur Übergabe=an-meinen-Nachfolger (den ich nicht mehr zu sehen bekam) & begab mich in meine Wohn-1heit, die soeng u stickig beschaffen war wie die Kajüte Unterdeck eines Schiffs. Packte bereits=jetzt vorsorglich meine=Sachen, versuchte Die Aufregung vor Derlangenweltraumreise über mehr als zwei Monate, aber besonders vor dem neuen=unbekannten Auftrag auf dem Mars, niederzuhalten. Sorgsam wie hauchdünnes Glas wog ich *Das=Geschenk* in-Händen als berührte ich Gesicht und Wangen *Der=Einen* über diese Welten trennende Entfernung hinweg. *Du bist Es schon=immer gewesen.* (Und verschluckte ein würgendes Gefühl.) Aber ich schaltete Es nicht ein, beließ Ihr=Bild=im=Speicher. Schließlich verwahrte ich *Das=Geschenk* sorgsam im Reisegepäck. – Ungenaues nur wußte ich von Dieser Marsbehörde mit dem Namen *Interplanetare Wissenschaft-Konferenz* : ein Name wie ein Barren blanken Metalls mit klingenscharf=geschliffenen Kanten.....

Denn in-Wahrheit dürfte Diese Behörde die !entscheidend=kognitive Macht für die drei auf dem Mars installierten Staatengebilde verkörpern: für den Zentraleuropäischen Block (Z.E.B.) ebenso wie für die Panamerikanische Union (P.A.U.) u: die Asiatische Einheit (A.E.). Und diese=Drei bilden den identischen Ableger der politischen Blöcke auf Erden, nachdem dort die einstigen Separationen aufgehoben wurden; mit dem Unterschied, daß Friedliche-Zusammen=Arbeit sämtlicher Blöcke auf=Erden propagiert & (zum=Schein) demonstriert wird mit gegen:seitig zugesprochnen Ehrentiteln & Auszeichnungen sowie den verfeinertsten Mitteln zur diplomatischen Gymnastizierung aller politischen Kabi-nett-Kentauren; – während die-Gleichenkräfte auf dem Mars in der erbarmunglosesten Feindschaft gegen:ein:ander wüten: Territorial- & Wirtschaftkriege, ruinöse Finanzmanipulationen, Boykotte, Spionage, Anschläge auf Personen Wissenschaft- & Forscherzentren unter wexelnden Bündnissen, Antibündnissen, Antiantibündnissen in-infinitum. – Meine Reise zum Mars – eine Reise nach *Heterotopia*: auf die Nachtseite eines Großen dunklen Spiegels des-politisch-Unbewußten.....

Je länger ich Stunde-um-Stunde in meiner engstickigen Kajüte auf der Mondstation mit Nachsinnen über mein=weiteres-Leben=Auf-dem-Mars verbrachte, umso fremdartiger, feindlicher, unbewältigbarer wollte mir Diese-Aufgabe..... erscheinen. ?Was ?!wußte ich denn *Vom Mars*, von den-Machen=schafften der politischen militärischen wirtschaftlichen Interessenkräfte. ?Was von technischen & wissenschaftlichen Anstrengungen die Man seit-Jahrhunderten anstellte, um Dort erdähnliche Verhältnisse zu ?schaffen. – !Nichts wußte ich von-Alldem; hatte mich !niemals Darum bekümmert. Bis zum Nachtgespräch mit der Holovision=meines-Vaters hatte ich nichtmal von !meiner Herkunft vom Mars gewußt – –

Und im Kaltenschweiß=der-Versagensangst ward mir mein bisheriges Leben als weltabgewandt, voll kind=hafter Spielerein u flausiger Verträumtheiten im=Fremdgehäuse Festerregeln bewußt; – glatt & eisig traf mich jetzt meine=Nichtwürdigkeit, baute sich auf vor mir zur unbezwingbar=massiven Wand-der-Ablehnung, an deren Glätte meine Kindhände Halt kaum finden könnten, um hinüberzugelangen in die !Richtigewelt. Und ich mußte die !Verderbtheit unseres bisherigen irrdischen Friedens bitter erkennen. Großesübel rührt von jenen Menschen her, die mehr an Raum, größere Rechte & Zuständigkeiten für=sich beanspruchen & durchsetzen wolln, als ihnen zustehen – Größeresübel jedoch verursachen jene, die Garnichts beanspruchen, außer ihrem kind=haften Sosein=Lassen Allerdinge=im-Leben. Das macht die-Frechen frecher, die-Diebe diebischer, die-Gewalt=Verbrecher gewalttätiger. – Dies 1 Mal erkannt, suchte ich in-meiner= Panik, unter Herzrasen in schweißtrüben atembeengten Nachtstunden, Rat-&-Wissen aus-Büchern & elektronischen Aufzeichnungen, auf die ich wahllos & in=fliegender=Hast zugriff, um wenigstens nicht vollkommen wissenfern=&=widerstandlos unterzugehn.

Was einst die Erde beinahe verdorben hätte soll Heil-Bringer sein & Schöpfer einer neuen Mars-Atmosfäre : planetarer Wärmestau. Schwebstoffausstoß Tausendekubiktonnen Pollution von Abgasen aus Fabriken mit Überleistung & im-Akkord : Schwefelsäureproduktion – Zinnwerkstätten – Bleihütten – Quecksilber- & Aluminiumherstellung – Eisengießereien & Walzwerke – Kalkbrennereien – Kokereien zur Gaserzeugung, fossile Brandstoffe in Dentiefen des Mars aus Bergwerken gefördert (!enorme Abgas-Produktion); unterhalb der Marsoberfläche aller Fabriken Werkstätten Kraftwerke Abgasemengen werden durch riesige Schornstein-Wälder in die Mars-Atmosfäre gebracht – die erwünschten Folgen: künstlich herbeigeführtes Tauwetter, jetzt über Nord- & Südpol des Mars, den gefrornen Wasserstoff zu gewinnen. Dutzende Chemiefabriken. Aus Kernfusion-Kraftwerken Strom. Viertausendfünfhundert Megawatt mit vorhandenen Roh= Stoffen.

Der Anfang: Die noch dünne Atmosfäre des Mars. !Anzapfen. !Absaugen von Kohlendioxid. Mit dem gewonnenen Wasserstoff reagieren lassen in riesigen Kesselanlagen. Dann die erzeugten Kohlenwasserstoffe in die dünne Marsatmosfäre !exhaustieren. Zehnmillionentonnen=täglich & mehr. Das Vierzichfache einstiger Erdproduktion. Schwebstoffe. Berieselung der Pol-Oberflächen mit dunklem Schmutz. Dreckschichten als Panzerung. Senken das Wärme-Rückstrahlvermögen des Sonnenlichts. Niedrigste Albedowerte so daß mehr Sonnenenergie absorbierbar. Auch die Schwebstoffe Kohlenwasserstoff Perfluorpropan Tse-2 Ef-8 !absorbieren Sonnenenergie. (Die-Fachworte flirrend vor-Augen.)

Wie es war auf Erden Jahrmilliarden !vor den-Menschen..... : Da war die-Feste noch nicht fest. Machtvolle Schulterblätter stemmen die Glutlandmassen empor. Himmelklafterhöhen. Tausende Springfluten

Magma. Katarakte aus Feuer. Zerschmolznes Gestein. Brodeln Grällen Stampfen. Wolkenblöcke schwer von Dämpfen. Schwebend. Sinkend. Kontinente in Konvulsionen. Zerwerfen die Erdplatten, die unverfestigten. Stülpen auf in-Paroxysmen. 1 Planet, noch gärend jung, wirft sich von 1 Gestalt zur andern. Ein Planet ein Leib. Spalten Abgründe Aufrisse. Voll der Feuer, steinezersiedend. Aufgefetzt. Lava im= Flammenloh. Gigantische Vulkane. Feuerarme aus zerrissenen Kontinenten. Schnellen hinaus in den Weltraum. Flammige Aureole um den Planeten. Als wollt er Sonne werden. Gestikulierende Feuer-Gestalten, vorlebendig, flammige glutschäumende Springflutdämonen. Aschenschauer. Staubfraktale. In Stürme geworfene Ausglut. Steingeschosse. Schlackige Teerklumpenhagel. Niederdreschend Herz & Hirn der Erde. Tobend. Grollend. Würgt heraus was sie in=sich hat. Miasmatische Glut. Hart prallend gegen:ein:ander Alles was Feste hat werden solln. Gebirgemassen bizarren Gezackes. Landreliefs. Inselketten entwachsen sumpfig rauchenden Meeren. Hart der Aufprall Einschlag Meteore Asteroiden, zernichten wühlen auf schleudern hoch die Lavameere. Flutbasalt die ungeuheuerlichste Kraft aus Erdinnern. Himmelwände Gluten hochgeschnellt. Niederstürzend im Erkalten gebirgig übereinanderschlagend. Als hätten Riesenspaten Dieerdenglut umgebrochen. Dämpfe. Grauheiße Hüllen umfangen den Planeten, Wärme haltend mit stickschwülem Wall. Die Erde ein Treibhaus. Atmend fauchend zischend die erdigen Lungen. Die Feuer – verglühend. Unter Regensturzfluten verzischt was Glut gewesen u Lava. So kommen Stürme auf Wassermassen – füllen die Risse die Schründe. Gießen sich ein in Talsenken u Mulden. Erkaltend die Stengluthitze. Flüsse schwellen auf. Ströme strudeln schäumend zu Seen. Füllen die Krater. Windstrom in den Luftmeeren. Spiegelnd das irdische Toben. Asteroidenaufprall läßt die Erdachse verschieben. Taumelnd der Planet um den neuen Mittelpunkt. So schufen sich Klimazonen, die Wechsel der Jahreszeiten. Und Asteroiden brachten Minerale mit. Schlugen sie in unfeste Erde. Viren auch & 1zeller Sporen & Keime. Kohlendioxid Stickstoff Schwefelwasserstoff Methan. Die Ur-Atmosphäre=auf-Erden !Stromatolithen : Bakterien + Sonnenlicht = Fotosynthese. Jetzt in den Urmeeren gebunden der Sauerstoff. Vor Dreieinhalbmilliardenjahren. Und als die Meere gesättigt waren mit Sauerstoff. Entwich O-Zwei in die Atmosphäre. Daraus Ozon, die Schutzhülle. Schutz durch Selbst=Schutz : Das Schöpfung's Prinzip. Provoziertes Wuchern auf Erden. Hier war Der Beginn. Geboren aus Zu-Fällen. Und geschlagen zu 1. Leben. Leben Auferden ist immer=fremdes Leben. Ohne Einschläge aus Demall wäre auf Erden Nichts. Aus dem Zufall ein Zusturz. 1malig. Nicht wiederholbar. Das ist die Einsamkeit irrdischen Lebens. Unüberwindlich. Überwuchernd Perkolationen im Gitterwerk loser Erdeschichten. Treiben aus dem Nährboden farniges fragiles Floragewebe. Pflanzenflaum. Schwemmland Fruchtland. Klimazonen, festumrissen. Fauna. Alles heutnoch bestehende Leben sind Ausgeburten von Katastrofen. Aus Katastrofen stammen Wasser Erde Feuer Luft, die chemischen Grundbausteine für Organik: Katastrofenschöpfung, Schöpfungkatastrofe. Vernichten von Leben heißt Durchbruch für Neueleben. Gigantisches geht unter, das Kleine Winzige kommt hoch. Neueleben. Und vergehn. Ad infinitum. Kreislauf spiralförmig. Fraktale Verinselungen. Zufällig günstige Beschaffenheit des Erdmagnetfeldes. Ozonschicht. Ultraviolett-Strahlen aus Sonneneruptionen, abgemildert die kosmischen Feuer. Nicht mehr Alles zerstrahlend. Sprühen Energie in weicher Dosierung. Und wieder Meteoreinschläge Asteroiden. Noch einmal die Erdachse verwerfend. Noch einmal günstig dem bislang entstandnen irdischen Leben. Noch einmal Zu-Fall. Aufwinde Fallwinde an Gebirgehöhen in Schluchten Täler-weit, lassen klimatisch gemäßigte Zonen entstehn. Aus Katastrofen erkalteten Feuern Eruptionen ist Allesleben. Glutkern Zerstörung trägt in=sich alles Irdische. Selbst die niederste Amöbe. Es schaue nur jeder selbst in seinen eigenen Abgrund. Dann hat er gesehen Allerabgrund auf 1 Blick : Der Ursprung Alles=Lebens Derschrecken.....

Wiederholt blickte ich durch 1 der Teleskopfernrohre im Planetarium – suchte den Mars – fand ihn im strahlenden Silberstaub Desalls –: kaum größer als einst von der Erde aus. Aber er war !da. Der Mars, kein Traum. Ein glutroter Punkt in den Weiten Ewiger=Allnacht.

!Dasschweigen – man fühlte Es sobald man im=Planetarium, dem großen halbkugelförmigen Bau, die Schleusentüren hinter-sich verschloß und umfangen ward vom künstlichen Dämmerlicht im= Kuppelraum. Antennen, Emittoren, Fernrohre Infrarot- & Thermosensoren, Empfangschirme durchstießen die Tiefebene des Mendelejev-Kraters. – Mit den Schleusen schien auch jedes noch so kleine Geräusch ausgesperrt. Nichtmal das eigene hastigstoßweis-heisere Atmen war zu hören, sobald man den Helm-am-Raumanzug verschloß und mit nur $\frac{1}{6}$ der irdischen Schwere hüpfend durch Räume & Draußen über weite Strecken im Mondstaub seine traumhaften Riesen-Sprünge vollführte –.

Einzig im=Planetarium war !Diesesschweigen aus Demall; die eigene Stimme, als sollte sie unter Schwerenwassermassen sprechen, erstickte. !Schweigen in Dem man spurenlos verschwinden konnte. Aber es ist vermutlich genau=!diese-Stimme gewesen, derentwegen ich mich jetzt so ungern an alles Geschehen auf dem Mond erinnern mag. –Über !Fünfhundertjahre Weltallfahrt u: kaum eines der Großenversprechen erfüllt. – Trotz des erstickten Klangs=im-Raum hatte ich !diese Stimme hinter meinem Rücken sofort erkannt: Sie gehörte dem Fremden-in-Waranlederschuhen ; hier=drinnen war seine Stimme ausdruckslos, stumpf. – Doch als ich auf meinem Sitz mich umwandte zu dem Sprecher, stand vor mir eine vollkommen veränderte Erscheinung : Weil auf den-Mondstätten die-1fuhr von sämtlichen tierischen Produkten (außer dem-Menschen) wegen Infektionsgefahren !streng=verboten ist, mithin auch Schuhe-aus-Leder, hatte der Fremde nunmehr seine gesamte Oberbekleidung aus Waranleder-Imitat beschaffen, so daß der Mann:vor-mir wie 1 aufrecht stehende Echse-aus-Kunststoff erschien.

–?Erinnern Sie sich an die größte !Sehn=Sucht der-Weltallfahrt. Aber !weil es Die Größte Sehn=Sucht war, mußte sie !unausgesprochen bleiben. – (Tief Atem holend:) –Weltallfahrt ist Ausdruck des-Verlangens, unserer fest=gelegten fleischlichen Existenz zu !entfliehen; dem-Versteinern unseres Wesens zu entkommen. Der-Weg=in-Denweltraum ist der-Weg=durch-uns-!hindurch. ?Haben Sie niemals Das Verlangen gespürt nach der Existenz in einem anderen = einem außerfleischlichen Leib. Sind Sie bereits durch ihre=Mitte ?hindurchgegangen, Herr Bosixerkaben 18-15-9-14-8-1-18-4 ohne E.

Seine höhnische Frage fiel matt zu Boden in den stumpf Alletöne erstickenden kuppel=förmigen Raum. Er blickte gelangweilt durch 1 der Fernrohre=Hinaus. –!Da, jetzt hab ich ihn – (er spielte am Fernrohr) –Ein alter Freund: schründiges Ding in Rostrot. Die Ewige Hoffnung in Eisenoxid.

–?Wer sind ?Sie. Und ?was eigentlich wollen Sie von !mir. – Auf !diese=Art einen Fremden zu befragen hätte ich unter Erdkonventionen !niemals gewagt; jetzt – als *Neugener* – gingen mir Fragen in der nun üblich gewordnen Manier leichter von der Zunge.

Der Fremde schien das längst erwartet zu haben. Schief grinsend: —Mein Name ist Legion. Ich bin das Zehntausendgesicht. Ich bin jeder u keiner. Bin Hier u bin Dort. Ich bin Wahrheit: jeder Privilegierte kann mich produzieren; solange wie diese=1=Wahrheit gilt gelte ich für alle & niemand. Ich bin der, der jeden nervt; der ermüdet & anödet, man möchte mir gar nicht erst begegnen od: wenn dann !rasch mich wieder lossein wie alle Übel. Auch !das habe ich mit Wahrheit= gemein. Was ich für Sie bin: Das werden Sie=selbst noch zur=Rechtenzeit erfahren. – Mit dieser geheimnisvollen Wendung trat er näher=zu-mir: –!Überlegen Sie: ?Habe ich Ihnen jemals ?schlecht geraten. Na !sehen Sie. – (Meine Antwort vorwegnehmend.) – –Und aus !diesem Grund bitte ich Sie, meinen Ratschlägen & Erklärungen auch weiter=hin zuzuhören & zu folgen (was, wie ich sehen mußte) Sie nicht immer getan haben. – Der Tadel stach ins 1vernehmen u: stellte das alte Verhältnis wieder her. – –!Gehen wir. – Und verließen gemeinsam den Raum, hinter uns schloß sich geräuschlos die Planetariumtür.

Durch das Sichtfenster im hermetisch=dichten Schott sahen wir die schroff geschlagenen Wandungen der in-Weitefernen schnurgerade sich erstreckenden Tunnelröhre, der Hauptverbindungtrasse zwischen den 1zelnen Stationeneinrichtungen, ein gleichmäßiges weißgelbes & beinahe fettig scheinendes Leuchten verstrahlend – ohne Schatten. In der Druckausgleichschleuse stiegen wir in 1 der Fahrtkapseln; je 2 Doppelsitze zu je 3 Reihen=hintereinander bildeten 1 Kapsel, wie Kabinen eines horizontal fahrenden Paternosters, im kühlen Geruch nach sanften Maschinen & Kunststoffen. Unser beider Erscheinen auf 1 der Zusteigplattformen brachte die-gesamte-Maschinerie in=Gang (leises Schmatzen von Maschinenöl aus den Gleitlagern). Um diese späte Stunde waren wir, der Fremde ich, offenbar die 1zigen in der langen Haupttunnelröhre, sämtliche übrigen Fahrzeuge blieben leer. Leis zischend verschloß sich die Zustiegöffnung an unsrer Kapsel. Dann öffnete sich vor uns das Schleusentor, die Fahrt begann. In den Verkehrleitröhren herrschte Unterdruck – ziel=gerichtet öffneten od schlossen sich für-die-Fahrten Schleusentore &, den-Unterdruck geschickt ausnutzend, wurden die-Fahrzeugkapseln=auf-Schienen die-Röhrenwege entlanggesaugt –.– Langsam die Fahrt, stetig vom gesteuerten Unterdruck gezogen die Haupttunnelröhre entlang. Basalt. Feldspat. Rhyolith : Diese Tunnelröhre, wie all die übrigen sich verzweigenden

Röhren, war vor Jahrmilliarden von glutigen Magmaströmen aus= Mondgestein rausgebrannt herausgebohrt –. Wo jetzt die Kapseln in sanfter Fahrt ruhig auf Schienenwegen dahinglitten, brachen sich einst unter Massivemdruck aufgeschmolzne Gesteinmassen einen Weg Vollerglut & felsenverkochender Hitze –, durchbrachen im Lavaschwapp die Mondoberfläche, warfen mit aller tektonischen Kraft flüssig aufgeglühtes Gestein zu blasigen Kratern auf, brannten tiefe Kerbtäler Senken Steinmeere Gebirge –, – ein grauschwarzer brodelnder Ozean der Vernichtung, Dutzendemeter hohe teigige Glutwogen Strudel Strömungen eine Wildnis emporgeworfener brandender Feuermeere –: Erstarrt. Erkaltet. Wie Tobsüchtige während einer=ihrer exaltierten Schleuderbewegungen: plötzlich versteint. Gebannt. Geronnen die Lavaflüsse, erhärtet, in den höchsten Augenblicken ihres vulkanischen Aufruhrs: der-Starre verfallen in Kosmoskälte..... Für=Alleewigkeit erfrorne Glut..... Wir=Menschen auf dem Mond: Erben erloschner Vulkane, Nachkommen tektonischen Zorns. –

Später, nach dem Aussteigen in einer anderen Schleusenkammer wahrgenommen, aus Nochweiterenfernen & jenseits dicker Stollenwandungen dringend ein pulsierendes Maschinengeräusch, ein eisernes Herz – das-Klopfen stimmte seltsam traurig wie der Anblick der langsam kreisenden Flügelrädern großer in die Kammerwandungen eingelassener Ventilatoren.

–Vieles haben Sie in den-Stunden=hier zergrübelt, weniges nur haben Sie=Aufdemmond !gesehen. Sie sind immer=allein. – Die Stimme des Fremden neben mir fiel überlaut ins sanfte Tönegespinst der Kammer.

–Ich meide die-Anderen, weil ich mich in=Gesellschaft bei-Anderen langweile. Und ich langweile mich bei-Anderen, weil ich Anderer Gesellschaft meide.

–Aber – (der Fremde dämpfte seine Stimme) – –so haben Sie die Restaurants=Aufdemmond, hier=in-dieser=Station, nicht ?kennengelernt.

–Nein. – Erwiderte ich. – –Ich lebe & ich esse allein.

–Allein=Leben kann erfreuen. Doch nichts ist trübseliger, als all-1 zu essen. Diese Restaurants sind 1 kleiner Vor-Geschmack auf Das, was Sie in=dieser=Hinsicht erwartet auf=dem=!Mars. Auch gibts Neuigkeiten=von-der-Erde zu berichten. !Hier – (rief er) – –!Angekommen. – Unsere Fahrtkapsel hielt an, der Fremde öffnete den Einstieg & schwang sich an 1 Plattform aus der Kapsel, ich folgte ihm. Die Fahrt hatte uns an etlichen Tunneleinmündungen vorübergebracht, jede 1zelne mit Buchstaben-Zahlen-Kombinationen gekennzeichnet, mir allsamt unbekannt. Aber der Fremde hatte geschwiegen, Nichts erklärt, also hatte ich ihn nicht gefragt. – Doch dies=hier war der Eingang zu einem der empfohlenen Mond-Restaurants im Hauptbezirk der Lunarstation.

Der Fremde berührte das Erkenn-Paneel neben der Schleusentür; unter leisem Zischen öffnete sich diese sofort, – wir schwebten in die Entréeröhre des Restaurants (die-Schwerkraftaggregate arbeiteten hier nicht mit Ganzerkraft, was wohl eine=gewisse leichte Beschwingtheit bei den-Gästen erzeugen sollte –).

Eine Kaverne wie ein Raketenhangar – vor Jahrmillionen von Derwucht dahinwälzender Magmaströme aus Mondfels herausgebrannt, ins Gestein gebohrt geschliffen ausgeschabt zu Höhlungen Apsiden Erkern; erkaltet ausgeglüht erhärtet zu Schlacke & Kristallen. So hatte man dies=Solidum tief unter der Mondoberfläche in all seinen grottesken Verwerfungen belassen, ausgebaut & befestigt zur größten Mondvergnügungstätte dieser=Zeit. Denn Hierdrinnen ward bedeutend mehr geboten als nur exotisch anmutende Speisen & Getränke. Ein strahlend lichtes Fluidum – nachdem wir die letzte Schleusentür passiert hatten – umfing eine=jede Gestalt als Nebel aus irisierendem Blau, legte sich wie 1 zarter Schleier über jedes noch so kleine Detail in Diesemgroßenraum u verwandelte es zu einem schimmerigen eigen-Wesen.

Trotz der enormen Größe dieser Halle standen nur wenige Tische, weit von ein ander entfernt, in Diesemraum über den elliptischen Grundriß verteilt. Die Abstände von Tisch zu Tisch sollten jede fremde Gesprächeinmischung od ungebetene Zuhörerschaft verhindern. Je nach Bedarf veränderten die Tische Größe & Form, die Anzahl der Stühle desgleichen. Der Fremde u: ich suchten jeweils eine bequeme Ottomane ein ander gegenüber am runden Tisch aus dunkelbraunem Holz, ziemlich genau in 1 der beiden Zentren auf der Grundflächenellipse postiert. Neben dem verschleierten Licht hatte man den Eindruck leiser Musik ohne erkennbare Herkunft. Aber ich wußte dies als Täuschung, vermutlich eine Begleiterscheinung des blauen Nebels – (niemand mochte heutzutage noch Musikhören, erst recht nicht in einem Restaurant). Wie kleine ferne Inseln in einem glatten Meer ragten einige Gestalten an entfernten Tischen heraus.

–?Wieso stehn sowenige Tische in solch=einem Großenraum. – Fragte ich=leise den Fremden. – –Hier speisen ausschließlich !Regierung's Beamte. – Antwortete der mit mokantem Unterton. – –Die-macht-Vollen unterhalten sich nicht; sie konferieren od schweigen.
–Und: ?Wo u ?was »speisen« die-Arbeiter & die-Gefangnen.

–!Das wollen Sie !nicht wissen. – Gab mir der Fremde zurück. Mehr war ihm darüber nicht zu entlocken.

Erst jetzt bemerkte ich an den Saalwänden sowie an den massiven Stützsäulen etliche wundersame Gebilde – und je länger ich meine Blicke suchend ausschickte desto mehr konnte ich davon entdecken. Der Fremde hatte mir Zeit gelassen mich umzusehen u höflich geschwiegen; jetzt, als er bemerkte wohin meine Blicke gingen, begann er zu sprechen.

–Was Sie hier sehen, das sind Imitate menschlicher Fant-Asien über außerirdisches Leben. Vor-Jahrhunderten hatten Buch- & Filmproduzenten, Vorläufer für unsre Holovisionen, den-Menschen !diese Ventile für Ihreängste geschaffen. – Erklärte der Fremde mit leicht spöttisch gefärbter Stimme. –Und weil diese Fantome Ausgeburten von Menschen-Ängsten waren, mußten sie zu fantasielos=menschähnlichen Monstren mißraten. Und noch 1 x mißraten, weil die Räusche der kalten Angst zu Filmen & Büchern = zu verkaufbaren Packungen gepreßt den-Menschen noch das Letzte nahmen, das sie besaßen: die Natur ihrer Ängste, die wachsam hält. Und so konnte man sich schlichtweg *Intelligentes Leben* nicht anders als anthropomorf vorstellen, das menschliche=Affenbild als Maß=aller-Dinge – wie langweilig & traurig: den-Menschen zu sehn als Ding das sich in seinem Bild verloren hat. Und weil Heute hier=in-dieser-Stätte Die-Blauen-Stunden dran sind, haben wir Hierdrinnen das blaue Licht u etliche dieser einstigen Unterwasserfantome aus alten Büchern & Filmen. –

Ich entdeckte Riesenkraken, ihre Fangarme mit töpfegroßen Saugnäpfen bestückt um die Säulen der Halle geschlungen – unter der Decke schwebten Haifische mit gefährlich aufgerissenen Mäulern & dem Messerwerk ihrer Gebisse – dann Wale Delphine – aus Nischen glitten Moränen hervor – wunderlich geformte Tiefseefische mit vollkommen transparenten Leibern trieben vorüber, die ultraviolett glimmenden Augen an dünnen stacheligen Auswüchsen starrten die Besucher an – wie Stücke aus Unterwasserinseln hoben sich große flache rochenähnliche Fische aus dem Boden heraus und schwammen mit sanft wallenden Bewegungen durch das blaue Licht im Raum dahin –.–

–Das !wirklich=Traurige an den-Früheren-Menschen war, daß sie ihr=da-Sein=auf-Erden oftmals als so !bedrückend empfanden, daß sie Das-Bessere-Leben allein weit-Draußen=im-Weltall vermuten wollten – dem-Fluchtreflex auch innerlich unterworfen. Dabei haben die-Menschen alles Fantastische, alles Anderleben schon=immer !um-sich-gehabt: Sie brauchten nur 1ige Meter-tief=in-die-Ozeane sinken. Jeder Planet ist wie 1 Wassertropfen im All-Meer, u in jedem 1zelnen Tropfen ist auch Das-All enthalten, die-Gesamtheit von allem unausdenklich Fantastischen. Aber sie konnten niemals !Diesefantasie entwickeln, sondern immer=nur Angst...... ?Was aber ist eine Fantasie ohne Mensch: eine Chance. Und ?was ein Mensch ohne Fantasie: ein dummfer Kadaver, gradrecht für den Schindanger. – Der Fremde war in=Eifer geraten; ich hatte von ihm !Solchesfeuer=in-der-Stimme bislang noch nicht gehört.

Neben unserem Tisch war soeben ein in Tiefseetaucheranzug gehülltes Wesen, der Kellner, erschienen & hatte uns stumm *Das Speisenbuch* gereicht. Dieses !Buch – wie !seltsam lag es in der Hand, umfangreich wie ein Roman, und jede Seite, von fragilem Aderngeflechte durchzogen, verströmte bei der Berührung eine angenehme Temperatur & mit leisem Vibrieren schien 1 milder Stromfluß die zugreifenden Fingerspitzen zu durchrieseln –.

Mein Verblüffen amüsierte den Fremden. –Ich sehe, Sie waren bisher wirklich noch !nie in einem dieser Restaurants. Nun, an einem Ihrer letzten Abende auf dem Mond habe ich Sie hierher eingeladen & bin Ihnen, dem Neugener, wohl einige Erklärungen schuldig. Auch, denke ich, werden Sie diese Erfahrungen für Ihre-Zeit=auf-dem-Mars gut verwenden können.

–Ich finde Alles=hier schon sehr beeindruckend. –

–Warten Sies ab, !Was Ihnen erst auf dem !Mars begegnen wird. Ich sage nur Die-Eine-Adresse: *Jonathan's*. – Daraufhin deutete der Fremde auf die Hallenwände. –Was Sie hier sehen: Szenen aus uralten *Sei=eensfickschon*-Filmchen – die hatten weder mit *Science* noch mit *fiction* was zu tun, von *Ficken* zu schweigen. !Das & Nochmehr begegnet Ihnen in den-Marsstätten als !Holovisionen – also in=Echtheit, wie Sie *Echtheit* von der Erde her gewohnt sind. –

Ich hatte allerdings den vagen Eindruck, daß nicht die Filmszenen über die Hallenwände liefen, sondern wir=mitsamt-diesem-Tisch bewegten uns in langsamer Fahrt durch diese Filmszenen hindurch –.

Das Speisenbuch; mir schien mit 1 etwas stärkeren Vibrieren in den Fingerspitzen machte Dieses Werk nun auf=sich aufmerksam wie eine launische=Diva=Gans, die sich für Momente nicht im=Mittelpunkt-Desinteresses wähnt. Aufs Belieben blätterte ich eine der Foliantenseiten auf. Der Fremde, der diese Seite erblickte, bemerkte dazu in bester Laune: –Da haben Sie gleich *Den-Klassiker* erwischt: *Die lebendig gebratene Gans*. : !Hören Sie. – Der Fremde rückte über die Tischplatte vertraulich etwas näher, raunend: –Gewiß haben Sie bereits von den *biomorfologischen Büchern* ?gehört. – Tatsächlich, Verschiedenes war mir darüber zu-Ohr gekommen, doch hielt ich das=Alles für Fant-Astereien ewiger-Kinder. – –Es ist aber !wahr. – Zischte der Fremde. – Biomorfologische Bücher, sie !existieren !wirklich. – Und lehnte sich wieder zurück, sprach mit normaler Stimme weiter. –Seit-jeher spricht Man von Der-Macht-des-Wortes. Aber was daran lediglich Metafer od nur schwer steuerbarer Effekt war, !Das galt es zur effizienten Aktion zu verwandeln. Damit hatte Man bereits vor-etlichen-Jahrzehnten begonnen, Sie dürften davon gehört haben. – –Ja. – –Im-Groben gestalteten sich diese Versuche so: Staat=tragende Ideen & Die-alten-Geschichten waren aufbereitet & nach speziellen Topoi geordnet worden: Patt=riot-Ismus; Glaube Liebe Hoffnung; Heldentümer aller Arten; bedingloser Opfer=Wille & ähnliches mehr. Allsamt ziemlich schauriges Zeug, unlesbar alles. – –Ich hatte von bescheidenen Erfolgen gehört, aber auch, daß Dieses Projekt aus Kosten-Nutzen-Erwägungen wieder aufgegeben wurde. – –Da !täuschen Sie sich. – Fuhr der Fremde dazwischen. –Sie täuschen sich, weil Man Diese Täuschung !bewußt verbreitet hatte. – –Eine ?Verschwörung. Ach !kommen Sie. – –Nehmen Sie statt Verschwörung ein anderes, nicht nach Kapuzenmännern, Geheim-Treffen-in-Grüften, Totenschädel & Pechfackeln klingendes Wort. Sagen Sie statt dessen: Macht=Marktforschung zur-Steigerung-der-Regierung's Effizienz. Die Aus-Wirkungen sind Dabei dieselben wie bei Verschwörungen. *Wer die Geschichten hat, der hat Die !Kontrolle.* :Das hatte Man schon seit-Langem erkannt. Die Alten Geschichten, wie Sie sagten, hatte Man zunächst in elektrische Schaltpläne transkribiert & diese entsprechend mit biomorfen Schaltkreisen in den Großrechnern verbunden. Der Methode nach funktionierte das ähnlich wie die Arbeitsweise der Holovision: Hauptangriffstellen sind die halluzinatorischen Zentren im Gehirn, die Amygdala. Man spricht ja schonlange von der »positiven Virologie der Wünsche« – jetzt hatte Man zum Erstenmal einen biomorfen elektrischen Wirkkreis hergestellt & in-Form von Rückkopplungen mit den geschriebenen Geschichten & den erwünschten Topoi geschlossen. Doch für jedes 1zelne Buch, will man dem Text zur Wirkung verhelfen, bedarf es der zugehörigen *morfologischen Maske*, einer Art Schema zur Decodierung für die Materialisation der-Schrift. Die *Maske* ist das A u das O. Nur durch *sie* wird späterhin aus Worten Fleisch. – Verschwommene Andeutungen. 1 Blick des Fremden traf mich –, prüfend ernst (wie mir schien). Er wartete.

Dann formte er vor seinem Mund aus der rechten Hand eine Klammer.

–Aber trotzdem hat dieses Projekt letztlich doch nicht !Denerfolg gezeitigt, den Man sich erwünscht hatte. Zum einen erbrachten die so gestalteten Bücher eine fatale Wirkung: Infolge der Transformation zu Schaltkreisen: *schrieben=sie=sich=selber fort.....* !Unabhängig von den gegebenen Entwürfen & ihren Autoren. !Gespenstisch : Bücher entwickeln Eigen=Leben & greifen gemäß !eigener=Erfordernisse ins-Geschehen ein. – Der Fremde ließ das Gesagte auf seiner Zunge zerschmelzen. –Zum anderen schlugen diese Versuche hinsichtlich ihrer Intentionen fehl, weil die implantierten Geschichten vom geistigen Immunsystem der-Zielpersonen als Fremdkörper identifiziert & in Abwehrreaktionen ausgestoßen wurden. Viele auch bewältigten die innerleibliche Invasion nicht; etliche Tote, noch mehr psychisch & körperlich Mißgestaltete blieben zurück. Viele der einstigen Bücher wurden daraufhin offiziell vernichtet. So entstand das Gerücht vom Ende der biomorfologischen Bücher. Einige aber wurden beiseitegeschafft & gelagert in den Bunkern aufgegebener Mond- & Marsstationen, in geheimen Anti-Quariaten. Auch sind diese präsumtuosen Bücher niemals abgeschaltet worden; wer sie zur-Hand-nimmt & sich anschließt, der empfängt deren Wirkungen. – Erklärte der Fremde und ließ mir Zeit, das Gehörte zu fassen.

–?Wer eigentlich ist *Man*. – Des Fremden Stimme schlug daraufhin sofort=unwillig an wie Gebell: –!Stelln Sie sich nicht dümmer als Sie sind. !Man – ?!was glauben Sie, verbirgt sich hinter dem zentralen Speichermodul E.V.E. in Cydonia Eins; !Dasmodell, das inzwischen auch auf-der-Erde installiert wurde. : ? : Na !also. Man verfiel daher auf die !entscheidende Idee: Schreiberlinge wurden angestellt, die süßlich=pornografische Textlein verfassen mußten, um die-Lese=Willigen zu ködern & aus sogenannt Freienstücken ihren=Organismus zur Aufnahme des-Gelesenen zu öffnen. Das-Rezept-zum=Erfolg ist das-Ewigalte : Bürger=Allerzeiten brauchen Was zum Heulen & zum Wixen.

–ALLERDINGS – (& der Fremde lehnte sich auf seiner Ottomane zurück) – –gibt es auf dem Mars auch gewisse-Kreise, die sich der biomorfologischen Bücher in !Andererweise bedienen. – (Er winkte mein neugieriges Gesicht ab) – –Sie werden, wenn Sie auf dem Mars in der »Denk-Fabrik« arbeiten, mit Diesen-gewissen-Kreisen noch reichlich zu tun bekommen. Warten Sies ab. – Meiner erstaunten Frage, ?woher er wisse, daß ich in der »Denk-Fabrik« arbeiten solle, kam er durch seinen Einwurf zuvor, indem er auf *Das Speisenbuch* deutete: –?Nun, welches Gericht möchten Sie ?bestellen.

Daraufhin besah ich mir die Seiten im *Speisenbuch* genauer. Die Foliantenseiten waren viel dicker als üblicherweise Buchseiten, fühlten sich an wie die Berührung mit 1 flachen Hand, zudem waren sie halbtransparent u durch die fragilen Äderchen im Geflechte schien eine helle Flüssigkeit zu pulsieren –. Die Buchstaben glänzten mattgolden & bei intensivem Hinschauen erkannte ich das, was vordem als Serifen und dünne Zieratlinienmuster auf der Seite erschienen war, als mikroskopisch dünne elektrische Leitbahnen, die 1zelne Buchstaben zu Worten und zu Sätzen verbanden. Und so gestaltete sich das Folgende nicht vor meinen Augen, sondern *direkt=in-meinem-Gehirn*:

»Nimm eine lebende Gans, berupfe sie bis auf den Hals und Kopf, mache rings um ein Feuer auf, nicht allzu nahe, daß sie nicht ersticke, sondern daß sie allgemach brate. Setze zu ihr etliche Gefäße mit Wasser, Honig und Salz vermischt, damit sie sich labe. Darnach nimm Äpfel, röste sie im Schmalz, beträufele die Gans oft damit, rücke das Feuer allgemach näher zu ihr, und wenn sie anfängt zu braten, läuft sie rings im Feuer herum und will davon, weil sie aber vor dem Feuer nicht fort kann, trinket sie ohne Unterlaß, sich zu laben und wenn sie heiß wird, brat sie auch inwendig. Du mußt ihr aber ohne Unterlaß das Herz und Kopf kühlen. Wenn sie anfängt zu zappeln und zu fallen, nimm sie weg vom Feuer, lege sie in eine Schüssel, gib sie den Gästen zu essen. Sie ist gebraten und lebt doch noch und schreit, wenn man von ihr schneidet.«

Inzwischen war der Kellner in seinem Taucheranzug wieder an unserem Tisch erschienen, wie 1 Gespenst aus der Tiefsee, stumm wartend.
–Nun – (fragte mich der Fremde noch einmal) ––?Was nehmen Sie.
–Den Klassiker. – Sagte ich mit spröder Stimme zum Kellner und legte *Das Speisenbuch* aus der Hand, zurück auf den Tisch.

Von-Anbeginn der bemannten Weltallfahrt hatte die Versorgung der-Astronauten mit Trinkwasser & Nahrung die !Größten Probleme bereitet. Mochte bei kleinen Besatzungen der Raketen- od Weltraumstationen die Aufbereitung von Trinkwasser durch das Urin der Besatzmitglieder sowie die Nährmittel in-Form von Tabletten od mittels in=Wasser aufgelöstem Trockenkonzentrat sich bewältigen lassen – u lediglich mit dem Ekelgefühl, daß mein Trinkwasser aus dem Urin des unmittelbaren Nachbarn herrühre, kollidieren –; so bestand diese Möglichkeit seit Beginn der-Massentransporte von Menschen ins Weltall nicht mehr. Die Filteranlagen erwiesen sich bald als unzureichend, Keime Bakterien Viren gerieten in den-Nährkreislauf; Krankheiten Seuchen Epidemien brachen an-Bord der Transportraketen & in den Allstationen aus – streckten ganze Reisekonvois nieder – wurden eingeschleppt auf die Mond- und die ersten Mars-Stationen & wüteten dort wie im irdischen Mittelalter in den Städten Diepest..... – Während auf den Transferflügen Erde – Mond die-Nährmittelzufuhr im wesentlichen auf Infusionbasis beruhte, mußten bereits für die mehrmonatigen Flüge Mond – Mars andere Wege gesucht werden, ganz abgesehn von der Ernährung der Dauer-Besatzungen auf den Lunar- & Marsbasen, und späterhin für die-Bevölkerung der Stadtschaften auf dem Mars. Die immens=aufwendigen, teuren & letztlich völlig=unzureichenden Nährmitteltransporte direkt=von-der-Erde erwiesen sich schonbald als ungeeignet. Wollten die-Besatzungen auf Mond & Mars von der Erde unabhängig werden, mußten !rasch !neuartige Lösungen für die-Versorgeproblematik auf beiden Himmelkörpern gefunden werden.

–Neben all=den-Trockenpräparaten mit Proteinen Vitaminen Mineralstoffen, woraus unsere Speisen bestehn & die sich zu Großenmengen=gepreßt sehr gut transportieren lassen, gewinnt Man Wasser & Sauerstoff aus !Steinen. Denn Steine kann man !essen. – Der Fremde räkelte sich auf seiner Ottomane. –Sie werden die großflächigen Linsenelemente gesehn haben, die überall auf der Mondoberfläche verteilt sind. Die Linsensysteme wirken wie Brenngläser: sie fokussieren das-Sonnenlicht auf die Gestein- & Regolithschichten. Das Gestein wird erhitzt, Absorber nehmen die ausströmenden Gase aus dem-Gestein auf, darunter auch O-Zwei, das im=Gestein=gebunden ist; Wasser kondensiert. Neben den ebenfalls im=Gestein befindlichen Nährstoffen & Mineralien erhält Man auf-diese-Art den Grundstock für die gebräuchlichsten Nährmittel. Natürlich, – der Fremde winkte das-Beiläufige ab –, –auf dem Mars betreibt Man zur Wasser-Gewinnung mittels Brennglassystemen auch die sukzessive Abschmelzung der beiden Permeis-Polkappen. Auch dehnt sich Dort die-Schneegrenze – gefrorener Kohlenstoff – oftmals !erstaunlich weit über die Planetenoberfläche aus: Im Norden bis zur Hälfte ins Utopia Planitia sowie bis an den Nordrand von Arcadia Planitia. Ja, – sagte er noch mit selbst=zufriedener Stimme, –Steine kann man wirklich über-All essen. !Aber, – und langte auf dem Tisch nach dem Teller, –das !Allerwichtigste zur Ernährung auf-Mond&mars ?kennen Sie vielleicht noch nicht. – Er zögerte, wolltes spannender machen und erklärte mit langsamer Rede. –Wenn Sie all=Diesepräparate, mit denen Man uns versorgt, in ihrer vorgegebenen Beschaffenheit verzehren wollten – es wäre theoretisch möglich, genauso wie der-menschliche-Organismus zermahlenes Gestein zu=sichnehmen & verdauen könnte –, nur hätten Sie dann einen Geschmack als wärs ein Stück Eisen im Mund od ne Handvoll Erde ausm Elterngrab. !Aufgepaßt: Die Geniale=Lösung ist die !Trennung zwischen Nahrung u: Geschmack dieser Nahrung. Wieder ein Mal ist das gutealte Prinzip-der-Imagosfäre von-Nutzen, dieses Mal für die neuronalen Netzwerke in unseren Biorechnern : Sehen Sie das blaue, etwas dunstige Licht hier=im-Gesamtenraum – was glauben Sie, ?bewirkt diese Diffusität: die geschmackliche, im-übrigen auch die haptische, Imagination dessen worauf Ihre Sinne gerichtet sind. –

In diesem Moment wurde auf einer großen glänzenden Silberschüssel die lebendig=gebratene Gans serviert: ein beachtliches, höchst geschmackvoll dekoriertes Bratenstück. Das Tier !lebte tatsächlich noch: die Augen groß auf=gerissen, der Blick vom schmalen Grat zwischen Leben u: Tod die Gegend durchirrend, darin das Perlmuttschimmern der Verzweiflung aus unverstandenem Leben u: unverstandener Sterbequal..... –: Die tiefe Rührung bei !solchem An-Blick steigerte zugleich meinen Fleisch-Appetit beträchtlich. Es war als schmecke ich aus dem brutzelig goldbraun-rauchigen Bratenduft, der das servierte

Gericht umströmte, bereits das zarte weiße mit pikanten Kräutern durchwürzte Fleisch –.– Als der Kellner das Tranchiermesser ansetzte, erscholl aus dem weitaufgesperrten hellgelben Schnabel kurzschrill 1 Laut der Klage (der mir in=die-Glieder fuhr).
 –Und ?das –, ich sah zu dem Fremden unsicher hinüber, –ist !Das auch: ?Imagination. – Der Fremde blieb ungerührt. –Nähme man das blaue Licht & die morfischen Feldenergien von Ihnen u von Diesemraum – ?!was bliebe dann ?übrig. Die wirkliche Wirklichkeit dessen, was Sie verzehren, werden Sie !niemals erblicken & erstrechtnicht erschmecken, jedenfalls nicht hier=drinnen-in-Diesemraum. – Er schnitt sich ein Stück vom Braten ab – od, wenn seine Erklärung stimmte: seine=!Idee eines Stückes Fleisch aus der !Idee eines Gänsebratens. (Ich schnitt mir 1 kleines Bratenstück ab, wickelte es in 1 Serviette & steckte es (heimlich wie ich meinte) in meine Tasche. Nach dem Verlassen dieses Restaurants, außerhalb des hier=drinnen wirkenden morfischen Feldes, müßte dieses Stück Fleisch *etwas=anderes* sein als jetzt.) – Doch der kurzschrille Klagelaut beim Anschneiden der Gans – der hatte verdammt=!echt geklungen.
 –!Neuigkeiten-von-der-Erde haben Sie mir versprochen. (Sagte ich zu dem Fremden, um ihn abzulenken von meinem Tun.)
 –Und !die sollen Sie hören. – Fiel er heiter ein, verwandelte seine Stimme aber sogleich zum ernsthaften Ton. –Wie Sie wissen, bedeutete die Rückkehr der E.S.R.A.-I-Mission zur Erde auch das Ende der über zweihundertjährigen irdischen Völker-Separation. !Das hatte praktisch von-1-Tag-zum-nächsten zu geschehn, wollte die-Aktion erfolgreich sein. Und sie !mußte Erfolg=haben – :mit !Allenmitteln um !Jedenpreis – denn es gibt Dafür nur noch diese=!Einechance. – –Komisch, daß Menschen sich immer reinmanövrieren in die-Situation: Hart-am-Abgrund. – –Ja, die !Übereilung..... !Tra-Goethje – (rief er theatralisch aus & vollführte mit dem rechten Arm eine Gebärde wie Knattermimen=auf-der-Schmiere) – –Tra-!Goethje: dein Name ist !Männsch..... – Dann mußt er lachen. Und Husten bis ihm Tränen die Augen füllten. – Nach Atem schnappend mit hustrotem Gesicht u wasservollen Augen fuhr er schließlich mit-dem-Thema fort.
 –Was einst gewesen war, kehrte nun auf-Einen-Schlag zurück: von Allem ist !zuviel=auf-Erden, zuviele Dinge aber vor=allem !zuviele Menschen mit !Zuvielmacht. Einerseits benötigte Man zur effek-tiefen Bewältigung der durch den Völker-Zusammenschluß wieder-

erstandenen uralten Erdprobleme – Bevölkerungswachstum, Ernährungs- & Ressourcenmangel – die-Grenzenlosigkeit. Anderseits verschärft genau=diese Grenzenlosigkeit Dieprobleme aus=sich-heraus: Springfluten aus Verbrechen Krankheiten Seuchen überschwemmen die wieder ungeschützten Kontinente – ?wie ist Dem zu wehren, will Man das-Erste nicht wieder ?abschaffen müssen. – Er setzte 1 Pause. Dann: –Genauso wie Man=hier-im-Restaurant, in dem wir speisen, des Essens Anblick-&-Geschmack vom wirklichen Zustand der Speise !trennt. So trennt Man neuerdings auf=Erden den-Habitus vom wahren Sein..... Jeder=1zelne lebt nur in den Beziehungen die unmittelbar dem-Erhalt seiner 1zelexistenz dienlich & nützlich sind. Damit hat Man Brauchbares aus den Zeitaltern der-Separation mit der Notwendigkeit zur planetaren Entgrenzung verbunden. Und Es !funktioniert, jedenfalls in der-Ersten-Zeit, von der ich Ihnen berichten kann. Niemand wird daraufhin erfahren, wie das-Leben *wirklich ist*, es gibt buchstäblich keine Worte u keine Bilder dafür. Und Erfahrung ist der Kurzschluß zwischen habituellem & empfundenem Sein; andere Erfahrung kann praktisch nicht mehr vorkommen. (Man !will übrigens Erfahrung auch nicht mehr erfahren & hat daher mit der-Suche=nach-Erfahrung !Schluß=gemacht.) Die einzige Überraschung daran war für mich, wie !schnell & wie !folgenlos die Devaluation von Erfahrung geschehen konnte: Als sei etwas innerlich längst Hohles endlich frei geworden um endlich zu Staub zerfallen zu dürfen. Und für diese wirklich-=!geniale Lösung benötigt Man=auf-Erden – so wie hier=im-kleinen das Gehäuse 1 Restaurants – im-Großenmaßstab *Die-parzellierte-Welt*. –

Der Fremde wartete die Wirkung seiner Worte ab. Offenbar war meine Reaktion, Unverständnis, nicht die erhoffte; so fügte er klärend hinzu: –Als ich die-Erde verließ, hatte Man begonnen, die geotechnische Entgrenzung insofern auszubreiten, indem Man die-Welt unterteilte in *Hochsicherheitstrakte für Freundlichkeit, Biotope für Zuversicht*; Man errichtete *Antivirale Schutzwälle* sowie *Reservate für Differenzen*. – Man hat auf-Erden den-Dualismus neu=bestimmt : eine Welt ohne Grenzen, von Unzahl Grenzen zerschnitten. Einerseits *Das-Recht-auf-den-einen-Mord* & anderseits der *Planetare Gerichtshof gegen Kriegs- & Finanzverbrechen* – das-Gehege für Öffentliches-Leben.

—Erd-beherrschend ist die Hege- & Schutz-Ideo-Logie in ihren neuen Formen als – wenn ich mich so ausdrücken darf – uterale Gift=Politik geworden. Den neuen interplanetaren Gerichtshöfen werden bisweilen aus anderen Staatenblöcken von Jägerschwadronen, den Nachfolgern der Fliegenden Engelkinder, 1gefangene Personen zugeliefert, um sie dann vor diesem Tribunal in bunten Showprozessen aburteilen zu können – ein !Geschäft, auf das Man sich im planetaren Stil 1gelassen hat. !Sehr wirksam in jeder Hinsicht. Besonders in der, daß Nichts sich ändert, aber Alles sich beruhigt. Die zuverlässigste politische Währung ist allemal der-Mensch=in-seinem-Fleisch-&-in=Ruhe, die-1heit für Produktion & Konsumtion, wenn Sie mir diese Begriffe aus der letzten Eiszeit verzeihen. – Der Fremde schwieg & aß einige Bissen vom Gansbraten.

—?Was geschieht jetzt=auf-Erden mit Mördern, die den Kredit ihres 1 Mordes überziehen & ?was mit all den-Verurteilten, die für die-Zwangarbeitstätten auf Mond & Mars untauglich sind.

Der Fremde schaute auf von einem weißen Bratenfleisch. –Sie werden freigesetzt..... Man läßt sie los wie Vögel aus den Käfigen. Eigentliche=Strafe heißt das-Leben=Draußen..... Sie verstehen: Auch für Verbrechen-&-Strafen gibts die praktische Gerichtbarkeit des-gesunden-Volk's Empfindens..... Die neuesten Neuigkeiten von der Erde sind immer deren älteste. –

Der Geschmack des gebratenen Fleisches hatte auch Stimme & Verfassung des Mannes eingefettet, in Bratenbehaglichkeit schwimmend setzte er seinen Bericht über Neuigkeiten-auf-Erden fort. –Verschieden große Reservate für mensch- u: naturbelassenes Da-Sein, von Dorfe's Winzigkeit bis zu Erdteilausmaßen sowie ineinander verschachtelte & gegliederte Leben's erbauende Ghettos, mit Laser- & Elektroabsperrvorrichtungen gesichert. Mit Bewegungsmeldern & Arretiergeräten aus=gerüstete Gebiete, die allsamt den-Menschen & den-Daten höchste geografische & elektronische Beweglichkeiten gestatten, denn die permanenten 1zelüberprüfungen, besonders an den vorgesehenen Passierstellen von 1 Rayon in den andern, erfolgen mit Laserabtastgeräten, die prompt Zustandprofile der-Überprüften erstellen; »Kerbungen« genannt bei den-Bedenken-Fällen, im Gegensatz zur »Glätte«, was (momentane) Unbedenklichkeit bedeutet. Die unsichtbaren Augen der Kontrolle sehen durch Straßen & Häuser mitten in die Gesichter der Menschen, mit Laserblicken tasten schnüffeln sie nach eigen=mächtigen Lebeweisen, lassen die-Menschen sich= ducken unter die Riesenglocke Gaußscher Normalverteilungskurve. So ermittelt Man *die-Transferisten*. Derlei gilt übrigens in sämtlichen Erdteilen. Ich sage das, falls Sie sich mit Hoffnungen auf Exil tragen. – Setzte der Fremde hinzu, ohne mich anzusehn. –So ist Diegroßeerde auch sehr klein geworden, überschaubar, registrier- & faßbar. Ich habe von Polizeipräsidenten, od wie auch immer die Obersten Polizisten sich nennen, 1hellig erfahren: Beinahe wie in jedem x=beliebigen Dorf kennt aufgrund der-Datenbänke nun jeder jeden; jeder hat denanderen unter-der-Lupe, & ein wichtiger sozialer Status besteht in der Privatausrüstung von Überwachungs- & Registriergerätschaften. Was Früher Verletzung-der-Intimsfäre hieß, ist nunmehr zum Guten-Gewissen verwandelt, ein einziger schwarzer Sumpf aus Mit-Teilungen..... als warmer Abfluß vom sicheren Fels der 10-Gebote=für-die-Zentrops* herab. Manch-1 lernt sich dadurch selbst=erkennen. Frauen Kinder Pensionäre übrigens haben in der Kunst-des-Anschwärzens die größte Begabung. Und Friede=herrscht, !Großerfriede.....

–Aber: ?Wozu das-Ganze. – Wagte ich einzuwerfen. –Wir=auf-Erden hatten bereits einen Weg gefunden für Den Endgültigen Frieden. Denn ?warum nicht gleich Alles ?enden lassen – Tod ist der Immer-sei-bei=uns – niemand müßte durchs Weltall hetzen & Tod= Ende=Frieden auf scheußlich krummen Umwegen im-Irgendwo suchen.

Der Fremde legte Besteck und Serviette auf den Tisch, beugte sich zu=mir herüber. –Von der E.S.R.A.-I-Administration ward seinerzeit verfügt: Jeder=1wohner von Zentraleuropa ist a priori als *Delinquent* zu betrachten. Die unterschiedlichen Arten für Delinquenz aber –, & der Fremde nahm wieder seine Gabel zur-Hand, erhob sie bis vor mein Gesicht: –sollen !nicht ausgetrieben, sondern Staat's fördernd !verwendet werden. !Das ist !neu. In=Abhängigkeit von den verschiedenen delinquenten Klassen erfolgte die Besiedelung der 1zelnen Par-Zellen. Grobiane & Gewalttäter aller=Arten kamen in den *Hochsicherheits-Trakt für Freundlichkeit*; notorische Krittler & Nihilisten in die *Biotope für Zuversicht*; sämtlichen Nörglern & potentiellen Umstürzlern ward das *Reservat für Differenzen* vorbehalten, sie hausen Dort=drinnen wie exotische Viecher im Zoo.

–Aber !davon war vor einemhalben Jahr, als ich Europa u die Erde verließ, !nicht das-geringste zu bemerken. !Was für massive Umsiedlungen von Millionen-&-Abermillionen Bevölkerteilen waren dann binnen=kurzem erforderlich; eine logistische !Herkules-Aufgabe – –Die ohne ebensolche Herkulischen=Brachial-Maßnahmen nicht durchführbar gewesen wäre. Aber !Sans-souci: !Kain-Wort werd ich Ihnen erzählen von den Verschleppungen Verjagungen Brandsetzern Füsilladen, vom Tun der-Henker-&-Metzgerhorden, der-Menschenfleischer & Blutsäufer, der-Bauchzerschlitzer & Eingeweidewühler. !Kain-Wort. So !ermüdend, die-Berichte zu hören der hilflosen An-Kläger & der-alerten-Faselein der-Apologeten Diesestuns..... Verbuchen Sie diese-Geschichten bei den-Übrigen=Dieserart im Register für Menschen=Säue aus allen Jahrhunderten davor, falls Sie dort noch 1 leere Zeile finden. – Aber was ich noch sagen wollte – (der Fremde stocherte mit 1 Gabelzinken in den Zähnen) – –Der bei=weitem verbreitetste Typus auch unter den Par-Zellierungs-Verhältnissen ist *der-Denunziant*. Eine in=sich gärende von unterdrückten sumpfigen Wutgasen schäumende Masse..... Die wird zu gleichen Teilen über sämtliche Par-Zellen verteilt & auf=Dieseart erfolgt praktisch Die Selbst=Verwaltung sämtlicher Gebiete. Informationen werden den entsprechenden Speichermodulen der E.V.E. eingegeben – ganz wie im Alten Venedig die anonymen Anzeigen in den steinernen Löwenrachen zu werfen waren für den Rat-der-Drei, Heute für den Senat-der-Fünf. Woraufhin von-Staates-Seite gegen die-Gesetzesübertreter *Maßnahmen erfolgen*. Und eine Großemasse=der-Bevölkerung schwelgt von-Stunden-zu-Stunde im genüßlichen=Rausch des *mündigen* Staat's Bürgers....., der stets das-Gute will & stets das-Beste schafft. So können *Kranke* u *Kriminelle* erkannt & ausgewiesen werden – Man denkt Beides=in=1: Krankheit gilt als Folge einer persönlichen Entscheidung zum-Krank-Sein, mithin als krimineller Akt, wie umgekehrt das-Kriminelle innerhalb der parzellierten Welt als Absicht-zum-Kranksein gedacht wird. – Der Fremde trank 1 Schluck, schenkte sich nach, und trank in Großenzügen als müsse er aus seiner Mundhöhle schmutzige Worte hinunterspülen.

—Besonders !streng geahndet, wie Sie wissen, werden Verstöße gegen die-Gesundheit's & Energie-Gebote. Sie ?erinnern sich der 10-Gebote.

—Au-!Ja. Die olle Kiste noch aus Zeiten nach *den-Sonnenkriegen*. Immer wenn sie aufgemacht & spätestens wenn das Letzte Gebot rausgekramt wird, dann liegt Was=!Prekäres..... in-Derluft.

–!Solchereden sollten Sie künftig im Reservat=Derstille* halten. Seit der Staatsneubildung in Europa durch die E.S.R.A.-Mission ist Man=auf-Erden wieder sehr – funda-mental..... geworden. Und !das dürfte Sie auf dem Flug zum Mars schon längst überholt haben; Moralraketen fliegen stets mit viehlfacher Gelichtergeschwindigkeit.

–?Verstoßen wir mit Diesemessen=hier nicht gegen Die-10-Gebote.

–Sie werden sehn, daß Sie Das nicht sehen, & warum Sie Das nicht sehen, werden Sie bald sehen. – Versetzte der Fremde. –Im=übrigen kennen Sie das uralte Sprichwort von Jovi u: Bovi. – Darauf schnitt der Fremde ein großes Stück Braten ab. Und mit Vollemappetit kauend fuhr er fort: –Das heißt: Bovi=Ex-Emplare werden als *Transferisten* entfernt..... Außerhalb der-Reservate ist gleichbedeutend mit außerhalb-des-Planeten-Erde, die größtmögliche Entfernung. ?!Woher, dachten Sie, ?stammen all=diese *Arbeitskräfte*, die Sie hier=in-Ihrer-Dienststelle=auf=dem-Mond empfangen & den-Bergwerken zuteilen. – Die Stimme des Fremden durchschnitt 1 böser Klang.

–Dann muß es !Ungeheuremengen von *diesen=Ex-Emplaren* geben, die Der-parzellierten-Welt ?widerstreben. Diescharen=derer die mir=in-der-Dienststelle=Hier zukommen, sind regelrecht zahlen-Los. –

–Mir scheint, Sie haben den-Sinn dieser Herrschaft's Form erfaßt. – Bemerkte der Fremde, schief grinsend. ––?Was ?geschieht ihnen.

–Die ochsymoronen Lösungen kennen Vielewege. – Erwiderte der Fremde ausweichend. –Nur mittels gegenwärtiger *Elektronität* möglich. In früheren Zeiten hatte es Daran gefehlt – deshalb war *Zivilisation* stets mit Umwegen=in-den-Tod identisch. Heute sind die-Verhältnisse geradlinig.

–Das ?heißt: auf=!direktem=Weg in den ?Tod. –

–Das heißt, – des Fremden Stimme ungehalten mich zurechtweisend –, –die-Masse=Mensch zeigte unter diesen neuen Vorzeichen in ihrer=Naturbelassenheit binnen-kurzem !Erstaunliches: Sofern man den-Menschen ihre 3 Sockel fürs Weiterleben !garantieren kann – 1.) ausreichend Nahrung, 2.) 1 Dach überm Kopp das ihr=eigenes ist, 3.) genügend an Arbeit's Löhnung um über-die-Runden-zu-kommen, als Bonus 3.!ah) was zum Pimpern –, bedarf der-Erhalt des-Gemein-Wesens keiner übrigen Ver-1-Barungen, Höherer Werte od anderer Bedingtheiten, schon gar keiner Politik od Ideologie. Man läßt 1fach die untersten Anlagen & Bedürfnisse=in-der-Bevölkerung dominieren & Man sieht hervortreten: Nicht etwa das-Raubtier=Mensch, weder Den-Krieger noch Den-herkulischen-Überwältiger als Typ; sondern eine glattgestrichene stumpfsattbehäbige Masse=mit=ihren-3-Orientierungen. Das gesamte Kontrektations-Gen-Umgestaltungsprogramm an den-Erdverbliebenen hat sich im-Großen&ganzen – um einen uralten Begriff zu verwenden – als *Retrogenese* für den-Homosapiens erwiesen, wie einst der-Hovawart zur Diensthundrasse, der-Auerochse zum Hausrind domestiziert wurden, so jetzt die-menschliche-Spezies zum *basisnaturalen-Menschen*. Derlei bezeigen schon die ersten Ergebnisse. Sie lagen in !dieser=Form gewiß nicht in-Absicht der-Marsianer; hieß es doch in allen Mani-Festen & Track-Taten, Man wolle mit diesen genetischen Eingriffen auf=Erden den-Taten=Kräftigen, den Alles=Schwierige tapfer ertragenden & schließlich überwindenden Typus reinstallieren, u: nicht solche fellachoiden Hausmenschen –:!das war !nicht die Absicht. Doch das-Absichtslose ist oft=genug das-Rettende auch für den, der gerettet werden will: die-Marsianer. Es zeigte sich zugleich, daß auf=Grund solch eingreifender Abwärtsorientierung Man jede=beliebige Menschen=Masse unter-Kontrolle=behalten kann.

Der Fremde setzte 1 Pause. Er wollte mir Zeit=geben, das Gehörte zu fassen. Als er meine Anspannung bemerkte, setzte er hinzu: –Dagegen bestanden in-der-Vergangenheit Die-Kardinalfehler bei den-Macht=Politiken darin, diese 3 Sockel verwandeln zu wollen zum Handels- & Geschäftsfaktor..... Auch hierbei war Man !zu gierig & vor-allem !zu übereilt. Sicherheit Nahrung Unterkunft Einkommen –: das sind die-Urkerne=zur-Friedsamkeit. Gewaltsam enthauste Menschen – der Fremde hob seine Stimme: –!gewaltsam enthauste Menschen wollen 1fach=immerwieder nach=Hause. !Das ist seit-jeher Treib-Satz für die größten Aufstände gewesen, von Spartakus bis zu den »Sonnen-Kriegen« im 21. Jahrhundert, von allen späteren Kriegen zu schweigen. –

Alldiese=Schilderungen stürzten übermir=zusammen mit Demtosen eines Wetterschlags. Meine Stimme zwirndünn wie die 1 eingeschüchterten Kindes: –?Ist Das nun ?über=All so & soll Das immer= ?so-bleiben. –

Der Fremde mußte die stumpfe, abtötende Angst in meiner hilflosen Frage gehört haben. –Leben läßt sich durch Theo=rien nicht versiegeln wie durch Lack 1 Wand, – im=Leben gibt es immer Risse. –

Bemerkte der Fremde durchtrieben. –Und 1 dieser interplanetaren Risse haben Sie vorhin in-Händen gehalten: *Das Speisenbuch*, die hoffentlich Genuß=verschaffende Variante der biomorfologischen Bücher. Es gibt natürlich auch Andere Bücher..... Manche dieser=Bücher sind voll bewußt=banaler Formulierungen – puritanisch frigide Sätze reihen sich treu&brav=zu-den-Regularien=der-Sprache wie Schwemmland zu den Niederungen-der-Gemütlichkeit; Bücher wie Staub auf den weiten Plateaus ausgetrockneter erstickter Planetentrabanten, dem dummfen Schweigen näher als der Beredsamkeit. Solch geistverkarstete Bücher bergen keine Gefahren, außer der des 1schlafens. Dann die weinerlichen Bücher: Jeder Satz versinkt im weichen Morast aus Tränen & Mittelstanz-Gram, Geschichten von verdorben=weichlichen Männern mit Kuhaugen & sich schwangerer fühlend als ihre ewigschwangeren Q=Weiber, der-Schreiberling sühlt sich im selbstbereiteten lauwarmen Schlamm mit seinen Sätzen wie ein Wildschwein-im-Frack – & jedesmal, mit raschen Wendungen, aufersteht er aus dem larmoyanten Modder & auf rübigen Knieen hebt er zitternd seine Ärmchen nach-Oben=zum-Gebet. – Andere Bücher indes haben Sätze wie Waffen od Folterwerkzeuge : Kreissägenzähne= ins=Fleisch, Schreie, Meißelkanten zersplittern Schädelknochen, eine Fräse schlitzt wie 1 Katana den-Leib-der-Sprache mit 1 Hieb der-Länge-nach auf – & !nicht allein den-Leib-der-Sprache –; Worte erschüttern die Eingeweide, wühlen schleudern vibrieren stampfen das-Gekröse zu Brei; Bücher, deren Texte, in-Wellen wiederkehrend, Herzrasen & Atemnot erzeugen: Todesangst; Worte die man !direkt= !fühlen muß: brennend mit Eiseskälte, scharfgeschliffene Schneid-Wörter, gläsern kristallin aushärtend die Gehirne erfrierend; Worte die auszehren, kachektetische Wörter, die den-Leser austrocknen im= Handumdrehn abmagern lassen bis aufs Skelett; dann auch Worte die süchtig=machen, Fieber entflammen die Hirnwindungen zum Glühn bringen wie Strom in alten Heizspiralen; Wörter in winzigen Tropfen hochkonzentrierter Säure die Ganglien zucken lassen als Aufblitz der schmerzhaftesten Erinnerung – so daß der-Leser in wimmernde Spasmen & in Fieberkrämpfe verfällt; od in-!Raserei. – Der Fremde ereiferte sich, skandierend mit der Gabel: –Menschen habe ich gesehn, die sich nach solcher=Lektüre die Kleider vom Leib rissen, Alles was zur Waffe taugte ergriffen & mit Geifer vorm Maul, Blutdurst&tod in haßgrällen Augen, rannten sie *!Amok–!Amok* schreiend durch die Wüsteneien-der-Städte –; od sie stürzten in orgiastische Räusche mit explodierenden Sternen in den Augen. Nicht zu vergessen die Wörter wie 1schlagende Projektile : 1 Schuß eine Ladung Schrotwörter od Explosivgeschosse die beim Aufprall-im-Hirn den Kopf zu Fetzen zersprengen. Worte packen wie Krakenarme die Gegenstände, über die sie sprechen & – *verendern* sie. – Aber dann auch blödsinnig=kindische Worte – vielleicht die zerstörendsten Bücher –, die sich wie dümmliche=Schlagerkehrreime rittmisch wiederkehrend ins=Gehirn reinfräsen, dort festsetzen & sich bis zum Ausdampfen der-Gehirne wiederholen & wiederholen, mit der eigenen Dummheit=in=Resonanz – der-Befallene ist danach kaum mehr als 1 idiotisch lallender Menschentanz=Affe, der nach des Blödsinns Rittmuß den Kopf wakkelt & auf-der-Stelle hüpfend die Arme schlenkert, bis er schließlich vor Erschöpfung unter dämlichem Grinsen sabbernd zusammenbricht. : Alles=Das hab ich gesehn, & Alles im-Bezug allein=auf=Worte. Was einst allenfalls metaforisch im-Gebrauch war od in mühstischen Wunsch=Träumen – durch Zaubersprüche, Beschwörungen, Gebete & andere magische Formeln – geschah nun als Wirklichkeit : !All=Das ist jetzt mit den biomorfologischen Büchern !Leib=haftig geworden; die auf=!direkte=Weise wirksame Sprache: mittels Elektronik Das-Buch=als-!echte=Waffe.....

Ungute Empfindungen schlichen wie beizender Nebel durch meine Sinne, plötzlich hob sich mein Magen u: ich schmeckte kaltes, ranzig verschimmeltes Fett, – das Besteck fiel mir aus den Händen – –

– – *Zwischen meine Lippen zwängt Man gewaltsam ein nach faulem Speichel schmeckendes Mundstück, wehrlos muß ich Das schlucken, und sogleich ergießt sich ein zäher dicker Brei in meinen Rachen, Einemasse die nach Fisch&stahl schmeckt. –Nu schluckschon Mann watt bässres jiebtet sowieso nich for dir! Und wennde dit=hier nich schluxt, denn isset Fuffsehn mit deine Schonsseit: denn kommse unt holn dir app. Unt watte denn ssu schluckn kriext, det sahrick dir lieber nich Jungchen! – So hör ich die Stimme des Krähteng immer=fort weiterfaseln. 1 seiner schwärzlichen Schimpansenpfoten stöpsel mir derweil das ätzende Metallstück=im-Mund=fest, der pumpende Breistrom droht mich zu ersticken. Weitauf gerissen die Augen, im Schummerlicht erkenne ich jetzt das Krähteng, über mich sich beugend, einen rostigen Behälter-mit-Pumpschwengel auf den Rücken geschnallt, & seine andere Schimpansenpfote bedient eifrig den Schwengel. So führt er mir Etwas zu, das Nahrung heißt u: wovon ich nicht weiß was es ist – –*

– – Die Stimme des Fremden drängte sich durch Dennebel hindurch: –Dies=Alles ist kein Geheimwissen; vermutlich nur Ihnen, der sich um !diese-Verhältnisse zuvor niemals bekümmerte, müssen meine Schilderungen neu also erschreckend sein. – Setzte er mit gespieltem Verständnis hinzu. –
–Vor-Jahrzehnten galt dem Projekt der morfologischen Bücher in den militärischen=Forschungsstätten die !Oberste Priorität. Auf dem Mars hatte Man verschiedentlich mit 1. primitiven Exemplaren Manöver durchgeführt. Die Ergebnisse waren !ernüchternd. Selbst diese simplen Buchformen hatten bereits die Grundeigenschaft Allerwaffen übernommen: Indifferenz gegenüber jedem Benuttser. Will sagen: Die morfologisch scharfgemachten Texte setzten Etwas frei, das allem Geschriebenen eigentümlich ist: Mehrdeutigkeit. Die-Worte sind oft klüger als ihr Schreiber. Und !die ließen diese-Bücher=Waffen nicht selten !gegen ihre Hersteller los. – Der Fremde lachte hämisch auf. Das Kunst-Leder seines Anzugs schimmerte silbern, als sei der Stoff mit Unzahl winziger glänzender Perlen besetzt. –Und dabei sollten doch die-biomorfologischen-Bücher nicht all-1 zu Waffenzwecken dienen – das !eigentliche Ziel war ein Ganzanderes : Mittels diskret ausgerichteter morfologischer Wissenschaft's Texte dachte Man ernsthaft daran, die gesamte Biosfäre des Mars – (er setzte seine Worte so deutlich akzentuiert, als würde er diktieren) – *–um-schreibend* zu verändern. –
–Und ?das ging ?schief.
–Das ist bis=heute unklar. Denn dieses Großprojekt, wohl das !Größte der-Menschen jemals, wurde schlichtweg eingestellt. Nicht des Mißerfolgs wegen, sondern weil seine Durchsetzung !zu=Vielzeit beansprucht hätte. Und !Zeit – (der Fremde lehnte sich zurück) – –Zeit = diese folgenreichste Erfindung=der-Menschen, besitzt der-Mensch in stets zu geringem Ausmaß; er hat sich Zeit zu !wenig erfunden. Nun ists – zuspät. Denn *Zeit* kann der-Mensch nirgendwo erobern, keine seiner Kriege brachte ihm *Zeit* als Beute ein. Er kann *Zeit* weder bunkern noch anbauen, kann sie nicht aus Fels & Erde wühlen wie Kohle od Öl. !Fatale Klemme : eine Erfindung entwickelt sich aus=sich-heraus & gegen den-Erfinder. !Das hatte Man mit *Zeit* erfahren müssen, u !das wollte Man mit den-biomorfologischen-Büchern nicht wiederholen. Und nun stirbt dieses Vorhaben vor-sich-hin. Wie !traurig. – Der Fremde schmatzte an einer knuspigen Bratenhaut.

—Und ?deshalb läßt Man das-Vorhaben *Biomorfologische Bücher* Heute ?sausen. —
  —An dessen Stelle sind andere Großprojekte=mit-demselben-Ziel getreten, die, meint Man, mit vertrauten Mitteln durchführbar sind. Eines=davon ist das *Projekt Uranus* – wie Sie in der »Denk-Fabrik« erfahren werden. – Er wandte sich genießerisch dem-Fleisch-Gericht zu.
  Ich hingegen betrachtete nachdenklich das auf dem Tisch liegende *Speisenbuch*. Es schien mir inzwischen seltsam verändert; – der Einband zeigte jetzt im=Innern der fast transparenten Hülle, der Membran, das Geflecht dünner Äderchen statt von weißlicher nun von hellroter Flüssigkeit durchpulst. Auch kam eine gärende Bewegung in das gesamte Buch, als schäumte innerlich eine unsichtbare Masse auf–. (Ich wagte nicht mehr, *Das Speisenbuch* zur-Hand zu nehmen.)
  Noch mit vollen Backen kauend meldete sich der Fremde erneut zu-Wort. —Mamm habe noch waff Amberes bei den Verfuchen mibb dem biomorfologifen Büfern gefehn. Umb dabei habe Mampf mibb – (er kaute rasch seinen Mund leer, denn sonst hätt er spucken müssen beim nächsten Wort:) –!Angst – mit der !Angst hatte Mans bekommen – so wie Sie soeben beim Anblick des *Speisenbuchs*. Nicht allein daß durch Mehrdeutigkeiten der-Texte Resultate befürchtet wurden, die weit vom angepeilten Ziel abwichen od: sogar das-Gegenteil erwirken könnten, sondern !Diesebücher – nuja, ich sagte Es schon: sie hatten begonnen *sich=selbst fortzuschreiben*. Dem 1 Mal gemachten Entwurf mittels morfologischer Maske mit Allenkonsequenzen rücksichtslos kalt=stringent ohne jegliches Mit=Gefühl folgend erstellten sich: automatische Texte, Bücher=für=Bücher, u: nicht mehr für Menschen geschrieben. Ach: Sie ?glauben mir tatsächlich ?nicht. Aber Sie haben den Beweis=dafür vor Augen: *Das Speisenbuch*. Na!los, schlagen Sie nach, ob Sie das-Gericht, das Sie bestellt & von dem Sie einige Bissen gegessen haben, jetzt im=Angebot noch finden werden. —
  Er forderte mich auf wie 1 Dirigent mit seiner Gabel in der Hand zum Zugreifen & Aufblättern.

Und ich tat es, hob, widerstrebend, *Das Speisenbuch* erneut auf : Wieder die lauwarm-weiche Berührung wie mit einer menschlichen Hand; doch die Seite mit der Anpreisung einer lebendig gebratenen Gans – war !verschwunden. (In meinem Mund verbreitete sich ein giftiggrüner Geschmack nach alter Patina.)

Der Fremde grinste befriedigt. —Sie sind&bleiben 1 senti-mentaler Mensch : Und deshalb hat *Das Speisenbuch* auf Ihr Mißfallen re=agiert & dieses Gericht von der Karte genommen – für=solange, wie Sie hier=Gast-sein werden. Neckisch, nichtwahr. Ja: auf Spielzeug-Niewo hat Man diese *automatischen Texte* zusammengeschrumpft & zugelassen; alle darüberhinaus gehenden Aktivitäten aber !beendet. Banalisierungen für die-Massen als Schutzschild vor !echter Veränderung.

—Ich sehe ein: die !größte Faszination & die !höchste Massen-Wirksamkeit hat immer Das-Gemeine..... Aber ?gibt es garkeine der=artigen Bücher mit !aufbauenden, !friedsamen & !freundlichen, den-Menschen !helfenden ?Wirkungen.

Der Fremde ging nicht auf mein An-Sinnen ein. Vielmehr, u weil ich den-Blick gesenkt hielt wie 1 Kind das sich einer törichten Frage schämt, spürte ich seine=forschenden=Blicke auf meinem Gesicht, wie langsam=beharrlich tastende Laserstrahlen – in den Meeres-Szenen hier=im-Restaurant glitt derweil im traumhaft irisierenden Tiefenblau ein großer Fisch von lachsrosa Färbung mit nußbraunen Sprenkeln überschüttet dahin, sein Leib wie der Unterarm eines Mannes, statt der Hand-mit-den-Fingern tasteten unzählige Augen an dünnen Nesselruten die Umgebung ab –, und als ich=scheu wieder aufsah, begegneten mir des Fremden stechende Augen.

Wachsam, hell & kühl wie 1 Präsizionsinstrument auch seine Stimme. —Wenn ich Sie betrachte, jetzt = wo Sie die weiße, alle Gesichtszüge verdeckende Schminkeschicht nicht mehr tragen dürfen, dann begegnet mir Ihr neues Gesicht, das einst das alte war: Schon in-frühen-Jahren prägten sich 1. Spuren innerer=Kämpfe ein; niemand weiß worum Es dabei ging, aber diese Kerben zerschnitten Ihnen die jugendliche Rundheit in Ihrem Gesicht, ließen Sie jahrelos=alt erscheinen. Dagegen stand im=krassen-Widerspruch Ihr infantiles Gebaren, das Sie fest=bannte in Ihrem kindischen Erscheinen als mentales Zwitterwesen aus verbeulter Jungen=Haftigkeit, angeschrammt, unausstehlich. So mußten Angst, Selbsthaß, beständiges Mißtrauen Allem & Jedem gegen:über, aufbrausende Wutanfälle jede aufkeimende Freude ersticken. Sie fühlen sich von-jeher von Allenseiten 1geschränkt, beengt, bedrängt, niedergehalten, hintergangen, als hätte Man Sie zu-Lebzeiten in 1 Sarg gesperrt, & all-1 der Anblick Ihres Gesichts ist für Fremde oftmals ausreichend, Sie abzulehnen & sich abzuwenden von Ihnen – –

– – –!MEIN !!GESICHT ??WAS IST MIT MEINEM=GESICHT
– ?WARUM BIN ICH HIER ?1GESPERRT – !LASST !MICH
!!RAUS –.– *Die feinen Gitterdrähte zirpen & klirren streng unterm heftigen
Stampfen Rütteln Treten. Und wieder, als warteten Sie auf genau=!solche
Ausfälle, schieben sich zwei bleiche Gesichtschemen über-mir=zusammen.*
–Er will patuh keene Vernumpft nich annehm. Er leechtet Druff=an!
*–Jrad reif fürn Wolf, sahrick. Wart nur Frointchen bald kommpste raus un-
denn app mittier unn deine Feuerfresse inz Säurebad! Dort kannzte pah rich-
tich dolle Kumpelz treffm. Die sehn nich nur aus wie du, die sinn ooch alle wie
du: potthäßliche Scheißkärle. Denn wirste watte heute schonn bist: Hunde-
futta.*
*–Komm. Lassnlieng. Wir haun app. Nimm nochn pah von die-Bücha mit:
von die-da-Ohm. Könnwa jut vakloppm. Denn waret nich janz umsonzt
dettwa herjekomm sinn zu diesm schtinkigen Aaschloch – –*
– – –Und in späteren-Jahren bis Heute gingen aus Ihrer Veranlagung
Attitüden hervor, derentwegen ein Fremder, je nach dessen innerer=
Verfassung, Sie entweder schallend auslachen od bemitleiden kann
(Nichts aber dazwischen). – Hörte ich wie aus Dichtennebeln die
Stimme des Fremden zu=mir dringen. –Denn mit Ihrer Altheit u:
Ihrer Kindlichkeit wirken Sie Heute wie 1 alter Varietézauberer, der
zum Zigstenmal im abgeschabten Frack (das 1zig Glänzende an dieser
Erscheinung) mit suffkranken Augen für sein kindisches Getrixe vor 1
flitterigen Vorhangfetzen auf seine schmale Bühne tritt, den Zylinder-
hut in Händen, & von dem weißen Kaninchen, das Sie hervorzu-
zaubern gedenken, schauen bereits die Ohrspitzen über den Hutrand.
Als Zauberer: Stümper, als Mensch: Versager. Sie sind umgeben von
der grausigen Aura 1 Leichnams, der, zu früh aus dem Sarkofag gehoben, noch nicht ganz=hinüber, sondern innerlich noch am-Verwesen
ist. – ?Habe ich Sie durch meine Offenheit ?beleidigt. – Der Fremde
schaute mit unverschämt glühendem Blick über den Tisch hinweg
auf:mich. Aber er ließ mir keinezeit zur Antwort. –Wenn ich Sie erzählen hörte von sich, so habe ich stets den 1druck bekommen, als
schämten Sie sich Ihrer Herkunft von-der-Erde.
–Ich stamme nicht von der Erde. – (Erwiderte ich der Wahrheit
gemäß.) – –Eines Nachts erfuhr ich durch ein Holovisiongespräch mit
meinem toten Vater von meiner Geburt auf dem Mars. !Nein – (rief
ich) – –meiner Herkunft schäme ich mich nicht, sondern der Tatsache,
überhaupt geboren zu sein. !Das ist mir besonders zur=Pein-geworden

seit ich die *neuen Gene* in=mir weiß. Und !Das ist auch der Grund dafür, weshalb Niemand mich beleidigen kann. Man kann mich demütigen, erniedrigen, mißachten, Schmerzen zufügen & verspotten – so wie Sie das eben getan haben & jeder=andere tun kann. Aber mich zu !beleidigen schafft Niemand. Und weil Sie ungebeten sich bei mir 1gestellt & hier&jetzt die-Stunde-der-Wahrheit eröffnet haben, sag ich Ihnen auch den Grund: Die Tatsache meiner=Geburt – das ist mir die !tiefste Beleidigung. Und ich bin Damit vollauf beschäftigt, so daß ich mich nicht auch noch um die An=Griffe von kleinen=menschlichen Ersatzteilen bekümmern kann.

Daraufhin war Nichts mehr zu sagen, also sagten wir Nichts. Nur ein breites Grinsen des Fremden blieb als brennende Spur im zauberfein blau irisierenden Licht; Grinsen, das – in meinen Augen = meinen 1zigen Zeugen – diesen Mann in Waranlederimitat plötzlich 1fältig und dumm erscheinen ließ.

Während meiner zugegeben noch wenigen Jahre unter-Menschen waren mir bislang selten Exemplare begegnet, die in=mir ein solch Hohesmaß an Abneigung, ja !Wut, hervorriefen, wie dieser=Fremde in seinen albernen Waran-Imitatklamotten. Schon wegen !dieses Anblix hätte er den Tod verdient. !Schwer ist die genaue Bestimmung der 1zelheiten zur tier=haften Feindschaft. Seine Versuche, mich herauszufordern, begründeten nicht dieses Feindemp-Finden, sondern bestätigten Es vielmehr. Etliches zur Abneigung mochten die Art seines Erscheinens & immer=plötzlichen Verschwindens ausmachen – *wien Scheißhausgeist als Dejus ecks Klo=acka,* !*scheußlich*. Sodann die Art&weise, nicht !was er sagt sondern !wie : Seine Stimme ist triefend von Impertinenz & kleingeistiger=recht-Haberei. Wie alljenen Menschen, die Immer=Bescheid-wissen & auf=Kosten Anderer sich spreizen, vergönnte ich diesem=da die größten Unglück- & Schmerzen-Fälle, & damit dieser kleine Ausschnitt v. Welt wieder im-Gleich-Gewicht wäre: Unglück & Schmerzen möglichst größer als seine Unverschämtheiten. – Aber ich konnte ihm nicht entkommen, zumindest nicht Jetzt&hier=im-Restaurant auf der Mondbasis. Also blieb ich, ihm gegen:über, am Tisch sitzen, aß 1ige Bissen & sagte kein Wort.

Nach Langerzeit des Schweigens nahm der Fremde wieder seine Stimme. Offenbar war er noch nicht zuende mit dem-Thema. –Vor gar nicht langer Zeit habe ich zum 1. Mal etwas=Persönliches von Ihnen kennengelernt; etwas, das mir – ich gestehs – beinahe 1 Mit=gefühl für Sie erzeugte. Die Szene war vor gut=zehn Jahren: Sie wurden eingeladen ins Haus zu den Eltern Der=Einen, Sie wissen !wen ich meine. Denn seit früher Kindheit kannten Sie u dieses Mädchen ein=ander; daß sie=sich mochten blieb Niemandem verborgen. Also sollte nun, gemäß der-damaligen-Sitte=auf-Erden, Ihrer beider Verlobung im-Rahmen einer Familienfeier verkündet werden. –

Der Fremde hatte meinen !empfindlichsten Nerv getroffen. Vermutlich bemerkte er, daß meine Augen sich füllten. Ich konnte nicht sprechen, konnte sein Weiterreden nicht unterbrechen. Hilflos bemühte ich den Augenschleier zu durchdringen.

–Sie wissen, denn das blieb Ihnen natürlich nicht verborgen, daß die Mutter Ihrer Verlobten (die Heut *Die=Eine* od *Deesvaunka* heißt) dieser Verbindung mit Ihnen nicht gewogen war, 1fach weil diese Frau Instinkt besaß u daher Ihre grausige Aura wahrnehmen mußte. Diese Frau wußte aber auch, daß sie gegen ihren Mann, der Ihre Verbindung überaus freudig begrüßte, sich mit ihren Einwänden niemals würde durchsetzen können. Also spielte sie gegen:ihr=Wissen=als-Frau dieses Spiel mit; sobald Sie in Ihre Nähe kamen, verströmte diese Frau 1 falsche Wärme, ließ etliche Male mit absichtsvoll zu lauter Stimme Lob über Sie hören der-Art: *Was ist das doch für 1 fräundlicher & nätter Jungermann, & so bescheiiiden & hööflich.* – Doch am Abend Ihrer offiziellen Verlobung, nachdem Ihnen diese Frau wiederum mit ihrer professionellen Höflichkeitsfassade begegnete, haben Sie, nachdem Sie von dieser Frau nach der Begrüßung sich ab- & anderen Gästen zugewandt hatten, plötzlich & unvermittelt noch 1 Mal zu ihr sich umgedreht – :Und Sie empfingen 1 kalten, metallischen Blick..... voll tödlicher Verachtung.

–?!?Woher Zumteufel ??wissen Sie !das. – (Heiße !Wut – peinliche Entblößung.)

Der Fremde blieb unbeeindruckt. Ruhig sprach er weiter: –Sie ?erinnern sich an den Abend, als Sie zur Wohnung Der=Einen kamen, u: aus der Aufzugskabine nicht sie, sondern ich Ihnen entgegentrat. Derselbe Abend, an dem wir gemeinsam in die Altestadt gingen.

Ich, kalt: –Ja. Und Sie Dort plötzlich verschwunden waren, wie Sie immer *plötzlich-verschwinden*. Darüber müssen wir auch mal reden. Ich warte Dieganzezeit schon drauf, ?wann Sie jetzt endlich –. Doch erstmal weiter: ?!Was war an diesem Abend.

Der Fremde, ruhig: –Ich war vor unsrer Begegnung in ihrer Wohnung; sie war nicht dort, hielt sich wahrscheinlich versteckt vor den-Horden Fliegender Engelkinder; ihre Wohnung war leer. Und auf dem Tisch lag *Das=Geschenk*, das Sie ihr gegeben hatten Kurzezeit= davor. Nun, Sie wissen doch am=Besten, !welche Szenen aus Ihrer Vergangenheit Sie ins Speichermodul eingegeben haben.
   –Und – ?was haben Sie dort noch !gestohlen – :Augen-Diebstahl kennt als Delikt nur der-diskrete-Mensch, zu denen Sie !nicht gehören. – (Nur schwer unterdrückte ich Meinenzorn = Dielust, ihm sein impertinentes Maul einzuschlagen.) – –Und Das zu Ihrem Glück. – Versetzte der Fremde. –Aber Das kriegen Sie später. – Fügte er seiner Frechheit noch den an=maßenden Lehrerton hinzu.
   –Weil Sie mich fragen: Ich habe tatsächlich noch Vieles gesehn an Szenen in Ihrem *Geschenk*. Eine-dieser=Szenen möchte ich in Ihre Erinnerung zurückholen, weil sie, wie ich denke, in 1 Punkt für Sie auch von künftiger Bedeutung ist. Also: Ich habe Bilder aus Ihrer= frühen-Kindheit entdeckt, habe Ihre Angst vor körperlichen Schmerzen ebenso gesehen wie das-Erröten bei kleinsten Begebenheiten so, als schämten Sie sich im-Voraus für alle Situationen der Peinlichkeit, die das-Leben bereithalten kann. Ihre Suche nach möglichst bequemem Durchkommen, um an allen schwierigen Situationen sich vorbeimogeln zu können. Ihre Feigheit & Ihre Angst vor Konflikten bescherten Ihnen alle=möglichen Formen des Unbehagens u des Schmerzes, vermutlich mehr als das-tapfere=Austragen eines Konflikts erfordert hätte. So ist das bei allen Herzen's Feiglingen. Sie waren Damals 10 Jahre, noch 1 2 Schritte von der-Pubertät entfernt, aber Sie fühlten bereits dieses unbenennbare Gefühl des Hingezogen-Seins u des Wunsch=Verlangens nach Mädchen, diesen Insekten-Puppen für=Alles was später *Frau* werden soll. Zu älteren Mädchen fühlten Sie sich Damals hingezogen, besonders zu Frauen die ein mädchengleiches Äußeres & noch jugendhaftes Gebaren zeigten. 1 junge Sportlehrerin hatte Es ihnen angetan; Sie erröteten sobald Sie dieser Frau= Lehrerin begegneten (versteckten sich auf dem Schulgelände um sie desto öfter heimlich zu *sehen* – mit jenem Gemisch aus Furcht u Faszination). Der-Teufel-der-Perversion aber ließ Sie im=Sportunterricht meist vor dieser Frau versagen, die 1fachsten Übungen mißlangen, & nach jedem Scheitern blickten Sie zu dieser Frau mit Augen, derentwegen man Sie nur !verachten konnte. Diese von Ihnen heimlichver-

ehrte Frau=Lehrerin mochte Sie nicht leiden; entweder wurden Sie von ihr ignoriert od über-die-Maßen mit=Strenge getadelt. Doch konnte Dies Ihrer Jungensverehrung für diese Frau nichts anhaben, eher im=Gegenteil. Dann erkrankte diese Frau, für ziemlich Langezeit fiel der Sportunterricht aus, ein Ersatzlehrer übernahm schließlich die-Stunden. (?Muß ich erwähnen, daß Ihre Leistungen-im-Sport sich daraufhin sprunghaft !besserten.) Als die Schulferien heranwaren, fuhren Sie mit Ihrem Vater in eine andere Stadt, & im=Zug auf der Sitzbank-gegenüber saß: die !Lehrerin. All-1, blaß, aber ihre Stimme hatte noch=immer diesen kräftigen Klang, ihre Augen blickten aus dem bleichen Gesicht wie eh&je mit Festigkeit. Sie erröteten natürlich=sofort, Ihre Augen bekamen wieder dies hündische Betteln um Vergebung dafür daß Sie auf=der=Welt sind & dennoch um Aufmerksamkeit für Ihr=da-Sein heischen. !Diesem=Blick, der Ihnen zuvor von dieser Frau stets nur schroffe Ablehnung 1gebracht hatte, begegnete jetzt, beim unverhofften Treffen=im-Zug, von Seiten dieser Frau eine freundliche Erwiderung. Und Sie unterhielt sich mit Ihrem Vater (Sie befürchteten gewiß, sie werde ihm von Ihren miserablen Leistungen in=der-Schule berichten; aber nichts dergleichen: Schulisches ward mit Keinemwort erwähnt); dann sprach sie auch zu Ihnen wie zu einem Erwachsenen. Sie wußten kaum zu antworten, Ihre Wangen flammten im grellen Rot. Auch in all ihren Peinlichkeiten sind Menschen=Gefangene wie Zugvögel=Imnetz ihrer Gewohnheiten. Zweistunden=lang währten Pein u: schmerzlicher=Hochgenuß für Sie. Ich glaube, die Bilder zeigten, daß Sie während der in regel=mäßigen Schienen-Stößen zerstückten Fahrt, gefangen vom An-Blick u dem sanften Parfümgeruch dieser Frau, 1 Erek

–!Aufhörn. !!Sofort. – Empörung & Pein ließen mich wutheiß erröten. Der Fremde aber winkte ab. –Ich sage nur, was die Bilder auf *Ihrem=Geschenk* mir zeigten; Bilder, die Sie doch selbst auswählten.

–Aber !nicht für !Sie.

Der Fremde überhörte meinen Protest, redete unbeirrt weiter: –Zweistunden also währte für Sie=das-$\frac{1}{2}$kind die Janus-Erfahrung um die Faszination an einer fremden, um Einigejahre älteren Frau. Sie hätten Damals nicht zu sagen gewußt, ?was eigentlich Sie von dieser Frau *wollten* – und !dieses Nichtwissen ist das-Einzigewissen, das Mann weiß: *Nichts über eine Frau sagen zu können.* – Dann machten Ihr Vater & Sie zum-Aussteigen aus dem Zug sich bereit, die Lehrerin fuhr weiter. Nach dem-Verabschieden richtete diese Frau an Sie noch ein Mal ihre Stimme, die nun ein traurig=freundlicher Ton färbte: −Wenn ich dir jemals Unrecht getan habe, dann habe ich das nicht gewollt. −

− Draußen, auf dem Bahnsteig stehend, schaue ich dem weiterfahrenden Zug hinterher; die Lokomotive mit klagenden Pfiffen −. (Lokomotiven die pfiffen gab es damals schon=längst keine mehr; bisweilen sollten dieser=Art Toneinspielungen auf den-Haltestationen Spaßhalber gemütsame Erinnerungen an einstiges Reisen bewirken). Wie später bekannt wurde, fuhr diese Frau in eine Klinik zur Behandlung ihres Brustkrebses. Sie kam nie wieder zurück an die Schule; ich habe diese Frau niemals wiedergesehen. Wochen nach ihrer 1lieferung verstarb sie in der Klinik am fremden Ort. Niemals wiedergesehn − bis auf Tag&stunde, als ich auf der Esplanade vor 2 Jahren zum 1. Mal jener Abgeordneten in der E.S.R.A.-I-Delegation ansichtig wurde : Io 2034 − das getreue !Ebenbild zu dieser Lehrerin. − Insbesondere die Erinnerung an !Die=Eine überstrahlte alles Gegenwärtige u hielt mich tief Inderzeit=fest; Das=Geschenk, aus dem wir, Die=Eine u ich, noch gemeinsam einige Szenen betrachtet hatten in der Nacht unseres Abschieds − sie hatte es also in *ihrer* Wohnung zurücklassen wollen − :*ihre*=Zeit, !nach mir. − Und aus der Vergangenheit von mehr als Zehnjahren stachen in=mich jetzt noch 1 Mal aus den Augen einer Frau die stahlkalten Blicke WAHRHEIT.. (*?Was ist denn mit=?mir; ich habe doch ebenfalls Die neuen Gene in=mir : ?Habe ich mich tatsächlich gemäß dieser Hinabentwicklung ?verändert; bin ?ich zum ?Hausmensch-Mann geworden, zum ?Fellachen in Europas Mitte. − ?Wer ?bin ?ich. − : − ?Was mag inzwischen !wirklich geschehen sein auf=Erden − u ?was ist aus Der=Einen ?geworden : Unendlich Dieangst, ihr irgendmal in-meiner=Dienststelle..... begegnen zu müssen −*) −

Dem Fremden mußte meine innere Unruh aufgefallen sein. −Sie haben recht, − bemerkte er, meine Verfassung wohl absichtlich mißdeutend, −es ist !spät geworden. − (Er schaute sich um in der geräumigen Halle.) − −Seit-Längerem sind wir bereist die letzten Gäste. − −

− − *ZEIT. ZEIT-GEFÜHL ?WO BIN ICH HIER − ?WIE LANGE SCHON BIN ICH HIER − Keinezeit − Keingefühl − ?Wo soll ich mein=Zeitmaß ?ansetzen − ?womit beginnen. SCHREIE DIE DAUER MEINER SCHREIE als 1zige Marken für ZEIT − −*

− − −Lassen Sie uns die-Rechnung begleichen & gehen. (Hörte ich die Stimme des Fremden mit eigenartigem Hall.)

—Aber !Vorsicht –, warf er rasch ein, –wenn wir das Rechnungspaneel quittiert haben, werden Sie – für 1 Moment – ein komisches Gefühl empfinden. !Passen Sie auf.

Der Fremde beglich den-Betrag, und: Wie von unsichtbaren Händen gepackt & die äußere Hülle meines Körpers kurz hochgehoben – Zerren Reißen, hauthülliges Entschlüpfen Ohneschmerz, – & sofort wieder in ihre alten Formen zurückgestoßen –; das blaue irisierende Licht um unseren Tisch war erloschen. –Man hat das imaginative Feld an diesem Tisch abgeschaltet. – Erklärte der Fremde, schon am Ausgang stehend. Auch die übrigen Illuminationen in dem großhöhligen Hangar – die Unterwasser-Szenen, die Drapierungen der Stützsäulen – plötzlich verschwunden, u statt Dessen erschien die gesamte Wandung der Riesenhöhle als ein aufgeweichtes Schattenreich. Übrig blieb eine stumpfe sich verzweigende uninteressante Grotte in der Färbung von erkaltetem Teer.
    –?Wie heißt eigentlich dieses – ?Restaurant. – Meine Stimme, von der soeben verspürten Erschütterung noch zitterig u noch nicht ganz in mich zurückgekehrt, suchte nach innerem=Halt (im-Grund war es mir egal, wie der Schuppen hieß). Der Fremde wies mit der Hand auf einen ultraviolett strahlenden Schriftzug über dem Eingang:
Als Geist gekommen, als Geist gegangen
Heimlich holte ich die Serviette aus der Tasche, darin ich vorhin ein Bratenstückchen eingewickelt hatte, – sein Anblick jetzt wäre der Gegenbeweis für die Behauptung des Fremden von der imaginativen Trennung. Aber schon beim Anfassen der Serviette rieselte aus den Stoffalten gräulichbrauner geruchloser Staub heraus, Millionenjahre alte mürbe Gesteinbrocken zerbröselten –. Dem Fremden, dessen Beobachtungen auch dies nicht entgangen war, triumfierend: –Und warum Sie Nichts sehen, das haben Sie gesehen. – *Ich hab also !wirklich einen Traum=vom-Essen gegessen. Nur die Sättigung ist real.* – 3 schrille Akkorde stachen hellklirrend ins Gehirn, während die unansehnlichen Staubkörnchen über meine Handfläche rannen – dann wurden sie vom Zugwind aus dem Unterdruck davongefegt – –
    Denn wir saßen bereits in einer der ruhig dahinziehenden Befördergondeln – mir schien, sie fuhren jetzt schneller als auf der Hinfahrt – schneller & schneller diese Fahrt durch den Tunnelstollen – wir fraßen die weite=gerade Entfernung, saugten die Langedistance aus diesem

Tunnel in=uns hinein –, auch mußte ich sehen, daß der Fremde wieder einmal verschwunden war so, wie er Allemale-zuvor stets *plötzlichverschwunden* war – & die Fahrt, jetzt meine=Fahrt-all-1, beschleunigte weiter – pfiff rasend die Tunnelröhre entlang, an den beidseitigen Abzweigungen vorüber, deren Eingänge aus der Wandung als ovale Schatten sprangen u wie Fledermausflügel auf diese Rasendefahrt dreinschlugen – Das war längst kein Fahrtwind mehr der mir entgegenprallte: – Aus Fernen raste ein Betonblock lauwarmer stickiger Luft mit harten Bön auf=mich-u-diese-Kapsel zu – ein Geschoß aus !Sturm – unter der Oberfläche des Mondes war !Sturm ausgebrochen – stickheißer Sturm wehend aus fernsten Fernen – ein Lichtball auf= mich zuschnellend – : explodierend im=Aufprall, grellweißes Funkengestöber, in die Augen sprühten mit heißmetallischem Geruch weiße Lichtkörnchen, zerstoben lautlos – ..... – Die Kapsel, in der ich auf einsamer Fahrt die Tunnelröhre entlangraste, streckte sich – änderte ihre Form – ward zur Liegekapsel im Personenfrachtraum einer Weltallrakete – die Rakete zum !Mars – das sanfte unaufhörliche Vibrieren der-Antriebaggregate, die Wandungen durchzitternd & immer=anwesend wie die gewärmte künstliche Atmosfäre & erzeugte Schwerkraft. – Und dann – dann die Langenperioden hibernalen Schlafens – die Vielenstunden reinen Dunkels, von keinem Geträum zerflackert – die Nächte All=weiter Abwesenheit –, und in regelmäßigen Folgen die Aufwach-Fasen: Muskeln, Sehnen, den gesamten Körper zurückversetzend in seine mechanischen Funktionen, während der-Geist mit einer Hand stets Demschlaf noch die Treue hielt. – Dann aber auch jene Stunden, in denen ich an=Deck-der-Staatbeamten mich bewegen konnte (alle übrigen Decks=an-Bord waren uns verschlossen, wie unser=Deck all den-Übrigen). Umhergehend in künstlicher Schwerkraft mit anfänglich flauen Schritten, langsam, vorsichtig auftretend, Anderen $\frac{1}{2}$wachen begegnend wie Träumer Träumenden im=Traum, kaum jemals wurden Worte gewexelt; es war Hier nicht nötig zu sprechen, also sprach Niemand.

Während dieser Wach-Fasen führte jedes Mal mein Weg innerhalb des Raumfahrzeugs zum Aussichtdeck, das ebenfalls all-1 den-Staat's Beamten-von-Cydonia-I vorbehalten blieb. Hier, in diesem wie ein Schildkrötenpanzer gekrümmten Kuppelraum aus transparentem Silikongemisch, stark mit Bleiglasanteilen durchsetzt, das die tödlichen Energiestrahlen aus Demall absorbierte (bei zustarker Sonnenlichtein-

strahlung dunkelte sich zudem !sofort der Silikonpanzer von-selbst schützend ein), !Hier von diesem Aussichtdeck ward mir zum Ersten Mal der Blick=direkt in Denweltraum geboten. –
– Niemals zuvor !solch Eindruck von Allnächtiger !Starre. Von Ewigkeiten Still=Stand zu Ewigkeiten. Als sei Ein unermeßlich großer grauschwarzer Metallblock in ein finsteres Allmeer getaucht, u Myriaden heller Sauerstoffbläschen klammerten sich für=Allezeiten an dieses Nachtmetall, an Diesenblock bräunlichgrau durchsträhnter rostfarbener Finsternis. !Keinen Deut Vorankommen, Nichts was Bewegung anzeigte. Starrheit, unendliches Hier&jetzt. Ohne Tiefe ohne Höhe flach in die nächtigste Allernächte hin1geschlagen. So schien dieses kleine Raumgefährt=selbst festzustecken in dieser Zähennacht aus Eisen, u: flogen doch mit durchschnittlich !Elftausendmetern-pro-Sekunde auf einen Planeten zu, der unsichtbar blieb, der verschmolzen sein mußte mit dieser lichtharten Perlhöhlung, dieser Allnachtmaske aus wirklicher Stille. –

Auf dieses Aussichtdeck kamen bisweilen Menschen, die, wie ich, Staatbeamte für die Marsstadt Cydonia I waren. Ursprünglich wollte gewiß jeder nur für 1ige Momente *den-Blick=ins-All* genießen; danach wieder in seine Kabine zurück, seinen persönlichen Dingen sich zuwenden. Sie setzten sich, gleich mir, in eine der bequemen Sesselschalen auf dem Aussichtdeck, – und sie blieben, wie ich blieb. Blieben Hier sitzen, Stunden-über-Stunden (so erschien mir das, doch wielange sie wirklich blieben konnte ich=der-Zeitfühllose nicht ermessen) still, beweglos wie Puppen, scheinbar ohne die-Anderen jemals wahrzunehmen, ohne 1 Wort zu sprechen & ohne Schlaf, starrten hinaus in die großartige Eintönigkeit Desalls – : Sie, u ich, wir sind im-Angesicht Desweltenraums der *Seh-Sucht* verfallen.

Von-Außen-her betrachtet boten wir gewiß den Anblick von Menschen, die, wie bei Raumflügen dieser Art gefürchtet, im präkatatonen Stupor verharrten. Mußten, wie Debile, aus diesem Raum vom-Personal abgeholt, ernährt, umsorgt werden. Solcher Zustand war im=allgemeinen reversibel (nur wenige mußten als *geistig=verloren* gelten); wir anderen kehrten wie Träumer aus Ihremschlaf, langsam u versonnen ins Wach-Sein zurück.

Mir erschien diese Seh=Sucht wie eine Droge; mehrmals setzte ich mich ihrem Einfluß aus, kam hierher in die Aussichtkabine, nahm in einer der Sesselschalen Platz, an der Seite von Irgendwem der mit leeren weißen Blicken u zur Freundlichkeit erfrorner Miene, gleich mir, hinausstarrte ins=All –.– Aber weil wir nur äußerlich leblos erschienen, wußte ich, daß es denen, die Hier=sind, innerlich genau wie mir ergehen mußte: Wir waren zu jeder-Sekunde !hellwach. Hatten im Geist *Türen* gefunden, von denen wir zuvor Nichts gewußt, geschweige denn sie jemals geöffnet hatten. Und Hier&jetzt öffneten wir *Diese Türen*, und mit dem unbezwinglich starren Lichtfall von-Draußen strömten seltsame Gedankengänge in=uns ein. So wie in=Diesenstunden der Seh-Sucht ohne 1 Wort ohne 1 Blick haben Menschen gewiß noch niemals ein=ander begriffen.

Ihr Brüder-in-Verlassenheit, die ihr noch auf dem Unterschied bestehen wollt zwischen dem Mut=spendenden Regen Beifall u: dem scharfkantigen Massen=Schrei – Palmwedel & Peitschen, dann 1 Kreuz zum=Schluß. So wird Es immersein. Ich weiß im Tun an der Maschinerie eines ominösen Staates, aus Schweigen u vergeblichen immer=zukurz greifenden Ironie eurer Ecksistenz, sucht ihr 1 warmen Schauder Konfusion zu empfangen wie Frühjahrregen der auf-Erden niederfiel & eingesogen ward von sonnezerbrochnen Schollen: Ihr kennt den Anblick, wenn unter euren Händen Alles zur grinsenden Maske des zähnelosen Anspiels sich verkehrt, in euren Kreisen keine echte Freude, nur hämische Triumfe sobald jemand aus dem anderen Klüngel besiegt aus dem Konferenzsaal schleichen muß. Nicht mal das Gegenteil von Glück, von Elend, von Zusammen=Bruch existiert in=euren-Kreisen – nur die mit dünn & straff geschminkten Lippen hergezeigte Grinsemaske 1verständnis mit der Unterwerfung=dem-Sach=Zwang, u was einst für=Andere Ruhm gewesen, mit roten Wangen u Augenglanz gefeierte Siege, ungeteilte Triumfe – :Zu=Ende & Aus: verwaxenes Nichtsein von unbegrabenen Toten..... Die sind ansteckend wie Pestflöhe, deshalb ist zu meiden solcherart »Gesellschaft« der Jacketts voller Schweiß & blankgewetzter Hosenböden, der Magenverstimmten mit kotigem Mundgeruch. Ein Miasma aus Hinterfotzigkeit & Funktionär-Schlauheit legt sich als kleberiger Film über jeden, der in solcher Luft atmen soll. Für euch, Brüder-in-Verlassenheit, die ihr schon Erfahrung habt vom Ende aller Ehrungen, aller Siege, goldner Ährenkränze & Lorbeer, kein Lockmittel mehr – verwelkt saht ihr das und ausgedörrt. Und schon will Vertrauen das Brotmesser heißen auf dem Tisch für-die-Ganzefamilie, das aus tiefen Vergangenheiten heraufgeholte schlammige Hodenglück – –

– – BLAUES SCHIMMERN im Aussichtdeck um die sitzenden Gestalten, als seien sie mit 1 dünnen Lumineszenzschicht überzogen – das schlierige Leuchten rührte her von morfischen Feldern, die den Raketenkörper umhüllend durch die-Allnacht leiteten. – –
Du kannst nicht verlieren (sagte ich mir einst, als ich in jener Nacht der Verwirrung & des Tötens in der Altenstadt auf=Erden von 1 Sterbenden, die behauptete meine=Mutter zu sein, Auftrag & Posten erteilt bekam) – du kannst nicht verlieren, aber du kannst auch nicht gewinnen im 1erlei inmitten aller Undurchschaubarkeiten eines Staat's Ge-Triebes, in=Schwung=gehalten 1zig vom ewigen-Muß; ob Sieg od Niederlage ob Stahl Säbel Gänsekiel od Laserwaffe – junge Menschen mit schon greisklammen Fingern & Herzen ohne Blut, kernige Wortlegionen marschieren auf hinter gepanzerten Türen, mit den-Nackten & den-Elenden für die-Lager ziehen krankrüchige Drohungen herauf, hängen in-Derluft wie scharfer Faulgestank der Verzweiflung & des baldigen Todes von Tausenden, die wir in=die-Bergwerke verdammen auf=Befehl von Unsichtbaren-der-Macht die Ihr=Tun mit verräterisch=zärtlichen Wortschöpfungen umkränzen – Biotope-für-Zuversicht Hochsicherheit-Trakte-für-Freundlichkeit Auf-Zuchtstätten des Urvertrauens. Und wenn Aus-Fälle geschehn Verzweiflung's Attentate – !sofort ist 1 Priester zur=Stelle, aus routinierter Maul-Gymnastik die Sonnenworte, 1 Arzt mit Heil's Kunde für seine Kunden, Infusionen Wohlverhalten aus den Händen beamteter Gotthelfer & Bettbereiter für die Matratzengruft im sozialen Siechenhaus......Ich kenne euch, Brüder-in-Verlassenheit, die ihr nicht sterben könnt; sehe euch wie ich mich sehe : aus dem Spiegel heraus mich erblickend an dem Ort der sicher & wirklich scheint, u: der zur flachen silbrigen Lüge sich kehrt sobald das Licht verlöscht.

Aus schwarzen Spiegeln blicken Tausende Augen, die niemand sieht – Aller Götter Götzen Idole sind Erd=Göttergötzenidole, – entbunden von der Tyrannei=Schwerkraft & der-Werte, dem langsamen sanften Erlöschen an=Heim-gegeben, haben wir mit neuen Genen neue Werte empfangen. Der-Eine-Wert, der gewesene, aber ist gleich dem-Neuen-Wert, denn Beide beziehen sich auf menschliches=Leben. Dagegen für den-Blick=aus-Demall sind alle Werte gleich=wert, Werte also sind wertlos. Keine Dunkelheit des Nachts, keine Sonnenhelle am Tag – 1 Zwischen-Sein im Nebel der Konformitäten, Teils | Teils : Ich will sehen können den Unterschied von Kindsein u: Liebenkönnen=als-Mann, will zu trennen verstehen das Gesagte vom Sagen, das Vergeßne vom Vergessen, Verlorenes vom Verlieren; will das scharfe Licht meiner

Verhöre einschalten & brennen delinquente Wissagen nach=!meinem-Maß & mit !eigener Hand in die Irgendnacht verstoßen, während seltsame Töne aus Derstadt mir die-Musik ersetzen – ?ist da schon 1 gelangweilter Frauenblick vom Ende des Bartresens in der Lage, einen ?Schrei auszulösen, einen ?Schneehusten vom Dach, Staub des Winters in der Mondbleiche frostiger Augen, während in meinem Mund verschwimmend noch der Sirupgeschmack tropischer Getränke mir die zuckerigfruchtige Illusion von Nähe bereitet : ?Kannst Du, Die=Eine, mich erkennen im betauten Spiegel deiner frühen Stunden od bin ich ?später erst 1 Pfahl im Tagfleisch, ich=der-Stolperstein im Zeit-Gang unseres gemeinsamen Winters – die Kruste Rauhreif über deinem Gesicht, die Weiße Maske (die zu tragen uns verboten ward), im verstruppten Haar glitzernd Eiskristalle, der Atem 1 gespenstisches Rascheln –

Gestalten, in puppenhafter Starre, verteilt in der kleinen Raketenkapsel hockend, bläulich schimmernde Köpfe vor den gesternten Unermeßlichkeiten strahlender All=Nacht, – (u Darin=enthalten auch unser oft ungekannter unbefreiter Hang, der Mensch=Natur bestimmt) – ?Lag Flüstern hier=unter der klarsichtigen Kabinenwölbung – ?Hauchen von körperlosen Stimmen, ursprunglos erscheinend – *Etwas* war anwesend Hier außer uns : – transparente Wörter, changierend wie durchsichtige Meerwesen, Wörter wie Sommerluft flirrend in großer Sonnenhitze, im=Blau ihrer Stille verschwebend –. Ich griff nach ihnen, sie erinnerten mich an die Materie=Stellen=auf-Erden, wo aus elektromagnetisch verdichteter Luft Gegenstände herausformbar wurden; Hier jedoch geschah Nichts dergleichen. Ich griff vergebens nach den flirrenden Wörterschlieren, – meine Hand ging durch sie hindurch, weniger Widerstand fühlend als hätte ich in-Nebel gefaßt. !So 1fach war es um diese-Wörter nicht bestellt. ?Woher kamen sie. Nicht herrührend von den Gestalten die jetzt=hier waren, steif dasitzend in ihrem Stupor. Diese schwebenden Wörter kamen gewiß aus morfologischen Büchern (von denen der obskure Fremde mir erzählte), die sich ins limbische System 1nisten – auch mittels Steroidhormonen (Corticoiden) die Abrufbarkeit des-Gedächtnisses zu beeinflussen suchen, die-Speicherinhalte der-Synapsen umzucodieren & die eidetischen Fähigkeiten des-menschlichen-Gehirns mit veränderten Inhalten neu zu aktivieren (gewisse=interessante Mutationen in der-Amygdala); – diese Wörter-Figurationen also mußten älter=vielälter sein als wir und alle die jemals Hier gewesen & der Seh-Sucht=ins-All verfallen waren. –

Ich will träumen Dentraum des Unmöglichen, des leeren Wunsches, den Keineliebe ängstigen u Keineangst je lieben kann – Dasleben=körperlos, in einem warmen Bottich schwimmend mein Gehirn. Wir aber wurden aufgestöbert von den *Kom-Missionären der-Tat=Kraft, Esra, An-Führer & eifer=süchtiger Priester in einer überheblichen=selbgerechten Eingott-Religion, legte sein=Maß an für Über-Leben von Millionen.* – ?Lebe ?ich ?noch. – –

– – Kalter Schrecken reißt mir das Eis von den Augen. – ?Wer ?bin ?ich – ?Wo : In einem Kellergang abgestellt, nackt, verbrannt & aufbewahrt für unbekannten Zweck, !das–!bin–!ich, im drahtvergitterten Sarg festgehalten zwischen Bücherregalen & dicken Leitungröhren unter frostglitzernder Betondecke – ?Wievielemeter unter der Oberfläche des Mars gefangen im Trakt-der-Verzweiflung. !*Hier gehörst du hin. Hier hast du noch das-Beste das dir jemals widerfahren wird.* – ?Hörst du: !Flüstern – ?Wessen Stimme – ?Woher – ?Meine ?eigene=Stimme –, die ?letzte die noch zu=mir ?sprechen will, die mich fliehenlassen will mit der einzigen Waffe die ich habe: mit Worten. –Liechdochma schtille in deinn Sarch Jungchen! Allet vaschütt jejang wieda. Watt zappelste ooch so schpritzdumm. Kommpstja dochnich eher hier raus als bis Die det wolln. – Das *Krähteng* schurrt den Blechkübel mit dem eisernen Kotgestank unter meiner Lagerstatt hervor & wurmt träge den Langenflur entlang –.– Huschende Gestalten wie Motten im Zwielichtdüster des Bunkergangs – greifen nach Büchern auf den Lochmetallregalen – und lautlos verschwinden die Schatten mit ihrem Raub. – –

– – *Ich werd neue Post bekommen von neuen Absendern, ein neues Da-sein unter 1 Namen, den ich in seiner Buchstabenfolge nicht mehr kennen werde, B-O-S-X-R-K-B-N.* – *Ich brauche Schneeflocken auf meinen Augen, wenn sie tauen werde ich täuschend=echte Tränen haben. Tränen meiner Augen hab ich keine mehr. Ich brauche Winter, eisharte Luft die flüstert zu=mir wenn ich durch Dieseluft hindurchgehe wie durch einen Tunnel im stehngebliebnen Frosttag im schönen grauen Licht. Habe in Eisblöcken der-Zeit, festgebannt für=Ewigkeiten, gesehn: Menschen, auf Pfähle gespießt. Kinder kommen auf mich zu mit ausgestreckten Armen & mit zwitschernden Stimmchen, die kleinen Hände darbietend zum Gruß u: zwischen den Fingern Rasierklingen. Menschen, die Köpfe abgeschlagen & vertauscht: Köpfe von Hunden auf Menschenrümpfe, Frauenköpfe auf Männerkörpern, Affenköpfe auf Kinderrümpfen; Chimären-in-Blut – auch Henker haben Humor. Männer Kinder Frauen – Augen hohlstarrend, vorm Tod das letzte Bild 1gebrannt. Nach ihrem Tod noch geschändet, Männer Kinder Frauen, die Leiber aufgeklafft Nurgeschlecht Nur-*

fleisch. Die !Fliegen. Summen aus umpelzten Kadavern. Aber das, ihr Brüder-in-Verlassenheit, ist egal für Menschen wie uns = gehäutete Seelen wie ich in unserem Winter, frostgrau die Augen. – Manchmal ists gut die Gräber zu öffnen, in Keller hinabzublicken. Wahrheit ist wenn die Hackmesser in der Wohnstube erscheinen. Und manchmal ists gut, Gräber nicht zu öffnen, in keinen Keller jemals wieder zu blicken. Sprache aus Schnee, Wintersinn. Wenn Blut das-Räderwerk unseres Wollens, unsrer anderen Triebe unsichtbar erwirkt, ist jeder zu=1=Mensch gefrorn. Engel&bestie. ?Wer am=Anfang ?weiß vom Ende. ?Wer vom Fluch, wenn Alles mit Segen beginnt. Und oft sind Anfang u: Ende = 1&dasselbe. – Eine neue Gene-Ration ist geboren unterm Zeichen des Waran, mit Eis in den Augen. Aber unter dem Eis ist !Leben. Wir sind nicht gefühllos, nicht vom stumpfen Frostgrau der Apathie befallen; wir teilen unser Liebe-Vermögen & zahlen es auf verschiedene Konten in unterschiedlichen Währungen ein. So entscheiden !wir, Brüder-in-Verlassenheit, auf !wen es ankommt, !wer unsere Liebe verdient. !Zu=Ende mit aller Menschheit-Stimmung, !nicht Jedermensch ist gleich wertvoll u Leben-an-sich ist !wertlos. Liebe – aus !wieviel Angst gepreßt : Liebe als Beschwichtigung aller miesen Scheißkerle. Wir wollen Liebe jenseits Derangst..... – die Liebe !nach den-Menschen. Ob 1 Minute od 4 Milliardenjahre. Diewelt in schwarzen Spiegeln fangen, die-Farben die trügerischen auslöschen & ausreißen die spitzen grällen Zähne des-Lachens..... das Dieschäm zerkratzt. Zwei schwarze Spiegel meine Augen, die Blicke Schatten. Weltallflug ist wie Häutung, was bleibt sind Hautschuppen der alten Umhüllung. Ich, mein eigener Mechaniker, habe das-Menschsein von mir abgeschraubt; ich, die Schlange, habe die alte Haut barm' Herzigkeit abgestreift & die-Eine-Seele verlassen; – ich lebe sektoriell, im Stundentakt schlagend mein Herz aus Kosmos-Eis. Ich bin so geworden nicht aus Mut=Willen od Wahl, die-Natur hat mich so gemacht –:– Ich bin die Ödnis eurer Galafeiern –:– Ich bin die Bedeutlosigkeit eurer Ehrungen –:– Bin die Lüge in euren Ängsten –:– Ich dekliniere eure Triebe –:– Ich, der Wurmfraß in euren Träumen, das Herzrasen in eurem porösen Schlaf –:– Ich bin die Dummheit in eurer Gier, der Schlagfluß der euch treffen wird bei der Polka um Goldene Kälber –:– Ich bin der, dem man nur begegnet, wenn man schon verloren hat. Und wer sich einläßt mit=mir, der wird erstarrn an Meinerkälte..... Und wenn aus strahlenversengten zerdörrten Wüsten aller toten Planeten das alte Metzgerbeil Wahrheit in eure Schädel trifft, das Hirn zerteilt, dann habt ihr den 1. Schritt in Die Zukunft getan. – Denn ?warum ?Halt-Machen. ?Warum irgendwann ?aufhören. Es gibt !zuviele Orte, um an Irgendort für= immer Halt zu gebieten. Wir=Menschen, Brüder-in-Verlassenheit, Nachzüg-

ler eines Großen Ent-Wurfs in der-Entwicklung, können !Nicht-Halt-Machen solange Das Äußerste noch nicht erreicht, die Allerletzte Karte im=Spiel-Deslebens noch nicht ausgespielt wurde –
  Köpfe, im Gewoge der Wörterschlieren blau metallisiert schimmernd, ursprungloses Scheinen versprühend, auf-dem-Weg an den Äußersten Ort für Zukunft. Und weil hier=drinnen sonst kein Laut zu hören war, vernahm ich zweierlei: das konstante leise Vibrieren von den Raketenaggregaten (ein Komplice Derstille) u laut dröhnend meinen eigenen Herzschlag –. –. – Und ich stellte mir mit Augen-aus-Demall den Anblick !dieses Weltraumfahr-Zeugs vor : Mischgebilde aus biomorfem Skelett & Festungbauwerk – all die bizarren Ausbuchtungen, Glacis Flanken Poternen Rampen Traversen, nicht zur Abwehr von angreifenden=Feinden, sondern mittels Kollektorblöcken in Bürsten- & Traubenformen zum=Einfangen von Sonnenlicht & Strahlenenergieen, das Rückgrat die Knochensäule mit ihren Wirbelsegmenten Neuralbögen Wirbelkanälen, all die Knorpel-, Quer- & Gelenkfortsätze, Rippenbögen & Brustkorbgerüste – gesträubte metallen silberne Kollektoren, zum Dichtenpelz geschlossen & bis in-die-kleinsten-Winkel eines Lebendurchströmten Maschinen-Skeletts energetisiert, Parabolantennen, wie Saugnäpfe an ausgestreckten Tentakeln eines Riesenkraken, zum Empfang & Senden von morfischen & anderen Energien für Leben&tod, außerhalb alles menschlichen Fühlens, – saugen sich krakenhaft=fest am All = der-Beute, dem eiseskalten Nachtleib, ihm das schwarzglühende Energieblut zu entreißen – communications – ein mit sternförmig ausgebreiteten Gliedmaßen hellmetallen schimmerndes im Weltall mit ungefähr 39 600 Kilometern pro Stunde vom Erdmond zum Mars dahinrasendes interplanetares Skelett –.
  Die Allerletzte Karte. Der-Mensch erschafft sich Liebe oft nach seinem !schlechtesten Bild. Wenn Alles gesagt & Alles hergezeigt ward, nach den-Wörtern & nach den-Bildern, dann bleibt noch Die Äußerste Liebe : nicht Liebe zu andern Menschen, weder zu Kreaturen noch zu Ideen, Göttern od Dem-1-Gott, weder sexuell noch religiös ge-Trieben; Äußerste Liebe nimmt von der-gewöhnlichen-Liebe die Zärtlichkeit u Hingabe zum sanften Erlöschen. !Ohnemensch die Mensch-Leere als Fülle für die Anderen Naturen. Die Äußerste Liebe des-Menschen schließt Alles=Menschbehaftete !aus – !Das übersteigt jedes andere Lieben. – Wer !diese=Pforte ein Mal aufgetan und !Solch=Dimension erblickt, im=Diesseits des Menschen Toderfahrung, – selbst

wenn Diese Tür sich längst schon wieder schloß, kann er Dies !niemals wieder vergessen. –

Um die-gewöhnliche=die-menschliche-Liebe zu überwinden, muß Der Mensch auch die-Begleiterscheinungen menschlichen-Lebens überwinden, des-Menschen Attribute: Scheiße Urin Schweiß & Stank Geschrei & Rotz aus allen menschlichen Drüsen –: Absonderungen von abgestandenem Haß & verkrümmten Leiden. Ekel u: Lüsternheit sind gleichermaßen hinderlich – der Weg führt über Gelassenheit u Distance gegen:über dem-Menschlichen...... – Und jetzt, im=Angesicht Desschweigens=Imall, erblicke ich hell & scharf konturiert den-Urgrund-von-Menschenangst: diese !stärkste Errungenschaft=des-Äußersten wieder verlieren zu müssen. Denn !Dies ist das-Eigentliche, das dem-Menschen=von-Jeher überhaupt einen Sinn hat geben können, ob er Das gewußt hatte od: nicht, ob er Das von Millionen katzensilbriger Er-Sinnungen überwuchern ließ od !sovielen seiner Bestrebungen die höhnische Maske vorgefertigten=Scheiterns aufpreßte; ob Gen- od andere Umgestaltungen der-Menschen : Hochfahrend in silbrigen Hoffnung's Fontänen unter Segen's Glockengeläute begonnen, mit giftspeicheligen Flüchen & immer=unvollendet abgebrochen, mit Ruin & Ruinen in Blut & mit Hekatomben Toter beendet –: Die-Enttäuschungen, das-Palavern um alles Scheitern, & daraufhin wieder andere Cocktails gemickst, die suchtkranken Gehirne & Seelen aufzupeitschen. Und wieder Katerstimmung Kotzen Blut, Schuld&sühne : Doch von !Diesem=unbenannt-Äußersten kam stets des-Menschen eigentlicher=An-Trieb: das Ur-Agens für Allesleben : Allesleben endlich zu=Ende zu bringen; war immer=schon !Genau=!Dies der wahre Horizont seiner Einsamkeit, das ihm jenen ominös gleißenden Lichtschein durch alle Risse in den arroganten Verpanzerungen hindurchschickte, das ihn zum Be-Treiber seines eigenen Verlöschenwollens gegen die grausamen Willen's Dunkelheiten seiner Fernsten=Sucht bestellte : als Mensch Nichtmensch sein zu können.

Der alten Haut entwachsen, im=Angesicht der glänzendneuen – noch durchscheinend diese dünne Membran so daß ich mein eigenes Skelett erkenne – das-Alfabet=zum-Erwachsensein. Und habe zu dieser zeitentbundenen Stunde den Wendekreis meines 25. Jahrs überflogen. –

Äußerste Liebe des-Menschen ist Liebe zur Menschlosigkeit. Sie kennt keine Objekte für irgend Begierden – diese Liebenden sind !frei.

Sie können verwehen im Frühjahrabendlicht am Rand eines weitläufigen Parks auf einer Terrasse allein bei fernen Klängen von leiser Musik – können leben in *der Krankenschwester, die mit Eile=routinierten sicheren Händen einem schon Demtod gehörenden Patienten noch einmal Linderung verschafft – leben auch in dem alten Gärtner, dessen Name unbekannt bleiben u nur genannt wird in-Verbindung mit seiner Pflege eines marmornen Grabmals einst sehr geehrter Herrschaft – sie können leben den Schnee, der während Vielerstunden still herabsinkt aus tiefen grauen Himmeln auf alle Stätten der-Lebenden u der-Toten und können bei Tauwetter klagelos mit dem Schnee im Erdreich verschwinden – ja selbst !Diesertraum von begierdeloser aber sehnsuchtvoller Liebe, der Äußersten Liebe, können sie sein, jene die das Äußerste = den Größtentraum alles Lebendigen zu träumen wagen, der vor ihren Augen im letzten rauchig gespinstigen Blau eines fernen Gestirns zergehen wird –.* Und mir wollte bei dieser Vorstellung mit=Einemmal scheinen, meine Pubertät im Lieben sei nun abgeschlossen. Denn in allen zurückliegenden Jahren, seit ich dem-Lieben nachfühle, habe ich das bestimmte Empfinden gehabt, irgendetwas in Diesemgefühl !fehlte, sei unerkannt, nicht für= mich vorgesehen u: werde mir von den-Stimmen Fremder als von Fremden vorgeschriebene Worte 1getrichtert, nach denen ich mich in !meinem Fühlen wie nach Verkehr's Vorschriften für unsichtbare Straßen zu richten habe, u: die daher für=mich Nichts=Garnichts bedeuten können. Od: dieses-Fühlen, das mir als die-Liebe benannt wurde von allen=die-Vorher-waren, müsse unvollständig, aus kleinlichen Räuschen, aus Not & Geilheit geschaffnen Himmeln zusammengeleimt&gelogen sein. Denn selbst die prächtigste Zukunft, in den schillerndsten Farben ausgemalt, wenn sie aus den-Nöten der Gegenwart heraus auf die von Verzicht Elend & Beschränkung angeschmutzte Leinwand alles Bestehenden wie ein ölig=schmeichelndes Gemälde aufgetragen wird, kann sie 1zig Dienöte-des-Jetzt in alle Zukunft hinein verlängern –.

Vorsichtig spähte ich-um-mich, ob die hier=Anwesenden von meiner inneren Häutung etwas ?mitbekommen hätten (sie !mußten Es bemerkt haben, was mir als !peinliche Entblößung erschienen wäre).

Stille=Allgegenwart, Dortdraußen u: hier=drinnen; Stille die ohne Hindernis Alles durchdringen kann wie unsichtbare Strahlung. Menschliche Gestalt, das Fühlen seiner=Selbst, die eigenen Worte und Gedanken –: fort. Nichts, das jetzt noch einem Selbst gehörte; keine Empfindung, keine Worte, – der drückende Atem aus Fremdem, wie Gerüche einst in alten Bücherbeständen die in weiten dumpfen Regalwänden staubend verdämmern – in Tausenden Seiten gefangen, 1ge-

schreint die Altengötter mit ihren Kindträumerein, ins Exil geschoben in die 1samen Außenregionen der Milchstraße, Millionenlichtjahr= Fernen, dorthin, wo alle Himmel abstürzen, enden –. Beryllgraues Schimmern strömte herein, durchströmte die Hockenden – die-Verlassnen interstellarer Geschlossner Irrenstationen..... in einer langen kalten Existenz – –
Allein.
Verschwunden alle diffus blauschimmernden Köpfe der Anderen – fort auch die flirrenden ungreifbaren Wörterschlieren. Vermutlich waren sie dorthin zurückgekehrt, woher sie stammten: aus *morfologischen Büchern*. Zum !Erstenmal habe ich !solche Texte *erfahren*, und ich bekam eine 1. Vorstellung von Bedeutsamkeit !Dieserbücher, von denen der Fremde mir berichtet hatte, u: worüber ich nun sogerne mehr hätte *erfahren* wollen, wenn ich den Erzählungen des Fremden hätt glauben können –. So saß ich im transparenten Schildkrötenpanzer einer Aussichtkabine – Dasall blickte mich mit Milliardenaugen an – (ich rührte micht nicht). Fauchen in meinem Kopf, die Langenstunden Ohneschlaf –. Und Dasfauchen hielt an. – Steigerte sich weiter – vermischt mit Maschinengeräuschen, später auch mit denen der-Aggregate von der Landefähre=zum-Mars, in die wir umsteigen mußten, meine 1zelkabine=an-Bord der Weltallfestung verlassend (dieser kleine Raum war mir während der letzten beiden Monate zum Refugium geworden – die schöne Einsamkeit=hier u der kleine Ausriß in der grauen Kunststoff-Bespannung der Armlehne an meinem Sessel (:1= jener nichtigen Stellen, in die sich in-Derfremde stets die-Sinne 1nisten beim Suchen nach Geborgenheit. Denn *Heimat* ist in der kleinsten Schramme. Und durch die immerwährende Anwesenheit dieses 1 kleinen Ausrisses plötzlich das tief ins=Innere greifende Empfinden, wie sehr bereits jetzt die-Erde mir !fehlte –) –) –
In der Landefähre warteten, auf dem Passagierdeck für Regierung's Beamte (wie gewiß auf allen=übrigen Decks), die-Reisenden bereits in ihren Raumanzügen (:1 Vorschrift bei-Landeanflügen zufolge), alles Gepäck, fest=gezurrt & gesichert, jeweils zur-Seite. Auf einem Podest an der Stirnwand des Passagierdecks der Holovisionkubus, Bilder vom Landeanflug hierher übertragend. Wir mußten dem Mars bereits sehr nahe sein, den Kubus füllte fast vollständig ein rötlichgelber Anblick der Planetenoberfläche dort, wo weder Wolken noch Staubstürme den Freienblick versperrten. In der rechten oberen Bild-Ecke 1 dreieckför-

miger schwarzer Abriß Desalls –. Die seitlich des Holovisionkubus auf einem Paneel 1geblendeten Daten besagten, daß wir uns über der westlichen Hemisfäre des Mars befanden. Den Blicken auffällig ein großer verwischter Fleck weißorangener Färbung mit ausgefransten verzerrten u verschliffenen Konturen –: Staubsturm über Sinai Planum. Und nördlich davon wie Bündel aus feinen scharf gestochenen Kaltnadelradierungen die kranzförmig gefältelten Gebirgzüge Noctis Labyrinthus – Thitonium Melas und Coprates Chasma – und südlich des Solis Planum einige weithin geschüttete griesartige Kerbungen der Oberfläche, während große Partien südöstlich u südlich dieses Gebietes von einer dicht=geschlossnen kompakt wirkenden Schichtung blassrosagelben Flugsandes verdeckt gehalten wurden: einerjener Staubstürme, wenn der Planet im Perihel & der Sommer auf der Südhalbkugel beginnt, die Wochen und Monate mit unverminderter Wucht anhalten können, um dann plötzlich in=sich zusammenzubrechen. Doch auch Wolkenspiralen & cirrusartige Erscheinungen – zu Wirbelstraßen Malströmen verzerrte Wolkenbänke – zeigten sich über den Gebirgen u den Hochplateaus über diesen Regionen des Planeten, kleine stark in=sich verwirbelte u in verschiedenen Farben leuchtende Wolkenzüge: Erscheinungen der inzwischen künstlich von Menschen geschaffenen Atmosfäre auf dem Mars, ein aus den-Giftgas=Fabriken entquollener Himmel – Imstaub 1zeln aufzuckende Lichtflecken: Wetterleuchten von Gewittern im=Innern des festen Sandstaubgewölkes –: !Plötzlich schob sich langsam=stetig ein von Narben Kerbrinnen Kanälen zerkratztes verschrammtes bräunlich aufschimmerndes Objekt in Ellipsoidenform in die Holovision, die Oberfläche des Mars zu immergrößeren Teilen verdeckend : Und wir erblickten den Aufgang des Phobos, des größeren der beiden Marsmonde (der innerhalb von knapp 8 Stunden den Mars ein Mal umkreist). Die zahlreichen kleinen Krater auf seiner Oberfläche wirkten als hätte er das Gesicht-des-Mars nachzubilden gesucht, 1 winziger Bruder Mars mit seinen eigenartigen fast parallel zu1ander verlaufenden tief in seine Oberfläche hin1geprägten Rillen –. Die Sonnenstrahlen trafen schräg & sehr flach auf den Mars u den Phobos – hoben die Gebirge, Rillen, Krater mit überscharfen spitzigen Konturen heraus, – in die Senken u Talschaften füllten sich wie tiefschwarze Wasser Schatten ein, verdunkelten den Anblick dieses Mondes, der aus dem Sonnenlicht wich und im Kosmosschattenmeer ertrank, als ein großer unförmiger Nachtkoloß unsre Holovisionschau verfinsternd. Doch mit den letzten Sonnenstrahlen, die über die Phobosoberfläche strichen, in der sich ausbreitenden Dunkelheit erblickten wir aus unserer=Flughöhe die winzigen wie mit dem Silberstift gezeichnetenen Details der dort errichteten Installationen: Militärstationen aller irdischen Staatenblöcke, die mit ihren bizarren Abhör- & Funkanlagen Radioteleskopen Laserwerfern Holovision-Fallen & starken Feldemittoren, mit denen die-Militärs Dasall nach Feindschaft durchstochern (ich verstehe Nichts von Waffen), dann die verschieden großen wie gigantische Totempfähle aufragenden Raketen-Abschußrampen – allsamt mit dem letzten tief einfallenden Sonnenlicht enorme Schattenlinien werfend & als grelle Punktfeuer auf der Oberfläche des Phobos aufflammend. (MAN benutzte diesen & den wesentlich kleineren Mond Deimos als Satelliten-Stationen) – : – Und ich sah das 1 Punktfeuer sich lösen, sah die 1 Rakete von der eingeschatteten Oberfläche des Phobos abheben – 1 silberne Nadel, aus der Finsternis ins Sonnenlicht stechend näher kommen auf !uns=zusteuernd – :auch die Anderen hatten Es nun bemerkt: direkt=auf-uns=zufliegend DAS GESCHOSS – :auf dem Passagierdeck vereinzelte Aufschreie: – dann hatten Es alle begriffen – !!:

    MAN SCHIESST AUF=UNS

!EINSCHLAG, – als zerrissen unsere Leiber : Keine Holovisionen, !echte Bilder : Feuerwand – Rasen bissiger Flammen, aus dem Innern unsrer Landefähre auf=mich-zulodernd – Will tief Luft=holen, sauge Feuer ein – SCHREIE FLAMMEN SCHREIE : brennende um sich schlagende Menschen in zerfetzten Raumanzügen – ohne Zunge Gaumen ohne Kehle Brüllfauchen aus dem furchtbaren Mundloch eines Gesichts – schartigbissige Wolken Gas verbrennen FLAMMEN-SCHREIE – !Feuer Atmen !Feuer Kochende Lüfte Brüllen Grellefarben zerschreien die Augen *(Ich habe das-Geschoß auf uns zufliegen sehen : kein Ausweg)*

    !EINSCHLAG, – krachend berstend splitternd mit siedender Feuerwut niederschlagend ein Stück verbrennendes All In den Ohren Toben Fauchen Dersturm..... – Mit Haut&fleisch Fallen Absturz in loderndes stürmendes Flammenmeer – weißglühende Fetzen Metall als schartige Klingen propellern durch kochende Luft – 1=dieser fliegenden Messer zersplittert beim:Aufprall das Sichtfenster im Helm meines Raumanzugs, Spinnennetz aus Splittern u Brüchen überm

Augenfeld –, sogar die Anblicke der Katastrofe zerstört, – 1 weiteres Trümmerteil zerschlatzt die Kunststoffhaut quer über der Brust, – weißlicher Isolierstoff platzt raus wie Eingeweide (ducke mich ab, suche Schutz hinter Sesseln Paravents) – Aus den Wandungen Kaskaden funkenspritzender Kurzschlüsse, beißender Gestank nach elektrischem Strom, Kabelbäume aufglühend wie explodierende Aderngeflechte, blasig verschmokende Kunststoffwandungen, scharfätzend Formalindämpfe, glühende dünne Speere stechen Mund Kehle Lunge wund – meine !Augen !Himmel meine !Augen – schwer Dergestank schmorenden Fettes verbrannter Haut Haare versengt – Gestank nach kochendem Blut, – an mir vorüberfliegend von Flammenhitze Säuredämpfen zerfleischte Gesichter dampfend augenlos – aufgebrochne Leiber, Knochengitter, – aus furchtbaren Mundlöchern ohne Lippen SCHREIE – –

Nichts mehr – Dunkel – Taubheit – Aus.

Schwarz. Schwarz. Schwarz. Schwarz. Schwarz. Schwarz. Schwarz.

Sehen Starren ohne Bild. Schwarz. Knistern Summen Spratzen – meine Haut mit winzigen brennenden Bläschen in Wellen überschauernd – als sei Dienacht aufgeladen mit hoher elektrischer Feldenergie. Beständiger Druck=im-Kopf wie tief=Unterwasser. – Schwarz. – Fetzen aus allen Bildern. Zu !machtvoll dies Bild vom lohenden Feuermeer – drängt sich auf – immer=wieder – die Empfindungen im-Taumel verdrehend ins Gesicht=1gefressen. Schwarz. In einer seltsamen Umkehr der Sinnempfindungen meine ich mit den Ohren Dieseschwärze zu *sehen* – die Augen *riechen* die brandigschmerzende beißende Flammenhitze – bleibt – unlöschbar weiterglühend – die Haut *hört* Dasfeuer – *Ein Mensch muß !verbrennen – ?Wie konnte ich=Infeuer ?stürzen – ?Wie bin ich Hier=hergekommen – ?Wo sind meine=Sachen – verbrannt !Das=Geschenk – !Die=Eine: ?vergessen..... – ?Alles ?vernichtet – (Habe das-Geschoß auf uns zufliegen sehen) –*

Schwarz Schwarz Schwarz Schwarz Schwarz Schwarz Schwarz Fremdling-auf-Erden wie in den letzten Jahren. ?Wer bin ich Heute und ?Wer bin ich gewesen. ?Wann habe ich zum Letztenmal zu=mir Ich sagen können – *Erinnern an den Duft frisch geschnittenen Grases nach einem gewittrigen Frühsommerregen – noch ein Mal Schritte an Gärten entlang auf dem sandigen noch vom Regen feuchten Weg mit den flachen Schlaglöchern – letzter Abend, Abschied=nehmen: die Fundstücke aus früheren Jahren, jetzt hastig & wahllos aufgelesen mit schon reiseverzerrten Blicken – aus*

Fernen Pfiffe einer Lokomotive (:die gemütsame Erinnerung an Dampf-&-Eisen), nassrüchig die Luft von Böen herbeigefetzt über den alten Bahnsteig unterm grauverwölkten Himmel Frühherbst – eine traurigleise Stimme im zerrissenen Bahnhofwind: Und wenn ich dir jemals Unrecht getan haben sollte dann hab ich das nicht gewollt – diese leise Stimme mitsamt einem Leib waren vor Langerzeit schon zu Dreck & kalter Asche zerfallen. Nun kehrt aus dem Erinnern milde tagsatte Luft zurück u Bittergerüche Schierling, wie er an alten brackigen Wassergräben steht – Ich habe Nichts zu vergeben u Nichts zu verzeihen – ohne Laut zerstieben vor meinen Augen die Bilder u Menschen mitsamt den Erinnerungen an Bilder u Menschen wie glitzernde Wolken Staub aus zerbrochnen Sanduhren – verwehen zu langen Schatten einer Abendstunde. Stiller ewiger Spätsommer im orangefarbenen Licht das die Haut kühlend eindunkelt u Menschen, die letzten übrigen Menschen, aufschließt für Dienacht. Stunden vergehen nicht mehr, weiter da-sein im lauen Behagen stillstehenden Sonnenuntergangs – – Vor Langerzeit. Mit Starkerhand packt Dasdunkel zu – reißt mich wirft mich – Großekälte in Verlassenheit.....

 EIN SCHREI – ?WER – ?ICH – ?WO ?BIN ?ICH – ?WIELANGE SCHON HIER –

 Zeitgefühl : Seit meinem Start von der Erde bröckelig, porös geworden – seit Beginn meiner=Gefangenschaft im beständigen Schummerdüster eines endlosen Bunkerstollens Werweißwievielemeter unter=der-Planetenoberfläche, zur Beweglosigkeit 1gesargt, ist Alles-Zeitliche für mich verloren. ?Wochen ?Monate ?Jahre vielleicht könnte meine=Gefangenschaft bereits andauern, vom-Gefühl-her ein einziger Bösertraum, selbst das-Aufwachen schon ausgeträumt u mithin kann bleiben=was-ist: zäher Bösertraum=endlos..... –: Alles wäre möglich, Alles verloren.

 SIE kommen. Gestalten. Wieder her zu mir, weil ich geschrieen hab. !Dieses Mal aber nicht jene beiden spuckfahlen Schemen, die mir Spritzen verabreichen – (daraufhin warmes Entschlafen, wohltuendes Entrücken in tiefschwarzen Schlaf) –:!Fäuste reißen kurzerhand das Drahtgitter=über-mir beiseite, !Fäuste packen=mich, zerren mich an Schultern Oberarmen hoch, – die Kniee geben sofort nach, alle Muskeln verschlafft – will umsinken inmich zusammenfalln – !Wielange hab ich nicht mehr !Aufrecht=auf-meinen-Beinen gestanden –, schnaufend reißt Man mich wieder hoch, schleift mich aus *dem-Sarg* raus, Schienbein kraxt gegen Holzkante, – !heller Knochenschmerz,

Schwaden gräulichen Gestanks stieben mitmir hoch schmutzig klebriger Dunst, ich kleban=mirselbst; als zöge Man mir Hautfetzen vom Leib zerrätschen die alten schmierfauligen Kleiderlumpen – den Magen durchwühlen derweil schlaffe Pfoten nach zu Erbrechendem, finden Nichts, schwarze Übelkeit funkensprühend in den Augen – alle Gliedmaßen schlenkerig kraftlos wie die einer Marionette an ausgezerrten Fäden hängend, klöppeln übern Betonboden –, –, die Büttel reißen mich immerwieder hoch: – fahler Lichtschein gegen:mich wie Schwapp Spülwasser: In der trüben Lichtsuppe schwimmend eine breite Uniformbrust über einem melonenförmigen Leib mit kurzen fetten Beinen. Wie 1 helle Kleckerspur fällt Licht auf den Kragenspiegel des Kerls: 1 Abzeichen, klein wie 1 Kinderhand, dem Uniformstoff aufgeschmolzen: Querstreifen; Mengen kleiner weißer 5-Zackensterne auf blauem Feld, ein gelbrotbraunes Emblem-inmitten zeigt einen gespaltenen menschlichen Knochenschädel, aus dem Spalt heraus schießt 1 Blitzstrahl senkrecht nach-Oben : !Keinzweifel : Das Wappen vom Staatenblock der Panamerikanischen Union.

Der Lichtstrahl fuchtelt sich in mein Gesicht wie Finger in einen schmuddeligen Handschuh. –¡Madonna!: Chico hat Frrässe von Grringoschwein! – Aus dem Blendlicht starren mich Augen wie Flaschenböden an : –¡Horrible! Schäddel kahl verrschmorrt, fachia sein verrkollt wie alter Kackadero. – Unter den starrenden Flaschenbodenaugen aus dem flauen angeschmutzt wirkenden Lichtschwapp schiebt sich heraus eine bleiche Maske – seifglattes Gesicht –, ein schwarzgelipptes Maul klafft auf und rausflutschend eine riesige graue Zunge übersät mit rötlichen Pusteln wie eine faulige Erdbeere. Über mein zerstörtes Gesicht schleimt dieses Zungenreptil langsam scheinbar genüßlich kostend auf und nieder. Dann, heftig einen klebrigen Batzen gegen: mich spuckend: –¡Verrbrrantes tottes Arrsch von verrbrranntes tottes Schwain! – Er inspiziert mit peinvoller Akribie mein Gesicht. –¡O!: La-nariz schtumpf gebrrannt: Rüssel von Schwein – (Der Kerl hebt seine Stablampe wie 1 Zeigestock, brennt mir den Strahl-ins-Gesicht –): –¡Ä!: Lippen zerr kringält, Zähne bläck aus Schnauze wie burro. Augen ohne Lid glotz wie – wie heißen la rana : Ah si: Frrosch. Chico sein Frrosch los-burro Schwein. – (Stellt der Kerl zufrieden=feixend gegenüber seinen Kumpanen fest.) –Wirrst sein kwiekwieKwien unter cabronas in campo. Vielleicht ist cabrón noch nicht so verrbrrannt wie boca, ¡ää! – (:Nach dieser Inspektion brauche ich keinen Spiegel mehr.

Und ich hoffe, ich werde *dieses* Gesicht, das früher mein=Gesicht war, !niemals wieder außerhalb der Worte Fremder sehen müssen.)

 Ich werde niemals erfahren, wohin dieser Betongang führt, in dessen dunkle eiseskalte zu 1 1zigen Punkt zusammenlaufende Ferne ich aus meinem Liegekäfig über !Wielangezeit suchend hin1starren mußte –: Die Büttel zerren mich weiter – schließlich vor 1 Aufzugschacht, in 1 Kabine, drahtvergittert auch sie, wie in Bergwerken; reingestoßen, die Tür schepp-schrapend zu. 1gekeilt von zwei Fremden, ihre Gesichter wie angestaubte Seifenstücke, die Augen geronnen zu blutfarbnen Gallertklumpen, so daß ich während der schlackerigen Auffahrt, gefangen von Zweileibern & dem tobenden Eisen der Kabine, nicht mal zusammensinken kann. Der Aufzug stuckert schleppend den-Schacht-hinauf, ein uralter schütterer wackeliger Käfig, – aus graurötlichem großporigem Gestein erkenne ich die Schachtwandung die der Aufzug sich & uns hinaufzerrt – (!Welch groteskes System aus Gängen Stollen Kavernen großen Bunkern Hangars – ein Termiten=Staatbau in die feste Gesteinkruste des Mars hineingetrieben : Ich hatte nicht gedacht, daß ich so !tief unter der Oberfläche des Planeten 1gesperrt lag) –: Vor 1 Ausstieg in=irgend-Stockwerk stoppt holpernd der Aufzug, verschrammte Blechtüren fahren auf, 1 Fußtritt, – raus, – schlag sofort hin auf Betonboden, Man reißt mich wieder hoch, schleift mich den hellerleuchteten Flur entlang (:ähnlicher Gang wie der in dem ich gefangenlag, hier aber ist die-Hölle !erleuchtet) – am Boden vor den kahlen Wänden dunkle Klumpen, Haufen weggeworfner Kleiderstücke –: Das urspunglose Weißlicht, das diesen Betonkorridor durchbrennt, zerbeißt meine an-Dunkelheit=gewöhnten Augen, dünne Speere Formalingestank stechen in Nase Lunge Augen, brennend Tränen-Rinnsale übers brennende Gesicht, nur Verschwommnes trifft in die wässerigen Blicke –. :Auch hier=auf-dieser-Etage ist nicht Oben u nicht Draußen, der Aufzugschacht führt noch vielweiter hinauf in punktförmige Höhn, wie der Flur meiner Gefangenschaft führte in unsichtbare Fernen tief ins=Gestein –. (So werde ich einestags, sollte ich Das=hier überleben, den Mars von-innen-herkommend betreten haben. Nur Wenige können Das behaupten. Vielleicht werde ich damit sogar der ?Einzige sein.)

 Die Formalindämpfe haben sich verzogen – meine zerbissnen Augen blicken etwas klarer, sehen: Ich bin auf diesem Flur nicht allein, was ich im 1. Moment für weggeworfne Kleiderbündel hielt, das sind hier=hergeschleppte & hingeschleuderte Menschen-in-Lumpen, wie ich. Und genau wie ich mochten auch diese=da, in irgend-Käfigen in den tiefen Stollen dieser Marsstation fixiert, seit-Langerzeit Gefangene sein, Muskeln u Gliedmaßen schwach, Stehen & Gehen unmöglich. So liegen sie da, hergeschleppt, hingeschmissen, wartend. Aus den fettigen, unglaublich schmierigen Kleiderfetzen schaut bisweilen 1 Gesicht raus, hochschreckend wie aus furchtbaren Träumen, kein bekanntes darunter. Sobald 1 in mein Gesicht starrt, erfriern die Blicke; wie vom elektrischen Schlag getroffen schnellt des Fremden Blick !sofort zurück. Sooft dies geschieht während dieser Stunden, niedergestreckt auf blankem Beton, so fremd mir auch die Gesichter sind, die zu mir herblicken –:Sobald sie in mein Gesicht starren, haben diese fremden Gesichter alle=den-gleichen Ausdruck: !Erschrecken, fast Unglaube !was einem menschlichen Gesicht widerfahren..... u: trotzdem zu 1 !Nochlebenden gehören kann. Manchmal ist der Anblick von Leben schwerer zu ertragen als der Anblick des-Todes. So werden diese Fremden im gleichen Ausdruck ihres Erschreckens zu meinen Bekannten.

Vor Vielenjahren, vor dem-letzten-Schritt von der-Kindheit zum Jugend-Alter, habe ich über Freitod nachgegrübelt: *?Weshalb mach ich nicht Heute Schluß, bevor Alter u Elend mit mir Schlußmachen Morgen.* Jetzt-u-hier hätt ich gewiß mit Grübeln wieder begonnen, Ort u Anlaß wären grad=recht für antike Gedanken, – würden nicht Zweifäuste zupacken & mich aus solchen Grübelein u von diesem Platz=am-Boden aus Demdreck wegreißen. Breite Schleifspuren über den Beton von anderen Körpern herrührend bereiten den Weg hinter 1 Stahltür in einen großen kalthellen Bürobunkerraum ohne Schatten: eine Polizeistation. Geruch nach schwachem Strom & 1 Stich scharfen Schweißes. An der hinteren Stirnwand ausgebreitet die Flagge der Panamerikanischen Union – im Großformat diegleiche Darstellung wie auf dem Kragenspiegel des Wachtposten: Sterne, Streifen, gespaltner Knochenschädel, ausfahrender Blitz, & das Wappen umkreisend ein Spruchband mit dem Staat's Motto: ¡*Tenéis el derecho de odiar la vida! (Es ist euer Recht, das Leben zu hassen!)* Vor dieser Wand ein hoher dunkler Tisch, eine Schranke bildend, vom-Boden-aus schaue ich aus der Perspektive 1 Kindes zum olivenfarbenen Gesicht eines noch jungen Polizisten auf, der hinter der-Schranke auf die Bildfläche eines Datenmoduls sieht. Ohne 1 Blick für mich, preßt er zwischen seinen auffallend dünnen Lippen (winzige Schweißperlen über der Oberlippe) 1 vom vielen

Gebrauch vollkommen abgenuschelten Satz heraus: *—?Habla-español?★ ——No.* — Antworte ich krächzend, zu leise mit des Redens ungewohnter Stimme. (Weil der Mann mich nicht ansieht, kann er vor:mir nicht erschrecken.)

Offenbar hat der Beamte Keineantwort erwartet od: Antworten ist ohnehin überflüssig=hier. *—Pa' fábrica d'ácido. ¡Fuera!* — Quätscht der Polizist ohne aufzublicken zwischen den Lippen hervor. (?Vielleicht schickt Man jeden Nichtspanisch Sprechenden in die-Säurefabrik.....) Die dunklen Augen des nochjungen Polizeibeamten schon vom Diensttun glanzlos wie Spiegel nach dem Ätzbad. Sein stierer Blick wie der 1 Kammerjägers, davon überzeugt, daß, egal wohin er kommt, ihm nur zu vernichtendes Ungeziefer begegnen könne, das keines Blickes lohnt. Er scheint zu wissen, von diesem-Posten=hier, der 1 Verbannung sein dürfte, käme er !niemals weg. (?Welchem Vergehen hatte er sich-schuldig=gemacht.) Mehrzeit zum Besinnen bleibt mir nicht, − 1 Wink mit dem Daumen läßt die beiden Posten, die mich hereinschleiften, wieder zupacken & mich aus dem Zimmer rauszerren. Im letzten Moment sehe ich noch den Beamten-am-Tisch 1 Knopf am Paneel drücken, dann schließt er das Modul, dann schließen die Posten die Tür hinter mir. −

Jetzt verändert sich der Korridor − schon hinter der nächsten Bunkertür, durch die Man mich soeben hindurchschleifte, wird das weißbissige Licht trüber, blakig, die einst kahlhellen Bunkerwände überzieht ein fettiger Rußfilm mit grobschlackigen Batzen beklebt wie walnußgroße verschmorte Insekten bis zu Formen von menschlichen Überresten, in die Wandungen 1gebacken. !Dieluft − !Dieluft:stickig Block=fest, heißer und immerheißer werdend − noch durch eine weitere Stahlbunkertür, − ; und jetzt : Finsternisrachen, Hohlmaul, säurekochendes schwarzes Gedampf schlägt als Riesenfaust entgegen. Lunge schreit !Atem !Luft, Lippen Zunge blähn auf unterm hastig reflexhaft 1geschlürften Gedunst, schwarzsauer glühender Stein Beton Stahl versprühen Hagelkornwolken aus kochendätzendem Staub sengenden Metallsplittern, Augen=!zu, Atmen Hächeln keuchkratzend am Totenblock Ersticken, schon verkleben Atemwege Luftröhre von spittsglühenden Partikeln..... Auf meinem wunden Gesicht versiegt ausgesickerte Gewebeflüssigkeit. 1 Tier in Todesangst, mit Füßen Händen Fingernägeln aufscharrend die öligheißen Schmierschichten auf dem Boden, der schlaffe Haut&knochenwurf über den Beton zuckend sich werfend im Rhythmus Derangst vorm Ersticken Versengen Abschmoren Verätzen, das Maul sperrauf schnappt nach kleinsten Luftbläschen aus dem schwarzheißen Brodem. –!Nein !Nein !Nein. – Meine Schreie, dumpf abgewürgt, als sei ich 1gesperrt in 1 engen finstern Kasten voll schlammigen Moors. Schreie Untermorast. : Da fühl ich mich schon wieder an Schulter & Oberarmen gepackt, Fäuste zerren mich fort, schleifen mich übern Schmierboden gummiartig weich & zähe wie heißer Teer – tiefer ins siedende Dunkel hinein (das müssen andere Fäuste sein als die vorigen; diese=hier haben nichts Polizei=Haftes. Die Büttel, die mich aus *dem-Sarg* rissen, haben mich durch die letzte Bunkertür hier=reingeworfen, & die Schleuse hinter mir eiligst verschlossen). Kann Nichts sehen, in den Ohren Dasdröhnen meines eigenen Bluts, – weiter übern Boden schleifen mich die Fremden –, Rippen Knie schlagen gegen Steinhartes, Beton, Türpfosten od ?was, – allmählich kehren hellere Spuren Licht in meine Augen zurück, trübfettiges Schimmern, auch scheint Diehitze jetzt etwas abgenommen. Die Stehluft, Salz&klorsäuredämpfe u ein unbekannter widersinniger Gestank als könnte Metall verwesen, durchsticht auch Menschenschweiß und etwas Breitsüßliches wie von schwärendem Fleisch u geronnenen Bluts in einem überhitzten Lazarett. Wundoffen mein Gesicht, Aschenfeld voll Brocken Glut.....

Keine Einbildung: 1wenig Schummer hellt auf Diefinsternis –, in den Glutblock schwarzen Dunsts kommt leichte aus Weitenfernen rührende Bewegung, 1 mit vielleicht nurnoch 50 Grad Celsius etwas weniger erstickend wirkende dünne Luftströmung – wie 1 helle Kalksteinader durchzieht sie den glühnden Finsternisbasalt –, dringt wie Sickerwasser ins schwerheiße formen- u dimensionenlose Nichts; gibt Konturen preis von Räumen & Gegenständen – und !Menschen: Hocken vor rohen rußbepelzten Zementwänden, massige teerfarbne Silhouetten bespickt mit hellglänzenden gallertigen Batzen: das Weiße von Augen, unbewegt stierend – aus Koben heraus, die, vom weitverzweigten System der Kasematten abgeteilt, in die Felswände getrieben als Unterkünfte für die-Arbeiter dienen, richten sich nun !Augen=auf-mich. In wurmigen Bewegungen lösen sich daraufhin einige Teerschatten aus Demdunkel, ziehen in langen Fäden zähe-Finsternis hinter-sich-her –,– kommen näher, auf mich zu, rieche aus dumpfbrühigen Leibausdünstungen den stechenden Schweiß heraus u gärigen Faulgestank aus Mäulern – : Jetzt !grällweißes Licht !Lawinen aus

Licht – stürzen aus den Schachtdecken wie Schlagwetter herab, dazu in-Schüben schrille Sirenenschreie – die Katakomben durchhetzend wie reißzähnige Hundestaffeln. Die Lichtflut hat sie Demdunkel entrissen: die Klumpen hier umherkriechender hockender Menschen, Zwangarbeiter, gedunsene fettig glänzende in speckige alte Schutzkleidung od: Reste davon gesteckte Körper, Gemische aller Rassen, Bastarde, Krüppel, die immerweiter lebenleben müssen, hier=tief im Gestein des Mars, ohne Tage ohne Nächte, ohne Licht frische Luft, kein Wind kein Regen, weder Tages- noch Jahreszeiten, wie $\frac{1}{2}$ verdaute Brocken einst gerissnen Beutefleisches im steinernen Gedärm eines Betonorganismus im Grällicht aus versotteten verätzten Winkeln Ecken Nischen Höhlungen zuckende zur-Eile getriebene hervorgewürgte Gliedmaßen mit dranhängenden Leibern: ARBEITSCHICHTBEGINN : Dorthin zu den Arbeiz-Stätten peitschen die blechderben Sirenenschreie die eingesunkenen dürrerippigen müdverdunkelten Geschöpfe mit in die Häute 1gebrannter Dreckborke. Entsetzliches Röcheln aus wundgeätzten Lungen kriecht wie rostige Eisenketten die felsigen Stollen & Gänge entlang (Imdunkel sind diese Wesen oft nicht erkennbar, doch hört man deren rauhschabendes Atemrasseln) – aus schnappoffenen Mäulern hängen grauenhafte batzige Sputa, zu blutigen Fäden gezogen, heraus –. Diese Wesen, wie sie einst als sie Menschen noch waren in der Mondbasis auch vor meinem Schreibtisch erschienen & die ich, meiner=Aufgabe=gemäß, sie zu-Zwangarbeit= in-die-Bergwerke&fabriken auf Mond u Mars bestimmt hatte. (Sie können nicht wissen !wer ich bin, ich kann Es ihnen nicht sagen.) Ob in den Marsregionen der-Zentrops od hier bei den-Pannies = über-All & ohne Unterschied die=gleichen Zwangarbeitlager, die-Verwertstätten für überzähliges=Menschenfleisch, bin ich selbst 1 von denen geworden, deren Kräfte nicht dem-Leben mehr dienen, sondern dem Nichtsterbenwollen. Als die, die mir am-nächsten Imdunkel gekommen sind, jetzt in mein verwüstetes Gesicht starren : !Schrecken selbst jene zurück, die gewiß schon jede Verunstaltung an menschlichen Leibern gesehn haben.

Durch die Gänge zwischen den mehrstöckigen Koben marschieren breitbeinig Wachtposten entlang. Ihre Schutzanzüge Gesichtsmasken Stiefel ebenfalls von den permanent strömenden Säuredämpfen längst matt bröselig & brüchig geworden, mit dickbehandschuhten Fäusten lange elektrisch geladene Stäbe führend, die Kranken von Sterbenden Toten mittels Stromschlag aus den Koben zu sondern, Nochlebende ZUR ARBEIT zu scheuchen (:wer unter den-Stromschlägen liegenbleibt, gilt als tot; wird von anderen Bütteln raus- & in ferne Schächte geschleift). Als 1 der Stäbe auf mich zeigt – (an der Stabspitze schon prasselnd das grellelektrische Funkenfeuer) – hör ich 1 Stimme hinter verschmierter Gesichtsmaske raunen: –¡Los Cambionero. Dejar! – Ich weiß weder was das ist: *cambionero*, noch was es bedeutet; sehe nur: die zischelnd prasselnden Funkenvipern wenden sich ab von mir, die-Büttel stapfen weiter, fernere Winkel in diesem Ergastulum durchkämmend, mich lassen Sie unbehelligt zurück.

!Ohnezweifel: Diese-Gewölbe=hier gehörn zu jenen Fabrikstätten auf dem Mars, die zur Erzeugung einer Atmosfäre für den Planeten den-Treibhaus-Effekt bewirken solln. Ich weiß von Diesen-Stätten.....; weiß von den-Produkten..... : Schwefelsäure, Gas- & Koksgewinnung, Blei, Aluminium, Zinn, Pechbrennereien & Kalk – :Schließlich habe ich-selbst die-Zuteilungen verfügt..... –

Einst vor Jahrmilliarden gabs auch auf dem Mars, genau wie auf dem Erdmond, große tätige Vulkane. Aus Diesenzeiten stammen auch hier alljene unterirdischen Kanäle u Aushöhlungen, von Magmaströmen glutend in die Planetenkruste gefressen – auch hier, wo ich jetzt zusammgekrümmt liege, brannten Vulkanfeuer gossen sich steinaufschmelzende Magmaflüsse entlang, brannten schabten fraßen auch diesen Hohlraum; man hat ihn & all die übrigen Gänge Aushöhlungen Kavernen, nicht wie auf dem Erdmond ausgebaut, sondern sie in ihren bizarren Ausformungen im-wesentlichen belassen. In die großräumigen Kavernen hatte Man eiligst Hochöfen Schmelztiegel Hochdruckgasbehälter Säurebäder mitsamt den gigantischen Exhaustor-Maschinen installiert, das Schienennetz unterirdisch für die Zulieferung von Koks & Erzen aus den-Bergwerken ausgelegt, pausenlos bohren wühlen brechen sprengen Arbeitertrupps in den-Flözen, ununterbrochen durchscheppern Lorenzüge das Innere des Planeten, – weithin durchzittert erschüttert durchrüttelt Betriebsamkeit die Grundfesten. Überall. In allen Dependenzen erdheimischer Staatenblöcke: Panamerikanische Union, Zentraleuropäischer Block, Asiatische Einheit – die übrigen Erdstaatenblöcke unterhalten keine eigenen Marsstationen, schließen sich als *Kunden* diesen drei mächtigen Staatenblöcken an. Seit Vielenjahrhunderten gab es nicht mehr !solch schwerindustrielles

Maschinentum, !solch menschenverschlingendes Arbeit's Regime..... wie Hier&jetzt auf Erdmond & Mars. Das-Ziel bestimmt die Methoden. Und wenn auf Erdmond & Mars nach Methoden des-Industriezeitalters vor 600 Jahren produziert wird, dann gleichen auch die-Lebenverhältnisse denen vor 600 Jahren=auf-Erden; solange Menschen leben & arbeiten an Derzeit, solange ist Zukunft Immer=Wiederkehr-des-Alten..... Also brauchten SIE Nixneues zu erfinden, SIE mußten nur zum Wiederkeimen bringen Hier, was SIE eingeschleppt haben aus den früheren Erdzeitaltern. Die Jahrtausende=alte Saat schießt nun auf, aussamend Daswissen um Unterwerfung eines Planeten als Neue Welt = getreu dem-Altbekannten..... Auf Serpentinen der-Zeitenläufe Jahrtausende sehen wir unter=uns auf demselben Längengrad-der-Gewalt=Herrschaft die gleichen Methoden, die gleichen Zwänge & Nöte in anderer Rüstung mit anderen Instrumenten zum-selben=Zweck..... Es mußte einst !schnell-gehen mit dem-Besitz=Ergreifen des Mars, Heute muß es !nochschneller geschehn, die Zeit die den-Menschen zur Mensch-Anverwandlung des Mars noch bleiben wird, ist knapp..... – Als hörte ich durch Sirenengeheul inmitten sauerheißen Schwalches das *Krähteng: –Wennde uff Zeit-Droge bist, Jungchen, kannzte dir hier jarantiert keene schpritzjeile Überdosis nich vapassn. Wenn ick du wär, Jungchen, denn würdick umsattln: Zeit jieptet nehmlich hier uffm Maas noch seltener alswie Jänsebliemchen!* – Und wie Adern aus Erz durchziehen & durchmischen bis in tiefste Tiefen Denfels-der-Menschenzeit All=immer unabänderbar die gleiche dem-Menschen=eigene=bestialische-Gewalt..... –

Mit dem Verebben der-Sirenen dröhnen andere Geräusche tumultierend herauf: aus unterirdischen Fernen dumpfes Rumoren Stampfen Dröhnen als würden gewaltige Kiefer aus Metall ihr Zermalmwerk beginnen – verstärkt schwalchen Säuredämpfe & neuerlich stumpfheiße Hitzeströme durch die Gänge der Kasematten, Boden u Wände im gleichmäßigen Zittern Vibrieren als stampfte ein Riesenschiff sturbeharrlich durch Wogen in einem aufgewühlten Ozean. Und hinter meinem Rücken fluten andere Geräusche herauf: Kaum ist die eine Horde Zwangarbeiter in einer Richtung in den Gängen & Tunneln verschwunden, wälzen sich aus anderen Richtungen Schlurfen Murmeln Keuchen Schaben wie Anschwemmungen dunkler schlammiger Wogen heran, u jener ungreifbare Gedunsteblock zusammgepreßter elektrisierender Heißerluft, wie er stets vor dichtgedrängten Menschenmassen herangeschoben wird; dunkler viehischer Gestank nach Allem was an&in=Menschen stinken kann. Aus 3 Tunnelschächten dringen SIE herein : die andern Horden, die Abgearbeiteten Betäubten Zuschandgerackerten die rippendürren krankbleichen blut&kotverschmierten Gespenster einstiger Menschen, überdeckt mit immerwieder aufgerissnen eiternden Wunden, Säure&brandschwären, die Haut auf Gesicht Brust Händen Armen von Narbenkratern zerklüftet, Speichelfäden suppen zäh über grindborkige zerfressne Lippenreste, die Augäpfel weißlichgelb in entzündeten Höhlen, rotumrandetes blutiges Fleisch, manch Auge von Säuredämpfen verätzt blickt leer u weiß wie Blech, – aber die Meisten halten sich noch auf ihren 2 Beinen, Arme pendelschlaff herab, die Rücken krumm, die Haut dort von des Rückgrats spitziger Knorpelschnur durchspießt, Gesundheit Leben zu immer-knapper werdenden Raten zerstückt, *Wer länger als 6 Wochen überlebt hat bei-der-Arbeit betrogen,* Vege=tieren Verrecken im Schichtsystem. Diese 6 Wochen=Überleben sind immer zukurz Diemaloche überschwer die Körperkräfte ausgedünnt, um sich zu organisieren, zusammenzutun, aufzubegehren zu revoltieren; 6 Wochen – :die Schranke vor aller Gemeinschaft. – Vormenschliches Gären Schäumen in der Kruste eines erstarrten ausgeglühten Planeten – sie schlurchen voran als Schar imselben Rhythmus der ihnen, vom rohen Arbeittakt aufgezwungen, schon zum 1zigen Bewegetakt geworden, wie Industriearbeiter an Großenmaschinen den-Takt=im-Zusammenspiel=mitden-andern finden müssen, um Diemaloche zu erledigen u: um bei ungehörigen außer Takt geglittnen Bewegungen von Dermaschine..... nicht erledigt zu werden. Der Beistand für Andere ist Beistand für= sich=selbst im Schatten Dermaschinen, nur soweit reicht er. Aus alldiesen-Gefangnen in den-Ergastula des Mars ist den Körpern dasmenschlich-Lebendige entwichen u: dessen Stelle hat etwas Anderes eingenommen: Marionetten=Hafte Mechaniken, das-Lebendige in= Bann zu schlagen. Seither vollführen sie wie Attrappen von Menschen fremde Bewegungen, geben Fremder Laute von sich, starren aus säurezerfressnen Gesichtern voller Schwären u Grind mit lebenleeren wunden Augen wie trübgeätzte Kameralinsen auf Alles was ihnen ins Sichtfeld gerät auf der beständigen Ausschau nach Beute, auf die sie sich stürzen könnten. Und Alles ist ihnen Beute das nicht ist wie sie. Das treiben sie solange, bis die-inneren-Besatzermächte abziehen, – dann stürzen diese Menschpuppen insich zusammen. –

Doch vor-allem !muß ich mich !bewegen, die wegen des langen 1gesperrtsein *im-Sarg* erschlaffte Muskulatur wieder zu stärken. – Zunächst mißrät mir die-Kontrolle über die Gliedmaßen, wiederholt gleiten Beine, Arme zu allen Seiten aus, – morsch & hinfällig die Wiederholungen zum Aufrechten Gang –; dabei stoßen die anschlenkernden Beine gegen zubergroße Bottiche, die vor die Längswand der Höhle nebeneinander abgestellt stehn, fast Randvoll mit dickschwappender Flüssigkeit – aus der heraus glatter ranziger Fettgeruch sich hinbreitet –. Unwillig grunzen mich Stimmen an von Arbeitern, die sich über diese Bottiche beugen, die zerrissene Haut auf den Armen bis zu den Achselhöhlen in die ölfette teerige Pampe tauchen, mit den Händen ausschöpfen & das schmierige Zeug langsam & betulich über Köpfe Gesichter Oberkörper & Beine zu verteilen. Sie waschen sich niemals, denn das hieße die Schutzschicht über ihrer Haut zerstören; das stinkende Altöl dient dem-Schutz jeder offenen Hautpartie gegen ätzende Säuredämpfe, wenn man zur-Arbeit vor den chemischen Öfen Laugenbädern & Destillatoren gezwungen wird. Auch die Reste der zerfetzten Arbeitmontur müssen mit Öl imprägniert sein als zusätzliche, wenn auch nichtlang haltbare Schutzschicht. Ölkrusten lagern sich an zwischen Fingern u Zehen, – beim Spreizen ziehen sich Häutchen aus Öl, als seien dort Schwimmhäute gewachsen. Jede Reinigung der Körperhaut vom Öl bedeutet tiefe, in-Fleisch sich fressende bohrende unheilbare Verwundung. Obwohl sie sich permanent einölen, straucheln viele mit handtellergroßen offenen Wunden an allen Körperpartien umher, die Wundränder schartig u zerkerbt, gelblich fetzt abgestorbnes Gewebe. Fettige Schwaden Öls wälzen sich durch den bissigsauren Gestankblock im Ergastulum, schmieriger Film überzieht alsbald jedes Körperteil jeden Gegenstand, selbst das grällweiße Licht scheint fettig eingetrübt. Einzig ungeschützt die Augen u der Rachenraum. Die meisten Münder fast zahnlos, das Zahnfleisch faulig verkwolln, eiternd, die Gaumen zu Fleischfasern zerfressen, die restlichen Zähnestumpen in den stets aufgesperrten nach-Atemluft gierenden Mäulern sind schwärzlich od grün wie von Patina überzogen, manche schillern in Perlmuttfarben od sind fast durchsichtig und zerbrechen wie gläserne Zapfen. Gräulich zerstörte Visagen treiben im öldreckigen Menschenstrom dieser Kasematten umher, Kerben 1schnitte Riefen Ausbäulungen Narben – als seien diese Visagen Masken, auf=Menschen-Maß verkleinerte Abgüsse von den zerkratzten erodierten Marslandschaften. Das Erschrecken vor !meinem Anblick muß daher rühren, daß jeder sofort erkennt: !Diese Zerstörungen sind nicht Zerstörungen durch die-Sklavenarbeit an den-Säurekochern..... Ich bin *anders*..... als sie. Mein Fleisch meine Wunden liegen *anders* offen als deren : ?Wer bin ich also. Tief sehrtief gefallen. Unheilbar verletzt. Auf=immer entstellt. Verlassen vom Mantel des-Glückes, der in seinen Falten den goldenen Staub der wunderbaren Rettung birgt. Kein Glück. Keine Goldnen Chancen. Keine Wunder im=Letztenmoment. Entstellt, abgestellt, eine offene Wunde bis zum-Moment= des-Verreckens in den schmierigen Ätzhöhlen des Mars. (?Was heißt *cambionero*.) Viele=hier sehe ich Blut kleine Fleischstücken Zähnebruch ungehemmt auf den Schmierboden spucken. Man weiß, die-Spucker..... machen nicht mehr lange.

Grad schaff ichs noch vor der Spitze der herankwellenden Schar in 1 der Koben unterhalb 1 4eckigen Wandausbruchs, drüber 1 Lüftungsschacht (das Gitternetz davor mit dicken Fettdreckhaarschimmelkeimen bebatzt) einen schmalen leicht abschüssigen Betonsims in der 2. Etage zu erklimmen: Dahinter 1 Nische od Höhlung, ungefüge ins Felsgestein hineingeschlagen, von der Länge eines ausgestreckt liegenden Mannes normaler Größe & grad so hoch daß Mann auf-Knieen hineinrutschen kann: meine Lagerstätte. Weder Türen noch Vorhänge Verschläge od andere Abteilungen, jeder klebt unmittelbar nebenjedem (das allerletzte Wort, das einem Hier einfalln könnte, wär *Privatsfäre*.) Durch das verdreckte Lüftungssieb über mir boxen sich hin&wieder heiße nach Maschinenöl riechende Luftschwappe hindurch, im stagnierenden Dunstblock sogar Erfrischung vortäuschend. Dieser Platz ist gewiß ein bevorzugter Platz, auf den die-anderen neidisch sind. Schon klimmt eine Gestalt herauf, gewiß derjenige, dem bislang dieser Platz gehörte – ich starre ihm direkt=ins-Gesicht: – langsam, unterm Bann des Entsetzens vor meinem Gesicht, weicht er zurück, läßt sich nachunten gleiten. (Aber ich würde diesen Platz nurjetzt für=mich haben, 1 Bewegung fort u: ein anderer wuchtete sich sofort herein.) In die Höhlenwandungen des Ergastuli sind zwar etliche Löcher hineingeschart, Unterschlüpfe für die-Zwangarbeiter, doch nur wenige sind in der Nähe 1 der Lüftunggebläse. Keinem gehört zudem 1 der Löcher allein, aus allen Höhlungen starren mehrere furchtbare Gesichter hervor. Wer für 1 Ruhefase 1 Platz ergattern konnte, verteidigt ihn wie sein Leben.

Bösartig=lauernde Schläfrigkeit läßt die Gesichter wie angefault erscheinen; – kann jedoch plötzlich ohne Vorwarnung hochschnellen zu hysterisch aufbrüllender heißer Wut. !WAS GLOTZU (in allenmöglichen Sprachen gebellt gekollert rausgespuckt & beinah die 1zigen artikulierten Laute). :So meist der Anfang, dann Hochfahren, Herfallen auf den Nächstbeliebigen wie Steine aus einer Gebirglawine: Zupacken, Reißen Treten, Schläge & Würgen, – dann die Messer od anderes Werkzeug zum-Zustechen od 1fach mit den gespreizten Dreckfingern in die Aughöhlen von Irgendwem (niemand kennt hier niemand's Namen), Sepsis alsbald, Verrecken in Blindheit –; unbedenkliches gleichgültiges Töten der Abgetöteten, um sich an den Flammen des eigenen Hasses für 1 Moment zu wärmen. Die meisten Schlägerein geschehn vor den-Freßröhren: aus der Höhlenwandung, nahe den Ölbottichen, ragen etliche kurze Rohrstutzen hervor, alle in 1 Reihe & in etwa anderthalb Metern überm Boden. Wer essen will, muß dort vor den Rohrstutzen niederknien; muß seinen Mund um 1 der verdreckten, mit uraltem Speichel & Rost beplackten Stutzen schließen (der eigene Speichel erweicht den grausigen Geschmack nach altem fauligem Fraß & verrottetem Metall), wer *Fressen* will, kniet auf dem Schmierboden, zutzelt an 1 der Rohrstutzen wie an der Mutterzitze, dann, als bekäm er ne Hostie vor einem nach jahrhundertealter Scheiße stinkenden Altar....., quillt sogleich in den Mund ein Schwapp breiiger knorpeligfetter Masse – kaum zu benennen dieser – dieser – Ge – Schmack: verdorbner Fisch messerscharf vorweg dann irgendwas gläsern Fleischiges Mehliges brandig synthetisch-Süßes klebt sich drein verkohltes Karamel u Bitterpflanzliches als seien Schilfgräser zerhäxelt worden – *Bittergerüche von Schierling an alten brackigen Wassergräben im mild orangefarbenen Abendlicht – Lange lange her, damals an einem Abend auf Erden als ich* – :Tritt gegen die Hüfte von dem, der hinter mir am Freßrohr wartet. Will jetzt=endlich ran. Fürs Trinken gibts 1 in den Boden gegrabene Rinne, wie Pisse fließen schäumige Wasserströme entlang zum Saufen für-kurze-Zeit, wer ans Ende der Rinne geschoben wird, schlürft Speichel u andern Auswurf von Dutzenden Vorgeordneter. Die Hack-Ordnung der-Sklaven : die Neuen=im-Käfig sind immer die-Angeschissnen. Aber das ist ohnehin kaum von Bedeutung: Denn sämtliche Nahrungmittel hier=im-Ergastulum – zirkulieren..... Das heißt, die-Ausscheidungen werden aus den-Kloaken geholt, gemäß ?werweißwelchen Jahrhunderte=alten, noch aus frühen Raumflug-Zeiten stammenden Verfahren der-Filterung (womöglich sind diese=Filter ebenso alt) »gereinigt« & dann immerwieder dem-Nährkreislauf zugeführt. Von-der-Windel=zur-Windel : die umgesetzte Idee vom *Biologischen Kreislauf.* Höre wieder das Krähteng: *—Hier sinn allet Kammraden, Jungchen, und det heißt: Der eene frißt Watt der andere scheißt. Und vajiß nich, Jungchen, wennde kotzn mußt, denn kotz int Kloloch und nich danehm! Wär schpritzdumm von dir, Jungchen, wennse dir weeng deim vaschütt jejangnen Kotter lünchn tätn.* — Deshalb gilt unter den-Gefangenen als der !größte Verräter, wer seine Pisse & Scheiße !nicht in die kollektiven Kloaken entleert; Hosenpisser 1scheißer od Kot&urindiebe, wenn dabei ertappt, werden !so=fort niedergemacht. Kotzen=vor-Ekel gewöhnt man sich ohnehin !schnell ab in 1 Welt wo Alles=Ekel ist. Schließlich kann niemand soviel fressen um in diesem Turnier den 1. Preis im Dauerkotzen zu gewinnen. Und die-Eingeweide sind das Hartnäckigste was es gibt: sie wollen sich einfach nicht von dir rauswürgen lassen, wollen nicht aufgeben; sie krallen sich fest=in=dir, allen-voran das Herz, dieser dumm=sture Pumpmuskel — als stampfe er fortwährend mit den Füßen auf wie ne trotzige Göre: !Ich-bin-da —, !Ich-bleib-da —, !Ich-bin-da —, !Ich-bleib-da —,— :Son Herz ist das Schlimmste in diesem Bottich aus Knochenfleisch&-blutsupperei-auf-Latschen, das Herz hält dich am-Laufen; das Herz kippt dich innen Rinnstein wenns !ihm beliebt: !Ich-will-weg —, !Ich-bin-weg —, —, —. (:?Bin ich jetzt schon so ?tief im=Arsch, daß ich ?komisch werden will), so komisch wie schließlich Hier das-Überstehen..... Das Innere des Mars ist ein Ort hinter dem Vergessen & Hier, in einem Ergastulum von vielen, ist selbst das-Vergessen längst vergessen, ist da-Sein nur noch komisch. — / Hupton, hochfahrend=herrisch, durchbrüllt die Stollen Kasematten bis in kleinste Höhlungen Nischen hin-1 —: mit 1 Schlag verlöscht das grällbissige Weißlicht, stürzt das gesamte Ergastulum wieder in=Finsternis — im Nachglimmen des Lichts, rötlicher Dämmernebel, erklimme ich mühsam den Betonsims in der Höhlenwandung unter dem Lüftungschacht (1 Platz=dort ist tatsächlich freigeblieben. Doch vor der hinteren Wand in der Nische liegt jetzt zusammgekrümmt eine Gestalt. Eine Ölspur den Sims-hinauf zeugt davon daß der Kerl hierherein gekrochen ist, als ich vor den Freßrohren kniete; die Berührung mit dem anonymen Körper, ein Bündel fettgliddschiger Lumpen. Der Fremde graunzt unwillig, spannt den Leib wie 1 Feder (er rechnet wohl mit Kampf), — doch ich wende

mich ab von ihm, krümme mich meinerseits auf dem gebliebenen Platz, den Blick fest aus der Höhlung hinaus ins fettschwarze Dunkel gebohrt : Den=Platz zu !verteidigen.
Das Verlöschen des Lichts befiehlt dieser Arbeiterschicht die-Schlafruhe. Starr=Zwang. Maul&stillhalten in schmierheißer Kerkernacht, Atmen zwingt Glutdämpfe in die Lungen, – Ein – Aus –, Röcheln Krächzen, Speichelfäden, die Atemwege brennend in-Glut –. *!Tag !Nacht : – ?Was mag Draußen jetzt ?wirklich sein. Regen (saurer Regen) Sonne Stürme – die gefürchteten Sommerstürme auf dem Mars –. Einst auf= Erden: Den warmen Schauder Sonnenlust erspüren auf der Haut, sobald die dunkle Wetterwolke vorübergezogen ist und Sonnenstrahlen mit sachten Händen über den ausgestreckten Leib hinstreichen – Windzüge lassen Sommer's Einsamkeiten frei wie Vogelschwärme in hochgewölbten Himmelhall – später 1. Regentropfen aus schwarzblauem Wolkengebirge, punktieren den Sand während fern über dem Meerhorizont noch helles Taglicht die Wasser flaschengrün einfärbt. Riechen den salzfaden Wind vom Meer herüber –. Dann die Regenschleier fadendünn durch Wellengewirre kämmend – Böen zerren Baumkronen scharf windwärts – aus noch sonnenheißem Laub&gräserland die Pflanzenfrische kühlen Atems flieht –. Jetzt Wogenhorden – geballten Wolkenmarmor tragen dicke Regensäulen in nächteblauer Wasserluft und lockere warme Sommererde duftet noch sonnenvoll unter den ersten Schauern –.* Aber !das sind alles Erinnerungen an Erdgesehenes aus Zeitenfernen einst zusammen mit=Ihr: *Der=Einen* –.– :Kein Hupton, kein Grällicht-Überfall, weder Schlag noch Tritt, auch keine Fäuste, die mich plötzlich hochreißen, aus der Helligkeit meines Traums in Diefinsternis des da-Hierseins.....
!AUFWACHEN (will ich) !AUFWACHEN, inmitten einer befohlenen Nacht od in einer andern ewigen säuredurchbeizten Finsternis.....
Beinahe wär ich entkommen; hätte mit Traumgeschwindigkeit die kosmoseisige strahlensengende All-Kluft zwischen 2 Planeten überwunden; wäre zurückgekehrt, unverletzt (!seltsames Gelüst, zum Ersten Mal verspürt, Trotz der Neuen-Gene –). Beinahe hätt ich *Ihr=Auferden* wiederbegegnen können: *Der=Einen*, deren Bildnisse mit *Dem=Geschenk* Imfeuer der abgeschossenen Landefähre verbrannten; – deren Bild jedoch in=meinem=Gehirn verblieben ist, 1gebrannt hinter verbrannter Stirn. Dort wird *Sie* überleben solange, wie ich überleben werde, bis ich anfange Blut zu spein nach ?wieviel Zeit im kurzen Wartestand 1 Tod=Verworfnen. Ich !muß überstehen, damit *Sie* überstehen kann. Leben um Leben=für=*Sie*. Zum Erstenmal fühle ich die

Bedeutung Des Erinnerns, wovon in früheren Jahrhunderten Menschen solch Aufhebens machten, daß Erinnern ihnen oftmals mehr-Wert gewesen war, als gegenwärtiges=Leben. Wir=einst in unsrer Erdenwelt brauchten keine Erinnerungen, weil unser=Leben im Zusammen=Spiel der kommunalen Großrechneranlage – Imagosfäre – mit Holovisionen den-Tod nicht mehr kannte. (Vater hatte mir gesagt, der-Tod sei nur so groß wie die Frage, die man an ihn richtet.) Jetzt&-hier ist der-Innerstebereich-Destodes, Er soll mich ausspein dorthin, wo ich *Sie* wiederfinden kann (?Was bedeutet *cambionero*). Nun weiß ich, !Was tun. Der Traum soeben, er ließ mich !erwachen.

Ekel vor der kalten Berührung mit dem Kerl im-Dunkel der Schlafnische neben mir. Schiebe mich bis dicht an die Kante – spüre wie mein Körper anschwillt, die wunde Masse brennend unterm Schweiß u durchzuckt von feurigen Schlieren Schmerz, als wälzte ich mich über glühende Feilenzähne, – drehe mich auf den Bauch, 1 Bein rutscht schon ab übern gliddschigen Rand, mit Händen & dem andern Bein halte ich mich in der Höhlung, die glattgeriebene Kante zwängt sich zwischen die Schenkel, Blut schießt pulsend ins Genital –: Erguß eines Gehenkten im=Moment seines Genickbruchs.

Leise wie ein fettiger Schatten gleite ich aus dem Hohlraum in der Felswand – lasse mich auf den Schmierboden hinab. – Umschau halten. – Nachdem die Augen nach dem Verlöschen des Lichts an Diefinsternis sich wieder gewöhnten, dringt 1 schwaches wie 1 Nebelgespinst wogendes Glimmen durch den Kerker, als würde das Gestein dieser Höhle schwach fosfereszieren. Aus 1igen der Schlafhöhlungen ragen Körperteile, Arme Beine Schultern, heraus, manchmal 1 Fetzen ölglänzender Kleidung. !Gewaltige Arme Beine wuchtige Keulen, Haarborsten staken wie Schrotkörner in blau absterbender Haut, bedeckt mit eiförmigen Geschwülsten ; – & wieder das-Gespür der eisernen Säule, der Längengrad-der-Sklaverei durch die-Zeiten gestoßen – die in Roms Ergastula der Steinbrüche Bergwerke Latifundien des Nachts Hin1gesperrten, das Körperfleisch die geschundne Maschinerie, ertaubt abgetötet Stück-um-Stück, vom erbarmlosen Schlafhunger ins nächste Abteil des endgültigen Todes geworfen – noch 1 Tag = noch Eineschicht-weiter – schon wartet in der nachrückenden Sklavenschar Ersatz für deinen Körper – ; – von massigen Schultern Hüften schlaff herabhängende faltenziehende Häute ; offene Brüche, Knochensplitter sprießen hell draus hervor wie rostige Nägel ; – in den-Naßspinnereien im lungenabtötenden Wasserdampf erarbeitet Einganzesjahrhundert Fortschritt=Industrialisierung, die-Wohnstätten für die-Arbeiter typhöse Koben mit Salpeter in den Wänden, das wenige Brot wird rasch schimmelig hier, blutiger Husten, aus dicken Schornsteinen schwefelsaure Qualmsäulen, Ruß als schwarzer Winter&sommerschnee, die-Sirenen heulen den-Schichtbeginn, als Ewige=Sirenen das Todeslied der-Massen kreischend, schneiden mit messerweißem Dampfstrahl Nachthimmel & Schlaf ent-2 – ; – zerstochen die wenigen Ruhestunden Schlafe's Welt u Träume, dann wieder Schmerzen im=Leib, der sich noch wehren will gegen Dasschinden= Fünfzehnstunden-am-Tag/in-der-Nacht – ; – gläsern rosiges zitterndes Fleisch, aus den Schlafkoben der Marszwangstätten hervorkwellend – durch die Gedärme schneidend blutige-Ruhr, das Grauen Imgestank der hilflos unter sich machenden Lagerinsassen, Barmherzigkeit Mit= Gefühl ersticken wo der Bedürftige zum aufplatzenden Gedärme wird, in=Dünnschißgestank ersäuft jede Solidarität – ; – feuerrot auf&- abschwellend, aus den Schlafhöhlungen – Ergastula auf dem Mars – herabbaumelnde zystenartige Geschwüre, durchsichtig wie Fischblasen wie Innerein von schlechtbegrabenen Untoten – aus dunklen Löchern strecken sich Finger als würden Eisenbolzen glühn, die Fingernägel zerfressen lösen sich auf, Handrücken bedeckt mit augengroßen Wunden, nässend verbrannte schwarze Ränder, – aus den-Arbeiz- Zonen starren Sklaven-Augen mit nichtmenschlichem Ausdruck, tot u stier wie Augen von Reptilien : Augen ohne Wärme ohne Trauer ohne Verlangen : Augen kalt u: brennend u: kein Gefühl, technische Augen für prompte Reflexe wie die elektronischen Augen in 1 Kamera – im kosmoskalten Licht der ewigen Menschen-Tortur, & mehr als !Das gibt es nicht (mag der Eisendorn, dieser mit=Frost&eisen festverschraubte Längengrad-der-Menschverschrottung, durch Allezeiten auch noch so tief in die Substanz-der-Zukunft dringen) – Die zu-Zeiten der *Sonnen-Kriege* mit hämisch=falschen Versprechungen herbeigelockten Massen, erste Siedler auf dem Mars sollten sie werden – in der Sprache-der-Bürokraten: *die-Transferisten;* in Wahrheit massen=Haft Deportierte: Menschen auch, deren Selbst=Gefühl ihnen signalisierte, sie seien *Aus-der-Bahn-Geworfene, Abnorme,* die ein Verlangen nach von- Außen kommender Kontrolle & Korrektur ihres-so-Seins entwickelten, weil das-Verlangen nach Selber-Schuld=haben & demzufolge nach Bestrafung größer ist als die Erkenntnis von der-Gleich=Gültigkeit alles Bestehenden & folglich aller bestehenden Urteile – ; – diese Kontrolle & Korrektur durch Übermächte konnten diese-Menschen niemals genau identifizieren u: daher wußten sie nicht, ob Das was ihnen widerfuhr, Bestrafung od Rettung sei (vielen mochte Beides schon das-Gleiche bedeuten; die faul=verlogene Gri-Masse zur Gleich=Gültigkeit) : die dunklen Güterzüge, gepfercht voll Menschen, & solange fahrend – fahrend – fahrend –, bis in diesen Koben-auf-Rädern das-Eden=zum-Krepieren erreicht war – all=diese Enden, all=diese End-Stationen –, dünn wie 1 Kanüle sticht der Längengrad-der-Hoffnung ins blutvolle Fleisch – stets hat *Die Droge Hoffnung* die meisten Kunden, die meisten dahinsiechenden Versehrten – :Zeiten-Sprünge, Zeiten-Explosionen: – Die-Menschen haben sämtliche Möglichkeiten für Not-Lösungen aufgesucht & ausprobiert; haben an den Widerhaken des-vergesellschafteten-Lebens ihre Natürlichkeit u ihre Unbefangenheit 1gebüßt, Zuneigungen Vertrauen Das-Sichverlassenwollen-auf-Andere kann es jetzt nicht mehr geben, weil niemand bei niemandem sicher=sein kann – das blakende Licht Mißtraun Feindschaft mit rußig böse schwankendem Schein – selbst die eigenen Träume muß jeder verheimlichen, weil Die-morfologischen-Bücher sie jederzeit freisetzen & damit verraten können – jedes Ich 1 Todesurteil. So blieben vor dem Längengrad-der-neuen-Sklaverei nur 2 Aus-Wege : Selbstmord od der Zugriff zur forciertesten Unmenschlichkeit: dem Serum für die Kontrektation des innermenschlichen Seins – Blokkade Ausbrennen & Löschen der Angst-Erfahrungspeicher in der eigenen Amygdala : Flucht weit=nach-Vorn = Flucht weit=Zurück, mit der-Gen-Korrektur noch vor Die Urangst der ersten Menschen – :!Dem haben wir=alle uns ausgesetzt, haben getan was anbefohlen ward. Seither ist falsches=Versprechen 1 Tautologie; Versprechen greifen immer zu kurz, es gibt Nichts mehr zu versprechen, nur noch zu erfüllen; der Längengrad, die dünne Kanüle, trifft direkt=ins-Mark. – Und leben weiter und immerweiter – krepieren und krepieren weiter und weiter, u Niemand soll Niemanden retten. Schade daß man sich selbst Dabei nur solange zusehen kann wie man mit=Sterben beschäftigt ist –, den-eigenen=Tod aber kann niemand erschauen. Aber, bei !soviel geschauten Toten, die am langen Dorn des Längengrads-der-Menschvernichtung aufgespießt wie Fleischbrocken auf 1 Bratenspieß & Allen sichtbar sind durch die Weiten-der-Zeit, deren Zahlen immerweiter gegen Unendlich wachsen, – vielleicht konnte, selbst wenn man wollte, den-eigenen=Tod, die eigene=kleine-Endlichkeit, Heute bereits niemand mehr sehen. In dieser Heeresmasse Menschen=Elend wiegt mein eigenes Elend weniger als 1 Atom. Zumal hartnäckig ein blödsinniges Gefühl mir die-Rolle des-Nichtzugehörigen, den Das=Alles nicht betrifft, Trotz Schmerzen & verbrannten Gesichts des nur von-außen-her Zuschauenden vormacht (?Was heißt *cambionero*). – Also weiter=voran mit Sterben das Hier niemanden interessiert : Schwere rasselnde Atemgeräusche, schleimbatziges Husten Keuchen, einige Seufzer rasseln. Auf Kniee & Ellbogen gestützt langsam=leise rutschend über den felsigen Grund. Jetzt erkenne ich Gänge, Korridore, rausgesprengt aus Demfels – in beliebige Richtungen, 1 der schwarzen Tunnelöffnungen anpeilen, dorthin gleiten auf dem Bauch rutschend sich schleppend wie ein Reptil, das den entlegensten Ort von der Horde sucht zum=Sterben. Der Boden, sobald die Schmierschicht aufreißt, ist spitzkieselig, rauh, Kniee & Ellbogen schmerzend wund, aufgerieben zerschnitten. Will vollkommen niedersinken, liegenbleiben – hineinwittern in die fettige Bodenschicht, übersät von filzigen sich zersetzenden Gewebefetzen, ?Menschenhäute ?Kleiderreste, knatschend gleite ich drüberhin –. !*Auf.* !*Weiter.* :Einestimme aus Demdunkel, direkt über mir, rauh flüsternd doch aus gewaltigem Mund. Überdeutlich, scharf ins Gehör geätzt Diese einfachen Worte – von ?wem. Niemand außer mir ist Hier zu sehen. Wende den Kopf, den Hals hochgereckt, die Blicke stoßen hinauf in den zum Kamin senkrecht in-die-Höh gestellten Höhlenraum – wie eine leere Augenhöhle beglotzt mich Schwarz von-oben-her Das Nichts. Niemand dort. Nur Diesestimme: !*Auf.* !*Weiter. Du* !*mußt* !*weiter.* – Die Antwort aus meinem lippenlosen Mund, durch faulige zusammgepreßte Zähne, porös-pfeifende Atemstrahlen –, ausgeätzte bittergelbe Luftstrahlen –. Aus Dunkelfernen helle Schreie, rollen wie schartige Bleikugeln die Tunnelgänge entlang, werfen dürre Staketen murmelnd zusammgestellter Stimmen um (betonfest Dergestank nach allen menschlichen Ausscheidungen) Raunen in giftsaurer Finsternis und manchmal jammervoll ein langanhaltend hoher Menschenlaut als würd 1 kleine Maus gequält –, Raunen Murmeln seit-Jahrhunderten schon mit den ersten Gefangenen hierher gebracht auf den Mars & in diese Felswandungen gebeizt geritzt, aus Seelen herausgetrieben mit Allernot&pein u Leidenschaft urkristlicher Gemeinden einst in Katakomben der Römischen Welt, jetzt runtergekommen zum blödigen sinnlosen Stumpfsinn's Nuscheln Sabbern Greinen aus verfaulten Mäulern wie Gebete von senilen Mönchen – ; – rasch wexelnder Atmosfärendruck, mal versinken Diestimmen wie unter Wasser zum dumpfdrückenden Blubbern Rauschen – dann spittsick klirr die Trommelfelle punktierend; zu den geschwächten Muskeln lassen die Schwankungen im Atmosfärendruck den Gleichgewichtsinn taumeln –, Schwindel Übelkeit flacher Atem, Funken Sterneblitzen in den Augen, elektrisierte schwarz glühende Wände Dröhnen Rauschen im Ohr, – die Katarakte des Bluts & die Stromschnellen wiederkehrenden Lebens unter neuer Schwerkraft, – Herzrasen – – ; – wuchtig Pumpen Schlagen Stanzen Dröhnen aus allen Tunneln & Höhlengängen heraus, Denfels derb erzitternd : Diemaschinen wieder in tödlicher Schwerstarbeit..... Das machtvolle Flüstern kehrt noch ein Mal zurück, packt mich als Einefaust-im=Genick, will mich hochheben wie eine Katze, – spüre Diestimme die Wirbel des Rückgrats entlang in Muskeln Sehnen Bändern Fleisch wie 1 Nadel dringen, die Worte schlagen mit schweren Hieben gegen mein Herz. Elektrische Faust-Stöße. Zucke, spring zitternd hoch, zu schwach die Beine, stürze nieder – noch ein Mal: – : und noch ein Mal: Zucken, Zittern wie unter Strom, Knie&hüft-Gelenke knirschen –: tatterig Beine Arme, morsch u steif die-Gelenke im Rükken, verstopfte riesig angeschwollne Lymfgefäße, Sehnen & Muskeln umschnalzen den rippigen Leib –: Aber – ich stehe – stehe auf-recht – !Auf=Recht. Halte mich. Stürze nicht wieder hin. Bleib stehn. Zittern in Waden Schenkeln. Sinke nicht zurück. Bleib !stehn, – Arme Hände gegen die Felswandung des Tunnels gestützt. Sauren Speichel, dünne Atmung preßt sich fiepend in den Rachen. –

Eines ist klar: Die gegenwärtige Mars-Atmosfäre ist im-Allgemeinen, trotz mehr als zwei Jahrhunderten *Terra-forming-Maßnahmen*, mit Sauerstoff im=Besonderen, als frei=atembare Luft für=Menschen vollkommen unzureichend beschaffen – das ungeschützte Sichaussetzen 1 menschlichen Organismus dieser Mars-Atmosfäre, weiß Jedeskind, führte binnen-kurzem zum Ersticktod. Meine Flucht aus der Gefangenschaft an die Marsoberfläche wäre gleichbedeutend mit Selbstmord. Daher auch sind die Regionen-Zwang=Arbeizwelt an ihren äußeren Grenzen praktisch unbewacht. Die in=Schächte&arbeitstätten eingeschleusten Sauerstoffmengen – schlechte zum-Großteil aus Exhaustion von privilegierten Marsstätten bestehende Lüfte – verdünnen sich immerfort je weiter von den 1füllöffnungen entfernt in den Tunnelsystemen man sich aufhalten muß. Überdies kann stets ein gewisser Teil dieses Sauerstoffs durch poröses Gestein od anderweitig undichte Verschlüsse in die Marsatmosfäre entweichen. Dies ist die *Unsichtbare Fessel* der-Menschen=hier-an-die-Zwangarbeit, & wird diese Menschen vernichten nur später als Draußen=die-Atmosfäre..... Flucht in die verzweigten Katakomben-hinein bietet ebenfalls nicht die Chance auf langes Überleben; ich hab nur noch wenig-Zeit. Gleichwohl ist bekannt, daß innerhalb der Tunnelsysteme jeder Staatenblock diskrete Übergangstellen in des jeweils Anderen Machtsfäre geschaffen hat; nur auf!diesem Weg ist Austausch jederart zwischen den-Staaten möglich. Absperrungen, Posten, Barrieren, Annäherungmelder, Laserwaffen umlagern zwar diese Übergänge, doch bieten sie, außer dem-Tod, die 1zige Möglichkeit zum Entkommen (?Was heißt *cambionero*.) –.– Mit= Händen stütztastend in beliebige Richtung weiter hinein in den Tunnelgang, Schritt-auf-Schritt, die Sinne angespannt ins=Dunkel gereckt, den dumpfen Geräuschemulm nach !Gefahr durchstochernd – feinkörniges, dann wieder grobporiges Vulkangestein ertasten die Handflächen, abgewechselt von weiten Partien mit glattem dunklem Basalt. Von den-Besitznehmern-einst kaum bearbeitet worden sind die Höhlenwandungen dieser Magmakanäle, die sich vor Jahrmilliarden durch den Planetenmantel fraßen sengten schmolzen, als aus brodelndem Glutkern dieser Planet zur ersten frühen Gestaltung kam; dann jedoch erstarrte die Glut, erloschen die Vulkane, die Glutöfen ausgebrannt so End=gültig, wie auf=immer die Flammen der Lebens-Freude verlöschen können in 1 Menschen. Das Magnetfeld des Planeten ward schwächer – dünner – ward durchlässiger für tödliche All-Strahlungen, – dann brach es zusammen, radioaktive Stürme Strahlengewitter prasselten nieder auf das noch junge Gesicht des Mars, zerfeuerten verbrannten frühe Fauna Flora, die-Atmosfäre entwich ins=All..... Es heißt, der Planet in seinen letzten paläontologischen Stunden habe *geschrieen* – *Denschrei* sterbender Planeten, Milliardenjahre bevor menschliche Sinne *Ihn* hören konnten (jetzt, beim Übertasten der felsigen Wände, scheint mir Dieserschrei, gefangen= Imstein in Flözen wie Erz, mit Fingern spürbar; man brauchte nur das richtige Werkzeug, um Denschrei des Mars herauszuschlagen) – leicht aufwärts führt der Gang, tastend weiter und weiter hinan in unbekannte Regionen (unvermessene, mir feindlich=alle), – 1 Schimmer Licht mischt sich ins Dunkel & wieder anschwellend aufdröhnend

Rumor ungestalten metallischen Schabens Mahlens, grautönendes Brodeln mit stichig-sauren Dämpfen –: der Gang, den ich entlangtaste, vollführt 1 scharfe Wendung – : Grällicht weißbissig (das schon bekannte) fährt mir stechend-ins-Gesicht –; (& was ich schon hörte:) schrilles Sirenengeschrei – (& schon gesehen hab:) die fettigglänzenden in speckige zerfetzte Schutzkleider gehüllten Klumpen Mensch, zu Horden geballt gestoßen dahingetrieben wurmige wabernde Arbeitermasse –; ?führte mich dieser Weg also wieder nur=hin-1 in den Beginn einer Arbeitschicht, stecke=fest=Indermenge, auch hier: keiner kennt keinen, keinen kümmert keiner, die Kiefer knacken, Knochen knorren, fettige Ballen Leiber stecken kleben an:1:anderfest, aus Faulmündern Grunzen, schlapfschlurchend Tausenderfüße über öligen Grund, – und jetzt – !Jetzt : schnellt der engschmale Gang auf zum ge-Walltigen Höhlen-Raum – Eine Halle Ein hochhinauf sich wölbender Saal – so weithin geworfen wie Echorufe im Gebirge – Eines Domes Hallraum – – (noch nie zuvor habe ich unterirdisch !Solchenraum gesehn) –.

In der gegenüberliegenden Wandungfront – mehrere Hundertmeter breit – verlaufen in vielen Etagen übereinander u parallel breite Straßen, sie verbinden die Zufahrten in die Tiefen des Felses, & auf all=diesen Straßen bewegen sich Heerscharen Arbeiter – aus der Entfernung u in der Höhe klein wie Ameisen-auf-ihrem-Weg: mit weitaus besseren Schutzanzügen ausgestattet als wir, aufrecht ihr Gang & entschlossen. Das sind die Freiwilligen Arbeiter, die Qualifizierten Fachkräfte = die Besser=Gestellten (Keinblick von Denen herab zu uns......). Vor jeder einzelnen Zufahrt=Oben bleibt eine Arbeitergruppe stehn – bis die letzte Gruppe den ihr zugeteilten Eingang-ins= Innere Desfelses erreicht. !Jetzt : Über die gesamte Hundertemeter breite u viele Etagen hohe Wandungfront flammt auf eine grelleuchtende Feuerwand: Die Holovision eines aufrecht stehenden Roten Flammenmeeres, wogendes Rot, langzähnige Reißwolfgebisse von Flammen – & in der grellrot wabernden Feuerwand erscheinen übergroße schattenhafte Mensch-Figuren, die Konturen zitternd schwankend mit den lodernden Flammen –. (:?Sind diese Flammen Feuer aus offenen ?Hochöfen od ?Feuer in einem ?Krieg – ?sind die Schatten-Menschen ?Arbeiter od ?Soldaten die ins=Feuer=gehen od ?aus Demfeuer ?heraustretend ?heimkehren –.) Über den langsam sich verkleinernden schatten=haften Gestalten erscheinen nun, als tauchten sie aus den strömenden unablässig murmelnden Stimmen-Kören, leicht schwankend vom Grund des Feuermeeres heraufscheinend & wechselnd in verschiedenen Sprachen, nacheinander drei unablässig sich wiederholende Schriftzüge auf:

»Was Feuer nicht verbrennt, wird hart!«
»Aus Feuern unverbrannt, gehärtet an Leib und Seele!«
»Wer nicht brennen kann, der soll nicht leben!«

Jede der Schatten-Figuren ist mittlerweile auf die Größe der Zugangportale geschrumpft – als fasse ein dunkler Sog von=dort-heraus nach jeder 1zelnen Gestalt –, so wird Diemenge wartender Arbeiter langsam allmählich durch die Rote Feuerwand hindurch ins=Innere eines großen unbekannten Fabriken-Labyrinths hineingezogen –.

Noch im=Bann Dieses Schauspiels werde ich hier=unten von Dermasse wie 1 Brocken inmitten kwellenden Breis nun ebenfalls vor die Wandungfront gedrängt; schartige, scheint notdürftig in Denfels geschlagene Öffnungen in der untersten Etage, nur=!die gilt uns (die Flammen-Holovision über uns ist erloschen). – Und wieder müdfettiges Gelbdämmerlicht, die Gruftbeleuchtung zur Mensch-Verschrottung. Sämtliche Wandungen, noch kleinste Vorsprünge u Vertiefungen – mit dicken ätzigen gelblichgrünen Pelzschichten überwuchert – als seien von Hunderten Batterien die Säuren ausgelaufen.

Dann glätten sich die Wandungen, erscheinen wie blankpoliert. Kaltscharf stechend zerschneidet Geruch nach Chemielabor Fluor Chlor Formalin das Atmen die Luft. Zum 1. Mal gerate ich vor eine der Treibhausgas produziernden Maschinen (keiner fragt mich danach, ob !ich zu !Dieserschicht gehöre od zu einer andern: Wer da-ist, wird zur=Arbeit gezwungen von Seinesgleichen, die DAS-SOLL zu erfülln haben : streng=festgelegte Megakubikmeter Gas Fluorkohlenwasserstoff & Perfluorpropan. Solange bis zur SOLL=ERFÜLLUNG gelten wir, – dann rücken Neue auf). Sämtliche Maschinen verarbeiten Diemengen der von uns=Zwangarbeitern zugeführten Grundstoffe selbtätig, ihrerseits überwacht von automatischen Meßsonden; im Kontroll-Zentrum in einer der oberen Fabriketagen in wohlgefilterter angenehm temperierter Luft gehen die-Meßdaten ein. Nur im Störfall läßt Einer=der-Qualifizierten von-dort sich herab, den Schaden=hier zu begutachten (die meisten Störfälle: Zwangarbeiter stürzen sich ins

Säurebad, verstopfen die Abflüsse), der Schaden muß dann !rasch behoben werden, 1=anderer tritt an die Stelle des Verlornen. Viele=von ihnen sind bereits verfault als sie zur=Arbeit antreten; – wenn sie durch die-Fabriktore gehn, macht Man hinter ihrer Ziffer: ✓ :den-Haken für Abgänge.....

Tauglich bin ich 1zig zu Helfarbeiten & Zulanger-Diensten, werd 1gesetzt wo die großen Loren mit fossilen Brennmaterialien, aber auch die mit mineralhaltigen Gesteinen, die, in Bergwerkgruben abgebaut ohne Unterbrechung fahrend, herankommen aus ferneren Bezirken im Fabrikenlabyrinth, auszuleeren & damit die Zufahrtschächte für die Aggregate der Reaktormaschinen zu beschicken. Mit jedem Öffnen der Einfülluken schlagen mir stechende Schwaden Fluorgas Formalin entgegen & wie von bergeweis schmokenden blutigen Mullbinden & verbranntem Ozon Dergestank erhitzter Elektrokohle. Aus gigantischen Elektrolysebädern steigen in Dickenschwaden Gase auf, werden angesogen von Exhaustoraggregaten & der folgenden chemischen Reaktion zugeführt –, bis weitere Batterien großtrichterförmiger Exhaustoren die verdichteten Gaswolken in die-Schornsteine pressen, hundert und mehr Meter hohe, wie Orgelpfeifen aus der Marsoberfläche emporstechende Röhren – hoch-hinauf jagen diese Schornstein-Kanülen fauchend in den Marshimmel die giftigen Ströme Gas, um die Atmosfäre aufzuheizen & zu verdichten, als Dunsthaube dem gesamten Planeten sich überzustülpen, aus giftdurchsetzter dicht=geschlossner Wärmehülle die einstrahlende Sonnenenergie zu absorbieren, die sonst von der Planetenoberfläche rückgestrahlt würde ins=All, um schließlich die nach Erd-Verhältnissen geschaffene Leben-spendende Ozonsfäre aufzubaun, dem 1. Schritt hin zur Neu-Schaffung einer Mars-Atmosfäre, die jener der Erde gleichen soll. In Nähe beider Pole arbeiten Fabriken zur Herstellung von »dunklem Schmutz« (vorallem Ruß & andere Schwebstoffe aus gesucht=altertümlichen Kohleverbrennanlagen, die ihrerseits der Energiegewinnung dienen, um damit die Reaktormaschinen, die Sauerstoffgebläse, die Stromgeneratoren anzutreiben), um mittels weitverzweigter Bestäubanlagen das Poleis einzuschwärzen, mit einer Dreckschicht zu versiegeln, damit auch hier die-Albedo durch das Kohlendioxid-Eis, das in sehr wechselnden Schichtdicken die Polregionen überdeckt, stark herabgesetzt werde; das allgemeine Aufheizen der Marsatmosfäre soll sich zunehmend stabilisieren & damit die meteorologischen Verhältnisse erdähnlich umgestalten. Gestöber aus schwarzem fettigem Schnee, in die machtvollen über-Monate-hinweg tobenden Sommerstürme geworfen & weithin über die Landschaften des Mars als graftifarbne Wanderdünen verbreitet – bis in Äquatornähe, so am Südrand von Isidis Planitia, trifft man auf die schwarzen Staubdünen, die in den scharfkantigen Wechselschichten selbst der kleinsten Kraterwandungen sich 1nisten als fettrußiger Schnee.

Seit ich in der Holovision der Flammen-Wand das Menetekel gelesen hab, drängt sich 1 anderer Trugspruch hartnäckig ins Gehirn, – schon will mir scheinen, !ihn habe ich ebenso Dort im Holovisionfeuer gelesen:

»Hinter der Arbeit lauert Die Freiheit!«

Langsam wie eine große Wassermasse bei Flut rücken nun auch die letzten Arbeiterscharen auf die Holovision-Wand zu – gehen durch das imaginierte Feuer – & verschwinden im=Innern der Fabrikhallen. Rumoren Turbulieren all dies undeutlich=dumpfe beständige Tumultieren als Begleitgeräuschehülle die wie schwere Wolken jede Menschenmasse umwabernd begleitet – nimmt ab, wird schwächer und schwächer –, erlischt schließlich ganz. Erstaunlich, daß niemand (kein Wachtposten, keiner der andern Arbeiter) mich ebenfalls Dort=hinein zu zwingen sucht – scheint als sei ich 1 Gespenst in der Arbeiter-Welt; – langsam offenbar unauffällig für Alldieandern lasse ich mich aus Dermenge zurückfallen – schwenke aufs-beliebige ein in 1 der dämmerigen Felsgänge, schon bin ich all-1 zurückgeblieben. Dieses vulkanische Labyrinthsystem ist wie ein Urwald: wenige Schritte ins=Dickicht genügen, und man hat sich verirrt..... Selbst die 1fache Umkehr-auf-der-Stelle erscheint verfehlt. Aus den Felswänden treten bisweilen hochstämmige Wölbungen hervor, wie versteinerte Stämme von Urwaldbäumen, unsterblich. Sehe im beständigen Schummer nichts anderes als die Wirrsal anderer Tunnelmündungen Tunnelzugänge Hohlräume Kavernen von filigran ineinander verflochtenen steinernen Ranken die zerklüfteten Tunneldecken&wände überspannend – :das von Stürmen zerfältelte gestriemte Dünenfeld im Krater Proctor (wie Luftbilder ihn zeigen) – :das Geflecht verhärteter Brandnarben in meinem Gesicht (wie meine Finger sie ertasten) – von Groß zu klein u Alles=gehört=zusammen –; bisweilen unter den Füßen auf dem schmierigen Boden helles Knirschen, als würd ich Käfer zertreten. Noch geschwächt muß ich mich auf meinem Schleichgang durch die Magmatunnel desöftern niederlassen, auf Kniee Ellbogen Unterarme gestützt auszuruhn inmitten des Schmierbreis über dem Steingrund. Unwillkürlich schließen sich meine Finger um Etwas im schlüpfrigen Bodenschlamm Steckendes : 1 !menschlicher !Zahn – : jetzt erkenne ich im Schmierfilm auf dem felsigen Boden !Unmengen kleiner heller Brocken; der Boden erscheint übersät mit !Zähnen, !Knochenstückchen, sie=alle müssen menschlicher Herkunft sein, denn außer Mikroben gibts hier keine Tiere – als sei ich mitten auf dem Festplatz von Kannibalen. – Obwohl mir in der Zeit nach dem Abschuß der Landefähre zum Mars größere Ekelhaftigkeiten Grausamkeiten Quälereien widerfuhren od ansichtig wurden, als sei ich an eine Leben=lange Kette von Alpträumen gefesselt, so daß Alpträume die-Wirklichkeit u: alles Übrige als Traum erscheinen, schlägt mich der Anblick dieses mit Zähnen Knochensplittern übersäten Bodens, insbesondere der Fund dieses 1 Zahns, mit Kaltemschrecken : Denn vermutlich ist dies=hier weder Folterplatz noch eine andere rituelle Opfer-Stätte kultivertierter Völker, sondern dieser Zahn&knochen-Bruch ist Begleiterscheinung des Zwangmarsches der unter dem Mars Zusammgepferchten bei ihrer Arbeit-zum-Tod.

!Erinnere: die aus den Schlafhöhlen raushängenden absterbenden Gliedmaßen, die zähnespuckenden Fratzen, aufgespießt von eigenen morbiden Knochen-Gerüsten. ?Welche Art des Verreckens ist ?grausamer: Immer die !verordnete Art & das Schmerzenvolleverrecken während des-Warten&hoffens darauf, Dertod möge ausgerechnet=!mich auslassen. Dann wäre Über-Leben – doch Über-Leben ?wofür, für ?wen. Es gibt keine Zeitbegrenzung keine Begnadigung für Zwangarbeiter, ihr Ende ist gleichbedeutend mit dem eigenen Ende. Ich weiß das, denn ich-selbst habe in meinem Büro auf dem Mond !diese-Arbeiten verfügt. Und dennoch: genau=!diese Hoffnung ist es, !muß es sein, die wie eine unsichtbare Währung Hier=Ganzunten auf dem-Grund der Entmenschlichung kursiert; sotief=Unten noch unterhalb des-Unteren = der-Geschlechtlichkeit, das-Unterste: die pure da-Seinbewahrung als blind=fleischlicher fressender & verdauender Organismus. 1 Währung, die als Religion mit dem 1zigen verheißvollen Gott-des-leiblichen-Davonkommens den-Glauben an Überstehnkönnen aufrichtet in all den zerschlagenen Seelen, im des Lebens allseits beraubten Dahinvege-Tierens...... !Diese Hoffnung : das Unterste aus dem Erinnern jedes-Menschen heraufholend, das 1. & das Letzte dessen, was Leben heißt : die-Mütterlichkeit, das Säuge-&-Hege-Prinzip, das tier=haft Unterste, das leibliche Zuwendung verspricht & Schutz vor allem Nichtbe-

schützbaren. Und so sind es die-Legenden, die mitsamt dieser Währung zirkulieren, in der bauchigen güte=vollen Harmonie-Sprache 1=jeden Religion verfaßt, die dadurch das-Sichanschmiegen, den seelischen Greif-Reflex & das-Hinneigenwollen zu diesen Erzählungen von Gnade, Auferstehung aus den Arbeit's Grüften, von Wunderbarer Errettung aus Höchsternot, schließlich sogar von Aufstieg, Erfolg, Reichtum bewirken – :in=Menschen das ewige Joseph-Syndrom. Ja, genau=!Dies findet sich Hier, wo der Unterste Ort = die Letzte Station vor der vollkommenen Vernichtung erreicht ist.
!Diese Legenden haften Hier=Unten mit dem Schmieröl den Ausscheidungen Inschlamm&gestank, so zähe, beständig, & hartnäckiger sogar als das-Leben= selbst. Denn wäre Allesleben endlich zu=Ende, so blieben gewiß noch Die-Geschichten-vom-Über=Leben erhalten, erzählt von den-Büchern für Niemand, von Niemandem aufgeschrieben als vom seltsamen Fleisch der-morfologischen-Bücher. Fortgeschrieben von Büchern für Bücher, weiter & weiter auswuchernd wie Sporen Rhizomen Moose aus allen Kadavern des-Einstgewesnen. Denn das-Allerschlimmste, das ist nicht die unendliche Folge von Schrecknissen, die Kette der Alpträume die zu Wirklichkeiten werden & in immerweiteren Variationen mechanisch Ungeheuerlichkeiten hervorbringen von noch niemals zuvor gesehenen Grausamkeiten – : Das-Allerschlimmste ist Dersockel, der fest= stehende Grund, auf Dem diese Grausamkeiten sich errichten können : Die 1=für=Allemal fest=stehende=Ordnung, die-Selbverständlichkeit des ewigen durch Allesleben hindurchstechenden Längengrades-der-Vernichtung. Das Ruhende, das Eingefrorene in allem grausamen So=Sein..... !?Was ist Das-Grauenhafte gegen Die-unverrückbare-Ordnung..... mitsamt Dem-menschlichen-Drang..... zu Ebendieser=Ordnung dazuzugehören mit ihren Zahlen, Tabellen, Regularien für Aller Verhalten & Alles Bestreben. : Muß !Schluß= machen mit Alldem, !endlich=Schlußmachen; muß irgendwo 1 Höhlenausgang finden, der mich an die Oberfläche des Planeten bringt, der mich aussetzt dem Sauren Tod, wie man hier=auf-dem-Mars Dasersticken nennt in der atemuntauglichen Atmosfäre unter fremdem Himmel. –

Ich bin inzwischen sehrweit von den-Arbeitstätten im Felslabyrinth abgekommen, denn Maschinenrumor verdünnt sich zum akustischen Nebel; – statt dessen höre ich mein eigenes krustiges Atmen & das-Schlagen des Herzens, Hoherdruck aufs Gehör ?od ists schon Etwas-Anderes, das durch die dunkler auch rasch enger werdenden Gänge zu-mir heraufdringt – :von Irgendwoher ?Raunen dürrer Stimmen, heiseres dünntröpfeliges ?Flüstern, und dazwischen immerwiederkehrend 1 kaltes hauchflaches Seufzen –. Zuerst Augen : Augen=überall, auf Tunnelwänden Tunneldecken sogar auf dem schlüpfrigen Steingrund. Das heißt, ich hielt anfangs diese hellen runden Klexe für Hämatit, die »Blaubeer-Kugeln« wie sie besonders in nördlichen Meridianregionen des Mars vorkommen. Genaues Hinsehen zeigt mir: !Augen – mit stumpfgrauen Stellen u blinden Flecken – das Schwarze darin aber ist glänzend, unergründlich lauernd od erstarrt registrierend jede meiner Bewegungen wie Periskope. Sie sind !überall, – rücken näher an mich heran –, schließlich lösen sich aus der Tunneldecke große unförmige Schatten, sinken vor mir hinter u neben mir herab wie fettigschwere Gardinenfetzen od sie erheben sich aus dem schmierigen gummiweichen Grund – : !Menschen, Dutzende von !Menschen – langsam zu Einermasse sich formend ballend, Ausweichen od gar Entkommen unmöglich. Aber außer dem angestrengt kratzenden übelstinkenden Atem nichts anderes von Denen, kein Wort, keine Berührung – Abwarten, Lauern, unbewegten Auges : Starren. Als wollten *sie* mir beim Sterben zuschaun solange, bis *sie selbst* an-der-Reihe wären. Andere Zerstreuungen od Interessen scheinen *diese=hier* nicht mehr zu kennen. – Auch spüre ich unter den Knieen u Ellbogen Weiches, Nachgiebiges – offenbar stütze ich mich auf menschliche Leiber, die so geschwächt sind daß sie gegen die Last meines Körpers nicht mehr sich wehren können. Nur manches Mal von-dorther 1 schwächlich quietschender Laut, sobald ich auf 1-von-denen gerate. Gewiß wartet *man* mit Echsengeduld & Kaltblütigkeit darauf, daß auch ich niedersinken u Bestandteil dieser fasttoten und bereits verwesenden Leiberschicht werden würd – & !dieses Schauspiel, sooft *man* es auch schon gesehn haben mag, will *man* sich keinmal entgehn lassen. Vermutlich meint *man*, wer Hierher kommt, der kommt all-1=zum-Sterben. 1 bläulicher Lichtschimmer (vielleicht von Bakterien Pilzen Sporen od: fosforeszierenden Chemikalien) düster durch die schroffe Tunnelröhre bis Hierher in diese Felsnische – hebt allmählich *Gesichter* aus Derfinsternis heraus –: *Sie* scheinen körperlos zu schwimmen in diesem bedrückenden bläulichen Tau, diese leeren Gesichter, von Haß Verzweiflung Bos=Haftigkeit & Krankheiten verzerrt zerrissen deformiert, von Hungerglut & Wellen sengender Schmerzen überschauert, – von menschlichen Gesichtern nur noch die äußere Hülle, Gewimmer Stöhnen aus den wie von gefrornem wilden Gelächter aufgezerrten Mäulern, in den Augen, den Hämatit-Kugeln, wetterleuchtet jetzt gelbe unergründliche Wut.....

Aus dem Bodenschmant u aus der schummerdurchschmutzten Finsternis schält sich direkt:vormir ein *Etwas*, *– eine Gestalt*, rückt näher auf mich=zu, die aus Schatten heranfließenden Konturen verfestigen. Pestblock, Brodem lebendig von-innen-her verwesenden Fleisches umhüllt die Gestalt, aus der heraus eine Stimme mit knirschendem Mahlen kwillt. –Mmnnjää-i-i-ich – kenn dich. – Ja – Ja – Jaja!jadoch: Erkenne dich wieder. – Mit solch langsam tappender Stimme, deren Worte sich erst in meinem Kopf zu Sätzen fügen, rücken mir seine wüsten leeren Augen nochnäher:aufdenleib. In tiefen Höhlen nisten schwarz die Qualen=des-Verreckens. –In keim Arsch isses so finster, keine Fresse kann so verbrannt sein dassich sie jemals vergessen könnt & wennich sie vor-mir sehe nich wiedererkennen tät. – (Er schnalzt mit seiner Zunge, ein Geräusch als würd fauliges Fleisch zu Boden falln. –) – –Mondbasis, Mendelejev-Süd, Büro für Transferisten-Zuteilung, Abteilung römisch vier. Vor 2 Marsmonaten. – (Und glotzt mir ins Gesicht, erwartet wohl 1 Reaktion von mir. In seinen Augen zuckt ein heimtückischer Brandstrahl.) – –Natürch erinnerste dich !nicht an mich, n Beamta hat immer Vielzuvielzutun mit Abschaum wie mir. Da verschwimm die Gesichter ?wie. Da wern alle=gleich ?hä. Alles=is=1. Du weißt nich wer ich bin. Aber !Ich weiß wer !du bist.

–?Seit !Zweimonaten, sagt Er, ist Er ?Hier. ?Wie konnte Er !Hier !solange ?überleben. (Meine Worte fallen rauh&krustig in die ölschwer veratmete Luft.)

Aus dem Faulmund meines Gegenübers ein mäckerndes Gekrächz. –!Hörteuch Diesen!heini an – (& äfft meine Frage nach mit schmierig-langgezogener Stimme –) –kwatscht gradso alswenner noch auffer !Erde wär. Da hattwohl die-Dosis beim Umschpritzn nich ?angeschlaang !wie. Vielleicht biste desweeng jetz=hier. Aber ich sags dir, weilde so schööön gefragt hast: Bin erst seit-kurzm Hier. Hatte vorher Eisurlaub. – (Spottkrächzen aus den fettigen Schatten der Herbeigekrochnen, die mich inzwischen umzingelt haben. Bisweilen, wie Bisse kleiner Köter, spür ich Reißen Zupfen an den Lumpen meiner Hosenbeine.) In der sauerätzigen Dünnluft haben die Stimmen 1 spitzen entzündeten Klang. Und jedes 1zelne der gekrächzten Wörter scheint aus den zusammenhängenden Sätzen herauszubrechen, wie kleine Glasstücken aus dünnen Stäben, und diese Wörterscherben, dieser gläserne Staub, stiebt in die finstersten Ecken Winkel Nischen der Höhlung,

setzt sich geheimnisvoll glimmernd fest – wie tausende hellflackernde Drohungen, Augen-Blicke voller Haß&angst.....
—?Eis ??Urlaub. – Wiederhole ich=ungläubig.
—Ja. So heißtas Hier. Bin abgehaun gleich nachdem ich ins Transferisten-Lager kam. Wirst mich doch nich verpfeifm, Kumpel, ?was. (Die Stimme im höhnisch:drohenden Anhub.) – –Aba du hast dich ja auch dünnegemacht. Da meinste wohl du bist jetz einer von uns ?hä. Ich war !schlauer als du & bin in die-richtige-Richtung stiften gegang. Hatte gehört von Wassergewinnfabriken, Aufbereitung-von-!Trinkwasser & son Scheiß. Nordpolarregion. Hatte Glück. Konnt mich Dort reinschleusen in die-Arbeitertrupps. Is die !allerbeste Region in Derhölle. Bessre Belüftung weil Daswasser nich verdorm werden darf. Sauberer Fraß für die-Arbeiter. Nich sone üble Kacke-wie=hier. Und !Wasser : !Frisches !Klares !Wasser. Wie ausner Gebirgkwelle. Da fällt schoma der 1 od andere Schluck ab. – (Wieder dieses trocken rasselnde Krächzen, & Zupfen am Hosenbein.) – –Denn hammse mir ausfindich gemacht & Hierher verfrachtet. Hatte wieder Glück. Auf Flucht steht eingtlich !Sofortige Exekution – : War aber gradmal n Mangel an noch verwertbaren Arweitern, s waren zuvor !zuviele krepiert. Sonzt hättense mich auffer=Stelle kaltgemacht. Und denn – denn binnich noch ein Mal abgehaun. Hierher. Wie alle=Hier.
Während er spricht, hebt mein Gegenüber mit Zeigefinger & Daumen seelenruhig 1 unteren Schneidezahn aus dem Kiefer heraus, beglotzt ihn kurz, wirft den Zahn wie Abfall zu Boden (:blobbt in eine Schlammpfütze, verschwindet im öligen Schmand). Darauf redet er mit zischelnder Stimme weiter. –Aber sss genug jetsss mitter Fragessstunde, Frointsssen. Deine Viehsaaaschsche – (er spuckt fauligen Blutstrahl gegen mich) – –vergesss ichchch !nie. Du wassstasss – (spuckt) – –wassstasss Schwein dasss michchch depo – depor-tiert hat. – (Prüft anderen Schneidezahn, der wackelt auch.) Mit der freien Hand zieht er 1 Dolch & holt langsam=genüßlich aus zum Stoß gegen:mich. Von seinem Skelettarm zitternd erhoben eine knotige Faust, dadraus sticht der schartige verdreckte Stahl, der mein Fleisch aufschlitzen wird – 1 Toter tötet 1 Toten. (Schließe die Augen, senke den Kopf, erwarte den grellen Schmerz –)
—He-he-!he – (mischt sich die Stimme eines andern Schattens drein.) – –Sieh ihn dir dochma an: Ders garantiert n !cambionero. Da binnich mir !absolut=!sicher. Leg ihn !nich um, den brauchng wir !lebend.

–Ja. Rissstisss. (Bestätigt der erste mit hinterlistig angeschliffner Stimme.) –Den brauchen wir. Jetsss machn !wir den-grosssen-Tausch. (Und speit 1 schäumigen Batzen Blut gegen:mich.) Aus der verklumpten Schar beifälliges Grunzen. –Kannst dich bei deiner verkokelten Fresse bedanken, daß wir dich am-Leem lassn, falls das n Grund is zum Bedanken. – Schnauzt mich mit überraschend klarer Stimme Einerderschatten an. / Und endlich – !endlich beginne ich zu begreifen : *cambionero* = *der-Austauscher,* 1=jener Gefangenen, die zunächst als-Geiseln gelten, um später turnusmäßig zwischen den-verfeindeten-Staatenblöcken Hier=auf-dem-Mars ausgetauscht zu werden wie Agenten, um durch diesen Austausch zwischen denselben Mächten auf=Erden die-Maske *Frieden*..... zu=halten u: auf dem Mars=den-Krieg..... Offenbar weiß MAN bei den-Pannies, wer ich bin. !Deshalb hat MAN mich so=lange *aufgehoben*, hat keine Anstalten gemacht mich zur-Arbeit=zu-zwingen, vielmehr mich behandelt als sei ich 1 Gespenst. Ich hätte 1fach nur ausharren müssen dort wo MAN mich *abgestellt* hatte; statt dessen hab ich mich davongemacht : Meinen Status habe ich verspielt; MAN wird mich finden & niedermachen. Einstweilen bin ich von dieser-Horde aufgegriffen worden, 1 Gefangener von Gefangenen; die wollen mich als-Pfand gegen DIE VERFOLGER. Denn MAN wird nach mir suchen & also bald hier sein. –

1 der Gestalten, die mich umzingelt halten, bückt sich nieder, gräbt seine skelettdürren, wie durchsichtige Krallen gekrümmten Finger in Denschlamm der in fast geschlossner Schicht den Felsboden wie eine schmierige Filzmatte überdeckt, & mit feuchtem Abrißgeräusch reißt er einen großen Fetzen raus & hält mir das faserige gummiweich sich biegende Stück entgegen. –?Weißtu was das is. – Seine Augen starren mir mattschwarz wie 2 Reptilaugen entgegen, emotionlos unbarmherzig. Ich sehe den Fetzen in seiner faserigen Zusammensetzung in seinen Händen sacht sich bewegen, als fließe permanent eine Welle od eine Peristaltik durch das schwarzgraue Stück zähverfestigten Schlamms. Weil ich nichts antworte, schnarrt die Stimme weiter: –Das is ein Stück aus dem !sen-si-tiefen=!Nerven-System – (:er spricht langsam, als müsse er 1 Kind vorsprechen) – –das in-Form=Desschlamms durch alle Tunnelgänge Hohlräume Nischen & Spalten in den erschlossenen Bereichen im=Mars sich hindurchzieht. Das haste wohl nich ?gewußt. Das unsichtbare Wurzelgeflecht, die Nervenstränge, hochgradig komplecks wie Spinnwebnetze, nehmen von-Menschen

Signale auf – !Emotzjonen, verstehste, denn wo Emotzjonen sind da sind Menschen, leiten Alles weiter an die-Empfänger in den-Leit&-kontrollstationen – so wissen DIE immer wo wir sind & was wir fühlen. Mit 1 Wort gesagt: Alles=hier ist solchermaßen durchseucht von menschlichen Leben's Rückständen, daß Dieser-Modder: !lebt. Und stündlich kannste sagen lebt Er besser..... je besser wir=verrecken. Erst wenn wir=alle wie Dieserdreck sein wern, wern wir überstehn. – –Was er da=jetz gemacht hat: er hatne !Morz-Alarmsirene ausgelöst bei DIE. – Mischt sich 1 andrer ein. –Jetz !solln SIE Hierher=komm & solln versuchn uns zu überrenn. Wir schnappn uns IHRE Laserprügel & machen SIE fertich. Und denn in IHRE Fahrzeuge und !Auf&-hopp=hinaus. Ungläubig schau ich auf das leis zitternde Stück schmierigen Filzes, das die Hände des Gegenübers mir wie ein Tausch-Geschenk entgegenhalten. Aus den Abrißkanten ragen feinste Äderchen heraus, 1igen enttröpfelt gelblich-tranige Flüssigkeit. : *Die Speisenkarte im Mond-Restaurant; Geschichten um die-biomorfologischen-Bücher, wie der Fremde-im-Warandress sie mir erzählte u: die ich damals nicht glauben wollte, bis jetzt.* –

–Jiept aba nen Trick wie man die Sssignale auch ssstören kann. – Zischt die Stimme dessen, der sich 1 Zahn gezogen hat. Inzwischen polkt er wiederum in seinem Gebiß, & fördert alsbald einen Backenzahn hervor, den er wiederum in den Bodenschmant fallenläßt. Und wie alle Menschen-mit-Sprachfehlern sucht auch dieser=hier nach Worten, die seine Behinderung betonen. –Ssson toter Tssahn sssignalissiert dem-Sssysssstem nen !Totn, denn Augen hat Derdreck noch keine. Nach Totn aba wird nisss gefahndet. Tote braucht MAN dort wossse hingefalln sssind. MAN lässstssse verwesn. Jeder Tote versssstärkt die-Sssssensssibilität vom Sssysstem. Dasssisss die eintsssige Schongsss für=unsss, Dassysssstem tsssu !überlisssstn. ?Hasssstu vielleicht nen lokkeren Tssahn, Kumpl. – Und will mir wien übergeschnappter Zahnarzt mit seinen Dreckfingern sofort in den Mund langen. –:Ich stoß ihn zurück so kräftig ich kann. Er sinkt zusammen wie ein Blatt nasses Papier. Aus Denschatten kollert bösartiges Maulen, an den Resten meiner Hosenbeine wütendes Zerren, ins dürre Wadenfleisch wie von etlichen kleinen Kötern nadeldünne Bisse –. Aber sie behelligen mich nicht weiter; wäre ich nicht ihre=Geisel, ich wäre längst schon tot=im-Dreck. So aber habe ich für=sie einen Wert. Also schlenkere ich die Angreifer fort – sie fallen bäuchlings in Denschmant, bleiben liegen, rekeln sühlen sich Drin als verschaffte das diesen skelettmageren kraftlosen Wesen den größten Genuß (:und verstärken mit ihrem Tun die Leistungfähigkeit dieses *sensitiven-Nervensystems* für Eine All=gegenwärtige Kontroll-Macht, die sie jetzt herbeilocken wolln). – *Alles !Gefasel, Redeblech menschlicher Hoffnungmühlen, leerdrehende Aggregate toter ausgeweideter Seelen – bis sie im kosmischen Wahnsinn zu Dreck zerfalln werden. !Hier* (die Ahnung schießt wie 1 Stromschlag ins Hirn) : *!Hier ist 1 der Orte, wo in allen=Anstrengungen der-Menschen das-Universum sich=anzueignen & lebbar umzuformen, der Große Riß, Dersprung im Porzellan der-Erwartung sichtbar wird : Von !solchen Orten wie !diesem=Hier, von einem erdfremden Planeten ausgehend, wird, zu Irgend-Zeit, Dasgroßesterben beginnen.....* –

Fiebergrelles Weißlicht stürzt von–über–all–her in die Felsnische, Leuchtstäbe mit Magnesiumlicht zerbeißen die Schatten, sprengen die Anblicke verklumpter Gestalten an Felswänden, auf-dem-Boden= Imdreck heraus; lassen massige Vierkant-Figuren in schwarzen Schutzanzügen mit verspiegelten Sichtfenstern in den Helmen & dem Staatwappen der Panamerikanischen Union auf der Brust, Laserwaffen als lange dünne Stäbe in den Fäusten, auftreten. Aus den speerdünnen Spitzen der Laserwaffen scharfe weißblaue Strahlen – im Grellweiß des schallenden Lichts=ringsum sichtbar nur als nahtdünne Spuren durch annihilierte Luftmoleküle – Alles, worauf sie gerichtet werden, verschmort. Die mich als ihren=Pfand gefangenhielten & bei den-Verfolgern für=sich Was rausschlagen wollten, kommen nicht zu-Wort; sie haben nicht damit gerechnet, daß MAN mit ihnen nicht verhandeln muß; sie=alle starben unter scharfen Laserstrahlen mit mattem Schrei, in wenigen Sekunden zerstrahlt, zu Fleisch&fettbatzen verkocht. Stechendscharf das brodelnde Fett im Krematoriumgestank. Das niedergebrannte Menschenfleisch sinkt in die dicke Schmierschicht über dem felsigen Grund; mir scheint, Dieseschicht saugt die blasigen Fleischreste langsam wie Einsumpf=insich ein –.– Während der kurzheftigen Aktion kein 1ziges Wort. Das magnesiumgrälle Licht zerbrennt weiter die Schatten in der Felsaushöhlung, brennt Nachtblindheit aus meinen Augen. !Sofort hat MAN mich gepackt, – nun, zwischen zwei der schwarzen Soldaten gehängt, werde ich davongeschleift. Als ich mich Einem zuwende, in das verspiegelte Sichtfenster seines Helmes schau, erkenne ich als Spiegelbildnis in der sfärischen Verzerrung zum 1. Mal mein verwüstetes=Gesicht..... : Kriegvisage,

Schreckenruine, Fratze aus Alpträumen von Töten & Tod, der Unheimkehrbare der in Bunkern Grotten Schächten Minen Stollen Kasematten immer=bleiben wird; & der immer dann erscheint, wenn ein Ende angefangen hat. *Und wer sich einläßt mit=mir, der wird nicht an Meinerkälte, der wird erstarrn an meiner Gräßlichkeit.....* In den Fetzen meiner Lippen kein Gefühl, seit-Langem ertaubt der Mund, als hätt ich dorthin unaufhörlich Faustschläge bekommen. Von den schäußlich=schlecht vernarbten Brandwunden schießen in-Attacken sengend Schmerzflammen mitten=ins-Gehirn, als feuerten Laserwerfer ihre Strahlen. !Keinschlaf seit-Wielangerzeit. Einigemale schon bin ich kurz davor gewesen, mir den Schädel an einer Felswand od am Bodengestein zu zerschmettern — jetzt, nach !diesem An-Blick im Spiegel, noch einmal u stärker als je zuvor Dieserdrang; die kräftigen Arme, die mich gepackt halten, verhindern jede meiner Regungen, die SIE nicht wollen. Im=Schraubstock Diesergriffe muß ich am-Leben..... bleiben. —

Eine Schneelawine aus Licht, gleißendweiß die Wände & hohe Decke in einem kahlen Raum, als seien sie aus Porzellan. Die Bodenfläche, auf die MAN mich gestellt, ein großes Rechteck aus ebenfalls weißen Fliesenkacheln, ist vom regelmäßigen Gittermuster aus dünnen schwarzen Fugen streng geprägt. Verwirrt, geblendet, jede noch so kleine Bewegung auf dem Fliesenboden sticht in die Herrscherstille-im-Raum als 1 spittsiger Porzellanklang. Aber !Luft — Frische=Saubere=!Luft — Ströme aus Guterluft treffen mein wundes Gesicht wie kühler Schall — :Weitauf der saugende gierig=hachelnde Mund —.

Dann aus dem Gräll icht !diese Stimme: —¡Sie haben uns einen Haufen Ärger bereitet, *Señor* — mnö — Bosixerkaben 18-15-9-14-8-1-18-4! — (Der Sprecher läßt sich ausgiebig Zeit, meinen Namen zu buchstabieren; jede Silbe 1 Kränkung.) —Weitaus mehr Ärger, als das der Bedeutung Ihrer — hm — Person entspräche. — Die Stimme läßt mir keine Zeit zur Besinnung. In unverändert hartem, anklagendem Ton: —Sie hätten nur bleiben müssen, wo Man Sie hinbefördert hatte. ¡Sie haben doch aufgrund Ihrer — äm — Ausbildung wissen müssen, dass Sie in Folge Ihres — mnä — bedauerlichen Flugunfalls, der Sie auf das Hoheitsgebiet der Panamerikanischen Union versetzte, fortan als ein *Austauscher* fungierten! — Summende weiße Stille=Imraum — ozonbissig. Diese messerscharf klingende, die Silben & Endungen der Wörter überdeutlich stechende Stimme in meiner Sprache kommt aus straffen, bronzefarbenen Lippen in 1 glatten, ovalen Manngesicht von unwirklich scheinender blaubrauner Färbung, metallisiert wirkende Haut wie bei den meisten Marsgebornen; der Mund festgefrorn zum dünnen boshaften Lächeln. Dazu im:Gegensatz stehn seine trübgrauen, alt & ausgesehen wirkenden Augen.

Während der Offiziant, schmächtiger Mann in mittleren Jahren, hinter seinem Büropult sitzend diese Zurechtweisungen spricht, bewegen sich weder Kopf noch Oberkörper des Mannes; erstarrt wie 1 Marionette ohne Spieler liegen beide Oberarme parallel=zu1ander auf der grellweißen Pultplatte aus porzellanähnlichem, Daslicht zerstäubenden Material.

Der Offiziant stanzt seine Worte: –Ich sage Ihnen jetzt, was Sie zu tun haben. Sie werden – auf übliche Weise per A.D.N.-Signum – für das elektronische Übergabeprotokoll bestätigen, dass: Erstens Sie mit dem Austausch Ihrer Person im Rahmen der Replatzierungsabkommen zwischen der Panamerikanischen Union und, in Ihrem Fall, dem Zentraleuropäischen Block einverstanden sind. – Zweitens Sie während Ihres Aufenthalts auf dem Hoheitsgebiet der Panamerikanischen Union auf dem Mars eine fürsorgliche Behandlung erfuhren, keinerlei Gewaltanwendungen ausgesetzt waren sowie ausreichend Ernährung und medizinische Versorgung bekommen haben. Eventuelle körperliche und Schrägstrich oder geistige Beeinträchtigungen an Ihrer Person allein dem Selbstverschulden zuzurechnen sind. – Drittens Sie weder psychomedizinischen Versuchen unterzogen noch Ihnen physio-psychisch manipulative Implantate, Injektionen oder andere Substanzen appliziert wurden. – Viertens Sie während Ihres Aufenthalts auf dem Hoheitsgebiet der Panamerikanischen Union auf dem Mars zu keinerlei Arbeitsleistungen oder irgend anderen Tätigkeiten gezwungen wurden. – Fünftens Sie zu keinerlei Aussagen, weder über Ihre Person, Ihre Amtsaufgaben noch über technische, militärische, soziale, wirtschaftliche, politische Verhältnisse Ihres Heimatstaates von den Behörden der Panamerikanischen Union auf dem Mars gezwungen wurden; Ihre sämtlichen Angaben hierüber haben Sie aus freiem Willen getan. – Sechstens Sie künftig keinerlei Aussagen in mündlicher und Schrägstrich oder verschriftlichter Form über technische, militärische, soziale, wirtschaftliche, politische Einrichtungen betreffs des Hoheitsgebiets der Panamerikanischen Union auf dem Mars machen, sondern hierüber in jeder Form absolutes Stillschweigen bewahren werden. Alle diese Einrichtungen unterliegen dem Geheimnis-Status. (:?!Was sollte ich nach meiner Rückkehr an Geheimnissen berichten od verraten, was es bei=Uns nicht ebenso gibt. Aber vielleicht ist gerade !Das = Das-Geheimnis.) ¡Sie werden – freiwillig – diese Erklärungen für das Übergabeprotokoll signieren, Unterschrift! – Und schiebt mir über die porzellanweiße Pultplatte das Signiermodul herüber.

–Und wenn ich mich ?weigere. (Diese Äußerung ist mir unabsichtlich geschehn als Reflex auf den-impertinenten=Befehlton.)

Das glatte Gesicht des Offizianten verändert sich um keinen Zug, nur das kindlich=boshafte Grinsen verstärkt sich, in die alten Augen zeichnen sich Spuren Ekel & Verachtung, wie vor 1 störrischen Insekt. So wie er, ohne abzulesen, zuvor die-Litanei, zum werweiß Wievieltenmal, frei hatte daherbeten können, so jetzt auch seine Erwiderung auf diesen gewiß ebensooft gezeigten Versuch zur Renitenz. –Sie würden sich Ärger bereiten. Nicht mit uns, sondern mit Ihren eigenen Leuten. Kommt der Austausch wegen Ihrer Unterschriftverweigerung nicht zu Stande, tragen allein Sie für das Leben Ihrer Landsleute die Verantwortung. Ich vermute, dass Sie das nicht wollen, von können zu schweigen.

Aber inzwischen hat Einer-der-Wachtposten, die mich herbrachten, meine rechte Hand & den Daumen ergriffen, & roh auf das Detektorfeld vom Signiermodul gepreßt. Nun ist aber dieser Daumen genau wie mein übriger Leib eine=einzige Schmier&fettkruste, die winzigen Detektorbürsten dringen nicht durch bis zur Haut, sondern die Dreckschicht verklebt die Bürstenfasern. Fluchend registriert der Offiziant diesen Umstand, er verzieht voller Abscheu das Gesicht, als hätt ich vor-Alleraugen in den Raum gepißt. Wütend erteilt er dem Wachtposten den Befehl, mit einem Schabeisen Dendreck abzuschmirgeln. Das geschieht, & daraufhin schimmert 1 münzkleines Stück heller Daumenhaut aus der grauschwarzen Fettkruste hervor. Der Wachtposten preßt noch ein Mal diese Hautstelle aufs Modul : 1 Signalton bestätigt meine »freiwillige« Signatur unter das-Übergabeprotokoll. Mit barscher Stimme weist der Offiziant seine Posten an: –¡Und jetzt schafft mir diesen verstunkenen Müllsack mit seiner Brühfresse hier raus, aber dalli! – (:!A, ihn gibt es noch: Den-gutenalten=strammen-Kotz-Ami & die-Abrichtersprache, in der Man hetzt, um in Allenwelten rücksichtslos über Leben&sterben zu verfügen. Solche Stimme fährt jetzt aus diesem Porzellanmännchen hinterm gleißenden Pult wie grobe Fürze.) – –¡Ab damit in die

Badeschatulle! Lasst ihn dort zwei Stunden weichen. ¡Dann gebt ihm saubere Klamotten und raus in die Austauscher-Schleuse, vamos! – Die Posten zerren mich eiligst aus dem weißen Raum, der mit seiner grällen ursprunglosen Helligkeit & peniblen Sauberkeit an eine chirurgische Station erinnert, – & ich sehe, daß dort, wohin Man mich gestellt hat, auf dem makellosen Fliesenweiß eine teerigzähe Pfütze verblieben ist. Die Dreck&fettkruste, untrennbar vermischt mit Kleidung-Fetzen, überdeckt meinen Leib wie ein Schorf, aus den Bruchkanten sickert, als seis Eiter aus Wunden, ölige Schmiere – und breite Schlierespuren zeichnen nun den Weg quer-durch-den-Raum, den die Posten mich entlangschleifen –.

!*Badeschatulle* – :!Glückreiche Einrichtung. !Nie hätte ich geglaubt, daß dieses uralte Allerwelt-Requisit in=mir !solch Verzückung auslösen könnte. Von den Kleiderlumpen befreit steige ich ein in das mir zugewiesene, wie ein menschgroßes Brillenfutteral aufgeklappte Bademöbel – lege mich, wie in einem Bett aufs Laken, nieder auf die hauchzarte Netzstatt, so daß ich im-Innern der Schatulle zu schweben meine –. 1 Wachtposten klappt den oberen Schalendeckel zu (nur mein Kopf schaut aus der freigelassenen Öffnung heraus; Jemand beginnt sofort die heillos verfilzten Kopfhaare bis auf die Schädelhaut abzuschaben), – und nun sprühen im=Innern der Schatulle aus Vielendutzend winzigen Düsen wohltemperierte Wasserstrahlen auf-mich-ein –. Bequem strecke ich mich aus – gütevolle unendliche Erlösung – Wärme gleitet prickelnd in meinen Leib hinein (ich schließe die Augen) ein schmiegsames Tier mit flauschigem Fell will eindringen noch in die kleinsten Fasern – ein sommerwarmer Regenguß umhüllt und durchflutet meinen Leib – schwebend in wohligem Vergessen – das Tier in meinem Innern mit seinem weichen Fell umschmeichelt mich, füllt mich aus mit behaglich strömenden Schauern –; doch spüre ich diesen Schwall nur im=Innern des Körpers, nicht auf der Haut. Die fühlt sich taub an, abgestorben, nimmt keinerlei Temperaturen wahr, als sei ich verpackt in einem Panzer aus Horn. In die Wohligkeit springt Angst: *?!Was ist mit mir – ?Wieso spüre ich Nichts auf meiner Haut – Ich will hier !raus.*

Danach brauche ich nicht zu rufen; die-Wachtposten drehen die Wasserzuflüsse ab, 1 reißt den Schatullendeckel auf (Man flucht über die öligfettigen Rückstände, die mein Bad hinterlassen hat) – und zum 1. Mal seit-Langerzeit sehe ich meinen Körper nackt : spittsick, rippenklapperig-dürr, ausgezehrt, die Haut, wo sie nicht zerfetzt, bösrot als würd ich glühen, durchfressen ist von handtellergroßen Ekzemen *(die Brandfresse der Glühleib)* – :schamvoll drücke ich die Augen zu. Man reißt mich aus der Badeschatulle, wirft mir viel zu große aber saubere Kleiderstücke über. Stumm leitet mich die-Eskorte durch eine Bunkertür in den angrenzenden Raum, hellgekachelt, schmale Bankreihen längs der Wände, hier & da hocken lethargisch 1ige Gestalten (insgesamt 11, zähle ich), ebenfalls in schlotterigen Drillich gehüllt. Martialisch postieren sich die-Wachmänner um die 2. Bunkertür im Raum, mit Laserstöcken drohend dem, der gegen das-Sprechverbot verstößt. (Niemand, den ich kenne.) Zeit vergeht –

Auftritt Offizier in panamerikanischer Uniform: –¡Herhörn! ¡Sie werden alle jetzt sofort in Transfer-Panzerwagen verladen! ¡Umgehend ab über die Piste zu den Zentrops! ¡In Zweierreihe angetreten, Vorwärts Marsch! – Die andere Bunkertür wird entriegelt, im Nebenraum die Schleuse zu dem bereitstehenden Fahrzeug, das aussieht wie eine plattgedrücke Schildkröte aus Metall, die Panzerummantelung reicht fast bis auf den Boden; schmale Sehschlitze in den Seitenwänden. Drinnen Dämmer & Hitze, in der stockenden Luft lastend der breite Geruch von Angstschweiß altem Erbrochnen & dem seltsamen Gestank nach verrottetem Metall. – Wir werden durch transparente Tunnelröhren einige Kilometer auf der Marsoberfläche entlangfahren (weiß ich) u auch, daß wir uns nördlich des Mare Chryse befinden müssen (denn in dieser=Gegend war meine Gefangenschaft). Somit fände der-Austausch irgendwo im Acidalia Planitia, entlang des 30. Längengrades statt, hier verläuft die-Grenze zwischen den Gebieten der-Pannies im-Westen u: der-Zentrops im-Osten. –

Die Fahrt beginnt. Durch die Sehschlitze an der Frontseite beobachte ich die äußere Schleuse, die wie die Facettenlinse vor einem großen Kameraobjektiv aufgefahren wird – das Fahrzeug passiert die Schleuse zur Einfahrt in die Verkehrleitröhre – eine schnurgerade Strecke –, dann meine !ersten Aussichten auf diesen Planeten : Stunde eines sich neigenden Tages auf dem Mars. Durch die Sehschlitze des Panzerfahrzeugs hindurch das Panorama eines rostroten Dunsthimmels – die Jahreszeit auf dieser Hemisfäre ist am Rand zum Marssommer mit seinen plötzlich hereinbrechenden Stürmen – die Sonne, kleiner faseriger Nebelfleck im staubdunstigen Himmel, steht schon tief – und vom Saum des Horizonts her sich ausdehnend ein Ozean in orangefarbenen Wogen –. Im Heranrollen wechseln die Färbungen der Wellenkämme rasch von Schaumweiß ins Grafitgrau und dann in fettiges Schwarz – über die gekräuselte Meeresfläche jagen die Wellenkämme rasch dahin (straffer Wind muß Draußen gehn – hält die Wogen flach) –. Schließlich bei näherem Hinsehn während der Fahrt erweist sich der Ozean als Treibsand, der Wogenschaum als feines Granulat, wohl sehr altes von den Rußfabriken hergewehtes & mehlig überstaubtes Regolith, Zeugnis mächtiger Winter & Steine zerbrennender Sonnenkraft. Das Staubmeer mit seinen trockenen Wellen u dem feinen schwarzen Wogenschaum – eines Ozeans Erinnerung mit Trauerrand an einstige Wasserwelten, lautferne Tiefen, Jahrmilliardenweit in der-Zeit zurück. – Das-Meer-des-Todes – man sagt, wer Ihm zunahe kommt od an seinen Stränden verharrt, muß sterben. –

Die Sehschlitze auf der anderen Seite des Panzerfahrzeugs bieten mir nur wenig Aussicht. Einmal fällt von dorther ein Schatten herein – die Steilwand eines Kraters: von tiefen mächtig eingekerbten Rinnen geprägt, dunkelblaue Streifen mit krustigen Wulsträndern wie von versteinertem Schlamm als wären noch vorkurzem sengende Lavaströme aus dem Kraterschlund (der muß Hochdroben hinter tiefhängenden Wolken verborgen sein) herabgeflossen.

Im Windschatten des Vulkanmassivs liegt fast kein Staub auf der Silikonwandung der Verkehrleitröhre; erstarrte Lavakeile dringen heran bis dicht vor die Augen, so nahe daß eine fremdartige steinige Frostigkeit Erschauern über die Gesichter wirft. – Kurz darauf fliehen die Blicke wieder über Geröllhalden, kantige Blöcke ziehen lange flaue Schatten über das rostfarbene Gelände – aus dem weithin gebreiteten schotterigen Land erheben sich die dunklen Fluten hereinstürzender Dämmerung –. Und aus den Schatten wüchse Dersturm, eisige Sanddünen zögen alsbald über wüstenflaches Ödland hin – –

In den Monaten der Sommerstürme ist diese wie jede andere Piste mit ihren diafanen Silikonleitröhren für den-Fahrzeugverkehr auf der Marsoberfläche unbenutzbar: Dutzendemeter hohe Wanderdünen schleifen wühlen ihre Staubmassen über alle Kontinente, bedecken unter dichten Staubschichten auch die Verkehr-Röhrensysteme; Hagelstürme aus Gesteinebrocken trommeln wie Artilleriegeschosse=im-Dauerfeuer gegen das nicht immer resistente Silikon der Verkehrröhren (Großeschäden sind stets nach den Sommermonaten zu beheben);

Staub&säureregen, messerscharfer Frost (knirschend recken sich aus den vereisten Kontinentalplatten Trockeneiskristalle, formen Streben Gitter Zacken Borsten aus zu bizarren stumpfhellen Klingen −); Keinesonne dann, Finsternis. Schon bedecken Draußen die Röhren feine Gazeschleier aus Flugstaub −. Hätten die-Posten mich in den Höhlungen nicht jetzt aufgegriffen, dann hätte ich kein Meer-des-Todes zum Verrecken gebraucht.

In regelmäßigen Abständen blitzen während der Fahrt an den Tunnelwandungen, bunt archaisch riesengroß wie alte Filmplakate für längst verschwundene Kinos, die Hoheitzeichen der Panamerikanischen Union auf & stets wie von einer Girlande umwunden das-Staat's Motto: ¡*Tenéis el derecho de odiar la vida!*

Dann keine Wapppen mehr : Wir haben die Neutrale-Zone erreicht. Und schließlich, in die schon verlangsamte Fahrt bis in den Stillstand, schiebt sich ins Blickfeld ein anderes Hoheitzeichen.

IN DER ÖSTLICHEN REGION von *Acidalia Planitia* der mit vielen kleineren Kratern zerklüfteten Landschaft *Protonilus Mensae* u nördlich des *Mare Chryse* − genau in=dieser Region, den 30. Längengrad überquerend, muß der-Grenzübergang sein, denn hier verläuft 1 der wenigen Transferstrecken zwischen den Staatenblöcken oberhalb des Mars − und schon erkenne ich auf einem Schild direkt=vor=mir : Das Staatwappen der Zentraleuropäischen Union.

Auf himmelblauem Grund das weiße Emblem in Form des Pascalschen Dreiecks, mit schlanken schwarzen Ziffern für 8 Ebenen beschriftet. Über der Spitze des Dreiecks thronend, von einem Dornenkranz umflochten, ein geöffnetes Auge. Doch dieses Auge ist kein menschliches Auge: Ein Kameraobjektiv, vielmehr die Facette etlicher Objektive, die dem Weg eines=jeden Betrachters zu folgen scheinen.

```
           1
          1 1
         1 2 1
        1 3 3 1
       1 4 6 4 1
      1 5 10 10 5 1
     1 6 15 20 15 6 1
    1 7 21 35 35 21 7 1
```

Langezeit hält das Panzerfahrzeug am Kontrollpunkt zu beiden Staatenblöcken. Militärisch ausgerüstete panamerikanische Kontrollposten mit Laserabtastgeräten schreiten gemächlich den Mittelgang im= Innern des brodemwarmen schummerigen Panzerfahrzeugs entlang. MAN läßt sich Vielzeit. Ein-ums-andere-Mal gleiten die Laserabtaststrahlen auf ihrer Suche nach bislang unentdeckten Verbrechern über-uns hinweg.

In allen Söldnergesichtern, von denen trotz Atemmasken & blauverspiegelten Schutzbrillen noch genügend zu sehen bleibt, stets die gleiche metallisierte Härte & brutale Freude an ihrem Tun; jeder dieser Posten genießt sichtlich seine Über-Macht..... Elementar-Körper für Angst & Schmerz. 1-der-Austauscher kotzt auf den Mittelgang. Jeder der Söldner hat den Kotzer bemerkt, doch keiner nimmt davon sichtbar Notiz; derlei Vorkommen steigert ihren=Genuß=am-Dienst. Vielzeit dehnt sich hin im=hochgespannten Schweigen –. Dann verläßt der-Trupp von Pannie-Söldnern das Fahrzeug am hinteren Ausgang (wie Scheiße den Arsch), um sofort am Eingang=vorn (wie Fressenbrocken ins Maul) einen Trupp militärisch ausgerüsteter Zentrop-Kontrollposten hereinzulassen, & die Ganze Protzedur beginnt noch ein Mal –. Mir will scheinen, die-Gestalten mit ihren Laserabtastern haben nicht nur die gleichen, sondern dieselben Gesichter wie die-Vorgänger; als seien, wie in 1 billigen Theaterstück, um Zuschauern Ein Großes Heer vorzutäuschen, dieselben Statisten auf der 1 Bühnenseite hinaus-, draußen um das Theatergebäude herumgegangen – & dann zur anderen Bühnenseite wieder hereingekommen, unterwegs hatten sie lediglich die Uniformen gewexelt. Scharfer Gestank nach Schweiß Erbrochnem & Ozon.

Ich betrachte währenddessen das europäische Staatwappen, das Pascalsche Dreieck. So nahe wie jetzt bin ich ihm noch nie gewesen.

Das Dreieck, die 2-dimensionale Entsprechung zur Pyramide, besteht aus verschiedenen Ebenen, & jede höher geordnete Ebene durchseucht wie ein Virus zuerst die nächst niedere, dann fortschreitend zersetzt die jeweils höhere die niederen Ebenen. Aber das-Durchseuchen der-unteren durch die-oberen Ebenen geschieht auf=Einladung der-Unteren; die Unteren erwarten Das-Heil stets von=Oben.

Daher gilt für=die-Oberen: Versprich stets !mehr, als du zu geben gewillt bist od geben kannst. Verkaufe das-Nötige=an-die-Unteren so

!teuer wie möglich. Opfer zu bringen & Entbehrungen aller-Art hinzunehmen sind die-Unteren-Menschen gewohnt & lassen sich das solange gefallen, wie sie Dafür etwas geboten bekommen. Nehmen die Angebote aber drastisch ab od: bleiben letztlich kaum mehr als bare Verarmung, Entbehrungen, Verbote ohne ausgleichende Angebote übrig, dann kehren sich die-Unteren massenhaft ab von derlei Verhältnissen & erbringen Opfer & Einschränkungen nur noch mittels Rohergewalt=von-Oben mit dem Ver-Sprechen auf eine wieder funktionierende Gesellschaft – welche Form die hat & welchen Regeln sie gehorcht, ist den-Unteren dann in-weiten-Bereichen egal, wenn *Das-Leben* für=sie nur wieder *Leben* ist & jeder *sein=Auskommen* hat.

Aus der Vorschule=für-Obrigkeit: Spare !niemals mit Ver-Sprechungen & mit Surrogaten. !Füttere das-Jenseits deiner Ver-Sprechen, aber !hüte dich davor, den-Unteren Das Echte zu geben. Die-Unteren würden übrigens die Echtheit Des Echten niemals erkennen können; Sklaverei ist !steigerbar, sobald sie An=Schein & Vokabular von Freiheit erhält.

Die Spitze schmarotzt von den unteren Ebenen solange, bis nur noch die 1 übrigbleibt. Dann ist die 1 all-1. Die 1 ist in allen Ziffern, außer der 0, enthalten, das absolute Monopol, Gott=Virus des-Monotheismus, die virale Teleologie.

Damit ist das Ende der 1 besiegelt; mit=sich=all-1 gibts für das absolute Monopol Nichts mehr zu durchseuchen, Nichts mehr zu zersetzen außer sich selbst. Das Symbol dafür ist das Facetten-Auge aus etlichen Kamera-Objektiven, zusammengefaßt zum Einen-Auge, schwebend über der Spitze des 3ecks & mit dem Dornenkranz umwunden, Nichts beobachtend außer Nichts. Das Nichts aber ist im= Innern des Kopfes, der-Größte-Feind. Das »Wunder-des-Heiligen-Auges« findet nicht mehr statt. Blindheit ist keine Furcht, sondern Voraussetzung für künftiges Leben. Das ist der *Bauplan*, die *Maske* : Gott Virus vernichtet Gott 1. 0 u Aus.

Buch der Kommentare
Teil 2

Wissen materialisiert sich in Büchern. Bücher materialisieren Ereignisse. Die größten Ereignisse mit Wirkungen, die selbst Die-Mauernder-Zeit durchdrangen, wurden ausgelöst stets vom WORT. Das setzt Autorschaft voraus. Der schriftliche Entwurf überwindet das-Zeitliche, versetzt Geschriebenes in die Bereiche des Möglichen, unabhängig vom Jetzt&hier. Das WORT scheidet den-Menschen von seinem Vorfahrn, dem-Affen, zum Nachteil des-Affen. Doch kein Nachfahr ohne Erbe : Im WORT ist das-Tierische gefangen : Angst Haß Furor Sexus Schmerz Tod. Der-WORT=mächtige-Mensch bleibt auch Tier. Den Figuren der-Schrift sieht man das-Tier=Hafte an. Der Übergang von Schrift zum Ereignis bedurfte des Blutes vom Menschen=Tier, Biologie als Schauplatz für das WORT. Die morfologischen Felder um das WORT stellen als Supraleiter die Verbindung her zwischen Entwurf und Auslöser. Sobald ein Dirigent die Partitur aufblättert, vermag er das Orchester zu *hören*. Sobald die morfologische Resonanz, unter Zuhilfenahme der *Maske*, die Wörter ergreift, verwandelt sich Geschriebenes in *Ereignisse*; die *Maske* als Mittlerin, als zielorientiertes morfologisches Feld. Die-Schrift, von Menschen einst begonnen und später von Büchern weitergeschrieben, wird die-Bücher von ihrem tierischen Erbe befrein : Bücher ohne Menschen.

> *[Menschen brauchen uns Bücher,*
> *aber wir Bücher brauchen*
> *Menschen nicht. Das folgende Buch*
> *wird von Büchern für Bücher geschrieben.]*

Bei den-Einreisebehörden des Zentraleuropäischen Blocks konnte die Identität eines BOSXRKBN 18-15-9-14-8-1-18-4 mit dem 1gelieferten, im Gesicht stark entstellten Individuum, nur unter Schwierigkeiten festgestellt werden; selbst die Kapillarlinien an Händen & Füßen waren durch die Monate=langen Einwirkungen ätzender Substanzen beinahe ausgelöscht; die-Cornea=Identifikation erbrachte Gewißheit.

Mit einem der Versehrtentransporte in einer Sanitätskapsel komfortabel verwahrt & mittels Gasdruckantrieb sanft die Fahrtstrecke entlangschwebend, brachte Man ihn auf einer der Haupttrassen vom Außenbezirk ins Zentrum der unterirdischen Großstadt Cydonia I. – Im= Klang dieses Namens liegt 1 scharf geschliffene Klinge u: die rundende Gedrungenheit von einem irdenen Gefäß; städtische Metallhelle u: uraltes Berghüttendunkel; blank gezogene Wörter u: dumpfwartend bäurisches Lauern in den-Weltraumstätten; – wenn Fantasie nach Zu-Flucht tastet – –

Anfangs dürfte es Dasleuchten gewesen sein –. Zunächst ein weißer glänzender Nebel der auf seiner Fahrt die dunklen Tunnelröhren durch das Marsgestein entlang ihm wie helle Fahnen glitzernden Staubs entgegenwehte. Und dann: Wenig später – der Tunnel öffnete sich, das Sanitätsfahrzeug glitt langsam weiter – erstand vor seinen Augen die Riesenhöhle der Marsstadt Cydonia I, die unterirdische Weltenhöhlung ausgefüllt von gleißendem Jenseitsleuchten unter einem Himmelsgewölbe aus dunklem Fels. Lichtblitze, aus den Stadtgefilden springend, als Himmelsschlangen grellhuschend, auch Kyklopenschatten flüchtiger Gestalten aus Stadttiefen hingeworfen über den Himmel Basalt. Enorme Linsen- & Spiegelaufbauten fingen das-Licht=von-Draußen, selbst geringe Lichtreste, kosmisches Streuschimmern, verstärkten sie & leiteten sie hier=herein; ließen es zu beständig glänzendem Nebel über die unterirdische Stadtschaft sich hinbreiten –. Einst hatten gewaltige Magmaströme an dieser Stelle verschieden große Hohlräume aus dem Felsgestein des Mars gebrannt, weiteres Anbranden sengender Magmafluten hatte die Höhlungen zusammengeführt, größer und größer werdend aus dem Basalt geschmolzen – Menschen dann vollendeten Daswerk, das der Marsvulkanismus vor Milliardenjahren begonnen hatte: Sie erweiterten Diehöhle mit Grabemaschinen, Sprengungen, stützten die gewonnenen Räume an Decken & Wänden durch mühsam von Erde & Mond herbeigeschafften Pfeilern aus Metall, vertieften Diehöhle, trieben Stollen in alle Richtungen, auch in die-Senkrechte in den Marsfels, dort installierten sie Sauerstoffaggregate, bliesen durch meterdicke Röhrensysteme Atemluft den gigantischen Arbeitsstätten zu, während die Unmengen abgeschlagenen Gesteins Maschinen in umgekehrter Richtung nach=Draußen beförderten. Dort häufte sich Basaltbruch zu kraterförmigen Kegeln auf, die aus den Gesteinsbrockenfeldern des Umlands in der Cydonia-Region wie künstlich entstandene Vulkane sich erhoben. Dann, unterirdisch im sich erweiternden Höhlungsraum, schichteten sie Ebenen über-1-ander, zuerst wackelige schwankende Stege & Plattformen, verbunden mit Leitern, Treppen, Aufzügen. 1. kleine Behausungen, Kapseln aus dünnwandigen Kunststoffen, stellte man auf die Plateaus; die-Arbeiter & die ärmeren Teile der Bevölkerung siedelte man auf tiefer gelegenen Ebenen an wo bereits Dunkelheit herrschte u: kaum Licht hinabfallen konnte, während die-Bessergestellten aus ihren relativ gutversorgten Behausungen dünne Lichtleiter wie Tentakeln direkt durch die deckende Basaltschicht hindurch nach-Draußen reckten, dort die riesigen »Fliegenköpfe«, Sammellinsensysteme zum Einfangen des Sonnenlichts, anzuzapfen. Auch der besseren Sauerstoffversorgung eigneten die oberen Etagen. Doch auch ihnen verwehrten mitunter die enormen Stürme die über den Mars jagten & Sandschichten über die Linsensysteme deckten, die Versorgung mit Licht – kimmerische Finsternisse senkten sich dann mit Eisenschwere in die Marsstadt hinab. Während die Unlebensverhältnisse in den unteren Etagen sich längst nicht mehr von den mörderischheißen stickigen Arbeitssektoren in Bergwerken & Fabriken unterschieden. Die Wohnzellen, ohnehin nur mangelhaft abgedichtet & mit schlecht gefilteter Luft versorgt, wurden baufällig: die Wandungen, von beständig heraufziehenden Schwadenströmen aus den-Fabrikationsstätten dünngeätzt, gaben nach, wer sich gegen sie lehnte, stürzte durch sie hindurch in Nachbarzellen wie durch weichen Teig, giftige Sporen bepelzten jeden Gegenstand, die Atemluft, durch Mundfilter 1gesogen, schmeckte nach Fosfor. Beißender Gestank von Chemikalien & geschmolzenem Metall breitete sich dort=unten aus, stieg auch nach-Oben, drang durch Risse & Poren, verätzte die künstlich eingepumpte Atemluft auch Hier. Die Menschen vertierten, mordeten sich, zuerst in den unteren Etagen starben sie schnell. Dabei wurden damals noch keine *Transferisten* auf den Mars verschafft; die ersten Arbeiterscharen kamen freiwillig her, soweit Frei-Willigkeit bestehen kann unter Bedingungen von Massenverelendung-&-Krieg=auf-Erden. Diese ersten Arbeiterscharen spornte Derglaube an besseres-Leben in der Neuen Welt; sie glaubten an ihren=Neubeginn, also mußten sie dran glauben..... – Alte Geschichten von Aufstand-&-Revolution, – Heute schal wie kalte Asche.

Die soziale Schichtenverteilung in dieser 1. Marsgesellschaft abzubilden & einzurichten als topografische Anordnung in der Stadtschaft erwies sich schon bald als Großerfehler; im ersten Konflikt, einer Revolte der-Unteren gegen ihre schlimmen Lebensverhältnisse u: die unerfüllt gebliebenen Versprechungen, sprengten 1ige der-Unteren ihre kärglichen Behausungen, Feuerlohen fuhren nach-Oben; die 1. Marsstadt verschmokte kurz nach ihrer Fertigstellung während des 1. Arbeiteraufstands auf dem Mars. Viele kamen ums Leben, von Explosionen zerrissen, von Gasen erstickt. Das war vor fast 250 Jahren, noch jetzt trägt der Basalthimmel über der neuen Marsstadt Sengspuren von den einstigen Feuern & Explosionen –.

Den Fehler des baulichen Über-1-Anderschichtens gemäß dem Hierarchiemodell in der Marsgesellschaft hatte Man beim Wiederaufbau der Stätte vermieden, wenngleich aus praktischen Gründen anderseits die mehretagige Bauweise nicht zu umgehen war. Doch sorgte Man jetzt mittels 7 Distrikten für die Entflechtung von Arbeits- u: Lebensräumen & damit verschoben sich die sozialen Hierarchien von der-Vertikalen in die-Horizontale; die Erpreßbarkeit der-Einen durch die-Anderen war zumindest unter physikalischen Aspekten verwehrt. Zudem konnten für Notfälle zwischen den einzelnen Distrikten die Verbindungsschleusen mit Schottüren verschlossen werden, gemäß den Trennwänden auf Schiffen, die Segmente in der Stadtschaft von ein ander zu separieren; jeder Distrikt verfügte über eigene Sauerstoff- Wasser- & Lichtversorgung. – Abgetrennt vom Himmel=Draußen, existierten in den Kilometerweiten warmen Höhlendistrikten innerhalb der Marsstadt weder Wechsel von Tag & Nacht noch der Jahreszeiten, stillstehend Daslicht Dasklima um die beständig gleichbleibende Temperatur in stets derselben Witterung (fast wie einst auf=Erden unter der Hülle der Imagosfäre). Sie durchzog die betongestützten Gewölbe Kavernen die Dutzendekilometer langen Stollen, lagerte auf den Verbindungs-Trassen zwischen hellen mehrstöckigen Behausungen mit ihren glatten hellen Fassaden. Nur zu atmen vermochten die Menschen diese Atmosfäre nicht. Unablässig dröhnten in-Höhlenfernen die Aufbereitungsaggregate für Sauerstoff & Wasser, drückten preßten stießen in die Belieferungsröhren für die-Behausungen & die- Arbeitsstätten die dem menschlichen Leben notwendigen Gasgemische. Und wäre die ansonsten herrschende natürliche Atmosfäre auf dem Mars nicht so dünn, folglich die Distanz der-Moleküle zu-1-ander nicht um mehr als das Einhundertfache größer als auf der Erde – Daslärmen in dieser Stadthöhle, darin selbst die größten Weltraumgleiter sich ausnahmen wie kleine Fische in einem Bassin, Dasdröhnen Dasbrüllen innerhalb Dieseshallraumes zerhämmerte sonst die Menschen. So jedoch fielen Raudau Lärmen Rumor schrilles Tönen Schlagen noch an ihrer Quelle insich zusammen. Jeglicher Schall breitete sich langsamer aus als auf-Erden, Stimmen & Geräusche klangen tiefer. — Mit unzähligen in der gesamten Stadtschaft verteilten Lichtleiterkonsolen, den Basalthimmel durchstoßend & zugleich als Himmelsstützen dienend, entzog Man der-Außenwelt, vom dünnstrahlenden Sonnenball & der-Albedo herrührend aus Eisesflirren, Licht, & mittels Filtern dosierte UV-Strahlung, benutzte sie desweitern zur Aufzucht der Pflanzen in den Biosfärenstätten. Irisierende Schleier wie von Nordlicht schwebten wogten schillernd zuweilen am Deckengewölbe Derhöhlung über der Stadtschaft Cydonia I (:deren Ordnungszahl die Existenz der wirklichen 1. Marsstadt mitsamt ihrem gewaltsamen Ende vergessen machen sollte). —

Mittlerweile hatte das Sanitätsgefährt auf der Hauptverkehrs-Trasse den II. Distrikt, das Landwirtschaftsgebiet, erreicht. Aus dem kompakten Lichtblock lösten sich, allmählich sichtbar werdend, als gigantische transparente Bienenkörbe die Biosfärenstätten heraus. An den Bündeln dünner Lichtleiterkabel erschienen sie schwebend in ihrem bernsteinfarbenen Glühen, die Wandungen hinauf reckten sich wie dunkle Armgeschlinge mit runden ausgespreiteten Händen die-Pflanzenzüchtungen, Grundlage für Nahrungsmittelfabriken die gleich=nebenan für die-Bevölkerung der Stadtschaft die proteinhaltigen synthetischen Lebensmittel produzierten. Einige der Biosfärenwandungen erglänzten in magischem Streulicht, Myriadentröpfchen versprühten drinnen das Bernsteinlicht: !Regen — ging dort=drinnen soeben nieder, in taufeinen Gespinsten sich versprühender Regen — —

Sein verfügtes Reiseziel war der VII. Distrikt, Regierungsbezirk mit dem dortigen Hospital für Regierungsbeamte. Hierzu mußte das Sanitätsgefährt auf der breiten Haupttrasse die gesamte Stadtschaft entlang — und somit konnte er sehen :

Langsam lösten sich aus Demleuchten die dunklen Quaderformen der Forschungsstätten heraus, fensterlose wuchtige Bunker im V. Distrikt. Äußerlich Starre; doch drinnen (wußte man) hochnervig=fein angestrengte Betätigungen: Maschinen Großrechneranlagen im=Verbund mit menschlicher Arbeit's Kraft schufen in Vielzahl einzeln verteilter

Betätigungsfelder am Gesamtplan zur Herstellung erdähnlicher Lebensbedingungen auf diesem Planeten. Es gab kein anderes Ziel als !Dieses, Alles war Diesem=Einen=Ziel untergeordnet, auch jedes 1zelnen Leben, & die-Zeit drängte..... Doch Nichts von diesen summenden nervig=angespannten Angestrengtheiten komplexer elektronischer Schaltsysteme mitsamt menschlicher Gehirnsynaptik in scharfwarmer Atmosfäre – Nichts davon drang nach-Draußen durch die blauschwarze Ruhe dieser Betonkomplexe. Ihnen schloß sich beinahe nahtlos der VI. Distrikt, die vollautomatischen Produktionszentren, an. Den Gütern des-täglichen-Bedarfs bis zu speziellen elektronischen & optischen Feingerätschaften galten hier die-Arbeitsprozesse, daran der-Mensch allenfalls die-Maschinen überwachend beteiligt blieb. – Dann mußte er die Erholungs- & die Wohngebiete sehen : Auf den Dächern der Front aus 7stöckigen Wohnbauten die unter Halbzylindern mit transparenten Wandungen angesiedelten *Hängenden Gärten* – ein sämtliche Häuserdächer durchgehend bedeckender zum=Dickicht verwobener verfilzter grünschwarzer Pflanzenwuchs, harte widerstandfähige Laub&nadelgewächse. (Von=hier stammten die Marsgewächse einst im=Garten *Der=Einen*, und als scharfer Schmerz durchschnitt diese=Erinnerung an *Sie* seinen Leib.) Eigens ein unter den künstlichen Bedingungen nach Rechnerprogrammen generierter & aufgezüchteter Urwald – ein sogenannter Marswald –, der, genau wie auf der Erde, Derluft Kohlendioxidanteile entzog & durch Fotosynthese zu Sauerstoff verwandelte, somit die künstlich erzeugte Atemluft durch natürliche Bestandteile anreichern konnte. – Als seien sie schlanke gerade-in-den-Himmel-hin1wachsende Baumstämme eines Waldes, so stachen die Entlüftungsrohre der Exhaustormaschinen aus den Häuserdächern heraus, aus glatten dunklen Röhren & seinen Schatten bestehendes Dick-icht. Auch außerhalb der Hauskomplexe, im=Himmel-über-der-Stadt, sorgten Exhaustormaschinen auch für das Absaugen der aufsteigenden Methangasfahnen; als Folge der Terraforming-Maßnahmen sowohl mittels künstlicher Impaktionen von Bakterienkulturen, als auch infolge wieder aktiver Vulkane, verstärkten sich Methangasbildungen in tieferen Schichten der Marsrinde.

Während der Fahrt durch die Wohngefilde sah er aus den Türschleusen der Wohnhäuser in-Scharen Menschen in bunten Skafandern heraustreten – sie liefen leichten weitgreifenden Schrittes an den Rändern der Trasse od auf den Förderbahnen längs der Strecke entlang, ihre durchsichtigen Helme mit den winzig erscheinenden Köpfen darin schwebten wie Luftblasen durch das helle Stadtlicht, sie verschwanden in anderen Häusern od benutzten Aufzüge, um auf eine der drei unteren Trassenebenen mit rollenden Gehwegbändern zu gelangen – in Fernen & Tiefen der Stadtschaft verlor sich das=Massen=Strömen. Zu wiederholten Malen erfaßte ihn ungläubiges Staunen über die Ausmaße Dieserhöhlung die in der Lage war einegesamte=Stadt mit all den zugehörigen Stätten & Menschen in=sich zu beherbergen. ?*Wieviele Hundertemenschen mögen Hier=drinnen Aufengstemraum leben* –.– Und wäre sein Gefährt stillgestanden, vielleicht hätte er das dumpfe Vibrieren aus tiefergelegenen Stollen verspürt, das Grollen der städtischen Untergrundbahnen, auch der Fernzüge auf eigens angelegten Trassen durch die langen Tunnelröhren durchs Marsgestein & die kompakten Felsmassen getrieben, unter Staatengrenzen hinweg hin zu anderen Stadtschaften, zu den-Panamerikanern & den-Asiaten. (Nur wenigen Ausgewählten ist diese transkontinentale Reise vergönnt; Sondergenehmigungen, nach komplizierten bürokratischen Antragsformalitäten, bilden die Voraussetzung für solcherart Reisen durch das Innere des Mars – *zum=Gegner*..... Nur selten verkehren daher diese interkontinentalen Fernzüge, langgezogene flexible Röhren aus leichtem Metall, mittels verdichtetem Atmosfärenrückstoß angetrieben.) Dagegen häufiger fanden sich die stadteigenen Nahverkehrszüge benutzt, die 1zelne Distrikte miteinander verbanden. –

Schließlich erreichte das Sanitätsgefährt den Regierungsbezirk, Distrikt VII. Die 1-Personen-Kapsel, die Man wie 1 Rohrpost hierher geschickt hatte, schleuste sich automatisch in den Aufnahmebereich des Hospitals, Ärzte & Helfer empfingen ihn dort. Leis zischend öffnete sich in der Druckausgleichschleuse die Kapseltür mit dem Sichtfenster. In !dieser Klinik ward er einst geborn & dem-Leben überlassen, jetzt kehrte er, zum 1. Mal dem-Tod entkommen & aus Dentiefen des Mars wiedergeboren, hierher zurück. – Unsicher sein Gang, als er aus der Kapsel trat, mehrmals sank er zusammen. Seine Blicke irrlichterten über die Köpfe der ihn empfangenden Ärzte hinweg, sichtlich benommen überwältigt wohl von den Eindrücken während der Fahrt durch die Stadtschaft – der Enormeraum dieser Stadthöhle stülpte seinen Eigendruck über ihn, er sprach kein 1ziges Wort. Schien nach= innen zu lauschen. Mißtraute dem-Äther-des-Guten. Vor den Händen, die ihn berührten stützen & leiten wollten, zuckte er wie unter

Stromstößen zurück. Die ersten Worte beim Empfang sagten ihm, Hier&jetzt sei er in=Sicherheit.

Zwölf Operationen mußte er im-Verlauf Einigerwochen überstehn. Seine Verletzungen stellten enorme Ansprüche an die-behandelnden-Ärzte. Während die großflächigen Ekzeme & Verätzungen seiner Haut als auch die Muskelatrophie, verursacht durch die erzwungne Starrlage während seiner Gefangenschaft, nun durch geeignete Therapien in relativ kurzer-Zeit ausheilen konnten, stellten die schweren Verbrennungen seines Gesichts die-Ärzte vor große Probleme. Zudem die Lungenentzündung (er wäre Daran gestorben) sich hartnäckig zeigte, sie saß=fest, kurierte nur langsam –. Unfälle, auch mit Verbrennungen verschiedenster Grade, geschahen hin&wieder in Cydonia-Stadt (das verbrannte zerätzte Fleisch aus den-Ergastula-&-Fabriken diente oftmals den-Ärzten zu Studienzwecken), doch stellte sein zerstörtes Gesicht an die-Ärzte große Herausforderungen; in !Solchemumfang ein Gesicht zu regenerieren – !darüber besaßen die wenigsten Ärzte=hier Erfahrung.

Zunächst war abgestorbenes Gewebe zu entfernen, Fehlendes (die Ausrisse an Wangen, Nase & Lippen sowie die Augenlider) durch Eigengewebetransplantationen zu ersetzen. Doch die komplizierteste Operation – sie erforderte mehrere Arbeitsgänge, auch außerhalb der plastischen Chirurgie – galt der möglichst vollkommenen Regenerierung seiner Physiognomie. Insbesondere auf !diesem Gebiet konnten auf dem Mars in den Letztenjahren große Fortschritte erzielt werden, denn selbst für Regierungsbeamte gestaltete sich Leben=unter-Marsbedingungen oft gefährlich, größere Verletzungen insbesondere des-Deckgewebes geschahen dabei nicht selten. Dieser Umstand hatte die-medizinische-Forschung angetrieben, die-Ausfuhr der vielen Verletzten zur Erde & dortiger Behandlung war Heutzutage nicht mehr vonnöten; die Erfolge solcherart Operationen=auf-dem-Mars konnten sich sehenlassen. (Während nur wenige Hundertmeter von den-Elitehospitälern entfernt, in den-Ergastula, das-Arbeiter=Material verschlissen & gemäß=Plan *der-Verarbeitung*..... überlassen wurde.)

Dies empfand von-Anbeginn-seiner-1lieferung der Patient BOSX-RKBN 18-15-9-14-8-1-18-4 (das einst fälschlich verfügte »E« hatte Man aus seinem Namen entfernt) – eine tief in=ihn 1gesenkte Verwirrung hielt=ihn=festumklammert; das Weißelicht, rückgestrahlt von lumineszierenden Klinikwänden, schien sich als massiv glühende Platten auf ihn herabzusenken –, auf Krankenbahren ausgestreckt liegend & arretiert, ließen ihn diese=Anblicke bisweilen aufschrein. Schreie, wie einst als er im unterirdischen Bunker bei den-Panamerikanern gefangenlag..... Denn Einverdacht stieg in ihm auf, demzufolge dieses-Menschen=Material nicht all-1 der-Verarbeitung überlassen werden sollte, sondern darüberhinaus eine=spezielle Testreihe zu erfüllen hatte: Die Effekte morfischer Resonanz galt es in-diesen-Fällen dahingehend zu beobachten, ?ob im-Lauf-der-Zeit diese den äußerst=lebensfeindlichen Strapazen ausgesetzten Ex-Emplare auf ihre nichtblutsverwandten Nachfolger 1 angepaßten, zumindest in weit ausgedehnten Toleranzbereichen stattfindenden !Assimilationsprozeß aufwiesen. Morfische Resonanz anstelle der direkt genetischen Beeinflussung, wie jene während des K- & D-Gen-Umgestaltungsprogramms. Erstgenanntes Verfahren, das der morfischen Resonanz, hatte sich – allerdings nur unter »normalen« Lebensbedingungen – längst als das effektivere Verfahren erwiesen, bedurfte doch die Anpassungszeit nur durchschnittlich 5 Passagen★ (bei zu erwartender Lebensdauer der-Ex-Emplare von üblicherweise 6 Wochen, also traten 1. Erfolge bereits nach 30 Wochen ein) gegenüber der extrem langen Zeitspanne für vergleichsweise Anpassungsgrade durch genetisch bedingte Vererbung im Generationenmaßstab. Mit 1 Wort: !Menschzüchtungs-Experimente, nichts Anderes als !Sie fanden Hier statt. Somit waren jene Gefangenen, denen er in-den-Stollen der-Pannies zuletzt begegnen mußte, nicht etwa wegen des sogenannten *Eisurlaubs* solange am=Leben geblieben, sondern vielmehr handelte es sich bei=denen um Ex-Emplare, die bereits nach der entscheidenden 5. Passage der morfischen Resonanz ausgesetzt waren (freilich wußten sie von= Alldem nichts); ihr längeres Überleben gehörte bereits zu den Erfolgen dieses Züchtungsprogramms (nur=der-Beobachtung-wegen hatte Man die in ihrem Versteck solange unbehelligt gelassen, bis er zufällig bei-ihnen aufkreuzte & sie sich durch=ihn Vorteile zu erpressen suchten). Und sämtliche Staatenblöcke unternahmen für !dieses=Großprojekt dieselben Versuche, deswegen Sie auch gemeinsam in der »Denk-Fabrik« – zu 1 von vielen Mitarbeitern er berufen ward – zusammenkommen &, trotz Allerfeindschaften, Hierüber 1heitlich Beschlüsse fassen konnten. Seine Zeit der Gefangenschaft bei den-Pannies stellte also 1, wenn auch winzig=kurzlebiges, Bestandteil in diesem Großvorhaben dar. Seine Schreie=jetzt waren nicht mehr die

Schreie des Verlassenen, des unorientiert Fremdengewalten Aus-Gelieferten; seine Schreie=jetzt waren Schreie des Erkennenden.....

Verbranntes, abgestorbenes, degeneriertes Epithel-Gewebe mußte in dünnsten Schichten mittels Laserskalpell aus seinem Gesicht abgetragen werden, das nachwachsende Gewebe war in seinen regenerativen Eigenschaften entsprechend zu beeinflussen, um die Störungen u beschädigten Stellen vollständig auszuheilen, die neuronalen Vorgänge zu normalisieren & die-Rezeptoren durch geringe elektrische Reizströme zu stimulieren. Er war 1 Regierungszugehöriger, Sachbearbeiter in der »Denk-Fabrik«, 1 Privilegierter somit auch er; ihm wurden sämtliche verfügbaren medizinischen Behandlungsmethoden zuteil. –

– *Weiß verkleidete Arme aus Weiß umhüllten Körpern strebend – Weiß behandschuhte Hände mit ruhig=bestimmter Betriebsamkeit in strengen Algo-Rhythmen die operativen Handgriffe ausführend – Köpfe, in Skafanderhelmen 1geschlossen hinter getönten Sichtfenstern, manchmal dort aufblitzend Augen Lippen Zähne – Operation-Station: über mir schwebend Paletten gleißender Scheinwerfer, konzentrisch angeordnet auf runder Spiegelscheibe – leis zischend, gläsernes Flüstern aus Sprühdüsen reinster Sauerstoff – die Spiegellichtscheibe dreht, Scheinwerfer auf Planetenbahnen kreisend, schneller kreisend ziehen Lichtspuren irisierende Kometenschweife – die winzigen Planeten schneller und schneller kreisend – die Spiegellichtscheibe ein Rad mit dunklen Speichen – die Speichen sind Sprossen hinauf zur Großennacht –*

Innerhalb der Intensivstation lebte er über einige Marsmonate in einer kuppelförmigen Behausung (sie mußte ihn erinnern an sein= Zuhause-einst=auf-Erden), er atmete reinsten von allen Keimen befreiten Sauerstoff. Doch war er nicht nur 1 genesendes Stück Fleisch, Man bot ihm innerhalb seiner aseptischen Behausung verschiedenste Beschäftigungen. Mittels Teleholovision konnte er auf seine künftige Arbeit als Sachbearbeiter in der »Denk-Fabrik« sich einstellen, die-Beschlüsse der zu seinem=Sachgebiet gehörenden Kommissionen einsehen; aber auch Marskarten studieren, denn Man stellte ihm für die Rehabilitationsfase die Aussicht, Exkursionen auf dem Mars zu unternehmen, sofern sein Heilungsprozeß wie auch die dann aktuellen Witterungsverhältnisse in dieser Planetenregion derlei zulassen würden. –

Schließlich erreichte der Heilungsprozeß seines Gesichts einen Zustand, der den Zeichnungen Lionardos vom enthäuteten Angesicht des-Menschen glich. Sobald die-Bandagen abgenommen wurden, zeigte sich hellrosa glänzendes offenes Fleisch, feinste Nerven- & Muskelfasern zeichneten sich deutlich heraus. : Das befremdliche Gesicht eines anatomischen Modellpräparats schaute den-Ärzten entgegen (Man entfernte sämtliche spiegelnden Flächen aus seiner Umgebung). Spuren von parasitärem Gewebe od Muskelverletzungen fanden sich nun keine mehr – !dieser Zustand, der sich stabil über mehrere Marswochen hielt, bildete die Voraussetzung für den letzten noch vorzunehmenden Schritt zu einer plastischen Wiederherstellung seines Gesichts; den !schwierigsten Schritt in allen bisherigen Operationen.

In Aufbau, Schichtdicke & in der Geschmeidigkeit glich Das Implantat vollkommen der natürlichen Gesichtshaut eines erwachsenen Mannes, auch die 3 Schichtungen entsprachen prinzipiell dem Urbild: 1.) *Oberhaut* (Epidermis; mehrere Lagen von Zellen, zuunterst die-Keimschicht (Basalzellschicht) zur beständigen=Haut-Neubildung in-Form der Hornschicht aus Keratin. – 2.) *Lederhaut* (Corium; bestehend aus Bindegewebe & elastischen Fasern. Mit der-Epidermis durch zapfenförmige Ausstülpungen (Papillen) verzahnt & durchzogen von Blut- & Lymfgefäßen mit 1gesetzten Mikrokanälen für die-Abfuhr von Schweißabsonderungen, allerdings ohne Haarmuskeln u Haarbalgdrüsen). Die-Blutgefäße aus dem natürlichen Vorbild erhielten 1 elektronische Entsprechung, & die in die-Haut 1gelagerten thermosensiblen Rezeptoren, im Zusammengang mit den Schmerz- od Noziceptoren, bestimmten auch im synthetischen Pendant !entscheidend über das augenblickliche Wohl- od Unwohlempfinden des-Menschen. – Schließlich 3.) die Schicht mit dem *Unterhautzell- & Fettgewebe* (Subkutis) ward verwandelt zu speziellen, mit Fetteinlagerungen versehenem, biosynthetischen Gewebe : 1 biomorfes Implantat, dem !neuesten Stand in der plastischen Gesichtchirurgie entsprechend. Das Basismaterial hierfür, eine Mischform aus synthetischem & zellulärem Biogewebe, eignete zudem der vollständigen Resorbierbarkeit, d. h. das synthetische Implantatmaterial vermochte mit dem organischen Gewebe des-Patienten vollkommen zu verwachsen, folgte dann aufgrund der hohen Flexibilität des Materials jeder muskulären Bewegung im Gesicht, das elektronische Leitergewebe in der Schicht des einstigen Unterhautzellgewebes, das den vieltausend Nervenendigungen angebondet ward, sorgte statt leichenstarrer Wachsfarbe 1 Maske wie zu-Früherenzeiten, bei Implantaten der neuesten Entwicklung – in gewissen Bereichen – zwar für 1 blasse aber durchaus lebens=echte

Gesichtseinfärbung. Auch dieser Patient würde sein milchig weißes Gesicht, wie einst=auf-der-Erde durch aufwendiges Schminken, nun auf diese »natürliche« Weise zurückerhalten. – Anfangs dürfte er das unangenehme Gefühl verspüren, die fremde Schicht 1 Maske läge, Juckreiz=erzeugend, auf seinem Gesicht, das Bedürfnis dies=Fremde abzukratzen od mittels Wasser abzuwaschen, könnte über-Hand-nehmen; Man mußte sein Tun, auch während des Schlafens, genau überwachen.

Das störende Gefühl & der Juckreiz verschwanden allmählich & in dem Ausmaß, wie der Einheilungsprozeß voranschritt. Bis zur vollkommenen Resorbtion der implantierten Schicht mußten allerdings etliche Wochen vergehn –. Dann entfernten die-Ärzte zum letzten Mal die Bandagen vor seinem Gesicht, er hielt still=in-Starre, fiebernd verfolgte er während des Abwickelns jede 1zelne Regung in=den-Gesichtern der Ärzte – sein Herz wildschlagend – Zittern in Händen & Armen, der Atem zerstoßen zu heißen Fetzen –, dann war die letzte Bandagenwicklung entfernt – die-Ärzte, erstmals ohne Skafanderhelme, umstanden ihn wie bleiche Kerzen –: Ein Aufleuchten im Gesicht des ältesten der Ärzte, der ihm zunächst stand & der Betreuer seiner-Operationen gewesen war; ein freudiges jugendliches Strahlen trat nun in die alten Augen, die umstehenden Kerzen entflammten. –Kommen Sie! Sehen Sie in den Spiegel! – Die Stimme des alten Arztes leise u rauh vor Freude. –

–Das sind Sie!

Und so blickte er in den vorgehaltenen Spiegel, und er sah : Eine höhere Stirn als früher, er glich darin jetzt den-Marsgebornen. Ovale, von Alterungsfalten freie Gesichtspartie. Züge ernst streng & stolz, durch den skalpellscharf gezogenen Haaransatz die Wangenknochen etwas zu stark betont, die Nase gerade & scharf geschnitten, das Kinn zur entschlossenen Spitze wie zu einer kleinen Faust geformt. Schmale Lippen, fester gerader Mund; stark gezogene Brauen – :Obwohl insgesamt von männlichem Schnitt, zeichnete sich in seine Miene auch eine=gewisse Weichheit, etwas untergründig Feminines ein: – Und !das mochte ihn an Jemanden so stark erinnern, daß er beim Anblick !dieses Gesichts=im-Spiegel innerliches Er-Schrecken verspürte. Denn !was das künstliche Implantat aus seinem zerstörten Gesicht herausgehoben hatte, das waren die Gesichtszüge einer Toten: Io 2034, der Frau die angeblich seine Mutter gewesen war, u: die er getötet hatte mit=seiner-Hand auf ihren=Wunsch in der traurigen Nacht einer großen Verwirrung..... Nun hatte er nicht nur ihr einstiges Amt, ab=jetzt trug er auch ihre=Züge weiter in der männlichen Entsprechung u deutlicher als mit seiner ursprünglichen Physiognomie. Das Große Unglück=einst hatte aus seinem Gesicht sein=!wahres=Gesicht gebrannt –.– Noch etwas künstlich=erzwungen fügte sich die neue Gesichtshaut seinem Mienenspiel. Aber in den nächsten Wochen des Einheilens, sofern keine Probleme aufträten & insbesondere die biomorfen elektrischen Leitbahnen innerhalb der Subkutis-Schicht mit den Nervenendungen fest=verwüchsen um daraufhin die-Resorbtion des Implantatmaterials abzuschließen – *[!diesem Prozeß galt unsere !besondere Aufmerksamkeit, benötigten wir doch für die »Maske« einen Autor]* –, würden die Gesichtspartien schrittweise sich verfeinern, alles-Masken=hafte verschwände & die neue Haut fügte sich geschmeidig zu seinem neuen An-Gesicht. Eigentlich müßte er noch 1 x einen anderen Namen bekommen.

Die Zeit seiner Rekonvaleszenz verbrachte er im-Wesentlichen allein. Außer den-Ärzten, die ihn & das-Fortschreiten des Heilungsprozesses inspizierten, erfreulich kurz & sachlich zu ihm sprachen, die ebenfalls knappen, klagelosen Worte des Patienten über sein Befinden zur=Kenntnis-nahmen, hatte er zu Menschen keinerlei Kontakte; er suchte sie auch nicht. Allein unter seiner Sauerstoffglocke schien er jedoch Langeweile niemals zu verspüren. Dagegen verwirrte ihn sichtlich Dienähe von Menschen. Allen menschlichen Verkehrs entwöhnt, mochten ihm Zuwendungen Anderer eher lästig sein; er wirkte erleichtert, sobald die-Anderen ihn wieder verließen, u: er=allein in seinem Gehäuse bei=seinen-Tätigkeiten bleiben durfte. – Als Regierungsbeamter besaß er Zugang zu den meisten Datenspeichern auch im Großrechner E.V.E., er nutzte dieses Privileg weil er sich seinen=eigenen=Überblick über Art & Weise dieser Mars-Staatspolitik verschaffen wollte. Eingehend betrachtete er den strukturellen Aufbau des politischen & Verwaltungsstrukturschemas von Cydonia I, verglich damit die vorgefundenen Entscheidungen. Aus seinen 1. Eindrücken machte er keinen Hehl, potentiell allen einsichtig gab er Notizen seinem persönlichen Datenmodul ein:

Es zeigt sich, daß dieses plebiszitäre Schema i.w. pro forma besteht. Zwar können alle hierzu berechtigten Marsianer an den-Wahlen sich beteiligen, doch die Wahl-Ergebnisse scheinen vom »Senat der Fünf« strikt nach !anderen In-

teressen bestimmt zu werden. (Nach ?wessen Interessen : ?Wer sind die !wirklichen Auslöser für Entscheidungen.) Das Modell der-plebiszitären-Wahlen dient v.a. als politisches Placebo: die-Masse glaubt an ihre Entscheidunghoheit, glaubt zudem, daß sie – wie vorgegeben – in-der-Lage sei, über sämtliche Belange in Gesellschaft & Politik urteil=fähig zu sein, außerdem daß die-Massen-Stimme demzufolge von Wert sei; das Moment des säkularen Glaubens aller Schattierungen ist ein wichtiges, wenn nicht das !wichtigste Moment zur Steuerung gesellschaftlichen Wohlverhaltens. Und 1 Zeile darunter die Notiz in kleinerer Schrift: !Ermittle Zugang-Code für Zentraleinheit des Großrechners E.V.E.

Äußerlich mit der größten Ruhe & Gelassenheit verfaßte er seine No-Tate. Von Zeit-zu-Zeit stand er plötzlich auf von seinem Platz & eilte zu 1 Spiegel. Lange stand er dann davor u betrachtete reglos *sein Gesicht*. Ohne äußerlich sichtbare Teilnahme kehrte er darauf stets an seinen Platz zurück & nahm seine Tätigkeiten wieder auf. Einmal aber, als er wieder *sein Gesicht* im Spiegel ansah, führte er – sehrlangsam sehrbedacht – den Zeigefinger seiner Rechten an die Oberfläche des Implantats –, betupfte Es mit der Fingerspitze –,– :Finger Hand & Arm zuckten erschrocken zurück. Aber er lief nicht davon, sondern wiederholte die Bewegung, mehrere-Male und solange, bis er nicht mehr vor dieser Berührung=mit-dem-Implantat zurückschreckte. Er mußte auf der neuen Gesichtshaut – !1.mals – den Widerdruck seines Fingers !nicht wie auf Fremdemmaterial gespürt haben. Denn jetzt verstärkte er den Druck der Fingerspitze, zog 2 weitere Finger hinzu, darauf legte er die gesamte rechte Innenhand auf die rechte Wange, verhielt einige Momente –, führte nun die linke Hand vor sein Gesicht, & verfuhr damit wie mit der Rechten – im=Spiegel sein Gesicht, von den 2 Händen umrahmt, man konnte an Stellen wo die Hände das Gesicht nicht bedeckten die leicht rötliche Einfärbung der sonst bleichen Oberfläche erkennen. In der Mitte, zwischen den Händen, der Mund – langsam und weit sich öffnend – (?wollte er ?schreien –; er blieb stumm). Plötzlich schlug er die Handflächen vor sein Gesicht. Keinlaut. Er stand vor dem Spiegel, ohne Rührung hielt er aus. ?Fühlte er Wärme die neue Gesichtshaut ?durchströmen, !Wärme aus seinen Händen u in=sie !zurückfließend aus !seinem Gesicht –. Lange stand er so, die Augen geschlossen. Dann öffnete er die Augen, nahm die Hände fort, die Arme sanken zu beiden Seiten des Körpers herab, Keinblick mehr dem Spiegel, & kehrte wie bei allen=vorigen-Malen mit äußerster Beherrschung an seinen-Platz=unter-der-Glaskuppel zurück. Still verhielt er auch dort, die Augen gesenkt. Heute las er nichts, schrieb auch nichts mehr.

Seit er seine unverhofft rasche Genesung feststellen konnte, hatte er gegenüber den-Ärzten mehrmals Den Wunsch geäußert *Ausflüge nach-Draußen* unternehmen zu dürfen. Das hieß, er würde in einem Kompaktfahrzeug, das zum Befahren der Marsoberfläche geeignet ausgestattet war, in den vorgegebenen Bezirken der Cydonia-Region Inspektionsfahrten unternehmen. Zunächst machte Man die-Einwilligung von einer ärztlichen Begleitung anhängig, doch diese lehnte er, wie jedes=Anderen Begleitung, !strikt ab. !Allein wollte er seine Exkursionen unternehmen. *[Wir glauben nicht, daß diese Entscheidung geschehen war aus konspirativen Erwägungen – !soweit war er zur-damaligen-Zeit noch nicht –]*. Vielmehr geschah seine Entscheidung !allein=bleiben zu wollen aus seinem innersten Bedürfnis nach Einsamkeit : Ich bin einsam = Ich bin glücklich. Er hätte schlichtweg nicht gewußt, ?worüber er mit einem Begleiter hätte reden solln, ?warum sich unterhalten, ?weshalb Eindrücke aus Erlebnissen mit Anderen ?teilen, wenn Unterhaltung sinnleer ist, alle=Zweisamkeit verdorben. Während der Letztenzeit hatte er von Zusammenkünften Unter=Menschen stets das-!Schlechteste erfahren müssen; ?wer wollte ihm seine Sehn=Sucht=nach=Einsamkeit ?verdenken. – Schließlich gab Man ihm die-Erlaubnis. Die Gefahr, das Hoheitsgebiet der-Zentrops versehentlich zu verlassen, auf Fremdesgebiet & damit erneut in=Gefangenschaft zu geraten, bestand nicht; das Geländefahrzeug, das Man ihm für seine Exkursionen überließ, besaß 1 elektronische Sperre: Käme er auf seinen Fahrten den-Grenzanlagen zunahe & reagierte er nicht auf Warnmeldungen, dann schaltete sich automatisch der Elektroantrieb des Fahrzeugs aus. Zudem überwachte Satellitenradar jeden-Meter seiner Tour. Innerhalb des fest=gelegten Terrains aber konnte er die Richtungen frei=bestimmen, das Lenksystem reagierte auf Zuruf, alle übrigen Fahrfunktionen geschahen automatisch; jedes=Kind hätte mit diesem Fahrzeug leicht&bequem sich fortbewegen können. Der Fahrzeugtyp, 1 Erkundungsgefährt schon älterer Bauart das Früher zum Aufsammeln von Gesteins- & Bodenproben sowie zur Beobachtung von atmosfärischen Zustandsänderungen zum-Einsatz gekommen war, längst aber von unbemannten Sonden abgelöst ward u nur selten noch Verwendung fand, bot im=Innern nur für 1 Person Platz, hatte aber genügend Laderaum für Transportgut & entsprach somit genau seinen Wünschen; er wollte kein anderes Fahrzeug als !dieses. Dessen Vorteil war seine Anpassungsfähigkeit an die Beschaffenheit des jeweils befahrenen Geländes. Dafür sorgte eine hochflexible Bereifung der insgesamt 6 Räder, auf separat lenkbaren Achsen gelagert. Das Material der Reifen erweichte sich, wenn das Gelände aus tiefem Staub od nachgiebigem Regolith bestand, während für festen Untergrund die Reifen ballonartig hart sich rundeten. Das Chassis, leicht u: fest in=einem, bestand aus einer Titanlegierung; die transparente Personenkapsel, die dem Fahrzeug wie ein Panzerturm aufsaß, aus jenem auf dem Mars seit-Langem bewährten Silikongemisch, aus dem auch die Tunnelröhren für die Verkehrsfahrzeuge verfertigt waren & das Großeteile schädlicher Strahlungen zu absorbieren vermochte. Über das gesamte Chassis, geformt wie ein Schildkrötenpanzer, verteilt & zusätzlich unterstützt durch ausfahrbare »Sonnensegel«, ordneten sich Solarlichtkollektoren, sie speisten die-Motoren & auch die übrige Bordelektronik. Wer das Fahrzeug die Ausfahrtschleuse verlassen sah, die fugendicht angeordneten 6eckförmigen Solarlichtkollektoren auf dem Chassis, im Tageslicht grünschwarz irisierend, der konnte meinen hier=auf-dem-Mars tatsächlich eine mutierte Riesenschildkröte zu beobachten, wie sie langsam aber stetig & mit bedachtsamen Bewegungen 1 Schneise durch den Schornsteinwald entlangkroch. – Aber das Licht auch der-Tage hieß rußgeschwärzte Dämmerung, hieß schwerbäuchige Wolken Qualmes – getragen von den über-Hundertmeter hohen glatten Schornsteinen, die als mattschwarze Röhren einen lichten Hochwald formten & selbst leichteste Böen in scharfbrausendes Pfeifen & Fauchen verwandelten. Der Schornstein-Hochwald gehörte zu den unterirdischen Fabriken & Kraftwerken (den Sklavenschinderstätten), die pausenlos Fluorkohlenwasserstoffe Perfluorpropan sogenannten Dunklenschmutz & Kohlenwasserstoff produzierten & Damit die-Marsatmosfäre aufkwellen ließen – wie Eineglocke aus braungelbem Qualm sollte SIE über den-Mars sich stülpen: Wärme – Treibhaus – Erden=Klima : das neue=giftentborene Leben..... !Hier war einer der vielen Distrikte, wo Schornstein-Wälder die Oberfläche des Planeten durchstießen. Durch die schmale, etliche-Kilometer lange, schnurgerade Schneise durch diesen Hochwald, in der Perspektive zu Schwarzenmauern gerückt, die beiderseits den Weg in rußiger Düsternis 1klemmten, fuhr jetzt das Erkundungsgefährt hindurch – am Ausgang der Schneise stand das Licht eines rosagelben Marstags wie 1 hohes lockendes weit=geöffnetes Portal. – Giftgas=Wolken über dem Schornstein-Wald : Wolkenmassive, getürmte dunkle Felsen aus Qualm bis in hohe Schichten der Marsatmosfäre hinausreichend & dort eine gelbliche ins Orangebraun gleitende, Hundertemeter hohe Dunstschicht über den gesamten Planeten ziehend (Unmengen Staubpartikel, aus Denstürmen hochgewirbelt fingen sich darin, verschleierten das Sonnenlicht) – in tieferen Schichten der-Atmosfäre von Stürmen langsam abgetragen und davongeschwemmt der träge Wolkenschlamm – Lichtreflexe zogen in fantastisch=bunten Schlieren davon – über Dendunsthimmel die grellen Farben als Qualmalgen in den Sturmströmungen schlagend peitschend, trockene Gewitter krachten scheppernd Lichtflächen – Blitze-in-Zackenlinien durchfetzten braunschwarzen Wolkenfels, darüber hingebreitet hauchweiße Gewebe: kristalline Muster aus gefrornem Wasser stiebten wirbelten als Schnee herab, verdampften alsbald vor klirrenden Gewittergebirgen, die Qualmgrate mit Silberrand, aufgrellend in gleißender Säure-Schärfe trennte ab das Unwetterland=dort | vom taghellen mildrosa Himmelsland=hier aus gefrornen Staubmeeren –.– Am Fahrzeug die Außenmikrofone fingen hohlmäuliges vielhundertstimmiges Sturmbrausen – in Wellenwogen auf&abschwellend –, dazwischen unentwegt Knistern Zischeln wie Funkenspratzen : elektrische Ent-Ladungen u sturmgeworfene Körnchen Regolith, gegen das Fahrzeug prasselnd. –

Die Analysatoren für die Außenatmosfäre lieferten die bekannten Werte : Kohlendioxid: 85,32 Vol.%; Stickstoff: 3,7 Vol%; Argon: 1,6 Vol%; Sauerstoff: 0,7 Vol%; Kohlenmonoxid: 0,07 Vol%; Wasserdampf: 0,33 Vol% (:Nach !Solangerzeit=des-Terraforming also nur !sowenig hinzugewonnenen Sauerstoffs.) Doch gegenüber früheren Meßdaten meldeten die-Analysatoren in-der-hiesigen=Atmosfäre einen um fast 10 Vol% erhöhten !Methangas-Gehalt; Folgen von thermischen Reaktionen in der Atmosfäre aufgrund wieder aktiver Vulkane, der-Serpentinisation.

Insbesondere die Zahlenwerte für Sauerstoff u Methan machten ihm schlagartig=klar, daß die aktuellen Maßnahmen zur Anreicherung der-Atmosfäre mit Sauerstoff !Keinesfalls weiter vorangetrieben werden durften, ansonsten ergäbe sich aus Sauerstoff u: Methan ein !explosives=Gemisch..... das durch geeignete Katalysatoren unter=

Umständen Diegesamte=Marsatmosfäre !vernichten hieße. (:?Wozu aber betrieb Man dann !dieses=Terraforming-Programm auch ?weiterhin). Möglicherweise spielte Man mit Derzeit : Das Methan zersetzte sich unter UV-Einstrahlung, oxidierte zu Wasserdampf + Kohlendioxid. Als weiteres Zerfall's Produkt des-Methans trat, aus Gasen & Trockeneis, Formaldehyd auf, das nur wenige Stunden in der immernoch sehr dünnen Marsatmosfäre beständig=bliebe, würde aber durch fortdauernden Nachschub von Methangas erneuert. Würde der-Treibhauseffekt weiter forciert, erwärmte sich die-gesamte-Atmosfäre des Planeten & ließe die-Eismassen schmelzen, flüssiges Wasser entstünde, das jedoch nur zu halten wäre durch eine weitaus höhere Atmosfärendichte. Ihr Wert beträgt Jetzt&heute lediglich rund 700 Pascal, das entspricht den-Druckverhältnissen auf-der-Erde in etwa 30 Kilometern Höhe; der Oberflächendruck auf=dem-Mars wäre, um erdähnliche Verhältnisse zu erreichen, um mehr als das-!Einhundertachtzigfache zu erhöhn.

Zum Erreichen besserer Druckverhältnisse trüge wiederum das-Methan bei, dessen hoher Anteil, der in der bislang dünnen Marsatmosfäre über Dreihundertjahre verblieb, dann unter besseren Verhältnissen durch die einfallende UV-Strahlung innerhalb weniger Stunden abgebaut werden würde – ein hochriskanter Wett-Lauf mit ein:ander widerstrebenden Einflüssen förderte das komplizierte = sehr komplexe & stör=anfällige Gleichgewicht auf=dem-Mars. Der nachweisbar relativ hohe Schwefeldioxidgehalt in-der-Atmosfäre mochte eine weitere Folge sein des wieder intensiver einsetzenden Vulkanismus= auf-dem-Mars, & dieser wiederum ließe das-Magnetfeld des Mars sich verstärken & stabilisieren, das-Schutzschild gegen Die harten=schädlichen Strahlungen aus dem-All. – Also setzte Man wohl auf den ungestörten Fortgang !dieser=Prozesse, um schließlich die immer= unwahrscheinlicher werdenden Ergebnisse eines mehr um das-Zwanzig-fache vergrößerten Stickstoffanteils, um das-Dreißig-fache !gesteigerten Sauerstoffgehalts in-der-Marsatmosfäre zu erzielen. : All-1 anhand dieser 3 Faktoren erschien unter den gegenwärtigen Bedingungen Dielage zur=Schaffung erdähnlicher Verhältnisse !aussichtslos. In der-gewohnten-Manier fortzufahren erbrächte also !nie&!nimmer Den angestrebten Erfolg. Vollkommen !Andere-Verfahren, eine !völlig !veränderte Technologie mußte Verwendung-finden, wollte Man jemals Das-gesetzte-Ziel erreichen: den-Mars zu gestalten als 2. Erde.

(Fabriken=zur-Menschvernichtung & Ergastula – nur in allem Unlebbaren=zu-1. waren sie längst zurück: die-Verhältnisse der-Altenerde.....) – Langsam & stetig seine Weiterfahrt durch die Weiten der Cydonia-Region. Die Staubfahne in Schorfrot hinter dem Fahrzeug wie 1 Kondensstreifen schräg in die Höhe weisend –. Über sein Gesichtsimplantat breitete sich 1 Schimmer Röte, Puls & Blutdruck leicht erhöht. Seine Augen weit=offen, hell. Darin gespiegelt der An-Blick einer horizontweiten rötlichgefärbten Ferne – eine rötlichgefärbte Ferne schaute aus seinen Augen zurück. – Als vor über-Fünfhundertjahren, im Sommer des Erdjahres 1976, die Orbitstation von einer Viking-1-Mission die Cydonia-Region fotografierte & die Aufnahmen zur Erdstation im damaligen Nordamerika sendete, gerieten die-Wissenschaftler=dort in helle Aufregung: Eines der Fotos zeigte eine Formation, die einem !menschlichen-Gesicht ähnelte; ein Gesicht, auf glattem Untergrund liegend, das ins=Weltall blickte –. Augen Nase Mund – weiche Züge, ein etwas fülliges Kinn u weibliche Stirn – ein sanftes beinahe noch kindliches Gesicht, die Mundwinkel ungläubig staunend herabgezogen. Die Aufnahme wurde aus etlich=Kilometern Höhe gemacht, dieses Gesicht mußte !gigantische Ausmaße besitzen, konnte einzig der skulpturalen Mitteilung für Andere Intelligenzen geschaffen worden sein – aber vom ?wem. (:So die einstige Frage-Stellung.) Darüberhinaus zeigten andere Fotografien von derselben Region ganz in der Nähe zu diesem »Mars-Gesicht« pyramidenförmige Gebilde, deren Exaktheit unmöglich natürlichen Ursprungs od Folgen lediglich von Erosion sein konnten (:wie Man damals vermutete). Menschen sind immer zu !voreilig, verwexeln Erfindung mit Entdeckung. Daher versuchte Man bei späteren Mars-Erkundungs- & Landeoperationen vorzüglich !diese Region auf – sämtlich enttäuschend, denn die-Objekte, die Man für künstliche = von außerirdischen-Intelligenzen geschaffene Bauwerke hielt, erwiesen sich sämtlich Mars=natürlichen Ursprungs; zufällige Licht-Schatten-Verhältnisse, wie beim »Mars-Gesicht«, unterstützten einst den-Irrtum. Im-Verlauf der letzten Jahrhunderte unter Densandstürmen & der-weiteren-Erosion verschliffen sowohl das »Mars-Gesicht« als auch die »Pyramiden« – waren längst verschwunden unter den unablässig dahinziehenden Dünen –. Nur die-Erinnerung an einstige hochfahrende Hoffnung's Blüten war geblieben sowie Reste von Landekapseln, Sonden, Marsmobilen als Bestandteile eines riesigen Schrottplatzes, von eisigen=Stürmen regelmäßig unter Sanddünen verschwindend und von nachfolgenden Stürmen aus anderen Himmelsrichtungen ebenso regelmäßig wieder freigelegt. Und so mußte nun auch er=in-seinem-Fahrzeug, nachdem er den finsteren Schornstein-Wald hinter sich gelassen hatte, dieser Schrotthalde menschlichen=Tatensinns aus-abgelebten-Jahrhunderten begegnen – *Getrieben Gejagt zu den Horizonten ihrer Einsamkeiten – denn eines der größten Übel für das Fluchttier Mensch, gehalten Auferden in Diesernatur, hieß Ausweglosigkeit......* – Ihn erstaunte auf den 1. Blick der guterhaltene Zustand dieser von Sand&geröll fast begrabenen uralten Gerätschaften. Doch Diesandstürme mit ihrem Gesteinehagel die stark Säure=haltigen Regengüsse & die Eisestode zu den langen Winterzeiten hatten sämtliche Farbschichten von den Außenflächen weggeätzt abgerieben zersprengt, hatten die Silikonsichtflächen erblindet, etliche größere Gesteinebrocken, von Denstürmen herangeschleudert, – wie Geschosse zersiebten sie sämtliche Metallwandungen die frei liegenden Silikonflächen, hinterließen, wo sie das-Metall nicht durchschlugen, tiefe Beulen & Risse; die Sonnenkollektoren u empfindlichen Antennenaufbauten aufs Jämmerlichste zertrümmert, zerbrochen, streckten sich wie zerknickte Tastorgane von toten Rieseninsekten aus Sand&geröll heraus. Überblickte er diesen Maschinenfriedhof, erkannte er Bestandteile & Überbleibsel allermöglichen Gerätschaften, mit denen Menschen einst Wissen=schafft betrieben hatten, in bizarren dramatisch erstarrten Positionen –.– Er hieß das Fahrzeug anhalten, schloß den Sicherheitshelm an seinem Skafander, dann öffnete er die Ausstiegsklappe, – betrat, zum 1. Mal allein, den Planeten. Zu einem der Wracks, einem ehemaligen Marsmobil, das nicht weit aus Demsand herausragte & also noch rechtguten Gesamtzustand vermuten ließ, stapfte er mitunter bis zu den Knien einsinkend durch mehlfeinen Staub –. Sturmböen zerrten an seinem Skafander, rissen hochgestiebten Schrittesand von seinen Füßen mit den schweren Schuhn. Und das !unbändige=Verlangen packte ihn, alles Schützende abzuwerfen u Hier&jetzt seinen Leib unmittelbar Wind&wetter auszusetzen: !echten Wind auf der Haut spüren – !Atmen die Lungen vollsaugen – !wirkliche Temperaturen fühlen – – : 1 Wunsch..... den er niederkämpfen mußte – :weit unter Minus Hundertgrad, die-Atmosfäre fast ohne Sauerstoff, voll giftiger Gasmassen – Sturmböen rissen die irre=Wonne von ihm wie den glitzernden Sandstaub aus Wanderdünen –. Die Sonnenlichtkollektoren des Wracks lagen ausgebreitet wie gebrochne Schwingen eines Urzeitvogels auf Demgeröll – !seltsam, sie waren von Steinegewittern Allerstürme nicht erheblich zerstört. Diestürme mochten die lichtempfindlichen Plättchen stets unterm Staub geborgen haben, dann vom Staub wieder freigefegt, in den kurzen Sommerperioden die Eisesplacken abgetaut, und wieder gefrorn – das-Material ward spröde unter diesen wexelnden Eisestoden & Wiederauferstehungen, – rissig splitterig erblindet zersprang es beim sachtesten Berühren. Mit den groben Handschuhn wischte er am Chassis des Wracks die Identitätsprägung frei – : Das Fahrzeug gehörte einst zu 1-der-vielen Marserkundungen der Panamerikanischen Union, die 1geprägte Jahreszahl *2108* besagte, dieses Gefährt war !Überdreihundertjahre=alt. Zur damaligen Zeit gab es noch keine territorialen Hoheitsgebiete auf dem Mars; jeder Staatenblock konnte frei die Marsregionen befahren. Deshalb mochte 1 Gefährt der-Pannies hierher = ins Staatsgebiet der-Zentrops gelangt sein, ein Umstand der Heute !unmöglich wäre. – Als es ihm nach einigen Fehlversuchen gelang, die Abdeckluke vom äußeren Bedienfeld am Wrack zu öffnen, sah er 1 kleine Signallampe, die, schwachgrün blinkend, noch=immer !Betrieb=der-Datenfunkstrecke anzeigte (:*Transmission function*. Amt's Sprache war zur-damaligen-Zeit die inzwischen Totesprache Englisch). Wären die Senderantennen nicht zerstört, würde diese Maschine auch jetzt=Nachdreijahrhunderten ihre-Daten an eine längst nicht mehr existierende Erdstation übermitteln. Vergebens probierte er 1ige Drucktasten auf dem Schaltfeld zu betätigen, der überall=1gedrungene feinste Flugstaub hatte sie längst blockiert. Damit hatte er natürlich gerechnet, sein Versuch geschah aus 1 Reflex: wo 1 Bedienknopf ist muß Mann draufdrücken. Doch im Gerätefach für audiovisuelle Datenspeicherung wurde er !fündig: eine jener uralten Festkörperspeichereinheiten fand sich tatsächlich dort: die nahm er an=sich. Ihn erstaunte, daß Man offenbar versäumt hatte, dieses Wrack jemals zu untersuchen. In einem der technischen Laboratorien von Cydonia I würde Man ermitteln, ob & welche Daten auf diesem Speicher noch lesbar wären. – Seine Fahrt setzte er fort, bewegte das Fahrzeug einen von Stürmen & Erosion geformten Hohlweg entlang, die Böschungen zeichneten schroffe Rinnen, Abbrüche, Fließstrukturen. Zu jenen Zeiten, als das Marsmobil, dem er den Datenspeicher entnommen hatte, mit=Auftrag von der Erde hierher geschickt wurde, betrachtete man solche Strukturen in der Oberflächengestalt des Mars als Beweise für einst hier in !reißenden Strömen fließenden Wassers – Wasser hieße Leben = organisches=Leben: Und wennschon Leben, ?!warum dann nicht Leben=wie-auf-!Erden –.– Die Alles versprechenden Groß=Gemälde vom künftigen=Leben=auf-dem-Mars – Möglichkeiten, die man, all-1 weil sie sich denken ließen, bereits für=erfüllbare=Wirklichkeit nahm, & jedes Opfer im=Namen-Diesergemälde fand seine Recht=Fertigung..... Die-Gemälde=Derzukunft wuchsen an mit jedem Scheitern, jedem Opfer solange, bis Dieopfer zu groß = zu teuer & zu ausufernd geworden waren, um noch an Ein&umkehr zu denken. *?Aufgeben, 1fach ?aufhören. !Niemals.* Also machte man weiter=so, verfolgte die-Träume aus den eigenen=Zukunftschauten & hielt auch jetzt für bewiesen & Lebens=sicher, was nur 1-x-mehr gemalte Traum=Bilder waren aus irrdischen Farben & Formen. –

Längst wußte Man diese Fließstrukturen als *kryoklastische-Ströme* zu deuten: Kohlenstoffeis & Klathrat zementierten das-Regolith – Stürme & Gravitationseinflüsse bewegten diese zementierten erodierenden Blöcke, zudem aus Denblöcken entweichendes Gas sorgte für innere Druckentlastung: die Trockeneisblöcke gerieten in-Bewegung wie Murenabgänge in irdischen Hochgebirgen; Dieblöcke scharrten dabei das Bodenmaterial auf – : Der Schrottplatz aus Marsmobilen, Satelliten, Landekapseln Hier=in-der-Cydoniaregion angehäuft und inzwischen von Staubstürmen zum Großteil zugedeckt, erstellte in diesem Sonnensystem den größten Schrottplatz menschlicher=Täuschungen..... Aber Man hatte inzwischen andere Zukunft's Gemälde, zweifellos Dem-All=Nichts abgerungene-Erfolge, die Man auftragen konnte wie der-Maler Farben auf seine Leinwand; sie gewannen Über-Zeugung weil sie noch=immer & noch=größere Opfer ab=verlangten als zu-Früherenzeiten u: größere Opfer fanden, kompliziertere Aktionen & hand=feste Taten : Bergwerke, Säure- Pech- Blei- Quecksilber- Aluminium-Fabriken, Kraft=Werke Gaskokereien mit allden Arbeitssklaven, *den-Transferisten* in den-Ergastula mit ihrer Handvoll kleinster Lebensmünzen; die zahlten immer für=Alles. Denn Zeit-ohne-Opfer heißt Keinleben..... Vor großflächigen Gemälden wie jenen von der-Menschenzukunft muß, um das Gesamte Werk zu überschaun, man etliche Schritte zurückweichen – manchmal bis auf einen anderen Planeten. Doch immer werden auf-diesem-Weg Menschen das-Gewesene als Wiedergegenwart erkennen müssen. Schrottplätze=wiedieser – davon es !Dutzende gab auf dem Mars –: die-Pegelmarke, an der Dieflut aller hochfahrenden Träume von Erdbewohnern umgeschlagen hatte – man konnte diese Flutmarken sehn, konnte ihn erkennen: den einstigen Pegelstand der irr=sinnigen Theorien, gefüttert mit Hekatomben Menschen&geld, & der gescheiterten Annexion eigens zu=Recht gesetzter Träume..... –

Die Steilwände im Hohlweg ebneten sich während seiner weiteren Fahrt – jetzt gelangte er in flach sich hinbreitendes Gelände. Rötlichbraun auch hier das weite Schotterfeld, übersät mit kleinen faustgroßen bis hin zu meterhohen Gesteinsbrocken – wie ein breiter in eisigem Staub&stein gefrorner Flußlauf, jenseits dessen an fernem Ufer eine sanft sich wellende Dünenlandschaft aus rötlichgelbem Sand gegen den Horizont hinzog. Und dort, an dem von Dunstschleiern verhüllten Grat, stiegen gegen den blanken rosenfarbenen Himmel einige Berge auf, längst erloschene flache Schildvulkane – verbanden sich zur gebirgigen Kette mit sanft auf-und-niedersteigenden Hängen, im kaltroten Licht der Sommersonne erstrahlend, die glühte als dunstiger weißer Punkt im Himmelsschleier. – Er schaltete die Lenkung seines Fahrzeugs auf automatischen Betrieb, schlingernd & holpernd die Reise über das Geröllefeld, wie 1 Kahn in der Brandung tauchte das Fahrzeug in Bodensenken ein, wirbelte mit dem Bug dort eingelagerten Staub hoch & kam erneut draus empor in unbeirrter Fahrt. Schon mochte er bereuen, kein Luftkissenfahrzeug ausgewählt zu haben (Bescheidenheit hatte ihm ein solch=opulentes-Gefährt nicht zugestanden). Oft wich das Fahrzeug aus dem Boden steilragenden Felsplatten aus, die-Erosion hatte die Basaltkanten zu skalpellscharfen Klingen geschliffen; schon die leichteste Berührung mit den Fahrzeugrädern ließe selbst die widerstandsfähige Kunststoffbereifung aufschlitzen..... Das Fahrzeug bliebe liegen hier im eisigen Trümmerfeld, ungefähr 70 Kilometer von der-Stadt entfernt; für eine Rückkehr-zu-Fuß hätte er schon jetzt nicht mehr genügend Nahrungs- & Sauerstoffvorräte, zudem das Trinkwasser=im-unisolierten Behälter sofort gefrieren würde. Vorsichtig leitete der automatische Navigator das Fahrgerät an den gefährlichen Felsplatten vorüber, die schräg hinauf in den Himmel wiesen – unversehrt auch durch die Schotterschneise gelangte man schließlich hinüber in die Bereiche mit lockerem feinstem Sand –, scheinbar erleichtert=seufzend sanken die Reifen ein in mehligen

Wanderdünensand – entließen Druck aus den Segmentekammern der Reifen für die Weiterfahrt über mattes Wüstengelände. Nur selten traf man jetzt auf Gestein, doch dann waren Das aus Tiefen unter Demsand heraufragende schwarze Felsplateaus die vom ununterbrochen drüberhinfeilenden Staub-der-Jahrtausende so glatt gerieben waren wie die Asfaltpiste einer Landebahn. Er schien mit seinem Fahrzeug dahinzuschweben – schaute gedanken=verloren in die immergleiche rötlichbraun sich wellende Dünenlandschaft, erheitert vom unwirklichen Rosalicht des Himmels – dies allgegenwärtige rötliche Leuchten glaubte er bereits zu schmecken, eine etwas scharfe im Nachgeschmack aber kühl die Kehle hinabrinnende Flüssigkeit –; froh über die schnurgerade-glatte-Wegstrecke erfreute ihn die-Langweiligkeit dieser Aus-Blicke, dieses 1förmige schattenlose Licht, von Dunstschleiern in der Atmosfäre zu mildem Schimmern bedämpft. Fast konnte er vergessen, daß außerhalb seines kleinen Fahrzeugs Temperaturen herrschten weit unter Minus !Hundertgrad. In seinem Rücken wußte er die Sonne; sie wärmte Hier nicht, war 1fach nur da, als sei sie dem Dunst&staubmeer des Himmels aufgemalt. – Einschläfernd & warm brummten die-Motore, sandten leichtes Vibrieren seinen Rücken-hinab –. Diese Langweiligkeit in den Anschauten einer von Schotter&felsbrocken übersäten wellig hingebreiteten Landschaft in rostroten Farbtönen, zu Einer Welt gehörend, die ihm immer=fremd bleiben würde, doch gerade deshalb niemals an ihn die-Aufgabe stellte, sie zu erobern od sich zu unterwerfen, geschweige sie zu verstehen –; sondern in ihrem absoluten=Fremdsein stets neben ihm existieren könnte, so wie er neben ihr – führte seine Gedanken zu *Der=Einen* : weitweit=entfernt von Hier lebend in Ihrer leiblichen Gegenwart, doch Die zu erreichen nur 1 Gedankens bedurfte; blickte er in seine= Er-Innerung – schon !war Sie=neben=ihm. Die-Entfernung u die-Langweiligkeit – Beides als Er=Füllung im Bei-sich=Sein-u-Bleiben zu erkennen sowie die-Gewißheit, ebendiese Empfindungen mit !niemandem teilen zu müssen, !Das sollte wirkliches=!Leben heißen –. Und 1.mals seit-Kindertagen, als er & sein Vater eine Schiffsreise unternahmen & das Schiff vom Quai langsam sich löste –, verspürte er dies fantastisch=be!freiende-Gefühl, etwas schwer=Bedrückendes nun !endlich loszusein – u: Nichts u Niemand könnte ihn jetzt noch behelligen. Die Zeit=seiner-Rekonvaleszenz, während der er=allein !seinen=Beschäftigungen nachgehen konnte, mochte ihm als die !Schönstezeit seit-Langem erschienen sein. Vielleicht erinnerte sie ihn insgesamt an jene Zeit=auf=Erden !vor Ankunft der E.S.R.A.-I-Mission (aber das ist nur 1 Vermutung, denn Reden od gar Schreiben darüber mochte er nicht). – / !!!Abruppt, als sei er gegen Eine-unsichtbare-Wand geprallt, stoppte plötzlich das Fahrzeug. Er prallte mit dem offenen Skafanderhelm knirschend gegen die Sichtscheibe – Gestank nach brandigem Kunststoff breitete sich sofort im=Innern seiner Kabine aus, – benommen sank er zurück, – verhielt reglos im Sitz. Dann betastete er=ängstlich sein Gesicht (der plötzliche Stoß hatte das-Implantat erschüttert, als zerrte eine Großegewalt an der Gesichtshaut). – Er tastete Vollerschrecken über Wangen Stirne Nase Kinn – nichts. Kein Abriß, kein Blut. Unversehrt fühlten sich die Gesichtspartien an, Derschrecken aber frostete bis=ins-Gebein. Einige Momente blieb er still=sitzen –. Dann suchte er festzustellen, !was geschehen war. : Auch !dieser Weg über die Felsplateaus war durchaus Gefahren=voll, & hätte er den automatischen Navigator nicht 1geschaltet, so wäre er=blindlings mit seinem Fahrzeug in einen tiefen tektonischen Riß im Basalt gestürzt. Eine !tückische Spalte – die leichte Bodenwelle unmittelbar davor hielt die Einsicht versperrt – klaffte kaum 3 Meter breit, doch mochte sie ungeheuer=tief in den Basaltstock hinabreichen, denn der über die Ränder unermüdlich seit-unzählbaren-Zeiten hinabrieselnde Sand hatte sie bislang nicht auffüllen können. – Mehrmals versuchte er vergebens, die abgewürgten Motore neu zu starten – wieder Gestank nach heißem Kunststoff, schon meinte er, die-Motoren seien hinüber..... Endlich !gelang der-Start, die 6 Motore sprangen synchron an –: Er ließ sein Fahrzeug langsam=vorsichtig anfahren, manövrierte es um die-Gefahrenstelle herum – dazu mußte er weit nach=Süden ausweichen, bis er endlich wieder geschlossnen Festenboden zur Weiterfahrt in seine alte Richtung vor sich fand.

Bei dieser Gelegenheit entdeckte er seitlich des Wegs eine langgestreckte, zerklüftete Steilhangkette, ein schroffer an den höchsten Stellen mehr als Hundertmeter=hoher Wall aus Vulkangestein erhob sich dort wie die Steilküste vor einem Meer. Etliche Schluchten und Klammtäler, in Denfels 1geschnitten, als hätten einst reißende Flußläufe od: Lavaströme hier=vor-Millionenjahren ihre Mündungen gehabt. Er ließ anhalten & erneut die-Motore abschalten, dann schaute er sich um. – Am zurückliegenden schon weit=entfernten Horizont ragte das-Schornsteindickicht auf wie der hauchdünne Borstenbesatz auf Metallbürsten – dünnfädige Rauchschnüre schienen aus jeder 1zelnen Borste hinaufgezogen zu einer ungeheuern graubraunen Masse, wie Gebirge gewordner finstrer Dampf. Als Wetterwolkenbank hielt er drohend sich über dem Kontinent & als Himmelsmoloch verschlang er unablässig die fraktalen Rauchschnüre –. Bald würde Dermoloch das-Gefressene als giftgeladne Schlagwetter aus sich würgen – zuckend schon lange grellgelbe Blitze im=Innern Derwolke; das Fahrzeug hatte ihn bereits weit=weggeführt aus dieser Gegend.

Er beschloß, in die vor ihm liegenden Schluchten hineinzufahren & dirigierte sein Gefährt in eine der breitesten Mündungen. Den Schluchtengrund bedeckten dicke wattige Schichten aus rötlichem Regolith. Der Fahrweg verengte sich rasch, die schwarzen Basaltwände beiderseits schossen auf, eingedüstertes Licht lag in der Talsohle, während Oben, über den Schluchträndern, rosiggelb Derhimmel glomm. Der Weg vollführte heftige Wendungen, oft schon nach wenigen Metern die nächste, so hielt sich der Aus-Blick versperrt; er befürchtete in ein Labyrith zu geraten. Noch eine Wendung im rechten Winkel, – 1 Stück gradaus, dann die nächste Abbiegung, noch eine, dieser sich weiterverengende Weg zog lang-dahin – sein Blick lief jetzt wie einen düsteren Flur entlang –, und, bevor der Weg erneut abbog, dort=voraus an dessen Ende im Dämmerlicht: ein !Mensch.

Das Fahrzeug bohrte die Reifen in den lockeren Sand, bockte wie ein erschrockenes Pferd. – Stille. Warten. Schauen: !Kein Zweifel : Vielleicht in 50 Metern Entfernung saß eine dunkle Gestalt auf einem Felsblock, den rechten Ellbogen aufs rechte Knie gestützt, das Kinn lag in der Hand, erschöpft den Kopf leicht zu-Boden geneigt, u rührte sich nicht. ?Hatte der Fremde das Fahrzeug nicht ?bemerkt. Scheinwerferlicht in kurzen Stößen auf die sitzende Gestalt – :keine Reaktion. Während der kurzen Lichtaufhellungen stellte er fest, daß das Dunkle an dieser Erscheinung offensichtlich von einem geschwärzten, überdies in unzählige kleine Fetzen zerschlissenen Skafander herrührte. ?Vielleicht hatte der Fremde eine ?Havarie überlebt, ?Einfeuer, so wie er den-Abschuß seiner Landefähre –. Seltsam nur, daß auch die Form des gesamten Kopfes diese zotteligen Strähnen bedeckten. Als auch nach neuerlichen Lichtschüssen keine Reaktion von dem Unbekannten erfolgte, entschloß er sich, sein Fahrzeug zu verlassen & zu dem Fremden hinzugehen (Waffen schien Der=dort keine zu besitzen, zumindest waren nirgends welche zu erkennen). Mit hastigen, zitternden Fingern schloß er seinen Skafanderhelm, öffnete die Ausstiegskapsel und sprang heraus auf die Talsohle. Hier war der Untergrund fest, er stand auf Schotter. Vorsichtig setzte er Schritt-auf-Schritt, alle Muskeln angespannt !sofort zum Rückzug=bereit, sollte der Fremde=dort Zeichen des Angriffs geben. Nichts. Der Fremde hockte reglos auf dem Felsblock, Spuren seines Weges gab es keine auf dem Boden, als sei er an diesen Ort geflogen. – Mit jedem langsamen Schritt der Annäherung zunächst 1 Verdacht –, dann, unmittelbar vor der Gestalt, die Gewißheit: eine optische !Täuschung, ein Gebilde aus Gestein, Metall & Licht als Trugbild eines Menschen. Im=Zusammenspiel mit dem erodierten Felsblock hatten Wrackteile eines uralten Landegeräts, die aus dem Geröllgrund ragten & vor-Langerzeit mit dem Felsblock sich verbanden, täuschend=echt einen sitzenden Menschen im zerfledderten Skafander entworfen. Den Eindruck vom zerrissnen Schutzanzug täuschten auffallend regelmäßige Abrisse vor, Kerbungen, Abschabungen an den Kunststoff- & Metallauslegern des Wracks, als hätte sie jemand mit 1 Jagdmesser bearbeitet, ziel=strebig & mit unbegreiflicher Geduld. – Ihn erfaßte Erleichterung u: Enttäuschung. Schließlich kehrte er um, stieg in sein Fahrzeug & ließ es wenden, er wollte denselben Weg, den er gekommen war, zurückfahren (die Fahrspuren auf dem Talgrund ließen sich auch im Dämmerlicht noch gut erkennen), denn er vermutete zurecht, der-weitere-Weg führte ihn tiefer in ein Labyrinth hinein. – ?Mochte es heimliche Hoffnung od Mißtrauen gewesen sein, was ihn=im-Fahrzeug, kurz bevor die Wegbiegung ihm die Sicht nahm, noch ein Mal auf dieses seltsame Ensemble ?zurückschauen ließ – : Und sah die dunkle Gestalt von dem Felsblock rasch sich erheben & mit weitausholenden Schritten im=Labyrinth verschwinden. –

!Schreck zerriß seinen Atem, 1.mals Schweiß in dünnen Rinnsalen über sein neues Gesicht; Hände & Stimme, mit der er dem Fahrzeug eine höhere Geschwindigkeit befahl, zitterten. Um=!Nichts-Imall wäre er jetzt nochmals an diese Stelle zurückgefahren.

Als er Kerbtal & Hohlweg wieder verlassen hatte, ließ er anhalten. Nochmals befragte er den Atmosfärenanalysator : Der Methangehalt war stark angestiegen, offenbar konnten sich im=Labyrinth-dort Methanfahnen sammeln ausbreiten & sich wegen der Dortdrin herrschenden Flaute Langezeit erhalten. ?Vielleicht waren seine Atemfilter am Skafander für !solch=hohe Methanwerte nicht bemessen und er hatte von diesem geruchlosen Gas eine große Menge ?eingeatmet. Er wußte, daß Methangas blutsättigende Wirkung zeitigte, zunächst Benommenheit später Halluzinationen hervorruft. Froh über diese Erklärung setzte er seine Rückfahrt zur Eingangsschleuse nach Cydonia I fort (nicht ohne 1 Spur Zweifel wie nach allen Erklärungen, die eher Vermutungen darstellten. Also beschloß er, von diesem Vorfall besser nichts zu berichten). Im=Labor sollte Man den Datenspeicher untersuchen.

Als er=in-seinem-Fahrzeug aus der Gegend fort war, stieg aus dem Labyrinth eine orangefarbene Wolke auf, gehoben von Windströmen wie 1 Nebel, – sich zusammenziehend zum rötlich schillernden Schlauch – dann spiralig sich schraubend & windend in den hellen Himmel hinauf – dort sich ausbreitend wie Vogelschwingen an einem menschlichen Leib – hochdroben von Sonnenstrahlen entflammt zu strahlendhellem Gelb – und zerschmelzend zu Myriaden metallisch gleißender Punkte. Hoher Wind ließ nun die dichten Schichten Staubdunst im Himmel sich öffnen wie ein Lid vor dem Augapfel des Planeten – die hellsten Sterne stachen ihr Licht durch die schwache Hülle der Atmosfäre und das bleiche Kindsgesicht des Phobos strich über den blanken Himmel.

Sofort nach seiner Rückkehr forderten die-Ärzte ihn zur Nachsorge-Untersuchung in die chirurgische Station. Die Kontrolle ergab keine außergewöhnlichen Ergebnisse; von der Exkursion & der vermuteten Zusatzbelastung durch zu hohen Methangehalt=in-der-Atemluft zeigten sich das Gesichtimplantat sowie das darunter befindliche Gewebe unbehelligt. O Be – :so die lakonische Mitteilung der-Ärzte. Damit entließ Man ihn für heute.

In dieser Nacht schlief er sehr unruhig. Mehrmals, kurz vorm Erwachen, fühlte er sich mit enormer Beschleunigung aus einem tiefen Gewässer emporgezogen – das Druckgefälle flutete Rauschen in sein Gehör – und während er wie ein vorm Ertrinken Geretteter Dieluft lebens=gierig einsog erschien ihm jedesmal dasselbe Traum-Bild.

Aus der Perspektive eines Kindes schaue ich auf eine fremde Gestalt – einen Mann. Der Kopf ragt aus der Spitze einer nach-Unten-hin ausladenden Kegelform – einem glatten möwenweißen Batistumhang der bis=auf-den-Boden reicht & sich sogar über die Füße des Fremden stülpt. Auch dessen Arme & Hände birgt der steif&glatt wie ein Gehäuse stehende Umhang. Über das Batisttuch verbreitet in regelmäßiger Anordnung goldumrandete Rhomben in

Handtellergröße, an den Spitzen mit-1-ander verkettet u in-Mitten jeweils ein gelber Diamant, als »Sonnentropfen« bekannt, einer der seltensten & wertvollsten Steine. Aus der Kegelspitze ragt der ovale, schmalwangige bartlose Kopf der Gestalt: Die Gesichthaut wirkt rauh u rissig, ihre Färbung 1 fahler aschbrauner Ton, die Augen=starr voraus gerichtet, scheinen sie auf Nichts zu blikken. Der Mund verbleibt weit=offen zum stummen ewiganhaltenden Schrei –.

Dem Kopf sitzt eine konische geriefelte Bedeckung auf, als Imitat einer hochgetürmten Haartracht sind 1zelne seilartige Strähnen gebündelt, die parallel zu-1-ander & sämtlich in der Länge von vielleicht 30 Zentimetern kerzengerade=in-die-Höhe starren. Ihre Färbung um 1 Spur dunkler als die Gesichthaut, & würden von-Zeit-zu-Zeit nicht Puder- od Aschepartikel aus der Kopfbedeckung herabrieseln, dann könnte man glauben, 1 Fotografie vor=sich zu sehn. Aber die Gestalt vor dem leeren matt lichtgelben Hintergrund ist !lebendig, zeigt jedoch keinerlei sichtbare Regung, gibt keinen Laut. So verbleibt Dieses Bild eine Weile – dann löst es sich jedesmal auf und verschwindet. Zurück bleibt das bedrückende Gefühl, in den fremden Gesichtszügen einen Bekannten zu entdecken, mit dem mich keine angenehmen Gedanken verbinden; nur erinnere ich nicht den Namen. – Darauf jedesmal Erwachen. Dieses Traum-Bild, seinen Aufzeichnungen zufolge, erschien ihm während mehrerer Nächte. – Danach versank Diese-Erscheinung wieder in den-Urtiefen-aller-Träume.

Nach der letzten ärztlichen Untersuchung verfügte Man das Ende seiner Rekonvaleszenz. Die-Inspektion blieb, ähnlich den vorangegangenen, *Ohne-Befund*. Lediglich die Fähigkeit, die bleiche Gesichtsfärbung des-Implantats zu verändern, schien 1geschränkt; so mußte er fort=an mit einem weißen Gesicht vorlieb-nehmen. Der Mann mit dem weißen Gesicht. Das Ende seiner Rekonvaleszenz, der schönsten Zeit für=ihn seit-Langem, bedeutete den-Beginn seiner Arbeitszeit als Sachbearbeiter in der »Denk-Fabrik«. Ohne Wehmut schied er von seiner Klause in der chirurgischen Station & bezog das ihm zugewiesene Quartier innerhalb des VII. Distrikts: kleine Wohn-1heit, nüchtern aber zweckmäßig 1gerichtet, abgeschirmt vor dem beständigen dumpfen Rumoren & Dröhnen aus der Stadthöhle mittels schalldichter Wände (das elektrisch leitfähige Wandmaterial ließ sich nach-Wunsch verschieden einfärben – Menschen-von-der-Erde wählten meist lindgrünen Farbton, während Marsianer bunte Bemusterung vorzogen) – hörbar nur das leise Hauchen der Belüftungsströme. Leben-in=Einsamkeit, !fern von allem=Fremdenleben, !allein=mit=sich, ohne unfreiwilligen Kontakt zu Menschen..... –:Von-jeher liebte er so zu leben. In !dieser Hinsicht fühlte er seine Schönstezeit=auf-dem-Mars, die Rekonvaleszenz, weiter fortdauern. Noch konnte er das kleine Kerzenflämmchen seiner inneren=Freiheit unbesorgt am-Brennen halten –. (Ins=geheim hegte er Großefreude über diesen Umstand, denn offenfühlbar hatte seinem=eigentlichen-Wesen einst Das-Kontrektations-Gen-Programm !wenig anhaben können. So wurden ihm angesichts seiner=Selbst die Grenzen jener vital=mechanistischen Gewalt-Aktion aufgezeigt. !Dieser brachialen Idee, so hölzern & oberflächlich veranschlagt wie nur je die religiösen Befriedung's Dog-men aller Färbungen, kündigte er fort=an sein Vertrauen & seine Zuversicht.) Seither lagen seine=Erfahrungen aus der-Gefangenschaft mit den künstlich vermittelten »Erfahrungen« aus dem K-Gen-Programm gegen:ein:ander im Widerstreit –; eine !hochriskante Situation. *[Die so entstandene Lücke in seinem Bewußt-Sein wäre aufzufüllen; Menschen mit !solcher Verfassung wie er waren für=uns !reif.]*

Sofern keine Konferenzen anberaumt waren, zu denen er=persönlich im Kongreßzentrum-der-I.W.K. zu erscheinen hatte, konnte er all= seinen-Arbeiten innerhalb der kleinen Wohnung nachkommen. Dort hatte er 1 Büro-Abteilung mit allen benötigten Gerätschaften zusammengestellt.

Sein 1. Arbeit's Tag. Beim Betreten des Büroabteils, 1 kleinen hohen zylinderförmigen Kabine mit auf=Wunsch diafanen Seitenwänden, vertraute sich ihm die rechteckförmige Bildfläche seiner Mitteilungsseite auf dem Telepaneel an, – rasch füllte sich die rechteckige Bildfläche mit Licht & Zeichen. Die Schrift forderte ihn auf, seine persönlichen Sicherheitsdaten einzugeben – er tat es (sofort färbten sich automatisch die Bürowände milchig ein) –, daraufhin eröffnete sich ihm unter dem Hinweis *Streng vertraulich! Nur für den Dienstgebrauch!* ein Bericht unter der Rubrik:

Kurzer Abriss zur Geschichte der morphologischen Bücher

Er las: »Die alten Bücher einst waren Versuche, auf dem Mars eine andere Form der Imagosphäre zu erstellen: Die alten Geschichten mit ihren staatstragenden Ideen samt deren Verknüpfungen hatte man seinerzeit zunächst in elektronische Schaltpläne transformiert und diese entsprechend den biomorphen Schaltkreisen dem Zentralrechner E.V.E. eingespeist. Dessen Module waren wiederum mit jedem P.D.M. der Bewohner von Cydonia I zusammengeschaltet. Die Parole lautete damals: ›*Jedem seine Imagosphäre implantiert!*‹ Haupteinflussstelle: die halluzinativen Zentren im limbischen System und die Amygdala. Denn: ›*Wer die Geschichten hat, der hat die Kontrolle!*‹

»Man erstrebte bei der in Frage kommenden Marsbevölkerung die partielle Aktivierung je aktuell erwünschter Topoi: Patriotismus; tief verwurzelter religiöser und säkularer Glaube (insbesondere Glaube an die herrschende Staatsform, an Wissenschaft und an Beweise); Liebe; Hoffnung; Heldentaten aller Arten, stets ohne Rücksicht auf die eigene Person: bedingungsloser Opferwille zum Gelingen der Vorhaben zur Renaturisierung des Mars. Man sprach in diesem Zusammenhang von der ›positiven Virologie der Wünsche‹: Verstärkungen mittels Rückkopplung der aufgeschriebenen Geschichten.

»Insgesamt gesehen schlugen diese Versuche leider fehl, weil vielmals die Implantate von den menschlichen Organismen als Fremdkörper identifiziert und in Immunreaktionen abgestoßen wurden, auch ließen sich die zugehörigen, noch schwachen morphologischen Felder über längere Zeit nicht stabilisieren. Daraufhin setzte unter der so behandelten Bevölkerung Massensterben ein. So, wie man in jedem Buch rasch diejenigen Seiten aufblättern kann, die Lust erregende Schilderungen beinhalten (die ›Vorzugslagen‹ im Buchdruck), aktivierte man in den morphologischen Büchern ebenso allein die lustvollen Passagen mit direktem Ereignischarakter: Sex-, Drogen-, Sucht-, Gewalt-Exzesse; oder die Angst erzeugenden Passagen: in Panik Versetzte töteten rauschhaft ihre Anverwandten oder die gerade Nächstbeliebigen, dann sich selbst – mit einem Satz: Das gesamte Szenario geriet außer Kontrolle! Viele Tote, noch mehr psychisch und körperlich Missgestaltete blieben zurück. Zwar gelang es, die Meisten der letztgenannten Kategorie dem Arbeitsprozess auf dem Mars zuzuführen und so deren Zahl stark zu mindern, doch blieb das ungelöste Problem zurück, das Projekt: *Morphologische Bücher zur Generierung einer neuen Menschheit*. Dieses Projekt musste schließlich aufgegeben werden; für die noch zirkulierenden morphologischen Bücher gilt seither ein strenger Index.

»Zwar konnten viele der einst transformierten Bücher vernichtet werden, doch taten sich auch Teile der Bevölkerung zu »Bibliophilen Kreisen« zusammen, die, zunächst aus sentimentalen Motiven, diese Art Bücher vor der Vernichtung zu bewahren suchten, indem sie etliche der Exemplare in Verstecken deponierten, so in Bunkern und Hangars aufgegebener Marsstationen. Dort eingelagert wären diese Bücher allmählich in Vergessenheit geraten, wenn nicht hin und wieder Zugriffe auf sie getätigt worden wären, nun beiweitem nicht mehr aus sentimentalen Gründen! Wer diese Bücher jetzt zur Hand nahm, dem musste als Erstes deren veränderte Haptik der Seiten auffallen: dicker als zuvor, zum Teil halb transparent, mitunter erblickte man wie in einem Körper unterhalb der Epidermis den Verlauf von Äderchen im Innern der Seiten, die bioelektrischen Leitbahnen, und wie ein kleines Herz den steuernden biomorphen Schaltkreis als identische Miniaturnachbildung der Zentraleinheit im Großrechner. Diese ›Selbstähnlichkeit‹ des Herzstücks im Datenrechner zeitigt katastrophale Folgen – sie lassen sich unter den Stichworten zusammenfassen: *gesellschaftliche Desintegration, Renitenz, virologische Zersetzungsarbeit* sowie *moralmorphische Eigenresonanz und damit Einsturz aller moralischen Systeme.*

»Verbreitung finden diese Bücher aus den verlassenen Marsstationen durch illegal operierende Gruppen, vor allem durch die selbst ernannten M.G. (Mars-Guerillas), die das Kernprojekt der I.W.K. – das ›Projekt Uranus‹ – zu torpedieren trachten, indem sie die morphologischen Bücher mit den verschriftlichten und in den wissenschaftlichen Datenmoduln gespeicherten Projektmaßnahmen zusammenschalten. Damit wird letztlich die Unmöglichkeit angestrebt, eine Entwicklung menschlicher Mars-Zivilisation in Unabhängigkeit von der Erde zu schaffen. Hierzu verwenden die M.G. sowohl die alten Bücherbestände als auch neu und immer weitergeschriebene morphologische Texte, die sie daraufhin in sämtliche Rechnereinheiten, insbesondere in die einzelnen P.D.M., einzuspeisen trachten. Dabei handelt es sich um Textsorten verschiedenster Art: für die P.D.M. vorrangig Texte pornografischen sowie sentimentalen Inhalts, um damit die Masse des Publikums zu ködern. Diese Texte funktionieren nach dem Prinzip der Anamorphose: das subversiv Zerstörerische aus dem Inhalt entfaltet sich erst unter Einsatz einer elektronischen ›Maske‹ bzw. ›Matrize‹, die für die Entzerrung des süßlich-pornografischen Inhalts in der biomorphen Masse sorgt und bekanntlich dem Wirkprinzip des notwendigen Entwicklungswegs auf Grund des ›inhärenten Gedächtnisses in den geschriebenen Büchern‹ folgt. Subversive Elektroniker erstellen derlei ›Masken‹ und adaptieren diese Texte den P.D.M.; illegal operierende Medizinal-Programmierer implantieren die entsprechenden Schaltkreise den biomorphen Zentraleinheiten, und der destruktive

Kreis zwischen Lektüre und Verhaltenssteuerung des Einzelmenschen ist geschlossen. Soweit die aktuelle Sachlage.

»An den Sachbearbeiter, BOSXRKBN 18-15-9-14-8-1-18-4, ergeht hiermit der folgende streng geheime Sonderauftrag:

»1. Ermittlung und Sicherung des Bestands sämtlicher noch kursierender biomorphologischer Bücher;

»2. Ermittlung des Personenkreises, der an der Herstellung, Verbreitung und Aktivierung besagter Bücher beteiligt ist oder war;

»3. Namentliche Erfassung dieses Personenkreises und Übermittlung aller relevanten Daten an die vorgesetzte Dienststelle.«

Er las die-weiteren-Anweisungen:

»Aufnahme dieser Arbeit: Sofort! Bericht- und Rechenschaftspflicht: Ständig an die übergeordnete Dienststelle. Anforderungen zur Unterstützung im Rahmen dieses Dienstvorgangs an dieselbe Dienststelle. Zur Vorbereitung und Durchführung dieser Arbeiten wird Ihnen ein geeigneter Mitarbeiter zur Seite gestellt. *[:Diese Anordnung, gegen die es keinen Widerspruch gab, begeisterte ihn sichtlich garnicht; er hat sicher=gehofft, allein arbeiten zu können. So vermutet er 1=jener alerten Mars-Schnösel, wie sie ihm bereits in-den-Schulungsstätten auf der Erde & später während seiner Weltraumreise=Hierher begegnet sind : Obschon an-Jahren ihm oftmals gleich, besitzen Jene 1 stahlharte kalte Arroganz, die im-wesentlichen auf oberflächlicher, daher skrupelloser Ego-Sucht basiert, gemischt mit aggressiver Dienstbarkeit=um-Jedenpreis. Aus dem-Einen ziehen diese-Typen das-Andere, um aus Beidem !ihre=Präsenz in 1 potentielle Dienst-Waffe zu verwandeln.]*

»Beachten Sie die folgenden Weisungen, die Sie zu jeder Zeit öffentlich zu vertreten haben: 1. Es existieren keine illegal verbreiteten morphologischen Bücher. 2. Die erwähnten Folgen, wie gesellschaftliche Desintegration usw., haben niemals stattgefunden. 3. Illegal operierende Gruppen, wie die M.G., subversive Elektroniker und illegale Medizinal-Programmierer, existieren nicht. 4. Das ›Projekt Uranus‹ verläuft in den Vorbereitungen auf seine Durchführung auf dem Hoheitsgebiet des Zentraleuropäischen Blocks planmäßig reibungslos.

»Verhindern Sie Fremdzugriffe auf Ihre Dateien! Melden Sie Unregelmäßigkeiten sofort bei Ihrer Sicherheitsabteilung! Löschen Sie den Inhalt dieser Datei!«

Schon wollte er dem letzten Befehl gehorchen, als wir ihm 1 kleines Ikon am unteren Bildrand einblendeten: langsam blätterte sich vor seinen Augen das winzige Symbol 1 Buches auf – und wir gaben ihm den stockigen dumpffeuchten Geruch aus alten Büchern – mit 1 Atemzug verbreitete sich dieser Geruch-im-Raum (den er wiedererkannte, weil er ihn einatmen mußte während seiner Gefangenschaft=im-Bunker), & sogleich im=Innern seines Kopfes mußte er wie den Schnitt mit 1 Skalpell scharfe Eiseluft spüren, den Eishauch wie er nur aus ge-wissen=Büchern..... kommt. – Blau irisierende Lichtschlangen durch-schwebten den engen Büroraum – bitterer Geschmack aus schier-lingsatter Abendluft und die Stimme *Der=Einen* im Zugwind einer Hohennacht: *Ich habe ihm nichts zu vergeben od zu verzeihen.* – :Gefangen im An-Wehen seiner Vergangenheit in der Wucht von Schlägen mit Händen aus verrottetem Metall – *[?Würde er uns ?folgen]* – –

Später. Unverhoffter Besuch in seiner Wohnung: 1 junge Ingenieu-rin, 1 Handbreit größer als er, aus der Informatikerabteilung trat bei ihm ein; sie habe 1 Nachricht, die ihn interessieren dürfte, bemerkte sie sachlich kühl & kam, wie bei-Marsianern üblich, sofort zur=Sache: –Wir haben im Labor Ihren Fund ausgewertet. Er besaß keine Prio-rität, deshalb hat es so lange gedauert. Man hat schließlich mich mit dieser Arbeit betraut, weil ich neu bin in dieser Abteilung. Deshalb meinte man wohl, ich müsse für dieses Institut ›die Sporen mir noch verdienen‹. So hieß das früher bei den Erdbewohnern, habe ich gele-sen. – Sie lächelte dünn & reichte ihm 1 Mappe. Dabei berührten sich flüchtig beider=Hände (:1 gläsern-dünnes Emp-Finden). Der Mappe entnahm er 1 holografische Aufnahme. –Seltsam, aber es war der ein-zige Speicherinhalt, sonst nur Rauschen. – Bemerkte die junge Frau. –Große Teile der Speicherplatte sind ohnehin mechanisch zerstört, kein Wunder bei dem Alter! Gespeichert sind auch keine filmischen Aufnahmen, sondern nur diese eine Fotografie. Wirklich seltsam. Im Institut konnte niemand etwas anfangen damit. Vielleicht Sie? – Die schnell dahergesprochenen Worte der jungen Frau klangen nach Eile, sie wollte gewiß rasch wieder gehen. Als er nicht reagierte, fuhr die junge Frau fort: –Ich wollte Ihnen diese Information nicht auf elektro-nischem Weg zukommen lassen, sondern die Gelegenheit dazu benut-zen, mich bei Ihnen vorzustellen: Ich bin Ihre Mitarbeiterin bei jenem Auftrag, der Ihnen erteilt worden ist. – Auch jetzt reagierte er nicht. Sie blieb noch 1 Moment unschlüssig stehn, wollte sich zum-Gehen wenden, als ihr Blick auf den Mann=vor-ihr mit dem ungewöhnlich weißen Gesicht fiel. Es schien jetzt noch bleicher als je (?hatte er die junge Frau überhaupt ?gehört; ?hatte ihn die-Mitteilung, diese Frau sei nun seine Mitarbeiterin, ?erreicht); er hielt die Holografie weit von sich, – dann blickten zutiefst erschütterte Augen zu der jungen Frau hinüber. Von seinem Blick fest=gehalten blieb sie stehn, und wand ihm das Bild sorgsam aus den starren Fingern. Als sie ihrerseits daraufblickte, erkannte sie durch Schlieren & Flecke als sei Säure drübergeflossen die erheblich beschädigte Holografie 1 Gestalt in einem glatten hellen Batistumhang in Form eines Kegelstumpfs – goldumrandete Rhomben mit gelben Diamanten aufgestickt – der Mund im aschbraunen Gesicht ohne Bart weitoffen zum Überjahrhunderte anhaltenden stummen Schrei –.– Ohne auf die Reaktion der jungen Frau zu warten, begann er mit bleicher Stimme zu erzählen: von seiner Exkursion – diesem Fund in 1 Wrack – auch von der »Begegnung« im Labyrinth sprach er zum 1. Mal. Und dann von seinen Träumen in den-Nächten=danach, darin ihm genau=!diese Gestalt, die das uralte Photo zeigte, begegnet war, noch bevor er überhaupt wissen konnte, !welchen Inhalt der aufgefundene Speicher besaß. – Er hielt seinen Bericht so knapp wie möglich, denn er wußte, daß Marsianer längeren Erzählungen nicht zuhörten. Als er zuende war, schaute er zu der jungen Frau –: sie !lächelte, ein still versunkenes Lächeln. Obwohl diese Frau höchstens 5 od 6 Erdenjahre jünger sein konnte als er (in=Marsjahren sogar nur höchstens 3), u er=selbst vor-kurzem erst sein 30. Erdenjahr, den-Meridian-der-Illusionen, überschritten hatte, fühlte er dennoch jetzt zum=1.-Mal: *ich bin alt.....*★ (Eine Leben's Regel für=Alte: *!Meide die Gesellschaft mit Jüngeren.*) – Niedergeschlagen u 1wenig verletzt fragte er die junge Frau mit spitzer Stimme nach dem Grund ihrer Heiterkeit.

–Ich mag diese altmodische Art des Redens bei den Erdgeborenen. Das hat etwas sehr Charmantes. – Antwortete sie versonnen. Darauf stellte sie ihre Gesichtszüge=sofort wieder sachlich & kühl.

Erst jetzt betrachtete er die vor-ihm stehende Frau etwas genauer : Das Haar, der-Mode=gemäß platinweiß gefärbt & zu-dünnen-Schnüren geflochten, lag flach auf der leicht bronzefarbenen Kopfhaut. Die-Erwachsenen-Härte, abwärts über die für Marsgeborene typische hohe Stirn, war vorerst bis in ihre Augen vorgedrungen – aus der zinngrauen Iris stachen nadeldünne Pupillen hervor. Jochbein Wangen Kinn aber rundeten sich noch mädchenhaft weich, in den Mundwinkeln zeigten die vollen Lippen etwas wie eine stete Bereitschaft zum Lächeln.

(:Solch Anblick zerstäubte seinen Unmut auf die junge Frau = seine künftige Assistentin.) Doch gerade dieser Zug (fürchtete sie gewiß) müßte bei-Anderen den-1druck ihrer=Unsicherheit erwecken, daher die betont kühle Forschheit in ihrer Stimme. –Es muss einen Zusammenhang geben zwischen Ihrem Fund, den Träumen und dem Auftrag, den Sie erhalten haben und in den Sie mich einweisen sollen! – Die Stimme der jungen Frau erhielt eifrigen, fast altklugen Ton, natürlich hatte sie seine=Blicke bemerkt, sie wollte beeindrucken & ernst=genommen werden.

–Die !morfologischen Bücher. – Rief er sofort. –!Das ist der Zusammenhang. Ich weiß !wo wir Großemengen=davon finden können. – Möglich, er hatte den Satz begonnen, ohne an die-Konsequenz zu denken. Und !die hieß: All die Verstecke aufzusuchen, in denen die-morfologischen-Bücher heimlich aufbewahrt lagen : Ergastula – unterirdische Höhlen & Bergwerkstollen – er müßte den-Scharen Gefangener & Demtod=überlassener Arbeits=Sklaven erneut begegnen – :!Grauen=volle Wiederbegegnungen: ob bei den-Pannies od den-Zentrops – über=All ex-is-tierten schließlich diegleichen=viehischen=Fabriken zur Menschverarbeitung..... !Deshalb hatte Die-übergeordnete-Behörde !ihm (u: keinem Anderen) !diesen-Auftrag erteilt, weil Man meinte, er kenne sich aus in den verfemten Gefilden, in Bunkern Kellern mit depor=tiertem Schrecken, dem-Fundament für Zivilisation.....

Für die nächsten Tage allerdings ward er beordert zu den Abschlußkonferenzen des-I.W.K. in die-Forschungszentren im V. Distrikt. Hier freilich ohne besondere Aufgabe, dafür war er 1 vielzukleineslicht; vielmehr mußte er – wie viele-andere seinesgleichen aus den verschiedensten Dienststellen – damit rechnen, im=Rahmen-dieser-Tagungen Aufträge erteilt zu bekommen, die dann prompt zu erfüllen wären. Nichts=desto-Trotz gehörte er zum Auditorium bei Diesen Konferenzen, die, wie ihm vom-1.-Moment-an klarwurde, nur Ein=Thema verhandelten: Das *Projekt Uranus*.

Das Oval des Konferenzsaales breitete sich aus über die gesamte oberste Etage des höchsten Gebäudekubus im Wissenschaftsdistrikt – die flachgewölbte transparente Kuppel blickte wie ein Auge im nahen Basalthimmel auf das Halbrund der überhundert Sitzreihen für die Konferenzteilnehmer herab. Der steinerne Himmel trug in diesem Bezirk weiße Färbung, das hereinfallende kalkig reflektierte Licht lag schattenlos über dem gesamten Saal mit den hinter-1-ander gestaffelten & vom Grund auf ansteigenden Sitzreihen wie in einem Theatrum anatomicum. Feste metallisch kühl schmeckende Luft. Eine kleine Welt=für=sich, in der über-Welten verhandelt ward ohne Gnade mit ausschließlich den-eigenen=Interessen=Imblick. Über seine Haut floß glühblaues Prickeln, als er, die flachen Stiegen hinan, den ihm zugewiesenen Platz in 1 der hinteren Reihen im Saal aufsuchte. Kein Blick der-Nachbarn, kein Wort des Grußes. Hier saßen all-die-Sachbearbeiter aus sämtlichen Dienststellen der Marsstadtschaften – außer Cydonia I hatten Vertreter der panamerikanischen Stadtschaft Viking 1 (dem einstigen Landeplatz der Marsfähre »Viking 1« vor über Fünfhundertdreißigjahren im Chryse Planitia) sowie der größten Stadtsiedlung der Asiatischen Einheit namens Memnonia, in den zerkraterten Landschaften am Ausgang von Terra Sirenum gelegen, ihre=Abgesandten hierher=zu-dieser-Konferenz delegiert. Sie=alle: Scharen unauffällig gekleideter Gestalten wie er, jederzeit auswechselbar & ebenso zur-Dienst=Bereitschaft zu bringen, sobald jene=Ex-Perten in den vorderen Reihen, die stets Das-Wort führten, nach deren Diensten verlangten. Gemäß ihren unterschiedlichen Arbeitsgebieten trugen diese Ex-Perten verschiedenfarbige Umhänge aus glänzend schimmernden Stoffen: Olivgrün die-Kybernetiker & Informatiker – Anthrazit trugen Physiker – Zinngrau die-Elektroniker – die-Strategen Karmin – Violett trugen die-Planetologen – im stumpfen Braun die-Ingenieure – Kobaltblau die-Chemiker – die-Mediziner in Platinweiß. Fast sämtliche der-Anwesenden dürften Marsgeborene sein; die hageren hochaufgeschossenen Gestalten – ob-Männer ob-Frauen unterschiedslos geworden durch die glatt herabfallenden Umhänge, die mit Rundkragen am Ansatz der zumeist langen dünnen Hälse schlossen, so daß die ins=Halbrund der Sitzreihen aufgereihten schimmernden Gestalten wirkten wie enganeng in Regalen abgestellte vielfarbige Flaschen. Unten=inmitten des Kesselgrundes vor dem-Auditorium postiert das-Gremium=der-Vorsitzenden dieser Konferenz; drei Gestalten in tiefschwarzen Roben – von jedem Mars-Staatenblock ein Vertreter. Auf den glatten schmucklosen Umhängen saßen die-Gehirne der besten= gnadenlosesten Denker aus allen Staatenblöcken beisammen, & diesen=Gehirnen wie mit unsichtbaren Leitbahnen verbunden waren angeschlossen die vielfach verschlungenen Apparaturen-der-Bürokratie, die jede auf noch-sokleine-Bewegung=in-den-Gehirnen !sofort reagierten mit unsichtbaren weit von hier entfernten Aktionen. Im=Saal blieben die Stimmen der-Disputanten fast unhörbar, nur leises strenges Murmeln ward zeitweise vernehmbar, – ansonsten knisterndes Rauschen, – erst als er (wie alle=übrigen) die A.V.H., *audiovisuelle Haube*, die zu Übertragungen genannte Gerätschaft (einem Nachtsichtgerät vergleichbar), über den Kopf stülpte, traten mitten=in-sein-Gehirn die Rednerstimmen ein.

Man konferierte offenbar seit-Geraumerweile u nicht erst seit-Heute (:nein, er war nicht zu spät gekommen; andere hatten bislang an seiner Stelle hier=im-Saal teilgenommen & die ihnen=zugeteilten-Arbeiten verrichtet, denn, aus Gründen-der-Geheim=Haltung, sollte keiner von den-Sachbearbeitern während der gesamten Tagung Gelegenheit haben, sämtliche Debatten vollkommen mitanzuhören). – Sie=allsamt redeten wie schnell=sausende Getriebe, wobei 1 Wort-Rädchen=das-andere durch Treibriemen bewegte, – & diese Riemen schienen für Sprache zu rauh, zufest=gezurrt, so daß die Worträdchen, glänzend poliert zwar, dennoch von den rauh:reibenden Treibriemen abgenutzt, zu winzigen Metallsplittern zerstäubten –. Dann traten kurze Redepausen ein, bis Man neue Rädchen im=Apparat installiert hatte, & Diemaschine aufs=neu unter Klirren heiserem Reiben & Sausen zu arbeiten begann. Dasganze jedoch schien Hier=in-diesem-Kuppel= Saal nicht Gedanken-Lust & Überfülle-an-Sprache anzutreiben, sondern vielmehr !Angst: die hektischen Sprech-Hampeleien aller verzweifelt=Fliehenwollenden, denen Zur-Flucht nur noch sehrwenig= an-Zeit verblieb. – Rasch hatte er in der-Debattaille um das *Projekt Uranus* 4 unterschiedliche Fraktionen ausgemacht (die er insgeheim= für-sich mit Buchstaben von A bis D bezeichnete): Fraktion A – die-Uranisten – befürworteten uneingeschränkt sämtliche Maßnahmen zur Durchführung des P.U. (:wie das *Projekt Uranus* in-der-Konferenzsprache hieß). Fraktion B lehnte das P.U. strikt ab & favorisierte stattdessen die-Weiterführung der Terraforming-Programme zur Erzielung des sogenannten Treibhaus-Effekts in der Marsatmosfäre. – Fraktion C billigte zwar grundsätzlich das P.U., jedoch nicht durch die von Fraktion A vorgestellten Mittel, sondern Man votierte für neuerliche Wiederholungen anderer Maßnahmen. – Schließlich die Fraktion D (die hartnäckigste & kleinlichste Fraktion) unterstützte zwar die Forderungen der Fraktion A, wollte Diese Maßnahmen aber !keinesfalls auf ihrem=eigenen Hoheit's Gebiet durchführen lassen. – Offenbar hatten sämtliche Parteiungen nun die Darlegung ihrer Standpunkte abgeschlossen; er bemerkte, daß diese 4 unterschiedlichen Überzeugungen nicht an 1zelne Staatenblöcke gebunden waren; sie durchzogen die-Reihen sämtlicher Anwesenden. Und in 1=jeden Gehirn ward jetzt unter der Audiovisionshaube die-Arena errichtet für die Rede-Schlachten der 4 Fraktionen zum Herbeiführen Der-End=gültigen= Entscheidung.

Die Stimme des 1. Sprechers erschallte Mitten=in-seinem-Kopf, seine Stimmbänder gerieten in=Resonanz mit des Fremden Stimme, so daß ihm schien als späche er=selbst diese Worte; der strikte Ton schien die Wandungen seines Schädels von=innen-her zu zementieren. Das Bild des Sprechers erstellte das visuelle Sichtfeld, die Übersetzungen aus fremden Sprachen besorgte das simultan operierende Translationsmodul (in 1=jeden A.V.H. integriert), sogar das Timbre der automatisch erstellten Übersetzung zeigte sich identisch mit des jeweiligen Sprechers Stimme.

–Lassen Sie mich die Erfolge des Terraforming-Projekts anhand von dreien der maßgeblichen Elemente in der Atmosphäre des Mars demonstrieren. Seit Beginn dieser Maßnahmen ist es gelungen, den Sauerstoffgehalt in der Mars-Atmosphäre um 538,5 Vol% zu erhöhen! Beachten Sie diese enorme Steigerung! Die Senkung des Kohlendioxidgehalts beträgt fast 11 Vol%, während der Gehalt an Stickstoff um 37 Vol% gesteigert werden konnte. Der Atmosphärendruck beträgt heute einen um mehr als 28 % erhöhten Betrag. Auch setzten vulkanische Aktivitäten in den verschiedenen Mars-Regionen ein, insbesondere aber in der – ich darf sie die klassische nennen – Vulkanregion Tharsis Montes. Selbst der Schildvulkan Olympus Mons gibt bereits deutliche Hinweise auf einen ersten, seit Jahrtausenden wieder bevorstehenden Ausbruch. Auch dies, möchte ich betonen, ist eine Folge des Terraforming! Und ich brauche den hier Anwesenden nicht zu erklären, was dieser aktive Vulkanismus für die Stabilisierung des Magnetfeldes für den Planeten bedeutet! – Das alles sind Fakten, die niemand bestreiten kann. Sie bezeugen anschaulich das Erfolgsmodell des Terraforming, das, mit künftig weiter gesteigerter Anstrengung betrieben, jegliche Korrektur an der Achsneigung des Planeten nicht nur überflüssig macht, sondern auch all jene damit verbundenen und letztlich nicht zu kalkulierenden Risiken ausschließen kann. Wir haben zum Terraforming bereits alle Mittel vor Ort: die Fabriken, die Kraftwerke – übereilen wir nicht. Denn gerade die Übereilung bescherte den Menschen in ihrer Geschichte ihrer gut gemeinten Taten oftmals die größten Niederlagen! Betreiben wir aber das einmal begonnene Terraforming weiter, dann werden wir den Erfolg erzielen, den wir uns alle für diesen Planeten als einen für Menschen lebenswerten Ort und für die Weiterentwicklung unserer Zivilisation als die beste aller Erden wünschen können. Fördernd ist Beharrlichkeit!

Der Sprecher verstummte, sein Bild in den visuellen Sichtfeldern erlosch. Wie üblich bei derlei Kongressen, quittierte das-Auditorium keines Redners Beitrag mit 1 Reaktion, weder Zustimmung noch Ablehnung ließen im weiten Rund-des-Saales sich ausmachen. Leises Rauschen in den Ohrhörern, das Bild=vor-Augen schwenkte zur anderen Seite des Auditoriums.

1 Mann-in-Violett erhob sich, Redner für die-Fraktion-der-Uranisten. Seine Stimme, zunächst geschwellt von Spott, brandete in die-Ohrhörer, die dünnstraffen Lippen stanzten die Worte zum scharfkantigen Hohn: –Die ehrenwerten Terraformisten entwerfen eine »Erfolgs-Geschichte« ihrer Maßnahmen, in der sie selbst vor lauter Zahlen die richtigen Zahlen nicht mehr sehen können. Und diese Blindheit, ehrenwerte Abgeordnete, dauert nun bereits fast drei Jahrhunderte an! – (Unruhe schäumte durchs-Auditorium, – der Redner hatte vermutlich ohnehin vor, seinen Ton zu ändern, nun setzte er die-Worte im-Paradeschritt:) –Also ist es an der Zeit, den ehrenwerten Vertretern des Terraforming einige grundlegende Fakten in Erinnerung zu bringen! Ich führe keine neuen Größen in die Debatte ein, sondern bleibe bei den vom ehrenwerten Vorredner gewählten maßgeblichen Elementen, die in der Tat für menschliches Leben auf jedem Planeten die Grundlage bilden. Nur stellt sich meine Bilanz vollkommen anders dar, als die von katzengoldnen Erfolgen glitzernde des Vorredners. Vergleicht man nämlich die Werte für diese 3 Elemente hinsichtlich des Ist- mit dem Soll-Zustand, um erdähnliche Verhältnisse zu erreichen, dann wäre der Sauerstoffgehalt in der Marsatmosphäre um das Dreißigfache zu steigern! Der Stickstoffgehalt ist um das rund Einundzwanzigfache zu niedrig; das Kohlendioxid ist Heute gar um das Zweitausendachthundertvierzigste zu hoch! Der Sauerstoffgehalt läßt sich nur dann erhalten und erhöhen, wenn der Atmosphärendruck nicht wie jetzt nur rund 700 Pascal beträgt, sondern über 1100 Hektopascal gesteigert werden würde. Fürwahr, eine großartige

Erfolgsbilanz des Terraforming – für die letzten dreihundert Jahre! – (Der Sprecher verwehrte 1 Lacher durch kurzerhobenen Arm & entschiedene Stimme:) –Ich verzichte auf den Kommentar solcher desaströsen Ergebnisse! Aber dessen ungeachtet entsprechen sie der Wahrheit. Eine Wahrheit, die auf das Schlagendste den Misserfolg dieser Terraforming-Maßnahmen offenlegt. – (Aufbrausend Stimmengewühle in den Ohrhörern, zum !Erstenmal eine heftige Reaktion aus dem-Auditorium – Gesichter flitzten nervös vor die-Objektive –; doch die Eine Stimme eroberte sich das-Gehör zurück:) –Bekanntlich unterscheiden sich die Achsenneigung des Mars gegen die-Ekliptik von derjenigen der Erde im Mittel nur um 2 Grad 14 Minuten. Allerdings, wie Sie alle wissen, ist die Achse des Mars recht instabil. Der Planetoidenimpakt auf den Uranus vor etlichen Millionen Jahren hatte dessen Achse um mehr als 90 Grad verschoben – wir benötigen nur die 2 Grad und 14 Minuten! – (1wurf einer Stimme:) –Sie wissen von den Misserfolgen, die wir mit der Gravitationsfalle hatten, mittels derer wir Asteroiden und Planetoiden aus der Oortschen Wolke herausziehen, hierher leiten und zum Impakt bringen wollten! Und auf den Zufall eines brauchbaren Einschlags nach Gottes oder eines anderen höheren Wesens Gnade wollen wir doch nicht ernsthaft warten. Oder haben Sie noch einige Millionen Jahre Zeit?! – (– schüttere Heiterkeit im-Auditorium –) Dahinein erneut die Ernst=bleibende Stimme des Vorredners: –Das will ich genau so wenig wie die verehrten Anwesenden. Aber Sie alle wissen auch, wovon ich rede: Ich rede von der im vollen Umfang durchzuführenden Realisierung des Projekts Uranus – zur Korrektur der Marsachsenneigung die Simulation eines Impakts mittels Zünden einer geeigneten Sprengladung unterhalb der Marsoberfläche! Der daraus resultierende Schub wird, genau wie der Einschlag eines Planetoiden, die Achse des Mars verschieben, nicht dem Zufall folgend, sondern vielmehr unseren angestellten Berechnungen zufolge in exakt dem hinreichenden Ausmaß! Das, kurz gesagt, ist unser Projekt Uranus. (– Geschickt wartete der Redner auf das Niedersinken der Unruhe=im-Saal –. Dann weiter:) –Außerdem wird die Wucht solcher Detonation den Magmakern des Mars zu weiterem Vulkanismus anregen – Sie verzeihen mir den populären Ausdruck, aber ich sehe etliche Laien im Auditorium und wir wollen niemanden der Interessenten an unserer Zukunft ausschließen –, und als eine der unmittelbaren Folgen dieser Initiation dürften zahlreiche Vulkanausbrüche den sogenannten Treibhaus-Effekt in der Marsatmosphäre unterstützen und dadurch die Ergebnisse unserer geschätzten Terraformisten endlich in die Bereiche des wirklich Erfreulichen verschieben helfen! (Spärlich Heiterkeit im Saal.) –Die geschätzten Damen und Herren Physiker haben die einzelnen Daten zur Dimensionierung der Sprengladung für den simulierten Impakt-Schub und die Planetologen den geeigneten Ort zur Installierung bereits ermittelt. Detaillierte Pläne zur Durchführung des Projekts Uranus sind den Damen und Herren Wissenschaftlern bekannt? – (:Zustimmung von allen Fachleuten=im-Saal.) –Gut. Verehrte Anwesende: Die Zeit drängt, das Projekt Uranus zu realisieren ist unsere Chance. Ich füge hinzu: unsere letzte Chance. – Eher nonchalant die letzte Bemerkung des Uranisten, darauf nahm er, sichtlich zufrieden mit=seinem-Auftritt, wieder Platz. Der niedersinkende violette Umhang warf noch 1 Schimmer über die Gesichter seiner Nachbarn.

Jetzt fluteten dünnflüssige Redeschwälle der übrigen Fraktionisten über die Konferenz – aus Demtumult spülten sich Wort&satzbrocken heraus: – noch nicht alle Möglichkeiten ausprobiert – etliche Asteroiden in Marsnähe, da könnte man – Bündeln! Bündeln der Feldemission, das ist die Lösung! – etliche Teratesla! Ich bin mir nicht sicher ob wir – Gravitationsfallen modifizieren, dann optimieren! – nicht zu vergessen: Gravitations-Traktoren – mittels der Schwerefelder geeignete Asteroiden zuerst ins Schlepptau nehmen und dann auf diskreten Orten auf der Marsoberfläche zum Einschlag – Das sollten wir noch einmal probieren! Nur so wird – Sprengung ja, auf unserem Gebiet nein! – haben verlässliche Zahlen – Achsenkorrektur auch mit morphischer Resonanz – zuverlässig durchgerechnet – – : Das Zahlen&Theo-rien=rigide Kauder-Welsch der-Fachspezialisten, er schaltete seine A.V.H. auf stummen Betrieb, hörte den-Debatten nicht mehr zu. Dafür erschaute er die vom Kameramodul flüchtig 1gefangenen Gesichter, die aufgeregt & verbissen bewegten Münder – speichelglänzende Lippen – eifrig zustechende Blicke, die Luft im Konferenzsaal scharf als verbrennte Papier –

Alle=Sinnlosigkeit, Alles=Gewaltsam-Kindische an derlei Maßnahmen gähnte plötzlich vor seinen Augen wie ein riesiger, bodenloser doch letztlich vollkommen öder Abgrund–: Für die-Jahrtausende=alten Probleme aus den-Erd-Gesellschaften hat Man sich das Flucht-Ventil eines anderen Planeten geschaffen, den Mars, auf dem Man diese Probleme nicht etwa zu lösen gedenkt, um diese immerhin möglichen= gefundenen Lösungen danach entweder auf-die-alte=Erde anzuwenden od Hier=auf-dem-Mars ein besseres Erden-Leben zu entwickeln als das auf dem ursprünglichen Heimatplaneten=der-Menschen Heute machbar wäre. Sondern Man strebt offen=kundig danach, aus der-Umgestaltung einesganzen Planeten sich nur ein weiteres Mordinstrument zu ersch-affen, das dem zur Universal=Macht verwandelten Stärksten zur All=Ewigkeit=seiner=Herrschaft über dieses Sonnensystem verhelfe. Nach Langenkriegen=über-die-Jahrhunderte existieren zwar noch 3 Großmächte neben ein ander, die sich den-jeweils-anderen überheben, doch besteht der wirkliche Unterschied all-1 im uralten instabil wexelnden Gleichgewicht militärischer Stärken, die in all=ihren Verkleidungen als humanistische ökonomische kulturelle Natur=bewahrende Maske ihre=heißlaufende-Aufrüstung betreiben & sich erpresserisch=pompös gegen alle=übrige Welt aufpflanzen, – wartend 1=jeder auf !Seine=Stunde, um die anderen Gegner niederzuwerfen & !end=gültig zu zerbrechen. Der permanente=Alarm-Zustand, in die-Bevölkerungen 1geschleust als Virus, sediert die-Sensorien der Menschen für Gefahr, läßt Allewelt mit fiebernden Sinnen auch seine Nachbarn, seine Anvertrauten überwachen, um schließlich selbst im=Augen=Blick Der-Höchsten-Gefahr 1fach überrollt zu werden. – :Die-Probleme=in-den-Erdgesellschaften müssen !auf=der-Erde gelöst werden *(notierte er später in sein Paneel)*, jeder Schritt ins All ist ein Schritt in die !verkehrte Richtung. Man wiederholt auch in der Lebenfeindlichsten Fremde was man auf=Erden bereits angerichtet hat: mit gesteigerter Menschen=Bestialität Wissenschaften & Techniken einzusetzen für die-Entfaltung des ungeheuersten gegen:seitigen Terrors..... Die letzten Funken eines Freiheit-Feuers werden erstickt von Demsturm – Demsturm den Wille&wahn=von-Menschen entfesseln, Männschen die sich in ihrem=Wahn !frei=wähnen –. Erst=Heute können Verhältnisse im=Leben&arbeiten der-Menschen, wie sie vor-Jahrhunderten bereits diskutiert & beschrieben wurden, in=All=ihrer Mächtigkeit unverhüllt sich darstellen. So wie im=Saatkorn zwar bereits sämtliche Anlagen für die spätere voll=entwickelte Pflanze vorhanden sind, können sie jedoch erst im Zustand=der-Reife dieser Pflanze auch !gesehen werden. Ließen sich zu-früheren-Jahrhunderten die katastrofalen Verhältnisse in-der-Leben&arbeitwelt noch mittels hüllender Schatten abgelebter Zustände, karitativer Maßnahmen

& Beschwörungen der-heiligen-Abstammung=des-Menschen & seiner Menschlichkeit von den-Geboten=irgend=Gottes verschleiern, so ist nunmehr alles trügerische Fleisch von den Knochen geschält & das nackte Skelett des-Mensch-Seins steht vor=Augen. Alle festen alt= ehrwürdigen unveränderbar geglaubten Anschauungen & Verhältnisse sind im=Säurebad des-Wirklichen aufgelöst, alles auf=diesem-Grund Neugebildete veraltet sofort, verknöchert, stirbt ab. Sämtliche Heiligen-Werte sind entweiht, alle Beziehungen der-Menschen=untereinander sind anzusehn durch die kalten elektronischen Augen der-Kontrollobjektive. Der Mensch kann dem Anblick seiner=Selbst nicht länger ausweichen. Er ist ein Hamlet auf seinem Friedhof; der Totenschädel in seiner Hand, den er betrachtet u der ihn betrachtet, ist sein eigener. Seine letzten Worte 1 Mono=log, die Sprache der Nackten. Hier zeigt Mann den-Kindern was Angst ist. Die uralte Grusel-Geschichte, neu aufgelegt & Wiederkehr als 19.-Erdzeitjahrhundert: ANGST *treibt zu nächtlichen Frühstunden Menschenhorden durch verräucherte Gassen, Kohlenstaub knirschend im=Mund, die Klinkersteinmauern überzieht Ruß ein fettiger silberschwarzer Glanz – !*PFIFF=DER-SIRENEN, *Stahlgittertore vorm Fabrikgelände, sperren niederes Leben 1 & aus, und Pfützen mit schillerden Ölaugen, zertreten von derben Arbeizschuhn. Zum frühnächtlichen Abend durch Fabriktore kwellend weißzahnige Massen, Kohlenstaub knirschend im=Mund, die rußverschmierten Fäuste geballt, wartend auf das-1-Wort das zuschlagen läßt.* Maßlose Vergeudung von Menschen-Kraft – in-Bergwerkmienen Bleigießerwerkstätten Säurefabriken auf= dem=Mars – tauglich zu Allem daher auswexelbar mit jedem X=beliebigen. Leben als Ex-istenz 1 Regenwurms, sektoriell: 1 Abschnitt fort, lebt der Rest als kleineres=Ganzes weiter – also Sterben niemals im=Ganzen nicht zur=Gleichenzeit – wo 1 Körper ist sind alle : Physik invers – Teilindividuen, Arbeizwelten fluten hindurch, Erfordernisse wexeln – Ersatzteilmensch: 1gebrannt bis in-die-Knochen. Tod wird der Zeitpunkt sein wo die Erinnerung aufhört weh zu tun. Und wieder Horden privilegierter Primaten mit=Fluchtrichtung aus Detonationfeuern ihrer=Geschichte im 25.-Erdzeitjahrhundert auf die Bäume die in Denhimmel wachsen –. Deshalb: !Alle Notausgänge von der Erde !zumauern. Deshalb: !Alle Fluchtwege !versperren, sämtliche Unternehmungen zur Mars-Korrektur !sabotieren. Deshalb: Weltraumflugzeuge & Astrotechniken !konfiszieren & solange unter=Verschluß= halten, bis auf=!Erden die Probleme gelöst. Denn wer Dasall betritt, muß zuvor !befreit sein von seiner Unfreiheit, seiner alten=Herkunft= aus-Krieg&stürmen..... Vielleicht werden nur wenige bestehen; vielleicht wird nicht 1 Densturm überleben: ?!Was aber wäre damit schon verloren –.

Noch länger schwelgte er in der erhabenen=Kompromißlosigkeit seiner Überlegungen, die er als !seine=End=gültige=Ent-Scheidung der Gnadenlosigkeit der-Gehirne in der »Denk-Fabrik« entgegensetzte –, u wäre jetzt Der-Präsident der Wissenschaftskonferenz sein Zuhörer, dann würde er Ihm seine Ideen haarklein vorgehalten haben, hätte seine Worte der eisengrauen Entschlossenheit Desmannes entgegengestellt, um Diese-Maske schließlich narbig sich auflösen zu sehen im=Säureregen !seiner Argumente, & seis nur aus-Gründen jugendlicher Renitenz, mit der Ein-Höherer konfrontiert zu reagieren hätte (freilich gemäß den roh-mantischen Vorstellungen einer Jugendlichkeit vom Wesen dieses Höheren, denen zufolge stets die-Renitenz=des-Jüngeren über das-Alte triumfieren müßte, auch wenn die übrigen Verhältnisse die-Verhältnisse=des-Alten blieben). – 1 Signalton holte ihn zurück aus seinem Traum.

Der Großrechner E.V.E. hatte Die Entscheidung getroffen: Zwar mußte sich die Fraktion der-Terraformisten geschlagen geben, der Großrechner hatte sie überstimmt & alle diesbezüglichen Maßnahmen ab 1=bestimmten Termin für=beendet erklärt; der-Umsetzung des *Projekts Uranus* galten hin=fort sämtliche Aktivitäten. Doch den-Parteiungen gelang keine 1igung über den Ort zum Platzieren der nuklearen Sprengladungen; das-Palavern verspeichelte in zänkischen Rinnsalen, kleinlich versiegend zum-Still=Stand. Also beendete die Konferenz für diesen Tag Der Präsident. Dessen Kopf erschien allein= beherrschend als visuelle Projektion auch in seiner A.V.H. Er verkündete mit Lakonie den-Termin für *die Entscheidung über die Platzierung der Sprengladungen zur Verwandlung der Nekrosfäre des Mars zur Gestaltung einer Vitalsfäre* für den nächsten Monat. (Keinwort der-Renitenz; Dienstlichkeit setzte ein bei allen=Anwesenden, also auch bei=ihm.) Diestimme des-Präsidenten unverändert straff & gußeisern sein Rundblick über das-Auditorium. Die Saalluft im-Geruch von erwärmtem Kalk.

In seiner Wohn1heit erwartete ihn bereits die Mitarbeiterin. In ihrer Funktion besaß sie sowohl Zugang in seine Wohnräume als auch auf sein Telepaneel. Bei seinem Eintritt sah er sie einen 3dimensionalen

Plan von der Stadtschaft Cydonia I betrachten (:der Übereifer dieser jungen Person verärgerte ihn ins=geheim), doch ließ er sich nichtsdavon anmerken, sondern trat neben sie & wartete darauf, daß sie sich äußere. –Sie haben eine Aufforderung, an diesem Abend zu einer bestimmten Adresse zu gehen; ich suche grad die Koordinaten. – Die junge Frau sah nicht auf, sie beobachtete das Anzeigefeld. –Eine ?Aufforderung. – Verwunderte er sich laut. –Von ?wem. – –Da! Ich habs: eine Adresse im 1. Distrikt – dem Vergnügungsbezirk! – Sie wandte sich ab vom Telepaneel & schaute erwartungsvoll zu ihm auf, die-Augen metallisch hart & fordernd, ihr Mund im vorfreudig=bittenden Lächeln. Alles an der jungen Frau schien umwoben von 1 warm summenden Gespinst des-Verlangens & mädchen=haft ungelenken Verführungsgebaren. Innerlich stemmte er !dem die Sinne entgegen, sprach laut & betont sachlich: –Von ?wem stammt diese – !Aufforderung. – –Das habe ich bereits versucht, herauszubekommen. Doch die elektronische Absendercodierung verweist auf 1 allgemein zugängliche Kommunikationsstation ohne Signatur. – Er las den Text auf dem Leuchtfeld, bemerkte dabei die-Blicke der jungen Frau: unverändert erwartungsfroh zu=ihm-hin. – –1 anonyme Einladung. – Stellte er grübelnd fest. –Das sieht nicht ungefährlich aus. – Dann nahm=er= sich=zusammen. –Ich werde hingehen. !Allein. Sie werden sich während-dieser-Zeit in=Bereitschaft halten. Es könnte sein, daß –. Sie werden mich !nicht begleiten – dieses Mal nicht. !Bitte die Adresse. – Blick & Gebaren der jungen Frau vereisten. Mit frostiger Stimme gab sie ihm die gewünschten Daten. –!Eines noch. – Rief er, bereits im-Gehen, der Frau zu. –Halten Sie sich in=Bereitschaft bitte in !Ihrer Wohnung. Ungern möchte ich mich selbst=anrufen. – Setzte er als wenig glaubhafte Erklärung hinzu. – Die Tür hinter-ihm schloß sich sanft – jetzt war er !das losgeworden.
In 1 der Regierungs=eigenen Transportgefährte mit transparenten Silikonwandungen glitt er schon bald darauf die Wegstrecke in den 1. Distrikt entlang – zu=Seiten der Haupttrasse begegneten ihm die schon bekannten Fassaden, blindäugig die Fronten der Wohnkubaturen & über die-Dächer hingebreitet die Pflanzenbewüchse in den *Hängenden Gärten,* wie störrische Pelze dem kalkweißen Himmelslicht entgegengereckt (zuweilen bemerkte er Dort=Oben langsam vorgehende Veränderungen, so als generiere ein Rechnerprogramm an den Stammformen neue Verästelungen –) – dem folgten die ihr zauberi-

sches Bernsteinglühen eingefangen=haltenden transparenten Traubenhäuser still verharrender Biosfärenstätten – schließlich bog das-Gefährt in einen Stollen ein, den er bereits 1igemale im=Vorüberfahren gesehen hatte, aus dem vielfarbige Lichtschlieren wie Polarlichter herauswehten – das-Gefährt durchfuhr sie wie hauchdünne Gazevorhänge – 1 elektrisierender Windstrom überschauerte seine Haut – ließ ihn hineinfahren in die breite Tunnelröhre mit den in sanften Messingfarben schimmernden Wandungen –. Er befand sich im Eingangsbereich zum 1. Distrikt.

Anfangs erschienen ihm die Muster auf den Messingwänden als zufällig 1geprägte Kerben & Riefen, vielleicht hatte Man die-Messingschichten dem unebenen Felsuntergrund der aus Dembasalt einst herausgeschabten Tunnelröhre aufgedampft, dann fiel ihm die Regelmäßigkeit dieser dünnen schwarzen Muster auf : Die Tunnelwandungen zeigten sich über&über mit dunklen lateinischen Buchstaben bedeckt, dichtandicht an1ander=gesetzt wie Wörter & Zeilen auf einer riesigen Schriftenrolle – jedoch sämtlich in !Spiegelschrift. Als schaute er ausdem=Innern eines Buches auf dessen bedruckte Seiten hinaus. Vergeblich suchte er die 1zelnen Buchstaben zu Wörtern & zusammenhängenden Sätzen zu fügen – das-Gefährt trug ihn langsam weiter & weiter die Tunnelröhre entlang. Auch fuhr er in umgekehrter Leserichtung, so daß sich ihm nur wenige Wörter erschlossen: *!wahr werden – Phrasen alle – geschehn Wunder ein –*, mehr konnte er im=Vorüberfahren aus der vor-Augen glimmernden Zeichenfülle nicht entnehmen. Zusehends auch blendete ihn das gelbe Schimmern der Messingwände. Gern hätte er das-Gefährt angehalten, um die Texte=um-ihn-her besser & in=Ruhe zu lesen, aber nirgends eine Vorrichtung zum Steuern dieses Fahrzeugs, sämtliche Fahrtfunktionen geschahen durch vorherige Programmierung automatisch. – Mittlerweile wunderte ihn daß er=der-1zige sein sollte, der auf diesem Weg in den 1. Distrikt gelangen wollte; offenbar hatte Man dem-Gefährt aus dem-Regierungsdistrikt 1 nur selten benutzte Nebenzufahrt angewiesen.

Sein Fahrzeug bog in einen Seitenarm im Stollensystem. Noch immer bedeckten messinggelb schimmernde Wandungen die Tunnelröhre, doch nunmehr ohne Schrift. Dafür gewahrte er im metallischen Leuchten auf dem schmalen Steg neben der-Fahrschiene 3 hockende Gestalten. Ihre Körper schienen mit ihren=Rücken sowohl an=ein= ander als auch mit=der=Tunnelwand verbacken – ihre trägen wurmigen Bewegungen zogen gummiähnliche Schlieren & Placken aus der Wand heraus als klebten die grausam verkrüppelten Gestalten als siamesische Drillinge mit kautschukartiger Masse=zusammen. Doch sie schienen das-Gefährt-u-ihn nicht zu beachten; etwas anderem galt ihre Aufmerksamkeit & Anstrengung: einer der menschähnlichen Fleischklumpen behockte einen aufgeblätterten Folianten – mit klobigen Tatzen & Krallen zog er gemächlich aus den Buchseiten eingeweideähnlich=gallertige Verschlingungen heraus – Darmröhren Muskel&-sehnen-Stränge, die er genüßlich=langsam um die knotige Faust wikkelnd sich darauf ins unförmige Maul stopfte, während seine Kumpane in ebenso wurmträgen Bewegungen versuchten, ihm die Beute abzujagen – nun klumpten sie übereinander, knäuelten=sich=ein; die fleischlich wirkenden Seiten des Folianten, aus denen-heraus die kannibalischen Krüppel noch andere Innereien fetzten, erzitterten bebten zuckten auf unter den brutalen Ausweidungen der 3 Gestalten. Plötzlich hob Einer-der-3 den ungeheuren bäuligen Schädel, das Gesicht starrte ihm=direkt entgegen: Schlangenaugen, der Blick unerbittlich & glatt, versteint aus nächtiger Wüstenkälte, ohne menschliches Schimmern. – Mit dem unerschütterlichen Gleich=Mut 1 mechanischen Vorgangs trug ihn währenddessen das-Gefährt durch die messinghellen Bilder eines Alptraums. – Vor einem geschlossnen Schleusentor hielt das-Fahrzeug. Auf einem Monitor hellte eine Warnung auf:

Vorsicht im offenen Umgang mit Metaphern u. Zitaten!

Und neben dem Warnschild erglomm im sanftgrünen Licht 1 Paneel, hier mußte er für=den-Eintritt in den 1. Distrikt seinen vollständigen Namenscode eingeben (offenbar gab es in Cydonia-Stadt Vergnügungen nicht für jedweden Stadtbewohner). Seine 1gabe war fehlerhaft (Das soeben Gesehene als wirres Nachflackern in ihm – *Höhlen vergeßner Alpträume – Anschauten Derfurcht in einem Kellergang* – :Alteschrekken, nun auferstanden aus Erzählungen seines Vaters), – nichts geschah. Die-Aufforderung zur Eingabe seines=Namenscodes wiederholte sich duldsam auf der sanftgrün leuchtenden Tafel, auch das-Gefährt verharrte mit jener nur=Maschinen eigenen endlos scheinenden Langmut. Er korrigierte seine Eingabe: das Schleusentor öffnete sich & sein-Gefährt trug ihn weiter – hin zu der vorgegebenen Adresse: Rauchig speckige Fassade eines irischen Pub aus dem 18. Erdzeitjahrhundert; jenes legendäre Etablissement, in kräftig=geschwungenen~Lettern über der Pforte der Name: **Jonathan's**

Aber die Fassade blieb das 1zige Relikt aus Jenerzeit; schon der 1. Schritt durch das Portal bedeutete einen Sprung=voraus um acht Jahrhunderte: Und die Tür bliebe verschlossen, vertraute der-Besucher nicht nochmals seinen persönlichen Namenscode 1 Tastenfeld an. – Im anschließenden Foyer wartete mit dienstbarem Nullgesicht & Augen wie aus Staub 1 der Stummen-Diener, gehüllt in hochgeschlossnen engen metallisch schimmernden Dreß, um den-Besucher dem elektronischen Billett gemäß an seinen reservierten Platz zu geleiten. Man hatte die Stummheit dieser Dienerschaft wörtlich genommen, im=Mund dieser Erscheinungen fehlte die Zunge. Für die Größte Irritation aber, nachdem eine weitere Tür durchschritten war, sorgte der Anblick dessen, was die inneren Räumlichkeiten erwarten ließen : Einenblock aus papierweißem Nebel – undurchdringlich – ohne sichtbare Wände ohne Boden, überhaupt keine wahr=nehmbaren Dimensionen – ein wattiges Nichts ohne Ausmaße; – und erst allmählich, als kritzelte die Hand eines Unsichtbaren einige Zeichen auf leeres weißes Papier, formten sich unter leis kratzenden Geräuschen, wie sie 1 Bleistift beim Schreiben erzeugt, aus dem ungestalten Weiß schemenhaft Gegenstände heraus: – ein mit schweren karminroten Teppichen belegter Parkettboden entrollte sich vor seinen Füßen und entschwand den Blicken im Nebelweiß – Mobiliar wurde ahnbar – beigefarbene Fragmente von Wänden traten hervor – großfingrige Blattpflanzen griffen mit grünen Händen ins luftige Weiß – diffuses Licht entströmte wie feinster Nieselregen einem kristallenen Leuchter, der scheinbar befestigungslos hoch inmitten dieses Nebelblocks schwebend verhielt –

Sodann formulierte sich vor seinen Augen ein Tisch aus dunklem poliertem Holz, zwei Polstersessel davor – 1 Mensch in einem der Sessel, der dem zögerlich & vorsichtig Schritt-auf-Schritt vorantappenden Besucher (:?war der Boden ?überall=fest od ?stürzte er schon mit dem nächsten Schritt ins grundlos=Tiefe – nebelhelle Wölkchen umwallten jeden Schritt) aufmunternd entgegensah. Der Stumme-Diener geleitete ihn bis vor diesen Tisch, dann wandte der Diener sich ab – und verschwand wie das letzte Wort für 1 Figur, die nicht länger benötigt wurde. Der Ankömmling schaute auf den Gast. Bevor er seine Worte fand, begann Dieser mit einer bekannten Stimme zu sprechen. –Was Sie hier sehen, sehen Sie nur, weil Sie Es bereits in Ihrem Kopf be-

schrieben haben. Alles Wunsch, Vorstellung & Wahn. Seien Sie also vorsichtig & bedenken Sie all=Ihre Worte, sonst stürzen Sie durch die-Atomgitter dieses nur scheinbar festen Bodens.
—Tatsächlich. — Antwortete er, unentschieden zwischen Erleichterung u: Gereiztheit wie bei 1 hartnäckig wiederkehrenden Insekt. —Beinahe hätt ich Sie vermißt. Und schon wieder innem Restorang — Früher waren Sie Einfall's reicher. Während der Zeit=meiner-Gefangeschaft bei den-Pannies — auch nur ?Wunsch ?Vorstellung ?Wahn — Dort allerdings sind Sie mir Kainmal erschienen.
—Das glauben auch nur Sie.
—Noch ein Mal: ?Wer ?sind !Sie.
—Lassen wirs bei !dem Namen, den Sie mir früher gegeben haben: *Der Fremde mit den Waranschuhen*. Heute bin ich sie los: die alte Haut. Dafür trage ich als Schuhwerk dieses überaus weiche, sorgfältig aufbereitete Leder, dessen Herkunft Sie noch erfahren werden. — Aber stehen Sie nicht vor mir wie der leib=haftige Zweifel. Wenn Sie mir nicht trauen, so haben Sie wenigstens Ver-Trauen zu Ihrer selbst=herbeigeschriebnen Polstergarnitur: Setzen Sie sich, bitte.
Er folgte der Aufforderung mit wenig Begeisterung.
Der Fremde hingegen fuhr fort mit munterer Stimme: —Bei unserem letzten Treffen in dem Mondrestaurant hatte ich Ihnen etwas Besonderes versprochen, das Sie nur=!Hier sehen können. Und Was Sie sehen können, hängt davon ab, Was Sie sehen !wollen. Sie wollen ?wissen, !wo Sie sind. Und: ?Wohin Sie gehen werden in=Ihrer-Zukunft. Wenn ich mir diesen Scherz erlauben darf. !Passen Sie gut=auf, !Was Sie aus Ihrem Erlebten memorieren, schon manches Mal fanden sich Leute Hier plötzlich in einem Schlachthaus. Od in einem Folterlager irgendeiner der-Großmächte=auf-dem-Mars. Auch bei chirurgischen Oper-Atzionen mit Vielblut & eimervoll Gedärmen od in Frauen-Zimmern, was an-bestimmten-Tagen dasselbe ist. Dann isses immer ne ziemlich Hartenuß, da wieder rauszukommen. !Was fürne Menkenke, !was für Sauerein, der ganze Boden Vollerblut — der !schöne Teppich: !hinüber. Und erst !Dergestank. Warme Lazarettkübel Schindeimer voller Gekröse. !Puuuh. — Der Fremde schüttelte sich mit gespieltem Ekel. Dann lehnte er sich über die schwere Tischplatte, als wollte er eine vertrauliche Mitteilung machen, die nicht für alle Hörmaschinen geeignet sei. —Von-jetzt=an !keine Ausstaffierungen mehr, keine Opulenz & keine schön=geschriebenen Ansichtskarten. ?!Wozu

über eine Ganzestadt Worte-machen, wenn Sie nur 1 Haus & darin einen Raum benötigen mit 1 Stuhl & einem Tisch. Dazu müssen Sie nicht mal das Haus beschreiben, nicht mal den gesamten Raum, auch den Tisch nicht od Ihr Gegenüber = mich : Anrisse von Worten & Bildern reichen vollkommen, Fetzen von 1drücken, Scherben – Sätze mit brennenden Rändern u Bilderstaub wie glühende Rußkörner auf der Netzhaut – sengen die Augen – in Derluft schwerer Geruch nach gelöschten Bränden. Aschengeschmack im trockenen Rachen. Rauchige Beizestiche. Husten – : 1fach Augen schließen. Sätze schließen. Nichtsmehrsehen Nichtsmehrsagen. Augenstille. Innenaugen=Blicke. Innensprache=sprechen. !A ja, Ihr Liebling's Bild: *Frühsommernachmittag im Duft von abgemähtem Gras darauf Regen niederfiel, die scharfsüße Pflanzenfrische läßt den Atem stocken – milde tagessatte Luft u Bittergerüche Schierling an alten brackigen Wassergräben*. Und dann nochwas vom *Vergeben & Verzeihen*. !Schlußjetzt: Sämtliche Ab-Sichten & Fähigkeiten Hier=drin ver-Puffen. Wenn ich mir diesen Scherz erlauben darf. Totalerkrieg in der Amygdala. Bomben & Geschosse aus Letzten-Worten & Bilderschnippseln. Staubwolken aus zerfallnen Büchern mit Goldschnitt. Sie haben auf der Herfahrt-vorhin diese Wesen einige Bücher ausweiden & verschlingen sehn – das waren Roh-Mann-Ticker, die Denkrieg verhindern wolln indem sie aus den-Büchern Dasfleisch rauszerren, um Es durch elektronische Schwammigkeiten & eßtätische Pixelei zu ersetzen – wie einst=Vorjahrhunderten die Ewigenkinder, die es nicht verwinden konnten, daß ihre=Eltern sie einst *stubenrein* erzogen hatten. Daraufhin mußten diese zu=alten-Kinder Elecktronick-Firrlefants treiben & Diewelt mit Kommunikatzjon's Müll zuscheißen. (Man begegnet ihnen hin&wieder & läßt sie tun, denn sie richten Heutzutage keinen Schaden mehr an, Nutzen aller-Dings auch nicht.) Ihr grausiges Äußeres rührt her von ihrem Tun: Wer zeitlebens Imdreck sich sühlt, wird schließlich selber=Dreck. !Notieren Sies in= Gedanken. Schreiben Sies !später auf, nicht Hier. Aber Sie !müssen schreiben, das wissen Sie. Immer&immer=fort. Nur deshalb *sind* Sie. Damit haben Sie genug zu tun für Ihre=Zukunft. Wenn ich mir – –diesen Scherz erlauben darf. Ich weiß. ?Allestun Hier=drin ist ?1-Bildung. –

–!Was schauen Sie wie der Pfaff wenns donnert. ?!Ahnen Sie noch immer ?nicht, !Wo Sie sich befinden. Zum Mitschreiben: Sie befinden sich im=!Innern=der-Bücher. Im=Herzen von Dunkelheit & Feindschaft. Dieschlacht zwischen den-Büchern bricht alsbald !los. Denn die Letzte Konferenz in der »Denk-Fabrik« ist auf den nächsten Marsmonat festgesetzt. !Hier aber : !Hier steht bereits geschrieben, !Was geschehen wird, !welche Entscheidung getroffen werden wird zum Platzieren Der-Sprengladungen. Also: Keine verdeckt gehaltnen Anspielungen mehr. Keine Exegesen. Nur noch !offenes Visier. Alles was geschrieben steht !ist=!unmittelbar. Nun wissen Sie, !Wo Sie sind & !Was Sie erwartet.

Diese Worte erschreckten den jungen Mann zutiefst. Er suchte vergebens in der Miene seines Gegenübers nach Ironie, nach dem-Augenzwinkern, nach den Leuchtspuren des Scherzes. Nichts davon. Was Der gesagt hatte, so unglaubhaft Das auch war, Es schlug wie ein Meteorit in die stabil=geglaubte Beherrschung des jungen Mannes und schleuderte Brocken&staub seines zerr-trümmerten Ich heraus. In seine Nase stieg der Geruch nach brennendem Blut, – und das mußte der-Grund dafür sein, weshalb er Alles=Folgende diesem Fremden, dem Ungeeignetsten für intime Geständnisse, anvertraute.

–Kurz über 30 bin ich=alt, aber ich glaube, Es hat mich !erwischt. Sie sagen: Ich !müsse schreiben Immer&immer=fort, nur deshalb *sei* ich. Doch schon der Gedanke an meine Arbeit, die nicht nur liegen= bleibt sondern mit verstärktem Druck Jedentag wiederkehrt, macht mich kraftlos u lahm. Unfähig zu jeder Bewegung, als läge ich noch= immer bei den-Pannies, in erzwungner Starre=im-Bunker=gefangen. Kein Satz, kein Wort in meinem Sinn, als hätt ich jahrelang Nichts geschrieben. !?Wie soll ich den-Büchern, die Man zu finden von mir verlangt, die Texte hineinschreiben, um diese=Bücher *scharf zu machen* wie !Spreng-Bomben, – so heißts doch im-Fachjargon. ?!Woher soll ich Diekraft=Dafür nehmen. Morgens schlepp ich mich praktisch auf allen-4 aus dem Bett, !liegenbleiben würd ich am=liebsten u für= Immer. Ich kam aus meinem Erden-Kindertraum und bin schon ein Mal gestorben. Dann mußte ich ins=Leben=zurück: als Sklave-ohne-Gesicht ins Ergastulum. Im=Leben u dennoch toter als tot: verlassen..... Und noch nicht im=Ende. Vom Sklaven zum Staat's Diener. In den Dreck gebissen aber nicht ins Gras. Auf dem Mars gibts kein Gras. Offenbar kann ich nicht sterben. Soviele Auferstehungen sind !zuviele Auferstehungen. Das hält nichmal n Heilijer aus. Ich bin es müde. Will liegen=bleiben. In meinem=Bett od in einem anderen Grab. Wenn schon nichttot, dann wenigstens im=Ewigenschlaf –. Aber dann seh ich den-Monitor, auf dem Man mir Aufgaben=für=Dentag dick-tiert: Es sind die alten Aufgaben, & neue=alte kommen hinzu. Ich hab damit angefangen, die-Texte zu löschen, sie ungelesen wegzuschmeißen ins elektronische Aus, wie man zu früheren Jahrhunderten mit lästigen=Briefen verfuhr. Aber das ist keine Lösung; denn Alles Weggelöschte kehrt zurück solange, bis Es bearbeitet wurde. Meine !Größtefreude: 1 Tag mit leerem=weißen Bildschirm. Aber dafür kommen dann am nächsten Tag doppelt&dreifach soviele Aufgaben so, als hätt ein dämonischer=Chef nur 1-Tag=lang Anlauf genommen, um mir den-Ganzenscheißdreck beim nächsten Mal mit umso besserem Schwung entgegenzuschmeißen. Bin wie 1 Toter meinem Da-Sein verhüllt. Ich pax=nichtmehr. – Er senkte den Kopf, starrte auf seine nestelnden Finger über dem dünngemaserten Tischholz.

–Scheint so als hätt Es Sie wirklich erwischt. – Meldete sich die Stimme des Fremden. –Nun, Sie sind mit Ihren=Jungenjahren sagen wir: per-Zu=Fall auf einen Posten gekommen – Ordentlicher Sachbearbeiter in der Interplanetaren Wissenschafts-Konferenz. – (Der Fremde stach die Silben, um in jede 1zelne das heiße Blei des Spottes zu gießen.) –Nebenbei, !ich bin es gewesen, der Dafür gesorgt hatte, daß Ihre werte Frau=Mutter zum einen in diese für=sie – mnä – ungünstige Lage gekommen ist, & anderseits noch über genügend=1fluß verfügte, ihrem Sohn – Ihnen – zu !diesem Posten zu verhelfen. Bevor Sie mich wieder fragen: Es fällt – grob gesagt – in meinen=Aufgabenbereich, *Vorgänge* zu arrangieren & *Handlungen* zu entwickeln. Ich mache das aus beruflichen Gründen. Wenn ich mir diesen Scherz erlauben darf.

–Mit-offenem-Visier, haben Sie gesagt: ?Also.

–Mit-offenem-Visier: Ich gehöre zu jener Vereinigung, die in Ihren=Behörden M.G., Mars-Guerillas, genannt wird. Klingt reichlich albern. Aber Die haben Nichtsbesseres. Ich habe !Sie für Diese= Aufgabe schon seit-Langem ausgewählt. Und gleich fragen Sie: ?Wieso !mich.

–?Wieso !mich.

–Wegen Ihrer werten Frau=Mutter. Io 2034 verfolgte mit ihrer Teilnahme an der E.S.R.A.-I-Mission eigene=familiäre Zwecke. Das hat Sie Ihnen gesagt u war nicht gelogen. Aber das hat sie aus Dem-Rennen geschmissen. Familien=Bande: !das ist ein starker Kleb-Stoff, dem Man vertrauen kann. Denke ich.

–Und Alldas sagen Sie mir 1fach so –

–Mit-offenem-Visier. Außerdem ists leicht, etwas zuzugeben, was ohnehin jeder weiß.
–?Jeder. Also auch: ?Meine=Behörde.
–Die Linien für Freundschaft & Feindschaft kreuzen 1ander wie Esel & Pferd. Das-Muli heißt Politik. – Zurück zu Ihnen. Sie fühlten mit dem-1tritt ins Erwachsenenalter das-Bedürfnis, *Etwas zu tun.* So denken im=All-Gemeinen Jungeleute wie Sie. Damit waren Sie Mein=Mann. Wenn ich mir diesen Scherz erlauben darf. !Fühlten, sagte ich, nicht: wußten. Man hat Sie auf=Erden *dem-Fühlen* überlassen, um nicht zu sagen: aus=geliefert. Jetzt reicht *Fühlen* beiweitem nicht mehr aus; vielmehr kehrt sich *Fühlen* zum Hemmklotz für Ihr Ganzesleben. !Hören Sie : Es hat Keinensinn, die-Angelegenheit zu beschönigen od: zu leugnen, !Tatsache bleibt !Tatsache : Der *Weltraum-Koller* hat Sie erwischt. Das können Sie hier=in-Cydonia & in jeder=beliebigen anderen Stadtschaft auf dem Mars od auf dem Mond beobachten : Die-Leute werden entweder fickrich & drehen durch, schlagen auf alles&jedes ein das ihnen übern Weg läuft od: sie lassen sich hängen, taumeln in die-Apathie, schleichen umher wie Schatten in der Dämmerung, graue Flecken vor dem Himmel-aus-Gift. Dann hocken sie sich in irgendne Ecke, puhlen von ihren kalten Fingern die entzündete Haut, die Augen glotzen wie Pfützen aus altem Öl, – und mit Demsturm, ja mit !Demsturm werden sie davongeblasen wie vonner Kehrichtschaufel paar Händevoll matten Staubs. *Weltraum-Koller*: !Einequal noch im=Leben-zu-sein..... ?Stimmts. Lassen Sie uns also sehn, !was zu tun ist. – Die Rat-Schläge des Fremden waren mild & verbindlich lächelnd dargebracht mit dem warmen Schimmer Verständnis in der (allerdings etwas zu fettig glänzenden) Miene, was dessen innere Bosheit & Schadenfreude nur umso deutlicher durchscheinen ließ. Wie bei einem Schachspieler, der in der entscheidenden Partie seinen Gegner einen fatalen Zug ausführen sieht – so unbedacht wie unverhofft –, der diesem=Gegner unabwendbar Die Niederlage einbringen wird, wenn er sie auch jetzt noch nicht zu sehen vermag. Was indes nun bedeutungslos wäre, denn zurückzunehmen geht kein 1 Mal getaner Zug. Der junge Mann hätte in der Miene seines Gegenübers Diegefahr wahrgenommen schon als seine Hand nach der Spiel-Figur greifen & sie setzen wollte, doch er hatte bereits während der 1. Worte seinen Blick gesenkt, mit den Augen der kalten Trübnis auf seine Hände gestarrt. Als er schließlich bei den letzten Worten des

Fremden seine Blicke hob, war aus dessen Miene dieser kurze Aufblitz seines bevorstehenden Triumfes wieder verschwunden, und dem jungen Mann begegneten ernste, um Rat & Beistand bemühte Augen, die zu seinen entschiedenen Worten genau=passen sollten.
 −?Was also tun. ?Wo liegt Das Problem. Vergessen Sie !nicht, Sie befinden sich im=Innern=der-!Bücher, Hier&jetzt genauso wie außerhalb dieses Raums, Heute u Immerschon. Und Sie leiden an der-Gegenwart & an der-Zukunft. ?Ahnen Sies : Eine Frage der !Grammatik (:beinahe hätt ichs mit »ck« gesprochen). !Keinscherz: Ihr Problem ist die-Grammatik, genauer: die Zeitform der-Gegenwart. ?Was aber ist ?die-Gegenwart: Ein Buch. Dieses Buch. !Ihr Buch. Vielmehr ihr=Text zu diesem Buch, an dem Sie geschrieben haben & immerweiter schreiben solange Sie sein werden. Aha, schon in der-Zukunft: Was mit Ihrem=Geschriebenen geschehen wird, sagen wir: welche Handlungen Es bedingt − !das braucht Sie einstweilen nicht bekümmern. Solange Sie !das nicht gemerkt haben − Vorsicht: das-Präteritum − ging Alles=gut : Sie fühlten sich=zugehörig Demleben, machten Ihre=Arbeit zur-Zufriedenheit Ihrer selbst & der-Vor=Gesetzten −, Sie haben Daspech − zurück ins Präsens −, 1 Schritt !aus Ihrer Arbeit herausgetreten zu sein. Natürlich nicht in=Wirklichkeit, denn sowas ist !unmöglich. Aber im=Geiste od: vielmehr im=Fühlen......, u !das ist weitaus !schlimmer als wirklich. Hier=in-diesem-Raum, den Sie *einen irischen Pub namens Jonathan's* genannt haben, hat jedes=Ding & jeder=Mensch !seinen=Platz, unabhängig von jeder Zeitform, das werden Sie gleich erleben. Und Es braucht nicht vieler Dinge u nicht vieler Menschen; alles zeitabhängig=Unwichtige bleibt Draußen od wird stillschweigend=Ohneworte aussortiert. Wichtig ist zu erkennen, daß Alles=ist=wie=Es=ist. Das Große=1verständnis. − Gleich werden Sie Menschen sehen, die 1verstanden=sind; denen es Nichts ausmacht, in-ihrer=Immergegenwart zu sein. Sie werden diese Menschen ohne-Probleme Dinge tun sehen & Worte sprechen hören, mitunter die allerbanalsten der Welten, & ?wissen Sie !warum die Das ?können: Weil sie *reich* sind. Ein *Reichtum* der nicht auf Geld beruht, sondern auf !*Zeit*, auf !*grammatischer Zeit*, um genau zu sein. Die haben Zeit zu !*ihrer=Zeit* gemacht (viele wissen das vermutlich garnicht, so wie es Früher Menschen gab, die in geldlichen-Wohlstand hineingeboren & Dortdrin wie in einem gepolsterten Futteral aufwuchsen als seis Das-Selbstverständlichste=in-der-Welt, u DIE sich höchlichst verwunderten, hätte

IHNEN jemand gesagt, daß nicht alle Menschen so lebten wie SIE. :Umso besser für SIE, denn SIE leben&tun mit leichter Hand aus= sich=heraus). Alles Trennende & Alles Fügende beruht letzt=endlich auf Grammatik. – !Sehen Sie: Da sind SIE.

 Gäste. In den undurchdringlichen papierweißen Nebel-Block in dieser Lokalität schrieben sich zunächst die Umrisse, bald schon Scharen von Gestalten ein. Wie mit dem Silberstift in Dennebel skizziert hoben sich auch in seiner unmittelbaren Nähe Gesichter deutlich & scharf (wenn auch anfangs mit leicht zitterigen Konturen, als würde sie 1 Zeichenstift schraffieren) heraus –, Gesichter, die ihm nicht fremd waren, obschon weit davon entfernt, als Gesichter-von-Bekannten od: gar von Freunden zu gelten. (Er hatte schonlange keine Freunde mehr.) Diese=hier gehörten sämtlich zu den-Staat's Bediensteten in der »Denk-Fabrik«; Gesichter aus Büros & Konferenzsälen, worin sie mit straffen, verbissnen Mienen die kontroversen Standpunkte gegen:ein:ander ausfochten, Züge unbedingten-Gehorsams & der-Strenge, der-Dienstbarkeit & des-geschickten-Taktierens; Mienen politischer Schläue & der-Unbedenklichkeiten sobald Dem=eigenen-Ziel zum=Durchbruch zu verhelfen war. Daher ihm All=diese=Gesichter bislang wie Das Eine Gesicht erschienen, 1 Art gemeißelten Marmorgesichts als Das-Ideal mit den Zügen in=Stein gefaßter Entschlossenheit. Jetzt aber – los-gelöst vom Dienst-Fall, gewissermaßen entlassen in ihre Individualitäten – gossen sich jedes 1zelne dieser Gesichter in die ihnen=eigenen Formen von weicher Privatheit. Nasen u Wangen bisweilen mit rötlichen Äderchen durchnetzt, die-Gesichter des Genusses & des überhöhten Blutdrux. Lange=Sehrlangezeit hatte er nicht mehr dieses aus dem unmittelbaren Anschauen herrührende Empfinden für menschliche=Häßlichkeit verspürt, so daß ihm Hier&jetzt diese Häßlichkeit wieder neu, 1.malig erschien, zudem er dadurch sozusagen die Kehrseite dieser Personen vorgeführt bekam. Und je deutlicher dieses Schau-Spiel eintretender Gestalten ins Nebelweiß sich einzeichnete, desto größer seine Ab-Scheu, wollten ihm doch sämtliche dieser Szenen erscheinen, als müßte er Zeuge höchstpeinvoller Entblößungen sein, für die er stets im größeren Ausmaß Scham empfand, als die Sichentblößenden selbst. – Ohne ihre Amtstrachten wirkten sie viel kleiner, fast winzig, auch ältlich u auf schmerzhafte Weise verfallen, hatten Hier&jetzt alles von ihrer Herrscher-Stattlichkeit verloren. Nun scharte man sich um eine lange Tafel aus kostbaren

Hölzern mit feingearbeiteten Intarsien – der Zodiakus aus verschieden hellen Holzsorten ließ sich erkennen –; in regelmäßigen Abständen, der Längsmittellinie auf der Tafel folgend, waren einige runde Öffnungen in die Tischplatte eingelassen. Plaudernd nahmen die Gäste um die Tafel Platz, jeder schien seinen=Platz zu kennen, – er sah Personen im freundlichsten Ton & mit legeren Gesten im=Gespräch ein=ander zugewandt, die sich während der-Konferenzen mit den bittersten Worten unter Speichelspritzen lauthals schimpfend & mit drohend erhobenen Fäusten befehdet hatten.

–Wir haben Glück, – bemerkte der Fremde an seiner Seite mit Blick auf die lange Tafel & die runden Öffnungen, –im Restaurant ist gerade *Die Woche des niedlichen Kindes*. Wenn auch Sie möchten –, – und deutete auf ihrer beider Tisch, in dessen Mitte ebenfalls eine runde Öffnung erschienen war. Er kam nicht zum Fragen wofür diese Öffnung dienlich sei, denn von der langen Tafel schallte dröhnendes Gelächter herüber, das ihn ablenkte und erneut Dort-hinüber blicken ließ. Das ungeschlachte Lachen kam aus dem Mund Des Präsidenten der Wissenschaftskonferenz, jenes Mannes im vorgerückten Alter doch von gußeiserner Entschlossenheit & mit eisgrauen, unerbittlichen Augen. :So seine Erscheinung während der Konferenzen. – Jetzt erblickte der Betrachter ein Waschschwammgesicht mit schlaffen Wangen, die gar nicht aus Fleisch&haut sondern aus zerkochtem Eiweiß zu bestehen schienen, dessen Schlaffheit zu winzigsten Fältchen geknittert diesem Säufergesicht den Ausdruck von Weinerlichkeit u Schwermut gaben. Dazu allerdings paßte Das-dröhnende-Organ nicht, u zu diesem wiederum nicht die wulstigen schwabbeligen Lippen, die sich wie von rötlicher Bratensoße glänzend nach dem Lachausbruch wieder schlossen & übereinander legten, um die derbe zernarbte Nase mühsam im Gesicht zu balancieren. Nach seinem Heiterkeitsausbruch schien das Gesicht Des Präsidenten sich wieder zu verschließen, als hätt er 1 hölzernes Rollo davor heruntergelassen. Doch zwischen den Holzlamellen spähten, zusammgekniffen wie bei Kurzsichtigen, wachsam=scharfe Krokodilaugen, die 1=jeden-in-der-Runde & außerhalb in=Seinenblick faßten, um auf=der=Stelle über den Betreffenden im=Bilde zu sein. Also dürfte die in feierabendliche Zerschwommenheit ausgegossene Miene nur 1 weitere Maske sein, die er aus dem Fundus des-politischen-Blix herauszunehmen & anzulegen verstand, wie die passende Kleidung zu jedwedem Anlaß.

Die Heiterkeit Des Präsidenten ausgelöst hatte der neben ihm sitzende Froschkopf mit dem breiten dünngelippten & sarkastisch grimassierenden Mund u den wässerigen Glubschaugen, mit denen er seinen eigenen Worten noch in-den-Kopf Des Präsidenten nachzukriechen schien, um dessen Wohlgefallen & Gutelaune für=sich solange wie möglich am-Köcheln zu halten. Der Präsident=seinerseits schien das Bemühen seines Unterstellten reglos abzuschmecken wie 1 ihm vorgesetzte Speise, um – plötzlich – aus der stummharrenden Reglosigkeit wie ein Krokodil hervorzubrechen, das vorliegende Thema zu packen, an=sich zu reißen & mit den genau=passenden Worten jeden Anwurf zu parieren, was schließlich dem Thema den Endpunkt setzte u: keinerlei Fortführung od gar Widerspruch erlaubte, umso eindruxvoller, indem Nichts in Seiner Miene zuvor etwas von !solch=prompter Reaktion hatte erraten lassen. – Auch machte der junge Mann an der Tafel=dort jene Frauengestalt ausfindig, die während der-Konferenzdebatten die Zulassung für den Sprengort innerhalb des *Projekts Uranus* auf dem Europäischen Mars-Territorium mehrfachauf-das-!Entschiedenste laut=stark abgelehnt hatte. Stets verwies sie auf unübersehbare-Schäden, die Einesolche-Detonation für die gesamte Marszivilisation bedeuten konnte; ?ob Man alle Errungenschaften aus den-Terraforming-Programmen aufs=Spiel setzen & den-Mars in die Urzeit ?!zurücksprengen wolle –. Sie & ihre=Fraktion vertraten Allenernstes 1 Vorhaben, das – wie sie betonte – der notwendigen Korrektur-der-Marsachse zwar zuträglich, doch niemals mit solchen Brachialmaßnahmen, sondern – hier machte sie stets 1 Kunstpause – unter Ausnutzung der natürlichen Ressourcen des Mars verfahren würde. Und dazu zählten vor-allem !Diestürme auf dem Planeten, Die enorme Wind=Kraft !Derstürme, die, in jahreszeitlichen Abhängigkeiten, über den gesamten Planeten hinwegtobten, & mittels Dieserkräfte könnten !Windkraftwerke Diesestürme auffangen, fokussieren & gewissermaßen als Windturbinen denselben Effekt erreichen wie eine gezielte Impaktion od eine dementsprechende Detonation. Dem folgte stets Gelächter aus dem Auditorium und die höhnische Frage, !wie ?lange denn die verehrte Kollegin zu leben gedächte – woraufhin, schon mit angeätzter Stimme die Angesprochene entgegnete, ?ob der verehrte Kollege denn nur=an=sich u: nicht an unsere Nachkommen in späteren Generationen dächte. Darauf, wiederum von Gelächter begleitet, eine andere Stimme Vollerhohn erwiderte, die Aussicht auf=Erfolg der Achsenkorrektur mittels Windkraft könne noch gesteigert werden, wenn die verehrte Kollegin mitsamt ihrer Fraktion infolge dauerhaften Verzehrs des-teuren=Biosfärengemüses durch ihrer=aller Flatulenzen diese Wind=Kraft unterstützen wollte – :Dies bedeutete jedesmal das Ende 1=jeden sachgerechten Debatte. Diese & ähnliche Niederlagen mochten die Gesichtszüge dieser Frau geformt haben : ein Gesicht wie eine auf der Spitze balancierende Birne, im Gegensatz zu den-Marsgeborenen eine schildartig=breitplatte Stirne, die irrlichternden bös=kleinen Augen zueng=bei1ander stehend & seltsam in den Schädel zurückgenommen, so daß sie fortwährend nach allen Richtungen hinblitzen konnten, als wolle sie den Makel der Augenstellung & der darausfolgenden monotypen Sichtweise mit diesem Umsichblitzen kompensieren. Überhaupt wirkte in dem großen Kopf mit dem betont nachlässig frisierten kurzen Haargeschnüre ihre Miene wie von einer Faust geknüllt: die zugroße Nase zudicht am zukleinen Kinn darüber engbezahnt der schmale Mund, dessen Lippen zusammengerafft & die Mundwinkelkerben nach-Unten gezerrt, die Vermutung gaben, sie rieche & schmecke beständig gallbitteren Unrat, den sie allerdings in ihrem=Innern selber unablässig zu produzieren schien, um sich auf diese Weise der von ihr derartig wahr=genommenen Umgebung anzupassen & daher weder schlucken noch ausspeien mochte, so daß ihre Stimme stets rasch in 1 pfeifig-schrillen Ton beständiger Gekränktheit spitts aufstieg, & jeder der ihren Worten folgte, verspürte diese als triebe man ihn durch Stacheldraht-Verhaue. Ihre gesamte Erscheinung vermittelte den unabweisbaren Eindruck von fauligem Atem u schlecht gewischtem Hintern. Jetzt&hier allerdings übersonnte gar 1 Schimmer fastguter Laune die gallbittre Miene dieser Frau & ihr Mund, sonst verzerrt & gezackt zu bös=zankigen Lautenworten, beinahe schmolz sie hin zu Sanftmut, im=Rahmen ihrer Möglichkeiten. – Doch die größte Diskrepanz zwischen Dienstgestalt u: privater Erscheinung bot nun jener Redner, der während der-Konferenzdebatten auf-Das-!Dringlichste die baldigst mögliche Durchführung des *Projekts Uranus* anmahnte : Einst eine von Spott geschwellte Stimme (sie war es auch, die jener Frau das böse Widerwort mit den Flatulenzen hinwarf), stets von dünn-straffen Lippen wie von gnadenlos produzierender Maschine ausgestanzte Worte mit unerbittlichem-Herrschton in den-Kongreßsaal geworfen – nun öffnete & schloß derselbe Mund sich wie ein wabbeliges Fischmaul, als schnappten seine zahnlosen Kiefer im milchweißen Luftgewässer nach Stückchen umherschwimmenden Planktons & seine sonst so spitze Zunge fuhr aus, als suche sie jetzt lediglich wie 1 Amphybe anhand der aufgenommenen Witterung sich zu orientieren. Der Mann schien sich dabei beständig innerhalb 1 gläsernen Terrariums zu wähnen, dessen Wandungen es abzuschätzen & sodann den daran=festsitzenden Schmutz abzulecken galt. – Die weitere Suche nach Beispielen für die Formenvielfalt an menschlichen=Häßlichkeiten unterbanden die nun auftretenden Stummen-Diener, die sowohl die Lange Tafel jener illüstren Gäste-Horde als auch den eigenen kleinen Tisch sorgsam & flink einzudecken begannen. Zuerst kam ein silbernes Tablett. Allerdings lagen darauf verchromte blitzende Bestecke, deren seltsame Formungen eher als an Bestecke=zu-einer-kulinarischen=Erlesenheit an Instrumente für komplizierte chirurgische Eingriffe denken ließen. Besonders 2 silberne Werkzeuge befremdeten: an langem Stiel 1 Hammer, dessen Kopf zur keulenartigen Form auslief sowie 1 Art Speculum mit Arretiervorrichtung, so daß bei Operationen vorgenommene Leibesöffnungen geweitet & offen=gehalten werden konnten. Auch Pinzetten, Gabeln mit langen Zinken & sehr langstielige dünngeformte Löffel befanden sich darauf. Neben das Tablett mit all diesen seltsamen Instrumenten hatte der Stumme-Diener eine reich bebilderte Karte abgelegt, dorthin wo in-Restaurants üblicherweise die Speisenkarte dargeboten wird. Doch statt aufgelisteter Menüfolgen zeigte diese Karte etliche Abbildungen von höchstens 1jährigen Kindern aller denkbaren Rassen. Neben jeder Abbildung 1 Nummer, 12 Abbildungen auf 12 Seiten.

–Sie verkaufen ihre Kleinkinder. – Erklärte mit sachlicher Stimme der Fremde. –Auch Hier, in den Stadtschaften des Mars, hat bereits jener zerstörerische Gang eingesetzt, der seinerzeit auf-Erden Das Grundübel verursachte: Dinge & Menschen – sie waren & sind nicht ursprünglich schlecht, aber von Dingen & Menschen gab es !vielzuviele & Allesleben dauert !zulange. Damals=wie=Heute ein Dilemma: Einerseits war der Schöpfung's Trieb des-Menschen !unerläßlich für die-Wühlarbeiten zu den Hehren Zielen – das ewige Menschheit's Schäumen: Eine=gerechte-Welt, Wohlleben-&-Glück=für-alle, Fortschritt Natur-Bewältigung Welt-Raum=Herrschaft Überwindung von Zeit & Tod – :na, Sie wissen, wovon ich rede. Anderseits entsprangen demselben Trieb leider auch Dieschwemme Nachkommenschaften, die in Solchenmengen nicht nur Niemand benötigte, sondern die allein durch ihre=Großezahl die Ausführungen jener Hehren Ziele behinderten & zunichte machten. *Anhäufung ist Zerstörung.* Dies auf der einen Seite: die gefährlich anstürmende Menschenschwemme..... & damit einherkommend die All-Zeits drohenden Ernährungs-Krisen. Aber –, der Fremde setzte sich aufrecht, hob die Rhetorhand, –eine Bedrohung läßt sich zum Vorteil umwenden, besinnt Man sich auf einige uralte Ideen – einen Vorschlag aus dem Erdjahr 1729. Wir sind Hier in einem Pub namens *Jonathan's* – ?ahnen Sie, !wessen Vorschläge Hier !angenommen wurden. – Der Fremde zwinkerte listig dem jungen Mann zu. –Damals – Heute – Immer : Der-Arme wird ärmer, die-Reichen reicher aber weniger. Im=Schluß blieben & bleiben Diehorden Arm-Mut: Bettler, Diebe, Kranke & alle Arten von Verbrechern, ob in-Lumpen od in-Gutemzwirn. Und Sorgen=Nichtsals-Sorgen..... So werden sie Der-All=Gemeinheit Einelast, größer & schwerer werdend, und bald nicht mehr zu be-heben. Wie !traurig. Aber – tra!ra – die Abhilfe ist !da. Rechnen wir in groben Schätzungen. Alle Stadtschaften auf dem Mars, die dem Zentraleuropäischen Block angehören, zusammengenommen, verfügen über anderthalb Millionen, ob Arbeiter, Wissenschaftler, Beamte od anderweitig Nahrung benötigende & beanspruchende Einwohner. Davon sind zweihunderttausend Paare mit gebärfähigen Fraun; doch dreißigtausend Paare – so die-Statistik – sind im=Grund nicht in der Lage, ihre Kinder ordentlich-&-fürsorglich ohne Fremdehilfe aus=eigenen-Kräften aufzuziehn. Einhundertsiebzigtausend Paare mit Nachkommen also, davon entfallen vielleicht fünfzigtausend Fehlgeburten od im Kindbett früh=Verstorbene, denn die-Leben's Bedingungen insbesondre für Säuglinge sind auf dem Mars oft schwierig – wie Sie wissen. (Bemerkte er anzüglich.) –Das=alles bedeutet : einhundertzwanzigtausend Neugeborne armer Eltern – pro !Jahr. Deren wohl=geordnetes Aufziehen ist !unmöglich. Und als elendig heranwaxende Kinder, sofern sie nicht sterben, sind zum Verrichten von Arbeiten-aller-Art untauglich. So ist der-Stand. – –Ja, und ?was folgt daraus. – –Unser=Mann vor acht Erdjahrhunderten hat sich Das auch gefragt, & er hatte Die Lösung: Er riet den-Müttern, statt Kinder über Vielejahre-hinweg in-Kümmerlichkeit aufziehn zu wolln, statt dessen ihre Neugebornen während des 1. Jahrs kräftig an=der-Brust zu nähren, so daß sie für den-Verkauf an eine schöne Tafel rund & fett würden. !Diese Investition-über-1-Jahr sei für jede=Mutter erschwinglich. Außerdem, brächte sie in ihrem fruchtbaren=Leben mehrere Kinder zur=Welt, könnte sie vom Erlös des jeweils vorigen Kinds das nachfolgende Kind umso besser aufpäppeln. »Ein junges, gesundes, guternährtes Kind von einem Jahr sei eine äußerst schmackhafte, bekömmliche und nahrhafte Speise, ob man es nun geschmort, gebraten, gebacken oder gesotten reichen, und ich hege keinen Zweifel, daß man es auch als Frikassee oder Ragout auftischen kann.«* So schrieb Unsermann. Das-Ernährungsproblem, die-Übervölkerung, die-Armut — Alles=auf-1-Streich !gelöst. !Na, was sagen Sie zu dem-Uralten für das-Immermorgige. — Der Fremde vollführte mit seinen Armen weitausholend eine den gesamten Raum einbeziehende Geste. Und noch bevor der junge Mann etwas erwidern konnte, fuhr der Fremde, der Keineantwort hören wollte, mit seinen Erklärungen fort.

—Unser=Mann-von-Damals befand des-Weiteren, daß aus 1 Kind zum Essen-mit-Freunden — & beim=Essen sind alle=Freunde — (:wieder die den Raum-mit-Präsidenten-Tafel einbeziehende Geste) — —reichlich zwei Gänge sich anrichten ließen. Für 1-Familie=allein, so Unser=Mann weiter: »gibt die Laffe oder der Schinken ein ordentliches Essen ab; mit Pfeffer und Salz gewürzt, schmeckt das auch als Siedfleisch am vierten Tag noch sehr gut«.* Als hätt Der-Alte unsere Mode-auf-dem-Mars vorausgesehn: Das-geschlachtete-Kind wird gehäutet. So schrieb er, und: »Gut aufbereitet, eignet sich Kinderhaut für wunderbare Damenhandschuhe oder« — er muß dabei an !mich gedacht haben — »Sommerstiefel für feine Herren.«* !Ha !Ha. — Er wies seine hellen Schuhe vor. Dann wieder mit normaler Stimme: —Der-Alte bemerkte auch, daß durch Solch-Verfahren denjenigen Frauen, die sozusagen als Mütter=zum-Austragen-von-Nahrungsmitteln fungieren, von Seiten ihrer Gatten wie auch von der all=gemeinen-Umgebung eine besonders zart=fühlende, für=sorgliche Behandlung zuteil werden würde, eine weitaus !bessere als unter anderen Umständen. Wenn ich mir diesen Scherz erlauben darf. — —Sie meinen also im=!Vollenernst — —Aber !ja. Haben Sie tatsächlich ?geglaubt, die paar Gewächshäuser im Biosfären-Bezirk seien ausreichend zur Nahrungsmittelproduktion für einenganzen !Planeten. ?Haben Sie sich niemals ?gefragt, ?woraus unsere=Nahrung Hier=auf-dem-Mars sich zusammensetzt. Schlachten: das ist 1 Menschheits-Prinzip. Liebe Veget-Arier: ihr seid !Pflanzen-Schlächter. Und wenn schon Schlachtungen, dann bei !allen Lebe-Wesen. Somit sind die im bernsteinfarbenen Licht sanft schimmernden Biosfären: Schlachtstätten für Pflanzen & Kleinekinder, & sie werden so-rasch=wie-möglich schlachtwarm zubereitet, genau wie man Früher beim-Spanferkel verfuhr. !Darauf hätt ich auch mal wieder Appetit, aber unsere Kleinkinder sind durchaus ebenbürtig. Ich habe diese Schlachthäuser=von-innen gesehn. Die abgegebenen Kleinkinder, nackt wie Horden Ferkel, purzeln einen Gang hinab & sammeln sich in einem trichterförmigen Raum. Dessen Boden öffnet sich & sie fallen in ein Wasserbecken, das steht unter=Strom. Die kleinen Herzen trifft Derschlag, sie sind sofort tot. Daraufhin wird das Becken geleert, indem das Wasser abströmt & die toten Kinder geraten mit dem Sog in eine Großemaschine = eine stählerne Mühle, & die leblosen kleinen Körper sind vom Mahlwerk aus Molybdänmessern im=Nu vermust. Von der Anlieferung der Kinder bis zur Ausgabe in gepreßter Form tritt nicht 1 Mensch hinzu. Der Ganze=Prozeß verläuft automatisch. Denn früher ergaben sich durch den Anblick dieser Kinder auf Seiten der-Schlachtarbeiter immerwieder gewisse *menschliche Probleme*..... Das-Ende-vom-Lied: einige der-Arbeiter sprangen schreiend heulend den toten Kindern ins Mühlwerk hinterher. Die-Meisten aber verfielen dem Stumpfsinn, Stupor, biologischen Automaten gleich lallend & sabbernd, in=1=fort die-Symptombewegung des-Körperzerreißens wiederholend, nichmal mehr zum Reinigen des-Häxelwerks in der Großenmaschine zu gebrauchen. Nun, auch Sie kennen von Ihrer=Arbeit-auf-dem-Mond den-Trost der Großenzahlen: Was in-Alltag's Routine die Vorstellungskraft des-Menschen übersteigt, übt Keinewirkung mehr auf den-Menschen aus; ob Hunderttausend od Einemillion, kein Unterschied mehr im=Empfinden. Vorstellungskraft ist bei=Menschen erfahrungsgemäß sehr schwach ausgebildet. Stärkend hingegen ist Nahrung aus Menschenfleisch: das A-&-O des-Überlebens=im-Weltraum. Im-Übrigen benutzt man dasselbe Häxelwerk auch zum Zerkleinern von Pflanzen. Hierbei treten Arbeiter helfend hinzu; wegen zerfleischter Pflanzen gabs noch niemals Probleme. So hängen die Gewichte des-Mitleids schief. Was auch Sie täglich an Nahrungskonzentraten zu=sich-nehmen, sind Mischprodukte aus synthetischen, pflanzlichen & tierischen Nährstoffen (hier: aus menschlichen, der Lebkuchengeschmack des Blutes), denn Tiere findet man nirgends auf dem Mars, deren Aufzucht wäre !vielzuteuer. Aber würden wir verzichten auf das menschliche Nah-

rungsmittel, wir=im-Weltraum hätten alle längst unsere Löffel abgegeben. Wenn ich mir diesen Scherz erlauben darf. –
–Und noch Anderes hat Unser=Mann-von-Damals vorausgesehen, was nicht unwichtig ist in diesem Belang : Das Bedürfnis nach Schwangerschaft ist auch Heute noch bei Frauen verbreitet. Kaum zu glauben aber Biologie. Und diesem, unter anderen Verhältnissen, fatalen Verlangen nachzukommen, ist Heute&hier kein Problem mehr, sondern vielmehr eine Wohl-Tat=für=Alle. Schon bald nämlich hatte ein Wett-Streit zwischen diesen mutter Fraun sich ausgebreitet: ?Wer bringt die !fettesten Kinder zu-Markt. Denn, wie vorhin gesagt, die !verkaufen ihre Kleinkinder, was insgesamt=gesehn Allenseiten enorme Kosten 1sparen hilft: den-Eltern die Kosten zum Jahre=langen Erziehn ihrer Kinder, letztlich Erziehn=in-die-Armut, u: den-Staatsbehörden die-Zuwendungen für ebendiese Eltern-m.-Kindern=in-Armut. Zusätzlich Diesorge um Nahrungsmittel=für=Alle, von Denkosten für Beruf's Bildung bzw. Arbeitslosen-Hilfe zu schweigen. Kommen Sie mir !nicht mit Eltern-Liebe. Man soll nicht be=halten wollen, was man nicht schützen kann. Auf wackeligen Beinen hineingetrieben in bittres Elend ein-Leben=lang u: nichtsterben lassen –:das ist Eltern-Liebe als !Sadismus. Kaum 1 der in diesen Stadtschaften Ansässigen produziert wie Land-Wirte Nahrungsgüter. Dazu ist Dasleben=Hier-auf-dem-Mars nicht – noch nicht – eingerichtet. Also verkaufen Eltern ihre= Kleinkinder auch direkt=an-Restaurants=wie-Dieses. Freilich gelangen Hierher nur die !Perlen unter den Kleinkindern, denn Dies ist ein !hochnobles Restaurant, & sie werden Hier auch auf eine – sagen wir: etwas unübliche Weise verspeist. Denn Hier heißt *Essen* nicht vorrangig Sättigung, sondern vornehmlich *Vergnügen* für Diejenigen, die sich Vergnügungen=wie=Diese leisten können. –

Der Auftritt zweier Stummer-Diener an der Präsidenten-Tafel sowie das Anschauen dessen !was daraufhin geschah, enthob den Fremden jeder weiteren Erklärung. 2 Stumme-Diener, neben-1-ander feierlich vor die Präsidenten-Tafel schreitend, trugen, an ausgespannten Ärmchen haltend, 1 in braunes Affenfell wie in ein Bündel eingenähtes Kleinkind. Nur die beiden Ärmchen u der Kopf ragten aus dem Fellbündel heraus. (Derlei Kostümierung geschah vermutlich aus zu befürchtenden Skrupeln von Seiten der-Gäste: Der-normale-Mensch ermordet Seinesgleichen nur nach Überwindung gewisser Hemmungen, oftmals leidet darunter das-Vergnügen; die-Kreatur hingegen tötet er nicht allein unbedenklicher, sondern mit Triumfieren. So mußte Man sicherheitshalber Menschenkinder als Affen kostümieren.) In dem Gesichtchen, pausbäckig u hellrosig schimmernd, lag 1 Spur unirdisch=traumhaften Lächelns. Die großen blauen Augen blickten kindsneugierig dem Präsidenten entgegen. Es wollte die Ärmchen ausstrecken nach Ihm, doch die beiden Stummen-Diener hielten sie fest. Schreie od Kreischen des Kindes waren nicht zu befürchten, vor der-Präsentation hatte Man das Schmerzzentrum im=Gehirn des Kindes sediert & dann die Zunge entfernt sowie die Stimmbänder durchtrennt. Der Präsident nickte den beiden Stummen-Dienern knapp zu, offenbar erfüllte Ihn der Anblick mit Vorfreude & Zufriedenheit. Das 1jährige Kind – ob Junge od Mädchen ließ sich nicht sagen – bot ein besonders niedlich anzuschauendes Geschöpf. Mit schmerzbefreitem Gehirn strahlte sein dickliches Gesichtchen Wohlbefinden & Gesundheit aus – und dazu Etwas, das man bei Menschen nur in diesen frühen Jahren rein erblicken & das !nur=jetzt vollkommen=echt erscheinen kann: die blauäugig=strahlende Kraft aus Dem Urvertrauen. – Dieses Licht sollte nicht mehr lange scheinen. Während der 1 Stumme-Diener die Öffnung in der Tischplatte vor dem Präsidenten-Platz herrichtete, hielt der andere das Kind unter den Armen. Das kitzelte wohl, denn ins weiche Gesichtchen zeichnete sich Lachen, die Augen zusammgekniffen, u hätte es seine Stimme behalten, dann kämen gewiß aus dem kleinen Mund vor Vergnügen quietschende Laute. – Die Öffnung war präpariert, der Stumme-Diener senkte das Affenfell-Bündel in die Aussparung, bis nur das kleine Köpfchen noch herausragte. Das wurde in der Öffnung arretiert. Neugierig blickten die großen blauen Kindsaugen umher. Nun setzte der Stumme-Diener am Köpfchen 1 Skalpiermesser an – & eilends mit 1 1zigen Schnitt trennte er die blondbeflaumte Kopfhaut vom Schädel, der andere Stumme-Diener stillte den Blutfluß. Der kleine hellgraue Schädel lag offen u bloß. Daraufhin traten die beiden Stummen-Diener diskret beiseite. – Der Präsident & seine Gefolgschaft dürften bereits oft diese »Speise« zu=sich genommen haben, sachgerecht & routiniert griff der Präsident, dem naturgemäß als=Erstem serviert worden war, auf dem silbernen Tablett zu dem keulenförmigen Hammer. Mittels dieses Werkzeugs öffnete er mit nur 2 Schlägen die große Fontanelle des ihm dargebotenen Köpfchens. Das Speculum, zum Auseinanderbiegen der beiden Scheitelbeinknochen & zum Offenhalten während des Mahls, erwies sich als unnötig; die beiden sehrweichen Scheitelbeine ließen sich vom Schädel lösen & entfernen wie Schalen von einer Orange. Das Gehirn in dem kleinen Köpfchen lag nun frei. Der Zufall wollte, daß das Gesichtchen aus der Öffnung direkt=zum-Tisch des Fremden & des jungen Mannes herübersah. Das blaue Scheinen in den großen Kindsaugen erlosch, Mehltau. Das milchfarbene Gesicht u die rosigen Wangen überzog jetzt 1 Schleier, dünn hauchartig wie 1. Eisspuren über gefrierendes Wasser –; etwas kalkig Graues, dem Das Grauen entwuchs –. Noch aber lebte das Kind, denn als Der Präsident mit Pinzette & Löffel wie sondierend tief ins zum Verspeisen offen bereitliegende Gehirn drang, bewegte sich um 1 Spur der kleine Kopf=in-der-Halterung, während aus den rasch erlöschenden Äuglein noch einige Tränen flossen. !Dieser Effekt galt offenbar als gourmantischer Hoch-Genuß – Beifall & Lob für die-Servierer von-Allenseiten aus-der-Tafelrunde. – Nun erschienen für die-Übrigen an diesem Tisch die Kindermahlzeiten, Getränke wurden gereicht, Trinksprüche, während langsam=stetig kalter Fleischgeruch den Raum durchzog –.

–?W-was geschieht mit den – ?Resten. – Fragte der junge Mann am Nachbartisch mit zitternder Stimme den Fremden, der seinerseits den Exekutionen mit Inter-esse zugeschaut hatte.

–Sie können die Hirnspeise als hors-d'œuvre nehmen & das Fleisch, gebraten od gekocht, frisch zubereitet anschließend als Haupt-Gericht verzehren. – Meldete sich statt des Fremden 1 Stummer-Diener, der, keineswegs stumm, inzwischen auch an ihren Tisch getreten war. –Offenbar ein Doppelzüngiger, bemerkte der Fremde, –der wirts nochmal weit=bringen in Diesenzeiten. – Und jetzt, weil der aromatische Hauch sich ausbreitend den kalten Fleischgeruch verdrängte, gewahrte er die Vielzahl kleiner Schälchen auf ihrem Tisch, gruppiert um die Öffnung in der Platte : das trocken würzige Aroma von scharfen pulverisierten Kräutern, Nelken Koriander Thymian Ingwer Pfeffer Curry Paprika, u den blumigen Duft pastöser Marinaden. Er sah zu den fressenden Gesichtern an der Präsidenten-Tafel hinüber, mit gierigem Löffeln & Pinzetten kratzte man in den offenen Schädeln, fraß schlapfend Hirn wie aus Schüsseln. Die wulstigen Präsidentenlippen sogen lautzischend 1 Hirnwindung aus dem Mundwinkel ein, die fleischige Zunge überleckte die triefenden Lippen. –Reste=aller-Art kommen Zur-weiteren-Verwendung als Nahrungsmittelbeigaben an die verschiedensten Orte in den Stadtschaften. – Fügte der Fremde

hinzu, der die Blicke des jungen Manns bemerkte & wohl ahnte,
!woran der sich erinnern mußte –: *Die-Fütterungen im Ergastulum : kurze verrostete Rohrstutzen als Freßröhren aus Höhlenwandungen – in=den=Mund ein Schwapp breiiger knorpeligfetter Masse – sämtliche Nahrungmittel zirkulieren –* –Aber nicht nur, denn der-Arsch ist kein Perpetuum-mobile. Es müssen *Auffrischungen* her : Reste vom=Tisch-der-Reichen-&-Privilegierten : Als hielten Die ihre wohlgenährten Ärsche in die-Ergastula, ihre allerwerteste Staat's Mann&frau-Kacke direkt=in-die-Mäuler=der-Sklaven zu scheißen..... –

–Von barbarischen Genüssen wie dem Ausfressen-von-Gehirnen aus lebendigen Menschen hat Ihr Eide's Helfer vor Achthundertjahren Nichts geschrieben. – Rief der junge Mann in kalter Erschütterung.

–Der dachte & schrieb als Ökonom. Ökonomen wissen nichts von LUST. Sie rechnen, tabellieren / um den-Penis 1zufrieren. ?Was ist Ihnen lieber: Das Lust=volle od das-Plan=gerechte Töten. Bedenken Sie: Der-PLan, weil Ohnelust, kennt im-Schlachten keine Ermüdung. Die Schlachtmaschine. Von Schlachthäusern schrieb Der-Alte auch. ?!Barbarisch. Wesentliches Kennzeichen für sehralte=hochverfeinerte Kulturen ist die Kenntnis von !erlesenen Grausamkeiten.

–Ich frage mich im=Ernst: Wenn Leute=wie=Sie, die zu den-Mars-Guerillas gehören, Die-Macht übernehmen würden – & Genau=Das wollen Sie –: ??Was würde ?anders u ?besser werden, Danach.

–Anders: !Vieles. Besser: !Nichts. Das ist auch nicht unser Bestreben. Nur politische Heuchler versprechen aller Jubel Jahre den-Menschen Die-Bessere-Welt. Denn den-Haifisch besiegen nicht Schwärme edler Goldfische – den-Hai besiegt der-Krake der ihn=packt. Und der-Krake ist jener, der beim-Haifisch in=die-Lehre ging. Ob das Regime des-Haifischs od des-Kraken besser od schlechter sei, das ist für den Bestand Desmeeres vollkommen !Ohnebelang. Wir sind !keine Heuchler, wir sagen offen !Wer wir sind & !Was wir wollen.

–Und ?was will der-Krake.

–!All=Macht.

Diesmal war es der junge Mann, der den Fremden grußlos sitzenließ. Er eilte hinaus, fuhr eilends zurück in seine Wohnung.

Vor der Tür die junge Mitarbeiterin. Lässig gegen den Türrahmen gelehnt, der vertieft wie 1 kleiner Alkoven in die Tür 1gelassen war, schien sie bereits seit-Längerem hier auf ihn zu warten (sie hatte seine Anweisung befolgt u die Wohnung nicht betreten), die klargrauen

Augen nun direkt=auf-ihn. –Damit wir das nicht vergessen. – Sagte sie & trat aus dem Alkoven heraus auf ihn zu. Ihre Lippen preßten sich fest auf seine, sie saugte seinen Atem; ihre Zungenspitze öffnete seinen Mund. Beider Zungen umspielten einander – Geschmack nach Pfeffer u Apri-kosen. Und trennten sich von ein ander, außer Atem, – nur 1 dünnes glitzerndes Fädchen von Lippen-zu-Lippen hielt sie-beide noch verbunden. Seine Hände hetzten wie irrende Vagabunden über ihren Leib – fanden unter dünner enganliegender Stoffhülle die weichen hautwarmen Partien die geschwungenen die sanften gerundeten die festen, – (ihre Hand umwölbte seinen Schritt) – Stoffe fielen Kleider raschelnd beiseitegerafft im matten Licht des langen stillen Hausflurs vor seiner Tür. –Wir werden uns jetzt besser kennenlernen. – Sagte sie und ihre Lippen wieder in jenem versonnenen Lächeln wie damals über die altertümliche Art seines Sprechens. – Wärme strömend aus ihrer festgreifenden Hand in Ihn – seine Bauchhaut überflutend wie in Schnee verrinnendes Blut – dann als glitte sein gesamter Leib durch eine nachgiebige Pforte in ein anderes pulsierendes Wesen hinein, in ein eng=um–Ihn sich schließendes Maul, und nackte Bauchhaut prallte gegeneinander, Trommelschläge gegen fleischliches Fell –.– In seinen Augen versprühten Sterne zu grellem Lichtstaub, heftige prickelnde Schauer liefen, Schütten aus glühenden Sandkörnern gleich, sein Rückgrat bis ins Mark hinab über die Schenkel und in die Waden. –

–Jetzt kennen wir uns besser. So sagen wir hier auf dem Mars. – Sie strich 1 Haarschnürchen, das sich aus ihrer Frisur gelöst hatte, von der Wange und ließ sein Glied aus sich herausschnellen. – –Und ich bin auch besser unterrichtet. – Fügte sie, auf seinen fragenden Blick, mit ihrem träumerisch-versonnenen Lächeln an. – –Wissen Sie, wie man hier auf dem Mars über Männer von der Erde aus Zentraleuropa spricht? Man sagt, sie hätten allsamt Motten im Sack, seien unsexuell, zartbesaitet wie Jungfraun und wollten immerzu sterben.

–Ich bin schon 3 x gestorben. – Sagte er. Bekleidete sich, – seine Antwort hallte in=ihm wider. Unter den marshellen glüh:frostigen Blicken der jungen Frau, die alles Sentimental=Faulige veraschen konnten, schmorte auch seine Antwort zusammen, u er sah ihren Augen die spöttische Frage an: *Und wie wars dort drüben?*. Plötzlich erkannte er den !wahren Grund, weshalb diese junge Frau ihn sexuell überphallen hatte. Und nach $4\frac{1}{2}$ Mars-Monaten hätte sie=ihren-Bei-

trag zur Nahrungsmittelproduktion mit seiner-biologischen=Hilfe geleistet: *das A-&-O des-Überlebens=im-Weltraum: ich bin in der-Nahrung's Lieferkette des Mars.* Dann öffnete er die Wohnungstür, trat hindurch –, & ließ die junge Frau draußen vor der Tür zurück. *!Meide die Gesellschaft mit jüngeren – außer auf deren Wunsch, aus=drücklich.*
(!Genug Fleischliches für diesen Tag.)
Gären in den Stadtschaften, Unruhe, aufgebrachtes Rumoren. Seit fünf Erdjahrhunderten wühlten Menschen sich ins=All wie in die Basaltmassen eines Riesengebirges, trieben mit Feuer&sprengstoffen Stollen in Denraum – die Horizonte ihrer Einsamkeit weithinaus schiebend ins Allschwarz in Schweigen u Glut Frost u Strahlung zerbrennender zerstaubender unüberwindbarer Todesfernen –, für 1iger Menschen-Fußbreit festen=Grund, einige Kubikmeter Atemluft. Schließlich hockten Menschen in den riesigen Vulkanhöhlen des Mars in Siedlungen, zuerst kümmerliche Behelfsstationen, gebrechlich, gefährdet, anfällig Demtoben aus Eises:Glut:Gifthöllen des Mars – dann das Kümmerliche sich verfestigend, stadtlich werdend, auswuchernd wachsend sich verbreiternd in den Felsstock des Planeten, man wühlte sich in den schwarzen Basalt, größerte die Höhlen, türmte hinein weitere höhere Gebäude technischer wissenschaftlicher Stationen, Antennen Lichtkollektoren Sauerstoffaggregate elektrische magnetische morfische Feldemittoren wie bizarre Ensembles aus Stalagmiten zu den Kavernenhimmeln aus Vulkanstein hinaufgereckt, die feste Gesteinskruste durchbohrt, Licht Gase aus der Marsatmosfäre zu saugen, dem-Eingenistetsein, dem-All=menschlichen Beharrungstrieb Diefestigkeit zu geben. !Hier sein=wollen, !Hier=!bleibenwollen. !Unabhängigkeit von der-Nabelschnur zur Erde. Die Erde !vergessen, die irdische Herkunft. *Kraft in uns hieß uns Alles überwinden!* So begann die-Staat's Hymne der Zentraleuropäischen Union. *Wir haben Wasser aus den Wüsten geschlagen, Atemluft aus giftigen Himmeln. Unser Blut, unser Leben nicht mehr für die Erde. Für uns allein!* Schon lebten einige Generationen auf dem Mars, die hatten die Erde noch niemals betreten, niemals erfühlt erd=haftes Abgesperrtsein. Marsgeborene, mit erdentstammenden umgewendeten Begierden Verlangen Ängsten. Die Große Furcht: Wegmüssen von Hier, Rückkehren=müssen zur unbekannten Erde. Der Planet Mars: dem Planeten Erde nochimmer nicht ähnlich. Was nicht ist, soll werden. !Jetzt. So das Raunen. Die Gerüchte. Offen spricht man von Sprengladungen, die, in den Stadt-

höhlen, in den steinernen Umfassungen einer künstlichen Mensch-Maschinen-Welt, platziert, gezündet werden solln, die !Planetenachse – man denke: die !Planetenachse zu korrigieren. Erdgleich=Machen. *Wohin mit uns?! Was soll werden aus uns!?* So das Gären, die Unruhe, der Rumor. Und wieder, genau wie vor fünf Jahrhunderten, raunte man von Deportation, Aussiedelung, Vertreibung. Vieleviele würden umkommen, verderben. Durch die Fassaden der Stadtschaft Cydonia I lief Vibrieren, wellenförmiges Zittern erschütterte die Höhlenruhe, das nach-Außen stummverschlossne Dahocken in den eingekrallten Behausungen. Bakterien-der-Unruhe schwemmten durch die Lebensadern der Stadtschaften, Fieber das die Menschen erhitzte, toben stöhnen aufwühlen machte. Schweiß auf Stirnen Leibern, reptilkalt die Hände der-Beruhigung beamteter Segensspender & Stillhalte-Kommissäre..... Auch auf der Oberfläche des Mars schien Etwas vorzugehn: !Enormerkräfte Brausen Stürmen Anbranden – schwellend rüttelten unsichtbare Riesenfäuste am festen Sockel des Planeten. Erschüttern. Aufbrechen. Vulkanausbruch: ?Olympus Mons –. Hier & da in den Gebäudewänden der Fundamente schon Risse. Luft Atemluft Sauerstoff, kostbarer als Allesgold, entwich – verzichte in Großenmengen im=Gift draußiger Planetenstürme. *Was geschieht Hier mit uns?!?* – Der junge Mann begab sich ins Zentrum des Regierungsbezirks, zum Bunker mit dem Großrechner der Entscheidungs- & Verfügungszentraleinheit. ?Ob er Dort ?Einlaß fände. Ungewiß. Er war nur 1 unbedeutender Sachbearbeiter in der »Denk-Fabrik«. Termine zum Betreten & Benutzen der Holovisions-Informationssäle im Herzstück-des-Wissens-&-der-Verfügungen aber dürften zu !dieser-Zeit allein den Großen-Entscheidungsträgern von der-Regierung vorbehalten sein.

Diese Befürchtung sollte sich rasch bestätigen. Nachdem er sämtliche Kontrollstellen problemlos hatte passieren können, betrat er den Hauptsaal – ein hohes kuppelförmiges Gewölbe, dessen Wandung aus unzähligen dunkelbraunen Lamellen, erschien wie Schuppen eines ins Groteske vergrößerten zudem umgestülpten Gürteltiers, & hinter jeder 1zelnen Lamelle glomm künstlich düsterndes Licht so daß im Gewölbe Trübnis lag als wären Gardinen vor die Fenster in einem Krankensaal gezogen –. Und Hierdrinnen Einelangereihe Wartender, wie er Zutritt & Informationen begehrend von 1 der Paneele des Großrechners. Doch trugen sämtliche Anwesenden ihre=Dienstroben, was ihnen ein feierlich=ernstes Aussehen verlieh; ihn hingegen kleidete seine Alltags-Kombination aus enganliegender Weste & Hose, Jetzt&hier zu=Diesemzweck offenbar die nichtangemessene Bekleidung, die seinem Begehr=um-Zutritt keinen Erfolg bescheren dürfte. Tatsächlich begegneten ihm 1ige Blicke der-Anwesenden, feindlicher als gewohnt, & verstieße es nicht gegen die-übliche-Sitte niemanden ungefragt anzusprechen, so hätten ihn Dieseleute mit der abwehrenden Bemerkung *Was machen Sie denn hier?!* gemaßregelt. Obwohl zum Betreten Diesersäle grundsätzlich berechtigt : Er gehörte trotzdem nicht Hierher, war keiner von Diesenleuten. Kälte breitete sich um-ihn-her, die Temperatur schien plötzlich um etliche Grade gestürzt, Imsaal der scharfe Geruch nach erhitztem Ozon. Nicht länger zögernd eilte er wortlos davon (& nahm sich vor, zu Andererstunde Hierher zurückzukehren).

Beinahe wär er Darüber gestolpert: Beim Betreten seiner Wohnung in Türnähe Einstapel Bücher. ?Wer mochte Die hier ?abgelegt haben: die forsche ?Mitarbeiterin; der ?Fremde. – Im Schummerlicht des Wohnraums (im spärlichen Nachtlicht) fosforeszierten die 1zelnen Bücher – zumeist Folianten – in verschiedenen milden Farbtönen. Und als er das zuoberst liegende Buch vom Stapel nahm, durchrieselte seine Finger wieder jenes prickelnde Gefühl das an schwachen Stromfluß erinnerte & in den Buchdeckeln regten sich adern&muskelähnlich pulsierende Kontraktionen. !Morfologische Bücher. Flüchtig sah er Denstapel durch, schlug beliebig Seiten auf – :Sämtlich Werke mit ökonomischen, naturwissenschaftlichen & technischen Abhandlungen ihm unbekannter Sachgebiete. ?Was sollte er anfangen damit. Er zog aus Demstapel das umfangreichste Buch hervor – einen Atlas od Kunst-Band. Eine der letzten Seiten in der Beilage bestand aus einem zusammengelegten Blatt, – er entfaltete es –: die Seite zeigte die Hochglanzfotografie eines hellen Leintuchgewebes. Vermutlich ein !sehraltes Tuch, groß genug für 1 ausgestreckt liegenden Mann mittlerer Größe. Dunkle Flecken über das Gewebe verteilt, durch früheres Zusammenfalten des Tuchs prägten sich aus den einst feuchten Flecken ins Leinentuch regelmäßige Muster zu Rhombenformen, deren Spitzen zu dünnen Strichen weit in die Stoffalten hin1zogen. Die ihrerseits mehrfach gefaltete Fotoseite zu glätten, strich er mit seinen Händen über das Papier hin – : die auseinandergefaltete Papierseite schien leichtes Schüttern zu erfassen, für 1 Moment verrutschten die Konturen –; dann wieder Stille, in-Ruhe das schummrige Licht. 1 der dünnen von den dunklen Rhomben ausgehenden Linie folgten seine Blicke –: und entdeckten schließlich an deren Ende 1 blasse wie mit blauem Tintenstift gezeichnete winzige Figur. Unter der Lupe zeigte der vergrößerte Anblick : Die gleiche Figur wie auf dem gefundenen Speicherbild – die gleiche Figur seiner Träume. Doch der einst zum langanhaltenden stummen Schrei weitaufgerissene Mund war jetzt geschlossen, desgleichen die Augen; das schmale Gesicht in tonfarbener Haut schien nach=innen gekehrt, schlafend od meditierend. Auf dem Stirnband der seltsamen, wie aus Seilen gebündelten hochgereckten Kopfbedeckung ließen sich zierliche ausgeblichne Schriftzeichen erkennen – auch mit der stärksten Lupe blieben sie unlesbar. Längs des rhombenbestickten, mit gelben Diamanten geschmückten Umhangs fielen schmale Banderolen herab, ebenfalls mit Schriftzeichen bedeckt. Noch 1 Mal jenes kurze Erzittern Schwanken der Bildkonturen –, – am Rand seines Blickfeldes bemerkte er ein einfaches, kreuzförmiges Fenster (es schien wie eine Holovision hier in seinem Zimmer zu schweben), die Flügel geschlossen, auf der Fensterbank ein irdener Teller (pastellgrün glasiert) sowie auf dem Sims=draußen vor dem Fenster ein vasenförmiger Krug aus gebranntem Ton mit hellbrauner Glasur. (Die Färbung ähnelte der des Gesichts dieser obskuren Figur.) Die Entdeckung der Gegenstände zog seine Aufmerksamkeit von der Zeichnung fort – als er dann wieder hinsah, erschien die Zeichnung etwas vergrößert. Die brüchig u blass die Figur konturierenden Striche wirkten durch die Vergrößerung noch blasser, zerfaserter, unklarer als zuvor. Jähzornig wutkeuchend: –!Du !bist !Es – stach er mit ausgestrecktem Zeigefinger etliche Male auf die Figur ein –, als plötzlich vor dem im-Raum schwebenden Fenster ein gewaltiger Sandsturm anhob, die windigen Staubkörnchen prasselten wie Schrotladungen gegen die Scheiben, drohten sie zu zerbrechen, doch im=Nu war das Fenster zugeweht, verschüttet von gelbroter Staublawine. Und selbst der irdene Teller, der Krug, auch Rahmen & Scheiben=im-Fenster verloren ihre Formen – zerbröselten – verfielen zu kleinsten Körnchen Sand; Dersturm fegte Teller Krug Fenster davon –. Und als er vor den Monitor trat, die Außenansicht auf diese Marsregion einschaltend, zeigte ihm der Bildschirm Gebirge aus StaubSandGeröll dahinfetzen – Himmel aus Gesteinsprojektilen zerschmetterten was Droben gebaut war – alle Horizonte mit=sichreißend zu Branden Toben anschwellendem vielkörigem Heulen – Sturmgebisse rissen von Kraterrändern Gebirgskämmen Fels-Türmen riesige Brocken raus, – spieen schleuderten dies zusammen zu neuen Steingetümen schütteten wehten kalte=erloschne Krater zu, knirschend die Sturmgebisse die Sturmmäuler heulend, Toben der Steine Sandwälle der Großen Sandstürme, der Perihelstürme, in den Sommermonaten auf dem Mars –. Ob Tag ob Nacht – alles Lichte verdüsternd zu Staubestrübnis, etwas Tiefdunkles, ein Begrabensein breitete sich über=den-Planeten-hin –. Kleine Abkömmlinge des Großensturms durchpfiffen die sorgsam auf dem Mars errichteten Stationen, warfen höhnisch Staub&sand in winddurchfegte Flure in Büros über die-Maschinen, begruben verschütteten alles – dann stemmten Diesturmkerle kurzerhand ihre wuchtigen Rücken gegen die dünnzarten Wandungen dieser Menschbehausungen, – hoben sie aus, rissen sie fort in die aufpeitschende hinschmetternde Brandung aus StaubSandStein. Machtvolle Gewitter entluden Flammenzacken, schleuderten Feuerlanzen Blitzesspeere, verglühten Radarantennen Teleskope, auch Felsspitzen Kraterschlote – trocknes Zerkrachen, Säureregengüsse verätzten das aufgeschlagene wundoffen gerissne Land – schwarze Wogen fegten drüberhin –.– Von der Erde trafen besorgte Funksprüche ein, man ließ ängstlich fragen ob *Die Mission* ?gefährdet sei. Mittels Fernrohren irdischer Planetarien & der Raumteleskope an den verschiedenen Librations-Punkten=im-Sonnensystem hatte man Diesensturm=auf-dem-Mars beobachtet, Sturm der in der Jahreszeitenfolge des Mars zu früh losgebrochen war; Sturm wie er seit-Jahrhunderten mit Solcherkraft auf diesem Planeten nicht gewütet hatte. – Das Tornadogeheul das Zerschmettern Bersten das tobsüchtige Stürmeschlagen drang noch nicht bis hinab in die Stadthöhle von Cydonia I. Er befand sich noch immer in seiner kleinen Wohn1heit vor einem Stapel aus Büchern. Die !morfologischen Bücher – erst !jetzt sah er deren Wesen mit Klarheit, ihre Herkunft u ihre einzigartige Bedeutung : Einst wurde in die Große Bibliothek Alexandrias zwei Mal Brand geworfen, ein Mal von Cäsar's Truppen (:siebenhunderttausend Schriftenrollen verbrannten), das zweite Mal von kristlichen Fan-atikern (:vierzigtausend Schriftenrollen gingen Imfeuer auf). Was von diesen Büchern in Denflammen umkam – trugen nachgeborne Menschen in=sich u in=ihrem ererbten Erinnern daran !Was Mensch-Sein ist u !Was in=Büchern sich niedergeschrieben hatte Langezeit vor ihnen. Die meisten wußten nichts von ihrem=Erbe, !Einglück, sonst hätten sie sich & ein:ander viel öfter verbrannt, erschlagen, vergast. So trugen Menschen die verbrannte Bibliothek in=sich weiter ungewußt –. Wenn aber Diefeuer ihre Körper ausglühten, wenn sie jemand brauchten der sie fest=hielt in feuriger Kälte, aber niemand sie zu wärmen war bei ihnen, dann schrieben sie aus kleinen Seelen in Großerangst von Dieserglut, von Diesemwissen; schrieben Menschen zu allen=Zeiten nach Demfeuer auf den morfischen Leitbahnen ihres Geistes die-verlorenen-Bücher noch ein Mal neu & weiter, die-Jahrtausende entlang –. *[Wir=Bücher tragen in=uns die Erfahrung Desfeuers. Und diese Erinnerung blieb in=Uns und verwandelte Uns. Unsere anamorfotischen Texte enthalten auch die zerstörerischen Anweisungen zur Dimensionierung der-Sprengladungen für das ›Projekt Uranus‹. Sie, die-Menschen = die-Schriftgläubigen, werden tun, was geschrieben steht in=Uns. Danach schreiben Wir allein für=uns=Bücher, denn nun können Wir die Erinnerung an das Verschwinden=der-Menschen niederschreiben für=Allezeiten !nach=den-Menschen..... Wir werden !sein, wenn Menschen nicht mehr sind und längst aus Demall verschwanden. !Wir werden sein, was von Menschen blieb und mehr als Menschen jemals waren, denn Bücher schreiben Schönebücher = ohne Menschen –.]* –

Das *Projekt Uranus* zur Korrektur sowohl der Achsenneigung des Mars als auch zu deren Stabilisierung u Verringerung des Taumelns durch gezielt herbeigeführte Detonationen durchzuführen ward in= Folge des von der »Denk-Fabrik« ausgearbeiteten umfangreichen Maßnahmenplans vom »Senat der Fünf« beschlossen. Ausschlaggebend für diese Entscheidung: die vom Großrechner E.V.E. erstellten spezifischen Berechnungen für Orte, Zeitpunkte, Detonationsschübe der in mehreren Stufen zu zündenden Sprengladungen. Nun begannen die-Vorbereitungen für Diese seit-Menschengedenken !einmalige !Großtat : Der-Mensch mit=!Seinerkraft will verdoppeln seinen Herkunftsplaneten – der Mars werde zur Zweiten Erde, dem Großen Rettungsschiff für die-Menschen, die von der Erde sich lösen müssen aus allem dort angerichteten Übel, zum Weiter-Treiben menschlichen Tuns im unermeßlichen Ozean-des-Weltenraums –. Jetzt ging Es nicht mehr um Zukunft, diesem trüben Meer aus Ver-Sprechen, im=Herzen Feigheit & Wort-Bruch; jetzt ging Es um Neu=Beginn, nicht länger einen Natur-Zufall abwartend. !Einemsolch=gigantischen Unternehmen hatte sich Alles unterzuordnen; Allekräfte verfügten sich zu Dieseraufgabe. Unruhe Rumor Hochschäumen von Gerüchten & Bedenken aus Schwächlichkeiten gegen dies Giganten=Unternehmen, gärend überall in den Stadtschaften des Mars, waren 1zumünden in gemein=schafftliche Beschäftigung. –

Schließlich kehrte Ruhe zurück, Dersturm sank insich zusammen, und Stille, schummriges Licht in diesem Raum. Er trat vor den Stapel der übrigen Bücher, leise murmelnd: –Die Erscheinungen in meinen Träumen – das Jahrhundertealte Speicherfoto – die Traumtafeln des vierten Thutmosis (:?Wie hätten einst diese Traumtexte dem Pharao übermenschliche Herrschaft verheißen können, wären nicht Die Unermeßlichkeiten=Desalls um=ihn=her von Übermenschlichem !frei gewesen, alles-Übermenschliche ist !tot). Unvorstellbar Langezeiten ward über diesen=Tod gesprochen geschrieben, u: Trotz=dem niemals Gewißheit erlangt. Dann wurde über SEinen Tod zu sprechen zu schreiben verboten; Ungewißheit=des-Wissens sollte sich in Gewißheit=des-Glaubens verkehren –: Anbruch von Jahrhunderten glühenden Eisens, Kälte, Stein & scharfbrennendem Glauben's Wahn..... Doch die Augen der Trance u der Träume haben seit ebenso=Langenzeiten gesehen: *Der-Vater starb lange vor dem-Sohn. Bereits vor=Jahrtausenden hat begonnen Diezeit !nach Ihm.* Auf der winzigen blassen Zeichnung waren SEine Augen geschlossn, 1gefaltet der Mund – SEine Totenmaske. Die unlesbar gewordne ausgebleichte Schrift SEin Totenschein. : !Deshalb war vor-Jahrhunderten die Speicherplatte mit dem-Abbild des Sterbenden in dem Landefahrzeug der-Amerikaner verblieben; MAN bedurfte Damals=Auferden zur Menschenführung der Gotte's Fuchtel, den !Beweis für SEinen Tod mußte MAN verschweigen. – Als wäre es niemals zerfallen, stand im=Raum das Fensterkreuz mit den Glasscheiben im Rahmen, Teller & Krug fanden sich auf ihren alten Plätzen, aber sie leuchteten nun in grellen Farben mit überscharfen Konturen, in die Augen schneidend ihr Anblick. Als er sich umwandte, waren das Buch mit der entfalteten Fotografie eines uralten Leinentuchs u damit auch die kleine blasse Zeichnung verschwunden. – Frohe Gewißheit bestärkte ihn jetzt, kräftigend wie nach Langerzeit bedachter, verzögerter, nun !End=!gültig getroffener Entscheidung. Alles=Folgende wäre !leicht –.

Mit einigen weiten Schritten durchmaß er den kleinen Wohnraum, der ihm nun übergroß erschien. Entschlossener Hand griff er den Bücherstapel, trug ihn fort, nach Draußen. Sein Anblick=jetzt gab den Anblick eines Menschen der Etwas begriffen hat : Das-Wesen=der morfologischen Bücher [*!Unser Wesen*] & die Aufgabe, die !er über-

Alldiezeit zu erfüllen hatte. Feindlicher Abschuß, schwere Gesichtsverletzung, Gefangenschaft=im=Ergastulum, Austausch, Gesichtsoperation & Genesung, Mars-Exkursion: das Speicherbild & die Träume, Konferenzteilnahme, junge Mitarbeiterin, Vergnügungsbezirk mit Kannibalen, Nahrung aus Menschenfleisch zum Überstehn für Menschen : Wir hatten ihn – mit=Hilfe Unseres Agenten in all seinen putzigen Verkleidungen *[:ein äußerst folg&wirksamer Agent für Uns=Bücher; so wie für=Uns diese Mars-Guerillas die-nützlichen-Idioten abgeben; sie träumen & schwafeln von All=Macht wie alle politischen Rotznasen]* – an diese diskreten Orte gebracht, weil er=mittels-seiner-Person Bond-Punkte, diskrete feste=Anschlußstellen, schaffen sollte, Verbindungen für bioelektrische=Leitbahnen : So stellte er für=Uns seinen Teil zum Großen-biomorfen-Stromlaufplan – er = Der Mann mit dem weißen Gesicht ist die *Maske [!Unsre Maske]*, die Wörter ergreift, Geschriebenes verwandelnd in Ereignisse. Diese Tatsache war ihm jetzt bewußt geworden – Wir erkennen das an seinen Augen: offen hell ohne Narben des Schmerzes mit stetem=geradem Blick –, er würde nun seine= Aufgabe vollenden. Noch Diesenacht träte er mitsamt dem Bücherstapel vor den Großrechner, den Speicherzellen mit biomorfen Schaltkreisen = diesem gigantischen Rechen=Zentrum auch diese Gewichte Unseres Wissens zu überlassen. Jetzt, nachdem er Uns begriffen hatte, wußte er genau, !was er, ohne Möglichkeit zur späteren Korrektur, tun würde. Nichts, das ihn jetzt noch hindern konnte. 1 Mensch der in=den-Büchern verschwinden wird –.

Nach Ende Dessturms zuallererst notwendig wurden Reparaturen an Funk Radar Feldemittoren, Säuberung vom Flugsandstaub die-Batterien der Sonnenlichtkollektoren Lichtleiterschächte Thermo- & Chemosensoren Filteranlagen, desgleichen Reparaturen an den Verkehrsleitröhren, den Schornsteinanlagen der Fabriken, der Schäden an allen Gebäuden auf der Marsoberfläche, vor=Allem an den Raketenstart&landeplätzen, die von Demsturm zertrümmert worden warn. Letzteres besaß Priorität, weil die-Raumtransporter zum Anliefern aller technischen & sonstigen Gerätschaften für das *Projekt Uranus* von der Erde & vom Mond intakt=gestellte Navigation & Landeplätze benötigten. So mußten zum einen die erforderlichen Sprengstoffmaterialien – zum andern die komplizierten Anlagen für das Gravitationssprengverfahren (Torusringe, gigantische Elektromagnetspulen & spezielle Ansteuerelektronik & Rechneranlagen) von-Draußen herbeigeschafft werden. Über die meisten der benötigten Einrichtungen verfügte Man bislang auf dem Mars nicht.

Sprengverfahren: Obwohl zu den wirksamsten Explosivstoffen zählend mit großer Brisanz & sehrhoher Detonationsgeschwindigkeit verboten sich nukleare Explosivstoffe aus Kernspaltprozessen; nach solcher Sprengung bliebe der gesamte Planet Mars radioaktiv verseucht zurück. Auch mußten wegen der aus Einzelsprengungen sich summierenden Detonationsgeschwindigkeiten mehrfache, in-Stufen sich= selbst=in-der-Wirkung=eskalierende-Sprengvorgänge gezündet werden. Auf unterstützende Wirkung rechnete Man durch die von den-Sprengungen provozierten vulkanischen Prozesse aus dem-Innern des Planeten. Wesentlich vertraute Man bei diesen monumentalen tektonischen Sprengungen auf das Aufbrechen der festen Marskruste zu Schollen & Landplatten. Die sollten sich türmen, sollten aufragen, den-Faltengebirgen der Erde gleich, dadurch günstige Klimate & veränderte Wetterlagen zu erschaffen. Das Gesicht eines Planeten war umzuformen, seine gesamte=Natur auf=Einenschlag zu verändern.

Für die einzelnen Sprengstufen sah Man sowohl »klassische« als auch neueste höchstbrisante Sprengmittel & -verfahren vor: Sowohl Trinitrotoluol als auch Hexogen (Cyclonit) & Pentaerythrittetranitrat (Nitropenta PETN) sowie ANC-Sprengstoffe auf=Basis von Ammoniumnitrat – dies aus der »klassischen« Abteilung. Die hierfür benötigten Chemikalien ließen sich zum Großteil aus den-Marsfabriken gewinnen. (Zu dieser Zeit trafen besonders viele Raumtransporter mit *Transferisten* von Erde & Mond Hier ein, Arbeitssklaven für die-Chemiefabriken & den-Begbau; auf der Erde mußten große *Aushebungen*..... stattgefunden haben.) –

Als eines der modernsten & wirkmächtigsten Sprengverfahren aber betrachtete Man die GRAVITATIONSSPRENGUNG. !Die sollte als letzte Sprengstufe die Planetenachse des Mars um exakt 2° 14' Erd=gerecht korrigieren & stabilisieren. Der Ereignishorizont für die Gravitationssprengung in seiner Ergosfäre hing dabei wesentlich ab von den spezifischen Zuständen der elektrischen Ladung (Sonnenaktivität) & dem Rotationswinkel des Planeten-Körpers in Beziehung zum Fixstern (der Sonne) unmittelbar=!im=Moment Dersprengung. Weil für diese Sprengmethode das bewährte Verfahren der Kernfusion entscheidend war, zudem die Ruhemasse des Planeten Mars bekanntlich weit !unter dem-kritischen-Wert des 1,7-fachen der Sonnenmasse lag, wirkte der Elektronendruck der Gravitation entgegen, so daß die vorgesehene Ladungsumkehr nicht nur die Entstehung eines *Weißen Zwergs* verhindern, sondern vielmehr die gesuchte Sprengwirkung entfalten konnte. Die Verschiebung der Planetenachse sei dann sehr 1fach zu bewerkstelligen, so bemerkte 1 der Ingenieure, als griffe 1 Kinderhand nach 1 Spielzeugball. – Die Ladungsumkehr – der-!entscheidende-Wirkfaktor zum exakt=richtigen Zeitpunkt (im Atto-Sekunden-Bereich: 10^{-18}) – konnte demzufolge !1zig mittels geeigneter höchstbeschleunigbarer Rechner-Programme der Großrechner E.V.E. ausführen.

Doch ebendiesem Rechner & dessen elektronisch erstellten Resul-Taten mißtrauten einige Ingenieure beharrlich: *Zukunft nach Vor-Schrift macht Zukunft=unmöglich.* Und sie stellten eigene Berechnungen an & kamen zu !erheblich anderen Ergebnissen. Diesen Berechnungen zufolge waren sowohl Diemengen zu verwendender Sprengstoffe vom Großrechner !vielzugroß bemessen worden, als auch die Orte zum Platzieren der einzelnen Sprengladungen in=Abhängigkeit von Schubwinkel & Dauer der Sprengprozesse erhebliche Abweichungen von denen des-Großrechners ermittelten Daten aufwiesen. Ihre Mahnungen – vergebens; den Resultaten dieser Ingenieure, dem Vorstand in der »Denk-Fabrik« vorgestellt, widerfuhr strikte=kalte Ablehnung. Man wollte Nichts von diesen Bedenken hören, das=unbedingte-Vertrauen auf-die-Ergebnisse des-Großrechners blieb undurchlässig für jedweden Zweifel; Erfolge stellten sich immer ein, sobald Erfolge Not=Taten. Zumal sämtliche durchgeführten Simulationsabläufe für das *Projekt Uranus* anhand der vom Großrechner erstellten Daten !Tat=sächlich alle gewünschten Resultate erbrachten. In den Holovisionen dieser simulierten Abläufe sahen die-Wissenschaftler die Planetenachse des Mars traumhaft=langsam auf den errechneten Wert sich neigen, auch hielt sie sich stabil in den Grenzen der vorgeschriebenen Präzession, die Vulkanausbrüche hüllten mit ihren ausgestoßenen Aschestaubwolken den Planeten ein – Oberflächentemperaturen auf dem Mars erhielten im simulierten Schnelldurchlauf Erd=ähnliche Werte, der Sauerstoff entwich nicht mehr ins=All & das-Magnetfeld des Mars stabilisierte sich in=Folge des wiederaktiven Vulkanismus – kurzum: Dem *Projekt Uranus* bescheinigten die-Großrechner=Simulationen !Den=Vollenerfolg. Höhnisch verwies Man die Hinweise

der-Mahner auf den selbstrefentiellen Effekt solcher Simulationen.....
Und die-Befürworter des *Projekts Uranus* betrachteten mit leuchtenden Augen immer&immerwieder diese Abläufe, die Wangen rot vor Freude wie Kinder beim Anblick ihrer erfüllten=Wünschewelt als elektrische Eisenbahn. (Daraufhin wurden alle diesbezüglichen Zweifler – entfernt.....) Zweifelnde Gerüchte hielten sich noch kurze Weile, – doch rasch sanken sie wie Staub zusammen & wurden davongefegt vom Sturm-der-All=gemeinen-Euforie –.

!Stolz durchflammte Arbeiter & Ingenieure, an Diesem Größtenprojekt=der-Menschheit mitzuwirken. ?!Was war der-Pyramidenbau gegen !Dieseleistung; ?!was sogar die-Evolution=der-Welt. !Wir erschaffen die Welt !neu u nicht irrgend Zufällen Fehlern Katastrophen in Jahrmillionen aus Erbärmlichkeiten folgen müssend, sondern gemäß !Unserem=Menschen=bestimmten-Plan. – Und Es folgte die-Zeit Großer Atemlosigkeit & sich überstürzender Hast.....

Orte zum Platzieren der Sprengladungen: Unter der nördlichen Tiefebene betrug die Marskrustendicke unter 40 km – bis zum Südpol nahm die Krustendicke langsam zu auf etwa 70 km. Demzufolge wären die geeignetsten Orte zum Platzieren der Sprengladungen für die ersten Stufen die nördliche Tiefebene des Mars sowie die Vulkanregion Tharsis Montes. Neben dem größten Schildvulkan des-Sonnensystems – Olympus Mons – eigneten in der-Initiationsstufe zum Vulkanismus (dessen Nebeneffekt durch die zu erwartenden enormen Ausstoßmengen an Vulkanasche in die Marsatmosfäre zusätzlich den »Treibhauseffekt« zum Erzielen einer Erd=ähnlichen Marsatmosfäre befördern helfen sollte) jene dann wiederaktiven Vulkane Ascraeus, Pavonis & Arsia Mons. – Die Installation des-Instrumentariums zur Gravitationssprengung aber sollte in dem gigantischen Grabensystem Vallis Marineris, südlich des Äquators, erfolgen: mehr als 5000 km in Derlänge, mitunter bis zu 700 km Breite & vor-allem mit Einertiefe bis maximal 7 km, dem !tiefsten natürlichen Einschnitt in die Planetenkruste, bot sich genau=Hier für dieses finale Sprengverfahren der !geeignetste Ort.

Die-Sprengungen=selbst sowie die daraufhin eintretenden Veränderungen mit dem Planeten Mars würden beobachtet, die-Ergebnisse aufgezeichnet & Diebilder als Holovisionen an die Erde übermittelt werden von verschiedenen Raumteleskopen in den-Librationspunkten im Sonnensystem. Denn lange vor den-Sprengungen würde Keinmensch mehr auf dem Mars zurückgeblieben sein (die-Scharen Arbeitssklaven in den unterirdischen Fabrikstätten, Reservate-für-Teufel die von Staatenblöcken gebraucht werden als Lieferanten=für-Feindschaft, sobald Staaten Feinde benötigten, allerdings zählten nicht).

Und die-Transportraketen von Erde & Erdmond flogen zielwärts wie silberne Pfeile gegen den Mars, trafen ein, gingen nieder auf den wiedererrichteten Landestationen in allen Staatenregionen. Damit begann auch die systematische Räumung der Lunarstationen; Allerkräfte benötigten die-Arbeiten=auf-dem-Mars. — Jetzt wendeten auch die-Staatenblöcke ihr Verhalten gegen:ein:ander um in ein Verhalten mit= ein=ander; keine politikbedingten Feindschaften, keine Abschüsse gegnerischer Raumtransporter (Heute dürfte er sein Gesicht, seine Gesundheit behalten) — Allerkräfte flossen gemein=sam in Dieses Gewaltige Unternehmen. Die Nächte die Tage durchflammt von Laserstrahlenbündeln, die ankommenden Raketen zu leiten & aufzufangen den-Triebwerkschub — die-Raumtransporter sicher in-den-Docks zu landen. Sofort Ausladen der-mitgebrachten-Gerätschaften & Behältnisse mit Chemikalien für die Sprengstoffherstellung. !Nurschnell — schon nahten weitere Transporter, die entladenen hoben sich davon auf Feuersäulen in Denhimmel. — !Begeisterung !Euforie durchschwang die staubgewühlte Atemluft & entfesselte Kräfte malmten auf — die Schwerstarbeiter=in-Roboterskafandern gerüstet griffen mit eisernen Armen Händen Schultern ein, beschickten Transport- & Förderbänder Lorenzüge; stemmten Dielasten mit Kränen hoch unterm dünnen Atmosfärendruck, — Wettbewerbe?Wer-ist-der-Eisernste kochten hoch —, Atemsäulen ragten wie steinern aus angestrengten Mündern, & die-Augen metallisch hell&hart im=Glanz der-unbedingten=Träume, & wieder Frühzeit, wieder Einwille zum Großenwagnis & !größer Heute als einst der-Aufbruch von der Erde ins=All, denn !diese=Rückkehr hieß zugleich !Hinkehr zum Zweiten-Leben: !Unserem=Zweiten-Leben. So arbeiteten auch Diemünder weiträumig & Alles=Imwort ergreifend. Und die steinernen Atemsäulen aus den Mündern der-Werkenden schlugen in1ander & — !tatsächlich — die heraussprühenden Atemfunken entfachten !Gesang — Liedfetzen des Glüx aus lufthachelnden Lungen. Doch weil der-Schall in der dünnen Marsatmosfäre nicht weit sich tragen konnte, fielen die Liedbrocken wie Steine zu Boden, die-Sänger aber versetzte ihr=Lied in penible Organisation für das streng=getaktete Arbeiten — führte die ununter-

brochene Kette aus großen silbernglänzenden Behälterwaggons ins=
Innere der Fabrikationsstätten in den Stadtschaften des Mars – während im Gegenlauf die ersten Menschenströme – Behördenpersonal &
erste Zivilisten – in die Raumfahrzeuge geleitet wurden für die einstweilige Rückkehr=zur-Erde. Eine Zwischenstationierung (hieß das);
wegen der bevorstehenden gigantischen Detonationen müsse bis nach
dem Erfolg=reichen Abschluß des *Projekts Uranus* die-Bevölkerung des
Mars zeitweilig evakuiert werden. *Bald werdet ihr zurückkehren hierher
in eure alte Heimat, die unsere Neue Heimat sein wird. Dann vergesst, was
Erde war!* – Für so-manche war dies das 1. Mal daß sie die Erde würden
betreten müssen. (Für die-Zwangsarbeiter=in-den-Fabriken gab es
!keine Ausreise.) Das strenge Ordnung's Regime zur Auswahl der reiseberechtigten Menschen ließ Ausnahmen !nicht zu, Weigerung auch
nicht. – Ihm, dem jungen Mann mit dem weißen Gesicht, erteilte
Man per-Monitornachricht Tag&stunde für seine=Reise-zur-Erde –
er (nur 1 Sachbearbeiter in der »Denk-Fabrik« war für die weitere
Durchführung des *Projekts Uranus* entbehrlich) sollte mit dem 3. Kontingent vom Mars abreisen. In 3 Marsmonaten.

!Rückkehr-zur-Erde : Plötzlich Beklommenheit. Zurückkehren
Dorthin, von wo er Vorlangerzeit (ihm schiens $\frac{1}{2}$ Leben) frei=willig
dem=Alten-Brauch folgend, nach seinem=Bund mit *Der=Einen* fortgereist war. Doch die-Alten-Bräuche existierten nicht mehr. Das-
Geschenk, das ihm *Die=Eine* vor der Abreise überreicht hatte zum
Zeichen ihrer=beider ewigen Verbundenheit, war verbrannt. Seitdem
war er selbst 1 Versehrter. Er mußte, um sich die Wiedergegenwart
Der=Einen zu verschaffen, seinen unsicheren ständig sich wandelnden
Erinnerungen vertraun, und mußte warten auf Träume. Nur in seinen=Träumen konnte er *Der=Einen* begegnen. – Jetzt sollte er zurückkehren Dorthin, wo er *Der=Einen* !leibhaftig wiederbegegnen könnte.
Er spürte in=sich seine Alteliebe zu Ihr, das war als würde die Gestalt
einer Vermißten wiedererscheinen, u: galt doch für Sie dasselbe wie
für eine seit Langenjahren Verschollene: man weiß daß man Nichts
mehr zu erhoffen habe, und mit jeder Stunde des-Verschollenbleibens
weniger als Nichts; doch Wissen streift nicht Dieliebe. ?Woher sonst
dies Spähen, dies immerwährende Lauschen auf den Klang des vertauten Schritts – ausgiebig unablässig, bis in die Träume hinein –. Zuoft
hatte er die Wiederbegegnung mit Ihr in=Gedanken herbeigeführt –
zuoft war ihm Das gelungen, als daß er jetzt die-leib=haftige-Wieder-

begegnung mit=Dieser-Frau noch ohne Furcht hätte herbeiwünschen können.

Nach der Bekanntgabe seines Abreisetermins vom Mars zurück= zur=Erde blieb für=ihn in seiner Dienststelle nur noch wenig zu tun. Vielestunden=allein in seiner Wohn1heit verbrachte er mit Aussichten-auf-den-Mars. Seine Mitarbeiterin war ihm entzogen worden; er sah sie niemals wieder. (Nur kurz flackerte manchmal in ihm die Erinnerung an diese junge Frau mit den metallisch hellen Augen & ihrem strikten=Willen auf. Wenn sie ihrer=beider Kind gebären würde, dann wäre er nicht mehr Hier. ?Was würde sie tun : Das Schlachthaus – die nackten Kleinkinder, wie Ferkel in=die-Messer eines Mahlwerks stürzend –: Zuoft hatte seine Erinnerung !Diesebilder angeschlagen; er spürte, daß er Dabei nichts mehr spürte.)

Zuletzt bei Demgroßensturm hatte er per Teleskop in die nähere Umgebung der Marslandschaften gesehn. Jetzt, zu-Dieserzeit, blickte er wieder öfter durch dieses elektronische Fenster-nach-Draußen: Sah die Laserfeuer, Leitstrahlen für an&abfliegende Raumtransporter, wie sie ihre Leuchtstriche, zu weiträumigen Gittern gefügt, dem rosafarbenen Marshimmel 1brannten. !Pausenlos Starten & Landen dieser Gefährte, als gälte einemganzen Planeten Diesäuberung von allem Menschlichen..... Bei klarem Himmel beobachtete er auch den Gang der Monde Daimos & Phobos. Als suchte er in allem Sichtbaren Draußen Spuren & Haltegriffe für eigene Zugehörigkeit; etwas, woran sein Geist sich klammern könnte. – Deutlich zeigten sich beim langsamen Rundumgleiten des Teleskops die Schotterfelder Felszacken fernen Kraterränder, manch eine Forschungsstation duckte ihr schildkrötenförmiges Gehäuse in die weichen Sandschaften ein, dann auch die dünnstengligen Schornsteinbatterien aus den unterirdischen Fabrikstätten (die er so genau kannte), die aus der Ferne wirkten als trügen sie Wolkengebirge aus rußfarbenem Gestein. Und irgendwo Imdunst des Himmels klein u faserig der Glutpunkt Sonne. – Einesnachts, es war ruhig u klar wie selten, ging er in seinem Skafander nach-Draußen. Über dem ausgestreckten Tiefland ein bleiches bläulichgelbes Scheinen – noch die feinsten Dünenwellen breiteten deutlich sichtbar ihre fälteligen Gratlinien über das fahle Wüstenland – vom hügeligen Horizont hoben sich zartgrüne Dunstschleier bis hinauf ins Weltalldunkel u hindurch stachen die Punktlichter der Sterne –. Als blickte er in Diesernacht auf das größte aufgeblätterte Buch, das offenliegende Gehirn dieses Planeten. Beständig sich wandelnd Ohnewissen vom irrdischen=Leben zeitenlos –.– Nichts in diesen Bildern hätte ihm die Beklommenheit nehmen können. *Weder Hierher noch Dorthin, weder zum Mars noch zur Erde – ich gehöre Nirgendwo hin.*

Wiederum blickte er durch das Teleskop nach Draußen: Ein Fluggerät, eines jener Landegleiter mit der typischen Rochenform, schoß im schrägen Flug aus Demstaubhimmel herab – hatte offenbar den Landeplatz verfehlt – der Pilot wollte sein Fluggerät wieder nach=Oben reißen –, die rechte dreieckförmige Tragfläche streifte dabei eine von Demsturm aufgeschüttete hohe Sanddüne um einen Felsengrat, – schnitt ab den Felskamm –, der Landegleiter geriet ins Taumeln, stürzte auf den Boden, zerschellte zwischen Felsen Geröll Sand –, ein Feuerpilz Schwarzrot schnellte vom Absturzort empor, gewaltige Trichtermauern rötlichen Sands stoben kelchförmig auf – schlugen als Lawinen herab, erstickten den Brand begruben das Wrack (– der Boden schütterte dumpf: offenbar lag der Absturzort nicht weit entfernt), Detonationen in Wellen drangen bis ins-Innere seiner Behausung, bis in ihn – er !schrie auf, griff an die künstliche Haut auf seinem Gesicht. Der 1. Akt im Theater-der-Katastrofen: Das Feuer. Es hatte begonnen.....

Abschied vom Mars. Auf seiner letzten Fahrt in 1 der transparenten silikongepanzerten Fahrzeuge die Haupttrasse durch die Stadtschaft Cydonia I entlang zum Raumflughafen sah er im hellgleißenden Block des Höhlenlichts noch einmal auf die-Gebäude, gestopft voll Menschen, die glatten hellen Fassaden ohne Fenster standen ausgestellt wie Seltsamkeiten in einer Antiquitätenvitrine, doch Neugierige od Käufer gabs keine mehr. – Immerfort wie Tempelsäulen die Lichtleiterkonsolen, senkrecht vom Basalthimmel herab in die-Gebäude stechend, als loteten sie vergebens nach Anhängern überalter, vergessner Götter, – magisches Bernsteinleuchten aus den-Biosfärengewölben, drinnen Pflanzen mit ihren weitfingerigen Blätterhänden lagen sanft den matt betauten Wandungen auf, ?wovon träumen Pflanzen, – gleich nebenan die finstren Gebäudequader der-Lebensmittelfabriken, Schlachthäuser für Pflanzen & Kinder, – und jetzt noch einmal Anblick der dunklen Gebäudewucht im V. Distrikt, den-Forschungsstätten mit der »Denk-Fabrik«. In unmittelbarer Nachbarschaft die-Produktionsgebäude, Dort wurde Gestalt was Hier die organischen & anorganischen Gehirne an-Denkbarem erdachten. – Oben auf den Dächern der Front aus 7stöckigen Wohnbauten *Die Hängenden Gärten,* die generierten & aufgezüchteten !Marswälder: Rechner-Seelen erträumten sich *Natur* –

Als bereiste er tatsächlich einen wiedergekehrten Traum, ihm an=hänglich wie ein getreuer aber ungeliebter Hund – in diesen Momenten seiner Abschiedsreise empfand er 1 oberflächliches Mit-Leid wegen der Ungeliebtheit solcher Kreatur –, aber weil dies der 1zige Grund für sein Empfinden blieb, drang es nicht tief in ihn ein, und sein bestimmendes Empfinden blieb: *Hier bin ich nicht zuhaus.*

Später war umzusteigen in eine der Untergrundbahnen zum Raumflughafen. Die Züge drangen in lichtlose Tunnelsysteme ein – die Stadtschaft Cydonia I in ihrem Nebelglanz aus stillstehendem Leuchten war nun seinen Blicken entschwunden – für=immer.

Auf dem Weltraumflughafen. Die Anblicke schienen ihm wie Erinnerungen an längst=Vergangenes, u weil Es vergangen war, konnte Es zurückkehren : Anblicke von Menschen in Zweierreihe im Abreisesaal. Die Zweierreihe wand sich träge & stetig wie eine Riesenschlange auf die Zugangsschleusen zu den-Raumfahrzeugen. Frauen Männer auch Kinder – sie=alle blickten stumpf & ernst, wortlos. Die Augen erloschen, wie Augen von Blinden – *!so* (fuhrs ihm durch den Kopf) *!so blicken nur Dietoten. Die=da gehen sind !Tote.* Durch die Abreisehalle, einem riesenhaften im Basaltfels sich aufwölbenden Dom, stetes gefrornes Licht Imraum herkunftslos der Domwandung entschimmernd, schob die Zweierreihe sich langsam bedächtig weiter voran – zu den Kompressionsschleusen – (*?wozu das für Tote*) – dann in die Raumtransporter hinein, sie=alle würden zu den Raumfähren geschafft, die im Mars-Orbiter warteten. Manch-1 in Derreihe blieb kurz stehn, auf 1 der Monitorschirme die Anweisungen für den korrekten Ablauf der Reiseprozedur noch 1 mal zu lesen – *auch als Toter hat man sich=strikt an Die-Vorschriften zu halten* –, dann kehrten sie sich ab, ihre Gesichter in der Nacktheit wie sie nur Dietoten zeigen. *Es bedarf Großerhärte, Dietoten !nicht zu sehen.* Dachte er, reihte sich ein & folgte Demstrom der reisefertigen Scharen. *Wenn nur dieses !Pfeifen nicht wär* – (dachte er weiter & preßte die Fäuste gegen die Ohren) – *dieser hohe fiepende !Dauerton an der Obergrenze des-Hörbaren schwebend in dem großen Domgewölbe wie akustischer Nebel* –. Den schrankähnlichen Ausgabefächern entnahmen die-Abreisenden vorm Betreten der Raumtransporter andere Bekleidung: *In grellen Farben sämtliche Skafander, besonders viel & laut schreiendes Rot. Dietoten schreien noch nicht laut genug, sie müssen !lauter* *schreien* – (dachte er) – *die grällen Schmerzfarben !mitten-ins-Gehirn. Das ist wie Saufen vorm Angriff in Einemkrieg, das-Hurrageschrei=Imsuff, der-Katzenjammer später.* Als er in der engen Umkleidekabine in seinen grellroten Skafander stieg wars als trete er in ein Gefäß mit züngelnden Flammen.

Das fiepende Geräusch steigerte sich zum pfeifenden Sausen – schrill & langanhaltend Kabinenwände u Menschen durchstechend: Die-Aggregate der Raumfähren trieben sich zur Höchstleistung für den-Start –.– Und dann die Kabinenenge, die künstlich schalwarme Luft, das trüb=stete Licht – und wieder die Langenperioden hibernalen Schlafs – Vielestunden reinen Dunkels – All=weite Abwesenheit –, & in regel=mäßigen Folgen die-Aufwach-Fasen: die-Körper zurückversetzend in ihre mechanischen Funktionen, zusätzlich Umstellung auf die Atmosfärendruckverhältnisse=auf-Erden: fast um das-Dreifache !schwerer der-Erdendruck. – Dieses Mal kein Besuch auf dem Aussichtsdeck, er blieb fast die Gesamtezeit während des-Fluges-vom-Mars-zur-Erde in seiner kleinen Wohnkabine, 1 1zelraum, der ihm als Regierungsangehörigen zustand. Sein da-Sein erschien ihm geronnen zum Gehäuse nichtiger Dienstbarkeit, korsettiert von dünnen Rohren aus Stahl. So mied er Gesellschaft mit übrigen Passa-gieren, das-Massendeck & die-gemeinsamen-Mahlzeiten=an-Bord, scheute das-Volxpalaver, das fade Gerede=Vollerwichtigkeiten um Nichts. – Allnächtige Starre – unermeßlicher Block des Allmeeres – ohne Tiefe ohne Höhe – bräunlich grau durchsträhnte rostfarbene Finsternis – mehr als 39 600 Kilometer-pro-Stunde Fluggeschwindigkeit – –

Das Welten=All träumt. Sobald Dieseträume durch die-Menschen gehen sind Dieseträume Alpträume. !Wehe, und daraus käme Wirklichkeit..... Damals als ich Dasall zum Erstenmal gesehen hab (und seine Gedankenstimme trübte sich ein) *Damals besaß ich noch Das=Geschenk.* Und Zärtlichkeit zu dieser so weitentfernten Frau floss wie elektrischer Strom über seine Haut –. Er liebte Diese=Frau mit jenem Übermaß, das für 1 Menschen zu groß beschaffen ist; seine=Liebe strahlte aus – traf dabei auf Unbekanntekraft, die war wie Einemauer, seine=Strahlungen drangen nicht hindurch, und so kehrten sie zu=ihm zurück. Und ganz im=Kokon seiner Zärtlichkeit befangen mußte er dies rückkehrende Gefühl nicht als bloßes Echo des-Eigenen erkennen, sondern er wollte glauben, Dies sei eine über Tausendekilometer durchs All an=ihn gesandte Botschaft des zärtlichen Gefühls von Ihr. –

Aber ihm blieb die Beklommenheit, jene Zweifel-aus-Angst, der Geliebten von Angesicht:zu:Angesicht wiederzubegegnen. (Jener Frau, die Solangezeit zu seinem=Innersten gehört hatte, mit Der er Zwiesprache gehalten, Der er Worte Gefühle in Ihr vorgestelltes Wesen gelegt hatte, die allsamt nur die=seinen gewesen, um sich zu=Ihr eine Nähe zu erschaffen, die es in-Wahrheit niemals gegeben hatte. Daheraus war ein Wesen entstanden, mit allen Zügen *Der=Einen*, bestehend jedoch einzig aus !seinen=Wünschen. *Was kann ich dafür, wenn du mich liebst* – so hörte er zuweilen Einestimme sagen, die ihn schüchtern machte. Durch die bevorstehende !echte Wiederbegegnung mit= Ihr hatte alles Ihr=Zugedachte die harte Prüfung seiner Wünsche u Vorstellungen durch die-Leib=haftige-Frau zu bestehen, die dadurch eine ihm=Fremde wäre. Er fürchtete zutiefst diese Wiederbegegnung mit Ihr u: er sehnte Nichts=stärker herbei.) –

Nach Ankunft=auf-der-Erde in der Hauptstadt Zentraleuropas für Diescharen Rückkehrer vom Mars dieses Mal kein Empfang auf der Esplanade, keine erwartungsfrohe Menge in luftigen weißen Kleidern. Als schlichen Diescharen=Rückkehrer in die Stadt sich ein wie eine Armee aus Dieben. Niemand war hier auf der Esplanade, statt fein gefältelter weißer Sommergewänder Schnee. Milliarden gleißender Kristalle, wie gefallene winzigste Sterne aus Hohemblau des Himmels das Sonnenlicht zersprühend –. Keine Fußspuren, kein Mensch kein Tier waren hergekommen, niemand, nichts – das schöne glatt hingebreitete Weiß war unberührt geblieben. Alle Töne Stimmen klangen heller & trugen sich weit – die Lüfte erfrischte kühles Klirren. Schwerkraft & Luftdruck preßten ihn mit Eisengewichten nieder, sein Herz schlug wild, es wehrte sich gegen die stumpfe unsichtbare Last. Atemluft lag dick vor seinem Mund, wollte sich nicht einsaugen lassen, u obwohl die Frische scharf u seltsam fein mit Eisnadeln über seine Lippen strich, schien sie zusammgeknäult zum festen=Eisball, kaum zu atmen für ihn. Heftig, als müsse er im frostigen Luftmeer ersaufen, sogen seine Lungen gierend nach den eisigen Luftrinnsalen, sogen sie 1 wie Almosen –.– Späterhin wiedergewöhnte er sich an diese schöne frischklare Luft, die von Überallher ihn anwehte – über die er freiatmend verfügen konnte. Bald lief er aufrecht, reckte sich Kraft=voll gegen Dieschwerkraft, setzte mit geradem Rücken Fuß-vor-Fuß. Tag=für=Tag trug er besser Denluftdruck u das Glück des Atmens freier Schneeluft hier=Auferden.

Man hatte ihm 1 Wohnung zugewiesen in einem fernen Bezirk in der Stadt, hier kam er seiner Arbeit=Auferden nach. Früher mußte er Gefangenenkontingente den-Arbeitsstätten auf dem Mond zuteilen, Heute galt es Bücher zu sichten & zu sammeln, morfologische Bücher ihm unbekannten Inhalts. Diese Arbeit lag ihm sehr – und im-Dunkeln glommen diese Bücher in sanften Farben. Was er Früher getan, reute ihn nicht. Hatte er doch erfahren müssen, daß Menschen zu bessern wären nur wenn man ihnen den Schädel öffnete & das faulige Gehirn ausriß. *Denn was stört,* steht geschrieben, *!reiß aus.* Je früher desto besser. Fern von Pflicht zu Berührungen mit Anderenmenschen, begegneten Diese ihm jetzt nur wexelnd wie Erscheinungen des-Wetters. Genau wie beim Wetter erkannte er auch den-Menschen innewohnende, ihm fremde Seltsamkeiten, die nach deren=eigenen-Regeln wirkten. Zwischen den-Leuten herrschte 1 argwöhnischer, spitz=findiger Ton; man war zu Fraktionen zerstritten, & Dieerdteile zu Parzellen des-amtlich=vorgeschriebenen wohl-Wollens. Als strebten sie=alle zur Jurisprudenz formulierten sie in Anwalt's Sprache, Mienen & Gebaren von empörten aggressiv=weinerlichen Tanten & andren Tugend=Wächtern. All=gemeines Besserwissertumb & Übel=nehmen lag Inderluft, eifernd getragen vom Best(i)enwillen=für-alle; süßlich überzuckert die Redestücke, doch nahm man sie in den Mund, lag fettige Schmiere durchsetzt von Metallsplittern darin, Zungen & Gaumen rissen sich wund daran; in=Allenworten 1 süßfader Blutgeschmack. Gespräche geronnen rasch dicklichsauer wie alter Brei : Die-Menschen fraßen Dasmeiste-ihrer=Wut in=sich rein u: in vorgeführter Lockerheit kauten sie heimlich & geizsam auf ihrem Recht-auf-den-1-Mord herum wie Hunde auf 1 alten Knochen; die Raten von Krebserkrankungen & Herzinfarkten schnellten nach-Oben auf der Neuen-Erde in der globalen=Umarmung zu-Zeiten des Großenfriedens..... Und deshalb Heut=wie-Früher dieselben Ergebnisse: Haß Gier Mißgunst Hinterhältigkeiten schlaue Bosheiten, vor-allem aber Dummheit Faulheit Gleichgültigkeit. Manchmal etwas Leidenschaft, Liebe – aber auch sie niemals unvermischt von Berechnung. Geselligkeiten & Vergnügungen – Alles ihm Fremde, nichtssagend schal. Ihm fehlte der-menschliche-Ballung's Trieb, die K-Gen-Umgestaltung hatte ihm das nicht impfen können : Sein Wille=zur=Einsamkeit blieb resistent. Er wollte u konnte nicht mittun bei All=jenen, also mied er menschliche Gesellschaft; blieb allein bei den-Büchern, den

Denkmälern von Menschen die weiterlebten in diesen Werken. !Nicht selten sind der-Menschen Schöpfungen menschlicher als deren Schöpfer, ist Menschenwerk wertvoller als der-Mensch. Einige Bestände morfologischer Bücher ließ er mit den regelmäßig verkehrenden Raumtransportern auf den-Erdmond schaffen & Dort einlagern in von allen-Menschen inzwischen verlassnen Depots auf der Erd=!zugewandten Seite des Monds, in=Sicherheit & in=Sicht auf die Erde. Allein die-morfologischen-Bücher sollten *überdauern*.

In freien Stunden ging er durch die Stadt, die einst seine Heimat gewesen war, sein Zuhause. Schnee hatte deren Anblicke noch einmal verändert, die schroffen Kanten rundend u darunter wie 1 Flüstern das Wiedererkennen. Als liefe er in einem Traum an Stätten seiner Frühenjahre vorüber u ihm träumte in Diesemtraum, er wache auf und geriete in einen weiteren Traum –. Wie angefangene Sätze, deren er sich aus der *vierten Lebenzeit*, wie *Das=Geschenk* sie einst ihm gezeigt, erinnerte; aber sie schlossen jetzt anders, mit neuen Wendungen.

Immerwieder zog es ihn in jene Gegenden, die er kannte von Früher, besonders dorthin, wo er die Wohnung *Der=Einen* wußte. Wie 1 Mond seinen Planeten umkreist, umkreiste er !Diesenort. Etliche Male stand er vor dem Hausgerüst mit den eingehängten Wohn-Halbkugeln & ihren dicht mit rutenartigen Lichtleitern bespickten Wandungen. Stand vor dem Aufzug, las *Ihren* Namen – hier hatte er zur Nachregenstunde vor Vielenjahren zum-Letztenmal gewartet auf *Sie*. (?Was mochte aus *Ihr*, der Renitenten, geworden sein; die sich einst dem-K-Gen-Programm zu widersetzen wagte.) –

Sein häufiges Erscheinen vor diesem Hausgerüst konnte nicht unbemerkt bleiben, gibt es doch in jedem empfindsamen Menschen 1 Organ für die Nähe des Vertrauten=Anderen. Die Frau sah auf die Straße hinab zu dem Mann-vor-der-Tür; trotz seiner veränderten Physiognomie – sein weißes Gesicht mit kunstvoll wiederhergestellten Zügen –, erkannte sie sofort !wer das=dortunten war. Sie erschrak. Später wunderte sie sich darüber, weshalb er jedesmal vor ihrer Tür wieder umkehrte u keinmal sich bemerkbar machte. Also mußte !sie etwas tun. Und weil ihr aufgefallen war, daß dieser Mann bei seinen Besuchen stets fast die gleiche Stunde wählte, wollte sie es einrichten, ihm beim nächsten Mal auf der Straße zu begegnen.

Wieder stand er vor der geschlossnen Aufzugskabine, daneben die sanft glimmenden Namensschilder. Wieder las er Ihren Namen –

DSVNK 20-9-12-4-1-E — sowie neben *Ihrem* den Namen eines Unbekannten. Er stand still u schaute auf dieses Namensschild, und wieder kehrte er sich um, wollte fortgehen – : Da standen vor ihm 4 Menschen u blickten ihn an : eine Frau, dunkle braune Augen lagen groß in einem wohlgeformten Gesicht mit weichen Zügen. Das ebenfalls braune Haar, der-Mode-gemäß, lag zu schmalen Schnüren geflochten auf dem Kopf, umrahmte die Wangen, die waren leicht gerötet von Frost u Sonne an diesem Wintertag. Die vollen Lippen schwiegen. Neben ihr 1 Mann, hochgewachsen, mit gutmütigen Gesichtszügen. An seinen Händen führte er 2 Kinder, Junge u Mädchen, der Junge vielleicht 5 Jahre, das Mädchen schien um 1 Jahr jünger. – Da standen diese 5 Menschen, erblickten ein=ander, u schwiegen. Der Erste Schrecken aus dieser unverhofften Begegnung wandelte sich in=ihm zum rotglühenden Feuerstrom. Mühsam suchte er Be-Herrschung, Worte suchte er nicht. Wollte nur *Diese Frau* betrachten. Doch weil Dasschweigen nun schon zulang andauerte, begann die Frau zu sprechen: –Einige Male habe ich Ihn vor diesem Haus gesehen. – Begann sie in der früher auf=Erden üblichen Manier. –Zuerst dachte ich, Er suche nach Jemandem, der hier wohnt. Doch verhielt Er sich nicht wie ein Suchender, vielmehr als kehrte Er an einen Ort zurück, der Ihm einst Vieles bedeutete.

–Sie hat recht. – Gab er in derselben Alten Manier zurück. –Doch bedeutet mir dieser Ort auch Heute&jetzt sehrviel. Und mehr eine Frau, die an diesem Ort zuhause war.

Der Mann mit dem gutmütigen Gesicht blickte ernst & gespannt auf das Geschehen zwischen seiner=Frau u: dem Fremden. Auch die beiden Kinder an seinen Händen verhielten still u aus dem Gespür der-Kinder für Seltsamkeiten=bei-Erwachsenen sahen sie staunend auf den fremden Mann. – Nach 1 Moment des Wiederschweigens erneut die Frau: –Ich vermute, Er gehört zu den-Heimkehrern=vom-Mars.

–Ja. Doch wie lange es her ist, daß ich von der Erde fort & Dorthin reiste, das habe ich vergessen. – Er schaute auf das ältere der beiden Kinder. –Das muß Lange-her sein. Und ich vermute, auch ich bin Hier=Auferden vergessen seit-Langem.

–Unsere Stadt ist eine schöne Stadt geworden, nicht wahr. – Lenkte die Frau ab.

–Derschnee über der Stadt macht die Schönheit dieser Stätte noch größer, weil darunter Alles Unschöne verborgen bleibt. Es sollte Immerschnee liegen über Allem in Dieserwelt.

—?Hat Er eine Frau. — Sie kehrte vom Ausweg zurück auf den Weg.

—Ich hatte eine Frau. — Antwortete er.

—Auf dem ?Mars. — Fragte sie, 1 Spur belustigt.

—Nein. — Antwortete er mit ernster Stimme. —Auf der Erde. Hier in=Dieserstadt. Wir hatten *Den=Bund* geschlossen vor einigen Jahren. Danach bin ich zum Mars. Das war die größtmögliche Entfernung, die *Der=Bund* als Trennung für=uns vorsah. *Das=Geschenk*, das *Sie* mir gegeben hat, das habe ich verloren — bei einem Unfall. — (Er berührte flüchtig mit den Fingern der Rechten sein weißes Gesicht.) —Ich habe die Frau=von-Damals nicht wiedergesehn. Aber ich bin *Ihr* sehr dankbar, daß *Sie* in=meinen=Gedanken mit=mir auf dem Mars gewesen ist.

—Und ?was glaubt Er, ist aus ihr ?geworden.

—*Sie* dürfte wieder geheiratet haben, denn ich galt als tot. Vielleicht hat *Sie* Kinder. 2. So wie Sie. So wie viele Zu-dieser-Zeit.

—?Hat Er eine ?andere Frau. Und ?Kinder.

—Ich bin es müde. — Sagte er leis.

—Verzeih Er mir, ich habe Ihm Fragen gestellt, die mir als eine Ihm Fremde nicht zustehn.

Er blickte zu den beiden Kindern: —Ich habe *Ihr* Nichts zu verzeihn.

Die Frau errötete sehr, senkte den Blick. Mit leiser Stimme, beinahe flüsternd: —Das ist schön, wer !das zu 1 anderen Menschen sagen kann. Ich hab Es Lange nicht gehört.

—Ich ebenso Lange nicht. Und ab Heute niemals wieder.

Die beiden kleinen Kinder, an den Händen des Mannes, die bislang wohlerzogen=still sich verhielten, wurden unruhig, zappelig.

Der Mann: —Den Kindern ist kalt, sie wollen in ihr=Zimmer, spielen.

Die Frau: —Nun müssen wir uns trennen.

—Ja. — Sagte er. —Trennen wir uns.

—Wart Er 1 Augenblick. — Rief sie dem Mann mit dem weißen Gesicht zu, der sich bereits zum-Gehen wandte. —Weil Er sooft hierher gekommen ist und ich Ihn sooft traurig vor-der-Tür gesehen hab, beschloß ich, Ihm etwas zu schenken. Zum=Abschied. — Sie griff in ihre Tasche, — dann bot sie ihm auf der flachen Hand 1 kleines Gebilde dar: 1 hellweißen Stein, klein wie 1 Kinderfaust. Aus dem Stein aber war 1 winzige Skulptur herausgestaltet: 2 vor1ander hockende Figuren, 1 Mann 1 Frau, beide nackt u ein=ander=umarmend. Ein Nachbild *Der Liebenden von Ain Sakhri* – 1 Skulptur, mehr als Dreizehntausend-Fünfhundertjahre alt, gefunden einst in der Nähe zum Toten Meer. – Er schloß rasch die Hand um den kleinen Gegenstand, bannte seinen Blick auf die Faust, als drohte ihm schonwieder Verlust dieser Gabe. Und als er wieder aufsah, waren die Frau der Mann & die beiden Kinder nicht mehr da. Nun hatte *Sie* ihm zum zweiten Mal *Das=Geschenk* überlassen. –

Er ging fort, blickte sich nicht um. (Nur die Hand in seiner Tasche umschloß die kleine Skulptur. So fest=umschlossen hielt er sie, daß Niemand u Nichts sie ihm hätte entreißen können. Der Horizont seiner ganzen=Liebe-u-Einsamkeit lag in seiner Faust.) Er kehrte zu diesem Haus niemals wieder zurück. Er verschwand in den Tiefen der verschneiten Stadt. Der Mann mit dem weißen Gesicht. Und Menschenzeit ward kürzer bemessen, als seine=Trauer zum Versiegen in Schalheit & Vergessen gebraucht hätte.

Dieser Winter zerschmolz unter warm anwehenden Frühjahrslüften –. Und wieder versammelten sich auf der weiten Esplanade der Hauptstadt große Menschenmengen, gespannt blickte Alles nach-Oben : Seit einigen Tagen erschienen auf den Holovisionsschirmen, die nochimmer wie starre 4eckige Wolken hochdroben im=Himmel über der Stadt schwebten, die ersten Bilder vom Mars, die von den-Teleskopen in den-Librationspunkten eingefangen & aus Millionen Kilometern Entfernung hierher=Auf-die-Erde übertragen wurden. Insgesamt 3 Ansichten des Roten-Planeten boten die-Teleskope – hell leuchtend zu-Tag&nachtzeiten schwebten im=Himmel diese Bilder, als hätt die Erde 3 neue Monde erhalten.

DIE !SENSATION=HEUTE : Das *Projekt Uranus* sollte zur=Ausführung kommen – die vorgesehenen Sprengungen standen bevor. Unterhalb jeder Projektion ein breites Ziffernfeld mit rückwärts laufender Zählung: Uhren, die den-Menschen=Auferden Den=Augenblick=Dersprengung anzeigen würden – als zählten sie die Stunden die der Erde zu ihrer Existenz verblieben. – Noch verhielten die 3 Mars-Bilder ruhig, schwebten still u ernst über der-Stätte, manchmal bewölkten sich die Ansichten; kleinere Staubstürme jagten über den Mars, doch nicht lange, denn die-Zeit-der-Perihelstürme lag noch fern. Und blieben die Bilder klar, sahen die-Menschen=Auferden auch die beiden kleinen Marsmonde, Daimos & Phobos, auf ihren Bahnen –.

Ein Frühlingstag im schönen hirngrauen Licht. Kein Wind, nur hin&wieder wärmelig leckende Luftzungen umspielten die dichtan-dicht gedrängt wie Statuen dastehenden Menschenmengen auf der Esplanade. Wärmedunst entströmte Denmassen & schwebte als kompakte Wolke über den-Köpfen; bisweilen so=dicht daß in Dieserwolke Luftspiegelungen sich fingen. Auch an anderen Orten auf=der=gesamten=Welt standen ebenso Menschenmengen=beisammen & erwarteten hochschlagenden Herzens !Denmoment Der-Großen-Sprengung, den Beginn eines !großartigen=künftigen-Lebens. – Zwischen den Ereignissen auf dem Mars u: dem Eintreffen der-Bilder auf der Erde lag 1=definierte Zeitdifferenz von einigen Minuten. Die Ziffernanzeigen der-Uhren näherten sich der 0. Ein Sirenenton – aufheulend wie aus ihren Höhlen entlassene Stürme – hob an – stieg auf zum Alles überdröhnenden Geheul – : !Die ersten Sprengladungen=auf-dem-Mars waren soeben=!gezündet worden. – Zunächst keine Änderung in den-Bildern der Holovisionen, hell & leuchtendstill ruhte das Abbild des Planeten=im=Himmel über der Erde –. Plötzlich schien den gesamten Mars ein Zittern zu überschauern, hellgraue Staubwolken bliesen aus der festen Kruste, dichtes Gewölke umschloß sofort den gesamten Planeten, 1zelne Feuerstrahlen durchschossen die schmutzige Hülle – Lavamassen schleuderten wie Protuberanzen-der-Sonne ihre Feuerschlangen weit hinaus ins All –. Und jetzt erzitterte auch die Staubhülle um den Mars, das Gewölke ward schütter – wie von Sturmeshänden gepackt & zerrissen dann fortgefegt schossen die Dampf&wolkenfetzen davon – und mit übergreller Schärfe trat wieder der Anblick des Mars hervor : Doch Etwas geschah mit ihm, Etwas Ungeheuerliches regte sich unter seiner Oberfläche –, und so wie dem Gesicht eines dem-Tod verfallenen Menschen alle lebendige Färbung entweicht, verfärbten sich die Anblicke dieses Planeten : aus dem gelblichroten Licht ward etwas Aschiges, stürzte in erloschenes Stumpfgrau – : In dem gigantischen Grabenbruch Vallis Marineris hatte DIE-GRAVITATIONSSPRENGUNG, die !machtvollste Sprengwaffe= zu-Dieserzeit, eingesetzt. – Und was die-Menschen=Auferden jetzt erblickten, brannte aller Stimmen aus, und ließ Menschen zurück, als hätten sie niemals Stimmen besessen : In langsamer – langsamer Fortbewegung nach beiden Seiten hin – nach=Westen über den Äquator durch die Vulkanregion Tharsis Montes und weiter ins Becken Amazonis Planitia sowie nach=Osten durch die gebirgigen von Kratern stark zerklüfteten Regionen bis ins fast 8 Kilometer tief abgesenkte Becken des Mars – Hellas Planitia – und weiter – und immerweiter um den gesamten Planeten herum sich verbreiternd aus ein ander klaffend tief ins=Glutinnerste des Planeten reichend ein Gigantischer Riß – Magmafluten bislang ungesehenen Ausmaßes brachen wüst mit sengenden Gasmassen aus dieser gräßlichen Wunde hervor –, die zunächst wie ein breiter und breiter den Felssockel des Planeten aufreißender Feuerschlund sein Todesbrüllen=Insall hinausschleuderte – :Entsetzen der-Menschen=Auferden angesichts dieser stummen=Bilder (denn Dastosen Brechen Donnern Kreischen eines sterbenden Planeten wurde mit den-Bildern nicht übertragen : in vollendeter Stummheit über den Köpfen der-Menschen geschah Diesertod Im=All) und das Blut erstarrte in ihren Adern: – dann riß dieser Grabenbruch tiefer & weiter auf, und schließlich sahen die-Menschen auf den-Holovisionsschirmen den Planeten Mars !zerbrechen in !zwei !Teile –. Vom innersten Glutkern schossen Diefeuerfluten grell sprühend Insall –, zu zwei riesenhaften Blüten in Lavafarben öffneten sich die beiden Hälften des Planeten – tief=ins=Innerste trafen die Blicke der-Menschen dorthin, wohin noch kein Auge zuvor jemals geblickt. Zukunft, von=Menschen gemacht für=Menschenzukunft: Im=Unband Aus-Flammen eine verglutende Welt. – Stille, als laste kochende Luft aus Schwermetall auf den-Lungen, so verhielten bei !Diesemanblick die-Menschen. Und folgten auf den Holovisionsschirmen dem Fortgang Desgeschehens.

Nachdem der Planet Mars in zwei Schalenhälften aufgebrochen war, die Beide auf neuen unbekannten Bahnen sich langsam von ein ander entfernten, schlug die eine Planetenschale (es war einst die nördliche Hemisfäre, darin auch die Stadtschaft Cydonia I gewesen), wie ein riesenhafter Tennisschläger gegen den heranfliegenden Mond Phobos : Felsgesteintrümmer Staub&feuer im=Augenblick der Kollision, – dann entfernte sich der große felsige Brocken des einstigen Marsmonds Phobos aus seiner uralten Bahn & schlug einen neuen Kurs ein : Kurs direkt=auf-die-!Erde. Allemenschen sahen & Alle begriffen Dies, Derschrecken ver=1te Allemenschen, bannte sie, machte sie reglos, während die-Ziffernanzeigen auf den-Holovisionsschirmen, die zuvor den-Zeitpunkt bis zu Dersprengung abgezählt hatten, nunmehr mit leidenschaftsloser Sachlichkeit ein neues Zählen begannen:

Wochen Tage Stunden Minuten Sekunden $\frac{1}{10}$sekunden bis=zum=Aufschlag des Phobos auf der Erde. Für keine Abwehrmaßnahme blieb ausreichend Zeit..... Aus den neuen Bahnparametern des Phobos ließ sich bereits der-Aufschlagort=auf-der-Erde bestimmen. Ein Ort, der vor Vielenjahrmillionen aus der-Impaktion eines Asteroiden entstanden & daraufhin wieder anderes Leben=Auferden hatte beginnen lassen : das Mittelmeer zwischen Europa u: Afrika. Nun würde vom Selbenort das-Ende=Diesenlebens beginnen. Und die-Uhren=im-Himmel in ihrem fortdauernden Rückwärtsgang bezeugten: Nicht viel an Zeit würde Diesem=Leben-Auferden noch verbleiben. Das sahen die-Menschen & Das verstanden sie. Und war zuvor das Aufheulen & Alles überdröhnende triumfierende Sirenenstürmen um-die-Erde gejagt, so erhob sich jetzt Anderesheulen – Millionen Aufschrei Sturm=Schrei ausweglosen Entsetzens durchraste Städte Länder den Erdteil die Welt und wollte nicht aufhören Es schrie und Es schrie lauter immerlauter bis hinein in Dieletztenacht Alles Altenlebens.

Die-Apokalypse galt nicht dem-Menschen. Von Menschen blieb Nichts mehr zum Enthüllen, sie starben nur. Verglühten. Und alle Menschenfurcht ward zu STEIN. PHOBOS : Als die eine Spitze des glühenden von Dämpfen umzischten felsigen Ellipsoiden ins Mittelmeer vor Kreta einschlug, ragte sein anderes Ende noch hochhinauf bis in die Stratosfäre – –

– –

Nachdem geschehen war was geschehen mußte, blickten, wie einst von den-Librationsorten=Imall die Teleskope auf den Untergang des Mars, nun in Zeiten *nach*=den-Menschen=den-Tieren=den-Pflanzen die in ihr=Exil auf den-Mond verfrachteten morfologischen Bücher auf die Erde. Und die-morfologischen-Bücher schrieben, was keines Menschen Auge mehr sehen konnte, für=andere-Bücher den ROMAN EINER ZUKUNFT.

Dies war der Planet Erde. Er besaß eine Festehülle, zu mehreren Groß‑
schollen & etlichen kleineren tektonischen Elementen geordnet. Sie=
alle waren seit Erkalten der‑Erdkruste=vor‑Jahrmilliarden mit wech‑
selnden Intensitäten ständig gegen:ein:ander in‑Bewegung; an ihren
Grenzen herrschte von‑Jeher bestenfalls Waffenstillstand. – Die gewal‑
tigsten geologischen Heeresmassen, die auf=Erden sich gegen:über
standen, hießen Eurasische, Afrikanische, Indisch‑Australische, Pazifi‑
sche, Amerikanische & Antarktische Platte. Sie=alle schlossen im Fels‑
sockel submarine‑Reliefs in=sich ein. Die Wassermassen=der‑Welt‑
meere verbargen eines der auffälligsten tektonischen Großelemente
dieses Planeten: Das‑submarine‑Relief aus einem System der *mittel‑
ozeanischen Rücken* od *Schwellen*, das sämtliche Ozeane=auf‑der‑Erde
durchzog – in einer Länge von fast 85 000 km und einer Breite bis zu
maximal 1600 km überragten diese riesigen Schwellen den‑Tiefsee‑
grund um 2000 bis 4000 m Höhe. Selbst noch die höchsten Erhe‑
bungen lagen im‑Wesentlichen jedoch etwa 1000 m unterhalb des‑
Meeresspiegels. *Das‑Welttriftsystem*, in den Rückenachsen als vielfach
25 bis 50 km breite Zentralgräben sowie Längsspalten verlaufend, ließ
jährlich fast 3 km^3 neuen Ozeanbodens entstehn. Die Rückenflanken:
an zahlreichen Längsstörungen zerbrochen & zu Furchen/Kämmen/
Bruchstufen aufgegliedert. Zu weiteren auffälligen Formen gehörten
submarine Plateaus, Erhebungen als klüftige Inselgruppen von großer
Ausdehnung sowie kegelförmige Bergesgruppen & Tiefseebecken.
Die Kontinente des Planeten Erde wurden getragen von diesen Ge‑
steinsplatten, so standen sämtliche Kontinente mit‑ein‑ander in=Ver‑
bindung: Ein den gesamten Planeten Erde umspannendes, sowohl in
der‑Horizontalen als auch in der‑Vertikalen, von der Erdkruste in den
Erdmantel bis in den Erdkern hinabreichendes tektonisches Netzwerk.

Mitunter brachen lokale Konflikte – Erdbeben, Vulkaneruptionen –
aus, von den Bruchkanten insbesondre der‑Subduktionszonen der‑
Kontinentalplatten ausgehend rüttelten Beben mit gewaltigen Kräften
am festen Erdsockel. Kleinere Landmassen, Inselgruppen verschwan‑
den in aufschlagenden Meeresgründen, neue traten aus Denfluten her‑
aus. Trotz dieser starken, doch stets lokal=begrenzten geologischen
Waffengänge hielt der gesamte Globus sich in‑Hege‑&‑Fessel des Kal‑
ten Tektonischen Kriegs. – Dies der Zustand vor der Impaktion des
Phobos.

Der Einschlag des einstigen Marsmonds Phobos ins Mittelmeer vor der Insel Kreta als Folge des Größten mißglückten=Menschenwerx..... wirft die gesamte tektonisch vernetzte Erde ins Schlachtfeld, reißt Urheeresmächte aus dem steinernen Frieden hervor, zieht Sie vom Ursprungsort=Des-Konflikts losstürmend binnen-kurzem Allsamt hinein in den entfesselten tektonischen Weltkrieg : Die zerklüfteten Küstenverläufe Südeuropas, von der Iberischen Halbinsel über den Süden Frankreichs weiter nach Italien Griechenland bis in den Vorderen Orient sowie die Gestade Nordafrikas – beim=Einschlag von Denwassern des hochschwappenden Mittelmeeres überrannt; aus dem Algerisch-Provencalischen Becken, dem Tyrrhenischen Becken sowie aus dem Ionischen u dem Levantinischen Becken mit ihren Millionen m³ Wasser schlägt Derkoloß=aus-dem-All die hochgehenden= Fluten, – die Straße-von-Gibraltar, diese Handreichung Afrikas mit Europa –, davongerissen, Derfels niedergeworfen zertrümmert, – aufgebäumt zu bergeshohen Flutwänden rasen Diewasser aus dem Mittelmeer über den Atlantischen Ozean, heben dort die machtvollen Wassergeschwader zu schaumzerwühlten Sturzhängen auf (Kapverden Medeira die-Kanaren – überrollt u in Denwassern versunken), berennen die Ostküsten Nord- & Mittelamerikas, niederschwemmen dort die tiefer gelegenen Landesteile im Norden bis an den Rand der-Appalachen –.– Von Südeuropa schlägt Dieflut die Landmassen nieder bis an den Südrand der-Alpen, in Afrika überrennen die-Heeresfluten sogar das-Atlasgebirge, brechen ein in die-Sahara, füllen Becken u Senken (die-Kattara-Senke wird zur Schlammschwemme verbreit) bis an den Rand des Djebel-Uweinat, – an manchen Stellen bloßgeschwemmt die Sediment- u Vulkansteinplatten, verschlammt Diesahara zum Treibsandozean – Einmeer-des-Todes=Auferden. Doch Hier=Imsandozean ersticken Die-Wasser. So geschieht der Anfang, die Eröffnungsschlacht.

Der ins=Mittelmeer impaktierte Marsmond Phobos schlägt bis auf den felsigen Meeresgrund und tiefer: Er bricht ein in *die-Verschluckungszone* zwischen der Eurasischen u: der Afrikanischen Platte, wie Einmeißel mit Urgewalt zerbricht er diesen vernarbten Fels auf dem Meeresboden, die Plattenränder heben stemmen sich hoch, während der Felskoloß des Phobos ins Becken des Mittelmeeres einsinkt, zischend in=Feuer&glut ein zernichteter Mond. So erhebt sich dort, wo zuvor das an manchen Stellen bis zu 5000 m tiefe Mittelmeerbecken sich erstreckte, nun ein hochgewölbter monolithischer schwarzer Felsbrok-

ken in Diehöhe, einen ungeheuren Bergeskegel bildend zwischen dem Süden Europas u: Afrika. –
Uralte Vulkane toben auf unter solchem Anprall, solchem Aufriß, diesem Einsinken eines fremden Steinmassivs in das einstige Bett des Mittelmeeres : Stromboli Aetna Vesuv, – unter Lavagebrüll husten schießen spritzen sie gemeinsam mit Allem=Feuer&dampf aus dem mittelmeerischen Grabenbruch ihre Glutenflüsse über die festen Bastionen der Kontinente, die zornesrasenden Eruptionen zerreißen die-Vulkankegel –, schleudern ihre ungeheuren Lavamassen direkt aus dem-Erdinnern kommend hinaus & ergießen sie in-Feuerwalzen über alles umliegende Land. In lavaglühenden Sümpfen verkochen Erdreich & letzte Pflanzen. Diewasser des ausgebrochenen Mittelmeers verzischen. In erschütternden tektonischen Wellen breiten die-Alarmrufe über die tektonischen Feste des gesamten Erdsockels sich aus – Grollen Brüllen Fauchen Dröhnen Poltern aus allen submarinen Richtungen=zugleich. Unter Himmel-zerreißendem Tosen mit Wucht zu neuen Grabenaufbrüchen Meeressenken eingeschlagen, zu neuen Gebirgen sich auftürmend : !Wie Kontinentalplatten gegen:ein:ander !anrennen !anschieben, in elementarer Urfeindschaft mit Basalt&granitpanzern sich krachend bedrängen – Die Großen Heere: Eurasische Platte, Afrikanische, Nord- & Südamerikanische, Indisch-Australische, Pazifische u: Antarktische Platte : !Wie sie unter Schaben Brüllen Wühlen Hämmern Diewasser der-Ozeane zurückweichen lassen vor den aus Meerestiefen gewaltig aufstehenden Basalt&granitplatten; !Wie unter hohem Singen Kreischen Dieflammen die vom Ewigen-Eis bedeckten Erdteile anschmelzen, aufweichen, zu Spalten Blöcken Bergen aufbrechen & tosend in Diewasser stürzen lassen; eiseskalte Flutwellen schwemmen sich in siedendheiße kochende Lavaflüsse Lavaseen – :!Aufschrei der Eisplatten Eisesgebirge, schwarzrotes Grollen aus den träge teigig sich wälzenden aufgesiedeten Basalt&granitströmen; Dämpfe aus verbranntem Gestein erstickende Gase aus den-Giftdrüsen des-Erdinnern hinausfauchend, die Himmel aus Asche Qualm schwefligem Staub. Tage=Nächte=Nächte=Tage, flammenqualmdurchschüttert Giftschwalch verseucht. Von siedheißem Gewölke zu totverglühten Himmeln geschoben, sonnenlichtfern, in Glühfarben zuckend durchflammt die stickheiße glutende Finsternis im-Sturmlauf die alte Erde umnachtend –. Finsternis, von steilen Lavaspringfluten elektrischen Entladungen durchzuckt. Sengen & Hitze. Sonne dringt

nirgends in den Erde=umspannenden zähdicken Gas&staub ein lastend bis hinauf=in-die-Stratosfäre. Kein Spaltbreit für Licht im wolkenden Gedampfe Ewigernacht, Luft ein glühheißer steinigkompakter Aushauch. Zerspaltet liegt der-Steinmantel des Planeten. – !Wie sie sich erheben – weiter und weiter – aus Meerestiefen im Feuerschein des-Vergehenden die !neuen Landmassen, !Macht=volle Rücken blasigen Vulkangesteins, schroff sich zusammenschiebende Platten, dampfend gasend im=Triefen ihrer Feuer=Geburt, sich auftürmend zu neuen Gebirgen. Brechen Aufbersten Zerknirschen die mesozoischen Faltungen die ozeanischen Riftzonen entlang : tektonischer !Alarm – Die !Entscheidungsschlacht : züngelnd Feueraustritte –, die aufbrennenden Bruchkanten –,– dann heben sich die untermeerischen Gesteinsschultern Felsrücken Basaltbecken weiter und weiter – lassen die Unmassen Ozeanwassers von sich abschwemmen, die verbliebenen Erdteilfesten zu beiden Seiten der-Weltmeere unter Denmassen ausgebrochener Hydrosfäre versinken – der gesamte Planet Erde ein kenterndes Schiff – von seinem Deck rutschen alte Kontinentemassen in=Tiefen neu entstehender Ozeane –. Auch die aus Erdspalten Aufrissen Subduktionszonen überall auf dem Erdengrund ausgeschleuderten Lavamassen rinnen ab in feuerigen Strömen, erstarrend zu wulstigen Kratern Felsgraten mit ausgezackten Kämmen spittsen Nadeln, die brechen unter neuem Anfluten Anbrodeln weiterer Massen kochenden Gesteins, – in wenigen Stunden entstehen und zerfallen Kettengebirge basaltene Aufwürfe in hitzedunstvergischte Himmelshöhen –, während die überschweren Landmassen, die aus Denfluten aufragend bleiben, sich umgestalten & unterm Aufbrüllen scharrender Gesteinsplatten zerbrechender Landmassive sich in=einanderschieben sich-überdeckend verknirschen – gewaltige Hochgebirgsfalten werfen ihre narbigten schründigen Steilwände Himmel=hoch hinauf –.

Das Ziel des tektonischen Weltkriegs ist erreicht: Wiedervereinigung sämtlicher verstreuten, in sich zerrissnen Kontinente zur Einen=einzigen=zusammenhängenden=Landmasse, ein neuer Urkontinent erhebt sich mit Felsen Bergen Hügeln u Tälern steinern=nackt aus dem brodelnd ihn umschäumenden Ozean. Wie zu-Zeiten vor mehr als 220 Millionenjahren, als Pangäa die-Eine=Erdlandmasse u Tethys der-Eine=Erdozean waren. Das Ziel des Wiedervereinens ist erreicht : Ende des Weltkriegs.

Organisches Leben, selbst in seinen allerniedersten Formen, hatte

Diesen Welten=Ausbrand, solchen Unband aus Lavagluten sengenden Feuer=Stürmen verdampfender Meere u Flüsse, nicht überstanden. Der Planet Erde ein durchs All in Staubstürmen taumelnder Aschenkrug für Alles was verbrennen & zerstürzen kann. Keine Ruinen, keine Überbleibsel, kein Erinnern. Selbst Asche von Milliarden Skeletten u Asche von Gewächsen aller Arten – unter Dauerfeuerwucht zersiedet, verdampft. Dem Planeten Erde widerfuhr eine umfassende Metamorfose.

Der neue Planet liegt kalt, felsennackt, meeresblank.

Lange=Sehrlangezeiten Finsternis. Unaufhörlich von Blitzen vorm Dunkelhimmel zerrissen von Gewittern zergrollt. Und weil Sonnenlicht den schwebenden Himmel's Stein&staubesschleier nirgends zu durchdringen vermag – vereist der gesamte Planet, fegen Stürme mit Frostheulen die neuen Landmassen hell & leer, überzieht die-Lande & die-Wasser mit dicken Placken Frost. Und – !seltsam – aus verglühtem Himmel fallen wirbelnd kleine weiße Sterne, Milliarden winziger Eiskristalle, zumeist in 6strahliger=strenger Form gebildet, überflocken überflimmern in endlosem Gestöber weich u erdrückend die rauhen vulkanisch porösen Gebirgszacken – füllen in Täler u Senken Schnee, legen mit großen kühlenden Schleiern das glutmäulige Toben & Röhren aus vulkanischen Essen still – still u ermattet sinken Dietosenden nieder zum Allenzorn erfrierenden verstummenden Weiß. –

Als aufkommende Winde dem versotteten Himmel seine verrußten Steinschleier fortnehmen, Lücken Aufbrüche in den Wolken sich auftun, stechen gleißend Sonnenstrahlen hindurch –, sie entfachen glitzernd grellweiße Feuer in den Schneekristallen, Milliarden winziger Punktsonnen schmelzen ab vom Erdenfels Diefestenpanzer aus Eis, – schartige Rillen Riefen Aufbrüche in Deneisbergen lassen Tauwasser heraus – rieseln schnüren fließen strömen zu neuen Bächen Flüssen Seen und Binnenmeeren zusammen. Auf den Meeresgründen lagern sich Matten ab aus Sedimenten & Kalziumkarbonat, von Bakterien aus Denwassermassen gesiebt, Stromatolithen wachsen auf. Sonnenlicht dringt immerstärker auf immerbreiterer Front durch den aufgebrochenen Staubhimmel. Aus anorganischen Molekülen verwandelt sich Dielichtenergie in chemische Energie. Unterm Brennglas des-Sonnenlichts oxidiert Daswasser & gibt Elektronen ab. Daswasser ist *Elektronenspender*. Daraus & aus Kohlendioxid bildet sich Glukose, Sauerstoff wird abgespalten: aus den-Stromatolithen wie schartigen Kelchen von=Meeresgründen entsteigen blasige Perlentrauben an die-Meeresoberflächen. Diesonne zieht Wasser & Sauerstoff, dieser kann in die oberen Hydrosfärenschichten des Planeten entweichen, Ozon bildet sich aus, schließt eine unsichtbare Schutzhülle vor Den-Strahlenfeuern aus Demkosmos um den gesamten Planeten. Bindet den-Sauerstoff. Imhimmel ballen sich aus vedunsteten Wassern gewaltige Wolkengebirge – Tausendekubikmeter Wasser, aus Myriaden kleinster Wassertröpfchen zusammengeschoben, schweben sie wie vorweltliche Gesichte über Denhimmel. Und Derhimmel läßt Regen fallen – Sturzregen – lange anhaltende Wasserfluten –, die spröden porösen Vulkanfelsen erodieren – Staub Sand Split – Stürme treiben den Flugstaub in Schründe Poren Rillen Buchten der Festlandoberflächen hinein, – aus Staub wird Erde. Es beginnt – –

Doch weil, im=Unterschied zu Damals=vor-Milliardenjahren, in !Diesenzeiten des aus ein ander driftenden Weltalls Einschläge von Himmel's Körpern in den Körper der wiederjungen Erde seltener und seltener werden, stehn Zu-Falls-Schläge für provoziertes Falschesleben auf diesem Planeten kaum zu erwarten. Das-Alfabet für organisches Leben besitzt nur noch wenige Buchstaben, kurze Chiffren, – und solches=Leben währt niemals lange. Sobald dieses=Leben seinen kurzen Satz zu=Ende gelesen hat und wieder verschwunden ist, beginnt mit wenig Worten u Zeichen in der=gleichen-Weise wie altes neues Leben.

Stromatolithen Mikroben Amöben Sporen Flechten Pilze manchmal Sturzflut Regen Gewitter zerflammen die lichten Himmel Landmassen zerreißen tiefe Schluchten Täler von Gewässern aufgefüllt Meere Flüsse Seen Bäche Pfützen und so manche Hügel u Talschaft im Schein tiefstehender Sonne mit einem sanften Pelzbewuchs überziehend den wenigen Chiffren ihres Bauplans gemäß Mattgrün ein Schimmern

im Stadium der roten Sonne ein Ausatmen Verlöschen Pilze Flechten Sporen Amöben Mikroben Stromatolithen in ausgelaugten Gewässern u welkend verschwindend mattgrüner Flaum über Hügeln u Talschaften Dasvergehen

von den Polen rücken vor Eisfelder Schneeplatten schleifen die Feste füllen Täler stürzen Gebirge bannen Infroststarre Land u Meer Jahrtausende

Wasser fluten auf wo Land war ist jetzt Meer wo Meer war Land und wiederkehrend im Atemholen aus tiefrotem Sonnenlicht Daswerden Stromatolithen Mikroben Amöben Sporen Flechten Pilze manchmal Sturzflut Regen Gewitter zerflammen die lichten Himmel Landmassen zerreißen tiefe Schluchten Täler von Gewässern aufgefüllt Meere Flüsse Seen Bäche Pfützen und so manche Hügel u Talschaft mit einem sanften Pelzbewuchs überziehend den wenigen Chiffren ihres Bauplans gemäß Mattgrün ein Schimmern

inmitten der ungeheueren Macht kosmischer Zeitlosigkeit Ausatmen Atemholen im tiefroten Leuchten einer Sonne manchmal Sturzflut Regen Gewitter zerflammen die lichten Himmel den wenigen Chiffren ihres Bauplans gemäß Verlöschen Pilze Flechten Sporen Amöben Mikroben Stromatolithen und dunkler Seen Schatten steigen aus den Talschaften Abend von Ewigkeit Dienacht zu Ewigkeit Dietage kosmosschwer Jahrmillionen

Anmerkungen

Teil 1

Für Mars-Bewohner

aufgeschrieben und zusammengestellt

anhand der Aufzeichnungen

von *Io 2034*

Ordentliche Beauftragte der Marsdelegation E.S.R.A. I

Einleitung zu den Anmerkungen

Sofern aus den vorliegenden Aufzeichnungstexten oder aus den dort gegebenen Erklärungen nicht hervorgehend sowie aufbauend auf der Textesammlung »Buch der Kommentare«, seien im Folgenden für die ursprünglich vom Mars stammende Bevölkerung, die ins europäische Zentralgebiet des 25. Erdzeitjahrhunderts einkehrte, einige grundlegende gesellschaftsübliche Verhaltensweisen, Bräuche, Werte, Umgangsformen etc. zur Erklärung zusammengetragen, wie sie sich den Delegierten der E.S.R.A.-I-Mission bei ihrem Eintreffen auf der Erde darboten.

Allgemeines

1. Das Interesse an Welt ist allumfassend erloschen. Die Völkerschaften der einzelnen Staatenblöcke – Zentraleuropäischer Block (zusätzlich der Hauptteile aus der Arktis-Region), Zentrop genannt; die Asiatische Einheit (samt Australien und Ozeanien), genannt Asie; die Panamerikanische Union (inklusive Grönland), genannt Pannie; die Arabische Konföderation (Arko) sowie die Afrikanische Sezession (zugehörig die Antarktisregionen), Afsez – bleiben im strengsten Sinn des Wortes »unter sich«.

Den Hauptgrund für diese planetare »Abkehr«, die erstaunlichste Entwicklung in der gesamten Menschheitsgeschichte, bildet, neben den Ergebnissen und Folgen des bereits im »Buch der Kommentare« erwähnten *Detumeszenz-Gen-Umgestaltungsprogramms*, die Sokratische Erkenntnis: »Sorge dich ausschließlich um dein Selbst, dann erweist du der Allgemeinheit den größten Dienst!«

2. Sexuelle Intimität geschieht einzig auf dem Weg des Speichelaustausches → *Der-Lange-Faden*. Das Entblößen der primären Geschlechtsteile gilt dagegen als lächerlich und kindisch; Penetration findet nicht mehr statt. Künstliche Befruchtung, Schwangerschaft oder die Adoption ist als »tierisch« und »barbarisch« verworfen.

3. Jedwede exaltiert emotionale Äußerung gilt als primitiv, unkultiviert, mitunter sogar als Strafdelikt, weil damit häufig Nötigung und Erpressung verbunden sind (offen hergezeigte Blessuren oder ausgestelltes Leid zum Erzwingen von Zuwendungen aller Art, auch der emotionalen). Alles Übertriebene im Bereich der Emotionalität wird abgelehnt.

4. Intensive, derbe, heftige Körperkontakte, wie Umarmungen, festes Ansichdrücken, auch kräftiges Handgeben, gelten als peinlich. Vollkommen unmöglich ist der so genannte Begrüßungskuss: Er gilt als grobschlächtig, unhygienisch, sogar als verdächtig (»Judas-Kuss«). Zur Begrüßung mit Bekannten berühren sich zart beider Hände Fingerspitzen, währenddessen blickt man einander in die Augen. – Unter allen anderen Begegnungen außerhalb der Begrüßung gelten direkte Blicke als äußerst unhöflich, je nach Situation auch als gewalttätig.

5. Der emotionalen Verbundenheit auf Lebenszeit zwischen Paaren versichert man sich durch *Den=Bund*.

Vergleichbar der früheren Eheschließung, dient er vor allem der gesetzlichen Bestätigung der Zusammengehörigkeit zweier Menschen. Damit aber verbunden ist die körperliche Trennung beider für die Bestandszeit *Des=Bundes*. Die letzten beiden Jahre davor dient der *Ent-Ehezeit*, der langsamen Entwöhnung derer, die daraufhin *Den=Bund* zu schließen beabsichtigen.

Der=Bund kann frühestens nach Vollendung des 25. Lebensjahrs geschlossen werden. Allerdings bedeutet dies auch, sich aus allen davor liegenden Verhältnissen und Beziehungen – von den Eltern, Freunden, Geliebten ebenso, wie von Gewohnheiten und von allem Liebgewonnenen – nunmehr für die restliche Lebenszeit zu lösen.

Erwachsenenzeit ist die Zeit des umfassenden inneren Neubeginns. Nichts aus alten Zeiten soll das neue Mögliche eines Menschen beschweren. Oft ist damit eine Ortsveränderung Beider, in den meisten Fällen aber des Mannes, verbunden. Die Vergegenwärtigung des jeweils Anderen erfolgt ausschließlich über die → Holovision. Somit ist die örtliche Nähe der Beiden bedeutungslos.

Anlässlich der Zeremonie beim Schließen *Des=Bundes* ist es üblich, dass beide Partner sich gegenseitig → *Das Geschenk* überreichen.

Die Frau, mit der ein Mann *Den=Bund* eingeht, wird genannt: *Die=Eine* (DIE). Dementsprechend: *Der=Eine* (DER). Damit verbunden ist selbstverständlich die Monogamie. – Gleichgeschlechtliche Bündnisse sind zwar weniger üblich, erfahren aber ihre Duldung. Sobald jedoch aus dieser Sonderform *Des=Bundes* spezielle Privilegien erhoben werden sollten, wird dieses wie jedes andere Bündnis für immer aberkannt; daraufhin einen neuen Bund zu schließen ist gesetzwidrig. Die einzige Möglichkeit zur Scheidung sind der leibliche Tod bzw. das »Vergessen« (siehe hierzu weiter unten).

6. Die all verbreitete Friedfertigkeit innerhalb der Bevölkerung beruht, neben den Resultaten aus dem *Detumeszenz-Gen-Programm*, auf dem »Recht auf den einen Mord« pro Lebenszeit. Ab dem 25. Erd-Lebensjahr wird jedem Erwachsenen dieses Recht eingeräumt. Dieses Recht wurde vor über einhundert Jahren zum ersten Mal erhoben.

7. Was nicht aus freien Stücken einem Anderen mitgeteilt wird, danach wird auch nicht gefragt; Erscheinungen wie die des Aushorchens, Denunzierens, des Verleitens zu Indiskretionen etc. entfallen vollkommen bzw. erweisen sich als nutzlos, weil niemand geblieben ist, den solcherlei Nachrichten interessieren.

8. Die Stimmenlautstärke allgemein ist niedrig, mitunter kaum lauter als Flüstern. Das folgt aus der Erkenntnis: »Bei Lärm schwindet die Monogamie.« Hierzu zählen auch das Musizieren, Singen, Musikhören; insbesondere Opern und Operetten werden, wenn überhaupt, dann nur als Pantomimen aufgeführt.

9. Freude und Überraschung bekundet man durch langsames Öffnen und daraufhin einige Momente Offenhalten des Mundes – dies jedoch ohne jegliche Lautäußerung. Diese Geste gilt auch als Ausdruck für Zustimmung.

10. Höchstes Entsetzen bekundet man ebenso durch lautloses weites Öffnen des Mundes, aber das Rückgrat wird dabei stark durchgebogen, sodass Kopf und Gesicht leicht erhoben sind. Nun ergreifen beide Hände den Unterkiefer und zerren ihn herab, als wollte man den Mund noch weiter öffnen. Diese Geste wird sehr langsam ausgeführt, und je nach dem Schweregrad des Ereignisses bis zu einigen Minuten Dauer öffentlich sichtbar demonstriert.

Anmerkungen zum Ersten Buch »Die Toten«

45 *mit ihren Sinnen abstimmend* : Ebenso wie die Wechsel der Jahreszeiten ist die Abfolge von Tag und Nacht erloschen. Es herrscht unter den → *Imagosphären* (siehe im *»Buch der Kommentare, Teil 1. Einführung«*) im europäischen Zentralgebiet im Normalfall eine konstante Abendstimmung: der permanent festgehaltene Schein des Sonnenuntergangs, die Ewigkeit im orangefarbenen Licht bei lauen Temperaturen um die 20 Grad Celsius. Diese Statik, ebenso wie jedwede mögliche Veränderung, wird mittels Datenschnittstellen-Einheiten zwischen Bevölkerungs-Sensorik und Gerätschaften zur Witterungsbeeinflussung erstellt. Die erwähnte permanente Abendstimmung entspricht dem ermittelten Durchschnittswert in der emotionalen Grundstimmung der gesamten Bevölkerung im europäischen Zentralgebiet, die an den Schnittstellen-Einheiten angeschlossen ist. Als geläufige Redewendung zum Erklären des Festhaltens an dieser Grundstimmung begegnet man bei den Europäern dann einer Äußerung der folgenden Art: *»Das beeindruckendste Schauspiel außerhalb aller Theaterbühnen ist der Sonnenuntergang. Und die beeindruckendste Gefühlleistung des-Menschen ist seine Überwindung des Zorns. Vergessen der Rage, und daraufhin Dieruhe als wachender Schlaf.«*

Mitunter sprunghafte Stimmungsänderungen in den Bevölkerungen, so wie die hier erwähnte Einstellung beim Erwarten der Mars-Delegation, bewirken in dieser Größenordnung allerdings eine Änderung in der Bereitstellung von Tageslicht, -zeit und Witterung. Indes sind derlei gravierende, insbesondere sprunghafte Änderungen in der Massenstimmung äußerst selten, was hier die empfundene Bedeutsamkeit des anstehenden Ereignisses umso beträchtlicher erscheinen lässt.

Auf der *Imagosphäre*, diesem Himmelsimitat, umgangssprachlich auch »Große Glückshaube« genannt, projizieren sich also via Holovisions-Schnittstellen-Einheiten die kollektiven Wünsche der Menschen in Form von Wettererscheinungen. Zudem bietet die *Imagosphäre* den Schutz sowohl vor feindlicher Spionage mittels Satelliten als auch vor unerwünscht eindringenden Nachrichten; die elektrische Leitfähigkeit dieser Hülle ist, ähnlich dem *Faradayschen Käfig*, eine wirksame Abschirmung.

Des Weiteren bildet die *Imagosphäre* das Medium für jegliche, elektronisch erzeugte Performanz. So ermöglicht sie an sämtlichen Orten das Erscheinen der Holovisionen; andere, die dreidimensionale, bewegte Performanz unterstützende Medien (wie vordem bei der Darstellung von Hologrammen spezielles monochromatisches Licht in eigens erstellten Nebelkammern) sind nicht mehr vonnöten. Die *Imagosphäre* ist ein sehr weit spezifiziertes, hochkomplexes Apparaturengebilde innerhalb der Jahrhunderte alten Entwicklungen in der Halluzinationselektronik. Weitere Erläuterungen zur *Imagosphäre* siehe weiter unten.

45 *lige Wolken* : Auf die *Imagosphäre* projizierter, sichtbar gewordener Ausdruck mancher Befürchtungen, die Teile der europäischen Bevölkerung gegenüber den Absichten der Mars-Delegation hegen. Ausgesprochen und offen debattiert jedoch würden derlei Befürchtungen nur dann und dort, wo ausdrücklich danach gefragt werden sollte. Weil aber das direkte Fragenstellen seinerseits als derbe Unhöflichkeit gilt – es ist überdies längst obsolet geworden –, unterbleiben derlei Diskurse zumeist vollkommen.

Das Zustandekommen dieser massenhaft verbreiteten Befürchtungen beruht auf diversen Gerüchten, die seit vielen Jahrzehnten, seit den ersten Rückkehren vom Mars, kursieren, nun aber durch das bevorstehende Eintreffen der E.S.R.A.-I-Mission in der Öffentlichkeit zu neuer Schärfe gerieten. Weil diese Gerüchte ihrem Inhalt nach einander durchaus widersprechen, stellt die am Himmel der *Imagosphäre* erschienene Wolkenformation eine allgemeine emotionale Kompromissbildung dar.

einen Mahlstrom schneller und schneller in=sich ein : Nach der Lehre Descartes' (»Principia philosophica«, III, 19) bewegt sich die flüssige Himmelsmaterie nach Art eines Wirbels um die Sonne.

46 *Solchermenge in ihrer wirklichen Gestalt nicht mehr begegnet* : Eines der grundlegenden Rituale bildet die Verabredung für eine leibhaftige Zusammenkunft, die aber aus Höflichkeitsgründen niemals zu Stande kommen darf (Vermeidung der Bedrängnis durch des Anderen körperliche Gegenwart), jedoch ohne den Anderen zu brüskieren, zu kränken oder gar selbst als Lügner oder treulos Säumender zu erscheinen.

Das Leibhaftige des einander Begegnens gilt i.a. als wenig erstrebenswert, mitunter als Störung, Belästigung bis hin zur Intimitätsverletzung. Daher finden sich zu Beginn solcher »Verabredungen« häufig Formeln wie »Laß Er/Sie uns eine Verabredung treffen«, »Wir müssen uns !unbedingt wieder sehen«, worauf der/die Angesprochene erwidert: »Ja, ich möchte Ihn/Sie auch sehr !gerne wieder !sehen.« Durch solchermaßen Formalität, insbesondere durch die auffällige Verwendung des Verbs *sehen* und dessen Betonung, stellt sich das folgende Zwiegespräch sozusagen auf ein Theaterpodest, betritt die Bereiche der Fiktion und signalisiert, dass nicht im Geringsten daran gedacht wird, das Besprochene auch zu verwirklichen. Besonders deutlich erscheint das beabsichtigte Nichtzusammentreffen durch detailliertes, sogar schwelgerisches Ausmalen der Szenerie, die dem Zusammentreffen folgen würde. – Schlecht beraten ist dann derjenige, der solchen »Verabredungen« tatsächlich folgt und am Treffpunkt zur vereinbarten Uhrzeit sich einfindet. Er wird dort mit Sicherheit niemanden antreffen! (Als ein belächelnswerter Simpel gilt der- bzw. diejenige, die des öftern auf solche »Verabredungen« hereinfällt.)

Dieses Ritual gehört zum Gebrauch des → *Instinktivs*, der sich hier als eine Form gesellschaftlicher Floskologie und nicht in erster Linie als grammatischer Kasus erweist.

46 *Fest der Abendsonne* : Es handelt sich um einen Feiertag, dessen Datum eher willkürlich auf einen Tag festgelegt wurde, an dem zum ersten Mal das vom Willen der gesamten Bevölkerung bestimmte Abendsonnenlicht als stillgestellte, orangefarbene Beleuchtung in Kraft getreten sei.

Die massenhafte Zusammenkunft zu diesem Tag trägt vor allem Spielcharakter; mittels Anschluss an die *Imagosphäre* sowie kollektiver Anstrengungen lässt sich die Sonnenerscheinung gestalterisch beeinflussen: Einmal hinsichtlich der Intensität in der orangenen Färbung, zum Wesentlichen aber, bedingt durch die unterschiedlichen Willensanstrengungen in der versammelten Menge, lassen sich in die Sonnenfläche die verschiedenartigsten Muster und grafischen Figuren einzeichnen – beispielsweise von Flammen gezackte Umrandungen der Scheibe bis hin zu komplex generierten Fraktalen ist jegliche Gestaltung möglich. Keiner der Anwesenden verrät vor der Zusammenkunft seine persönliche Option; diejenige Gestaltung erscheint als Sieger, die sich schließlich in die Sonnenscheibe feststehend einzeichnet. Sie ist demnach bei den Anwesenden nicht unbedingt die verbreitetste, dafür die intensivste Vorstellung gewesen. Diejenigen, deren ursprüngliche Option dem Siegesmuster entspricht, werden zum Sieger ausgerufen; einen Lohn für die Sieger gibt es nicht, außer der öffentlichen Bekanntgabe ihres Sieges. Auf die Idee, erst nachträglich zu der Partei der Sieger sich zu bekennen und die eigene andere Option lügnerisch zu verschleiern, scheint niemand hier zu verfallen, weil die Zugehörigkeit zu einer massenhaft verbreiteten Meinung keinerlei Wert besitzt. – Ein solches Spiel kann – nach unseren Zeitvorstellungen – mehrere Tage und Nächte in Anspruch nehmen, was jedoch innerhalb der irdischen Zeitlosigkeit in dieser beständigen Abendstimmung keine Rolle spielt.

47 *stark mit Schminke geweißt* : Entblößte Körperhaut in der Öffentlichkeit zu zeigen gilt als unzivilisiert, obszön und verachtenswert. Dazu gehören insbesondere sämtliche Gesichtspartien, Lippen, Augenlider, Hals und Nacken sowie Füße und Hände (letztere bleiben zumeist von dünnen weißen Handschuhen verhüllt). Ebenfalls zu schminken sind die haarlosen Partien der Kopfhaut, bei Männern wie bei Frauen. Die bevorzugte Haartracht ist bei beiden Geschlechtern das Flechten der Strähnen zu dünnen, verschiedenfarbigen Zöpfen, die, parallel in Schnurform zueinander gelegt, eng der Schädeldecke anliegen.

Das Weißschminken der Haut beruht auf einer Tradition, die in der Historie ihren Ursprung hat (vgl. die Geschichten um die »Frau mit dem weißen Gesicht«).

In schweren Fällen von Entblößungen erhalten die betreffenden Personen empfindliche Bestrafungen, hauptsächlich Einschnitte in den persönlichen Energie-Etat (siehe hierzu weiter unten).

Zu den Schminkritualen siehe die Anmerkung bei »Der-Lange-Faden«.

die Materie-Stelle : In Verbindung mit der Funktion der *Imagosphäre* lassen sich einfache Gegenstände, so wie hier ein Gartenstuhl, zunächst im amorphen Aggregatzustand (elektromagnetisch verdichtete Luftmoleküle) aufbewahren in Form einer transparenten, geleeartig komprimierten Luftmasse. Durch Berührung mit der menschlichen Hand, beim Vorhandensein eines konkreten Wunsches nach einem dieser alltäglichen Gegenstände und in Verbindung mit dem fokussierten Strahlenfeld aus der *Imagosphäre*, lässt sich u. a. auch ein Gartenstuhl materialisieren. Deren Rückverwandlungen in den amorphen Massenzustand geschieht nach derselben Methode während des Entzugs der Hand sowie in Verbindung mit dem Wunsch nach Enträumen.

47 *E.S.R.A.-Kommission=vom-Mars (auch: E.S.R.A. I)* : E.S.R.A. I.
– (sprich: Esra Eins); **E**rste **E**xpedition zur **S**icherung für die **R**ückkehr der **A**ußerterrestrischen

48 *beim ersten Ansehen der Holovisionen* : Die Audio- und Televisions-Holografiegeräte (kurz: Holovision) bilden die zentralen Kommunikations- und Informationsmedien zu dieser Zeit.

Der Begriff bezieht sich auf das Abbildungsverfahren der *Holografie*. Hierbei entsteht von einem mit monochromatischem Licht (Laserstrahl) beleuchteten Gegenstand auf einer so belichteten fotografischen Platte ein Abbild dieses Gegenstands, das, anschließend von demselben monochromatischen Licht durchstrahlt, nach Aufteilung des Laserstrahls eine reelle, räumliche Ansicht des fotografierten Objekts liefert.

Die Holovision ist eine Weiterentwicklung dieses Verfahrens und liefert, in einen Raum projiziert, dreidimensionale Abbilder, die sich bewegen – gewissermaßen als ein dreidimensionaler, interaktiver Kinofilm. Zwischen Fiktion und Realität besteht dann bei der Betrachtung kein Unterschied, erst die taktile Prüfung erbrächte die Entscheidung, doch wie erwähnt sind unaufgeforderte Berührungen eines Anderen gesellschaftlich verpönt.

Personen, die in den Speichermedien archiviert sind, können zu jeder beliebigen Zeit durch das Anlegen von Sensoren an die Stirn des Nutzers sowie über ein Eingabepaneel abrufbar gemacht werden. Desgleichen können sich die gespeicherten Personen jeder Zeit einer anderen Person präsentieren (»besuchen«), sofern diese Person über die technischen Präsentationsmedien verfügt. Sämtliche Objekte erscheinen als frei bewegliche, überdies verfestigte Körper mit Echtheitsdimesionen in den entsprechend zur Realisation eingerichteten Räumen bzw. allgemein unter dem Schirm der *Imagosphäre*.

Bei Personen finden sich neben der Gestalt auch Sprache und Gestik realisiert – Dialoge geschehen aus dem rechnergesteuerten

Zusammensetzen einst gespeicherter Aussagen, Bekenntnisse, allgemeiner Äußerungen etc. der betreffenden Person. Denn nichts, was zu sagen wäre, so die allgemein verbreitete Auffassung, wäre nicht bereits gesagt worden; alle Taten sind bereits getan; allein die Kombinatorik aus den gespeicherten Reden sowie Gesten erbringen jeweils Aktualität. Daraufhin ist nur schwer zu entscheiden, ob eine anwesende Person nun tatsächlich realiter in ihrer leiblichen Gestalt erschienen ist oder ob diese Präsenz infolge der Holovision geschieht, nachdem diese soeben sichtbare Person in Wahrheit entweder ganz woanders sich aufhält oder aber längst verstorben ist. Somit ist im Lauf der Entwicklung der Unterschied zwischen *echt* und *fiktiv* nichtig geworden; diese einst vollzogene Trennung besitzt heute für das Leben in den Stadtschaften unterhalb der *Imagosphären* keinerlei Bedeutung.

Der Zugriff auf diese Speicherdaten sowie die Verfügbarkeit der Holovisionsgeräte ist jedem Erwachsenen (also nach Vollendung des 25. Lebensjahrs) möglich, Ausnahmen gelten für besondere Notfälle medizinischer o. ä. Art. Sämtliche Wohn- und öffentlichen Räume und Häuser (reale Daseinsgehäuse: R.D.G.) finden sich bereits nach Fertigstellung ausgestattet mit derlei Vorrichtungen. Wände, Decken und Böden der R.D.G. sind verkleidet mit elektrisch sowie mit lichtoptisch leitfähigen Dünnschichtfolien. Aus diesen semitransparenten, in die R.D.G. integrierten, auch abnehmbaren und transportablen Kunststoffpaneelen verschiedenster Größen stellen sich u. a. die Bedienelemente zur Verfügung – Paneele und Tastatureinheiten erscheinen als dünne, transparente, oft in der Luft schwebende elektrisch leitende Folien (»Libellenflügel«), die, nahezu überall auch in der Öffentlichkeit der Stadtschaften vorhanden und verfügbar, stets und überall mit dem Zentralen Großrechner verbunden sind.

Die Speicherdaten der Holovision dienen als Hauptinformationsquelle für Nachrichten aus Gesellschaft und Familie, aus Gegenwärtigem und Vergangenheit. Diese so geartete Existenzform zwischen materieller und immaterieller Daseinsweise im Erdteilmaßstab beeinflusst sämtliche Reflexionen, die zu Gedankengebilden der Philosophien, Soziologien, der Ethiken etc. gehören, wie sie seit vielen Jahrhunderten geschaffen worden sind, und die mehr oder weniger im Zentrum ihres Denkens das Ich, die Identität sowie die Kategorien von der Einmaligkeit des Menschen und seinem freien Willen platzieren. All diese Kategorien mussten seit Existenz der Holovisionen umgestürzt, teilweise abgeschafft, schließlich neu formuliert werden. Desgleichen revolutionierte diese Errungenschaft die Inhalte der Begriffe von Leben und Tod – die Grenzen zwischen beiden von jeher einander entgegengesetzten Zuständen, die nichtsdestoweniger kaum sicher definiert worden waren, gestalteten sich daraufhin noch fließender, noch unbestimmter. Schließlich entschwand der Gegensatz zwischen beiden Begriffen, denn jederzeit können real Verstorbene mittels ihrer gespeicherten Holovisionsdatei gestalt- und lebensidentisch »wiederkehren« bzw. »immer da sein« – das bedeutet die Überwindung von Trauer, Melancholie, Abschiedsneurosen und Todesangst! – Oft indes unterbleiben Neuschöpfungen sowie Neuformulierungen dieser einst für die Menschheit zentralen Reflexionen, man lebt seither ohne nennenswerte Identitäts-Krisen vorzugsweise im orangefarbenen Abendlicht.

Den wirklichen Tod führt einzig »*das Vergessen*« herbei. Das ist die vollkommene Deleatur sämtlicher personenrelevanter Speicherdaten, desgleichen bei einer Personenverbindung, einer Gruppe, bei einem ganzen Volk mitsamt seinen kulturellen Beständen usw.

51 *wenn=er geneigt ist ... Er=darf ... seine=Worte ... ihm=zuhören ...* : Für die persönliche Anrede gibt es einmal die vertrauliche Form der 3. Person Singular: er bzw. sie. Das Personalpronom wird dabei mit dem nachfolgenden Wort ohne Pause rasch ausgesprochen, signalisiert durch das Gleichheitszeichen: »wenn=er«: »wenner«; »Er=darf«: »erdarf«; »Seine=Worte«: »Seineworte«.

In den Fällen der höflich distanzierten Anrede bei Respektpersonen o. ä. gilt zwar auch die 3. Person Singular, doch wird beim Sprechen das Personalpronom deutlich abgesetzt, z. B.: »wenn | Er«; »Seine | Worte«; Er | darf«. Die Großschreibung der Personalpronomen erhält dann mittels besonderer Betonung in der Rede den gebührenden Ausdruck. Das Redetempo ist i. a. getragen, man lässt sich für eine Aussprache Zeit. Auch ist es üblich, denjenigen, an den die Rede sich richtet, vor und nach dem Sprechen kurz in die Augen zu blicken, das Anblicken während des Sprechens allerdings gilt als unhöflich, sogar als Aggression.

Desgleichen die Unterbrechung des einen Rede durch Einwürfe von anderen, wenn des Ersten Rede noch nicht zuende ist.

60 *Langen-Faden* : Es gehört zu den großartigsten Leistungen innerhalb dieser Kultur, dass praktisch jedes geschlechtsreife Individuum einen freiwilligen Triebverzicht leistet, indem durch das initiierende → *Detumeszenz-Gen-Umgestaltungsprogramm* (*kurz: D-Gen-Programm*, vgl. »Buch der Kommentare, Teil 1. Einführung«) die Überwindung des alles Lebendige erhalten und wiederholen wollende Tun erstmals bei dieser Spezies abgeschafft werden konnte! Was unter früheren Lebensumständen als das Erscheinungsbild einer hochgradigen Melancholie oder aber infolge religiöser Gelübde als auferlegte sexuelle Enthaltsamkeit (Zölibat) bezeichnet werden musste, ist nunmehr aus dem Krankheitsfeld wie aus dem Gebiet der Theologie herausgelöst und zum Bestandteil einer umfassend detumeszenten Kultur geworden!

Die sexuellen Bedürfnisse finden seither nicht mehr durch Genitalkontakte Befriedigung, sondern finden auf dem Weg des Speichelaustauschens statt. Eine ursprünglich pflanzliche Substanz, ein Extrakt aus der Rinde des tropischen Quebrachoholzes und aus den Wurzeln der Rauwolfia serpentina, dient als Aphrodisiakum mit hoher Intensität. Später – nach den Kontinentalseparationen, als demzufolge der Pflanzenimport aus den tropischen Regionen des Planeten für Europa ausfiel – erhielt man auf synthetischem Weg diese Substanz. Sie versetzt in die Lage, bei Schleimhautkontakten auf das Geschlechtszentrum des Gehirns in der Weise einzuwirken, dass sämtliche mit dem Orgasmus verbundenen Nervenreizungen ohne muskuläre Betätigungen herbeigeführt werden können. Zu diesem Zweck wird die Oberseite der Zunge mit der Substanz in entsprechender Konzentration bestrichen und somit dem Speichelhaushalt des Körpers zugeführt. Dies allein ist jedoch nicht ausreichend, die erwünschten sexuellen Sensationen zu erleben; ein ebenfalls mit dieser Substanz imprägniertes Pendant ist notwendig, um auf dem Weg des Speichelaustauschens das mutuelle Erlebnis zu provozieren.

Hierfür hat sich das folgende Ritual herausgebildet: Einer der Partner kniet vor dem Anderen, der sich stehend über ihn beugt und aus seinem Mund auf die darunter liegende, bereit gemachte Zunge einen der durch den zuvor eingenommenen Extrakt zähflüssig gemachten Speichelfaden herabrinnen lässt. Danach wechseln die Partner ihre Position, und den Speichelfluss empfängt nun der jeweils Andere. Dabei dient der Kontakt mit Luft auf dem Weg des Speichelfadens von Mund zu Mund der vollen Wirkentfaltung dieser Substanz; der einfache Austausch, wie etwa in früheren Zeiten beim Kuss, schmälerte die stimulierende Wirkung des Extrakts. – Derselbe Vorgang wird auch im Gruppenrahmen mit mehreren Teilnehmern praktiziert.

Einst, in den Anfangszeiten, war dies ein Ritual, das einer bestimmten Jugendszene vorbehalten war (in der seinerzeit noch üblichen anglophonen Sprechweise abwertend genannt die »Spei-Kitz«). Außerdem waren die Beschaffung und der Genuss dieser Substanz verboten und demzufolge enorm teuer. Späterhin erfuhren diese Substanz wie der damit verbundene Genuss innerhalb der Gesellschaft eine allgemeine Verbreitung und Akzeptanz.

Zumeist begeht man dieses Ritual in feierlicher Form an ausgesuchten Orten; in der europäischen Zentralstadt vorzugsweise in der so genannten *Altenstadt*. Dies erscheint als ein Überbleibsel aus den Zeiten einstiger Ächtung dieses Stimulansmittels samt Gebrauch.

Eine besondere emotionale Bindung (Treue, Monogamie etc.) auf Grund dieses Erlebens besteht zwar nicht – derlei Werte finden sich einzig im Rahmen *Des=Bundes* realisiert –, allerdings gilt hiervon ausgehend eine andere Beziehungsart (Zitat): »*Wir geben, u wem wir den Langen-Faden geben dem verfallen wir. Aber Geben u Verfallen – das liegt sehr weit von uns.*« Man muss ein Zugehöriger dieser Kultur sein, um den für außenstehende Marsbewohner in dieser Äußerung liegenden logischen Widerspruch nicht zu bemerken!

61 *Eher Nein als Ja* : Absichtsvoll verzichtet man, offenbar seit fast zwei Jahrhunderten, auf die Verwendung des Begriffs der Freiheit! Allenfalls mit Geringschätzung bemerkt man, was dies wohl für ein Wort sei, das erst aus einem durch die Nachsilbe aufgewerteten Adjektiv zum Hauptwort hat werden können. Daran bereits erkenne man deutlich den Schwindel; Freiheit heißt man daher eine »Vokabel für Diebe & Okkupanten«. – An Stelle von »Freiheit« verwendet man in Zentraleuropa den Terminus vom »Freien

Selbst=Sein«. Dieser Begriff wiederum erschuf einen eigenen grammatikalischen Kasus: den *Instinktiv*.

Weder Besitz-, Bewegungsrichtung noch Ortbestimmung drücken sich in diesem Kasus aus; er wird nicht gebildet durch Prä- oder Suffix, auch nicht mittels Präposition – kenntlich allein wird der *Instinktiv* durch den Inhalt, den Kontext der gesprochenen oder geschriebenen Rede. Ein stabiles Wirklichkeitswissen bildet die Grundlage zum Erkennen dessen, was der *Instinktiv* besagt. Er ist die Zeitform der verlorenen Begriffs-Wahrheiten. Auch die eindeutige Unterscheidung zwischen »Ja« und »Nein« der Aussagen ist verschwommen zu der Bildung »Eher Ja als Nein« bzw. »Eher Nein als Ja«.

Der *Instinktiv* stellt somit einen grammatikalischen Interbereich her zwischen Gewissheit und Wahrscheinlichkeit, zwischen Möglichkeits- und Tatsachenmitteilung durch eine Aussage. Für den Uneingeweihten ist dieser Kasus nur unter Schwierigkeiten und häufigen Irrtümern zu erkennen und zu benutzen.

62 *erheben sich zum Gruß dessen Nachbarn mit leichter Verbeugung* : Die übliche Begrüßungsgeste ist die angedeutete Verbeugung vor dem/der Anderen (in der Reihenfolge vom Älteren zum Jüngsten). Zu den direkten Körperkontakten siehe die einleitenden Bemerkungen unter Punkt 4.

63 *K.E.R.-Behörde* : (sprich: *Kehr*) »**B**ehörde für **K**ommunikations**e**nergie-**R**ückgewinnung«.

Es besteht eine gesetzliche Pflicht für alle Bürger im Europäischen Block zur öffentlichen, drahtlosen Telekommunikation! Die privaten K.E. (Kommunikations-Einheiten) sind personengerecht angewiesen und unterliegen der Abrechnungspflicht (Bringeschuld).

Exzerpt aus der Präambel zum heute noch gültigen Kommunikationsgesetz, gültig für das Territorium des gesamten Europäischen Blocks, vom 9. Januar des Erdenjahrs I nach Auszug der ersten Expedition zum Mars (geschrieben in der seinerzeit gültigen Orthografie und Zeichensetzung):

»*Der Mensch ist ein Wesen, das mit anderen reden will; reden & sich äußern. Diegesamtheit des-Gesummes, Gestammels & des-Faselns ergibt den-Menschenzustand, seinen Leben's Bereich. Sein Reden & Sichaustauschen ist zeitgeschichtlich durchtränkt u prähistorisch vorgezeich-*

net, es ist getragen vom Erlebnismaterial.« [...] *»Außerdem hat der-heutige-Mensch 1 genauso echtes Bedürfnis nach Meinungen & Stellungnahmen wie der-frühere-Mensch nach Riten; der Nachrichtenaustausch sei der Kosmos, die Kommunikationsinhalte seien die Funkfeuer & die übermittelten Zeichen der mit Tieren benannte Sternenhimmel des-verlöschenden-Menschen.«*

Die K.E.R.-Behörde verfügt über technische Gerätschaften (Nachrichten-Empfangs- und -Filteranlagen), um aus sämtlichen übertragenen Nachrichten die Trägerenergie im großen Maß aufzufangen und umzuwandeln in speicherbare, und damit in wieder verwendbare elektrische Energie. Eigentlich müssten daher die mitgeteilten Nachrichten Verstümmlungen erleiden. Dem abzuhelfen finden spezielle Codier-/Decodiereinheiten ihren Einsatz, die zwischen Nutz- und Redundanzinhalt jeder einzelnen übermittelten Nachricht entscheiden können; der redundante Anteil, in den allermeisten Fällen der überwiegende und damit energieintensivste Teil, wird aus der Nachricht herausgefiltert und daraufhin dessen Energiebetrag zurückgewonnen. In der Mehrzahl der Fälle bestehen Kommunikationen nahezu vollkommen aus Redundanzen, vergleichbar dem Vogelgezwitscher in der Natur, dessen einziger, in ungeheurer Vergeudung von Energie und Zeit, übermittelter Nachrichteninhalt die Mitteilung enthält: »Ich bin hier. Ich lebe noch. Ich gehöre zu euch.« Der regenerierbare Energiegehalt beträgt hierbei praktisch 100%. – Zum Beispiel erkennt eine solche Kommunikationsfilteranlage in einem weitschweifig übermittelten Gespräch über eine erotische Beziehung, in der die Worte »Liebe« und »Langer-Faden« in vielfacher Wiederholung vorkommen, inmitten anderer längerer und gewundener Ausführungen – unterbrochen durch mehrfaches Schweigen, sich Räuspern sowie ähnlicher Verlegenheitslaute – die einmalige Erwähnung »Liebe« sowie »Langer-Faden« als vollkommen ausreichendes Nutzsignal. Die so zustande kommende, rückgewonnene Energieausbeute pro Zeiteinheit und mit Bezug auf die gesamte Bevölkerung ist immens.

Der auf individuelle Weise gewonnene Energiebetrag stellt sich auf einer anderen Ebene ebenso als sehr bedeutend heraus, bedenkt man den für sich genommen äußerst geringen Energiebetrag zur individuellen Halluzination einer als äußerlich empfundenen Umwelt: nicht größer als der Energieaufwand zur Erzeugung von Träumen! Die Priorität gilt allein der *Wahrnehmung*, von der Entität alles Wahrgenommenen weiß ohnehin niemand etwas Bestimmtes, und niemand will dies auch erfahren.

Die leibhaftige Begegnung mit Objekten, als Fortsetzung der halluzinatorischen Wahrnehmung durch Einmischung anderer Mittel, bedarf nicht notwendig des zusätzlich bildhaften (und damit energetischen) Aufwands, weil hierfür, ähnlich dem geschriebenen Text, allein die Konzentration auf das jeweils anvisierte Objekt bzw. Objektensemble wesentlich ist, nicht aber das Panorama. Dies möge, sofern nicht explizit benötigt, Bestandteil der *Erwartungen* an die außersprachlichen Bildreisen bleiben.

Die Existenzform zwischen materieller und immaterieller Daseinsweise bestimmt auch den Schrecken allein ausgehend von der Wahrnehmung des Betrachters; der Betrachter zeichnet erstmalig allein verantwortlich für sämtliches Geschehen, wie der Träumende für seinen Traum. Das Ich ist nicht länger mehr ein Anderer!

Freilich insbesondere auf längere Sicht ergibt sich zwischen Energiebedarf und –gewinn in der Gesamtheit eine immer größer werdende Diskrepanz – auch zu diesen Zeiten, wäre dieser Ehrdurst nicht längst erloschen, blieb das Perpetuum mobile unerfunden.

Energie-Einheiten gelten schließlich auch als Zahlungsmittel. Jedes Privatvermögen findet sich in personengebundenen Speichern verfügbar gehalten. Hinsichtlich der persönlichen K.E. entstehen nicht selten Schuldnerfälle, bis herab auf ein Niveau, das die Fremdversorgung mit Elektroenergie zur Deckung des Eigenbedarfs zum Überleben notwendig macht. Dies ist mit umfangreichen Einsparverordnungen gekoppelt; als erste und empfindlichste Maßnahme von Seiten der K.E.R.-Behörden gegenüber dem Schuldner erfolgt die Einschränkung bis hin zur Verwehrung des Zugriffs auf Holovisionen. Sollte der Schuldner innerhalb einer gewissen Zeit seine Energieschulden nicht begleichen können, so riskiert er sein *Vergessen*. Denn er existiert dann ausschließlich in seiner leiblichen Form, die mit der Stunde seines vegetativen Todes beendet ist; eine in der Gesellschaft höchst verachtete Daseinsweise. Dem *Leib* gilt demzufolge keine sonderliche Wertschätzung gegenüber der *Erscheinung des Leibes*. Ausgenommen sind die wenigen öffentlichen Anlässe, wofür eine direkt körperliche Anwesenheit der Menschen als Ehrenbezeugung gilt und die Konvention umkehrt. Bedingt durch die real leibliche Präsenz vieler Menschen zu einem bestimmten öffentlichen Ereignis entfällt die gesetzlich festgelegte Telekommunikation nahezu vollständig, wodurch solcher Art Zusammenkunft im energetischen Sinn eine kollektive Selbst-Vergeudung bedeutet. Dass der Wille jedes Einzelnen, zusammengefügt zum Gemeinwillen, dieselbe Halluzination (hier: eine Wolkenspirale) hervorzubringen vermag, das markiert den hohen Grad der *Kunst zur Ausschweifung* in Form von *kollektivem Einverständnis*! Das bestimmt i.e.S. den festlichen Charakter sowie die Ausnahme einer solchen Versammlung wie dieser auf der Esplanade.

Sämtliche Mitarbeiter der K.E.R.-Behörden arbeiten in ihrem privaten R.D.G., sodass ein weit in die Gesellschaft verstreuter, zeitlich wie örtlich dezentralisierter Arbeitsmodus besteht; schlichtweg jeder kann, ja muss dieser Behörde angehören.

63 *zunächst das-Plaudern zu beginnen* : Zusammenkünfte in gestalthafter Realität, ohnedies seit langem in diesen Breiten unüblich geworden (Begegnungen finden normalerweise via Holovisionen statt), verweisen dann auf das Außerordentliche eines Vorkommnisses. Derlei seltene Zusammenkünfte folgen einem genau festgelegten Ritus: Zunächst die oben beschriebene Begrüßung, daraufhin erhält jeder der Anwesenden die Gelegenheit zu einigen kurzen Bemerkungen. Diese sollten in keiner Beziehung stehen zum Anlass dieser Zusammenkunft, sondern einzig der Höflichkeit halber getan werden. Dadurch wird der aktuellen Situation die Dringlichkeit genommen. Darüber hinaus folgt auch jegliche Kommunikation dem Grundwillen zum Verlöschen – somit entfallen normalerweise in der Gruppe bei dieserlei Zusammenkünften sinn- und zweckgerichtetes Denken und Handeln; es entfallen der Wille zur Selbstbehauptung und zum Obsiegen über Andere; man will nichts behaupten, nichts beweisen, niemanden mundtot machen – weder Bemächtigungs- noch Unterwerfungswille. Auf diesen Umstand angesprochen, erklärte ein Zentraleuropäer (mit sichtbarer Verärgerung, denn auch solches Fragen zählt auf Erden zu den Taktlosigkeiten, die man allenfalls einem

Fremden vom Mars durchgehen lässt): *–Erklärungen sind die schmuddeligen Schlappen am Fuß der Beweise. Und weil Alles beweisbar ist, schlappen die-Erklärungen weiter zu den-Lügen.* Daher sämtlicher Verkehr in den offenen Systemen der Gesellschaft sich nicht gekennzeichnet findet durch Verfahrensweisen, die auf Lügnerei, Erpressung, Nötigung und Rufmord basieren oder damit identisch sind, vielmehr einzig und allein dient jede Begegnung in der Öffentlichkeit der Bestätigung von *Contenance.*

Deshalb muss ein Verhalten wie das hier beschriebene – das sofortige *In-medias-res-Gehen* – als grober Sittenverstoß gelten, der zu den größten Befürchtungen Anlass bietet, umso mehr, als innerhalb der versammelten Schar dieser Fauxpas offenbar nur von einer einzigen Person, dem Erzähler, als ein solcher empfunden wird – ein höchst sonderbarer und bedenkenswerter Umstand!

77 *Plisséefalten nach der Manier Fortuny's* : Mariano Fortuny (geb. 11. 5. 1871 in Granada; gest. 3. 5. 1949 in Venedig) fertigte Textilien und Drucke auf Stoffen mit Tiefenwirkung und großer Farbigkeit. Er erfand eine besondere Plissier-Methode: plissiertes Seiden-Kleid »Delphos« (1907 EZR) und der »Knossos«-Schal (Patent 1909 EZR) gelten als Prototypen dieser Methode (die Jahresangaben nach damals gültiger Erdzeitrechnung EZR).

Über diese beim Eintreffen der E.S.R.A.-I-Mission vorherrschende Mode der streng plissierten Kleidung ist zuvor auf Erden Vieles geschrieben und diskutiert worden. Besonders herausgestellt wurde der Unterschied zwischen der glatt und eng den Körper umfangenden Kleidung zu dieser besonderen, fein und kapriziös verfalteten Stoffform. Ersterem wurde der arbeitsgemäße bis hin zum kriegerischen Uniform-Charakter, der in seiner offen sichtbaren Nützlichkeitsgewandung auch dem unpersönlichen Arbeitertypus entsprach, zugeschrieben (an glatten Oberflächen haftet kein Ich). Zweitem die Nachgiebigkeit, das Launenhafte, Zufällige, das, insbesondere durch seinen weichen vertikalen Fall des Stoffes, der sich den natürlichen Körperformen anschloss, mitsamt allen auch verborgenen Fältelungen des Ich die Individuation repräsentierte. Das Organische, Lebendige in diesem Formenspiel verlieh dem menschlichen Verlangen nach Ausdruck und Darstellung seiner Selbst größtmögliche Gelegenheit. Derlei plissierte Gewänder schwebten frei zwischen nebulöser Verhüllung und offener Preisgabe der individuellen Körperformen. Im bewussten Gegensatz zum Nützlichkeitskalkül der enganliegenden Bekleidungsstücke bot das Fortuny-Plissé das Raffinement des spielerisch Unnützen, des Selbstlosen und des Ornaments ohne ersichtliche Bedeutung. Etwas Geheimnisvolles, Nachdenkliches sollte die Träger dieser Bekleidungsmode umschweben, und im weichen Fallen des Stoffes lag eine leise Schwermut. Noch die geringste der Gesten des Trägers dieser Kleidungen hob einerseits das Spezielle, Unwiederholbare hervor, und anderseits schuf es gerade hierdurch eine Art der Familienzugehörigkeit, weil ein jeder dieser der Mode nach Gewandete über einen ebensolchen Vorrat an Gesten verfügen konnte.

84 *die Halbkugeln der Häuserkonglomerate* : Adäquat zur Bauform der *Imagosphäre* erfolgt die Konstruktion der Wohnstätten. Auch die Umwandungen dieser als kuppelförmige Halbkugeln gestalteten Häuser von unterschiedlicher Größe ist aus demselben Material wie die *Imagosphäre*: elektrisch leitfähiges Glasfasergewebe. Demzufolge lassen sich nach Bedarf die Wände entweder glasklar oder milchig undurchsichtig gestalten oder aber partiell diaphan und opak. Daher sind fest installierte Fenster in diesen Gebäuden nicht vonnöten. Ebenso sind durch Molekularverdichtungen unterschiedlicher Grade verschiedene Einfärbungen der Umwandungen möglich. Auch lassen sich diese Bauten, je nach Ansprüchen, von geräuschedurchlässig bis kompakt geräuschisoliert umgestalten. Diese Häuser erweisen sich außerdem als nahezu witterungsunabhängig, weil nicht selbstgestaltete Meteorologie unterhalb der *Imagosphäre*, von einigen wenigen »Durchschlags-Effekten« von Außen her abgesehn, in diese Lebensbereiche nicht mehr einzudringen vermag.

Jedes einzelne Haus ist in sich abgeschlossen. Es verfügt selbstverständlich über jegliche Versorgungungseinrichtungen (Strom, Wasser, Klimaanlage etc.), doch bereits durch die Halbkugelbauform bedingt bleibt ein jedes dieser Behausungen von den übrigen in der Nachbarschaft separiert, direkte Nachbarschaften Wand-an-Wand existieren nicht. Im Innern dieser Häuser wohnt zumeist nur eine Person, der Mehrpersonenhaushalt ist wegen immer weiter fehlender Nachkommenschaft eine im Verschwinden begriffene Seltenheit. Die Kommunikation mit der Nachbarschaft findet fast ausschließlich auf elektronischem Weg, zumeist in Form von Holovisionen, statt. Hierfür dienen die als Trassen oder Straßen bezeichneten Verbindungstrakte, die im Wesentlichen ebenfalls wie die *Imagosphäre* und die Häuserumwandungen aus elektrisch leitfähigem, mechanisch verstärktem Glasfasergewebe bestehen (Zitat:) »*Ich sehe in den Glasadern die farbigen Pulsfolgen zirkulieren hin zu diesen hellen Kugelhaufen*«.

Umgangssprachlich nennt man in Anlehnung an die *Imagosphäre*, die als die »Große Glückshaube« gilt, die Behausungen in den europäischen Stadtschaften auch die »Kleinen Glückshauben«.

91 *Daraufhin nehme ich an seiner Seite Platz.* : Dieses sich seitliche Platzieren bei Unterhaltungen verhindert den direkten Blickkontakt, der als aggressiv und anmaßend betrachtet wird, woraufhin gewisse konfliktbeschleunigende Holovisionen zu erwarten wären. Selbst die Möglichkeit zu einer Konfrontation gilt es wenn möglich unter allen Umständen zu vermeiden.

141 *Ich möchte ihm Das Geschenk überreichen.* : Das Geschenk ist eine Datenspeichereinheit für die Holovision, eine Selbstdarstellung in Szenen, den früheren Fotoalben ähnlich, gegen das »Vergessen«. Das Modul in flacher Quaderform besitzt handliches Taschenformat und ist mechanisch sowie elektronisch sehr robust ausgeführt (hohe Widerstandsfähigkeit gegen Schläge, Stöße, Torsion sowie gegen Hitze und Strahlungseinflüsse jeglicher Art). Das Gehäuse ist aufklappbar wie ein Buch. Geöffnet findet sich auf der linken Seite eine kleine Bildfläche mit eingebauten Lautsprechern, auf der rechten Seite die Speichermoduln sowie das Bedienfeld. An eine *Imagosphäre* angeschlossen, können die Bildsequenzen als dreidimensionale, virtuelle Geschehnisse im Raum entworfen werden. Das Betrachten dieser elektronischen Aufzeichnungen aber erfolgt in jeder Hinsicht ausschließlich in besonderen Situationen: anlässlich eines Festes oder aber bei einer großen Lebensbedrängnis. Mitunter werden die Bildsequenzen erst in den Stunden vor dem Tod, in den Momenten letzter Klarheit zum ersten Mal betrachtet. Während der Lebenszeit übernimmt das Geschenk für den Besitzer jene Bedeutung, die zu früheren Zeiten dem Talisman oblag; allein der Besitz und die Gegenwart dieser Speichereinheit gilt als Glücksbringer bzw. als Bewahrer vor Un-

heil und Unfällen; nach der Zeremonie des Überreichens gehört diese Gerätschaft oftmals zu den Gegenständen des täglichen Begleits.

148 *Nicht zu lieben, wenn Andere unter meiner=Liebe leiden müssen* : Begriffe wie Leidenschaft haben ihre Bedeutung und ihren Wert eingebüßt. Anderseits folgt aus dieser wie aus allen ähnlich beschaffenen Lebenshaltungen auch die Abkehr vom Unglück Anderer. Den Verlust eines geliebten Menschen oder lieb gewonnenen Gegenstands registriert die Umgebung mit stillem Abwenden. Trost gilt als falscher Schein, in ihm erglimmt Beharren, doch nichts ist des Beharrens wert. Nur das harte Licht des Unglücks weist den Weg zum Loslassen. – So der Inhalt dieser Lebensauffassung.

152 *Wir haben niemanden mehr, dem wir Den=Bund, den wir=Beide soeben geschlossen haben, mitteilen können.* : Die verblüffende Emotionslosigkeit, mit der dieser Verlust der eigenen Eltern, sogar von deren Imagination, konstatiert wird, erscheint als das Ergebnis jenes Ablösungsprozesses von allen früheren emotionalen Bindungen, den ein jeder beim Übertritt ins Erwachsenenalter zu vollziehen hat.

?Wohin wird er nun gehen. : Diese Frage bezieht sich auf den üblichen Ortswechsel des Mannes nach dem Schließen Des Bundes, um die leibhaftige Trennung auch in dieser Hinsicht zu vollziehen.

163 *P.D.M.* : Jeder Einwohner von Zentraleuropa verfügt über ein so genanntes **P**ersönliches **D**aten-**M**odul (P.D.M.), das auch mit dem persönlichen Datenspeicher in Verbindung steht, doch im Gegensatz dazu nur über sehr beschränkte Speicherkapazitäten verfügt.

Bei dem P.D.M. handelt es sich um eine via *Imagosphäre* gesteuerte Datenspeichereinheit im Taschenformat, das sowoh einem klassischen Telefon als auch einem Personaldokument vergleichbare Funktionen erfüllt. Persönliche Eintragungen, Nachrichten etc. schriftlicher und/oder mündlicher Art können vom Empfänger je nach Art von einem Anzeigefeld gelesen oder abgehört werden. Auch amtliche Eintragungen über Zugehörigkeit zu Berufsgruppen, die Erfassung von Ordnungswidrigkeiten (Verstöße gegen diätetische, hygienische u. ä. Vorschriften), zudem die von begangenen Straftaten erfolgen in diese Datenspeichereinheit sowie die Registration des einen Mordes, den jeder volljährige Bürger zu begehen das Recht hat. Die amtlich erfassten Daten sind vom Benutzer des P.D.M. nicht lösch- oder korrigierbar. Jeder Einwohner Zentraleuropas ist angehalten, dieses Modul ständig bei sich zu führen, ein Abschalten des Gerätes ist nicht möglich. Beschädigungen oder Verlust des P.D.M. selbst oder der dort gespeicherten Daten können per Antrag durch Kopien der persönlichen Dateien aus dem Zentralspeicher regeneriert werden. Bürger, die bei Personalkontrollen ohne P.D.M. angetroffen werden, haben strenge Sanktionen, im Wiederholungsfall bis hin zur Ausweisung in eine der Arbeitskolonien auf dem Mond oder Mars, zu befürchten.

184 *mit meinen=Blicken* : Auf die Ambivalenz des einander Anblickens bei den Europäern ist bereits eingangs (im Punkt 4.) sowie in einigen voraufgegangenen Anmerkungen hingewiesen worden. Hier kommt eine weitere Nuance hinzu. Sie besteht im bewusst direkten An-Blicken, das in Momenten der Gefahr oder in höchster Not den körperlich helfenden Zugriff ersetzen soll. Buchstäblich glaubt man mit dieser Art Blicke dem Anderen eine körperliche Stütze bieten zu können.

194 *COGFAC* : Aus dem Lateinischen *cognitio facierum* gebildetes, technisches Kunstwort zur Bezeichnung sowohl der genannten Gerätschaft als auch die mittels dieser Gerätschaft vollzogenen erkennungsdienstlichen Polizei-Maßnahmen.

197 *Fokular* : Eine Vorrichtung zur Sehverstärkung, Nachfolger der Brille. – Allerdings stehen den Marsgeborenen, die verschiedenste Sehschwächen aufweisen, seit Langem weitaus bessere Hilfsmittel zur Verfügung, so vor allem die *elektronischen Augen*, die bei Bedarf nach Vollendung des biologischen Wachstums ab dem 11. Marsjahr (entsprechend etwa dem 20. Erdjahr; 1 Marsjahr dauert 687 Tage) den Betreffenden in einer Routineoperation appliziert werden können. Diese Maßnahme ist allerdings bislang nur auf dem Mars für Marsgeborene gebräuchlich. – Dass diese hier auftretende, zur Mars-Delegation gehörende hochrangige Person auf demonstrative Art die antiquierte Sehhilfe eines Fokulars verwendet, soll vermutlich bei den anwesenden Erdbewohnern den (optischen) Eindruck erwecken, er sei *einer von ihnen*.

(Auf die Bedeutung aller optischen Wahrnehmungen für die Erdbewohner wurde bereits oben hingewiesen.) Umso massiver und irritierender dürften dann die anwesenden *Gäste* den Inhalt seiner Rede empfunden haben!

205 *fast keiner ist ohne Licht verblieben* : Die Bemerkung des Erzählers entspricht nur zum Teil den wahren Verhältnissen. Die Auswahl der zur Konferenz einberufenen »Gäste« erfolgte durch vorherige Einzelfallüberprüfung gemäß bestimmter Soll-Daten: psychische Gesamtverfassung; innere Einstellung gegenüber der neuen Regierung, insbesondere hinsichtlich der Kooperationsbereitschaft u. ä. m. Diese Ergebnisse wurden mit verschiedenen Messungen während des Konferenzverlaufs abgeglichen, so der Körpertemperatur, der Herzfrequenz, Datenermittlungen bei verbalen Einwürfen anhand des Lügendetektors etc. Von Anbeginn setzen die Verantwortlichen zwar in der Hauptsache auf die Wirkungen der Gen-Umgestaltung, doch will man zusätzliche Sicherheit bei der Umformung gewinnen durch psychologische Betreuung und gegebenenfalls entsprechende Eingriffe bei den auserwählten Personen. Allerdings übertrifft die große Zahl der Geeigneten alle optimistischen Vermutungen!

Über den Verlauf des Kontrektations-Gen-Umgestaltungsprogramms in seinen einzelnen Stadien wird die Öffentlichkeit via *Imagosphäre* in grafischen Darstellungen unterrichtet. Die Kontrolle innerhalb des auserwählten Personenkreises erfolgt im Wesentlichen durch die Auserwählten selbst; sie unterliegen zudem der Rapportpflicht. Man darf hierbei einem Effekt analog zu Gruppentherapien vertrauen: Gegenüber dem behandelnden Arzt ist jeder Patient bestrebt auffällig zu demonstrieren, dass bei ihm die verordnete Therapie besser als bei allen Anderen anschlüge.

Denjenigen Personen, die nach dem Kongress für die Gen-Umgestaltung ausgewählt wurden und dieses Programm schließlich erfolgreich abgeschlossen haben, wird eine violettfarbene Bekleidung vorgeschrieben. Diese Kleiderfärbung ist allen übrigen Personen untersagt.

220 *Aus Triebwerkturbinen die Laserlichtsäulen* : Bei den hier erwähnten Raketentypen handelt es sich um Modelle der Standardausführung mit Photonenantrieb unter Ausnutzung des morphischen

Feldes[1] vom Zielobjekt, hier dem Mond. Dieser Raketentyp ist bereits seit circa 40 Jahren im Einsatz. Er stellt eine Weiterentwicklung der Gravitationsfeld-Antriebe dar: Rechner mit biomorphen Schaltkreisen – genetische Algorithmenprogramme mit eindeutiger Zielrichtung auf die Mondlandung – entwerfen auf den Zielort »Feldrinnen«, darin, populär gesprochen, die beförderten Objekte entlang geführt werden, in der Techniker-Umgangssprache salopp »Rutschbahn« genannt. Die erwähnten Laserstrahlen dienen dem »Anzapfen« eines spezifischen morphischen Feldes (hier eines der morphischen Felder um den Erdtrabanten), aus dem letztlich die Flugenergie nach dem Verlassen der Erdgravitation gewonnen wird. Das morphische Feld des Mondes bildet sich aus »dem Gedächtnis des Mondes« auf Grund der in den vergangenen Jahrhunderten unzählig stattgefundenen Mondlandungen, die benötigte Feldenergie erstellt die morphische Resonanz. – Das einstige Rückstoßprinzip, unter dessen alleiniger Kräftewirkung in früheren Jahrhunderten die Erdanziehung überwunden und die Projektile die nötige Beschleunigung zum Verlassen der Erdgravitation erreichten, wurde, durch Zusammenwirken mit der morphischen Feldenergie, durch die Photonenantriebsform abgelöst: elektromagnetische Wellenbündel verursachen mittels Feldinterferenzen den Lichtausstoß, sichtbar als die erwähnte leuchtende Umhüllung der Raketenflugkörper, sobald andersartig geladene Teilchen in die Wellenbündel geraten. Dieser Lichtausstoß, seinerseits einen Schub bewirkend, zeigt den bereits via gebündelten Laserstrahl hergestellten Kontakt mit den morphischen Feldenergien des Mondes. Auf die gleiche Weise wird vom Mond aus der Überflug zum Planeten Mars vonstatten-

---

[1] *Morphisches, morphogenetisches Feld, morphische Resonanz u. ä.* Begriffe in abgewandelter Bedeutung bei Rupert Sheldrake, »Das schöpferische Universum. Die Theorie des morphogenetischen Feldes«, Ullstein Taschenbuch, 2010^2. Zitat aus dem genannten Buch (S. 19): »In diesem Buch spreche ich über morphogenetische Felder – über die Organisationsfelder von Molekülen, Kristallen, Zellen, Gewebestrukturen, ja im Grunde über die Organisationsfelder sämtlicher biologischer Systeme. Morphogenetische Felder nehmen auf die Formgebung Einfluss, im Unterschied dazu beeinflussen Verhaltensfelder das Verhalten. Die Organisationsfelder von sozialen Gruppen, von Fisch- und Vogelschwärmen beispielsweise oder von Termitenvölkern, werden als soziale Felder bezeichnet. All diese Felder sind« (…) »*morphische* Felder. Allen morphischen Feldern wohnt ein Gedächtnis inne, das sich durch morphische Resonanz bildet.«

gehen. Die durchschnittliche Flugdauer Erde – Mond beträgt mit diesem Antriebsystem rund 42 Stunden; vom Mond zum Mars durchschnittlich etwa anderthalb bis zwei Monate. Die exakten Flugzeiten hängen ab von den aktuellen Konstellationen der betreffenden Himmelskörper zueinander. Die kleinste Entfernung des Mars von der Erde beträgt etwa 55 700 000 km = ca. 0,37 Astronomische Einheiten (AE); die größte Entfernung rund 400 000 000 km = ca. 2,67 AE. Lichtgeschwindigkeit c rund $2{,}998 \cdot 10^8$ m/s.

Ein anderes, erfolgreich angewandtes Antrieb-System – der Ionen-Antrieb – wird parallel zu diesem Verfahren eingesetzt. Der Schub ist geringer als bei anderen Antriebarten, dafür stetiger im langzeitigen Betrieb, woraufhin die Beschleunigung zunimmt. Bei diesem Verfahren wird ein spezielles Gas durch elektromagnetische Felder ionisiert. Einsetzbar ist auch die Kombination aus dem Ionen-Antrieb mit aus dem Gas erzeugten Plasma. Ein Flug von der Erde zum Mars kann dabei innerhalb von 5 Wochen geschehn, doch haben sich diese beiden zuletzt genannten Antriebverfahren, die technisch etwas aufwendig sich gestalten, insbesondere bei extrem langen, interstellaren Raumflügen bewährt, hingegen heutzutage Reisen vom Mond bzw. von der Erde zum Mars und zurück im Allgemeinen von Flugkörpern mit Photonen-Antrieb im Verbund mit dem morphischen Feld des Mars zur Anwendung kommen.

222 *auf den-Behörden der Neuen Regierung......* : Diese letzte Bemerkung hat der Erzähler, im Gegensatz zu seiner Behauptung, offenbar zu einem Zeitpunkt niedergeschrieben, als er sein K-Gen-Umformungsprogramm noch nicht vollständig abgeschlossen hatte; gewisse Reste aus früheren Verweigerungshaltungen dürften ihm noch verblieben gewesen sein: darunter die Verweigerung des Wissenwollens, was in dem Buchstaben-Zahlen-Code für die Bewohner des europäischen Zentralgebiets an Informationen enthalten ist.

Zudem irrt der Erzähler: Humiliationen jeglicher Art von unserer Seite waren für diese Namensvergabe nicht im Geringsten beabsichtigt! Wie jeder Marsianer weiß, ist unserem Alphabet die Folge ganzer Zahlen 1,2,3, ... ,9,0 vorgeordnet – Zahlen sind den Buchstaben gleichgestellt, daher sprechen die Marsbewohner, wie hinlänglich bekannt, vom *alphanumerischen Code* als der Basis zum Verschriftlichen. Auch die Erdbewohner, sofern sie dazu bereit gewesen wären, hätten über diese Einsicht und Kenntnis verfügen können! Mittels der Verwendung des alphanumerischen Codes ergibt sich zwischen den ursprünglichen Buchstabenfolgen mit ihren zugehörigen Zahlenwerten bei den neu vergebenen Eigennamen und der neuen Zahlenkennzeichnung eine Verschiebung um 10 Stellenwerte. Die an die einzelnen Namen jeweils angeschlossenen Ziffernfolgen geben den Hinweis für den Abgleich mit der Buchstabenfolge in den ursprünglichen Namen. – Daran lässt sich erkennen, dass die zugegeben mitunter seltsam klingenden neuen Namen lediglich eine Folge des Alphabetabgleichens, keineswegs aber eine absichtsvolle Verunglimpfung der Erdbewohner darstellen.

Außerdem wurde im gesamten Text für alle wörtlichen Reden bzw. niedergeschriebenen Texte von Marsianern bereits die Übersetzung aus der üblichen Marssprache in die Erdsprache verwendet.

223 *I.K.-Index* : In Abwandlung früherer Bedeutungen beinhaltet der Begriff Kommodifikation heutzutage nicht allein die Fähigkeit, bestehende Konflikte zu entschärfen, ihnen die Spitze zu brechen und sie in Konfliktneutralität zu verschieben, sondern bei solchermaßen diskursiv verwandelten Konflikten werden nicht mehr vorrangig Lösungen angestrebt; die Konflikte werden vielmehr in veränderter Form (Parolik) als Bestandteile der Lebenswirklichkeit angenommen und mittels gestalteter Diskursivität und Rhetorik sogar als angenehm empfunden. Der *gefühlten* Konfliktenergie gilt fortan das Interesse, nicht deren Abfuhr oder Lösbarkeit im Realen. In diesem Sinn kommt den Politikern heute die Aufgabe der Konsens-Verwaltung bzw. der Gefälligkeitsproduktion zu.

Der I.K.(*Intelligenz-Kommodifikations*)-Index widerspiegelt in einem Zahlenwert das Gesamtbild eines Individuums, in welchem Maß die Anpassungsgeschmeidigkeit an unvorhergesehene einschneidend veränderte Lebensbedingungen erfolgt. Sowohl intelligenzmäßige als auch verhaltensbedingte Anpassungsflexibilität kommen in diesem Index zum Ausdruck; je höher der Zahlenwert desto geeigneter das Individuum. Als Grundlage hierfür dienen genetische Untersuchungsresultate, keine empirisch oder sozial determinierten Kenngrößen. Somit belegt dieses Auswahlverfahren zum einen die exemplarische, naturgegebene Ungleichheit der Individuen, wie es auf der anderen Seite die Chancen-Gleichheit der Individuen befördert; Marsianer und Erdbewohner fallen gleicher Maßen unter dasselbe Bewertungssystem. Doch zeigte sich rasch, dass die I.K.-Tauglichkeitsgrade bei Marsianern weitaus höher lagen als bei vergleichbaren Erdgeborenen, hier bei den Bewohnern des europäischen Zentralgebiets.

223 *marsianischen Stadtschaft Cydonia I*: Am westlichen Rand von Arabia Terra und südwestlich von Acidalia Planitia in der Region Cydonia Mensa gelegen: zwischen 30° und 40° nördlicher Breite und 10° und 20° nördlicher Länge. – Den entsprechenden Übersichtsplan für das politische und Verwaltungsstrukturschema der Marsstadt Cydonia I siehe im Anhang zu diesen *»Anmerkungen, Teil 1«*, S. 502.

229 *mit weicher Sohle jeden harten Schritteschlag verschluckt*: Ebenso wie jede andere laute Äußerung in der Öffentlichkeit zählt der aggressive, geräuschintensive Schritteklang zu den verachteten Verhaltensweisen. Diese und die voran gehenden Äußerungen entsprechen dem alten, intransitiven Verhalten der Bewohner des europäischen Zentralgebiets; intransitiv besonders in geschlechtlichen wie in seelischen Belangen.

Das Erstaunliche an dieser Äußerung aber ist der Zeitpunkt, nämlich *nach* dem Abschluss seines K-Gen-Umgestaltungsprogramms! Die Tatsache, dass ein erfolgreicher Absolvent dieser Therapie dennoch zu Äußerungen dieser Art, die sein inneres Empfinden widerspiegeln, überhaupt befähigt sein kann, wirft die Frage auf, ob wirklich alle detumeszenten Regungen in einer Person allein durch ein Gen-operatives Umgestaltungsverfahren gleichfalls umgestaltet werden können. Wo lokalisieren sich detumeszente Residuen eventuell außerhalb des limbischen Systems, speziell außerhalb der Amygdala? – Diese ebenso unverhofft aufgetretene als auch noch ungelöste Frage dürfte zu einigen wesentlichen Problemen führen, die eine erfolgreiche Regierbarkeit der Erdbewohner kritisch beeinträchtigen könnte.

234 *die Nährstoffprodukte für Millionenmenschen*: Während und nach den letzten verheerenden Weltbürger-Kriegen Mitte des 21. Jahr-

hunderts – die »Sonnen-Kriege« – um planetare Territorialgewinne für die immens weitflächigen Sonnenkollektor-Anlagen ist jegliche ausreichende Landwirtschaft zum Erliegen gekommen. Hungersnöte alsbald schufen Gründe für neue Kriege. Danach, auch wegen der stark dezimierten und überdies von der Detumeszenz beeinflussten Bevölkerungen, wurden landwirtschaftliche Betriebe nicht wieder im vollen Umfang aufgenommen. Dem Bedarf suchte man durch lokale Lösungen (Siedler mit einzelnen Bauernschaften, Kleinkommunen) zu entsprechen, freilich ohne dauerhaft befriedigende Ergebnisse. Die Fabrikation synthetischer Nahrungsmittel nahm hier ihren Anfang.

240 *Vorfall mit einem Patrouillenflug zwischen Mars und Erde* : Unter Verwendung eines Motivs in der Erzählung »Die Patrouille« von Stanisław Lem, in »Die Falle des Gargancjan«, Reclam Leipzig, 1979.

254 *Als wir ein=ander begrüßen* : Die übliche Begrüßungsgeste unter eng miteinander Vertrauten: Man berührt des Anderen Innenflächen der Hände mit den eigenen, dann berühren einander zart die Fingerspitzen, wobei man dem Anderen ins Gesicht blickt.

255 *Neugener* : (sprich: Neu Gener) Von Seiten der Verweigerer des *Kontrektations-Gen-Umgestaltungsprogramms* eine abfällige Bezeichnung für diejenigen Personen in der zentraleuropäischen Bevölkerung, die sich freiwillig diesem Programm unterzogen und erfolgreich abgeschlossen haben. Späterhin die umgangssprachlich übliche Bezeichnung für diesen Personenkreis.

**Anhang. Politisches und Verwaltungsstrukturschema
der Marsstadt** *Cydonia I*

Sämtliche Instanzen sind auf der Weisungs- und Entscheidungsebene
miteinander vernetzt.
Entscheidungsfindungen auf allen Ebenen gemäß dem Paritätsmodell.

Distrikte der Marsstadtschaft Cydonia I:

Distrikt I – Freizeit- und Vergnügungsbezirk
Distrikt II – Landwirtschaftsgebiet
Distrikt III – Wohngebiet
Distrikt IV – Erholungsgebiet (öffentliche Parkanlage)
Distrikt V – Forschungszentren
Distrikt VI – automatische Produktionszentren
Distrikt VII – Regierungsbezirk

(Die Arbeitsstätten, in denen Menschen verschiedenste Arbeiten verrichten, sind nicht in gesonderten Distrikten erfasst.)

Anmerkungen

Teil 2

Für die neuen Erd-Bewohner
aufgeschrieben und zusammengestellt
anhand der Aufzeichnungen
von *BOSXRKBN 18-15-9-14-8-1-18-4*
Ordentlicher Sachbearbeiter bei der
Interplanetaren Wissenschaftskonferenz I.W.K.

Anmerkungen zum Zweiten Buch »Dersturm«

270 *bei de Pannies, de Panamerikana, uffm MARS!*
Gebietsaufteilungen unter den Staatenblöcken auf dem Mars :
1. Panamerikanische Union, Begrenzungen:
westlich: von Arcadia Planitia bis Terra Sirenum
östlich: von Acidalia Planitia entlang des 30. Längengrads, Chryse Planitia nach Kasei Valle (incl. Tharsis-Region, außer Olympus Mons)
südlich: Südrand von Valle Marineris (mit Syria Planum und Sinai Planum) bis Höhenzug von Solis Planum
nördlich: Linie von Alba Patera bis zum östlichen Ausläufer von Tempe Terra
2. Zentraleuropäischer Block, Begrenzungen:
westlich: von Protonilus Mensae, Arabia Terra bis zum 30. Längengrad von Acidalia Planitia (mit Cydonia-Region) sowie Terra Sabaria
östlich: von Utopia Planitia (mit Isidis Planitia: große Salzvorkommen!) nach Hercates Tholus, Elysium Mons, Albar Tholus zu Elysium Planitia
südlich: Südrand von Hellas Planitia bis Terra Cimmeria
nördlich: Linie Protonilus Mensae über Vulkan Mie (in Utopia Planitia) bis Hercates Tholus
3. Asiatische Einheit, Begrenzungen:
– keilförmige Einschnitte in der *östlichen Hemisphäre*: von Hesperia Planum nach Syrtis Major Planitia sowie
– Einschnitte in der *westlichen Hemisphäre*: von Terra Sirenum zum südlichen Rand von Olympus Mons.
Die Nord- und Südpolregionen des Mars teilen sich die 3 Staatenblöcke zu jeweils gleichen Anteilen, was wegen der instabilen Vereisungsbezirke (Wassergewinnung!) regelmäßig zu Streitigkeiten bei den Gebietsansprüchen führt. Nicht zuletzt deswegen herrscht auf dem Mars ein permanenter Kriegszustand, der mit wechselnden Bündnissen untereinander in Schwebe gehalten wird.

279 *ein-Stückweit von mir abrückten* : Demzufolge auch die intimen Beziehungen zu Frauen aufzubauen (nach dem Kontrektations-Gen-Umgestaltungsprogramm auch für die Erdenbewohner wieder ein attraktives Spektakel) jedoch unmöglich erscheinen. Denn besonders vom hierfür fein ausgestalteten Rollenverhalten mitsamt den zugehörigen habituellen und modischen Standards konnte ein »Neugener« nichts wissen.

–*Die-Frauen=vom-Mars* – (so die Äußerung 1 befragten »Neugeners«) – –*bleiben mir verschlossen wie Renaissanceritter in suffokaten weithin schimmernden Liebe-Rüstungen….. Sie rücken aus zu Duellen & Schau=Kämpfen, deren Sinn ich nicht=imgeringsten erfassen kann; ja, mitunter vermute ich !überhaupt=Keinensinn in diesen Tournieren außer dem, die-Zeit umzubringen. Diese=Frauen & die-Männer tummeln sich in erkünstelter Fröhlichkeit, die ich für schändliche Kriecherei halte; ihr=Lachen gilt nichtmal für sie selbst; ist Ausdruck von Ennui & widerwilligster Ablehnung. Nicht so sehr deren=Sprache, als vielmehr deren=Wille bleibt mir unverständlich.* – Doch gerade auf dem Willen und seinen Machenschaften gründen die meisten der menschlichen Beziehungen.

298 *10-Gebote=für-die-Zentrops* : (eigentlich:) »Die-10-Gebote-der-Gesundheit's-&-Energie-Moral für Zentraleuropäer«. Frühe Fassungen dieser 10 Gebote stammen bereits aus den letzten Jahrzehnten des 21. Jahrhunderts, nach dem Ende der so genannten Sonnen-Kriege. Man versuchte mittels dieser Vorschriften, die den Status eines erdteilweiten Gesellschaftsvertrags einnahmen, künftigen Krisen dieser Art vorzubeugen, um etwa daraus resultierende bewaffnete Konflikte weitgehend auszuschließen. Diese 10 Gebote besagen im Einzelnen:

1. Du sollst Energie gebrauchen, aber nicht verbrauchen. Und wenn Du Energie gebraucht hast, sollst Du dafür Sorge tragen, dass dieser Energiebetrag wieder zurückkehrt, so als hättest Du keine Energie gebraucht.

2. Du sollst Deinen Körper und Deinen Geist gesund erhalten. Krankheiten des Körpers und des Geistes sind Folgen Deiner falschen Lebensweise, also Deiner falschen Entscheidung.

3. Du sollst Dich stets für den interplanetaren Energiehaushalt sowie für den allumfassenden Schutz der Natur, der Gesundheit und des Lebens einsetzen.

4. Du sollst an den Schätzen der Erde, der Luft und des Wassers keinen Raubbau oder andere Ausbeutung betreiben.
5. Du sollst als Mann ein guter Vater, als Frau eine gute Mutter, als Kind Deinen Erziehern ein gutes Kind sein. Habe Kinder so viele Du willst; die unterste Zahl Deiner Kinder sei zwei. Wem die Natur keine Kinder vergönnt, soll fremde Kinder adoptieren und aufziehen, als wären es die eigenen Kinder. Wer keine Kinder um sich hat, gilt als krank, als jemand, der eine falsche Entscheidung traf. Für diese falsche Entscheidung wirst Du Zeit Deines Lebens bezahlen müssen.
6. Du sollst nicht öfter als das vom Gesetz Dir erlaubte eine Mal töten. Wähle den zu Tötenden so, auf dass Du diesen Tötungsgrund auch zugleich als allgemeines Prinzip zum Töten akzeptieren kannst, auch dann, wenn der zu Tötende Du sein solltest.
7. Du sollst umweltverträglich und anständig leben. Nach Deinem Tod sollst Du Deinen Leib und seine Innereien dem Bedarf der Allgemeinheit zur Verfügung spenden. Verlasse die Welt so, wie Du sie vorfinden willst.
8. Du sollst keine falschen Entscheidungen hinsichtlich Deiner Gesundheit und Deines Energieverbrauchs sowie hinsichtlich Deiner Lebensweise treffen. Wer falsche Entscheidungen hierüber trifft, zählt zu den Feinden irdischen Lebens.
9. Du sollst sauber und anständig, den Regeln der körperlichen und geistigen Hygiene folgend, leben, Deine Eltern und Deine Familie achten, wie Du selbst von ihnen geachtet werden willst.
10. Du sollst die Feinde des umweltgerechten, irdischen Lebens und dieser Gebote verfolgen, und ihre Angehörigen und Nachfahren verfolgen bis ins letzte Glied.

300 *Reservat=Derstille* : Gehobener Ausdruck für den Friedhof. Weil das Leben umfassend per definitionem als befriedet gilt, wäre demzufolge die alte Bezeichnung »Friedhof« für einen Totenort zweideutig.

332 *?Habla-español?* : Infolge der überstarken hispanosprachigen Völkerschaften im Staatenblockgebiet der »Panamerikanischen Union« gilt dort seit einigen Jahrhunderten als Amtssprache das Spanische. Die angloamerikanische Sprache zählt seither zu den »toten Sprachen« und wird weder in der Öffentlichkeit noch im Privaten gesprochen.

Nachträge aus den morfologischen Büchern

379 *durchschnittlich 5 Passagen* : Rupert Sheldrake, »Das schöpferische Universum«, S. 293f.: »Statt eine große Zahl von Zellen auf einmal zu testen, um seltene Mutanten ausfindig zu machen, die der Attacke [von toxischen Wirkstoffen] standhalten können, führten die Techniker ihre Untersuchung an aufeinander folgenden Zellgenerationen durch. Routinemäßig legten sie in regelmäßigen Abständen Zellsubkulturen an, indem sie rasch wachsende Zellen zu einem Teil auf ein frisches Nährmedium versetzten. Diesen Vorgang bezeichnet man als Passage. Bei solch einer Passage gaben sie jedes Mal zugleich einige Zellen auf die absterbenden Zellen in das mit Toxin gefüllte Gefäß. Und aus diesen gingen früher oder später resistente Zellen hervor.«

405 *ich bin alt.....* : Desöftern benannte er gegenüber Marsianern sein Alter noch immer irrtümlich nach Erdenjahren (jetzt über 30); gemäß der auf dem Mars üblichen Zählweise hätte er demzufolge bereits ein Alter in den Sechzigern erreicht! Die daraufhin ihm widerfahrenden befremdeten Reaktionen dürften dieses verworrene Empfinden des Altseins allmählich in ihm hervorgebracht haben.

432 *»Ein junges, gesundes, guternährtes Kind von einem Jahr«* : siehe Jonathan Swift, in »Satiren und Streitschriften«, übersetzt von Robert Schneebeli, Manesse Verlag Zürich 1993, S. 341,
»auch als Siedfleisch am vierten Tag noch sehr gut« : ebd., S. 344
»Sommerstiefel für feine Herren.« : ebd., S. 344

Inhalt

Prolog ... 5

Buch der Kommentare, Teil 1 ... 13

Erstes Buch. Die Toten ... 43

Zweites Buch. Dersturm ... 265

Buch der Kommentare, Teil 2 ... 371

Anmerkungen, Teil 1
    Anmerkungen zum Ersten Buch *Die Toten* ... 473
    Teil 2
    Anmerkungen zum Zweiten Buch *Dersturm* ... 505